Mexiko

MEXIKO

ROMAN
VON
ROLF SCHMIDT

Bibliografische Information der Deutschen Nationalbibliothek:
Die Deutsche Nationalbibliothek verzeichnet diese Publikation in der
Deutschen Nationalbibliografie; detaillierte bibliografische Daten sind
im Internet über http://dnb.dnb.de abrufbar.

© 2017 Rolf Schmidt
Einbandgestaltung: Michael Osthus
unter Verwendung von Fotos von
Michael Osthus und Rolf Schmidt

Herstellung und Verlag:
BoD – Books on Demand, Norderstedt

ISBN: 978 3 743151444

Europa

I

Das Fundament war fast unversehrt geblieben. Eine enorme Druckwelle musste das Mauerwerk mit allem, was im Haus gewesen war, in den Garten geschoben haben. Bruno scheute sich, dorthin zu schauen, starrte vielmehr auf die Kellerdecke, die flach und kahl vor ihm lag, nur an einigen Stellen waren Reste des alten Fußbodens zu sehen, bläuliche Kacheln und Spuren von Parkett. Wo das Treppenhaus gewesen war, lagen Steine und Mörtelstücke noch ein wenig aufgehäuft, wie wenn man das Loch hätte lückenlos auffüllen wollen.

Er entdeckte, dass der Beton an zwei Stellen beschädigt war. Eine Ecke des Fundaments zur Straße hin war abgestoßen, so dass ein kopfgroßes Loch klaffte, und über dem Kellerfenster auf der Seite des Nachbargrundstücks war ein größeres Stück herausgerissen.

Er musste sich setzen. Spürte jetzt die Müdigkeit. Wie viele Tage er gebraucht hatte um die Stadt zu finden, wusste er nicht mehr. Er war einfach immer weitergelaufen, hatte kaum einmal jemanden getroffen, den er fragen konnte. Hatte sich an verbogenen Hinweisschildern orientiert, die er manchmal an der Straße fand. Sicherlich war er mehrmals in die Irre gegangen, und wenn er mit der Kälte der Morgendämmerung hinter einem Windschutz erwacht war, hinter den er sich für die Nacht geduckt hatte, war es ihm so vorgekommen, als ob er dieses Stück Straße, diese Abzweigung, diesen Blick über ein zerfahrenes Feld schon lange kennen würde.

Schließlich war er doch in der Stadt angekommen. Er erkannte sie nur, weil sie ihm so vertraut war. Und er erkannte sie, man könnte sagen, auf den zweiten Blick. Auf den ersten Blick sahen die Trümmer überall gleich aus, man musste genauer hinschauen, um ihren Ursprung zu erkennen. Am Ortseingang deuteten Teile einer rotgelben Lichtreklame darauf hin, dass dort einmal eine Tankstelle gestanden hatte. Und als er gleich daneben zersplitterte Holzbalken sah, die offenbar von dem hohen Stapel einer Holzhandlung bis auf die Straße geschoben worden waren, wusste er, wo er war.

Auf dem langen Weg hatte er oft an die Stadt gedacht. Sie war ein Ziel gewesen, an dem er etwas erreicht haben würde. Das hatte etwas Tröstliches gehabt. Es würde besser werden, zumindest etwas vorwärts gehen. Hatte er geglaubt. Jetzt aber war es so, als ob die Stadt ihn nicht haben wollte. Auf der Straße lagen meterdicke Trümmer, Metallteile undefinierbarer Herkunft türmten sich auf, Gebilde aus bizarr geformtem Plastik starrten ihm entgegen. Der Boden war mit Bruchstücken aller Art übersät.

Er setzte mit Mühe seine Schritte, zögerte schon, weil nichts diese Anstrengung zu lohnen schien, und hätte vielleicht aufgegeben, wenn er nicht aus der Ferne menschliche Stimmen gehört hätte.. Offenbar eine größere Menschenmenge. Zum ersten Mal seit Langem.

Bruno spürte, wie sein Herz schlug. Und bald sah er die Menge. Es mussten Dutzende sein, vielleicht Hunderte von Menschen. Auf dem Gelände eines Supermarktes. Viele saßen, einige standen, unterhielten sich, riefen sich etwas zu oder starrten vor sich hin. Ein paar von ihnen hatten den Ankömmling beobachtet. Als er näher kam, guckten sie weg. Er ging an ihnen vorbei, quer über den Platz. Aus Trümmerbrocken, Stücken von Palletten, Drahtkörben und Pappen hatten sie sich Unterstände gebaut. Einige Feuer brannten. Der Geruch gekochter Nudeln überdeckte den allgegenwärtigen Hauch von Gas.

Wenn er in die Unterstände schaute, sah er Dosen und Pakete mit Lebensmitteln, heile und beschädigte. Sie hatten alles genommen, nichts war mehr übrig, nicht einmal ein Pappkarton lag herum. Für Bruno war es zu spät.

Seinen Hunger hatte er seit Tagen vergessen, jetzt fühlte er plötzlich, wie schwach er war. Er beschloss hier zu übernachten, fand ein Stück Mauer, dessen Südseite noch frei war, und sank zusammen.

Am nächsten Morgen in aller Frühe und ohne mit jemandem zu sprechen machte er sich auf, sein Haus zu suchen. Er brauchte Stunden. Zwar reichte der Blick kilometerweit, aber es gab nichts mehr, das ihn festhalten konnte. Bäume waren umgeknickt, alle Gebäude zerstört. Immer wieder musste er stehenbleiben und sich vorstellen, wie es früher gewesen war. Wo ein Hochhaus gestanden hatte, ein Laden, ein Café, ein kleiner Park gewesen war.

Er hatte das Haus also gefunden, so, wie es jetzt war. Hatte eine längere Zeit gesessen und sich ausgeruht. Die Neugier und ein Rest jener Genugtuung, die man hat, wenn man von langer Reise nach Hause kommt, – beides bewegte ihn dann, aufzustehen und zu dem Loch über dem Kellerfenster zu gehen um es in Augenschein zu nehmen. Er fand die Öffnung groß genug als Einstieg, steckte den Kopf hinein und sah graues Dunkel. Er warf einen Stein hinunter, anscheinend war es trocken. Vorsichtig, mit den Füßen zuerst, ließ er sich hinabgleiten, rutschte mit den Händen ab und fiel das letzte Stück.

Der Keller war nicht so dunkel, wie er gedacht hatte, weil auch durch das andere Loch Licht hereinfiel. Er sah einiges herumstehen: Holzkisten, ein Regal, Getränkekästen aus Plastik. Auf dem Boden lagen Scherben. Es roch dumpf, ganz anders als draußen. Nicht unangenehm. Kartoffeln! Es roch nach alten Kartoffeln.

Mit einem Schlag war der Hunger da. Er konnte nicht anders und ging dem Geruch nach, bis er an einer Wand einen kleinen Sack mit gekeimten Kartoffeln fand. Er bückte sich, nahm eine davon und ging zur Öffnung ans Licht. Die Keime waren schon lang, aber die Kartoffel hatte noch Substanz, sie war nicht ganz weich. Er holte sein Messer aus der Tasche, das einzige Werkzeug, das ihm geblieben war, schnitt die Keime heraus und kratzte behutsam die Erde von der faltigen Haut. Er schnitt ein Stück ab, legte es auf die Zunge, spürte die Feuchtigkeit. Dann schloss er den Mund und kaute gründlich. Das Kauen tat gut, er spürte, wie sein Gesicht lebendig wurde. Nach einer unendlichen Zeit schluckte er hinunter. Da war er schon dabei, das nächste Stück abzuschneiden. Wieder kaute er lange. Aber schon während er dann schluckte, kam der Brechreiz. Er würgte und spuckte den sauer stinkenden Schleim auf den Boden.

Ich muss die Kartoffeln kochen, dachte er. Zu seinem Erstaunen stellte sich der Hunger nicht wieder ein. Aber jetzt, wo er etwas gefunden hatte, würde er über kurz oder lang essen müssen. Er begann den Keller zu durchsuchen. Die Räume mit den Löchern in der Decke waren hell genug, in den anderen tastete er sich mit einer Latte vorwärts. Viel fand er nicht, schon vor der Katastrophe war wohl einiges herausgeschafft worden. Er fand mehrere Holzkisten, alte Zeitungen in Pappkartons, leere Gläser und Flaschen, einen Vorhang aus Wollstoff, einen Plastikeimer, einen Besen, eine Aluminiumleiter und eine beschädigte Dose Ravioli, aus der der Schimmel quoll.

Er stellte die Leiter an der Zugangsöffnung auf, nahm die Dose und trug sie hinaus. Mithilfe des Messers gelang es ihm den Deckel zu entfernen, dann reinigte er die Dose gründlich mit Wasser und sandiger Erde. Zum Glück war genug Regenwasser da, es hatte sich in einer Zinkwanne gesammelt, die früher im Garten gestanden hatte und nahe am Haus stehen geblieben war. Das Wasser machte einen sauberen Eindruck.

Nun brauchte er Feuer. Streichhölzer oder ein Feuerzeug hatte er nicht gefunden. Wo sollte er suchen? – Zum ersten Mal blickte er über die Nachbargrundstücke. An einigen Stellen hatten sich kleine Hügel aus Steinen, Beton und Möbeln gebildet, aber sonst waren die Trümmer über die Fläche verteilt. Er konnte nichts von dem erkennen, was er von früher in Erinnerung hatte, blickte in alle Richtungen, suchte die Nachbarschaft ab und fand keinen Hinweis auf irgendein Werkzeug um Feuer zu machen. Er richtete den Blick auf den Horizont, drehte sich, sah wieder nach allen Richtungen. Was suchte er überhaupt? Er nahm sich vor, nicht aufzugeben. Einfach weitersuchen. Er strich über die Fläche, die hinter den Nachbargrundstücken lag. Ließ den Blick langsam kreisen. Und da sah er – natürlich konnte es eine Sinnestäuschung sein – in einiger Entfernung eine dünne Rauchfahne.

Obwohl die schmale Straße von Trümmern bedeckt war, war es doch besser dort zu gehen, anstatt den geraden Weg über das Trümmerfeld zu wählen, mit der Gefahr, irgendwo einzubrechen und sich zu verletzen. Also kletterte er zur Straße, ging zunächst in die Richtung, aus der er gekommen war, dann bog er ab und sah den Rauch jetzt etwas näher. Kein Zweifel mehr, er schritt schneller voran, setzte über die Reste einer Betonmauer und bemerkte, dass die Trümmer hier anders aussahen. Es schien einen größeren Brand gegeben zu haben. Jedenfalls gab es neben verrußten Steinen und schwarzen Balken und Möbelteilen bei näherem Hinsehen mehrere kleine und eine größere Stelle, an denen feiner Rauch aus der Asche quoll.

Es war wunderbar. Wieder ein Ziel erreicht. Für Minuten stand er reglos. Sein Verstand setzte für diese Zeit aus, er stand nur da. Dann schaute er sich um, fand ohne größere Umstände zwei gebogene Stücke Kupferblech –Teile einer Regenrinne – und begann sehr behutsam an der größeren Stelle die Glut freizulegen. Er schob vorsichtig ein Blech darunter, trug von zwei anderen Stellen die Glut mitsamt der Asche hinzu und legte sie darüber. Das schien ihm genug zu sein und er bedeckte das Ganze mit dem zweiten Blech, damit der Wind die schützende Asche nicht davonwehte.

Die Bleche wurden warm, aber nicht so heiß, dass er sie nicht hätte tragen können. Nur musste er sie sorgsam über die Hindernisse hinwegheben. Er ging genau den Weg, den er gekommen war, nahm sich die Zeit, obwohl ihm klar war, dass die Glut nicht ewig halten würde. So fand er seinen Keller ohne Umwege wieder und es gelang ihm, sein Paket mit der Glut über die Leiter hinunterzubringen, ohne dass etwas verlorenging. Unter der kleineren Deckenöffnung legte er es ab. Er schnitt Späne von einer Holzkiste, nahm das obere Blech von der Glut, blies vorsichtig die Asche herunter und legte die Späne darauf. Als die ersten Flammen hochzüngelten, freute er sich wie ein Kind.

Das Weitere war leicht: die Holzkiste zerschlagen, einige Bretter aufs Feuer legen, damit es sich entwickeln konnte, Kartoffeln von den Keimen befreien, sie in die Blechdose geben, diese draußen mit Wasser auffüllen, Steine mitbringen und sie so ins Feuer legen, dass er die Dose daraufstellen konnte. Es fiel ihm auch nicht schwer die Zeit zu warten, bis das Wasser endlich kochte, und weitere Minuten, bis die Kartoffeln gar waren. Sein Kopf war voller Gedanken, von denen er keinen festhalten konnte. Er aß nicht mehr als eine Kartoffel, biss kleine Stücke ab, die er mit der Zunge am Gaumen zerdrücken konnte, danach noch gründlich kaute. Es gab keinen Brechreiz mehr, aber eine überwältigende Müdigkeit. Er schlief bis zum frühen Morgen.

II

Als er die Kälte spürte, schreckte er auf. – Das Feuer! – Er sah sofort, dass es weit heruntergebrannt war, aber unter der Asche funkelte es noch. Er wollte es schon anblasen, besann sich jedoch und suchte erst nach Holz, um Späne herauszuschneiden. Dann blies er ganz vorsichtig die Asche weg, schichtete einige Späne auf die Glut, und es ging schnell, bis kleine Flammen kamen und er weiteres Holz auflegen konnte. Er würde das Feuer besser pflegen, abends mehr Holz auflegen müssen.

Er aß zwei der kalten Kartoffeln, freute sich an ihrem süßen, vollen Geschmack und fühlte sich so kräftig wie lange nicht mehr. Dennoch blieb er erst einmal sitzen, ließ die Gedanken kommen, die jetzt herandrängten. War er wirklich angekommen, war dies sein Ziel? Dieser Keller? Würde er hier überleben? Ihn drückte das Gewicht der Fragen, kein Zweifel, über kurz oder lang würde er sie beantworten müssen.

Schließlich riss er sich von ihnen los, ging zum Ausgang und stieg die Leiter hoch.

Der Blick auf die Nachbargrundstücke schreckte ihn immer noch. Er wollte nicht sehen, was unter, vielleicht auch zwischen den Trümmern lag. Andererseits: Wo sonst sollte er nach Essbarem suchen? Er ging zur Straße und folgte dem Weg, auf dem er am Tag zuvor die Glut geholt hatte. Diesmal schaute er sich genauer um. Und es war der Anblick eines toten Hundes, der ihm aus seiner Unentschlossenheit half. Der Kadaver lag nur ein paar Meter von der Straße weg, er musste nicht näher herangehen, um ihn gut sehen zu können. Es war ein großer Hund, braunes Fell mit schwarzen Flecken. Wenig schwarzgewordenes Blut war zu sehen, nur die Zunge, die schräg aus der Schnauze hing, zeigte die Schrecklichkeit des Todes.

Auf dem Weg in die Stadt hatte er öfters Tote gesehen und ihr Anblick hatte ihn nicht abgestumpft, sondern im Gegenteil verletzlich, ja panisch gemacht. Wie wenn man die dünne Haut, die sich über einer Wunde gebildet hat, immer wieder abreißt. Jetzt war es anders. Der Anblick des toten Hundes schreckte ihn. Machte ihn auch traurig. Aber er merkte, dass er ihn ansehen konnte, ohne verrückt zu werden. Das machte ihm Mut, sich genauer umzuschauen. Er begann nun mehr zu sehen. Mauerwerk und Betonplatten waren zu Stücken unterschiedlicher Größe und Form zerbrochen und von Staub bedeckt, der alles mit einem stumpfen Grau überzogen hatte.

Die Trümmer, wie sie in ihrer abstoßenden Unförmigkeit dalagen, schienen nur auf den ersten Blick alle gleich. Dazwischen lagen Scherben. Haufen von Scherben, mit Scherben bedeckte Flächen; Scherben von Glas und Porzellan, von Fenstern, Waschbecken, Klosettschüsseln und Badewannen; Scherben, die bizarr hervorragten, und solche, die einen stachligen Teppich bildeten, als ob ein Fakir daherkommen müsste, um im Darüberschreiten seine Kunst zu zeigen. Dazwischen zerrissene Vorhänge und andere Textilien, teils vom Regen aufgeweicht, teils wulstig aufgebläht. Schmutziges Papier flog im Wind herum oder klebte im Staub.

Aus Steinen und Beton schauten an einigen Stellen Elektrogeräte heraus, immer wieder Holzteile von Möbeln. Teile einer Einbauküche schienen am meisten zu versprechen. Bruno ging darauf zu, in die Trümmer hinein, achtete bei jedem Schritt auf den Untergrund. Als er bis auf ein paar Meter heran war, bemerkte er eine Stelle, die ganz mit Nudeln bedeckt war. Offenbar war eine große Tüte geplatzt und der Inhalt hier verteilt. Ein Glücksfall.

Er würde einen Topf suchen müssen. Ein Fund machte den nächsten notwendig. Es wurde ihm jetzt klar, dass es nicht nur ums Essen ging, er würde in den Trümmern einen ganzen Hausstand finden können. Wie Robinson Crusoe, der mehrfach zum Schiffswrack schwimmt und dort Dinge findet, die er auf der Insel brauchen kann. Erst einmal ergriff ihn die Vorstellung, einen Topf zu finden und Nudeln zu kochen. Die Süße der Kartoffeln war in seiner Erinnerung noch ganz nah, und Nudeln versprachen noch mehr zu sein, geradezu eine Steigerung des Genusses. Er würde Salz brauchen.

Die Suche nach Topf und Salz gestaltete sich aber langwierig. Er fand vieles, auch vieles Nützliche. So war in der Nähe ein zerborstener Kleiderschrank, dessen Inhalt sich großenteils verteilt hatte, der aber noch Stücke enthielt, die nicht zerrissen waren: eine Jacke, die ihm passen konnte, Wäsche, Handtücher. Unter den Kleidungsstücken, die auf den Trümmern herumlagen, fand er eine Hose und einen Mantel, beide nur leicht beschädigt. Er schichtete die Kleidung zu einem Haufen, den er gut wiederfinden konnte, und ging weiter, auf der Suche nach einem Topf.

Er entfernte sich immer mehr von der Straße. Aus dem Spalt zwischen zwei zerbrochenen Betonplatten schaute eine große Rohrzange heraus, die er mitnahm, und in einem Kissen steckte eine Schere. Dann aber stieg ihm ein abstoßender Geruch in die Nase, ihn schauerte und er machte kehrt, um die Funde in seinen Keller zu tragen.

Sein Keller! Sein Haus! Er sah nach dem Feuer, legte Holz nach, setzte sich dazu und starrte vor sich hin. Zu müde zum Denken. Der Hunger und die Anstrengung hatten ihn ausgezehrt. Er brauchte mehr als eine Stunde, um Kraft für einen neuen Aufbruch zu haben.

Er nahm den Eimer mit, für die Nudeln, ging aber zunächst in einer anderen Richtung los. Auf keinen Fall wollte er wieder auf den unangenehmen Geruch stoßen. Stattdessen suchte er stadtauswärts die Trümmer nach Anzeichen ab, die auf eine Küche deuteten. Er wusste, dass er hier vorsichtiger sein musste, irgendwo musste der Bach sein, und erst als er die Reihe umgeknickter Bäume sah, die den Verlauf des Bachbetts markierte, konnte er sich auf seine Suche konzentrieren. Von da an war es leicht, an mehreren Stellen ragten pastellfarbene, kunststoffbeschichtete Küchenmöbel aus den Steinen. Und als er an das nächstgelegene heranging und durch die zerbrochene Schranktür griff, tastete er Papier und Pappe. Es waren nur kleine Päckchen, aber als er sie herausnahm und betrachtete, wusste er, dass er Glück gehabt hatte: es waren Rosinen, Gewürze, ein Rest Salz und etwas Waschpulver in einer Kartonecke.

Den Topf fand er dann leicht, er musste nur weitergehen, weiter weg von der Straße. Er fand sogar einen Deckel, der einigermaßen passte, und steckte dazu noch zwei Löffel und eine Kuchengabel in den Eimer, war schon auf dem Heimweg, in Gedanken schon bei den Nudeln, als er das Marmorgesicht sah. Er

war um einen Trümmerhaufen herumgegangen und an eine Stelle gekommen, an der die Steine wie flaches Geröll lagen. Da sah er es, mitten auf dieser Fläche. Es war das Gesicht einer Frau. Zwischen den Steinen, als wäre es einer von ihnen. Die Züge fein, wie von einem großen Künstler in den Stein geschnitten. Nur das Gesicht. Kein Hals, keine Haare. Bläulich weiß, der Mund blass, die Augen geschlossen. Auch Wimpern und Augenbrauen hoben sich kaum ab.
Ein friedlicher Tod? Was, wenn die Augen sich jetzt öffneten, der Tod sich mit Leben maskierte. Bruno flüchtete. So schnell es zwischen den Steinen möglich war, lief und stolperte er zur Straße und zu seinem Keller zurück. Erst als er sich auf das Fundament gesetzt hatte, schüttelte es seinen Körper. Und so wie der Brechreiz die Konvulsion des Magens einige Sekunden vorher ankündigt, spürte er die Vorboten der Tränen. Dann ließ er alles los. Er weinte, weinte heftig und lange, bis er ganz ruhig war und nur noch sein Kopf schmerzte.

Er blieb noch längere Zeit sitzen, fühlte sich müde, aber sicher. Er würde vorsichtiger sein, wenn er in Zukunft in unbekannte Trümmer ging, aber die Angst war nicht mehr da, dass der Anblick des Todes ihn verletzen könnte.

Vor Anbruch der Dunkelheit schaffte er es noch die Nudeln zu holen, dann jedoch war er zu müde um sie zu kochen. Er aß die letzte Kartoffel, schichtete genügend Holz aufs Feuer, nahm die Decke, legte sich hin und fiel in eine Art Halbschlaf. Immer wieder drängten Bilder in sein Bewusstsein, als ob sie Macht über ihn hätten. Es waren die Gärten, wie sie damals gewesen waren, und die Gesichter der Nachbarn. Und tief unten, sozusagen im Basso Continuo seines Bewusstseins, wurde das Marmorgesicht auf ungeklärte Weise Teil seiner Erinnerung.

Gegen Morgen schlief er fester. Er erwachte mit dem Gedanken an Robinson Crusoe. Es war ein beruhigender Gedanke, so, als müsste es möglich sein, dass auch er allein überlebte. Mehr noch, dass er sich eine Welt gestalten könnte, in der er – jedenfalls aufs Ganze gesehen – Befriedigung fände. Eine Weile gab er sich dem hin. Dann aber beschloss er, diesem Gedanken nicht weiter zu folgen, zu ungewiss war alles, was er über die Zukunft wissen konnte. Er stand auf, legte Holz nach und holte

Wasser, um es zum Kochen aufzusetzen. Dann trug er die Nudeln im Eimer hinaus und wusch sie.

Es war schon später Vormittag, als er die Nudeln aß. Er hatte sich nur eine kleine Menge aus dem Topf genommen, die er sorgfältig kaute. Aber sein Hunger war jetzt größer geworden, so dass er dieselbe Menge noch einmal nahm. Beim Kauen stellte er sich Weizenkörner vor und glaubte, das Aroma des Getreides zu schmecken. Er dachte daran, als Nachtisch noch Rosinen zu essen, unterließ es aber, um den feinen Geschmack zu erhalten. Mit Phantasien von Sättigung und Zufriedenheit schlief er ein.

Vielleicht war es die Kälte, die ihn aufwachen ließ. Das Feuer war heruntergebrannt. Er nahm es wahr, aber seine Glieder waren schwer und er musste sich überwinden, um aufzustehen und Holz zu holen. Als die Flammen wieder hochschlugen, hatte er seine Trägheit überwunden, sein Blick fiel auf die Kleidung, die er am Vortag mitgebracht hatte, und es reizte ihn, sie genauer anzusehen. Er trug sie hinaus, schüttelte so gut es ging den Staub heraus und sah sie prüfend durch. Was die Passform betraf, durfte er nicht kleinlich sein. Es wäre einfach angenehm, etwas Frisches anzuziehen.

Er schöpfte Wasser und trug es zum Feuer – er würde einen zweiten, größeren Topf besorgen müssen. Jetzt blieb ihm nichts übrig, als die Nudeln in die Blechdose umzufüllen, wenn er Wasser heiß machen wollte um sich zu waschen. Er aß die Nudeln, während das Wasser zum Kochen kam. Dann mischte er das heiße Wasser mit dem kalten im Eimer, trug ihn hinaus, zog sich aus und schöpfte das warme Wasser mit den Händen, erst auf sein Gesicht, dann über den Körper. Er stieg in den Keller und holte das Waschpulver. Das strich er über die nasse Haut – sofort nahm er den eigentümlich frischen Duft wahr - und spülte es mit dem Rest des warmen Wassers ab.

Wie lange hatte er seinen Körper nicht mehr gespürt? Jetzt hatte er sogar ein Handtuch. Und es war ihm, als ob er das Reiben des rauen Stoffes auf der Haut zum ersten Mal in seinem Leben spürte. Sorgsam zog er die neuen Kleider an und nach langer, langer Zeit breitete sich etwas in ihm aus, das man als Wohlbehagen bezeichnen könnte. Er blieb draußen, bis es dunkel wurde. Schaute in den dunstigen Himmel. Dann stieg er hinunter, legte sich hin und schlief gut in dieser Nacht. Als er am Morgen aufwachte, war das Feuer erloschen.

III

Er glaubte es nicht. Wollte nicht. Konnte nicht. Ganz behutsam schob er mit den Fingern die Asche zur Seite. Wenn es nur ein einzelnes Fünkchen wäre! – Nichts. Er blies auf den Boden, der noch ein wenig Wärme ausstrahlte, obwohl er wusste, dass es nichts nützte. Aber er musste etwas tun.

Draußen stieg er auf einen Betonklotz und schaute über die Trümmer, er entdeckte nichts, entschloss sich, zu der Stelle zu gehen, an der er das letzte Mal fündig geworden war. Aber dort war jetzt alles kalt. Er stand eine Weile. Nirgendwo in den Trümmern hatte er etwas zum Feuermachen gefunden. Wo sollte er noch suchen? Was ihn jetzt ergriff, war Verzweiflung. Er sank auf den Boden. Saß, den Kopf zwischen den Knien. Stunden ohne Kraft.

Das blasse Tageslicht, begann bereits abzunehmen, als ein paar Gedanken sich einstellten und mit ihnen ein wenig Kraft. Mühsam stand er auf, ging einfach los, suchte planlos in den Trümmern. Bis er Hunger bekam. Er ging zurück in seinen Keller, aß freudlos den kalt gewordenen Rest der Nudeln und schlief im Sitzen ein.

Er schlief unruhig, aber am Morgen hatten seine Gedanken sich zu einem Entschluss verdichtet: Es gab nur eine Möglichkeit, er würde zum Supermarkt gehen und dort auf irgendeine Weise Feuer besorgen. Also schlug er den Weg ein, den er vor drei Tagen gekommen war, die Orientierung war leichter als gedacht. Unterwegs hielt er die Augen auf, um etwas zu finden, das er tauschen konnte. Er fand eine stark beschädigte Werkzeugtasche, die noch einige gute Stücke enthielt. Er steckte ein Klappmesser und eine Kombizange ein. Die Tasche und einen Kochtopf, der etwas abseits gelegen hatte, stellte er an die Straße, um sie auf dem Rückweg mitzunehmen. Den Weg zum Supermarkt, der ihm damals so lang vorgekommen war, hatte er in weniger als einer Stunde zurückgelegt.

Wieder hörte er schon von weitem das Stimmengewirr. Es war, als ob es eine Art Abwehrschirm gäbe, der es ihm schwer machte, sich der Menschenmenge zu nähern. Er würde mit Leuten sprechen müssen, auch wenn sie ihn nicht einmal anschauten. Es war so lange her, dass er mit jemandem gesprochen hatte, und jetzt würde er umherlaufen müssen, fragen, angewiesen auf das Entgegenkommen von Unbekannten.

Auf dem Gelände des Supermarktes schien sich kaum etwas verändert zu haben. Leute saßen vor ihren Verschlägen, unterhielten sich oder starrten vor sich hin. In der Mitte des Platzes stand eine Gruppe junger Männer, aus der in kurzen Abständen ein explosionsartiges Lachen aufschallte. Es waren vor allem Mädchen und junge Frauen, die mit irgendwelchen Arbeiten beschäftigt schienen. Eine von ihnen kam quer über den Platz und er ging auf sie zu. Er musste sich räuspern, seine Stimme klang rau und fremd.

„Ich suche Feuer", sagte er. Sie deutete auf ein Feuer, das an einem der Unterstände brannte.

„Nein", sagte er und seine Stimme kam jetzt flüssiger, „ich suche etwas, womit ich Feuer machen kann." Sie schüttelte den Kopf und ging weiter.

Er wandte sich zu dem Unterstand, bei dem das Feuer brannte, aber auch dort konnte ihm niemand helfen. Sie hätten ihr Feuer von einer anderen Gruppe geholt.

Als er sich umdrehte, sah er in das Gesicht eines Mannes. Er stand ein paar Meter weg und betrachtete ihn aufmerksam. Es war das erste Mal, dass ihn jemand anschaute.

„Bist du neu hier?", fragte er. Seine hellen, blauen Augen zeigten Aufgeschlossenheit, nüchterne, etwas distanzierte Neugier.

Bruno nickte. „Ich will nicht hierbleiben. Ich suche nur etwas zum Feuermachen, Streichhölzer. Oder ein Feuerzeug."

„Schwirig", sagte der andere, „aber komm mit."

Während sie den Platz überquerten, stellte er sich als Marco vor. Er hatte dunkelblondes gekräuseltes Haar, das Gesicht war breit und scharf geschnitten. Sein Alter war schwer einzuschätzen, vielleicht Mitte dreißig. Er schien gut bei Kräften zu sein, ging zielgerichtet und mit federnden Schritten. An einer geschützten Stelle trafen sie auf eine ältere Frau, die auf einem Stück dickem Schaumgummi saß und ein Buch mit verkohltem Einband in der Hand hielt. Sie schaute auf.

„Das ist Bruno", sagte Marco, „er sucht nach einem Feuerzeug. Hattest du nicht einen Gasanzünder?"

Die Frau sah Bruno an, ohne dass ihr Gesicht die Antwort auf Marcos Frage verraten hätte. Bruno zog die Kombizange aus der Tasche und sah eine Bewegung in den Augen der Frau, sie öffneten sich ein klein wenig weiter und ein vorsichtiges Lächeln stellte sich ein. Die Frau stand auf, ging zum benachbarten Unterstand und kam mit einem elektrischen Gasanzünder zurück, einem Modell, das vor langer Zeit gängig gewesen war.

„Wie alt ist denn die Batterie?", fragte Bruno. Achselzucken. Er ließ sich das Gerät geben, drückte auf den Knopf und sah, dass der Glühfaden gut sichtbar aufleuchtete. Er nickte und gab der Frau die Kombizange, die sie gleich an Marco weiterreichte. Dann setzte sie sich wieder zu ihrer Lektüre.

Bruno wollte weg, zurück zu seinem Keller. Es waren zu viele Leute gewesen.

„Ist das deine Mutter?", fragte er, als sie wieder auf dem Weg zur Straße waren. Marco nickte.

„Liest sie viel?", fragte Bruno. Und Marco sagte: „Sie ist eine sehr gute Mutter."

Sie vereinbarten, bei Gelegenheit weitere Tauschgeschäfte zu machen. „Die Vorräte aus dem Supermarkt werden nicht ewig halten", sagte Marco noch.

IV

Wenn Bruno später an diesen und die folgenden Tage dachte, war ihm klar, dass seine Vorstellung, wie Robinson leben zu können, sich schon zu diesem Zeitpunkt als undurchführbar erwiesen hatte. Jetzt aber, als er aus dem Gewimmel des Supermarktes zu seinem Keller zurückgekommen war, erschien der ihm als Oase der Sicherheit und Ruhe. Er hatte zu diesem Zeitpunkt keine anderen Wünsche. Wochen des Umherirrens in leergefegten Landschaften und Trümmerwüsten, in denen es nicht das kleinste Fleckchen der Geborgenheit gab, hatten den Horizont seiner Erwartungen so klein werden lassen, dass er gar nicht mehr den Wunsch hatte darüber hinaus zu schauen. Schon der Gedanke, den Umkreis seines Hauses zu verlassen, war ihm unangenehm.

Nachdem der Schrecken überwunden war, den ihm der Verlust des Feuers verursacht hatte, füllte ihn die Suche nach Nahrung wieder ganz aus. Zwar nahm er gerne mit, was er auf seinen Streifzügen an Werkzeugen, Küchengeräten und akzeptabler Kleidung fand, doch war es der Fund eines Säckchens Kartoffeln, der ihn glücklich machte.

Bald kannte er sich besser aus in der Trümmerlandschaft. Er fand heraus, dass es in der näheren Umgebung Häuser gab, in deren Überresten er alles finden konnte, was er brauchte, wenn er nur genau genug hinschaute. Orte auch, an denen er dem Anschein und Geruch nach keine schrecklichen Funde zu befürchten brauchte. Er richtete sich ein, nicht nur mit einem bescheidenen Hausstand, sondern auch in der Aufteilung des Tages. Zweimal am Tag ging er auf Suche und in einer langen Mittagspause ruhte er aus, manchmal sank er dabei in einen leichten Schlaf.

Es war der Prozess einer Rekonvaleszenz. Von einer Krankheit, die nicht einfach zu beschreiben ist. Körperlich hatte er die Zeit nach der Katastrophe besser überstanden, als man hätte denken können. Die nächtliche Kälte hatte bis auf einen leichten Husten, der schnell wieder verschwunden war, keine Folgen hinterlassen, und die Vorsicht, mit der er die erste Nahrung zu sich genommen hatte, hatte sich gelohnt, denn der Verdauungstrakt hatte seine Arbeit schnell wiederaufgenommen.

Was noch eine Weile blieb, war eine allgemeine Schwäche, und deren Ursachen waren zweifellos nicht nur körperlich, auch wenn es der Körper war, der ihm seinen Zustand zeigte. Er wurde schneller müde, als er es gewohnt war, und wenn er sich ausgeruht hatte, fiel es ihm oft schwer aufzustehen und etwas zu unternehmen. Manchmal blieb er einfach liegen, döste, schlief vielleicht sogar für eine Zeit wieder ein, bis seine kleine Welt unter einem Schleier der Unwirklichkeit zu liegen schien und er das Gefühl hatte, überhaupt nicht mehr aufstehen zu können. – Hätte man dem Zustand einen Namen geben müssen, hätte man wahrscheinlich von einer leichten Depression gesprochen. Immerhin gelang es ihm jedes Mal – wenn auch mit erheblicher Anstrengung – sich aus dieser Passivität zu lösen und – selbst wenn es schon Abend war – noch irgendetwas Nützliches zu tun.

Nach vielen Tagen, die vorbeizogen und von denen keiner mehr Bedeutung hatte, als das bloße Überleben zu bezeugen, löste sich auch die Depression und ganz allmählich kam ihm zum Bewusstsein, dass die bislang selbst gewählte Einsamkeit möglicherweise gar nicht mehr wollte. Dass ihm das Absuchen der Trümmer nach Lebensmitteln und nützlichen Utensilien als wichtigster Lebensinhalt nicht mehr genügte, war ein erster Schritt dazu. Er begann sich Gedanken zu machen, wie sein Tag komfortabler gestaltet werden könnte, und fing an sich entsprechende Einrichtungen zu bauen. Mithilfe eines Gartenschlauches, den er aus mehreren unbeschädigten Stücken zusammensetzte, gelang es ihm Wasser von weiter entfernt gelegenen Stellen zu seinem Haus zu leiten. Es war nicht leicht das nötige Gefälle zu erreichen, mehrere Tage war er beschäftigt, aber dann hatte er ein großes Reservoir zur Verfügung, ohne das Wasser mühsam über die Trümmer tragen zu müssen. Ein Bett war aus verschiedenen Polster- und Matratzenfunden leicht hergestellt, länger arbeitete er an einem bequemen Sitz, den er neben dem Eingang oben auf dem Fundament aufbaute und auf dem er nachts gern saß, wenn in der Feuchtigkeit und Kälte der Dunst sich lichtete und er ab und an die Sterne sehen konnte.

Natürlich blieb weiterhin die Suche notwendig, insbesondere die nach Lebensmitteln. Dabei mied er Kühlschränke, von denen er nur stinkende Fäulnis erwarten konnte. Frisches Gemüse war natürlich nirgendwo mehr zu finden, aber einige wenige unbeschädigte Konserven. Und die Versorgung mit Kohlhydraten war für die nächste Zeit gesichert: Nudeln, Reis, Kartoffeln, Weizenmehl. Aber schon bei letzterem war ein Manko zu spüren, wenn er nämlich zu seiner Verarbeitung Fett benötigte. Reste von Speiseöl in Glasscherben führten nicht viel weiter und ein Viertelliter Olivenöl, das er in einer noch intakten Dose fand, konnte nicht lange reichen. Salz und Gewürze waren genug zu finden, sogar Marmelade, Honig und Süßigkeiten, aber der Mangel an Fett würde bald zum Problem werden. Es kam vor, dass ihm beim Absuchen der Trümmergrundstücke das Wasser im Mund zusammenlief, wenn er an den Fund einer Dose Ölsardinen auch nur dachte.

Ausschlaggebend für die endgültige Abkehr von den Robinsonträumen war dann ein Erlebnis, das eigentlich nicht hätte überraschend sein dürfen, dessen naheliegende Möglichkeit er aber die ganze Zeit über nicht hatte wahrhaben wollen. Er hörte sie, noch bevor er sie sah: nicht weit von seinem Keller, sogar beängstigend nah tauchten Menschen auf. Eine ganze Gruppe, er zählte fünf Personen, drei Männer und zwei Frauen. Natürlich duckte er sich sofort hinter einen Mauerrest, auf keinen Fall wollte er selbst gesehen werden. Aber aus der Deckung heraus beobachtete er sie, ließ sie nicht aus den Augen, als ob er von ihrem Tun fasziniert wäre.

Ganz offensichtlich taten sie das, was er selber machte, sie suchten in den Trümmern nach brauchbaren Gegenständen und wahrscheinlich auch nach Nahrung. Dabei gingen sie mit einer gewissen Systematik vor, verteilten sich in der Fläche, ohne sich aber allzu weit voneinander zu entfernen. Ab und zu riefen sie sich etwas zu oder versammelten sich, wohl um etwas Gefundenes zu begutachten. Bruno konnte es nicht genau sehen, aber wenn sie etwas zur Straße trugen, legten sie es immer an derselben Stelle ab. Sie schienen dort irgendein Gefährt zu haben, mit dem sie ihre Beute transportierten.

Das Wort „Beute" fand sich in der Tat in Brunos Gedanken und es dauerte eine ganze Weile – so als wäre es eine befremdliche Vorstellung –, bis er sich das Selbstverständliche klarmachte, dass nämlich jeder dasselbe Recht zur Suche in den Trümmern hatte wie er. Und als er sah, dass auch größere Möbelstücke zur Straße getragen wurden – zum Teil mussten alle mit anfassen –, fragte er sich, ob bereits mit dem Wiederaufbau der Häuser begonnen worden war, für deren Einrichtung sie jetzt Möbel suchten.

Bruno beobachtete die Leute, bis sie sich an der Straße sammelten und dann aus seinem Gesichtsfeld verschwanden. Nur eines prägte sich ihm ein: Eine der Frauen trug ein Kleid, ein gelbes Kleid.

Er ging zu der Stelle, an der sie den Wagen abgestellt haben mussten. Dort standen noch eine Reihe Möbel und Elektrogeräte. Die Leute hatten nicht alles mitnehmen können, sie würden wiederkommen, das war sicher.

In der Nacht träumte Bruno von der Frau im gelben Kleid. Für einen Augenblick hatte sie die Gesichtszüge seiner Mutter, dann nahm sie die geheimnisvoll erotische Physiognomie einer Frau an, die er nie gekannt hatte. Sie kam auf ihn zu, lächelte ihn an. Er spürte ihre Haut und ihre Wärme. Er selbst schien sich dabei aufzulösen. Dann erwachte er mit einer Erektion.

V

Im Lager am Supermarkt hatte man sich nicht bemüht, die Unterstände auszubauen oder zu verbessern. Lediglich der eine oder andere Karton stand jetzt leer herum. Kaum etwas Buntes war zu sehen, alles erschien in einem uniformen Grau und Braun. Alles hatte den Anschein von Nachlässigkeit und Traurigkeit. Auch die Menschen schienen weiterhin nur mit sich selbst beschäftigt und hatten keinen offenen Blick. Bruno selbst erkannte auch niemanden wieder, und wenn er sich an seinen letzten Besuch am Supermarkt zu erinnern versuchte, hatte er nur noch Marco und seine Mutter im Gedächtnis.

Er fragte nach Marco, man kannte seinen Namen, aber niemand schien zu wissen, wo er war. Schließlich fand er seine Mutter, sie lächelte, als sie ihn sah.

„Ich habe deinen Namen vergessen", sagte sie, „aber ich weiß noch, dass du letztens mit Marco hier warst."

„Wie geht es Ihnen?", fragte Bruno. Es kam ihm unbeholfen vor, aber sie ging sofort darauf ein:

„Man ist schon froh, wenn man lebt in diesen Tagen", sagte sie, „wenn man gesund ist und zu essen hat. Aber ich weiß nicht, wann das einmal anders werden soll."

Bruno erinnerte sich an ihre Lektüre und überlegte, ob er sie danach fragen sollte. Sie kam ihm zuvor.

„Ich lese viel. Das Leben findet im Kopf statt." Und nach einer Pause: „Marco ist anders. Er macht viel. Redet mit Leuten. Gerade ist er bei Wellington."

„Wellington?"

„Wellington lebt nicht hier beim Supermarkt. Er lebt irgendwo draußen, Marco weiß wo. Er geht öfters hin. Wellington ist klug, man sagt, er hat ein Satellitentelefon oder so etwas und weiß, was in der Welt geschieht."

Bruno schaute fragend.

„Ich weiß", sagte sie, „was nützt es uns, wenn wir das wissen? Aber Marco interessiert es, er will alles wissen. Deswegen ist er oft dort. Obwohl Wellington nicht viel redet. Marco sagt, er muss ihm zehn Fragen stellen um eine Sache zu erfahren. – Er wird bald zurück sein." Mit einer Handbewegung lud sie Bruno ein, sich zu ihr zu setzen. Sie saßen, jeder in seinen Gedanken, bis Marco kam.

Bruno stand auf und ging ihm entgegen. Marco begrüßte ihn mit Handschlag.

„Komm", sagte er sofort, „komm, ich will dir etwas zeigen." Er ging voran in einen Teil des Lagers, den Bruno noch nicht kannte. Etwas außerhalb des Areals, das von Verschlägen und Unterständen eingenommen war, lag der Stamm eines umgestürzten Baumes. Eine dicke Eiche. Ungefähr in der Mitte zwischen der Krone und dem aus dem Boden ragenden Wurzelstock saß eine Frau, um sie herum eine Gruppe von Kindern.

Die Frau, vielleicht auch ein heranwachsendes Mädchen, war schlank, abgemagert. Sie hatte die Knie angezogen, darauf den Kopf gelegt, den sie mit ihren Armen umfing, um ihn zu schützen. Einer der Jungen, die dabeistanden, versuchte sie mit einem Stock zu einer Bewegung zu reizen. Andere bewarfen sie mit Holzstücken und Steinen. Aber sie bewegte sich nicht.

Als die beiden Männer herankamen, versuchte der Junge mit dem Stock sich zu rechtfertigen:

„Sie rührt sich einfach nicht. Das ist doch nicht normal."

„Haut ab!", sagte Marco, „lasst sie in Ruhe!" Aber die Kinder wollten nicht. Er musste seinen Worten mit entschlossenen Gesten Nachdruck verschaffen, bis sie sich umdrehten und langsam zum Lager zurückgingen.

Bruno hatte sich unterdessen an die junge Frau gewandt. „Was ist mit dir?", fragte er. Sie antwortete nicht, hob nur den Kopf.

„Sie redet nicht", sagte Marco, „sie heißt Vera, hat jemand gesagt. Ob das stimmt, weiß ich nicht. Hat sicher Schlimmes erlebt. Vielleicht vergewaltigt worden."

Sie schauten jetzt beide die Frau an. Deren Blick war in ein Nirgendwo gerichtet.

„Es kann nicht so weitergehen mit ihr, hier im Lager", sagte Marco nach einer Weile, „kannst du sie mitnehmen?"

Wie konnte das gehen? Bruno hatte kurz den Impuls wegzulaufen. Das ging natürlich nicht. Er sah erst Marco an, dann wieder die Frau. Sie war ganz fremd, ein fremdes Wesen. Zugleich erregten ihre feinen Gesichtszüge, der kleine Mund, die schönen Augen eine Art von Sympathie, die er lange nicht erlebt hatte. Ohne weitere Überlegung sagte er:

„Wir können es ja mal versuchen", war sich aber sofort darüber im Klaren, dass es sich um ein bloßes Ausprobieren nicht handeln konnte, ein einfaches Zurück würde es nicht geben.

„Komm!", sagte er und versuchte ihr in die Augen zu schauen. Sie rührte sich nicht. Langsam ging Marco zu ihr hin, nahm vorsichtig ihren Arm und zog sie von dem Stamm. Scheinbar willenlos ließ sie sich jetzt führen, ging zwischen den beiden Männern, die sie an den Händen hielten und einen Weg um das Lager herum wählten.

Jenseits des Lagers trennten sie sich.

„Danke", sagte Marco.

Bruno nickte nur. Er führte jetzt alleine die Frau, die ganz plötzlich in seinem Leben war.

Er kannte das. Das Gefühl das Falsche getan zu haben, das vollkommen Falsche, und jetzt die katastrophalen Folgen auf sich zukommen zu sehen. Die Folgen, an die er nicht rechtzeitig gedacht hatte. Vera schaute weiterhin stur geradeaus, zeigte keinerlei Regung, die er auch nur vorsichtig als Signal hätte deuten können. Aber das war es nicht. Das war nicht das Problem. Es ging vielmehr darum, dass er nun nicht mehr allein war, dass er Verantwortung trug, Verpflichtungen auf sich genommen hatte, deren Art und Ausmaß er noch gar nicht kannte. Und das vielleicht für alle Zeiten. Es war niederdrückend. Als wäre ihm der freie Atem genommen.

Aber diese absolute Verzweiflung hielt nicht an. Es gab noch etwas anderes. Wenn er ihr feines Gesicht betrachtete, dann war ihm, als ob er ein Juwel neben sich hätte oder ein Kunstwerk. Etwas Wertvolles. Etwas, das seinen Einsatz lohnte. Sie würde Bedürfnisse haben, ganz normale Bedürfnisse, Essen, Kleidung, etwas worum er sich kümmern konnte, und das würde er gern tun. Ihr Leiden, ihr Trauma, das war nicht etwas, zu dessen Lösung er beitragen konnte. Man musste sehen, was daraus würde.

Als sie an seinem Keller ankamen und er ihr den Eingang zeigte, schien ihr Gesicht noch starrer, womöglich noch abweisender zu werden. An der Art ihrer Bewegung war die Angst zu ahnen. Dennoch folgte sie ihm ohne Zögern hinunter, zog sich gleich in einen der beiden dunklen Räume zurück. Er brachte ihr einen Teil seiner Polster und Decken. Man würde morgen mehr davon suchen und sicherlich auch passende Kleidung finden. Jetzt ging es erst einmal darum, etwas zu essen zu machen.

VI

Bruno konnte nicht einschlafen in dieser Nacht. Dass er ihre Atemzüge hörte, bildete er sich nur ein. Das war ihm klar. Aber dass ein anderer Mensch, ein fremder Mensch, eine Frau, so nahe war, machte doch einen Unterschied. Wieder kam der bedrohliche Gedanke des Ausgeliefertseins. Des Verlusts der Möglichkeit, sein eigenes Leben zu leben. Der Aussicht, auf immer ohne eigene Mitte zu sein. Die Angst bohrte in seinen Eingeweiden. Für eine Zeit war er überzeugt, alle Möglichkeiten zu seinem persönlichen Glück verloren zu haben.

Für eine Zeit. – Dann beruhigte er sich allmählich. Natürlich gab es Gegenargumente. Schließlich war er nicht für die Einsamkeit geboren. Er hatte alles andere nur vergessen.

Er kam nicht dazu, das Für und Wider abzuwägen. Andere Gedanken tauchten auf. Er dachte an die Frau im gelben Kleid. Glaubte für einen Moment die Wärme und Weichheit eines weiblichen Körpers zu spüren. Verlor sich in einem Wohlgefühl, das aber auch nicht lange währte. Mit Vera war es anders. Sie war verschlossen, in einer Weise, die beunruhigte. Sie war ein Rätsel, ein Geheimnis, bei dem man mit allem rechnen musste. Was wäre, wenn eines Tages ihr Leid wie Sprengstoff aus ihr herausbräche? Nein, Vera hatte nichts von Wohlgefühl.

In dem Loch der Kellerdecke erschien die erste Helligkeit, als er begann an den kommenden Tag zu denken. Es würde Neues zu tun geben, Neues zu suchen und Neues zu bauen. Der Tag würde anders werden als alle bisherigen hier in seinem Haus, aber er kannte sich genügend aus, um ihn zu bewältigen. – Der Gedanke beruhigte ihn und er schlief noch ein paar Stunden.

Am Morgen schaute er nach ihr. Sie saß wie ein Schatten in ihrer dunklen Ecke, als hätte sie sich die ganze Nacht nicht bewegt.

„Guten Morgen. Frühstück", rief er ihr zu, aber sie rührte sich nicht. Er ging zu ihr hin, nahm ihre Hand, half ihr auf und führte sie zum Feuer, wo der Topf mit den kalt gewordenen Nudeln stand. Am Vorabend waren die Nudeln noch heiß gewesen. Dennoch hatte er sie ihr einzeln mit der Hand anreichen müssen und sie hatte jede einzelne genau angesehen, bevor sie sie in den Mund steckte, den Blick immer auf ihre Hände gerichtet. Sie hatte jede Nudel langsam und gründlich gekaut und nach einer kleinen Menge mit einer Geste weitere abgelehnt. An diesem Morgen füllte er eine Handvoll Nudeln auf einen Teller und gab ihn ihr. Sie schaute lange darauf, nahm dann aber selbst eine Nudel nach der anderen und aß sie mit der gleichen Andacht wie zuvor.

Nach dem Frühstück führte er sie in die Trümmer eines Grundstücks jenseits des Baches, auf dem er Kleider gesehen hatte. Es war erstaunlich, wie fügsam sie an seiner Hand ging, und hier in den Trümmern war das nicht einfach, Mauerstücke mussten umgangen, andere Hindernisse überklettert werden. Als sie schließlich anlangten, stand Vera vor einem Loch in den Trümmern eines Hauses, das wohl einmal ein kleines Zimmer gewesen und voll war mit Kleidungsstücken und Wäsche aller Art. Sie stand starr, als müsste sie darüber nachdenken, was das alles bedeutete, und erst als Bruno hinabstieg und ihr einen rosafarbenen Pullover anreichte, schien sie nicht anders zu können, als danach zu greifen.

Sie suchte sich dann selbst Kleidung und Wäsche zusammen, Bruno stand dabei und hielt ihre Funde auf dem Arm, damit sie die Hände frei hatte. Den Rückweg ging sie selbständig, nicht mehr an seiner Hand, sie hielt die Wäschestücke in ihren Händen und diese Berührung schien ihr gut zu tun. An Brunos Keller angekommen, breitete sie die Stücke aus und betrachtete sie lange, als müsste sie jedes einzelne von ihnen nun erst erwerben.

Der Moment, in dem sie Bruno zum ersten Mal ansah, war durch diese Betrachtung sicherlich vorbereitet worden, ausgelöst wurde er von etwas anderem: Bruno hatte die Zeit genutzt und im großen Kochtopf Wasser heiß gemacht. In einem Eimer holte er kaltes Wasser dazu. Beides stellte er vor sie hin und brachte noch einige Brocken unterschiedlicher Seife, die er auf seinen Gängen gefunden hatte.

Da schaute sie ihn an. Er war nicht sicher, ob sie ihm in die Augen sah, aber er konnte ihre sehen, die blass blau waren, mit einem leichten grünen und einem noch leichteren braunen

Schimmer. Sie sahen sich an, einen Augenblick nur – ihre Lider senkten sich bald wieder. Sicher würde einige Zeit vergehen, bis es wieder zu einem solchen Blick kam, aber es war doch nicht mehr wie vorher.

Während sie bedächtig ihre Körperpflege begann, zog Bruno sich in seinen Raum zurück. Und es dauerte lange, bis die frisch gewaschene und neu eingekleidete Vera in den Keller herunterkam. Bruno konnte nur einen kurzen Blick auf sie werfen, dann verschwand sie in ihrer Ecke. Er verließ darauf den Keller, streckte sich auf seinem Sitz aus und schaute in den Himmel. Der Dunst erlaubte allenfalls eine Ahnung von Sternen, aber er wusste jetzt, dass es kein böses Schicksal war, das ihm Vera beschert hatte.

In der Tat waren es Hunde, deren aufdringliche Anwesenheit einige Tage später eine unverschlossene Seite in Veras Verhalten zutage brachte. Unmittelbar nach der Katastrophe waren alle, Menschen wie Hunde, in der Umgebung der Supermärkte geblieben. Angst lähmte sie, und dank genügender Vorräte an Lebensmitteln bestand ja auch keine Notwendigkeit sich zu entfernen. Erst als die Lebensmittel knapper wurden und der Schrecken der Katastrophe zu verblassen begann, brachen die Unerschrockenen auf, um die Trümmer zu durchsuchen, zuerst die Hunde, dann die Menschen. Selten hatte Bruno auf seinen Steifzügen Menschen gesehen, einzelne Hunde waren ihm öfter begegnet. Er mochte sie nicht in seiner Nähe, es ekelte ihn, wenn sie dasselbe Revier durchkämmten wie er. Deswegen hatte er sie immer durch Zurufe und lautes Händeklatschen vertrieben. Meist waren sie so scheu, dass sie sofort die Flucht ergriffen, und wenn es sein musste, hatte er mit Steinen nach ihnen geworfen.

Dass sie einmal zu seinem Keller kommen würden, hatte er sich nie vorgestellt. Und als es eines Tages geschah, sah es zuerst so aus, als ob nur ein einzelner Hund sich dorthin verirrt hätte. Bruno und Vera waren beide auf dem Fundament. Vera wusch ihre Wäsche in einer Plastikwanne, die sie von weither herangeschleppt hatte, und Bruno packte einen Rucksack mit Werkzeugen, Küchengeräten und Büchern aus den letzten Funden, von denen er hoffte sie bei seinem nächsten Besuch am Supermarkt als Tauschware verwenden zu können. Er hatte nichts gehört, und als er den Hund bemerkte, hatte Vera ihn bereits gesehen. Er hatte die Größe eines kleinen Schäferhundes, aber glattes, hellbraunes Fell, nur um den Hals herum war ein Kranz aus längeren schwarzen Haaren, was ihm ein verwegenes Aussehen gab.

Bruno stieß einen Schrei aus, den er aber sofort abbrach, weil Vera den Arm hob. Es war klar, dass sie das Kommando übernehmen würde, und als in den nächsten Sekunden von verschiedenen Seiten weitere Hunde auftauchten, zeigte sie keine Anzeichen von Überraschung. Die Hunde liefen herum, schnüffelten aufgeregt, offenbar angezogen von der Fülle menschlicher Gerüche. Vera nahm das alles wohl wahr, blickte aber nur den Leithund mit der schwarzen Halskrause an. Sie ging ruhig auf ihn zu und hielt ihm die Hand hin. Da machte auch er ein paar Schritte und begann an der Hand zu schnüffeln. Dann setzte er sich hin, ließ sich streicheln und sofort wurden alle Bewegungen der Hunde ruhiger. Einige ließen sich gleich nieder, andere liefen zu Bruno, um ihn zu beschnüffeln, wieder andere wollten auch von Vera gestreichelt werden. – Zwei Tage blieb die Meute auf dem Gelände, am darauffolgenden Morgen war sie verschwunden.

Das Erlebnis mit den Hunden hatte Vera für Bruno nicht weniger rätselhaft gemacht, aber jede Facette ihres Wesens, die er kennen lernte, machte sie ihm doch ein bisschen weniger fremd. Es entwickelte sich eine gewisse Selbstverständlichkeit in ihrem Umgang miteinander, die Bruno als angenehm empfand. Vera hatte schnell begonnen sich an der Arbeit zu beteiligen. Die regelmäßig anfallenden Arbeiten wie die Vorbereitung der Mahlzeiten oder das Wäschewaschen erledigten sie gemeinsam oder abwechselnd. Einmal, als Bruno gerade dabei war ein Regal zu bauen, um die immer größere Anzahl von Gefäßen und Küchengeräten unterzubringen, reinigte sie den Keller so gründlich, wie Bruno selbst es nie getan hätte.

Auch als der Regen kam, war es gut, dass sie zu zweit waren. Im Gefolge der Katastrophe musste es stark geregnet haben, daher stammten die Wasservorräte, die Bruno vorgefunden hatte.

Dann aber hatte es für Wochen überhaupt kein Wetter gegeben, bis der dichte, graue Dunst immer häufiger aufriss und Luftbewegungen wieder spürbar wurden. Und für die Wasserversorgung war es ein Glück, dass eines Nachts ein kräftiger Regen einsetzte. Bruno und Vera kletterten sofort hinaus, stellten, so gut das in der Dunkelheit ging, Wannen, Eimer, Gefäße aller Art auf und verstopften die Kelleröffnungen mit Tüchern und Brettern, die der Wind nicht so leicht fortwehen konnte.

Etwas Besonderes zwischen ihnen war die Art ihrer Verständigung. Weiterhin machte Vera keinerlei Anstalten zu sprechen, aber ihre Körpersprache wurde offener und damit deutlicher, und in einzelnen seltenen Fällen setzte sie nachdrücklich ihre Gestik ein. Bruno war sicher, dass er das Wesentliche mitbekam, und gewöhnte sich seinerseits daran, mit Vera zu sprechen, obwohl sie nicht antwortete. Denn er merkte an vielen ihrer kleinen und größeren Reaktionen, dass sie ihn sehr gut verstand. Manchmal stellte er sich vor, wie merkwürdig ihre Kommunikation für einen Außenstehenden wirken musste, aber Außenstehende waren ja nicht da.

Die Suche nach Nützlichem und Tauschbarem ging natürlich weiter. Grundsätzlich brachen sie zusammen auf, jeder durchkämmte zwar für sich die Trümmer, aber sie blieben in Sichtweite. Es zeigte sich, dass jeder seinen eigenen Blick für den lohnenden Fund hatte: Während Bruno weiterhin in erster Linie nach Lebensmitteln Ausschau hielt, fand Vera immer wieder Textilien, Kleidung und bunte Stoffe, mit denen sie den Keller auskleidete. Beide suchten, jeder auf seine Weise, nach nützlichen Dingen, die sie im Haushalt verwenden oder am Supermarkt tauschen konnten. Einmal fand Vera eine funktionierende Taschenlampe und von da an hielten beide die Augen für Batterien auf.

Auch wenn Bruno, was nicht oft vorkam, zum Supermarkt ging, um Öl und Gemüsekonserven einzutauschen, ließ er Vera nicht allein. Sie kam mit, hielt sich bei den Gesprächen aber ganz zurück, schaute niemanden an, auch Marco nicht, so als wäre sie gar nicht da. Die Nähe der Menschen schien ihr Anstrengung abzuverlangen, und erst wenn sie zurück an ihrem Keller waren, entspannte sie sich wieder.

Die Welt draußen hatte wenig Anziehendes. Eine glaubhafte Zukunftsperspektive war nirgendwo zu sehen. Bei den Besuchen am Supermarkt war immer nur von Fund und Tausch die Rede, nie von Konstruktion und Schaffen. Über die Verschläge und Unterstände hinaus, die Bruno schon bei seiner ersten Ankunft vorgefunden hatte, wurde nichts gebaut, ein Versuch zur Wiederherstellung wenigstens einer Notversorgung mit elektrischem Strom wurde anscheinend nicht erwogen. Vielleicht war es ein kollektives Trauma, das alle Initiative lähmte. Vielleicht war die Katastrophe aber auch auf eine Generation getroffen, die nie gelernt hatte etwas aufzubauen und die durch das Fehlen einer Infrastruktur aus Stromversorgung und Internet all ihrer Möglichkeiten beraubt war.

Wie auch immer, es blieb ein Gefühl von Unwirklichkeit, das seine Ursachen in einem allgegenwärtigen Widerspruch hatte: Niemand wollte das Leben, so wie es war, alles war notdürftig, provisorisch, aufs bloße Überleben ausgerichtet. Nichts war bunt, freudvoll, herzerfrischend. Doch zugleich war dieser Zustand auf unendlich geschaltet, ein Ende war nicht nur nicht absehbar, es kam nicht einmal im Denken vor.

VII

Bruno hätte sich gern gegen solche Gedanken gewehrt, aber das ging nicht. Es war klar und es war ernsthaft betrachtet unausweichlich, dass die Bedingungen schwieriger würden, die seine und Veras Existenz bestimmten. So unendlich die Menge von Lebensmitteln, Kleidung und Geräten erschien, die in den Trümmern zu finden waren, sie würden nicht mehr lange ihnen allein gehören, sondern von allen möglichen anderen beansprucht werden. Das war absehbar, und absehbar war auch, dass sich nicht nur die äußeren, sondern auch seine inneren Bedingungen ändern würden: seine Erwartungen an das Leben waren nach der Katastrophe auf das bloße Überleben beschränkt, je mehr sich die Schockstarre löste, umso weniger würde er damit zufrieden sein.

Solchen Gedanken war nicht zu entkommen, aber es gab – gerade in diesen ungeklärten Zeiten – die Möglichkeit sich zu schützen, indem man das Denken immer wieder in einen engeren Horizont zurückführte, nur für den Augenblick dachte, vielleicht für die nächsten zwei, drei Tage. Und wenn das gelang, hatte man das Empfinden, dies sei ein Leben, mit dem man zurechtkam und das die Tage ausfüllte. Bruno hatte, was er zum Überleben brauchte, lebte ohne größere Angst und es gab sogar Momente, die er genießen konnte.

Diese fragile Zufriedenheit hatte eine ganze Zeit lang Bestand. Bis zu einem Ereignis, das dem Leben, das Bruno und Vera führten, ganz radikal die Grundlage entzog. Später war er sich sicher, eine Vorahnung gehabt zu haben, und das war auch keine bloße Phantasie. Denn es hatte Vorzeichen gegeben, die man als Warnsignale hätte verstehen müssen; er hatte sie von sich ferngehalten, als ob sie ihn nichts angingen und eigentlich nur störten. Immer häufiger waren nicht mehr nur Hunde, sondern auch Menschen dem Keller nahe gekommen, fast immer in Gruppen. Man hörte schon von weitem ihre Stimmen, später sah man sie durch die Trümmer klettern, nach vorn gebeugt, die Blicke suchend nach unten gerichtet. Es schien, als ob sie Bruno und Vera gar nicht sähen und nur darauf achteten, den offensichtlich bewohnten Raum zu meiden.

Möglicherweise hätten Gespräche und Austausch mit diesen Leuten Bruno beruhigen können. Er zog es aber vor, so zu tun, als ob es sie gar nicht gäbe. Auch gab er den Grundsatz auf, nur gemeinsam mit Vera den Keller zu verlassen. Immer öfter zog Bruno alleine los, und als er einmal bei der Rückkehr Fremde auf dem Fundament stehen sah, wollte er zuerst an einen freundlichen Besuch glauben.

Einen Augenblick sah es in der Tat wie ein Gespräch unter Nachbarn aus. Aber nur einen Augenblick. Er musste bloß Vera ansehen, deren ganzer Körper Abwehr war. Sie stand kerzengerade, hatte die Arme an die Brust gedrückt, und beim Näherkommen sah er, dass sie einen Stein in den Händen hielt. Er sah dann ihr Gesicht, das mit starren, weit aufgerissenen Augen Wut und Ekel ausdrückte. Aber keine Angst.

Der Mann, der vor ihr stand, trug eine Wollmütze und ein erstaunlich weißes Hemd. Er sprach mit der Gestik des wohlwollenden Pädagogen auf sie ein, brach aber sofort ab, als er Bruno sah. „Komm doch näher!", rief er leutselig und gab damit den anderen ein Signal, sich Bruno nun auch zuzuwenden. Ein schlanker Mann mit langen Haaren und dünnem Bart stand abseits und betrachtete die Szene, als ob er nicht dazugehörte. Ein dritter fläzte sich auf dem Sitz, den sich Bruno am Kellereingang gebaut hatte. Er hatte in den Himmel geguckt und schaute jetzt über die Schulter zu Bruno hin. Und dann tauchte aus dem Eingangsloch ein Wuschelkopf auf, dessen rundes Gesicht vor Freude strahlte. Triumphierend beförderte er den Topf mit den Pellkartoffeln nach oben, die Vera am Morgen gekocht hatte. Er warf jedem eine zu, auch Vera und Bruno, die sich aber nicht rührten und die Kartoffeln von sich abprallen ließen. Die anderen fingen die Kartoffeln auf und begannen zu essen, alle mit der gleichen Gier, aber jeder auf seine Weise. Der erste biss hastig hinein, aß die Kartoffel mit der Schale. Der Dünnbärtige zupfte mit den Fingernägeln sorgfältig die Pelle ab, um dann gierig in die Knolle hineinzubeißen. Der dritte schien ohne Messer nicht essen zu können, er zerschnitt die Kartoffel und schob sie sich Stück um Stück in den Mund. Währenddessen stieg der Wuschelkopf aus dem Keller, stellte den Topf ab und begann selbst zu essen, eine dicke Kartoffel in jeder Hand.

Bruno stand regungslos dabei, wie wenn man im Traum ein schreckliches Geschehen seltsam ungerührt miterlebt, und als wie ein Überraschungsgast ein weiterer Mann dem Keller entstieg, war es wie ein Erwachen aus diesem Traum. Bruno sah die untersetzte Gestalt, über deren Muskeln die Kleidung spannte, er nahm den nüchternen Gesichtsausdruck wahr und die wachen Augen, die ihn prüfend musterten, bevor sich der Mann aus dem Topf bediente.

Gesprochen wurde nicht, bis alle Kartoffeln gegessen waren. Dann blickte der zuletzt Gekommene in die Runde und die anderen versetzten sich umgehend in eine Art von Aufmerksamkeit, die an einen militärischen Appell erinnerte.

„Alles klar", sagte der Untersetzte, „gut hier, sehr gut, perfekt. Alles da. Hier bleiben wir." Er verzog sein Gesicht und sah zu Bruno hin: „Ihr könnt meinetwegen auch bleiben." Er sah zu Vera und sein Grinsen wandelte sich zu einem Lachen, einem Lachen, das dröhnte und in das die anderen ebenso dröhnend einfielen. Es war natürlich Triumph in diesem Lachen, die wilde Freude des Beutemachers. Aber man konnte auch Erleichterung heraushören. Es hatte die Genugtuung des Besitzers gegenüber all den armen Hungerleidern. Es hatte die Aggressivität dessen, der seinen Besitz zu verteidigen entschlossen ist. Und wenn man genau hinhörte, konnte man vereinzelt kleine, wirklich winzige, aber unverkennbare Fetzen von Verlegenheit und Scham erkennen. Mal trat das eine, mal das andere Element dieses Lachens stärker hervor. Es schwoll an und verebbte wieder ein wenig. Es wieherte wie eine schnapsschwangere Stammtischrunde, lief davon und kam wieder zurück und manchmal rang es nach Luft, als ob es riesige Anstrengung kostete. Es donnerte und man glaubte Blitze zu sehen wie bei einem Feuerwerk. Es dröhnte wie aus einem tiefen Schacht und es stand in der Luft wie die Staubsäule eines Wirbelsturms.

Als es endlich zu Ende war, dieses Lachen, hatte Bruno seine Lähmung überwunden. Er ging zu Vera und führte sie an der Hand zur Straße. Sie gingen bis sie nichts mehr hörten, bis sie nichts mehr hätten sehen können. Bis sie alles verloren hatten. Dann suchte Bruno einen Platz, um sich mit Vera hinzusetzen. Sie zitterte jetzt.

„Es ist vorbei", sagte er. Er wollte sie beruhigen, erst im Nachhinein fiel ihm auf, dass seine Worte doppeldeutig waren. Und in diesem Moment überfiel ihn selbst der Jammer. Er spürte den Druck hinter den Augen und in den Nasenhöhlen und merkte dann, wie sein Gesicht von Tränen nass wurde. Vera sah ihn nicht an, aber sie musste es gemerkt haben, sie rückte ein Stück an ihn heran. So saßen sie lange.

Bruno trauerte. Er trauerte noch nicht um das verlorene Zuhause. Dieser Verlust war viel zu groß, als dass er ihn jetzt schon in seinem ganzen Umfang hätte spüren können. Nein, er trauerte um den Gasanzünder, den er zurückgelassen hatte. Es schien so lange her, dass er ihm das Feuer gerettet hatte. Er trauerte um die bequemen Polster, die warme Jacke, seinen Besitz, den er verloren hatte, das Werkzeug, die Töpfe, alles. Er hatte nichts mehr. Es kam der Gedanke zurückzugehen, die Eindringlinge zu ignorieren und alles aus dem Keller herauszuholen, was er tragen konnte. Aber das widerstrebte ihm, es widerstrebte ihm so tief, dass es auf gar keinen Fall in Frage kam. Es war alles verloren. Er wusste das, und die hilflose Wut drückte stärker auf seine Brust, als die Trauer es getan hatte, sie nahm ihm fast die Luft.

Sie saßen bis zum Morgen. In den Stunden vor der Dämmerung war es kalt und sie froren. Der Schmerz, den die Kälte ihnen machte, war willkommen als ein Begleiter in großem Leid.

VIII

Im Lager beim Supermarkt hatte eine grundlegende Veränderung nicht stattgefunden, es war nur die äußere Erscheinung, die sich gewandelt hatte. Als Bruno am frühen Vormittag mit Vera dort ankam, war es fast menschenleer. Offenbar waren die Leute in die Trümmer auf Beute gezogen. Von Mittag bis Abend würde es sich dann wieder füllen. Die Kartons waren großenteils verbrannt, nicht brennbare Verpackungsmittel hatte man auf kleine Müllhaufen zusammengeworfen. In und vor den Hütten war es trotzdem voller geworden. Dort standen jetzt die Früchte der intensiven Suchaktionen in den zerstörten Wohngebieten. Lebensmittel sah man kaum, sie waren wohl nach hinten gepackt. Was man im Vorbeigehen sehen konnte, waren große Mengen an Haushaltsgeräten, manche Unterstände sahen aus wie provisorische Verkaufsstände. Da standen Sessel, Sofas und Tische, jemand hatte eine Stehlampe wie sein Markenzeichen vor die Hütte gestellt, verschiedene IT-Geräte waren zu sehen. Und ein wie durch ein Wunder heil gebliebener Fernsehapparat, der wohl die Hoffnung verkörpern sollte, dass es eines Tages nicht nur Strom, sondern auch ein Programm geben würde.

Bei diesem Anblick wurde Bruno der Grad seiner Verzweiflung noch deutlicher. Ohne in der Lage zu sein, zielgerichtet nachzudenken oder gar zu planen, hatten sich seine Gedanken mehr und mehr auf Marco gerichtet. Marco war der einzige, den er jetzt sehen wollte. Aber er war nicht da. Und als Vera vorausging, folgte Bruno mechanisch. Bis sie vor Marcos Mutter standen.

Die Szene hatte etwas von einem Gemälde. Wie bei der ersten Begegnung saß sie, ein Buch in der Hand, mit ausgestreckten Beinen in ihren Polstern. Eine gewisse Eleganz ihrer Erscheinung erinnerte an eine Dame auf einer Chaiselongue, die Bruno einmal auf einem alten französischen Bild gesehen hatte. Sie schien sich zu freuen, lächelte, stand sogar auf, gab Bruno die Hand und umarmte Vera behutsam.

„Marco ist unterwegs", sagte sie. „Er geht nicht oft, aber gerade heute brauchen wir etwas. Fett und Zucker sind ausgegangen. Sonst geht er selten, er geht nur wenn es notwendig ist." Aus der Art, wie sie sprach, hörte man den Stolz auf den Sohn. Sie forderte die beiden auf sich zu setzen und ließ sich mit der Würde einer Adelsdame auf ihren Polstern und Kissen nieder. Eine Frau, die sich nie hatte gehen lassen. Ohne Achtsamkeit betrachtet mochte sie ganz unauffällig wirken. Bruno sah sie zum dritten Mal, und erst jetzt nahm er sie wirklich wahr. Sie war von mittlerer Statur und früher sicher schlanker gewesen, trug schwarze Kleidung und auch ihr kräftiges, gelocktes Haar war schwarz, von silbernen Strähnen durchzogen, die ihm einen vornehmen Glanz gaben. Was jedoch auf den aufmerksamen Betrachter einen besonderen Eindruck machen musste, war die Harmonie ihrer Gesichtszüge, Züge, wie sie sich auf Renaissancebildern finden, die sich bei ihr aber tief eingegraben hatten, was ihrem Gesicht jene Würde verlieh, die entstehen kann, wenn man viel und erfolgreich getrauert hat.

„Marco sorgt für uns", sagte sie, „er tut das gut. So gut. Dabei hat es Zeiten gegeben," sie hielt für einen Augenblick inne und fuhr dann fort – es war ganz deutlich, es drängte sie, von ihm zu sprechen: „Es hat Zeiten gegeben, da dachten viele, er hätte keine Chance. Sein Leben sei bereits verdorben. Ich habe das nie geglaubt, ich habe ihn ja als kleinen Jungen erlebt, habe gesehen wie neugierig und allem aufgeschlossen er war. Interessiert an allem, an allem was lebt, besonders aber an Geschichten, Geschichten von interessanten Erlebnissen, von Abenteuern, fremden Ländern .... Er las viel, sah Hunderte von Filmen und wollte alles wissen, alles kennen lernen. Mal waren es Städte, mal fremde Länder, mal Menschen."

Ihr Blick ging an den beiden Zuhörern vorbei in die Ferne. „Mag sein, dass es anders gekommen wäre, wenn ich ihm mehr hätte ermöglichen können. Ich war allein mit ihm, ohne gute Ausbildung. Hier in diesem Supermarkt war ich an der Kasse. Bescheidene Möglichkeiten. Er ist natürlich aufs Gymnasium gegangen, aber das war ihm zu wenig. Er hätte studieren können, aber das reizte ihn nicht. Er wollte in dieser Zeit, das hat er mir später gesagt, er wollte alles, das Absolute."

Sie lächelte, wissend und hilflos: "Das hat er sich dann selbst gemacht. Er hat mit Chemikalien experimentiert, sich –

wie er es dann genannt hat – das Tor zum absoluten Bewusstsein geöffnet. Er sagte, er könne nicht mehr bei mir leben, und ging fort. Jahre hat er auf der Straße gelebt. Jahre habe ich ihn nicht gesehen. Ihr könnt euch nicht vorstellen ... damals ... heute kann man sich ja alles vorstellen ...", sie lächelte auf ihre feine nachdenkliche Art. „Er hat wohl alle Sorten von Drogen genommen. Genaues hat er nie erzählt. Ich habe in dieser Zeit nicht eigentlich gelebt, nur vegetiert. Aber ich habe ihn nie aufgegeben."

Sie hielt inne, ihre Augen leuchteten jetzt. „Er hat es geschafft. Er hat es geschafft herauszukommen. Aus der Sucht. Vielleicht aus eigenen Kräften, vielleicht hat ihm jemand geholfen. Auf alle Fälle war es unendlich schwer. Er ist stark. Er ist zurückgekommen. Zu mir zurückgekommen."

Wieder eine Pause. Marcos Mutter war ganz bei sich. Die beiden Besucher saßen reglos. Bruno glaubte jetzt zu verstehen oder wenigstens eine Ahnung zu haben, warum sie das erzählen musste. Es war eine besondere Geschichte, die sie und ihren Sohn zu besonderen Menschen machte. Und sie ging noch weiter:

„Es kam dann die große Katastrophe. Alle verloren alles. Geliebte Menschen, allen Besitz. Ein Meer von Trauer, Schock, Verzweiflung. Alle sind Teil eines großen Leidens. Nur wir nicht. Wir hatten uns wiedergefunden, und nachdem wir überlebt hatten, gab es nichts, was wir verlieren konnten. Wir haben uns. Wir sind in diesem ganzen Leiden die Glücklichen, tatsächlich die Glücklichen."

Vera schaute mit wachen Augen Marcos Mutter an, wie wenn sie etwas wiedererkannt hätte. Und als die Frau weitersprach, wurden ihre Augen feucht und es lösten sich einzelne Tränen.

„Fast alle standen unter Schock. Viele sind bis heute verwirrt, unfähig ihr Leben zu führen. Sie sitzen nur da und starren ins Leere. Tag um Tag. Marco ist zu ihnen gegangen, hat mit ihnen gesprochen, ihnen zu trinken und zu essen gebracht. Vor allem mit ihnen gesprochen. Das war das Wichtigste. Er kann das gut, auf die Menschen zugehen, vielleicht hat er das ja auf der Straße gelernt. Nicht allen hat er helfen können, manche haben sich verweigert. Aber manche hat er auch mit hierher gebracht und ich habe sie kennen gelernt, wie Vera zu Beispiel."

Sie schwieg und die drei saßen lange, jeder mit seinen Gedanken. Bis Marco kam.

„Fett wird schwierig", sagte er und zeigte ein Stück Palmfett vor. „Auch die Kartoffeln werden knapp." Aber er hatte eine unbeschädigte Dose Bohnen gefunden. Für die Mutter hatte er einen Roman mitgebracht. „Heinrich Böll, ‚Das Brot der frühen Jahre', das ist, glaub ich, was für dich." Er schien gar nicht erstaunt, Bruno und Vera vorzufinden, und als seine Mutter ihm sagte, sie habe ihnen seine Geschichte erzählt, nickte er nur. Als jedoch Bruno begann, von ihrer Vertreibung durch die Plünderer zu berichten, setzte er sich und wurde nachdenklich.

„Was hast du vor?", fragte er, als Bruno geendet hatte.

„Ich weiß es wirklich nicht. Ich wollte mit dir darüber reden. Ich hatte ziemliche Angst um Vera."

Marco nickte. „Ihr könnt natürlich bei uns im Lager bleiben. Aber hier wird's auch nicht besser. Ich hab mit ein paar Leuten gesprochen, die einen Garten anlegen wollten, um nächstes Jahr frische Gemüse zu haben. Sie haben sich Werkzeuge gesucht, in den Trümmern des Genossenschaftsladens haben sie Saatgut gefunden und – ich glaube in einer Schrebergartensiedlung – auch passende Beete. Sie haben da sehr viel Arbeit hineingesteckt." Marco sah die anderen an, anscheinend kannte auch seine Mutter die Geschichte noch nicht. „Das war doch mal was! – Aber – natürlich kommt jetzt das Aber – aber dann waren da andere Leute, die hatten aus den Trümmern nebenan Möbel geholt und sie quer über die Schrebergärten getragen, gefahren, geschleift. Sie wollten wohl den Weg abkürzen. Womöglich haben sie nicht einmal, gemerkt, dass da Beete waren. Jedenfalls haben sie alles aufgerissen und zertrampelt." Marco machte eine Pause, als hätte er keine Worte mehr, dann wollte er doch noch einen Schlusspunkt setzen: „Ihr könnt euch vorstellen, wie begeistert die Gärtner waren. Die machen nichts mehr. Hoffnungslos."

IX

Hoffnungslos – bedrückt – lethargisch: die Vokabeln der nächsten Tage und Wochen. Natürlich nahm man teil an der Suche nach Nahrungsmitteln und anderen notwendigen Dingen. Natürlich saß man oft zusammen und redete. Man wurde auch vertrauter miteinander. Aber die Gespräche waren immer häufiger durch lange Pausen unterbrochen. Das Lachen, das sich in den Monaten seit der Katastrophe allmählich wieder eingestellt hatte, gab es nicht mehr, und selbst verständnisvolles oder ermunterndes Lächeln war selten geworden.

Dennoch war unter der dicken Decke der Depression nicht alles tot. Denn den meisten Menschen fällt es schwer, Hoffnungslosigkeit zu ertragen. Das bloße Überleben scheint nicht genug zu sein. Und so, wie in einer Gefahrensituation ohne unser Zutun ein Adrenalinausstoß erfolgt, wird ganz unabhängig von unserem Willen unser Unterbewusstsein tätig und begibt sich auf geheimnisvolle, für uns selbst jedenfalls nicht verständliche Weise auf die Suche nach Auswegen.

Vera war die erste, bei der es herauskam. Bruno hatte gesehen, wie sie beim Suchen in den Trümmern von einer Art Plakat ein Stück abgerissen und es eingesteckt hatte. Er hatte sich nicht weiter Gedanken darüber gemacht. Als sie einige Tage später das Stück Papier herauszog und auf die Kiste legte, die als Tisch diente, wirkte das wie ein Befreiungssignal, aber es überraschte nicht, weil in Brunos Kopf schon ähnliche Gedanken herangewachsen waren. Auf dem Papier stand in großen Lettern „AMERIKA". Natürlich. Das Land der Hoffnung für die Vielen, die es zu Hause nicht mehr ausgehalten hatten.

„Du meinst wir fliehen, wir wandern aus?", sagte Bruno. Vera sah ihn erwartungsvoll an. „Ja", sagte er weiter, „das ist wohl die einzige Lösung."

Sie schwiegen eine Weile. „Wahrscheinlich weißt du auch nicht, wie wir das machen können", sagte Bruno dann, „wir werden Informationen beschaffen müssen."

Ähnlich geheimnisvoll, wie das Unterbewusstsein an der Lösung von Problemen arbeitet, kommt es zu einem überraschenden Schub von Energie, wenn das lähmende Abwägen von Möglichkeiten überwunden und eine Entscheidung getroffen ist. Plötzlich erscheint vieles einfacher, das Wort „machbar" tritt in den Vordergrund des Denkens und wir können gar nicht mehr verstehen, wie wir ohne diese Entscheidung hatten leben können. Bruno hielt es nicht mehr in dem Unterstand, er brauchte jemanden zum Reden, richtig reden, und so machte er sich auf die Suche nach Marco, wie immer schloss Vera sich ihm an.

Während sie suchend durch das Lager gingen, schossen ihm Dutzende von Gedanken ungeordnet durch den Kopf. Wohin konnte man überhaupt fliehen? Amerika? Afrika? Skandinavien? Asien schien weniger erreichbar und weniger attraktiv. Entweder zu viele Menschen oder zu viel Einsamkeit. Oder hatte er völlig falsche Vorstellungen? Wie war es überhaupt möglich, so große Strecken zu überwinden? Würden sie monatelang wandern müssen? Was würde man mitnehmen? Würde man zu Wenigen wandern oder einen größeren Treck organisieren? Wie kam man an Kartenmaterial, wie sollte man sich orientieren? Wo war denn überhaupt die Zerstörung zu Ende? Kam man jemals über die Trümmer hinaus? Gab es Möglichkeiten über den Atlantik oder das Mittelmeer zu kommen?

„Natürlich habe ich mir das auch schon überlegt", sagte Marco, als sie ihn schließlich gefunden hatten, „hier gehen wir auf die Dauer kaputt. Aber ich habe mich entschlossen hier zu bleiben. Ich glaube, es wäre zu viel für meine Mutter. Sie würde das nicht schaffen."

Bruno sah ihn enttäuscht an, ohne ihn war seine Verantwortung größer. Er wurde unsicher. Marco merkte das sofort: „Ich werde mit Wellington reden", sagte er.

Beide schwiegen, dann fragte Bruno: „Stimmt es, dass er ein Satellitentelefon hat?"

„Ja, einen Receiver, eine Art Satellitenempfänger, da kann er Sender aus Übersee empfangen. Aber er hört nur wenig, um Batterien zu sparen. Er weiß sehr viel und kann auch mit wenig Information etwas anfangen."

„Und er kann uns helfen? Informationen geben?"

„Wenn jemand, dann er. Es ist aber nicht einfach mit Wellington. Wenn ich ihn besuche, das ist kein Problem. Aber wenn Fremde kommen? – Und wenn wir etwas von ihm wollen, dann sollten wir uns anmelden – und ihm etwas mitbringen. Am besten natürlich Batterien, die in sein Gerät passen. Oder Tabak, das ist auch gut. Zigaretten, Zigarren, Zigarillos, losen Tabak, Blättchen. Er raucht viel."

„Hat er Angst, dass ihm dasselbe passiert wie uns?"

„Ja, das auch. Und – er ist überhaupt empfindlich. Er ist alt. Will keine Störungen, kein Risiko. Aber – wenn jemand etwas weiß, dann er."

„Hat denn niemand sonst einen solchen Satellitenempfänger?", fragte Bruno, „ich meine, es ist doch merkwürdig, dass alles von einem Mann abhängen soll."

„Man findet Bücher vielleicht auch Zeitschriften über Geographie und Politik, die sind aber veraltet, man weiß ja nicht, was sich verändert hat. Ich weiß keinen sonst – mit aktuellen Nachrichten. Ich glaube, es hat auch keiner großes Interesse daran."

Also Wellington: Zwei Tage später standen sie vor seinem Haus. Die Trümmerlandschaft war hier anders als in den Stadtteilen, die Bruno kannte. Große Betonplatten, die offensichtlich einmal Hochhäuser gewesen waren, standen zum Teil aufrecht und hinderten die Sicht. Wellingtons Haus hatte wohl in ihrem Schatten gestanden. Ähnlich wie bei Brunos Keller war auch hier nur noch das Fundament vorhanden. Es war unbeschädigt, der Zugang war möglich, weil die Außentür nicht verschüttet war. Das kleine Haus musste zwischen einer ganzen Reihe von Hochhäusern gestanden haben. Auch jetzt war es nicht leicht zu entdecken, Marco hatte sie um mehrere Betonplatten herumführen müssen, bis sie es sehen konnten.

Er ging voraus, klopfte, trat einen Schritt hinein und holte Vera und Bruno nach. Ein kurzer Gang, dann öffnete sich der Blick in einen etwa viermal vier Meter großen Raum. Der erste Eindruck, den Bruno von Wellington bekam, wie er dort an seinem Tisch saß, war der von Empfindlichkeit. Der Tisch war unter ein Kellerfenster gerückt, dessen Gitter entfernt worden war, damit genügend Licht hereinfiel. Wellington thronte auf einem mit einem dicken Kissen gepolsterten Holzsessel. Was aber in besonderer Weise den Eindruck der Empfindlichkeit hervorrief, war das blasse Rosa seiner Haut, die durch das lange weiße Haar und den dünnen Bart hindurchschimmerte. Auf den Wangen war die Haut ein wenig dunkler, die kleine Nase hob sich wiederum etwas heller ab. Die ebenfalls kleinen, blassblauen Augen schauten herausfordernd mit einem Schatten von Misstrauen.

Wellington war klein und rund, seine dünnen Beine erreichten nicht den Boden. Anscheinend stand er nicht gerne auf, er hatte alles, was er brauchte, um sich herumgestellt. Auf dem Tisch standen Speisen und Getränke, lagen Bücher und Schreibwerkzeug, und neben ihm auf dem Boden stand ein zu einem kleinen Ofen umgebauter Blechkanister, in dem sich ein Rest von Glut befand.

Nach einer nüchternen Begrüßung – Bruno hatte Zigaretten besorgt und Batterien, von denen er hoffte, sie mithilfe von Aluminiumfolie in den Receiver einpassen zu können, – setzten sie sich auf Hocker und Stühle, die dem Tisch gegenüber an der Wand gegenüberstanden, den Blick auf Wellington gerichtet, wie in einer Zwergschule.

Wellington sah sie nicht an, sein Blick ging hoch zum Fenster. „Ihr wollt weg", begann er, „habt ihr euch überlegt, was das bedeutet? Was es bedeutet, wenn diejenigen, denen Verantwortung und Initiative zugetraut werden kann, das Land verlassen?" Er machte eine Pause. Er hatte leise gesprochen, aber wie ein alter Motor, der auf Touren kommen muss, steigerte er sich, als er weitersprach, langsam auf normale Lautstärke. „Es bedeutet, dass das Land ausblutet. - Wenn es jemals wieder gesunden soll, dann geht das nur in einem mühsamen, schwierigen, alle Potentiale beanspruchenden Prozess. Und wenn diejenigen, die die Fähigkeit haben, diese Anstrengung aufzubringen, sich aus dem Staub machen, hat das Land keine Chance. – Und glaubt nur nicht, ihr hättet es woanders leicht."

Wieder brauchte er eine Zeit, wie um seine Gedanken in Stellung zu bringen. „Will sagen, der Egoismus der Einzelnen erhebt sich über das Wohl der Allgemeinheit. Das ist verantwortungslos und hat meine Unterstützung nicht verdient." Er machte eine Pause. „Noch vor wenigen Wochen hätte ich so zu euch gesprochen. ‚Baut auf!', hätte ich zu euch gesagt, ‚baut neue Häuser! Bringt die Elektrizität wieder in Gang! Repariert die Maschinen um die Trümmer aufzuräumen! Begrabt die Toten! Stellt euch der Katastrophe und besiegt sie!' Vor einigen Wochen noch habe ich so gedacht. Aber was ich inzwischen erfahren habe, hat mich gezwungen weiterzudenken. – Inzwischen fürchte ich akzeptieren zu müssen, dass die Gewissheiten unseres Denkens, die Gewissheiten des modernen europäischen Denkens ihre Gültigkeit verloren haben. Die Annahme, dass im Handeln der Menschen Egoismus und Verantwortung aufs Ganze gesehen in einer Balance sind, nicht bei jedem Einzelnen natürlich, aber insgesamt – diese Annahme war so grundlegend, dass wir sie für selbstverständlich gehalten haben. Aber das ist sie offenbar nicht. Ich höre von zunehmenden Diebstählen und Plünderungen und ich höre nichts, nicht einen einzigen Fall von erfolgreicher Reparatur."

Wellington stieß die Luft durch die Lippen, als müsste er sich von etwas Unangenehmem befreien. Vera hatte sich ganz in sich selbst zurückgezogen, schaute auf den Boden, als wäre sie am liebsten gar nicht da. Und Bruno ging es ähnlich. Er hatte sich in eine Art Passivzustand begeben, aus dem ihn Wellingtons heftiger Atemstoß plötzlich aufschreckte. Die Frage stellte sich ganz von selbst:

„Wollen Sie damit sagen, dass die Katastrophe nicht nur das Materielle zerstört hat, sondern auch unser Denken?"

„Nein, das glaube ich nicht. Dass es sich etwa um ein Symptom einer Traumatisierung handelt – nein. Nein, ich glaube, dass diese Grundlage des abendländischen Denkens bereits in den Jahrzehnten vor der Katastrophe zerstört worden ist. Wir haben es nur nicht gemerkt. Man hat damals einen Fortschritt darin gesehen, dem Streben nach dem eigenen Vorteil die letzten Beschränkungen zu nehmen – in der irrigen Annahme, das käme auf die Dauer allen zugute. Man glaubte sogar, das sei eine Art von Gerechtigkeit. Es waren gar nicht die Schlechtesten, die so dachten. Wenn ich mich recht erinnere, gab es aber auch damals schon einige, die die Zerstörungskraft dieses kurzsichtigen Egoismus sahen. Sie konnten sich nicht durchsetzen, die Verlockungen der schnellen Befriedigung waren zu stark."

Wellington brauchte Zeit, um einen neuen Gedanken zu fassen: „Die Geschichte hat Beispiele für riesige Zerstörungen, vielleicht nicht so groß wie diese, aber dennoch gewaltig. Und die Menschen haben wieder aufgebaut, manchmal erstaunlich schnell, häufig mit Gewinn. Ohne Verankerung in Sitten und Gebräuchen und ohne Verantwortungsgefühl wäre das nicht möglich gewesen. Das ist das, was allem Anschein nach jetzt fehlt. – Die Geschichte kennt auch Beispiele für das Verschwinden menschlicher Lebensformen. Das Römische Reich, die Hochkultur der Mayas. Die Neandertaler sind ganz verschwunden. Und der europäische Mensch, warum sollte nicht der europäische Mensch verschwinden? Weg von der Landkarte? In den Orkus der Geschichte? – Und wenn dem so ist, dann habt ihr alles Recht der Welt, diesem Untergang zu entfliehen."

Zum ersten Mal blickte Wellington seine Besucher an. Mit genügend Zuversicht konnte man eine gewisse Sympathie in seinem Blick erkennen. „Und es scheint so", fuhr er fort. „dass ihr euch Europa aus dem Kopf schlagen könnt. Nach allem, was ich herausfinden konnte, ist der Umfang der Zerstörung erheblich. Offen gesagt weiß ich nicht, wo ihre Grenzen liegen. Tiefe Täler könnten verschont geblieben sein, aber darüber weiß ich auch leider nichts." Er schüttelte den Kopf, beugte sich zum Tisch und nahm eine von den Zigaretten, die Bruno mitgebracht hatte. Eine Weile betrachtete er sie, bevor er sie anzündete. „Es gibt auch keinen Hinweis darauf, dass es Orte gibt, an denen die Menschen sich konstruktiver verhalten als hier."

„Und was ist mit Amerika?", entfuhr es Bruno. Sogleich bedauerte er, so plump vorgeprescht zu sein.

Wellington ließ, wenn auch nur ganz kurz, ein Lächeln aufblitzen. „Nach allen Informationen, die ich in den letzten Wochen aufsammeln konnte", sagte er, „tut ihr recht daran, nicht Afrika zum Ziel zu nehmen, obwohl es näher liegt und vielleicht auch leichter zu erreichen wäre. Die Sicherheitslage für Zuwanderer ist absolut inakzeptabel. Wer nicht durch Zugehörigkeit zu einer meist ethnisch bestimmten Gemeinschaft geschützt ist, der ist das, was man im europäischen Mittelalter als vogelfrei bezeichnet hat: Jeder, der die Mittel dazu hat, kann ihn ausrauben, töten oder versklaven, ohne irgendwelche Sanktionen fürchten zu müssen. Ich habe Nachrichten gehört, nach denen einzelne Stammesführer über ganze Heere von Sklaven verfügen. – Dann also Amerika. Ihr denkt vermutlich an die Vereinigten Staaten, das Land der Hoffnung für Generationen von Auswanderern." Wellington zog an seiner Zigarette, stockte, zum ersten Mal schien er nicht zu wissen, wie er fortfahren sollte. Er blickte vor sich auf den Tisch, als könnte er dort etwas finden, das ihm weiterhalf. Dann schüttelte er den Kopf und sah hoch. „Es gibt einige Merkwürdigkeiten in der Berichterstattung aus den USA", sagte er, „man erfährt wenig, viel weniger als früher. Nachrichtenkanäle scheinen blockiert zu sein. Das könnte mit der neuen Regierung zu tun haben. Nach vielen Anläufen hat sich der rechte Flügel der Republikaner durchgesetzt und begonnen in einer merkwürdig umfassenden Weise die Politik zu bestimmen." Wellington war in die Pose des Dozierenden gefallen. Er sprach jetzt lauter, flüssiger, formulierte fast druckreif. „Es hat immer schon Phasen des Isolationismus in der amerikanischen Politik gegeben, aber diesmal ist es radikaler. Die Politik, auch und gerade die Außenpolitik, beschränkt sich auf die Verfolgung der Interessen amerikanischer Konzerne – in einer Ausschließlichkeit, die niemand für möglich gehalten hätte. Das hat zu einer Hochkonjunktur beigetragen, die sich aber auf die USA und vielleicht noch Kanada beschränkt. Hinzu kommt Groß Britannien. Als nach der Katastrophe auf dem Festland nach Osten hin praktisch kein Austausch mehr möglich war, hat es sich ganz nach Westen orientiert. Das Vereinigte Königreich und Irland sind der 53. und 54. Staat der USA geworden. Europa kommt in deren Politik nicht mehr vor. Von Einwanderung ist nie die Rede."

Wellington verzog den Mund, als ekelte ihn, was er sagte. Vielleicht war es ihm zuwider, dass er so wenig Genaues wusste. Noch einmal schüttelte er sich, wie um unangenehme Gefühle loszuwerden, zog ein letztes Mal und drückte die Zigarette aus. „Ich werde weiter recherchieren", fuhr er fort, „aber das kann dauern. Und euch drängt es." Er hatte sich seinen Zuhörern zugewandt, fast schien es, dass er ihre Nähe suchte. „Ich kann das verstehen. Ihr wollt weg. Und ich kann mir nicht vorstellen, dass es nicht möglich sein sollte, über den Atlantik auszureisen. Ihr solltet das versuchen. Aber wie kommt man nach Amerika? An Flugverkehr ist nicht zu denken. Also müsst ihr ein Schiff finden." Auch darüber hatte Wellington sich Gedanken gemacht. Er wusste, dass Bremerhaven, Hamburg und Rotterdam zerstört waren. „Im Westen sind die Zerstörungen geringer. In Le Havre ist noch Schiffsverkehr - und anscheinend auch in Antwerpen. Das ist von hier besser zu erreichen, ich werde versuchen, mehr über Antwerpen zu erfahren."

Wellington schaute seine Besucher an, der Reihe nach, jeden einzelnen. Dann blickte er wieder hoch zum Fenster. Das Gespräch war beendet.

Der Wandel, der nun eintrat, war radikal. Bereits auf dem Weg zurück zum Supermarkt begann eine neue Lebendigkeit. Die Energie des Neuanfangs, die mit ihrem plötzlichen Anschub aller Sinne die Depression vergessen machte, focht ihren Kampf mit der Angst vor dem riesigen Unbekannten. Aufregung wurde zum Dauerzustand, der den Magen flattern ließ und die Brust krallte. Die Nächte wurden von Visionen wach gehalten, von Triumphen zukünftiger Freiheit oder Katastrophen des Verlusts aller Möglichkeiten. Wenige Stunden Schlaf mussten ausreichen. Denn – und das war ein Glück – es gab viel zu tun an den Tagen.

Hunderte von Kilometern würden zu laufen sein, es würde feste, gut sitzende Schuhe brauchen, überhaupt stabile Kleidung, die lange hielt, warm und wetterfest war. Ein guter Rucksack oder ein stabiler Rollkoffer war wichtig, um Reservewäsche, Lebensmittel, Seife und sonstige Utensilien zu transportieren. Bruno hatte einmal eine Werkzeugtasche gefunden, in die er nun das beste Werkzeug einordnete, das er finden konnte: neben einem Hammer, mehreren Zangen, einer Metallsäge, einer Feile packte er jeweils einen Satz Maul- und Inbusschlüssel ein. Er dachte daran, dass es vielleicht einmal nötig sein könnte, mit Handwerksarbeit den Lebensunterhalt zu verdienen.

X

Zurück im Lager gab es keine Zeit, das Gehörte in Ruhe sacken zu lassen. Getragen von einer Energie, die er selbst nicht ganz verstand, ging Bruno zugleich ungeduldig und zielgerichtet vor. Er machte Pläne, schrieb Listen der Dinge, die er für die Reise benötigen würde. Jetzt, wo er sich entschlossen hatte, konnte es nicht schnell genug gehen. Was er in den Trümmern auf Anhieb nicht fand, erwarb er im Tausch. Und Vera zeigte schon nach kurzer Zeit, dass sie sehr wohl verstanden hatte, worum es ging. Sie schaffte es auch ohne Worte, ganz souverän ihre Tauschgeschäfte zu führen. Das bekam zum Beispiel eine Frau zu spüren, die eine dunkelgrüne Öljacke in der richtigen Größe trug und gar nicht die Absicht hatte zu tauschen. Vera bot eine große, dicke, fast unbeschädigte und vergleichsweise saubere Wolldecke, die der Frau zwar gefiel, für die sie aber keinen aktuellen Bedarf hatte. Vera lächelte. Sie lächelte mit dem Erfolg, dass die Frau sich nicht bedrängt fühlte, sondern zu überlegen begann. Als sie den Kopf wiegte, wohl mit dem Gedanken, eine neue Jacke würde sich nicht allzu schwer wiederfinden lassen, löste Vera einen feinen Silberring von ihrem Ohr und legte ihn auf die Decke. – Der Tausch war perfekt.

Ein anderes Mal, als es um Unterwäsche ging, die Vera sehr gefiel, deren Besitzerin aber kein Interesse an ihren Tauschangeboten hatte, gelang es ihr mit großer Geduld und Freundlichkeit, herauszufinden, wofür sich die Frau ihrerseits interessierte. Es war eine Thermoskanne für Kaffee, davon gab es nicht mehr viele, weil sie, einmal beschädigt, nicht mehr zu gebrauchen waren. Vera machte sich nun auf die Suche, und als sie eine solche Kanne gefunden hatte, nahm sie alles mit, was sie anzubieten hatte und bekam sie schließlich für ein großes Küchenmesser, eine Bibel und eine Einkaufstasche auf Rädern. Der Gedanke, dass sie vielleicht zu viel für die Unterwäsche gäbe, stellte sich offenbar gar nicht ein.

Eines ließ sich im Tausch nicht bekommen und das war unverzichtbar: sie brauchten Wertgegenstände, Schmuck, Goldmünzen, teure Uhren, wie anders sollten sie unterwegs Proviant und vor allem die Überfahrt bezahlen. In Gesprächen mit den

Tauschpartnern, die auch ihm häufig mit wenig Interesse begegneten und oft erst auf Umwegen an ein Geschäft herangeführt werden mussten, wurde Bruno klar, dass fast alle Schmuck und anderes Edelmetall von ihren Beutezügen mitgebracht hatten. Gerade diese Beute aber verbargen sie vor fremden Augen und waren unter gar keinen Umständen bereit, sie in ihre Tauschgeschäfte mit einzuschließen. – Es war ärgerlich viel Zeit, die Bruno und Vera damit verbrachten, in den Trümmern nach Wertgegenständen zu suchen.

Natürlich fiel es manchen Leuten auf, mit welcher Konsequenz Bruno und Vera ganz bestimmte Objekte haben wollten. Wozu man denn in aller Welt so dringend einen Rollkoffer brauche, wurde gefragt, und obwohl natürlich keine eindeutige Erklärung gegeben wurde, war doch nicht zu leugnen, dass die beiden etwas Bestimmtes planten. Eine schlanke Frau mit kurzen, hennaroten Haaren machte keinen Hehl daraus, dass sie erst Vera und dann Bruno beobachtete. Eine ganze Zeit lang. Dann sprach sie Bruno an.

„Sieht aus, als ob ihr auf Reisen gehen wolltet. Interessiert mich. Ich wüsste gerne, wohin", sagte sie und Bruno fiel angenehm auf, dass sie ihm offen ins Gesicht schaute. Trotzdem reagierte er vorsichtig: „Was interessiert dich daran?"

„Ich glaube nicht, dass ich für immer hierbleiben will", sagte sie.

Nach dem Gespräch mit Wellington hatte Bruno an so viel zu denken gehabt, dass ihm die Idee, es könne Mitreisende geben, gar nicht wieder in den Sinn gekommen war. Nur an Vera und sich hatte er gedacht, das wurde ihm jetzt klar. Es fiel ihm nichts ein, was gegen den Wunsch der Frau sprach, dennoch fühlte er sich unsicher.

„Es wäre mir lieber", sagte er, „wenn du morgen noch einmal kämst." Um nicht unfreundlich zu sein, fügte er hinzu: „Dann können wir in Ruhe darüber reden."

Die Frau schien enttäuscht, nickte aber und ging. Bruno hätte gerne mit Vera darüber gesprochen, und da das nicht ging, suchte er Marco.

„Es ist so viel Neues, Dinge, an die ich noch gar nicht gedacht habe", sagte er, als sie im Unterstand saßen. Dass Marcos

Mutter mithörte, störte nicht. „Ich meine.... Mir ist eben erst klargeworden, dass ich die ganze Zeit das Gefühl hatte, unsere Reise ist eine Art Geheimaktion, von der nur wir wissen. Nur wir haben die notwendigen Informationen. – Warum eigentlich? Warum sollen nicht andere mitkommen?" Er erzählte von der Frau, die ihn gefragt hatte.

Marco hatte bei der Reiseausstattung sehr aktiv mitgeholfen, er zögerte, als er sich jetzt auf dieses Problem einlassen sollte. „Das müsst ihr selbst entscheiden", sagte er, „es kann ja auch günstig sein, wenn die Gruppe etwas größer ist." Und als Bruno darauf nichts sagte, fuhr er fort: „Ich würde es trotzdem nicht an die große Glocke hängen. Dann wollen alle möglichen Leute mit."

Vera nickte, Bruno schaute sie an und sagte: „Wir sollten uns die Leute schon aussuchen. Die Frau, die mich gefragt hat, war wohl in Ordnung." Vera nickte wieder. Diese Frau stellte sich als Isabel vor, als sie am Tag darauf zum Treffpunkt kam. Sie war zwischen dreißig und vierzig Jahren alt, in guter körperlicher Verfassung, zeigte zwar nichts mehr von der Enttäuschung des Vortages, blieb aber erst einmal skeptisch und zurückhaltend. Als Bruno ihr den Kern der Wellingtonschen Informationen wiedergab (ohne dessen Namen zu nennen) und zusammenfasste, was er selbst sich für die Vorbereitung der Reise überlegt hatte, wurde sie aufgeschlossener. Sie fragte auch nicht nach dem Ursprung der Informationen, sondern erzählte von sich selbst. Sie habe sich hier am Supermarkt mit einer Frau, einer Freundin, zusammen eine kleine Hütte gebaut, in der sie beide leben konnten. Dann habe die Freundin sich mit einem Mann zusammengetan. Gegen den habe sie zwar nichts, aber sie fühle sich nicht mehr wohl in der Hütte, und das habe ihr den Entschluss erleichtert, von hier fortzugehen.

„Es wird Zeit von hier fortzukommen", sagte sie, „wann wollt ihr aufbrechen?"

„Wenn alles vorbereitet ist, werden wir es besprechen. Wie lange wirst du brauchen für Ausrüstung und Proviant? – Wir haben schon das meiste. Wenn wir dir helfen, geht es schneller."

Als Isabel davonging, schaute Vera ihr nach. Offenbar bewegte es sie, dass die Gruppe größer wurde, vielleicht auch, dass es eine Frau war, die zu ihnen stieß. Und es blieb nicht bei Isabel. Nur wenige Stunden später näherte sich ein Mann und sprach Bruno an. Er war nicht sehr groß, schlank, hatte ein schmales Gesicht, mittellanges braunes Haar, auffällig waren die wachen hellblauen Augen. „Es war schon bemerkenswert," sagte er, „Isabel ist plötzlich eine ganz andere geworden. Naja, jetzt weiß ich warum. Ich will schon lange weg. Aber allein? Ich hab einfach den Hintern nicht hochgekriegt." Er schaute Bruno an, überlegte einen Augenblick. Sagte dann: „Es hat wohl Hand und Fuß, was ihr macht. Ich würde gern mitkommen. – Übrigens, ich heiße Tony"

„Das ist nicht so einfach", sagte Bruno, „eine lange Reise, ins völlig Ungewisse."

„Genau da will ich hin", antwortete Tony. Beide mussten lachen, Bruno gab noch Informationen, dann war die Sache geklärt. Am nächsten Tag war man mit Isabel verabredet, um den Stand der Vorbereitung zu besprechen. Tony würde dabei sein.

Und noch jemand kam mit: Walter - wie Tony und Isabel in den Dreißigern, vielleicht ein paar Jahre älter, groß, athletisch, kahlköpfig. Er sprach nicht viel. Sagte nur, er sei ein Nachbar von Isabel. Wie sie wolle er weg. Sie könnten sich auf ihn verlassen. Er habe auch schon einige Vorbereitungen getroffen. – Nun waren sie fünf. Sie legten den Tag fest, an dem sie im Morgengrauen aufbrechen würden, bis dahin würde alles vorbereitet sein.

XI

Alle waren pünktlich: Vera mit ihrem Rollkoffer trug die grüne Öljacke, Bruno hatte einen großen Reiserucksack mit mehreren Taschen, trug schwere Wanderschuhe und einen Hut. Auch Isabel, Tony und Walter hatten Rucksäcke und wetterfeste Kleidung, Isabel war es gelungen, sich ganz mit sportlicher Funktionskleidung auszustatten. Sie waren ungeduldig, warteten nur noch auf Marco um sich zu verabschieden, da kamen – wie selbstverständlich – noch zwei hinzu, ein Mann und eine Frau, beide mit Rollkoffern. Bruno hatte sie hier und da gesehen, war aber nie in näherem Kontakt mit ihnen gewesen.

„Wir haben euch beobachtet", sagte die Frau, „wir wollen mit."

„Wo wollt ihr denn hin?", fragte Bruno.

„Egal", sagte der Mann, „Hauptsache weg. Ihr werdet euch schon etwas überlegt haben."

Bruno musste lächeln. War das dreist oder naiv? „Wir werden lange laufen müssen ", sagte er, „Hunderte von Kilometern. Schafft ihr das?" Beiden war die Neigung zur Fettleibigkeit anzusehen, aber die karge Zeit nach der Katastrophe hatte mehr Falten als Rundungen zurückgelassen und Bäuche waren nur noch im Ansatz da. Beide nickten: „Wir sind gut in Form." In der Tat strahlten sie Energie aus, die die Hoffnung des Aufbruchs auch bei ihnen erzeugte. Und überhaupt: Wer konnte sie fortschicken? Niemand konnte sie hindern, der Gruppe zu folgen.

Ulla und Fred, wie sie sich vorstellten, waren nicht die einzige Überraschung an diesem frühen Morgen, und – jedenfalls für Bruno und Vera - auch nicht die bedeutsamste. Marco erschien, und zwar nicht um sich zu verabschieden, sondern mit Rucksack und Umhängetasche.

„Meine Mutter", sagte er in die fragenden Gesichter hinein, „meine Mutter hat darauf bestanden. Sie sagt, für mich ist hier keine Zukunft. Ich müsse jetzt an mich denken. Sie will nicht, dass ich ihretwegen bleibe. – Ich habe ihr ein Bücherregal gefüllt, Vorräte gesammelt. Es gibt Leute, die ihr helfen für sich zu sorgen. Ich werde sie nach Amerika nachholen. Sobald es geht."

Es waren nun acht, die sich auf den Weg machten. Sie verließen die Stadt, blickten nach vorne, auch wenn der Anblick, der sich ihnen bot, ihnen keinen Mut machen konnte. In die Ackerflächen waren bizarre Löcher eingegraben, Trümmer und zerstörte Fahrzeuge lagen herum. Wo aus zerborstenen Bäumen neues Blattgrün wuchs, hatte sich dicker Staub darüber gelagert. Nichts was das Auge hätte erfreuen können. Ebenso abstoßend waren die Gerüche von unterschiedlichen Gasen und hin und wieder die Ahnung von Verwesung. Die Kraft, die die acht vorantrieb, fand keinerlei Verstärkung in der umgebenden Natur, die Kraft kam allein aus ihnen selbst.

Am ersten Tag marschierten sie zehn Stunden fast ohne Unterbrechung. Walter voraus, dahinter Isabel und Tony, dann Bruno, Vera und Marco und am Schluss Ulla und Fred. Die beiden benutzten Wanderstöcke, auch so etwas war wohl in den Trümmern zu finden gewesen, niemand sonst hatte darauf geachtet.

Wellington hatte ihnen in einem letzten Gespräch geraten, den Autobahnen zu folgen. Das erleichterte die Orientierung, aber nicht unbedingt das Vorankommen. Die Trümmerberge von Autobahnkreuzen waren so riesig, dass sie sie mühsam umgehen mussten. Wo Brücken eingestürzt waren, stiegen sie tief in die Täler hinab. Auch über die Flüsse kamen sie natürlich nur mühsam. Es blieb nichts übrig, als eine Stelle zu suchen, an der die Brückentrümmer dicht genug lagen, dass sie eine Art wilden Damm bildeten. Auf allen Vieren konnte man dann hinüberklettern, oft war es gut, eine Kette zu bilden, um Taschen und Koffer weiterzureichen.

Als Fred sagte: „Wir können nicht mehr", spürten alle die Erschöpfung.

„Lasst uns einen guten Platz suchen", sagte Tony. „Und Wasser", rief Isabel, „ich habe fast alles ausgetrunken." Es war nicht einfach. Sie liefen noch lange weiter. Nirgendwo Wasser. An die Fahrzeuge, die die Katastrophe von der Autobahn gefegt hatte und die jetzt in mehr oder weniger großer Entfernung meist auf der linken Straßenseite lagen, trauten sie sich nicht heran. Schließlich ließen sie sich unter einem der großen Hinweisschilder nieder, dessen Pfeiler umgefallen und verbogen war und das nun einen spitzen Winkel mit dem Erdboden bildete. Sie richteten sich mit ihrem Gepäck ein wenig ein, aßen und teilten das letzte Wasser. „Morgen müssen wir Pausen machen", sagte Bruno, „und auch mal von der Autobahn runter. Um Wasser, vielleicht Proviant zu besorgen." Zum Schlafen zog er die schweren Wanderstiefel aus. Er musste an die Tage denken, an denen er nach der Katastrophe einsam herumgeirrt war, bis er seine Stadt gefunden hatte. Da war er völlig unvorbereitet gewesen, hatte nichts gegessen. War Stunde um Stunde gelaufen. „Es kann nur der Schock gewesen sein", dachte er, „der das möglich gemacht hat." Jetzt war es anders.

Der Schlaf, obwohl nicht tief, brachte Erholung. Der wenig gastliche Ort hielt sie nicht lange, sie brachen früh auf. Der Elan war wieder da, und nicht weit von der nächsten Abfahrt fanden sie Wasser. Sie schafften ein gutes Stück an diesem Tag. Und auch am folgenden kamen sie gut weiter. Am vierten Tag gegen Mittag spürte Bruno einen stechenden Schmerz im linken Knie. Der Schreck war groß genug, um seine eigene Wirklichkeit vorzugaukeln: In ein paar Minuten, da war er sich sicher, würde es vorbei sein. Unter allen Umständen wollte er den Schmerz ignorieren, auf keinen Fall wollte er der Grund für Probleme sein, die die ganze Gruppe aufhalten könnten. Aber dann rief Fred von hinten: „Bruno, du humpelst ja. Das sieht nicht gut aus." Bruno wollte weitergehen, einfach weiter, aber Fred war mit ein paar Schritten heran: „Was ist denn los?" Da war es dann doch eine Erleichterung, als die Gruppe sich um ihn versammelte und er von seinem Knie sprechen konnte. Er schaute in die Gesichter, in denen Bedauern stand, und Ratlosigkeit. Nur Fred wusste weiter. „Du nimmst jetzt erst einmal unsere Stöcke. Glaub mir, das bringt etwas. Ich war damals bei der Feuerwehr, wir hatten gute Sanitätskurse. Später suchen wir Stöcke für dich, werden schon welche finden, einfache Knüppel tun es auch."

Und in der Tat, die Entlastung durch die Stöcke machte den Schmerz erträglich. Bruno versuchte möglichst gleichmäßig zu laufen, und es kam dazu, dass er zeitweise das Knie sogar vergaß. In der Nacht würde er eine kalte Kompresse versuchen, vielleicht würde es mit der Zeit heilen.

Die Zeit, passende Stöcke zu suchen, kam erst am nächsten Tag. Walter, der vorausging, hatte einen Blick entwickelt für Wasserstellen, die sauber aussahen und gut erreichbar waren.

Nun stand es an, den übrigen Proviant zu ergänzen, und er fand ein Trümmerfeld, das nahe der Autobahn ein Wohngebiet gewesen zu sein schien. Sie legten ihr Gepäck ab, kletterten den Fahrdamm hinunter und schwärmten aus. „Es stinkt!", rief Ulla und sie hatte Recht. Über den Trümmern lag ein merkwürdiger Geruch, nicht sehr stark, aber ekelerregend, mit großer, alle Poren ergreifender Intensität. Schnell war klar, woher er kam. Überall verteilt lagen große Mengen von Exkrementen, offenbar Hunde- und Katzenkot. Und dann sahen sie auch die Knochen, Menschenknochen, Wirbelsäulen mit Schädel und Becken, Armen und Beinen, teilweise von Trümmern bedeckt, einige hingen aus Fahrzeugwracks, die vom Autobahndamm heruntergestürzt waren.

Es gab keine Diskussion, alle kletterten die Böschung hoch, nahmen ihr Gepäck und entfernten sich, so schnell sie konnten. Sie hatten nichts aus den Trümmern mitgenommen, bis auf einen Besen, den Bruno im Vorbeigehen gegriffen hatte und dessen Stiel er abschraubte, um ihn als Stütze zu nutzen. So konnte er wenigstens einen Wanderstock zurückgeben.

Erst nach einigen Minuten kam das Gespräch in Gang. Spekulationen, was in diesem Wohngebiet wohl geschehen sein mochte. Hatte der Damm die Bewohner daran gehindert, sich in Sicherheit zu bringen? Oder hatte der Lärm der Autobahn das Gebrüll der Katastrophe übertönt, so dass die Leute zu spät gewarnt wurden? „Ich habe nirgendwo anders so viele Tote auf so kleinem Raum gesehen", sagte Marco, „irgendeinen Grund muss das doch haben." „Wir sollten nicht mehr daran denken", sagte Ulla, „sonst trauen wir uns nicht mehr von der Autobahn weg."

Es gelang ihnen rechtzeitig vor Sonnenuntergang eine Stelle zu finden, an der sie sich mit Proviant eindecken konnten. Sie waren darin geübt und hatten nach einer Stunde einiges gesammelt. Aber als sie auf das vereinbarte Pfeifsignal hin mit ihren Funden zusammentrafen, standen sie erst einmal unentschlossen im Kreis. Bis dahin hatte jeder von seinen eigenen Vorräten gelebt, jetzt zögerten sie. Bis Isabel ihr Netz mit einer Tüte Linsen, Salz und einigen Konserven in die Mitte stellte. Da stellten die anderen das Ihre hinzu und sie verteilten den Proviant so, wie er am besten getragen werden konnte. Sie suchten sich bald einen Lagerplatz und machten zum ersten Mal ein Feuer, um ein gemeinsames Abendessen zu kochen.

Das Leben auf der Straße hat seine eigenen Regeln und Abläufe. Sie zählten die Tage, die sie schon unterwegs waren, aber sie hatten keine Vorstellung, wie viele noch kommen würden. Die Anordnung, in der sie vor- und hintereinander marschierten, wurde immer seltener geändert, man fand sich darin zurecht. Dieses Minimum an Ordnung schien notwendig. Während des Marsches wurden auch die Gespräche immer seltener, als ob jeder für sich seinen Rhythmus finden und aufrechterhalten müsste. Jeder war bei sich und zugleich aufgehoben in der Gruppe.

Viel spielte sich in den Köpfen ab. Nach der Katastrophe, in den ersten Tagen und Wochen, hatte es eine Art Amnesie gegeben, die Erinnerung an die Zeit davor war wie ausgewischt. In den folgenden Monaten lockerte sich die Sperre hier und dort, Erinnerungsfetzen tauchten auf, verbanden sich neuen Erlebnissen, ohne dass die Vergangenheit das Gewicht bekommen hätte, das ihr in einer ungebrochenen Biographie zukommt. Das Trauma markierte eine Zeitenwende, hinter die zurückzugehen Anstrengung kostete. In den langen Stunden des monotonen Voranschreitens, in denen nichts Wesentliches die Aufmerksamkeit forderte, war es jedoch, als ob sich der Kopf öffnete und die Erinnerung eindringen ließ. Welche Erinnerungen jedoch nach einer solchen Öffnung im Bewusstsein auftauchten, welche Bilder, Personen, Ereignisse, das schien keiner Logik zu folgen.

Bei Bruno stellten sich Bilder und Gefühle eines Erlebnisses ein, das in seinem Leben kein besonderes Gewicht gehabt hatte. Nun aber, in der Einöde des ewigen Voranschreitens, beschäftigte es ihn tagelang. Es war eine Episode vom Anfang seiner Studentenzeit. Sonderbar war, dass es mit einer erotischen Erinnerung begann, obwohl doch – wenn man das Ganze betrachtete – das Erotische nur eine Nebenrolle spielte. Trotzdem: er sah sie vor sich mit ihren schwarzen Locken, den tiefschwarzen Augen und dem wunderbaren Mund. Ihr Name hatte mit „A" angefangen. Agnes? Astrid? Sie arbeiteten zusammen, das hatte sich so ergeben. Er liebte es, neben ihr zu sitzen, wenn sie einen Text gemeinsam lasen. Oder bei ihr zu stehen, wenn sie die frisch gedruckten Seiten ordneten. Es wurde ihm warm, jedes Mal wenn ihre Schultern oder Hände sich berührten. Dann schauten sie sich an und lächelten beide. Offenbar war es auch ihr nicht unangenehm, in seiner Nähe zu sein. Aber über diese ganz individuellen Gefühle hinaus schien das alles keine Bedeutung zu haben, denn im Vordergrund stand die Sache. Es ging um den Frieden. Den Weltfrieden. Es ging darum, das endlose Weiterdrehen der Rüstungsspirale zu verhindern. Es ging darum, die Öffentlichkeit zu gewinnen, sie nicht der offiziellen Logik des Kalten Krieges zu überlassen. Die nämlich bestimmte die Linie der großen Zeitungen: allein durch militärische Stärke und Überlegenheit sei Sicherheit gewährleistet.

Alle, die Bruno kannte, waren dagegen: Nur nicht noch mehr Raketen! Nicht noch mehr Marschflugkörper! Und dann war die geniale Idee entstanden, eine Gegen-Zeitung zu machen. Nachts, wenn an den Pressehäusern die Morgenausgabe ausgeliefert wurde, waren Studenten da und besorgten ein Exemplar. Sofort setzte sich die Redaktion zusammen, sichtete die Leitartikel und schrieb Antworten dazu: einseitige Darstellungen wurden korrigiert, Informationslücken geschlossen, Perspektivwechsel nahegelegt. Am Morgen um fünf, wenn die ersten zur Arbeit gingen, standen Studenten an U-Bahn-Schächten und Busbahnhöfen und verteilten die GEGEN-ZEITUNG.

Bruno hatte in diesen Tagen in einem Hochgefühl gelebt, im Hochgefühl solidarischen Handelns. Auch jetzt noch, nach Jahren, spürte er es nach, dieses Gefühl. Nie wieder war er so überzeugt, genau das Richtige zu tun. – Natürlich gab es die GEGEN-ZEITUNG nur wenige Monate, der Aufwand war einfach zu groß. Und Astrid? Agnes? Er hatte sie aus den Augen verloren. Später hatte er das oft bedauert. Wie schön wäre es gewesen, hatte er gedacht, wenn er den Mut gehabt hätte, sie anzusprechen, sich mit ihr zu verabreden. Was hätte sich daraus entwickeln können? Aber Mut hatte er damals nur für die „Sache" gehabt.

Es ist erstaunlich, wie eine solche Erinnerung den ganzen Körper erfassen, alle Glieder in Erregung versetzen kann. Bruno glaubte die Nähe der Frau zu spüren, den Duft ihres Haares zu riechen. Er vergaß die Zeit in diesen Erinnerungen, spürte aber, wie sie ihn in Bewegung hielten, wie sie ihm Kraft gaben, immer weiter, Stunde um Stunde voranzuschreiten.

XII

Mag sein, dass alle in der Gruppe solcherart Phantasien nachhingen, mag sein dass jeder seinen ganz eigenen Weg fand, die Seele warm zu halten, während alles, was zählte, die bloße Entfernung war, die sie zurücklegten. Alle hatten das Leben auf der Straße gelernt, fanden sich darin zurecht, es war Normalität geworden. Und so war es völlig überraschend, als sich am Horizont etwas anderes zeigte als die Trümmer, die sie gewohnt waren. Es mussten Häuser sein, stehende Häuser, senkrechte Mauern. Zunächst nur zu ahnen, zu glauben erst, wenn man kurz davor stand. Es war, wie wenn man nach Jahrzehnten der Abwesenheit an den Ort seiner Kindheit zurückkommt.

Fassaden mit leeren Fenstern, ein Stück weiter offensichtlich bewohnte Häuser. Und da gab es auch Passanten, Leute die sie fragen konnten, nach einem Platz zum Übernachten, nach dem Weg, den sie weiter nehmen mussten. Die Leute antworteten, hielten aber Abstand. Vielleicht kamen selten Menschen aus den Trümmergebieten hierher. Oder sie hatten Angst vor ansteckenden Krankheiten. Immerhin gaben sie Antworten: Es sei noch ein knapper Tagesmarsch bis nach Antwerpen, hieß es. Und ja, sie könnten Lebensmittel bekommen, die Stadt sei im Augenblick ausreichend versorgt.

Isabel und Tony waren ungeduldig, wollten noch ein Stück weiter, aber die Mehrheit war für ein Quartier in einem der leeren Häuser. Und für die Nutzung einer Wasserleitung. Am nächsten Tag wollte man früh aufbrechen.

Noch ein Tag. Es gab jetzt viel mehr Abwechslung. Man sah fahrende Autos. Wenige. Der Verkehr war so gering, dass sie weiter die Autobahn benutzen konnten. Manchmal mussten sie ausweichen, kamen durch Dörfer und Städte, und je weiter sie sich von den zerstörten Gebieten entfernten, umso stärker spürten sie die Ablehnung der Menschen, denen sie begegneten.

Dagegen wurden die Gespräche untereinander wieder lebhafter. Warum man denn übers Meer müsse und nicht einfach hier bleiben könne, wurde kurz diskutiert. „Ihr merkt doch, wie die Leute uns ansehen", sagte Ulla, „die wollen uns hier nicht." Und Marco: „Die haben auch sicher ihre Gründe. Ich glaube nicht, dass es viel Arbeit gibt. Die Wirtschaft kann nicht groß sein, ihr fehlt das Hinterland. Vielleicht müssen die Leute hier sogar über See versorgt werden."

Es war klar, sie mussten weiter. Zum Hafen. Und das Gespräch kreiste um die Frage, wie sie dort vorgehen sollten. Wie sollte man Leute finden, die ihnen zur Überfahrt verhelfen konnten? War so etwas illegal? Würden Papiere verlangt? Wie konnte man Betrügern entgehen? – Keine neuen Fragen, vieles davon war Bruno schon lange durch den Kopf gegangen.

Es ging dann alles sehr schnell. Die historische Altstadt, sagte man ihnen, sei nicht zu verfehlen. Aber sie wollten sofort zum Hafen. Dann müssten sie über den Fluss. Es gebe eine Brücke zum Containerhafen. Man half ihnen den Weg zu finden, das war alles. Was sie wollten im Containerhafen, interessierte niemanden.

Die Brücke, eine altertümliche Eisenkonstruktion, war die einzige weit und breit. Die Zufahrt war durch eine Baracke verstellt, sodass nur eine schmale Lücke blieb. Etwas abseits stand ein kleiner Lastwagen. Davor Männer mit dunkler Sonnenbrille, schwarzem Anzug, schwarzem Hemd, automatischen Waffen. Als die Gruppe herankam, mit ihren Stöcken, Rucksäcken und Koffern, ertönte ein Pfiff und aus der Baracke trat ein weiterer Mann, keine Sonnenbrille, Anzug in einem hellen Beige. Er kam auf sie zu und begrüßte sie auf Englisch mit den unglaublichen Worten „Was kann ich für Sie tun?" Und als niemand antwortete: „Wegen eines Schiffstransfers, wie ich annehme. – Wenn Sie bitte auf den Lastwagen steigen würden!"

Sie hoben das Gepäck auf die Ladefläche, kletterten hinterher, das erste Mal seit langem, dass sie ein Fahrzeug benutzten. Der freundliche Herr setzte sich ans Steuer, zwei Sonnenbrillenmänner stiegen dazu. Langsam an der Baracke vorbei fuhren sie auf die Brücke, überquerten den Fluss und bogen dann nach links auf eine Reihe von Lagerhallen zu. Vor einer von ihnen hielt der Wagen, sie sprangen ab und auf ein „Wenn Sie mir bitte folgen würden" hin gingen sie mit ihrem Gepäck einer nach dem anderen hinter ihrem freundlichen Führer auf das große Tor zu. Die beiden Sonnenbrillenmänner kamen in einigem Abstand hinterher.

Die riesige Halle war leer, an einer Längsseite abgetrennt eine Reihe von Büroräumen. Einen davon öffnete ihr Führer und bat sie einzutreten. Es war ein Warteraum, an dessen Wänden Stühle standen, sonst war auch er leer. Sie stellten das Gepäck ab und setzten sich. Sie warteten, sprachen nicht viel, ein Gefühl, wie das von Patienten, die im Krankenhaus auf eine Operation warten: man unterliegt einem Ablauf, auf den man keinen Einfluss hat. Man hat sich entschieden, jeder Zweifel kann nur hinderlich sein.

Es dauerte Stunden. Dann kam der freundliche Herr wieder und führte sie in einen weiteren Raum, der wie ein Vorzimmer eingerichtet war, nur dass es keine Sekretärin gab, aber die beiden Sonnenbrillenmänner. Einer von ihnen forderte sie auf, ihre Waffen abzugeben. Sie schüttelten die Köpfe, mussten sich einer nach dem andern breitbeinig an die Wand stellen und wurden durchsucht, auch die Frauen. Danach wurde das Gepäck kontrolliert, wobei es offenbar nur auf Waffen ankam, Schmuck und andere Wertgegenstände ließen die Männer, wo sie waren.

Nach der Prozedur öffnete der freundliche Führer die Tür ins nächste Zimmer, schaute kurz hinein und bat die Gruppe einzutreten. Dieser Raum war aufwendiger eingerichtet. Hinter einem riesigen Schreibtisch, der in besseren Zeiten einem Manager gehört haben mochte, saß ein glatzköpfiger fetter Mann mit dünnem Kinnbart. Er forderte sie mit einem geschäftsmäßigen Grinsen auf, Platz zu nehmen. Man hatte in einer Reihe Stühle für sie aufgestellt, auf beiden Seiten postierten sich die Sonnenbrillenmänner, der freundliche Führer schloss die Tür von außen.

Der Dicke am Schreibtisch schaute sie der Reihe nach an, nickte jedes Mal und sagte, als er mit allen durch war: „Die Überfahrt geht nach Veracruz, Mexiko, direkt." Er sagte das in einem Ton, in dem man eine Ferienreise beschreibt. Und – als sähe er die Fragen voraus, die seine Äußerung aufwarf - fügte er hinzu: „Einen anderen Transfer gibt es zurzeit nicht. Der Preis beträgt 1200,- Dollar, ohne Verpflegung."

Die Worte standen im Raum, und da geschah etwas, das im Ablauf der Operation vermutlich nicht vorgesehen war. Tony griff in seinen Rucksack, holte nach kurzem Suchen eine goldene

Armbanduhr heraus und brachte sie zum Schreibtisch. „Keine Rolex, aber einwandfreies Material", sagte er, „800,- Dollar."
„Wer trägt denn heute noch Uhren?", sagte der Dicke, „500,-."
„Als Schmuck schon", sagte Tony, „700,-." Man einigte sich, und die noch fehlenden 600,- Dollar handelte Tony für einen Diamantring heraus. Noch bevor er sich setzen konnte, stand Marko neben ihm und übergab ihm einen Teil seines Schmucks. Tony nickte, nach und nach erledigte er den Handel für alle. Man hätte den Eindruck haben können, dass es ihm Spaß machte. Hin und wieder schien er kühner zu werden, setzte einen Wert höher an, als es im Vergleich mit anderen Schmuckstücken angemessen erschien, so, als ob nur ein Kenner die Besonderheit des betreffenden Objekts würdigen könnte, und oft genug setzte er sich damit durch.

Nach Abschluss der Transaktion – eine schriftliche Abmachung gab es nicht – würdigte der Dicke sie keines Blickes mehr, rief nur den freundlichen Führer herein, der sie – nun zu Fuß – in das Innere des Hafens brachte. Es ging an unendlichen Reihen von mehr oder weniger hoch gestapelten Containern vorbei, ein Schiff war nicht zu sehen. Sie folgten einem Kanal, waren schon nahe der Kaimauer, als der Führer vor einem einzeln stehenden Container stehen blieb. „Das ist Ihrer", sagte er, „er muss noch sauber gemacht werden. Sehen Sie zu, dass alles bereit ist, wenn der Frachter kommt."

Er verschwand und sie waren allein, auch die Sonnenbrillenmänner waren nicht mehr zu sehen – überhaupt schien das Gelände menschenleer zu sein. Da löste sich die Spannung. Isabel stieß einen kleinen Freudenschrei aus. Marco, Bruno und Tony lachten einfach nur. Fred schlug Tony auf die Schulter: „Konnte ja keiner ahnen, dass du Juwelenspezialist bist."

„Bin ich auch nicht. Aber der Zottelbart ist auch keiner."

Es war ein kleiner Triumph, den niemand für möglich gehalten hatte. Ein Teil ihres Schmuckes und ihrer Edelmetalle war ihnen also geblieben und das war gut so, sie würden noch einiges nötig haben.

Der Geruch, der ihnen entgegenschlug, als sie den Container öffneten, konnte dieser Freude nichts anhaben. Verfaultes

Gemüse, Altöl, schwer zu sagen, was noch. Vielleicht Exkremente. Wie auch immer, alles Widrige prallte nun an ihnen ab. Das Ziel schien greifbar. Dass es nicht Amerika hieß, sondern Mexiko, war ihnen bedeutungslos, wichtig dagegen, dass alles in die Wege geleitet war: Was unsichere Vorstellung gewesen war, war geplante Realität geworden. Was Flucht gewesen war, schien jetzt die Reise zum sicheren Ziel. Die Kraft, die sie antrieb, nach den langen Monaten in den Trümmern, nach den Wochen auf den Straßen, in denen immer nur das Weiterkommen gezählt hatte, und nach den Undurchsichtigkeiten hier im Hafen: die Kraft, die sie jetzt packte, war stärker als jeder Gestank.

Endlich gab es etwas zu tun! Das Hafengelände war gut ausgestattet. In der nächstgelegenen Lagerhalle fand sich eine Werkstatt, es gab Hydranten in regelmäßigen Abständen, von einem Versorgungsblock an der Hafenmauer ließ sich ein Schlauch abmontieren. Man fand Besen, Bürsten, die schärfsten Reinigungsmittel. Weil sich herausstellte, dass nicht alle beim Schrubben des Containers mitarbeiten konnten, machten sich Vera und Bruno auf, um in der Stadt nach einer Beschaffungsquelle für Lebensmittel zu suchen. Walter prüfte die Möglichkeiten, die die Werkstatt bot, und machte zusammen mit Fred Pläne für Veränderungen, die sie am Container vornehmen wollten.

Bei Einbruch der Dunkelheit war der Container wieder trocken und praktisch geruchsfrei. Auf eine neue Lackierung wurde verzichtet. Stattdessen sollten am nächsten Tag mithilfe von Bohrmaschine und Flex Lüftungsschlitze angebracht werden und an der Vorderseite eine Klappe, die es ermöglicht, die Tür von innen zu öffnen. Außerdem mussten Polster beschafft werden, diese Nacht wurde noch einmal auf dem harten Boden geschlafen.

XIII

Es tat der Hochstimmung gut, als sich am dritten Tag in eine Blickachse zwischen den Containern die gewaltige Silhouette eines Frachters schob. Mit einem Mal bevölkerte sich der Hafen. Pickups, Tieflader, Gabelstapler, verschiedene Arten von fahrbaren Kränen. Es waren Hafenarbeiter zu sehen, Sicherheitspersonal; Menschen, die aussahen, als ob auch sie Flüchtlinge wären, tauchten auf und verschwanden hinter Containerwänden. Der freundliche Herr in Beige erschien, es ging dann erst einmal alles sehr schnell.

Eine Art Sattelschlepper kam, lud den Container auf und wollte gleich losfahren. Aber Tony und Fred hielten ihn auf, bestanden darauf mitzufahren. Sie wollten versuchen mit dem Kranführer zu verhandeln, gegen ein anständiges Geschenk sollte er ihren Container günstig positionieren: unmittelbar auf Deck, nicht in irgendwelchen schwindelnden Höhen, aber so, dass nicht bei starkem Seegang die Wellen hineinschlugen. Sie hatten vieles bedacht.

Die anderen folgten zu Fuß, in Begleitung des freundlichen Führers. Als sie den Frachter erreicht hatten, übergab der sie förmlich an Männer mit Sonnenbrillen, die an der Gangway einen Wachtposten errichtet hatten. Ohne ein Wort nahmen sie das Gepäck, ein Stück nach dem anderen, durchsuchten es. Sogar die Kartons mit Proviant wurden durchsucht. Der letzte Schmuck, Goldmünzen und was sonst noch Wert hatte, wurde herausgenommen und in einen alten Postsack geworfen, der in der Ecke stand. Auch Brunos Werkzeug wurde zurückgehalten. Dann mussten sie selbst sich an die Wand des Wachhäuschens stellen und wurden noch einmal abgetastet, einer nach dem anderen. Tony und Fred hatten sich eingefunden und waren die letzten in der Reihe.

Nach wenigen Minuten war die Prozedur vorbei, die Sonnenbrillen wandten sich ab. Der Führer in Beige, dessen Amtsbereich am Schiff offensichtlich seine Grenze hatte, begnügte sich jetzt mit einer Geste, die ihnen den Weg den Gang hinauf wies. Oben empfing sie gelangweilt ein Arbeiter im Blaumann, führte sie über Treppen und durch Gänge zu ihrem Container am Heck des Frachters und keiner von ihnen dachte daran, einen Blick zurück zu werfen auf den alten Kontinent, auf dem sich ihre zerstörte Heimat hinter Containern verbarg.

Kaum mehr als eine halbe Stunde hatte das gedauert, was man früher als das „sich Einschiffen" bezeichnet hatte, was Generationen von Auswanderern als gewaltigen Einschnitt in ihrem Leben empfunden hatten und was wohl oft mit großer Wehmut verbunden gewesen war. Bruno kannte Auswanderergeschichten und konnte in diesen Augenblicken gar nicht anders als daran zu denken, aber wenn es nach seinem Wunsch gegangen wäre, hätte der Frachter sofort abgelegt.

Mag sein, dass das große Trauma Gefühle wie Wehmut gar nicht mehr zuließ, weil sie der Seele die letzte Kraft hätten nehmen können. Mag sein, dass die Katastrophe mit all ihrer Zerstörungskraft nicht nur die Zeugnisse der Zivilisation auf dem Kontinent, sondern auch die emotionale Erinnerung daran zerstört hatte. Klar war, dass alles Streben, alle Phantasie ungeduldig nur nach vorne drängten, hin auf ein Ziel, auf Mexiko, wo einzig noch Leben möglich erschien.

Aber der Frachter legte nicht ab.

Er legte auch am folgenden Tag nicht ab. Und auch nicht am dritten. Es wäre unerträglich geworden, alle Energie wäre versiegt, wenn dann nicht – an drei aufeinanderfolgenden Tagen – drei Wunder geschehen wären, Wunder oder zumindest Ereignisse, mit denen niemand gerechnet hatte.

Die erzwungene Untätigkeit, verbunden mit der Unsicherheit, ob es überhaupt weitergehe, ob man vielleicht Betrügern aufgesessen sei, zerrte an den Nerven. Nun, da es nichts mehr zu tun gab, nicht einmal vorwärtsgeschritten werden musste, war die Aufmerksamkeit geradezu zwangsläufig auf die Gruppe selbst, d.h. auf die jeweils anderen in der Gruppe gerichtet. Die jeweiligen Eigenheiten fielen plötzlich ganz anders auf als zuvor. Marco konnte keinen Augenblick still sein, und wenn es keinen Anlass zur Bewegung gab, störte das umso mehr, je länger es dauerte. „Mich nervt es fürchterlich", sagte Isabel zu Walter, „dass du nie etwas sagst. Man weiß nicht, wo man dran ist bei dir. Vielleicht sind wir dir nicht gut genug, es nicht wert mit uns zu reden. Oder du machst dich im Stillen lustig über uns." – Walter hätte darauf antworten können, hätte sagen können, dass sich sein Schweigen gegen niemanden richtete. Dass es bestimmte Gründe habe. Aber er antwortete nicht.

Ärgerlich war auch die räumliche Einschränkung. Sie konnten den Container zwar verlassen, der Platz, der ihnen auf Deck zugänglich war, war aber eng begrenzt. Ganz offensichtlich gab es weitere Passagiere an Bord. Aber wo waren sie? Im Hafen waren sie nur von Ferne zu sehen gewesen, auf dem Schiff gar nicht mehr. Hatten auch sie Zugang zum Deck oder war ihr Container in einer ungünstigeren Position, so dass sie ihn vielleicht gar nicht verlassen konnten? Tony und Fred machten sich auf die Suche, kamen aber nicht weit. Nach wenigen Metern war der Gang zwischen Containern und Reling durch übermannsgroße Gitter abgesperrt, die mit Ketten festgeschlossen waren. Es kostete Anstrengung, sie zu übersteigen, was aber auch nichts half, weil sie im nächsten Gang von Seeleuten aufgegriffen und zurückgeschickt wurden.

Wie gesagt, der Ärger hätte sich ansammeln und zu einem explosiven Gemisch werden können, wenn nicht am vierten Tag nach der Einschiffung das erste Wunder geschehen wäre. Es kündigte sich an mit einem Geräusch, genauer gesagt mit dem Rasseln der Ketten, mit denen die Absperrgitter befestigt waren. So kam es, dass alle begierig schauten, als ein Rollstuhl herangeschoben wurde. Aber nur Marco, Vera und Bruno erkannten sofort die Bedeutung der Person, die darin saß: Es war Wellington.

Die beiden Arbeiter, die ihn hergebracht hatten, sagten nichts, bremsten nur den Rollstuhl und machten dann sofort kehrt, man hörte das Aufstellen und Festketten des Gitters, dann war es still. Auch Wellington sagte nichts, er blickte in seinen Schoß, ganz offenbar war er sehr müde. Marco brauchte eine halbe Minute, dann ging er zu ihm hin, legte ihm vorsichtig die Hand auf die Schulter und fragte:

„Wollen Sie sich hinlegen, hier im Container, auf ein Polster?"

Wellington sah auf und lächelte unsicher. „Schieb mich hinein in den Schatten. Ich bleib erst einmal im Stuhl sitzen. Gebt mir eine Stunde, dann will ich mit euch reden."

Diese Stunde gab Marco und Bruno Zeit, die anderen über Wellington ins Bild zu setzen. Der Name war natürlich schon öfter gefallen, aber was seine Eigenheiten waren und was er ihnen alles gesagt hatte, das sollten jetzt alle wissen. Was ihn getrieben hatte, die Reise auf sich zu nehmen, wie er überhaupt nach Antwerpen gekommen war, darüber konnten sie nur spekulieren.

Die anderen blieben skeptisch, es fiel ihnen schwer, einen Menschen, der so unvermittelt in einem Rollstuhl hereingeschoben wurde, überhaupt ernst zu nehmen. Das änderte sich sofort, als nach einer Stunde Wellington in der Öffnung des Containers erschien. Er hatte sich aus eigener Kraft dorthin gerollt und schaute die Gruppe, die nun einen Halbkreis um ihn bildete, entschlossen an.

„Ich habe eine gewisse Verantwortung übernommen, euch gegenüber, es waren meine Informationen, auf deren Grundlage ihr aufgebrochen seid. Und diese Informationen waren falsch, zumindest waren sie nicht vollständig." Wellington sprach wieder wie zu einer großen Hörerschaft. Er schien bewegt, wurde aber allmählich ruhiger, es war klar, dass längere Ausführungen folgen würden. „Ihr hattet den Plan, in die Vereinigten Staaten von Amerika auszureisen, in das Land, das für viele Generationen das Land der Hoffnung gewesen ist. Ich habe euch in dem Glauben gelassen, das sei möglich, ich wusste es damals selbst nicht besser. Es hat lange gedauert, bis ich eines Besseren belehrt wurde, ich konnte euch nicht mehr rechtzeitig davon in Kenntnis setzen. Das will ich jetzt tun, und ich denke, es hat auch jetzt noch einigen Wert für euch."

Jetzt sprach er in einem Ton, als würde er für einen ausgewählten Kreis eine Vorlesung halten. „Die Amerikaner haben mit ihrer alten Tradition der Offenheit gebrochen. Land der Hoffnung sind sie schon lange nicht mehr. In letzter Zeit aber haben sie ihre Isolierung verschärft, die neue Regierung aus rechten Republikanern und fundamentalistischen Christen hat dafür gesorgt, dass Einwanderung jetzt gar nicht mehr möglich ist."

Wellington atmete heftig, sprach aber nach kurzer Pause weiter: „Seit Jahrzehnten haben rücksichtslose Methoden der Landwirtschaft und der Öl- und Gasgewinnung erhebliche Teile des Landes unbewohnbar gemacht. Auf dem Kontinent, der einmal als grenzenlos galt, ist nutzbarer Raum knapp geworden. In den verschiedenen Bevölkerungsgruppen, die in den vergangenen Jahrhunderten zugewandert sind – Europäer, Afrikaner, Hispanos, Asiaten – steckt genügend Arbeitsmarktreserve, einen weiteren Zuwachs an Bevölkerung glaubt man nicht mehr zu benötigen. Als Wirtschaftsraum sind die USA zusammen mit Kanada immer noch groß genug, um aus sich selbst heraus ökonomisches Wachstum kreieren zu können. Der Außenhandel mit Afrika ist uninteressant, mit Europa sowieso, und mit Asien wird er auf kleiner Flamme gefahren, denn auch Asien ist sich inzwischen selbst genug. Also haben die Vereinigten Staaten ihre Grenzen vollständig abgeriegelt, mit einer Konsequenz, die man nie für möglich gehalten hätte."

„Und Härtefälle", fragte Marco, „was ist mit christlicher Barmherzigkeit?"

„Da haben Leute das Sagen, die die Ansicht vertreten, wir in Europa hätten in Sünde gelebt und nicht genug gebetet. Gott hätte uns bestraft."

„Dann können wir also nicht dahin", sagte Bruno und kam sich einmal mehr wie ein Einfaltspinsel vor.

„Die Kontrollen sind immens. An der Ostküste, aber auch nach Süden. Jahrzehnte lang ist es ihnen nicht gelungen, die Einwanderung aus Mexiko zu verhindern, jetzt gibt es eine Mauer mit Wachtürmen und Todesstreifen." Er machte eine Pause. „Lasst uns über den Süden sprechen, über Mexiko, wohin ihr jetzt ja auch auf dem Weg seid. Tatsächlich ist es das einzige noch verbliebene Ziel, ein erreichbares, wenn auch kein freundliches."

Wieder brauchte Wellington eine Pause. „Ursprünglich waren es Drogenkartelle", fuhr er dann fort, „Kokain, in der Folge Waffen aller Art, Prostitution. Die Regierung hat versucht, ihnen das Handwerk zu legen. Aber sie hätte zuerst die eigene Korruption bekämpfen müssen, so war sie zu schwach. Und die Kartelle wurden immer mächtiger, übernahmen lukrative Wirtschaftszweige: Immobilien, Banken. Tourismus. Ich bin nicht sicher, wie viele dieser Kartelle es gibt und wie weit ihr Einfluss jeweils reicht, sicher scheint aber zu sein, dass das größte von ihnen seine Macht auf Kosten der anderen und des Staates ständig zu erweitern sucht. Es nennt sich „El Cártel", hat sein Hauptaktionsgebiet an der Ostküste und beherrscht die Seehäfen."

Niemand sprach, als Wellington geendet hatte. Bruno hätte gern etwas gesagt, aber es fiel ihm schwer. Dieses Wissen hatte eine Dimension, die seinem Denken in den vergangenen Monaten abhandengekommen war. „Und was bedeutet das für uns?", fragte er schließlich.

„Soweit ich das beurteilen kann, wird niemand euch an der Einreise hindern. Ihr werdet euch mit dem lokalen Zweig der Organisation arrangieren müssen, nehme ich an." Der alte Mann hob die Schultern und senkte sie wieder. „Ich weiß zu wenig über die Strukturen im Einzelnen. Es ist wahrscheinlich, dass El Cártel Beziehungen in alle Teile des Landes hat und sicherlich auch darüber hinaus. Alles spricht dafür, dass ihr ihm nicht ausweichen könnt, unklar ist nur, welche konkreten Auswirkungen das für euch hat."

Es war dunkel geworden, Wellington war nach der langen Rede am Ende seiner Kräfte angelangt, überhaupt hatte niemand das Bedürfnis viel zu sprechen. So legten sich alle schlafen. Früh am nächsten Morgen, noch bevor alle aufgewacht waren, geschah das zweite Wunder, das eigentlich kein Wunder war. Es war nur etwas, das man einmal so dringend erwartet und mit dem man jetzt kaum noch zu rechnen gewagt hatte: Im Morgengrauen legte der Frachter ab.

Endlich Bewegung! Man konnte sie hören am fernen Grollen der Schiffsmotoren, man konnte sie sehen, wenn man über die Reling zur Bugwelle sah, und man konnte sie spüren am Fahrtwind und am Vibrieren des Bodens. Die leichte Erregung, die sich einstellte, drängte nicht zu Taten – es gab ja ohnehin nichts zu tun – sie setzte vielmehr lebhaftes Geplauder frei. Alle redeten, redeten ohne Pausen. Über das, was ihnen gerade durch den Kopf ging, über einen Traum der letzten Nacht, über etwas, was sie schon immer loswerden wollten. Alle, mit Ausnahme von Wellington, der nahezu reglos in seinem Rollstuhl saß, mit Ausnahme von Vera natürlich und zunächst einmal auch von Walter. Immer wieder einmal kreiste das Gespräch um das, was sie erwarten mochte, jenseits des Atlantiks, oder um das, was sie selbst erwarteten, von diesem Mexiko, von dem sie auch nach Wellingtons Erklärungen nur eine vage Vorstellung hatten. Alles blieb jedoch diffus und unverbindlich, wurde gleichsam nur angetippt, bis am Nachmittag des folgenden Tages das dritte Wunder geschah, Walter begann zu reden.

„Ich will wieder 'ne Maschine haben", brach es aus ihm heraus. Er stockte, denn er hatte mit solchem Nachdruck gesprochen, dass alle sofort zu ihm hinschauten. Es brauchte einige Augenblicke, bis er den Blick vom Boden hob und in die Runde sah. „Ich habe eine Maschine gehabt, früher, eine Harley. Wir hatten alle eine, die ganze Bruderschaft. Sie gehörten zu uns wie unsere Kutte und unser Arsch. Wir hatten sie immer, wir holten den Stoff damit aus Amsterdam, wir schreckten die Kneiper damit, wenn wir zu zwanzig Bikern angerauscht kamen, wir legten die Frauen darauf, wir machten alles damit. Und eins war sicher: wenn dein Bock unter dir röhrte, dann warst du am Leben."

Die Worte kamen wie kleine Explosionen, als hätte Walter zu lange die Luft angehalten und könnte sich jetzt nur noch stoßweise davon befreien. „Natürlich ging das nicht ewig gut. Es gab eine Razzia im Vereinsheim, die meisten von uns landeten im Knast. Nötigung, Körperverletzung, Erpressung, Drogen, Zuhälterei, wie das so ist. Sie verteilten uns auf verschiedene Gefängnisse, trotzdem ging es mir eigentlich nicht schlecht im Knast. Die Häuptlinge wollten was von mir, aber keiner wollte mich richtig unter Druck setzen, einen wie mich setzt man nicht unter Druck. So gesehen war's ganz gut." Walter starrte auf seine tätowierten Arme. Er sprach jetzt ruhiger. „So gesehen ja – aber ich litt wie ein Tier. Im Käfig. Weil alles so eng war. Und weil ich meinen Bock nicht hatte. Jede Nacht hab ich davon geträumt. Ich wollte nur noch raus, Und als der Direktor, der war kein schlechter Typ, als der mir sagte, ich könnte schneller Freigang kriegen, wenn ich eine Ausbildung mach, da hab ich das gemacht. Elektroniker. War nicht schwer, ich hatte immer was zu

tun. Und ich dachte: nicht mehr lange, dann ist es wieder wie früher, ich hab wieder 'nen Bock, nur vielleicht 'nen ganz modernen, mit 'ner raffinierten Elektronik. – Aber so kam es nicht, es kam ganz anders."
Er machte eine Pause, sah in die Runde, sah dann Isabel an.
„Du hast dich aufgeregt, dass ich nicht rede. – Das ist 'ne ganz eigene Geschichte, ich will euch die erzählen."
Walter war jetzt ganz ruhig geworden. Was am Anfang an Aggression in seiner Rede gewesen sein mochte, war jetzt verschwunden, auch Isabel sah er freundlich an. Und es gab noch etwas, das – ohne dass man sich dessen wirklich bewusst wurde – den Wechsel der Stimmung merken ließ: ganz fein im Hintergrund seiner Stimme, kaum wahrnehmbar, aber doch nicht zu verkennen, konnte man den Ton eines tief verletzten Menschen hören.
„Eines Tages gab mir der Direktor einen Brief. Es war der Brief von einer Frau, die ich gar nicht kannte. Er erklärte mir, dass es Leute gibt, die Briefe an Strafgefangene schreiben, damit die sich nicht so einsam fühlen. Ich sollte ihn mal lesen und mir überlegen, ob ich nicht antworten wollte. Ich hab das gemacht, hab ihn gelesen. Es stand nicht viel drin, aber es war sehr nett. Irgendwie hatte die Frau es raus, gute Stimmung zu machen. Deswegen hab ich auch geantwortet. Nur einen ganz kurzen Brief. Dass es mir eigentlich ganz gut geht und dass ich hoffe, wegen meiner Ausbildung bald Freigang zu kriegen. So, das war's dann. Dachte ich. Aber nee, nicht mal eine Woche später kam wieder 'n Brief. Von ihr. Sie hätte sich sehr gefreut und so weiter. Und dann stellte sie Fragen. Ob ich Hobbys hätte, welche Filme ich im Fernsehen gern sähe, was ich vorhätte, wenn ich rauskäme, solche Fragen. Ich hab keine Hobbys und ich gucke keine Filme im Fernsehen, aber ich konnte ihr schreiben, dass ich, wenn ich rauskäme, als Elektroniker arbeiten wollte, mehr wüsste ich noch nicht. Dass ich mir so bald wie möglich wieder eine Maschine kaufen wollte, schrieb ich ihr nicht, das ging sie ja nichts an."
Walter war ganz in der Erinnerung, man merkte allerdings, wie es ihn jetzt vorwärts drängte: „Als ich dann Freigang hatte, nicht beim ersten Mal, aber am zweiten oder dritten Tag rief ich

sie an und wir verabredeten uns in einem Café in der Nähe der Firma, wo ich meine Ausbildung machte. Ich war ziemlich aufgeregt, muss ich schon sagen. Sie aber auch, das merkte man. Sie sah o.k. aus, da war ich schon mal erleichtert. Ist ja klar, dass solche Frauen, die Briefe in den Knast schreiben, also, bei aller Nächstenliebe – es auch tun, weil sie 'nen Kerl suchen. Und weil sie vielleicht anders keinen finden. Aber das war bei ihr wohl nicht so, die hätte immer einen finden können, denk ich. Zumindest einen, der nicht so auf ganz dünn steht. Sie gefiel mir jedenfalls und ich ihr wohl auch, also haben wir uns wieder verabredet und in der nächsten Woche hab ich den Chef gefragt, ob ich über Mittag mal zwei Stunden weg kann um 'ne Besorgung zu machen. Sie hatte sich auch freigenommen und wir haben uns bei ihr getroffen. Sie hat gesagt, weil wir so wenig Zeit hätten, wollte sie nicht richtig mit mir schlafen. Sie hat mir einen runtergeholt, und das war in Ordnung.

Ein paar Monate später bin ich auf Bewährung entlassen worden und gleich zu ihr gezogen. Da hatten wir Zeit miteinander zu schlafen. Sie war ganz anders als die Frauen, die ich bis dahin gehabt hatte, ziemlich eigen in dem, was sie wollte und was sie nicht wollte. Aber ich kam damit klar. Ich hatte so lange keine Frau gehabt, ich konnte mich gut daran gewöhnen. Es war überhaupt eine gute Zeit, dieses erste Jahr, wo ich noch meine Ausbildung zu Ende gemacht hab. Danach war es schwierig. Schwierig Arbeit zu finden. Eine feste Stelle habe ich wegen meiner Vorgeschichte nicht gekriegt. Immer nur Gelegenheitsjobs. Und dann ist unsere Tochter geboren, da war'n wir 'ne Familie, ich hab Babywickeln gelernt und den Kinderwagen geschoben. Das hab ich gern gemacht. Ich war zufrieden, denk ich. Allerdings hab ich mich manchmal gefragt, ob ich wirklich am Leben bin, so wie damals auf dem Bock."

Bei den letzten Sätzen war seine Stimme leiser geworden, aber er sprach konzentriert und entschlossen weiter: „Ganz sicher war ich mir nicht, ob ich nicht eines Tages weggehen und wieder auf den Bock steigen würde. Aber dazu konnte es gar nicht mehr kommen. Als die Katastrophe kam, hatte ich gerade einen Job, Arbeit in einer elektronischen Schaltzentrale im Keller eines zwanzigstöckigen Gebäudes. Das Haus, in dem wir wohnten, war ganz in der Nähe, es wurde völlig zerstört, mit allem, was ich hatte. Wirklich mit allem."

Er schien am Ende seiner Geschichte. Aber nach einer Pause sprach er weiter: „Ihr habt euch gewundert, warum ich so still war. – Es gab nichts zu sprechen. Ich hatte nichts mehr. Ich hatte nichts zu erwarten. Ich hatte nichts zu reden. – Erst jetzt, als das Schiff losgefahren ist, sich in Bewegung gesetzt hat, da kam's mir, da wusste ich wieder, was ich will. Ich will wieder eine Maschine. Es wird doch in Amerika, oder meinetwegen in Mexiko, 'ne anständige Harley geben."

Eine Weile war es still, nachdem er geendet hatte. Es war, als ob er den anderen ein Geschenk gemacht hätte, dessen Wert sie nicht so recht einschätzen konnten. Dabei lächelten alle nachdenklich, mit Ausnahme von Wellington, der seine Mundwinkel nach unten gezogen hatte, als ob ihm übel wäre.

XIV

Auch später wurde nur wenig gesprochen über das, was Walter gesagt hatte. Kaum dass die eine oder der andere ihm einmal vorsichtig den Arm um die Schulter legte und ihm das Beileid über den Verlust der Familie ausdrückte. Mehr schien nicht möglich. Mag sein, dass die Ambivalenz der Gefühle, die sich mit Walters Erzählung verbanden, die anderen lähmte. Mag aber auch sein, dass nun in den anderen, in jedem von ihnen, etwas angestoßen worden war, das zum Nachdenken über die eigenen Erwartungen und Wünsche führte.

Es war Ulla, die Walters Vorstoß aufnahm und damit eine Art Ritual begründete: An den folgenden Nachmittagen fing jeweils einer aus der Gruppe damit an – zuerst meist etwas stockend, dann immer flüssiger – vorzutragen, was er oder sie von der fremden Zukunft erwartete. Es gab keine Verpflichtung, eher war es so, dass die Erregung und die Energie, die alle mit der Abfahrt des Schiffes ergriffen hatten, sich auf diese Weise Ausdruck verschafften.

„Am liebsten würde ich noch einmal ganz von vorn anfangen", sagte Ulla, und gleich konnte jedem klar sein, dass etwas ganz anderes folgen würde als bei Walter. „Ich habe vor der Katastrophe ein ganz gutes Leben gehabt, aber immer hatte ich das Gefühl, dass mir etwas fehlt, etwas Entscheidendes. Es hat lange gedauert, bis ich darauf kam, was es war, denn in unseren Kreisen dachte man damals, dass das, was mir fehlte, unwichtig wäre. Ist es aber nicht, jedenfalls mir nicht: Ich will Geld haben, reich sein, und zwar sehr reich. Richtig viel Geld haben. Das ist mir irgendwann mal klargeworden. Nicht nur teure Dinge kaufen können, sondern sie auch verschenken oder wegwerfen können, wann ich will. Die Freiheit, die man hat, wenn Geld keine Rolle spielt."

Es war nie hell im Container, aber jetzt, als die Dämmerung eingesetzt hatte, lag der Raum im Dunkel. Die Gruppe saß im Kreis und bei Ullas letzten Sätzen konnte man aus der Richtung, in der Wellington in seinem Rollstuhl hockte, ein Stöhnen hören, das so laut war, dass Ulla stockte und alle zu Wellington hinschauten. Der aber sah nur ausdruckslos vor sich hin, wie immer, wenn er nicht redete.

Ulla brauchte etwas Zeit um ihren Faden wiederzufinden: „Ich hab nie Kinder gehabt", sagte sie, „aber ich hab viel mit Kindern zu tun gehabt. Ich war Sozialarbeiterin, hab im Jugendamt gearbeitet. Immer war'n da Leute, bei denen das Geld knapp war. Immer knapp. Das bisschen Geld, was die hatten, haben sie für Blödsinn ausgegeben. Kirmes, Schnaps und Süßigkeiten, hab ich immer gesagt. Das war aber nur, weil sie nicht genug hatten, um einigermaßen schön zu leben. Da haben sie sich die Birne zu gekippt, und die Kinder haben sich an billigem Süßkram fett gefressen. Letztlich fehlte den Kindern das Geld am meisten."

Ulla guckte an ihrem Körper hinunter. „Ich selbst", sagte sie, „ich selbst hatte genug, natürlich nur ‚gerade genug'. Ich hab mir manchmal vorgestellt, ich hätte 'nen Swimmingpool oder ein Privatflugzeug oder 'ne Villa mit Park. Da hätt ich dann vielleicht ein Jugendheim draus gemacht, das wär wenigstens groß genug gewesen. In Wirklichkeit hatte ich 'ne kleine Wohnung und ein billiges Auto, mit dem ich zu den Leuten in den Sozialhilfe-Wohnblocks gefahren bin. Es ging alles, aber es fehlte etwas: das Großzügige, das Schöne. Das gehört zum Leben doch auch dazu."

Ihre Wangen glänzten. Ihr Gesicht hatte eine Schönheit bekommen, die noch niemand an ihr gesehen hatte. Und als sie weitersprach, sprachen ihre Hände in feinen Gesten mit. „Ich hatte immer mal wieder Männer, mit einigen von ihnen habe ich zusammengelebt, aber auch die hatten nie Geld, wenigstens nicht mehr als das Nötigste. Als Fred kam, war das zwar anders – nie vorher hat sich ein Mann so um mich bemüht wie Fred – aber Geld hatte der auch nicht. Ich war zu diesem Zeitpunkt eigentlich nicht bereit für eine Beziehung, aber er wollte unbedingt. Und es war auch gut, wir kannten uns immer besser, lernten uns schätzen und es entstand eine Art von Liebe, wenn auch nicht gleich verteilt. Fred wollte sogar Kinder, aber das hat nicht geklappt, vielleicht weil ich nicht wirklich wollte. Das hat jedenfalls dazu beigetragen, dass es zwischen uns immer kühler wurde. Kurz vor der Katastrophe haben wir davon gesprochen uns zu trennen. Wir waren uns nicht sicher, aber das Thema war da."

Während Ulla gesprochen hatte, hatte sie zwei-, dreimal zu Fred hingeschaut. Man merkte, sie wollte nicht an ihm vorbeireden, es ging ja auch um ihn. Jetzt sah sie ihn lange an und er schaute zurück, schaute ihr offen in die Augen und nickte nachdenklich. Als Ulla fortfuhr und ihren Blick über die Köpfe richtete, sah er weiter zu ihr hin. „Dann kam die Katastrophe und unser wahnsinniges Glück. Wir waren beide nicht zu Hause, da hätten wir es vielleicht nicht überlebt, wir waren zufällig beide unterwegs und sind mit ein paar Schrammen davongekommen. Wir sind beide so schnell wie möglich zu unserem Haus – oder dem, was davon übrig war –, da sind wir uns in die Arme gefallen und waren uns mit einem Mal wieder ganz nah. Wir haben unser Glück als ein Zeichen genommen. Wir waren uns einig, wir wollten zusammen etwas Neues anfangen. Und deshalb sind wir mit euch gekommen. Aber jetzt", sie stockte, „aber jetzt, wo das Schiff fährt, wo man nichts zu tun hat, als sich Gedanken zu machen, was man drüben machen wird, in Mexiko, da treibt es mich wieder zu meinen eigenen Plänen. Ich will nicht mehr so weitermachen wie bisher, ich will meine Wünsche erfüllen."

Bei alldem war von Wellington nichts zu hören gewesen. Er saß regungslos da, als hörte er nicht zu. Erst mit den letzten Sätzen kam Leben in ihn, in Form eines Stöhnens, das aus großem Leid entstanden zu sein schien und so unerwartet kam, dass alle erschrocken in sein wie vom Schmerz verzerrtes Gesicht starrten. Ein paar tiefe Seufzer folgten, dann war er wieder still.

Ulla machte eine ärgerliche Geste mit dem Arm, als könnte sie damit die Störung verscheuchen, und nahm ihren Gedanken wieder auf: „Ich bin fest entschlossen, meine Chance zu suchen in Mexiko. Ich spüre meine Kraft, und nachdem wir die Katastrophe mit all ihren Folgen durchgestanden haben, weiß ich, dass ich unendlich viel schaffen kann. Ich werde natürlich klein anfangen müssen, als Hilfskraft vielleicht im Kaufmännischen. Und ich werde ackern und rackern und mich hocharbeiten, bis ich genug Geld habe, um eine Marktlücke zu nutzen. Und die werde ich finden. Ich hab einmal gehört, dass jemand in Südamerika mit Remoulade ein Vermögen gemacht hat. Mit Herstellung und

Verkauf von ganz normaler Remoulade, weil es die bis dahin dort nicht gab. Er hat ganz klein angefangen in seinem Keller Remoulade zu kochen und nach ein paar Jahren ein Vertriebsnetz über den ganzen Kontinent gehabt. So etwas such ich. Für mich ist Mexiko das Land der unbegrenzten Möglichkeiten."

An dieser Stelle wurde Ulla erneut unterbrochen. Wieder stöhnte Wellington herzzerreißend. Er ließ dem Stöhnen einige jammernde Laute folgen, konnte aber nicht mehr so viel Aufsehen erregen wie zuvor. Und als Ulla fortfuhr, war die ganze Aufmerksamkeit auf sie gerichtet. Sie blickte wieder auf Fred: „Ob wir das zusammen machen können. Ob du da mitmachen willst – oder kannst –, das muss sich zeigen. Ich jedenfalls will was aus mir machen und Mexiko hat alle Möglichkeiten der Welt."

Es folgte ein Stöhnen Wellingtons, das diesmal einen Schlusspunkt darstellte, denn Ulla hatte zu Ende gesprochen. Sie stand auf, setzte sich zu Fred hinüber und lehnte sich an ihn. Die beiden sprachen nicht, aber unter den anderen begannen nun leise Gespräche.

Fred war sehr still in den nächsten Tagen. Zweifellos spürte er von Ullas Seite und in gewisser Hinsicht auch von Seiten der anderen den Druck, nun seinerseits etwas zu sagen. Aber er blieb still, er brauchte noch Zeit. Als sich am nächsten Tag wieder jemand zu Wort meldete, war nicht er es, sondern Isabel.

Nachdem es im Kanal noch geregnet hatte, war das Wetter auf dem Atlantik besser geworden. Nach wie vor gab es kräftigen Wind, aber der Seegang war ruhig. Oft schien die Sonne, an geschützten Stellen wurde es warm und nachts war es meist sternklar. Isabel hatte Tony erst auf der Reise kennen gelernt, unterwegs hatten sie viel miteinander gesprochen. Bei der Vorbereitung der Überfahrt hatte jeder seine besonderen Aufgaben gehabt, aber jetzt waren sie wieder viel zusammen. Sie kamen abends manchmal erst spät in den Container, hatten ihre Schlafstellen beieinander und auch tagsüber suchten sie sich hin und wieder einen Platz, den die anderen nicht einsehen konnten. Als Isabel sich an diesem Abend zu Wort meldete, sprach sie jedoch nur für sich selbst.

„Ich bin früher schon einmal in Mexiko gewesen", sagte sie, „lange her. Hauptsächlich Strandurlaub in Cancún, ganz normaler Strandurlaub. An drei Tagen gab es einen Ausflug zu den Maya-Stätten, Chichen Itza, Palenque. Daran muss ich jetzt oft denken, nicht an die Maya-Ruinen, eigentlich nur an das Hotel in Palenque; es war nur eine Nacht, aber die war so wahnsinnig, dass ich sie nie vergessen werde. Die Zimmer waren einzelne Bungalows, die standen in einem wilden Paradies voll mit tropischen Pflanzen. Die Bungalows waren an einer Seite offen, es fehlte einfach die Wand, da war nur ein Moskitogitter. Wenn du im Bett lagst, hattest du das Gefühl, du liegst mittendrin in der Wildnis. Du rochst die feuchte Erde, die sauren Düfte der Pflanzen, den Moder, der dazugehört. Du sahst die Fäulnis schimmern und – ganz dunkel wird es ja nie – die großen Blätter schwanken wie riesige Schatten. Und du hörtest den ewigen Gesang der Baumfrösche und darunter das Gefiepse, Gekrächze und Gekratze von allem möglichen Getier, von dem du keine Ahnung hast.

Ich hatte das nie vergessen, aber jetzt, wo so viel von Mexiko die Rede ist, wird es wieder ganz lebendig. Und gleichzeitig ist da ein großer Wunsch. Er ist mit einem Mal da, als ob ich ihn schon immer gehabt hätte. Der Wunsch selbst ein Hotel zu haben, meinen Gästen alles Mögliche zu bieten und auch noch davon leben zu können. Das müsste doch gehen, ich meine, es muss ja nicht so nobel sein wie das Hotel damals. Es könnte aus Holz sein, es müsste nur regendicht und sauber sein. Es müsste auch nicht an einem berühmten Ort sein, es könnte am Meer stehen, wenn man einen geeigneten Platz findet, oder an einem Fluss. Vorher müsste ich natürlich etwas Geld verdienen, arbeiten, am besten in der Touristik, die richtigen Leute kennen lernen, Beziehungen aufbauen."

Es war bei Isabel nicht anders als bei Ulla, Wellingtons Stöhnen schob sich zwischen ihre Worte und gerade bei den letzten Sätzen wurde es besonders laut. Aber es unterbrach nicht mehr, man nahm es hin, es war wie ein musikalischer Kontrapunkt, der den Tönen der Wünsche und Erwartungen ein anderes Motiv entgegensetzte.

Isabel hätte sich auch gar nicht unterbrechen lassen, sie hatte sich in eine Idee hineingeredet, von der sie ganz und gar eingenommen war: „Ich glaube, Geld ist bei solchen Unternehmen gar nicht der entscheidende Faktor. Ich hab lange in einer Bank gearbeitet, ich weiß, wie man an Kredite kommt, auch mit wenig Eigenkapital. Viele berühmte Unternehmer waren bei der Gründung ihrer Firma nur ganz minimal ausgestattet. Aber sie waren von ihrer Idee überzeugt. Was zählt, ist Psychologie und Fleiß." Als in diesem Moment nicht nur Wellington stöhnte, sondern auch andere aufmerksam guckten, sagte sie: „Man kann ja klein anfangen, zwei, drei einfache Bungalows. Auf jeden Fall bist du in jeder Hinsicht gefordert: Du musst dein Personal im Griff haben, intelligentes Marketing machen und den Gästen etwas bieten, was andere nicht haben, z.b. Musik-Events oder Führungen mit besonderem Pfiff."

Es war zu merken, dass die Idee in der Gruppe mehr Resonanz fand als die vorherigen, das mochte an der Verbindung von Urlaubsromantik mit nicht ganz unrealistischer Existenzsicherung liegen. Ulla, deren eigene Vorstellungen nur wenig kommentiert worden waren, konnte sich begeistern: „Genial. Mir fallen auf Anhieb zig Möglichkeiten ein. Es gibt bestimmt noch wunderschöne Plätze, wo man das machen könnte."

„Das große Geld wirst du damit erstmal nicht machen", sagte Marco, „jedenfalls wird es eine Weile dauern, wenn überhaupt…"

„Mir geht es auch nicht ums große Geld. Es reicht, wenn ich davon leben kann." Isabel war erregt. Jetzt, wo die Idee ausgesprochen war, war sie greifbarer geworden, fast schon ein Plan. „Ich will mir das jetzt nicht zerreden lassen. Mir ist klar, dass alles unausgereift ist und dass ich vieles einfach noch nicht weiß. Aber ist das nicht immer so, wenn man etwas Neues anfängt?"

Damit waren alle wieder auf ihre eigenen Gedanken zurückgeworfen, auf ihre Vorstellungen, wie eine Zukunft denn aussehen könnte. Das hatte sich gewandelt: So sehr sie auf ihrem Weg hierher als Gruppe zusammengewachsen waren, im Blick auf die Zukunft war wieder jeder allein. Es wurde wenig gesprochen außerhalb der abendlichen Runden. Jeder hing seinen Gedanken nach und das unaufhörliche Stampfen der Schiffsmotoren verführte zum Träumen.

Immerhin meldete sich schon am nächsten Abend Fred zu Wort. „Es nützt nichts, ich muss jetzt auch mal was sagen", die ersten Worte kamen stockend, „natürlich ist mir klar, dass etwas im Busch ist bei Ulla und mir. Aber ich hab lieber nicht dran gedacht; ich dachte, irgendwie machen wir doch zusammen weiter. Nachdem sie jetzt ihre eigenen Pläne hat, geht das wohl nicht mehr. Ich hätte es besser gefunden, wenn sie vorher mit mir darüber gesprochen hätte, aber das geht jetzt auch nicht mehr."

Fred schien nicht mehr weiter zu wissen, schwieg eine Weile, fuhr dann doch fort: „Vielleicht liegt es auch an mir, ich hab immer zu wenig gewusst, was ich will. Früher hatte ich eine Familie, Kinder. Da hatte meine Frau immer Ideen, und Pläne. Das war einfach so. Und als die Kinder groß waren und unsere Ehe auseinanderging, da bin ich in ein Loch gefallen. Hab bloß dagesessen, ferngesehen, Löcher in die Wände gestarrt, die ganzen langen Wochenenden. Manchmal haben mich alte Bekannte eingeladen, oder ich bin zu den Kindern gefahren. Das war ganz schön, aber es war nicht das Richtige. Das Richtige – wie soll ich das erklären? – das Richtige ist, wenn man weiß, wo man hingehört. Richtig war es erst wieder, als ich Ulla kennengelernt hatte, da hatte ich das Gefühl, da gehör ich hin. Aber für Ulla war das wohl zu langweilig."

Wieder brauchte Fred eine lange Pause. Er starrte auf den Boden und sah auch niemanden an, als er weitersprach. „Ich werde schon durchkommen in Mexiko. Ich kann mauern, alles im Haus machen. Ich hab eine Brandschutz- und eine Sanitäter-Ausbildung, ich kann einfache Reparaturen am Auto machen – solche Dinge wird man auch in Mexiko brauchen." Fred schaute jetzt die anderen an. Die sahen aufmunternd zu ihm hin, nur Ulla schaute zu Boden.

„Ich hab's einfach nicht wahrhaben wollen", sagte Fred, als ob er sich dessen erst jetzt ganz allmählich bewusst würde, und dann fügte er leise hinzu: „Ich muss da eben alleine durch." „Das wirst du auch", sagte Tony, der sich bis dahin noch gar nicht am Gespräch beteiligt hatte, „du hast deine Fähigkeiten und wirst sie irgendwie nutzen können, eben irgendwie." Er blickte in die Runde. „Ich fand's ja zum Lachen – und in einer Weise auch ärgerlich – was für tolle Planungen ihr hier vorgetragen habt. – Als ob wir auf einem Selbstverwirklichungstrip wären. – Leute! Überlegt doch mal. Wir wissen gar nichts über das Land, in dem wir in ein paar Tagen ankommen sollen, gar nichts. Eine Urlaubsreise nützt da auch nicht viel. – Wir wissen nicht einmal, wie wir an Land kommen, wo wohnen, was essen – von Arbeit gar nicht zu reden. Vielleicht werden wir eingesperrt, vielleicht in die Wüste transportiert, vielleicht in alle Winde zerstreut, wir wissen ja nicht einmal, wer dort das Sagen hat. Also: tun wir den ersten Schritt vor dem zweiten, gucken wir uns das Land an, lernen wir kennen, was es an Möglichkeiten gibt – und nicht gibt – und überlegen dann, was wir daraus machen."

Es gab Widerspruch. Isabel machte geltend, wieviel Kraft sie aus ihren Hoffnungen schöpfen konnte. Fred sagte, gerade jetzt, auf dem Schiff, wo es nichts anderes zu tun gebe, da hätten sie doch Zeit zum Nachdenken. Marco meldete sich: „Es ist ja nicht richtig", sagte er, „dass wir gar nichts über Mexiko wissen. Etwas ganz Wichtiges wissen wir sehr wohl – daran hat bisher noch keiner gedacht – wir wissen, dass fast alles von diesen Mafia-Organisationen bestimmt wird. Wenn wir also etwas erreichen wollen, haben wir es immer mit diesen Organisationen zu tun. Überlegt doch mal: Wenn das so ist, dann spricht doch alles dafür, sich das zunutze zu machen, in Organisationen hineinzugehen, Teil von ihnen zu werden."

Marco schaute in die Runde, er versuchte ein triumphierendes Lächeln, aber es blieb bei dem Versuch. „Ihr werdet sagen: kriminelles Milieu, Mafia-Strukturen, autoritärste Verhältnisse – alles richtig. Da mach ich mir keine Illusionen. Aber wenn die alles beherrschen wollen, müssen sie allem gewachsen sein, dann brauchen die auf jeden Fall Knowhow, die brauchen Expertise, Organisatoren, gute IT-Leute, gute Finanzleute und – auf ihre Weise – bestimmt auch gute Personalführung. Da werde ich versuchen hineinzustoßen." Völlig überzeugt wirkte er nicht, auch nicht als er dann weitersprach: „Ich werde ein harter Hund sein müssen, ausdauernd und im Kopf besser als die anderen, dann kann es gehen. In diesen Kreisen als Underdog herumzulaufen, das reizt mich überhaupt nicht. – Ganz oben ankommen, das ist die Herausforderung! – Na ja, ich werd's versuchen. Und wenn ich's schaffe", er schaute Bruno und Vera an, „und wenn ich's schaffe, hole ich meine Mutter nach."

XV

Nur einmal war starker Regen und hoher Seegang, im Übrigen blieb die Überfahrt trocken, und je weiter sie nach Süden kamen, umso öfter waren die Nächte sternklar und warm. Fred und Walter saßen dann stundenlang an der Reling und hielten nach Delphinen und fliegenden Fischen Ausschau. Von Zeit zu Zeit setzten sich andere zu ihnen, aber es wurde nicht viel geredet. Es gab nicht mehr viel zu sagen, denn nach allem, was gesagt worden war, stand fest, dass sich die Wege trennen würden. Und so begann man bereits mit einer gewissen Wehmut an die gemeinsame Zeit zu denken. Tony schlief weiter mit Isabel, obwohl sie ganz anders dachte als er. Er tat es sogar mit besonderer Inbrunst. Und Isabel genoss es, obwohl er doch ihre Pläne – nicht einmal notdürftig kaschiert – als Spinnerei hingestellt hatte.

Auch Bruno spürte Wehmut, vielleicht sogar stärker als andere. Der Container und das Stückchen Deck, das ihnen zur Verfügung stand, war ihm so etwas wie Heimat geworden. Sein Schlafplatz war neben dem von Vera, ihre Nähe und ab und zu eine zufällige Berührung taten ihm gut. Er sprach nur wenig und lebte in seinen Gedanken. Als Walter und Ulla über ihre Wünsche und Vorstellungen gesprochen hatten, über ihre Zukunft in Mexiko, hatte ihn das unsicher gemacht. War es notwendig ein Ziel zu haben? Lieferte man sich unkalkulierbaren Risiken aus, wenn man die Zukunft einfach auf sich zukommen ließ? Würde er seelisch verkümmern, wenn er dem, was auf ihn zukam, nicht etwas Eigenes entgegensetzte?

Aus der Unsicherheit und den Fragen entstand ein Gedanke und der hatte in der Ruhe der Schiffsreise die Zeit sich zu entwickeln. Am Anfang war es nicht mehr als eine skurrile Idee, allenfalls für einen Witz geeignet. Aber sie wollte nicht mehr aus seinem Kopf, immer wieder tauchte sie auf, wie ein Einbrecher, den man nicht mehr loswird. Und allmählich begann er sie lieb zu gewinnen, sich immer mehr mit ihr zu beschäftigen. Sie entfaltete sich, nahm immer konkretere Formen an. Es gab Tagträume, die eine mögliche Realität durchspielten. Und plötzlich schien nichts mehr unmöglich zu sein.

Dennoch wagte er es lange nicht, seine Idee den anderen vorzustellen. Weniger aus Angst ausgelacht zu werden, vielmehr fürchtete er, dass sie, wenn sie nicht mehr nur im Kopf war, sondern ausgesprochen und von allen zu hören, dass sie dann ihre Überzeugungskraft verlieren könnte. Und inzwischen war er schon so weit, dass der Verlust dieser Idee ihn sehr getroffen, ihn unglücklich gemacht hätte. Sie gab ihm Hoffnung, mehr noch: sie versprach seinem Leben einen höheren Sinn zu geben, als es jemals gehabt hatte.

Bruno wartete ab, verschob seine Wortmeldung, fragte sich immer wieder, ob er überhaupt etwas sagen sollte. Aber ihm war auch klar, er wäre sich dumm und feige vorgekommen, wenn er geschwiegen hätte. Am Abend nachdem Fred, Tony und Marco gesprochen hatten, überwand er seine Widerstände.

„Schon möglich", begann er, „dass euch meine Vorstellungen noch weiter weg von aller Realität erscheinen als alles, was bisher gesagt wurde. Aber ich glaube, das wäre nur eine oberflächliche Sicht. Es geht mir gerade darum mich mit der Wirklichkeit zu beschäftigen, mit unserer Wirklichkeit. Wir haben Dinge erlebt, von denen die Menschen in Amerika überhaupt keine Vorstellung haben. Wir hatten einen Bruch in unserem Leben, den wir uns selbst nicht hätten vorstellen können. Wenn ich wie ein Werbemensch reden wollte, würde ich sagen: wir haben ein Alleinstellungsmerkmal. Aber es ist mehr als das, es sind Erfahrungen, die an den Kern der menschlichen Existenz rühren. Wenn du alles verlierst, was du hast, wenn du um die Grundlagen des Überlebens bangen musst, um Essen, Trinken, Wärme usw. Und wenn keiner weiß, wie es besser werden soll."

Bruno zögerte einen Augenblick weiterzusprechen. Der Blick in die Runde zeigte ihm unsichere, fragende Gesichter. Er musste deutlicher zur Sache kommen. „Wir haben etwas, was die Leute in Mexiko nicht haben, und das sollten wir ihnen verkaufen. Keiner kann so wirklichkeitsgetreu das ganz elementare menschliche Leben beschreiben wie wir. Ganz ohne Technik, ganz ohne Kultur. – Die Leute werden es wissen wollen, entweder, weil sie es kurios finden oder weil sie damit auch etwas über sich selbst erfahren. So wie vor Jahrhunderten sich die Romanleser für Robinson Crusoe interessiert haben."

„Und wie willst du das …?", fragte Marco."

„Du meinst: unter die Leute bringen? – Am besten wäre es einen Film zu drehen. Aber dafür werden mir erst einmal die Mittel fehlen. Vielleicht wird das später einmal möglich sein. Nein, erst einmal denke ich an Straßentheater. Kurze Stücke. Ein paar habe ich schon im Kopf. Eines handelt von Robinson Crusoe. Es zeigt pantomimisch z.b., wie er Feuer macht, welche Anstrengung, welche Vorbereitung das kostet. Oder wie er Essen zubereitet. Und zwei Schauspieler stellen zwei Stimmen dar, die sich in seinem Kopf streiten. Die eine geht von dem aus, was da ist, und versucht damit die auftauchenden Probleme zu lösen. Die andere erklärt, wie dasselbe unter den Bedingungen der Zivilisation gemacht wird und lamentiert über den Verlust. – Wenn sie sich streiten, kann der Zuschauer erkennen, wie notwendig oder überflüssig die ganzen Mittel und Möglichkeiten der Zivilisation sind."

Von Wellington war lange nichts mehr zu hören gewesen. Er hatte nicht mehr gestöhnt, als am Vorabend Tony und Marco gesprochen hatten. Nun aber, während Bruno mit wachsendem Engagement seine Ideen vortrug, drang aus Wellingtons Ecke zuerst Ächzen und Schnaufen und dann ein lautes wehklagendes Stöhnen, das alles Vorhergegangene an Kläglichkeit übertraf. Alle horchten auf, Wellington hatte sie wieder einmal überrascht, aber Bruno sprach nach ganz kurzer Pause weiter, er wollte sich das nicht nehmen lassen: „Ein weiteres Stück wird eine Plünderungsszene sein. Ich hab sie schon vor Augen. Was für einen Spaß die Kerle haben. Wie auch immer: Dieser Spaß an der Zerstörung. Du hast dir Polster und Decken für eine Schlafstatt gesucht, sie gebürstet, gewaschen – sie trampeln mit dreckigen Stiefeln darüber. Du hast ein Gestell gebaut, um bequem über dem Feuer zu kochen – sie kicken es beiseite. Du hast mühevoll eine Wasserleitung konstruiert – sie treten sie lachend kaputt. Eine Frau hat Glück, wenn sie sich verstecken oder fliehen kann."

Alle waren sehr still und aufmerksam, so gegenwärtig war Bruno in seiner Szene. Nicht einmal Wellington war zu hören.

„Sie laden dich mit fiesem Grinsen ein bei ihnen zu bleiben, lassen dich am liebsten gar nicht weg, damit sie weiter mit dir spielen können. – Was ist es, was Menschen zu solchen Wesen macht? Ist es die Not? Warum zerstören sie dann alles? Warum demütigen sie die anderen? Und andererseits: Warum gibt es solche Menschenverachtung gerade da, wo es Not gibt?" Bruno sprach jetzt wieder ruhiger, nur an seiner Stimmlage merkte man, wie sehr ihn das Thema mitriss. „Das sind wunderbare Rollen. Du kannst sie ausspielen und dabei immer wieder die Zwiespältigkeit dieser Charaktere durchscheinen lassen. Du kannst fast alles pantomimisch machen. Es ist gleichgültig, welche Sprache die Schauspieler sprechen, Lautstärke, Tonfall, vielleicht auch Flüstern, Brummen und Schreien sagen genug. Unter unseren Leidensgenossen, Flüchtlingen aus Europa, die schon in Mexiko sind oder noch kommen werden, da gibt es mit Sicherheit genug, die mitmachen. Sie werden die Wahnsinns-Chance ergreifen, sich freizuspielen. Fast alle von uns haben ein Trauma mit aus der Katastrophe gebracht. Wer von euch hat seitdem schon einmal geweint? Richtig geweint? Wer's kennt, der weiß, wie einen das packt, wie man nichts mehr zurückhalten kann und was für eine Befreiung das ist. Theater ist wie Weinen, du bist mit einem Schlag mitten in all deinen Gefühlen. – Ich denk zum Beispiel an ein Stück, das heißt ‚Warten auf Godot', da warten die Menschen auf ihre Zukunft, sie warten, dass etwas kommt, wissen nicht, was es ist, Erlösung oder Katastrophe, aber sie warten und warten, obwohl sie nicht wissen, ob überhaupt etwas kommt. Ich will die Logik dieses Stücks umkehren: die Katastrophe ist geschehen, die Menschen haben sie erfahren, sie haben die Erfahrung gemacht. Und mein Theater will die Tür aufstoßen, will das Bewusstsein für die Möglichkeiten schaffen, die sich nach dieser Erfahrung eröffnen. Es will keine Antworten geben, es will den Köpfen Material geben, den Stoff der Möglichkeiten. Die Lösungen werden sie selber finden."

Man hätte erwarten können, dass in die Stille hinein, die nach Brunos flammenden Worten entstanden war, Bravorufe und Beifallsklatschen zu hören gewesen wären. Man hätte erwarten können, dass jemand eine Frage stellte, weil er in Brunos großer Gedankenkonstruktion etwas nicht verstanden hatte. Man hätte vielleicht auch eine kritische Bemerkung erwarten können. Nichts von alledem trat ein. Was zu hören war, kam von Wellington: ein Stöhnen, das nicht einmal besonders laut war, das aber in seiner Vibration und Modulation einem Gesang nahe kam, einem Klagegesang, einem elementaren Wehklagen, das alle Tonlagen der Melancholie und des Jammers ausschöpfte und niemals zu enden schien. – Als es schließlich doch abgeebbt war, Ton für Ton, wie ein Lied aus uralten Zeiten, sagte lange niemand mehr etwas.

XVI

Niemand kannte Wellington wirklich, niemand wusste wesentlich mehr über ihn, als jeder mitbekommen konnte, der ihm begegnete. Auch für Marco, der ihn viel länger kannte als die anderen, blieb Wellington ein Rätsel. Woher er sein Wissen über die Welt tatsächlich bezog, war letztlich nicht zu klären. Dass es allein auf sporadisch abgehörten Meldungen beruhte, die er über seinen Satellitenempfänger erhielt, war höchst unwahrscheinlich, selbst wenn man annahm, dass er neue Informationen geschickt mit einem enormen Wissen verknüpfte, das er aus früheren Zeiten hatte. Aber viele seiner Kenntnisse, etwa über die Verfasstheit von Staaten oder die Grundzüge ihrer Außenpolitik, waren einfach nicht geeignet, mithilfe einzelner Nachrichten verifiziert zu werden. Er hätte schon den ganzen Tag recherchieren müssen, und das tat er nachweislich nicht. Schlussendlich, wenn man bereit war, auch das Letzte in Frage zu stellen, war durch nichts einwandfrei zu beweisen, dass Wellingtons Informationen überhaupt stimmten

Aber auch wenn man so weit nicht gehen wollte, musste man sich fragen, ob er neben dem Satellitenempfänger nicht doch auch über ein Satellitentelefon verfügte, das es ihm ermöglichte, mit Gewährsleuten überall in der Welt zu sprechen. Oder gab es gar noch ungewöhnlichere Informationsquellen, die ihm etwa aus früherer Geheimdiensttätigkeit zur Verfügung standen? Ein Indiz dafür hätte die Art und Weise sein können, wie er sein Wissen aufbereitete und weitergab, das hatte etwas von professioneller Berichterstattung an sich. In diese Richtung deutete auch seine persönliche Verschlossenheit. Niemand hatte ihn je ein persönliches Wort sprechen hören, auch Marco nicht. Weder gab er Persönliches von sich selber preis, noch interessierte er sich für andere Menschen, allenfalls war er bereit, seine Informationen auf die Bedürfnisse eines Gegenübers hin auszuwählen.

Seit seinem Vortrag nach der Ankunft auf dem Schiff hatte er gar nicht mehr gesprochen. Er nahm am Leben der Gruppe nur passiv teil und kam mit den anderen eher durch sein rücksichtsloses Verhalten in Kontakt, mit dem er beispielsweise –

was kein anderer tat – im Inneren des Containers rauchte. Wegen seiner herausgehobenen Stellung, sicherlich auch wegen der Bedeutung der Informationen, über die nur er allein verfügte, und vielleicht auch wegen seines Alters duldete man seine Sonderbarkeit, sie wurde nie zu einem ernsthaften Problem. Das galt auch für sein Stöhnen, mit dem er einzelne Äußerungen von Gruppenmitgliedern zu kommentieren schien. Das Stöhnen irritierte, ihm wurde aber keine nachhaltige Bedeutung beigemessen. Aufs Ganze gesehen wusste keiner so recht, was er von Wellington halten sollte.

Als am nächsten Morgen die ersten aufwachten und aus dem Container traten, fanden sie Wellingtons Rollstuhl an der Reling stehen – leer. Sie begannen zu suchen, niemand wusste, wie weit Wellington ohne Hilfe zu gehen in der Lage war. Sicher war jedoch, dass er die Absperrgitter nicht aus eigener Kraft überwinden konnte. Die Suche blieb erfolglos und für ein paar Minuten standen alle an der Reling und starrten hinab ins Wasser, als ob er dort noch treiben müsste. Nüchtern betrachtet bestand kein Zweifel, dass Wellington nicht mehr da war. Aber wie war es dazu gekommen?

Marco, der sich ihm am meisten verbunden fühlte, machte den Anfang mit den Vermutungen. „Wie ich Wellington kenne", sagte er, „hat er unseren Optimismus nicht mehr ausgehalten. Der widerspricht seinem Sinn für Realität."

„Oder jemand hat sein Stöhnen nicht mehr ausgehalten", sagte Tony.

Bis auf Marco und Bruno – und vielleicht noch Vera – würde niemand Wellington vermissen, die Art seines Verschwindens beunruhigte jedoch sehr.

Mexiko

I

Sonja Donetti wunderte sich, als sie den Summer an der Tür ihres winzigen New Yorker Appartements hörte. Normalerweise meldeten sich die Leute telefonisch an. Niemand wollte sich unter Schwierigkeiten an dem übellaunigen Portier vorbei arbeiten und dann die Fährnisse des klapprigen Fahrstuhls auf sich nehmen oder die Mühen der hundertzweiunddreißig Treppenstufen bewältigen müssen, um oben festzustellen, dass keiner zu Hause war. Sonja schaute durch den Türspion, und was sie sah, löste zwiespältige Gefühle in ihr aus. Sie schaute in das leicht verzerrte, aber gut erkennbare Gesicht von Jerry Zuckerman, ihrem Chefredakteur, genauer gesagt ihrem ehemaligen Chefredakteur.

Es war gerade erst einmal vier Tage her, da hatte dieser Mann sie in sein Büro gebeten, ein sehr ernstes Gesicht gemacht und versichert, er habe – von wenigen Ausnahmen abgesehen – immer gern mit ihr zusammengearbeitet. Sie, Sonja, trage auch keinerlei Schuld an der misslichen Lage, vielmehr sei es die Konzernleitung, die ihn als Chefredakteur angewiesen habe, eine Strukturreform dergestalt vorzunehmen, dass der Personalbestand, der bereits vor Jahren mit der Zusammenlegung von Print- und Onlineredaktion auf die Hälfte geschrumpft war, noch einmal um dreißig Prozent reduziert würde. Anders sei ein Magazin in Papierform nicht mehr zu halten. „Niemandem ist geholfen", sagte er, „wenn ich nicht alles tue, um OPEN EYE, diese Zeitschrift, die uns allen so viel bedeutet, am Leben zu halten." Er schätze, wie gesagt, Sonja sehr. Aber sie sei nun einmal eine der Jüngsten im Team, finde mit Sicherheit leichter wieder eine Anstellung als ältere Kollegen und man könne, das sei doch wirklich jedem einsichtig, unmöglich eine alleinerziehende Mutter oder einen Familienvater entlassen.

Sonja war nun nicht jemand, den eine solche Nachricht umwarf. Sie hatte auf dem Absatz kehrtgemacht, ihren Schreibtisch aufgeräumt, die Schlüsselkarte abgegeben und war nach Hause gefahren. Dort erst war ihr klar geworden, dass sie sich ärgerte. Weniger über die Entscheidung des Chefredakteurs, als über die

Art und Weise, wie er versucht hatte, alle Härte, die damit verbunden war, mit wohlmeinenden Worten zu übertönen. Er war ein leicht zu ertragender Chef gewesen, hatte viel freie Hand gelassen und ab und zu selbst eine gute Idee gehabt, aber dieser Abschied hatte eine Art von Enttäuschung hinterlassen, die Sonja eine Zeitlang beschäftigte. Spontan hatte sie ins Regal gegriffen. Raymond Chandler, „Der lange Abschied". Sie brauchte den Nachweis, dass es auch anders ging, und sie wusste, wo sie ihn fand. Philip Marlowe war ein Idealist, einer, der die Welt in Ordnung bringen wollte, vielleicht sogar ein Moralist, aber niemand würde auf die Idee kommen, ihn als Gutmenschen zu bezeichnen. Weil er Klartext redete, weil er niemandem etwas vormachte, nicht einmal sich selbst.

Und nun hatte sie Zuckerman auf ihrem Sofa sitzen. Ob sie schon etwas Neues habe, hatte er gefragt, und als Sonja verneinte: „Ich hab was für Sie. Reportage-Auftrag als Freelancer." Es folgte eine der Erklärungen, die Sonja von ihm kannte: „Ich will die Linie nicht aufgeben, die Qualität, die unsere Zeitschrift ausmacht: Wir schreiben das, was die anderen nicht schreiben, wir behandeln die Themen, die totgeschwiegen werden sollen. Das ist zurzeit nicht leicht durchzusetzen, der Herausgeber besteht darauf, die Themenbreite abzubilden, die der veröffentlichten Meinung im Lande entspricht. Aber gerade die Forderung nach Breite lässt uns immer wieder Nischen, die ich dann nutze, wo es geht."

Zuckerman atmete tief durch, hörbar erleichtert. Offenbar war er mit seinem Einstieg zufrieden.

„Sie kennen das Dilemma, mit dem wir es zu tun haben, wenn es um Europa geht. Man hat fast schon das Gefühl, sich die Finger schmutzig zu machen, wenn man sich nur dafür interessiert. Keiner will da ran. Und deshalb wissen wir nichts." Zuckerman legte eine Pause ein und genoss sie. Noch war ja nicht klar, worum es gehen sollte. Mit einem zufriedenen Lächeln kam er dann auf den Punkt: „Und deshalb interessiert es mich. Und wenn wir hier im eigenen Saft schmoren, wenn unsere Regierung das Thema totschweigen will, dann müssen wir eben nach draußen gehen. Ich denke an Mexiko, die sind nicht so abgeschottet dort, ich habe gehört, dass es sogar Schiffsverkehr nach

Europa gibt, dort weiß man mit Sicherheit mehr. Sie fliegen nach Mexiko, kriegen alles heraus, was über Europa zu erfahren ist, und schreiben eine Artikelserie. Die wir dann ohne großes Aufsehen bringen, vielleicht in der Wochenendausgabe."

„Natürlich im Reiseteil, typisch!", warf Sonja ein.

„Vielleicht im Reiseteil. Das müssen wir noch sehen, was nützt es, wenn wir ein Stopp vor die Nase gesetzt bekommen. – Und unsere Leser gehören zu den Klugen im Lande. Die sind aufmerksamer als der Herausgeber, die wissen damit umzugehen. Und das Wichtigste ist ja, dass überhaupt Informationen ins Land kommen. Sie kriegen die Flüge bezahlt, Hotelpauschale und die Texte wie immer. Mehr geht im Augenblick nicht." Zuckerman lächelte, als Sonja in einer Art Ritual Bedenkzeit erbat. Man sah es ihm an: er wusste, dass die Recherche beginnen würde, sobald er weg war.

Er hatte Recht. Sonja suchte die Internetseiten europäischer Botschaften auf, ebenso die von Konsulaten und Kulturinstituten. Sie fand nichts, jedenfalls nichts Aktuelles. Sie stöberte in den Internetarchiven der großen Zeitungen, fand aber auch dort nichts – abgesehen natürlich von der Meldung der Katastrophe als solcher, die in sensationeller Aufmachung einige Tage die Presse beschäftigte, dann aber schlagartig von der Bildfläche verschwand. Das einzige, was eventuell weiterhelfen konnte, war ein Hinweis auf die Existenz von Flüchtlingen aus Europa, Sonja fand die Homepage einer Hilfsgruppe an der Ostküste. Vielleicht gab es weitere, die ihre Gründe hatten sich nicht im Netz zu exponieren. Nichts sprach dafür, dass die Flüchtlingsfrage in der mexikanischen Öffentlichkeit eine größere Rolle spielte. Sonja druckte das spärliche Material aus und kam zu dem Schluss, dass bessere Informationen erst vor Ort zu finden wären.

Jerry Zuckerman war schon in Ordnung. Hinter seinem superverbindlichen Auftreten steckte eine respektable Beharrlichkeit. Er sorgte für seine Leute, wollte ein Signal geben, dass Sonja Donetti noch dazugehörte, und wusste natürlich auch, warum er gerade sie für diese Aufgabe ausgewählt hatte: hinreichende Spanischkenntnisse, schwer zu bremsende Neugier und die Bereitschaft, sich voll auf das Thema einzulassen. Sonja machte sich daran ihre Navigationssoftware zu aktualisieren, komplettierte ihr Adressbuch um die Daten der wenigen Korrespondenten US-amerikanischer Zeitungen und Fernsehanstalten in Mexiko und bestellte ein Flugticket.

Drei Tage später war Sonja in Mexiko-Stadt und nach einer weiteren Woche konnte sie ein erstes Fazit ziehen: Weder die US-Korrespondenten noch die mexikanischen Kollegen, mit denen sie sprach, waren an Europa interessiert. Sie wussten auch kaum etwas über Flüchtlinge aus Europa. Die meisten stimmten darin überein, dass die Flüchtlinge – so wurde es mehrfach formuliert – sehr schnell im Land „versickerten" und ihre Wege kaum mehr zu verfolgen waren. Keiner der Kollegen hatte mit einer Hilfsorganisation Kontakt aufgenommen oder gar selbst mit einem Flüchtling gesprochen. Statistisches Material zum Thema gab es nicht. Die einzigen konkreten Hinweise führten nach Veracruz, wo eine evangelikale Gemeinde europäische Flüchtlinge aufgenommen hatte und wo es eine Gruppe gab, die sich „Xenofilia" nannte.

Eine knappe Woche später saß Sonja zwei Flüchtlingen gegenüber. Der Prediger der evangelikalen Gemeinde hatte allerdings bereits am Telefon die Erwartungen gedämpft:

„Wir betreuen nur Wenige. Jeden Monat kommen Hunderte im Hafen an, aber der allergrößte Teil verschwindet gleich wieder. Sie landen bei El Cártel, und wo die sie hinbringen, wissen wir nicht. Wie auch immer", er machte eine Pause und seine Stimme nahm einen weniger unverbindlichen Ton an, „Sie haben Glück. Gerade sind zwei bei uns, die erst vor ein paar Tagen in Veracruz angekommen sind. Wenn nichts Unvorhergesehenes geschieht, können Sie sie hier treffen."

Es waren ein Mann und eine Frau. Beiden sah man an, dass sie gerade geduscht hatten. Der Mann war groß und schlank, sein dunkelbraunes Haar hing glatt herunter. Die Haut war gebräunt, wirkte aber grau. An Stirn und Nase und an den Händen hatte er Spuren von Schürfwunden. Die Wangen waren eingefallen und die tief in ihren Höhlen liegenden Augen blickten müde, so müde, als ob ihnen alles gleichgültig wäre. Die Frau war kleiner, zierlich, mit feinen Gesichtszügen, blondem, halblangem Haar und hellen Augen. Sie sah weniger elend aus, dennoch war es der Mann, der das Gespräch führte. Er sprach recht gut Englisch, und als Sonja fragte, ob er seine Geschichte erzählen wolle, nickte er. Die Frau schwieg die ganze Zeit über. Es schien ihm daran gelegen zu sein, ausführlich über die Situation in Europa zu berichten. Er tat das ruhig und sachlich, aber ein Gefühl tiefer Traurigkeit klang immer mit. Es war deutlich, dass die Erinnerung an die ersten Tage nach der Katastrophe wie im Nebel lag, es war mehr von Zuständen und Stimmungen die Rede als von Fakten und Erklärungen. Für die folgende Zeit, insbesondere als er das Leben in der Heimatstadt der beiden schilderte, wurde der Bericht genauer, er brachte detaillierte Beispiele und versuchte die Entwicklungen zu erklären. Eingehend beschäftigte er sich mit dem Verhalten der Menschen unter den Bedingungen einer zerstörten Welt.

Der Mann hatte mehr als eine Stunde gesprochen, immer wieder und immer öfter war er in Einzelheiten geraten. Dann war er so müde, dass er über dem Sprechen fast einschlief. Man verabredete sich für den folgenden Tag, einige Zeit würden die beiden in der Gemeinde wohnen können.

Sonja wollte noch mit dem Prediger reden, der die ganze Zeit bei ihnen gesessen hatte. Sie konnte zufrieden sein. Das Material, das sie auf ihrem Aufnahmegerät gespeichert hatte, war mehr als genug für einen ersten Artikel. Es würde aber notwendig sein, die Informationen zu verifizieren, und sie hatte beschlossen, dass es für den ersten, noch sehr allgemeinen Bericht über die Lage in Europa genügen musste, sie anhand dessen zu überprüfen, was zu den Flüchtlingshelfern durchgedrungen war.

„Wie hat diese Geschichte auf Sie gewirkt?", fragte sie den Prediger.

„Ich bin jedes Mal aufs Neue betroffen, es ist wie eine Erzählung, die nicht von dieser Welt ist, die ...", der Prediger zögerte einen Moment, „ja – die aus der Hölle kommt."

„Haben Sie von anderen Flüchtlingen Ähnliches gehört?"

„Alle erzählen das Gleiche – ich meine, von der gleichen Hölle. Aber unser Mann hier, Bruno heißt er, hat sich viele Gedanken gemacht. Und von keinem habe ich bisher so viele Einzelheiten gehört."

„Und die Frau, warum hat sie nichts gesagt? Hat das einen besonderen Grund?"
„Bruno sagt, sie spricht nie. Auch zu ihm nicht."
Das musste genügen. Sonja bedankte sich und brach auf. Es war noch Zeit, um mit Xenofilia Kontakt aufzunehmen.

II

Der Mann, der Bruno hieß, hatte sich offensichtlich ausgeschlafen, als Sonja ihm am nächsten Tag gegenübersaß. Er hatte jetzt eine gesündere Hautfarbe und seine Schürfwunden waren verblasst. Die Frau, sie hieß Vera, war wieder dabei. Eine Weile saßen sie lächelnd und etwas verlegen da.

Mit jeder Information, die sie bekommen hatte, war Sonja neugieriger geworden. Dies war keine normale Story, sie würde sich in ihr einnisten, würde mal in ihrem Herzen, mal in ihrem Bauch lauern, immer hungrig auf die Beute weiteren Wissens. Bei Xenofilia war sie nicht weitergekommen. Sie müsse auf Laura warten, hatte man ihr gesagt, die sei für einige Tage in der Hauptstadt. So war Bruno derzeit ihre einzige Quelle und sie wartete darauf, dass er weiter erzählte. Allemal besser, der Erzählung freien Lauf zu lassen, als ein klassisches Interview zu führen. Und Bruno war genau der Mann, den sie brauchte. Er musste nicht gedrängt werden, benötigte nur ein paar Minuten, um in den Rhythmus des Erzählens zu kommen, dann entstand in seinen Worten die Geschichte der Flucht: die langen, immer wieder von Trümmern versperrten Autobahnen, das Ineinanderfließen der Tage auf der endlosen Wegstrecke, die ersten unzerstörten Häuser, die Hafenanlagen in Antwerpen, die Sonnenbrillenmänner, der Freundliche und der Dicke, die ganze Prozedur des Einschiffens samt stinkendem Container, das plötzliche Auftauchen Wellingtons, sein Wissen und sein Verschwinden.

Es fehlte nicht viel und Sonja hätte sich ganz und gar einfangen lassen von dieser Geschichte. Was Bruno erzählte war so fremd und zugleich so sehr mit Händen zu greifen, dass sie nicht das Bedürfnis hatte, Einzelheiten nachzufragen, wie es zu einer ordentlichen Recherche eigentlich gehörte. Sie ließ Bruno ohne Unterbrechung zu Ende sprechen. Danach hatte sie schon das Gefühl, dass es genug war, und bat lediglich noch um nähere Informationen über die Mitreisenden. Gemeinsam erstellten sie eine Liste der Daten, über die Bruno verfügte und die es Sonja erleichtern könnten, die einzelnen Personen zu finden, wenn sie das wollte.

1. Bruno Feder, 32 Jahre
2. Vera, spricht nicht, vielleicht traumatisiert, Familienname und weitere Daten zur Person nicht bekannt
3. Marco Fontana, ca. 30 Jahre, plant bei El Cártel Fuß zu fassen, will seine Mutter aus Europa nachholen
4. Isabel de Buhr, hennarote Haare, ca. 35 Jahre, hat Kenntnisse im Bankwesen, plant ein Hotel zu gründen
5. Tony, Familienname unbekannt, ca. 1.70 m groß, dunkles Haar, hat kaufmännisches Geschick, keine konkreten Pläne, will sich den Gegebenheiten anpassen
6. Walter Némec, ca. 1.90 m groß, Glatze, Tätowierungen, war früher Rocker, hat in der Katastrophe Frau und Kind verloren, kennt sich mit Motoren aus
7. Ulla Andersen, blond, füllige Figur, ca. 45 Jahre, früher Sozialarbeiterin
8. Fred Andersen, rotblond, kräftiger Körperbau, ca. 50 Jahre, verheiratet mit Ulla, vermutlich gehen sie aber getrennte Wege, Feuerwehrmann, handwerkliche Fähigkeiten
9. Wellington, 65 – 70 Jahre, starker Raucher, auf den Rollstuhl angewiesen, umfangreiche Kenntnisse in Geographie und Politik, die er u.a. mittels eines Kurzwellensenders aktualisiert; vermutlich tot

Brunos Gesicht hatte mehr Farbe bekommen bei der Arbeit an der Liste und auch Vera sah gebannt auf die Namen, ihre Augen waren feucht geworden. Und ehe man über eine Unterbrechung sprechen konnte, begann Bruno erneut zu erzählen:

„Wellingtons Verschwinden hat uns einen Schock versetzt, auch wenn die meisten ihn nicht mochten. Es herrschte eine Art Schreckstarre, als ob alles, was wir wollten, wieder in Frage gestellt wäre. Keiner mochte mehr reden, obwohl kurz danach Land in Sicht kam und das Schiff einen halben Tag später in den Hafen einlief. Da begann eine fürchterliche Zeit. Natürlich hatten wir geglaubt, nun bald an Land gehen zu können, aber es dauerte, dauerte und dauerte. Vier lange Tage. Bis man uns in kleinen Gruppen abholte. Die Hoffnung, die uns angetrieben hatte – es war ja nur eine Hoffnung, völlig unsicher, aber sie hatte uns Kraft gegeben – diese Hoffnung, endlich etwas beginnen, etwas schaffen, aufbauen zu können, war schon durch Wellingtons Verschwinden angeschlagen, sie kümmerte nun dahin. Tagelanges Nichtstun und wir konnten nichts denken als Rückschlag und Gefahr. Daran, wie hilflos wir waren, wie verletzlich. Würden sie uns einfach wieder mit zurücknehmen, nach Europa? Uns arbeiten lassen für eine Rundfahrt? Hatte sich möglicherweise Mexiko der Abschottung des Nordens angeschlossen und wir waren – fehlinformiert – betrogen worden? Immer stand uns vor Augen, wie machtlos wir waren, abhängig von den Einheimischen. Was war, wenn sie uns verjagten, auf die Straße warfen, ins Meer trieben? Angst machte sich breit. Wir redeten nicht viel, aber ich weiß, dass es allen so ging. Tony kletterte über das Gitter um nachzusehen, was los war, warum es so lange dauerte. Er wurde mit Drohungen zurückgeschickt. Keine anderen Flüchtlinge waren zu sehen gewesen, nur dass man mit dem Abladen der Container begann, hatte er feststellen können. Und dann holten sie zuerst Isabel, Tony und Walter. Ich habe sie nicht wiedergesehen, auch nicht Fred und Ulla, die einen halben Tag später an der Reihe waren. Am nächsten Tag holten sie uns, die wir noch übrig waren, Marco, Vera und mich.

Es waren zwei Männer mit kleinen, schwarzen Wollmützen und Sonnenbrillen. Sie öffneten das Gitter, sprachen nicht, einer machte eine Kopfbewegung, wir sollten folgen. Wir nahmen unsere Sachen, es war ja nicht mehr viel. Sie gingen voraus, mit schnellen Schritten, sahen sich nicht um. Wir folgten. Alles ging schnell. Im Hafen, kaum das Gefühl von festem Boden unter den Füßen, stiegen wir in einen Kleinbus, fuhren nicht lange, vielleicht eine Viertelstunde. Es war mir unmöglich irgendeinen Gedanken zu fassen. Was hätte es auch zu denken gegeben? Stattdessen war ich gebannt von den Bildern, die vorbeizogen: kleine offene Lokale mit einfachen Tischen und Stühlen, Läden, in denen die Ware bis zur Decke gestapelt war, Menschen auf den Bürgersteigen: einige lehnten an Hauswänden, andere verkauften Gürtel, Ketten, Haushaltswaren, manche schoben Handkarren, andere flanierten anscheinend beschäftigungslos vorbei. Unsere Begleiter waren hier die einzigen in Schwarz, es gab hellbraune Töne, am häufigsten aber bunte Kleidung, vor allem in Gelb und Rot. Und dann die Gerüche: Durch die Abgase der Autos drang immer wieder der Duft von gekochtem Mais, gemischt mit dem von Fisch, Hähnchen und Früchten. Ihr kennt das alles, aber für mich war es wie im Film. Es hätte mich faszinieren können, aber es ging viel zu schnell. Der Wagen bog in ein Gewirr von kleinen Gassen ein und hielt in einer schmalen Straße mit niedrigen, ein- bis zweistöckigen Häusern. Einer der Sonnenbrillenmänner stieg mit uns aus." Bruno stockte einen Moment, schaute kurz zu Vera hinüber. „Wenn ich an das denke, was jetzt kam, kriege ich immer noch feuchte Hände. Plötzlich sind wir mittendrin im Film. Wir betreten das nächstgelegene Haus und kommen sofort in einen quadratischen, kaum möblierten Raum. An zwei Wänden stehen Ledersofas. Auf der rechten Seite sehen wir drei Männer sitzen. Unser Sonnenbebrillter führt uns durch den Raum in einen Innenhof und stellt uns an der gegenüberliegenden Mauer auf. Die drei Männer sind uns gefolgt. Jetzt können wir sehen, dass nur zwei von ihnen Sonnenbrillen tragen. Einer führt den dritten am Arm in die Mitte des Hofes, er ist jung, ziemlich dünn und hat kraus gelocktes Haar. Es sieht aus, als hätte man ihn verhaftet. Der, der zuletzt gekommen ist, tritt – völlig überraschend – dem Verhafteten in die Kniekehlen. Ein Tritt, und als der Junge schwankt, mit voller Kraft ein zweiter Tritt gegen das andere Bein. Mit einem dumpfen Krachen, einem unangenehmen Geräusch, fällt der Junge auf den Boden und bleibt zusammengekrümmt liegen.

Einen Moment stehen wir um ihn herum, der Mann, der uns hereingeführt hat, sagt auf Englisch etwas von ‚kriminell' und von ‚Strafe', geht in die Mitte und tritt den Jungen brutal in den Rücken, dann gegen die Schultern und dann wieder in den Rücken. Er seufzt, wie nach einer Anstrengung. Der Junge schreit jedes Mal laut auf und danach ist es wieder still. Die drei Sonnenbrillen schauen auf uns, die Männer machen uns Zeichen: Wir sind an der Reihe. Einer von ihnen hebt einen Finger. Marco

geht zögernd in die Mitte, holt aus und tritt gegen den Oberschenkel. Die Männer wiegen die Köpfe, aber der zweite Finger wird gehoben, und Marco tritt ein zweites und auch noch ein drittes Mal. Dann kommt er zurück zur Mauer. Er blickt auf den Boden, er hat vermieden die Nieren zu treffen, trotzdem hat der Junge so laut geschrien wie zuvor.
Nun steh ich da. Ich will das Ganze nicht wahrhaben. Ich will, dass ein Wunder geschieht, dass alles nur ein Traum ist. Ich will da nicht mitmachen. Mir ist übel.
Trotzdem mache ich ein paar Schritte auf den Jungen zu. Aber ich trete nicht. Es ist wie eine Lähmung, ich kann das einfach nicht. Um Zeit zu gewinnen gehe ich um den Jungen herum, bin jetzt in der Nähe der Tür, und von da an geht alles von selbst: Ich drehe mich um und renne los, durch den Raum mit den Ledersofas, aus dem Haus hinaus. Ich höre, dass jemand hinter mir herkommt. Gleichzeitig fällt mir Vera ein. Schlagartig. Ich kann sie nicht zurücklassen. Ich will kehrtmachen, sehe stattdessen den nächsten Hauseingang, renne hinein und presse mich an die Wand. Der Mann, der hinter mir her ist, läuft vorbei. Der Raum, in dem ich bin, steht voll mit Kartons, irgendwelche Ware. Ich such mir den Weg hindurch und finde den Ausgang zum Innenhof."

Bruno schaute auf seine Hände, seine Unterlippe zitterte ein wenig. Ganz offenbar drängte es ihn zu erzählen, zugleich schien es ihm schwerzufallen die Worte zu finden. „Es muss damals alles ganz schnell gegangen sein, aber ich habe es so erlebt, als hätte sich die Zeit gedehnt. Eines geschah nach dem anderen. Mit einer Selbstverständlichkeit, als wäre es im Voraus bestimmt. Ich hab Stimmen in Nachbarhof gehört, konnte sie natürlich nicht verstehen. Ich suchte die Mauer ab, nach Möglichkeiten hochzuklettern, hinüberzuschauen. Da sehe ich, dass sie nicht bis zum Ende gebaut ist. Dort wo sie auf die Stirnwand stößt, ist eine Lücke, durch die ich hindurchsehen kann. Gerade kommt ein Mann schwer atmend in den Hof, es ist wohl der, der mich verfolgt hat. Er hebt die Arme, schüttelt den Kopf. Die, die uns vom Schiff geholt haben, übernehmen nun das Kommando, jetzt werden mich alle suchen. Auch Marco bekommt ein Zeichen, verschwindet mit den vier Männern zur Straße, nur Vera bleibt zurück. Ich sehe mir die Trennmauer an, sie ist nur einen halben Stein dick. Ich breche einen Backstein heraus, einen zweiten, mehrere, sehe Vera, sie sieht mich. Sie schaltet sofort und quetscht sich durch den Mauerspalt.

Sind wir jetzt gerettet? Instinktiv rennen wir zur Straße, aber gerade noch rechtzeitig wird mit klar, wie gefährlich das ist. Ich halte Vera fest. Wir klettern über die Kartons, heben einige vorsichtig hoch, stellen sie so, dass wir uns darunter verstecken können. Da sind wir geblieben, ohne uns zu rühren, bis es ganz dunkel war."

III

Seit ihr Schiff die Karibik erreicht hatte, waren sie die warmen Nächte gewöhnt, doch hier in der Stadt war die Luft ganz anders. Die Meeresbrise, auch wenn sie warm war, hatte immer etwas Frisches gehabt. In der Großstadt dagegen hatte die Luft etwas Dumpfes, so als lastete sie wie ein Gewicht auf Häusern und Straßen. Und dann die Gerüche, sie waren anders in der Nacht. Obwohl nur wenige Autos fuhren, stiegen die Abgase schärfer, aggressiver in die Nase. Und der Gestank, der den Haufen von Müllsäcken entströmte, steigerte sich je nach Standort zu ekelerregender Intensität.

Wer Angst hat, wer von allen Seiten Verfolgung spürt, wer nicht einmal eine Ahnung hat, wo er ist, der ist allerdings nicht in der komfortablen Lage sich lange mit Gerüchen aufzuhalten. Als Bruno und Vera vor Aufregung zitternd und mit aller Vorsicht ihr Versteck verließen, war Mitternacht schon vorbei. Auf der Straße sahen sie niemanden mehr, das gab ihnen den Mut bis zur nächsten Ecke zu laufen. Hier glaubte Bruno einen leichten Wind zu spüren und er entschied, ihm entgegen zu gehen. Der Hafen und das Meer waren das einzige, was sie kannten. Nur das schien Orientierung geben zu können und mehr Entscheidung konnten sie nicht treffen. Sie liefen, so schnell sie konnten aber es war, als schwebten sie über das Pflaster und kämen dennoch nicht voran, die Straße mit der halbhohen Bebauung schien unendlich. Bis sie ganz unvermittelt an eine sechsspurige Autobahn kamen.

Einzelne Autos rasten vorbei. Was würde passieren, wenn jemand sie sah, wenn jemand Fußgänger aufgriff, die hier nicht hingehörten? Sie duckten sich an die Leitplanke, immer wenn ein Fahrzeug vorbeischoss. Es zog sich hin und mit der Zeit wurden sie nachlässiger, da kamen sie schneller voran. Als es am Horizont vor ihnen hell wurde, wussten sie, dass die Richtung stimmte. Der Verkehr nahm zu, aber bald sahen sie auch die Silhouetten der Hafenkräne, fast schienen sie angekommen zu sein. Aber es dauerte noch, und Brunos Freude, wenigstens die Richtung gefunden zu haben, mischte sich mit der demoralisierenden Frage, was sie denn dort finden würden, im Hafen.

Unten am Wasser gab es dann mehr Menschen, Männer in Arbeitskleidung, Frauen, die Karren schoben, von denen der Duft heißer Maisfladen her wehte. Sie ließen sich nur kurz ablenken, etwas anderes band ihre Aufmerksamkeit: Jenseits der Container, der Kräne und Barkassen, auf der anderen Seite des Hafenbeckens, sahen sie ein Gebäude, das in eine andere Welt zu gehören schien. Dort erhoben sich die Umrisse einer alten Festungsanlage, hohe Mauern und runde Wehrtürme, eine Burg wohl aus der Zeit der spanischen Eroberer.

Eine schmalere Straße zweigte ab und führte im Bogen um das Hafenbecken herum, sie folgten ihr aus dem belebten Teil des Hafens hinaus. Autos fuhren an ihnen vorbei, aber nach wie vor kümmerte sich niemand um sie. Ihre Furcht hatte sich zurückziehen können, sie war noch da, trieb sie aber nicht mehr an. Es war nun eher so, dass die alte Festung sie magisch anzog, mit all ihren Kräften strebten sie diesem Ziel zu.

Eine Zeit lang war die Sicht von Hafengebäuden und Containerstapeln verdeckt und dann, ganz plötzlich waren sie so nah, dass sie die graue Mauer steil vor sich aufragen sahen. Da aber verlor die Burg die romantische Aura eines heimeligen Verstecks. Als sie viele Stufen hinaufgestiegen waren und auf dem weiten Burghof standen, war es wie der zentrale Platz einer Stadt, deren Architektur zwar mittelalterlich war, die aber unter den Arkaden kleine Läden und Museumsräume barg, die binnen kurzem viele Menschen anlocken würden. Noch war niemand da, und sie liefen, guckten in die Gewölbe, rüttelten an Gittern und Türen, die alle verschlossen waren.

Vera schaute auf den Boden, dann nach oben. Bruno schüttelte den Kopf, die Eingänge zu den Türmen waren verschlossen. Aber er folgte ihr doch, als sie zu dem Gewölbe ging, das dem großen Turm am nächsten war. Sie traten hinein, und nun bemerkte auch er das Gefälle des Bodens. In einer Ecke fanden sie den Abfluss für das Regenwasser, ein gut armdickes Rohr von oben und eine trichterförmige Öffnung nach unten, um die eine strahlende Sonne gemalt war. Mit etwas Glück konnten sie das Gegenstück finden, das andere Ende des Abflusses an der Basis der Anlage.

Das war leichter als gedacht, sie mussten nur dem ausgetrockneten Bachbett, das ins Hafenbecken führte, in der anderen Richtung folgen. Die Öffnung hier war breiter als oben und hatte kein Gitter, hier waren sie versteckt und sicher, solange es nicht regnete, und danach sah es nicht aus.

Sehr bald schliefen sie ein, und der Lärm der Stimmen, der in den nächsten Stunden seltsam dröhnend von oben durch das Rohr drang, störte sie nicht. Was sie weckte, war Geld. Bruno erwachte, als ihn ein Geldstück am Hals traf, weitere Münzen und sogar ein Dollarschein lagen um ihn herum. Vera hatte die Augen schon auf und lächelte: davon würden sie etwas kaufen können. Es war ein kleines Stück Glück.

Das Stimmengewirr, das sie von oben hörten und das auf eine große Anzahl harmloser Menschen schließen ließ, machte ihnen Mut, sich unter die Touristen zu mischen. Die meisten von ihnen waren Chinesen, die sich in dem weiten Areal verteilten und periodisch immer wieder zu großen Gruppen sammelten, um einem ebenfalls asiatischen Fremdenführer zu lauschen. Es gab aber auch Südamerikaner, meist in Großfamilien, und einige andere, offensichtlich Nordamerikaner. Bruno und Vera hatten nicht das Gefühl, hier in irgendeiner Weise aufzufallen. Sie schauten zwischen den Zinnen hindurch aufs Meer, auf der anderen Seite über den Hafen und auf die Stadt. Sie stiegen auf den Turm und sahen, wie sich die Leute danach drängten, ihrem Glück Bestand zu verleihen, indem sie Geld in die Öffnung mit der strahlenden Sonne warfen.

Sie sahen sich an, Bruno und Vera. Eine Ahnung von normalem Leben ohne Verfolgung und Angst stieg in ihnen hoch, aber sie wussten zugleich, dass es nur für den Moment war, für die kurze Spanne weniger Stunden. Sie würden hier nicht bleiben können.

Am späten Abend brachen sie auf. Den Weg zurück um das Hafenbecken herum. Dann an den Hafenanlagen vorbei. Lange Strecken führte die breite Straße unmittelbar am Meer entlang, bis die Bebauung lückenhaft wurde. Auf der rechten Seite Hochhäuser und ein Einkaufszentrum, dazwischen Park- und Brachflächen. Auf der linken kleine, zum Teil von Palmen gesäumte Strände. Erst ein ganzes Stück weiter, in größerer Entfernung vom Hafen, begannen die langen, breiten Sandstrände. Sie kamen an Hotelanlagen vorbei, die den Eindruck machten, als hätten sie ihre besten Zeiten hinter sich: „City Express Veracruz" und „Fiesta Inn". Noch ein Stück weiter hinaus erstreckte sich zwischen Straße und Strand eine Hotelanlage, deren riesiges Schild schief zwischen den Pfeilern hing. „Villa Florida" stand dort. Nirgendwo brannte Licht, aber als sie um die Anlage herum- und von der Strandseite hineingingen, genügte der fahle Schein des Halbmondes, um die Parkwege, den Eingang zum Restaurant und die halbverfallene Bar am Pool zu erkennen. Der Pool war groß, weit unten glänzte Wasser, die Wände waren mit Moos bedeckt, aus dem an einigen Stellen Farnbüschel herauswuchsen. Alles war friedlich. Es sah so aus, als könnte man hier erst einmal bleiben.

IV

Die Geschichte begann Sonja in die Nächte hinein zu verfolgen. Sie rannte auf einer Straße. Rechts und links lag alles in Trümmern, beißender Rauch stieg ihr in die Nase. Etwas Bedrohliches war hinter ihr her. Sie wusste nicht, was es war, aber sie musste ihm entkommen. Neben ihr lief Vera. Sie bewegte sich leicht, ohne sichtbare Anstrengung. Sonja wollte sie fragen, was es denn war, vor dem sie fortliefen, aber sie konnte nicht, ihr Mund folgte nicht ihrem Willen. Und dann erinnerte sie sich, dass Vera ja gar nicht antworten würde. Sie fasste Veras Hand, spürte die Wärme und merkte, dass jetzt alles leichter ging, schwerelos. Als beide zu fliegen begannen, wachte Sonja auf.

Draußen war es noch dunkel. Sie widerstand dem Impuls Licht zu machen. Mit dem Druck, der auf ihrer Brust lag, spürte sie zum ersten Mal das Gewicht der Aufgabe, die sie übernommen hatte. Gesetzt den Fall, sie würde es schaffen eine Artikelserie zu schreiben, die Hand und Fuß hatte; gesetzt den Fall, es würde Zuckerman gelingen, sie an akzeptabler Stelle im Magazin unterzubringen, welche Auswirkungen würde das auf das Schicksal der Flüchtlinge haben? Wie würde die Außenpolitik der Vereinigten Staaten reagieren, wenn das Thema in die Öffentlichkeit käme? Würde El Cártel in Mexiko sich davon beeinflussen lassen? Und wenn ja, war das für die Flüchtlinge positiv oder negativ? – Und wenn andererseits die Veröffentlichung ganz ohne Folgen bliebe, wäre das nicht im allerhöchsten Maße frustrierend?

„Es sind mehr, als wir wissen", hatte Laura von Xenofilia gesagt, als sie sich vor zwei Tagen in der Cafeteria eines Einkaufszentrums trafen, „viel mehr. Wir erwischen immer nur Einzelne, obwohl sie zu Dutzenden mit den Schiffen kommen. Manchmal hat unsere Gruppe mehr Mitglieder, als Flüchtlinge zu betreuen sind." Sie lachte. Sie lachte offenbar oft. Es war kein Lachen, das – was nicht selten vorkommt – aus Verlegenheit entsteht, sondern ein kräftiges, tiefes Lachen, dessen Botschaft – „ich bin nicht so leicht aus der Ruhe zu bringen" – mit einer freundlich einladenden Geste zum Gegenüber verbunden war.

Bei dem Namen Laura hatte Sonja sich eine der schlanken Gestalten vorgestellt, wie sie auf Bildern des Jugendstil zu sehen sind. Die Frau, die sie vor sich hatte, war in ihrer mit großer Selbstverständlichkeit getragenen Körperfülle eher eine barocke Erscheinung, die nichts von vornehmer Distanz hatte, sondern Warmherzigkeit und gute Laune ausstrahlte. Die beiden hatten darauf verzichtet, in der Cafeteria etwas zu verzehren.

Sie waren durch das Einkaufszentrum spaziert, ohne auf die Läden zu achten, ganz davon in Anspruch genommen, sich gegenseitig und das Anliegen der anderen kennen zu lernen. Erst nach einer Weile kam Sonja auf ihre Kernpunkte zu sprechen, auf die Lage in Europa, die Wege der Flüchtlinge und ihr Schicksal in Mexiko: „Habt ihr bei Xenofilia dazu Informationen? Was erzählen die Leute, die zu euch kommen?"

„Du solltest Chacho kennen lernen", antwortete Laura, „das ist unser IT-Mann. Er kennt eine Menge Leute und chattet mit ihnen über solche Dinge." Ohne weitere Umstände nahm sie ihr Handy und meldete sie an. „Chacho ist fast immer da. Er hat ein kleines Haus für sich allein. Wir brauchen eine Dreiviertelstunde."

Mit einem Kleinbus fuhren sie in einen Außenbezirk. Die Gebäude hier waren in bunten Farben gestrichen, es waren Würfel oder Quader von unterschiedlicher Größe, auf eine Weise auf-, neben- und ineinander gebaut, die ungewöhnlich kreative Häuserreihen entstehen ließ. Ein blauer, besonders kleiner Kubus, zwischen zwei größere und vor einen dritten geklemmt, war Chachos Häuschen. Laura trat ganz selbstverständlich ein, ohne anzuklopfen oder sich sonst wie anzukündigen, und sie standen gleich in dem einzigen Raum. Der wäre als Schlaf-, Ess- und Arbeitszimmer für eine Person sicher groß genug gewesen, hätten nicht überall Stapel mit Pizzakartons gestanden und wäre nicht in der Mitte eine Säule aus Cola-Dosen aufgebaut gewesen. Dabei waren nirgendwo Cola-Flecken oder Reste von Käse oder Tomatensoße zu sehen – das Ganze wirkte wie eine fein ausgetüftelte Dekoration und nicht wie eine Halde von Verpackungsmüll. Der Bewohner dieses stilreinen Interieurs saß vor mehreren Bildschirmen, ein Mann undefinierbaren Alters, klein, drahtig, freundlich grinsend, mit einem Gebüsch von schwarzen Locken, die unter einer Baseballmütze und einem Kopfhörer hervorquollen. Die dicke schwarze Brille in seinem Gesicht sah aus, als wäre sie mit Fensterglas ausgestattet und nur dazu da, in das Ambiente zu passen.

Die beiden redeten eine Weile auf Spanisch und so schnell, dass Sonja nichts verstand. Dann wandte sich Chacho an sie, in sorgfältig gewähltem Englisch: „Gib mir – sagen wir – zehn Informationen, die du bestätigt haben willst. Ich schicke ein Rundmail an die Europäer, mit denen ich Kontakt habe, und ich denke, in zwei, drei Tagen werde ich Antworten haben."

Sonja hatte gründlich nachdenken müssen, um Brunos Bericht auf eine begrenzte Anzahl von Informationen zu reduzieren, die dennoch zusammengenommen ein einigermaßen vollständiges Bild ergaben. Als das geschafft war, war sie sich sicher, das Ganze jetzt noch ein Stück besser zu verstehen als zuvor.

Nun, zwei Tage und eine Nacht später, griff sie noch im Bett nach ihrem Notebook und öffnete ihr Postfach. Tatsächlich war eine Mail von Chacho gekommen: „Hi, schätze, du liegst richtig mit deinen Annahmen. Rücklauf von meiner Umfrage im Anhang."

Es fiel auf, dass die Kommunikation unter Pseudonym geführt wurde. Nirgendwo ein Klarname, außer ihrem eigenen. Doch die Aussagen der Mails waren deutlich genug und bestätigten im Wesentlichen das, was sie schon wusste. Einzelne zusätzliche Informationen gingen darüber hinaus. Sonja war jedenfalls zufrieden mit dem was sie da las, zog sich an, trank etwas Mineralwasser, aß dazu einen Keks aus einer Packung, die zufällig noch da war, setzte sich mit dem Notebook an den Tisch und begann mit der Niederschrift des ersten Artikels für OPEN EYE.

Europa: Leben nach der Katastrophe
von Sonja Donetti
Von Satellitenbildern wissen wir, dass im Herzen Europas nahezu alle Gebäude zerstört und Kulturlandschaften verwüstet sind. Was uns die Satellitenbilder aber nicht zeigen, das sind die Menschen, die das Inferno überlebt haben. Es unterliegt keinem

Zweifel, dass der größte Teil der Bevölkerung Europas der Katastrophe zum Opfer gefallen ist, von einer Druckwelle zerrissen, unter Trümmern begraben. Wir wissen aber auch, dass es Überlebende gibt, auch wenn keine genaueren Zahlen vorliegen. Erst allmählich, und zwar in dem Umfang, in dem es gelingt, Flüchtlinge aus Europa zu befragen, die es nach Mexiko geschafft haben, erst in diesem Umfang beginnen wir etwas über diese Menschen und die Bedingungen zu erfahren, unter denen sie leben. Allerdings können wir mit den uns vorliegenden Informationen nur einen Stand beschreiben, der ca. drei Monate zurückliegt, aktuellere Berichte sind derzeit nicht verfügbar.

In den ersten Wochen nach der Katastrophe, darin stimmen alle Quellen überein, haben sich die Menschen dorthin begeben, wo Lebensmittel zu finden waren, in die Nähe von Warenlagern und Supermärkten. Es entstand eine Art von Slums, Hütten und Verschläge, die kaum mehr als Schutz vor Regen bieten. Soweit wir wissen, ist mit einem Wiederaufbau der festen Gebäude – vergleichbar den Anstrengungen nach dem Zweiten Weltkrieg – noch nicht begonnen worden.

Als die Vorräte der Lager zu Ende gingen, das wird je nach Standort unterschiedlich gewesen sein, begannen die Menschen ihren Bedarf an Nahrung, Kleidung, Hygieneartikeln, kleinen Möbeln usw. mit dem zu decken, was sie in den Trümmern fanden. Die Suche nach Brauchbarem, die sich mit immer größerem Radius über die Städte ausdehnte, wurde zur Hauptbeschäftigung. Wieweit sich damit auch die Besiedlung wieder über die Städte ausbreitete, wissen wir nicht. Zumindest vereinzelt, so wird berichtet, wurden nicht verschüttete Keller wieder bewohnt.

Über den informellen Tausch entstanden kleinere Tauschmärkte, Geld als Zahlungsmittel scheint keine Rolle zu spielen. Was aber offenbar immer häufiger wird, sind Diebstähle und Plünderungen durch Gruppen junger Männer, die zum Teil auch über Waffen verfügen. Bei der absehbaren Verknappung der Ressourcen lässt das nichts Gutes erwarten. Es könnte sehr wohl sein, dass das bislang als überwiegend friedlich beschriebene Zusammenleben sich stark zum Negativen hin verändert.

Einen weiteren Problembereich stellt die medizinische Versorgung dar. Medikamente sind in den Trümmern der Apotheken zu finden. In vielen Fällen können daher chronische Erkrankungen behandelt werden. Im Übrigen wird vielfach zur Selbstmedikation gegriffen, ob das mehr Chancen als Risiken hat, ist fraglich. Dort wo Ärzte tätig werden können, ist es kaum möglich hygienische Verhältnisse herzustellen. Eine Augenzeugin beschreibt sehr eindrücklich eine Geburt unter diesen quasi vorindustriellen Bedingungen, die aber ohne die Erfahrungen und Kenntnisse stattfand, die die Frauen in der damaligen Zeit hatten. Mutter und Kind sind an Infektionen gestorben.

Ein Phänomen, das von fast allen Quellen in irgendeiner Form angesprochen wird, ist die auffällige Lethargie des allergrößten Teils der Bevölkerung. Niemand ergreift die Initiative, um die Verhältnisse zu verbessern. Alle Aktivitäten sind auf die Befriedigung der unmittelbaren Bedürfnisse ausgerichtet: Nahrung, Kleidung, Schutz gegen Kälte. Wenn in Ausnahmefällen einmal versucht wird, etwas zu aufzubauen, das eine positive Entwicklung verspricht, läuft es Gefahr sabotiert zu werden. So gab es Versuche, eine Art von Kooperativen zu gründen, um die Lebensmittel zu bewirtschaften, aber nur ganz wenige waren bereit, sich auf so etwas einzulassen. Gärten, in denen man Gemüse anbaut, blieben die ganz große Ausnahme. Die Initiative einiger Ingenieure, einen Windgenerator für minimale Stromversorgung zu konstruieren, scheiterte, weil Plünderer die Kupferspulen stahlen.

Überhaupt haben unsere Gewährsleute ein weit verbreitetes Bestreben beobachtet, Wertgegenstände zu horten, obwohl ein Nutzen in den meisten Fällen nicht erkennbar ist. Eine Ausnahme bilden hier die Wenigen, die sich der allgemeinen Lethargie entziehen und beschließen, Europa zu verlassen, zum Beispiel über den Atlantik. Sie brauchen Gold und andere Edelmetalle, um die Überfahrt zu bezahlen. (Zum Thema Emigration werden wir in Kürze ausführlicher berichten.)

Soweit wir wissen, ist die europäische Katastrophe einmalig in der Geschichte der Menschheit. Ein Teil der Erde ist – für eine ungewisse Zeit – unserer Zivilisation entzogen. So wie Afrika bis ins 19. Jahrhundert ein weißer Fleck auf der Landkarte war.

Lange Zeit hatte niemand Interesse, dann gab es einen Wettlauf um die Kolonien. Mag sein, dass wir eines Tages Forscher nach Europa schicken werden, wie damals Livingston und Stanley. Ignorieren jedenfalls wird man Europa und sein Schicksal auf die Dauer nicht können.

Vier Wochen später erhielt Sonja als E-Mail-Anhang die Druckversion ihres Artikels. Zuckermann hatte mit ganz geringen Änderungen alles übernommen. Nur den letzten Absatz hatte er weggelassen.

V

"Pierdense! Verpisst euch!", der junge Mann mit indianischen Zügen schrie sie an. Sie mussten das Wort gar nicht verstehen, die Botschaft war deutlich genug. Aus dem verzerrten Gesicht sprach Wut, es waren aber auch Spuren von Panik zu sehen, ein kleines bisschen Hilflosigkeit.

Die Flucht vor den Leuten von El Cártel lag schon mehr als eine Woche zurück. Die Hotelanlage hatte sich als ein Ort herausgestellt, an dem sie bleiben konnten, wenigstens für die nächste Zeit. Schon damals, als sie in der Nacht durch den Park der „Villa Florida" gekommen waren, am bemoosten Pool vorbei, schon damals hatten sie ein gutes Gefühl gehabt. Vera hatte – was selten vorkam – Bruno an der Hand gefasst und sie gedrückt, als sie die breite Tür des Restaurants offen fanden. Der Saal war leer bis auf den letzten Stuhl, auf dem Boden nur etwas Dreck und Verpackungsmüll. Aber aus dem Treppenhaus, das durch einen kurzen Gang zu erreichen war, hörten sie entfernte Stimmen. Sie gingen hinauf, im ersten Stockwerk roch man, dass dort Menschen waren. Die Türen standen zum Teil offen, sie hörten Schlafgeräusche, folgten den Stimmen in eines der Zimmer, aber die beiden Männer, die dort an die Wand gelehnt auf dem Boden saßen, unterhielten sich weiter und reagierten gar nicht, als sie hineinschauten. In anderen Zimmern sahen sie Menschen schlafend auf dem Boden liegen, einige in Decken gehüllt, andere eng zusammengerollt oder aneinandergeschmiegt. Bruno zeigte zum Treppenhaus, ein Stockwerk höher schienen auch Leute zu schlafen, aber sie fanden sofort ein leeres Zimmer. Es war, wie die anderen auch, vollkommen leer geräumt, aber es kam ihnen vor wie die Krone der Gastfreundschaft: Es lud ein, noch ein paar Stunden zu schlafen, bis es Tag werden würde.

Als Vera und Bruno von einem Streifen Sonnenlicht erwachten, der durch die Markise ins Zimmer fiel, musste der Vormittag schon fortgeschritten sein. Sie fanden niemanden mehr vor, in den Zimmern lagen nur noch Bündel von Decken und einzelne Kleidungsstücke. Die Bewohner waren wohl in die Stadt gegangen, um auf die eine oder andere Weise für ihren Lebensunterhalt zu sorgen. Vera und Bruno selbst verließen nur kurz das Hotel, um etwas zum Essen zu kaufen, sie hatten ja noch Geld aus der Burg.

Sie blieben auch am folgenden Tag im Hotel, erst jetzt spürten sie die ganze Erschöpfung. Und die Angst, die in ihrem Zwerchfell saß, schwand erst ganz allmählich. Ihre Mitbewohner kümmerten sich nicht um sie, sie lebten in kleinen Gruppen, die nur zum Teil miteinander verkehrten, ansonsten ging jeder seiner eigenen Wege. Die meisten von ihnen waren klein gewachsen, hatten glattes schwarzes Haar und indianische Gesichtszüge. Sie schienen eher scheu, von ihnen schien keine Gefahr auszugehen. Vielleicht waren sie darauf eingerichtet, nur kurze Zeit hier zu bleiben, denn es hatte zwar jemand mit einem Wasserschlauch einen Hydranten angezapft, so dass man sich an einer Stelle in der Anlage waschen konnte, die Möglichkeit, von dem Verteilerkasten vor dem Hotel Strom abzuzweigen, hatte jedoch niemand genutzt.

Schon vor der Mittagshitze kamen die ersten zurück, im Lauf des Nachmittags wurde der Park allmählich voll. Man saß auf Steinbänken oder am Rand des Pools, redete und aß die mitgebrachten Speisen. Ein friedliches Bild.

Es war am Nachmittag des dritten Tages, als ein Mann die Anlage betrat, der gar nicht hierher zu passen schien. Er war groß gewachsen, breitschultrig, hatte volles weißes Haar, einen ebensolchen Vollbart und trug einen Leinenanzug. Die Leute beachteten ihn nicht, er jedoch ließ seinen Blick umherschweifen, als wäre er auf der Suche nach jemandem. Als er Vera sah, schien er gefunden zu haben, was er suchte. Sie war eher zufällig gerade in diesem Moment aus dem Restaurantgebäude gekommen, um sich zu Bruno unter eine kleine Palme zu setzen. Als der Mann auf sie zukam, schaute sie erschreckt hoch. Der machte eine beruhigende Geste und folgte Vera, bis sie ihn zu Bruno führte.

Der Mann sprach Englisch, war offenbar Amerikaner. Er stellte sich als Howard Lawson vor und setzte sich zu den beiden auf den Boden unter die Palme.

„Meine Gemeinde", begann er, „ist nicht einverstanden mit der Politik unserer Regierung, der Regierung der Vereinigten Staaten von Amerika, die die Flüchtlinge aus Europa gar nicht erst ins Land lässt. – Ich nehme an, ihr kommt aus Europa ..." Als Bruno nickte, fuhr er fort. „Wir halten es für unsere Christenpflicht, wenigstens das für euch zu tun, wozu wir in der Lage sind."

Er machte eine Pause. Bruno schaute ihn fragend an, Vera schien in Gedanken verloren. „Wir sind nur eine kleine Gemeinde", sagte er dann, „und El Cártel ist groß. Wir können euch weder Arbeit geben noch euch dauerhaft aufnehmen. Aber wir können euch eine Dusche bieten, Medikamente, wenn ihr welche braucht. Wir können euch Kleidung geben und ein bisschen Geld. Und wir können versuchen, euch zu beraten, wie ihr in diesem Land vielleicht ohne El Cártel überleben könnt."

„Und was erwarten Sie von uns?", fragte Bruno.

„Es gibt in unserer Gemeinde kein Oben und Unten, es gibt keine Priester, einige sind als Prediger ausgewählt, aber das kann jeder sein. Ich bin in unserer kleinen Gemeinde der Prediger und habe daher das Recht, im Namen der anderen zu sprechen. Ich kann euch sagen, dass ihr in keiner Weise verpflichtet seid, der Gemeinde beizutreten. Das soll jeder unbeeinflusst entscheiden. Wir geben gerne und erwarten keine Gegenleistung."

Bruno überlegte. Konnte er dem Mann trauen? Oder war das eine Falle? Er schaute zu Vera, zog die Schultern hoch und wiegte fragend den Kopf. Auf ihr feines Gefühl wollte er sich verlassen. Und als sie nickte, nickte er auch.

Auf diese Weise kamen sie in den Genuss der bescheidenen Gastfreundschaft der evangelikalen Gemeinde. Die Frau des Predigers empfing sie mit einer Freundlichkeit, die glaubwürdig war, gerade weil sie auch eine gewisse Distanz spüren ließ.

„Wir lassen euch erst einmal in Ruhe", sagte sie, „ich denke ihr findet, was ihr braucht." Sie zeigte ihnen die Dusche, ihre Betten, gab ihnen frische Kleidung und lud sie zum Essen. Und schon als sie zusammen am Tisch saßen, gab es Ratschläge, wie es in den nächsten Tagen weitergehen könnte.

„Im Einkaufszentrum", sagte die Frau, als sie am Abend zusammensaßen, „gibt es Männer und Frauen, die den Kunden beim Einpacken der Waren helfen und jeweils ein paar Münzen dafür bekommen. Und an den großen Kreuzungen gibt es immer Leute, die den Autos, die dort bei Rot halten, die Windschutzscheiben waschen."

„Diese Arbeiten", sagte der Prediger, „sind anscheinend nicht von El Cártel kontrolliert. Das lohnt sich für die wohl nicht. Da arbeiten meist Einwanderer aus Guatemala und Honduras. Ihr könntet dort Leute treffen, die ihr schon in der Villa Florida gesehen habt."

Zwei Tage später kam die amerikanische Journalistin. Und Bruno berichtete ihr. Erzählte – berichtete – erzählte. Er hätte nicht sagen können, was es für ein Gefühl war, das ihn gepackt hatte und vorwärts trieb. Es war wie ein Fluss, dessen Quelle in seiner Erinnerung saß. Als das Interview vorbei war und er und Vera auf ihren Betten saßen, da spürte er einmal mehr, wie es ihn schüttelte, wie sein Körper zitterte und bebte und wie die Tränen über sein Gesicht liefen. Er brauchte nicht zu Vera zu schauen um zu wissen, dass es ihr ebenso ging.

Am nächsten Tag war sie wieder da, die amerikanische Journalistin mit dem italienischen Namen. Diesmal hatte Bruno mehr Aufmerksamkeit für sie. Er sah eine mittelgroße Frau, deren Figur regelmäßige sportliche Aktivitäten vermuten ließ. Hellbraune Haut und dunkles, krauses Haar verwiesen auf afrikanische Wurzeln. Was Brunos Eindruck jedoch besonders prägte, war ihr Gesicht, dessen klare, regelmäßige Züge Vertrauen stiften konnten, zugleich aber eine gewisse Härte zeigten. Erstaunlich, dass er das alles am Vortag so wenig beachtet hatte. Immerhin war sie der einzige Mensch, der die Geschichte der Flüchtlinge hören wollte. Er hätte ihr dankbar sein müssen, war es auch auf gewisse Weise, frei von Misstrauen war er jedoch nicht.

„Habe ich die Möglichkeit zu lesen, was Sie über uns schreiben?", fragte er.

„Wenn ich den veröffentlichten Text habe, werde ich versuchen mich mit Ihnen in Verbindung zu setzen. Vielleicht halten Sie Kontakt zur Gemeinde, dann kann ich Sie hier erreichen. Und nehmen Sie dies." Sie gab ihm einen Zettel mit ihrem Namen und einer Handynummer. Und Bruno begann mit der Erzählung der Flucht.

Wieder tat es ihm gut das Erlebte in Worte zu fassen. Wieder erfüllte ihn Trauer, aber der Lauf der Erzählung zog ihn mit und verhinderte, dass er sich der Trauer ergab. Und wieder saß er, als die Journalistin gegangen war, auf seinem Bett und weinte, aber das Beben seines Körpers war nicht mehr so stark.

Am nächsten Vormittag stand er mit Vera auf dem Parkplatz des COSTCO-Einkaufszentrums in der Nähe des Boulevards, der am Meer entlangführt. Vor sich hatten sie eine offene Halle, eine Kasse neben der anderen. Etwa die Hälfte der Kassen war geöffnet, dahinter kleinere Schlangen. Die Kunden blieben auf Höhe der Kasse stehen, während ihre Waren auf dem Band weiterbefördert wurden. An dessen Ende waren jeweils ein oder zwei Helfer eilig damit beschäftigt, die Waren in Plastiktüten zu verpacken und in einen Einkaufswagen zu stellen. Nachdem der Kunde bezahlt hatte, begleiteten sie ihn mit dem Wagen zu seinem Auto und luden nach seinen Anweisungen die Einkäufe in den Kofferraum. Dann bekamen sie eine Münze, gingen mit dem Einkaufswagen zurück und hielten sich für den nächsten Einsatz bereit.

Einige der Helfer trugen rote T-Shirts mit dem Logo des Einkaufszentrums, andere nicht. Das schien aber für ihre Tätigkeit keinen Unterschied zu machen. Alle arbeiteten auf die gleiche Weise. Solange sie im Einsatz waren, waren sie konzentriert bei der Sache, in der Wartezeit standen sie beisammen, redeten, scherzten, lachten und klimperten mit ihren Münzen.

Bruno und Vera gingen näher heran und beobachteten die Arbeitsabläufe genau. Wie gleichartige Waren in ein Behältnis gepackt wurden, wie vermieden wurde, die Tüten zu voll werden zu lassen. Schließlich holten sie sich einen Einkaufswagen, den sie verlassen am Rand des Parkplatzes fanden, und warteten. Nach einiger Zeit gelang es ihnen, den Moment zu nutzen, in dem an einer Kasse einmal kein Kunde nachkam. Dort stellten sie sich zur Arbeit bereit.

So bekamen sie ihr erstes 50-Cent-Stück. Beim zweiten Mal war es nur ein Quarter, 25 Cent, ihre Zuversicht wuchs und sie begannen sich zu fühlen, als würden sie dazugehören. Sie verdienten 2 Dollar und 25 Cent, dann wurden sie auf dem Rückweg zur Kassenhalle aufgehalten.

„Verpisst euch!" Ein Mann im COSTCO-T-Shirt, den sie zuvor bei der Arbeit beobachtet hatten, stellte sich in den Weg und hielt ihren Einkaufswagen fest.

Bruno verstand die Botschaft wohl, aber er konnte sie – nachdem alles so gut gegangen war – erst einmal gar nicht ernst nehmen.

„Why? Warum?", fragte er.

Der Mann antwortete nicht. Stattdessen näherten sich die, die ihn vorgeschickt hatten, und bildeten einen Halbkreis. Vera ließ sich ihre Angst nicht anmerken. Dennoch, als die Männer immer näher rückten, ihnen den Einkaufswagen wegnahmen und begannen sie zurückzudrängen, blieb nichts übrig als aufzugeben.

VI

Eine Mail von Chacho. Sonja hatte ihm Brunos Liste der Flüchtlinge geschickt, und nun, eine gute Woche später, war er auf eine Spur gestoßen. Sonja machte sich sofort auf den Weg. Sie hatte gelernt sich in der Stadt zu bewegen, die kleinen Busse zu nehmen um größere Strecken zu überwinden. Mit Lauras Hilfe hatte sie ein Zimmer in einem Hotel in einer Seitenstraße bekommen. Es war viel billiger als das Hotel, das sie von der Hauptstadt aus gebucht hatte, auch war der Weg zu Chachos Häuschen kürzer. Da stand sie nun vor der leuchtend gelb lackierten Tür und klopfte. Keine Antwort. Sie ging ein paar Schritte zurück, sah auf die blaue Wand. „Chacho ist fast immer zu Hause", hatte Laura gesagt. Also versuchte sie es noch einmal, wartete weiter, hörte dann von innen „Espera! Warte!", und musste noch einige Zeit warten, bis Chacho öffnete. Sein Gesicht war gerötet, ohne Brille und Mütze sah er verändert aus.

„Komm rein!", sagte er freundlich verlegen und als sie eintrat, sah sie Laura im Bett liegen, die gar nicht verlegen war und sie laut lachend begrüßte: „Du kommst zum total falschen Zeitpunkt. Ich sollte dich hassen."

Währenddessen hatte Chacho seine Brille gefunden, Laura ein paar Kleidungsstücke zugeworfen und lotste nun Sonja zum Tisch. „Schau dir das an." Er ließ die Seite eines ihr unbekannten Providers auf seinem Laptop erscheinen. „Das ist das Kommunikationssystem von El Cártel, mit dem die Bosse auf die Ordnungskräfte zugreifen können. Ich habe schon vor 'ner Weile einen Weg gefunden mich dort einzuklinken und schau alle paar Tage mal nach, was sich so tut. Es scheint, dass es einen Zwischenfall gegeben hat, in den eine Frau namens Ulla verwickelt war. Das hat Spuren hinterlassen, auch wenn die Meldung selbst inzwischen gelöscht wurde. Es sieht so aus, als ob man diese Ulla bei einem Diebstahl geschnappt hätte."

Sonja sah auf den Bildschirm, als ob sie da etwas erkennen könnte. Sie tippte ein paar Zeichen, ohne wirklich ein Ziel zu haben. Da hatte Laura sich angezogen, war hinter sie getreten und umarmte sie von hinten, als ob sie sie mit hineinnehmen wollte in ihre Liebe. Sonja spürte ihre weiche Wärme, kurz schoss ihr der Gedanke durch den Kopf, dass ein gutes Parfum exquisit war, wenn es sich mit frischem Schweiß gemischt hatte. Dann fragte sie sich, warum es ihr befremdlich vorkam, dass Laura und Chacho ein Paar waren. Aber auch diesen Gedanken schob sie beiseite und fragte stattdessen: „Wenn sie geschnappt wurde, wo könnte sie jetzt sein?"

Laura übernahm die Antwort: „Schwierig! Es wäre leichter, wenn sie in einem Gefängnis gelandet wäre und nicht in irgendeinem anderen Loch. Aber auch dann ist es sehr unübersichtlich. Die Gefängnisse sind praktisch alle privatisiert worden. Es gibt solche und solche. Große und kleine, moderne und uralte. Manche nehmen auch ohne Gerichtsverfahren Gefangene auf, ich weiß nicht, wie das im Einzelnen läuft. Es hat damit zu tun, dass die Gerichte unendlich langsam arbeiten, völlig unterbesetzt, häufig werden sie gar nicht mehr eingeschaltet."

„Können wir Ulla denn überhaupt finden?"

„Jedenfalls brauchen wir einen Anwalt. Die Anwälte haben gelernt sich in diesem Chaos zurechtzufinden. Ende der Woche ist Treffen von Xenofilia. Javi ist meistens da, Javier Armas, der kennt sich am besten aus."

„Meistens? Wir sollten schnell sein!"

„Ich werde versuchen ihn anzurufen und ihn bitten, auf jeden Fall zu kommen."

Sonja schaute noch einmal in die Liste: *Ulla Andersen, blond, füllige Figur, ca. 45 Jahre, früher Sozialarbeiterin, würde gern das große Geld machen.* Darunter stand: *Fred Andersen, verheiratet mit Ulla.* Vielleicht wusste sie ja auch etwas über den Verbleib von Fred.

*

Das Treffen fand in der Wohnung von Isolde Vegas statt, einer riesigen Stadtwohnung, in der eine viel größere Truppe hätte tagen können, die Leutchen von Xenofilia verloren sich auf zwei Sofas in einer Ecke des großen Salons. Über Isolde selbst war von Laura Folgendes zu erfahren: Sie war in Wien geboren und aufgewachsen, hatte dort den Studenten der Betriebswirtschaft Isidoro Vegas kennen gelernt und war, wie Laura sich ausdrückte, nicht nur dessen Charme erlegen, sondern auch der romantischen Vorstellung von einem Leben in Lateinamerika. Vegas war Kubaner, hatte aber nicht vor, nach Kuba zurückzukehren, sondern ging nach Mexiko, wo er sehr erfolgreich in Handelsunternehmen einstieg. Isolde ging mit, nahm auf der einen Seite am wachsenden Wohlstand ihres Mannes teil, musste aber andererseits mit ansehen, wie ihr Isidoro seinen Erfolg als Legitimation, ja geradezu als Verpflichtung betrachtete, sich ein Heer von Geliebten zuzulegen, von denen die eine oder andere immer mal wieder die Rechte der Favoritin beanspruchte. Das wurde Isolde zu viel. Vegas verstand das und stattete sie finanziell so gut aus, dass sie den gegenseitigen Respekt bewahren konnten, ja, es ging noch weiter: Nach einer Art Karenzzeit trafen sie sich in unregelmäßigen Abständen, meist in einem der noblen Stadthotels, was sie da miteinander trieben, ging keinen etwas an.

Mit der Machtausdehnung von El Cártel hatte Vegas sich geschickt arrangiert. Die Bosse konnten sein Knowhow und seine Verbindungen gut gebrauchen. Er stellte sich bereitwillig in ihren Dienst und konnte auf diese Weise einen Rest von Unabhängigkeit bewahren. Darauf legte er Wert, und so war er bereit, begrenzte Risiken einzugehen und in einzelnen Fällen Informationen aus dem Inneren von El Cártel zu besorgen.

Isolde ihrerseits war nicht der Mensch, sich voll und ganz einer Aufgabe zu widmen. Auch fühlte sie keine Verpflichtung den leidenden Europäern gegenüber. Wenn sie sich trotzdem für Flüchtlinge einsetzte, so geschah dies einerseits aus einem tiefsitzenden Unbehagen den neuen Verhältnissen gegenüber – wenn diese sie selber auch wenig tangierten – und andererseits aus einer gewissen Abenteuerlust und dem Interesse an den immer wieder unterschiedlichen Schicksalen, mit denen sie auf diese Weise konfrontiert wurde.

Mit ihr zusammen in der großen Wohnung lebte Humberto von Ostreicher, der sich selbst als Hausfreund bezeichnete, was immer das bedeuten mochte. Wenn man die beiden zusammen sah, hatte man den Eindruck eines älteren Ehepaares, das liebevoll miteinander umging und zudem eine Aura eines milden erotischen Interesses aneinander pflegte.

Humberto ignorierte, wie es schien mit einer gewissen Souveränität, Isoldes Ausflüge zu ihrem Isidoro wie auch ihre sporadisch auftretende Neigung zu jüngeren Männern. Ob er seinerseits weitere Beziehungen unterhielt, war nicht bekannt. Angeblich entstammte er altem europäischem Adel. Seine Familie war wohl im 19. Jahrhundert im Gefolge des unglücklichen Kaisers Maximilian ins Land gekommen, hatte dessen Absetzung und Hinrichtung überstanden, sich angesiedelt, dabei aber immer den besonderen Charakter ihrer Herkunft gepflegt, bis in diese Tage. Jetzt freilich völlig mittellos. Das schien Humberto jedoch nicht zu stören, im Gegenteil, er kokettierte damit, gab sich den Anschein nicht von dieser Welt zu sein. „I bin eben a bisserl spinnert", sagte er auf Deutsch und versuchte das gleich angemessen zu übersetzen. Laura lachte nur. „Pass bloß auf", sagte sie zu Sonja, „den Humberto darfst du auf keinen Fall unterschätzen."

„Wenn das die ganze Xenofilia ist", ging es Sonja durch den Kopf, aber sie verbarg den Anflug von Enttäuschung. Auch wenn Laura sie sicherlich schon entsprechend angekündigt hatte, stellte sie sich und ihr Anliegen selbst noch einmal ausführlich vor. Sie wollte nicht, dass es irgendwelche Missverständnisse gab. Dann zeigte sie Isolde und Humberto ihre Flüchtlingsliste: Ob sie wohl eine Idee hätten, wie man mit den Leuten in Kontakt treten könnte. Humberto las laut vor, nicht mechanisch, sondern einfühlsam, als ob er jede einzelne Person gerne kennen lernen würde. Und als er fertig war, kam er noch einmal auf Marco zurück:

„Marco Fontana. Plant in El Cártel Fuß zu fassen. – Das unterscheidet ihn von den anderen. Wenn er clever genug ist, ist das vielleicht gar nicht so schwierig."

„Du meinst, dass wir ihn leichter finden können, wenn er für El Cártel arbeitet?", fragte Laura.

„Er meint, dass ich Isidoro einspannen soll", sagte Isolde und wandte sich dann an Sonja: „Warum er? Warum sollten wir uns gerade um ihn kümmern. So wie's aussieht, braucht er am wenigsten Hilfe."

„Ich möchte gern jede Spur verfolgen", sagte Sonja, „es kann auch sein, dass er aus der Organisation heraus etwas über den Verbleib der anderen erfahren hat. – Überhaupt ist mein Job weniger die Hilfe für Einzelne als die Information der amerikanischen Öffentlichkeit. Die kommt aber, denke ich, auf lange Sicht allen zugute. Auf jeden Fall sollte bekannt werden, was mit den Flüchtlingen in diesem Land passiert."

„Gut, ich werde Isidoro bitten. Das wird natürlich etwas dauern", sagte Isolde und stand auf, es hatte an der Wohnungstür geläutet. Über den Mann, den sie eine Minute später in den Salon brachte, konnte kein Zweifel bestehen: Javier Armas, scharf geschnittenes Gesicht, äußerst korrekte Frisur, eleganter Nadelstreifen, sah aus wie die Karikatur eines Anwalts. Und er benahm sich auch so. Als er sich gesetzt hatte und in die Runde schaute um auf den Stand gebracht zu werden, konnte man den Eindruck haben, die Versammlung hätte nun erst begonnen.

Er war schnell im Bilde. Marco Fontana interessierte ihn nicht weiter, es ging jetzt um Ulla Andersen. Besuche im Gefängnis seien grundsätzlich möglich, faktisch aber nur mit Beziehungen und Schmiergeld zu erreichen. Am einfachsten sei es, wenn er offiziell zu ihrem Anwalt bestellt werde. Er überlegte einen Augenblick: Ja, er sei bereit, das zu übernehmen. „Dann aber muss jemand, zumindest pro forma, mein Honorar zahlen." Er nickte Isolde zu und damit schien diese Frage geklärt zu sein. „Zunächst werde ich herausbekommen müssen, ob Ulla Andersen überhaupt in einem Gefängnis sitzt. Wenn nein, muss ich besondere Informationsquellen nutzen. Das ist nicht ganz billig, weil ihr weiterer Verbleib normalerweise nicht dokumentiert und daher nur mühsam nachvollziehbar ist. Wenn ja, werde ich herausfinden müssen, in welchem Gefängnis sie ist, und dann versuchen zu ihrer Vertretung bestellt zu werden." Formal bestünden diese Möglichkeiten noch, auch wenn es nie zu einem Prozess kommen werde.

„Nichts ist unmöglich, sage ich immer", Armas erhob sich, schenkte der Runde einen erstaunlich freundlichen Blick und verabschiedete sich. Isolde begleitete ihn, und wie sie ihren Arm um ihn legte, fragte sich Sonja, ob Armas wohl eine ihrer sporadisch auftretenden Neigungen war. Sie konnte nicht anders, sie musste lächeln. Xenofilia begann ihr zu gefallen, mehr als ein Verein pflichtbegeisterter Altruisten es je gekonnt hätte.

VII

Nach der Erfahrung im Einkaufszentrum COSTCO-Veracruz war das neue Unterfangen nahezu aussichtslos. Die Wahrscheinlichkeit, dass alles wieder genauso ablaufen würde, grenzte an die 100 Prozent. Trotzdem würden sie es versuchen, da waren Bruno und Vera sich einig. In den Putzräumen und Kellern der Villa Florida suchten sie nach geeigneten Werkzeugen.

Sie waren dort wieder eingezogen, von den übrigen Bewohnern genauso ignoriert wie zuvor, dennoch mit einem Gefühl von Sicherheit – anscheinend wollte niemand sie von hier vertreiben. Und je besser sie sich auskannten, umso mehr Nützliches fanden sie in Schränken und Wäschekammern: Polster, Decken, Handtücher, sogar frische Wäsche, außerdem Kerzen, Porzellan und Besteck. So wurden sie auch schnell fündig auf der Suche nach Eimern und Lappen. In den Katakomben des Hotels fanden sie schließlich auch ein Fensterleder und nach langem Suchen – sie gaben einfach nicht auf – auch mehrere Scheibenwischer, die am praktischsten zu verwenden waren, um das Wasser von den Windschutzscheiben der Autos abzuziehen.

Zwei Tage hatten sie mit der Suche im Hotel verbracht und sich ausgeruht. Am dritten Tag füllten sie zwei Eimer mit etwas Wasser und einem Reinigungsmittel, nahmen Fensterleder und Wischer und gingen zu einer viel befahrenen Ampelkreuzung am Boulevard Avila Camacho. Dort landeten sie einen Überraschungserfolg. Vier Autos bedienten sie, jeder wischte die Scheibe von einer Seite und sie machten es gut. Es schien üblich zu sein, dass man dafür eine Quarter bekam, sie hatten also einen Dollar eingenommen, als es kam, wie es zu erwarten war. Indianische Menschen, mehr Männer als Frauen, klein gewachsen, gewöhnlich zurückhaltend und friedlich, kamen mit wutverzerrten Gesichtern auf sie zu, griffen ihre Eimer, schütteten sie aus und warfen sie über die Mauer eines anliegenden Grundstücks. Dann rissen sie Bruno und Vera die Wischer aus den Händen und stellten sich wie eine Mauer am Fahrbahnrand auf, so dass den beiden der Zugang zur Kreuzung versperrt war.

Diese Niederlage war, wie schon gesagt, keine Überraschung. Das Problem bestand im Mangel an Alternativen. Im Hotel fand sich viel, nur Lebensmittel mussten in der Stadt gekauft werden, und da reichte ein Dollar nicht weit.

Eine gewisse Erleichterung ihrer Lage kam von unerwarteter Seite. Es waren überwiegend junge Leute, die mit ihnen in der Villa Florida lebten, Einwanderer aus Guatemala, Honduras und Nicaragua, wie Bruno und Vera jetzt wussten. Junge Erwachsene. Es gab nur ganz wenige Kinder. Und gerade sie führten zum ersten Kontakt. Zwei kleine Mädchen, denen die Mutter gerade verboten hatte in den Pool zu klettern, rannten davon und zu einer Bank, auf der Vera saß und die Leute im Park betrachtete. So viel Ruhe und Beschaulichkeit konnten die beiden natürlich nicht zulassen, sie mussten an Vera hochklettern und sie waren dabei an die Richtige gekommen. Bald war auf der Bank ein Naturereignis zu beobachten, das aus drei weiblichen Körpern und einem Vulkanausbruch bestand. Sein Auswurf bestand nicht in Lava und Gas, sondern in einem Feuerwerk aus Kitzeln und Lachen. Die Mutter der beiden kam nachsehen und musste, als sie herangekommen war, selber lachen. Sie setzte sich daneben auf die Bank, und so kam Vera zu ihrer ersten Bekanntschaft in Mexiko.

Es wäre vielleicht von Vorteil gewesen, wenn sie miteinander hätten reden können. Da das aber aus verschiedenen Gründen nicht möglich war, mussten sie mit den übrigen Mitteln zurechtkommen, die Menschen zu gegenseitige Verständigung zur Verfügung stehen. Und es kann durchaus sein, dass die aus der Not gewählte Sprache der Augen und Hände ihrer Beziehung die notwendige Glaubwürdigkeit gab. Wie auch immer – sie kamen zu einer Vereinbarung, die beiden half. Melinda, die Mutter der Mädchen, war eine praktisch denkende Frau. Das musste sie auch sein, wenn sie mit zwei kleinen Kindern am äußersten Rand einer fremden Großstadt überleben wollte. Und sie war klug genug die Gelegenheit sofort zu erfassen: Ohne sich immer um die Kinder kümmern zu müssen, würde sie sehr viel besser arbeiten und mehr Geld verdienen können. Wenn sie also genug Vertrauen hatte und Vera die Kinder tagsüber überließ, könnte sie so viel Überschuss erwirtschaften, dass sie Vera leicht etwas davon abgeben konnte.

Vera bekam jeden Abend ein Töpfchen Bohnen, einige Enchiladas oder Empanadas, eine Mahlzeit, die ihr genügte und zur Not auch für Bruno ausreichte, die Tage zu überstehen, an denen sie keine weiteren Einkünfte hatten. Während Vera also tagsüber mit Melindas Kindern in der Hotelanlage blieb, durchstreifte Bruno die Stadt auf der Suche nach Arbeit. Er hatte feststellen müssen, dass die Arbeit am Hafen vollständig in der Hand von Einheimischen war, zudem noch strikt kontrolliert von El Cártel. Eine erneute Ernte von Glücksmünzen am Fuße der Burg war ebenso wenig möglich, der Eingang zum Schacht wurde von einer Horde von Halbwüchsigen bewacht. Und als er diese einen Tag lang beobachtet hatte, wusste er, dass das Geld den Touristenführern zugutekam, die den Jungen einen kleinen Anteil abgaben, es im Übrigen anscheinend nach einem festen Schlüssel untereinander aufteilten.

Er hatte nun kein Ziel mehr, das er ins Auge fassen konnte. Es blieb ihm nichts, als die Stadt nach Geschäften und Werkstätten abzusuchen, in denen es Arbeit geben könnte. Dabei blieb es nicht aus, dass er sich mit anderen Herumtreibern unterhielt, was gut war, allein schon um sich den Wortschatz anzueignen, den er für seine Suche brauchte. Auch der ein oder andere Tipp sprang heraus, so begrenzt das gegenseitige Verständnis bei diesen Gesprächen auch war.

Er achtete darauf, nach Ende des Marktes zur Stelle zu sein, um in den herumliegenden Resten etwas Essbares zu finden, Bananen, die nur zum Teil verdorben waren, beschädigte Maiskolben, etwas Kohl oder anderes Gemüse. Hin und wieder wurde auch seine Frage nach Arbeit belohnt. Jedes Mal erhielt er zwar eine mehr oder weniger höfliche Ablehnung, aber es kam vor, dass ein Handwerker oder Ladenbesitzer in die Hosentasche griff, während er bedauernd den Kopf schüttelte, eine Münze herausholte und sie ihm zusteckte.

Bruno erlief sich die Stadt. In manchen Straßen war er viele Male. Manche mochte er auch mehr als andere. Weil ihm die Leute freundlicher erschienen als woanders. Oder weil es dort besonders gut roch. In einer der Straßen, auf die beides zutraf, gab es ein kleines Restaurant, aus dem es derart verführerisch duftete, dass er jedes Mal stehen blieb, wenn er vorbeikam. Es bestand aus nur einem Raum und war ganz einfach möbliert mit Plastikstühlen und Aluminiumtischen, von denen zwei auf dem Bürgersteig standen. In dem Lokal arbeiteten zwei junge Frauen, sie standen hinter der Theke, die eine ganze Seite des Raumes einnahm, und bereiteten die Speisen zu. Solange der Andrang nicht zu groß war, bedienten sie auch an den Tischen.

Es war an einem Nachmittag, das mittägliche Geschäft war vorbei. Gäste waren nicht mehr da, aber es roch immer noch köstlich. Als Bruno wie immer stehen blieb, bemerkte er durch die offene Tür, dass eine der Frauen ihn anguckte. Ganz offen ins Gesicht, während die andere damit beschäftigt war den Herd zu reinigen. Der Blick war nicht unfreundlich, er hatte etwas Bestimmendes, etwas, das keinen Widerspruch erwartete, und zugleich schien er eine Einladung auszusprechen. Da fasste Bruno sich ein Herz, ging hinein und fragte nach Arbeit. Die Frau sah ihn weiter an, antwortete nicht, wies ihn stattdessen an einen der Tische und setzte ihm ein Schälchen mit Guacamole vor, einer nach Knoblauch duftenden Avocadocreme. Dazu stellte sie einen Teller mit Taco Chips.

Während er aß, schaute sie weiter zu ihm hin, betrachtete alle seine Bewegungen, als müsste sie sich seine Erscheinung einprägen, und als er aufgegessen und das Schälchen mit dem Finger ausgewischt hatte, machte sie ein paar Schritte in das dunkle hintere Ende des Raumes und bedeutete ihm mit einer Kopfbewegung, dass er ihr folgen sollte. Sie öffnete eine schmale Tür, die er bis dahin nicht gesehen hatte, und ließ ihn in einen Abstellraum treten. Dort waren an den Wänden Kartons, Eimer und Gläser aufgestapelt, die Mehl, Öl und andere Zutaten für die Küche enthielten, und an einer Seite, unter einer schmalen Lichtluke, stand ein einfacher, kleiner Holztisch, auf dem Quittungsblocks und Rechnungsbücher lagen. Die schob sie zur Seite, drehte sich um und setzte sich auf den Tisch. Sie zog Bruno zu sich heran, fasste erst seine Arme, dann seine Schultern und drückte ihn nach unten, bis er vor ihr kniete.

Was dann geschah, war Bruno nicht unangenehm. Er mochte diese Frau in ihrer direkten Art und ihrer unverstellten

Weiblichkeit. Zuerst, als er sich ihr näherte, begann sich sogar eine Erregung in ihm auszubreiten, wie er sie lange nicht gespürt hatte. Dann aber, als die Frau nach einer Weile anfing zufrieden zu seufzen, da war es mit einem Mal, als wäre er aus der Situation herausgenommen und stünde nun neben sich. Vielleicht sogar, als wäre er hier fehl am Platze. Die Erregung verebbte sofort und in seinem Kopf – es kam ihm vor, als ob der Verstand glasklar arbeitete – tauchte der Gedanke an Impotenz auf. Was war das hier? Eine Gelegenheit zum Sex, die er nicht wahrzunehmen in der Lage war? Oder kam es auf ihn gar nicht an? Völlig gleichgültig, was er wollte und was nicht.

    Er schob die Gedanken zu Seite und fand sich in einer Art Gleichgültigkeit wieder, die es ihm leichter machte, sich unangreifbar zu fühlen. Niemand, so schien es ihm, konnte ihn verletzen. Schon gar nicht diese Frau.

    Bis zu ihrem Höhepunkt hielt sie seinen Kopf, dann ließ sie ihn los und schob ihn schließlich von sich. Bruno kam langsam auf die Beine, sah sie an – ihr Blick war in irgendeine Ferne gerichtet. Er wischte mit seinem T-Shirt sein Gesicht, drehte sich um, verließ den kleinen Raum und ging durch das Lokal auf die Straße. Die zweite Frau saß jetzt draußen an einem der Tische, unterhielt sich mit einer Passantin und schien ihn nicht zu bemerken. Er ging die Straße hinunter, gleichgültig wohin. Eine Weile noch war er wie betäubt. Da war noch der Duft der Schenkel, er roch sie noch, die frische Seife und den verführerischen, ganz feinen Hauch von Schweiß und Urin, als wäre es ein Parfum, eigens zu seiner Verlockung hergestellt.

    Dann war der Verstand wieder da. Klar war, was es bedeutete, wie sie ihn auf die Knie gedrückt und wie sie später seinen Kopf gepackt hatte. Klar war aber auch, dass er mitgemacht hatte. – Und dass er es wieder tun würde. – Er lief lange durch die Straßen. Schließlich ging er zurück in die Hotelanlage, Vera würde sich sonst Sorgen machen.

VIII

Sonja konnte sich nicht erinnern, jemals so lange gewartet zu haben. Um sechs Uhr morgens, hatte es geheißen, werde für Besucher geöffnet. Isolde und sie waren pünktlich gewesen und in der Tat: um Viertel nach sechs wurde die Tür wieder verschlossen. Der Raum war eine Art Korridor mit einer Bank an einer der Längsseiten, an den beiden Stirnseiten eiserne Flügeltüren. Auf der Bank saßen außer ihnen nur noch zwei Frauen mittleren Alters, jede von ihnen hatte einen Korb mit Speisen auf dem Schoß.

Javier Armas hatte gute Arbeit geleistet. Er hatte Ulla Andersen in einem kleinen Gefängnis am Rande der Stadt Campeche gefunden, das in den letzten Jahren nur noch für Frauen genutzt wurde. Campeche liegt an der Westküste der Halbinsel Yukatan, circa 700 km von Veracruz entfernt. Armas hatte daher die Verteidigung nicht selber übernommen, sondern einen Kollegen vor Ort gebeten, dem er vertraute. Für Sonja würde er weiter Ansprechpartner bleiben. Diesem Kollegen war es gelungen eine Besuchsgenehmigung zu erwirken. Am Vortag war Sonja mit Isolde in deren Volkswagen nach Campeche gefahren, sie hatten den Anwalt in dessen Kanzlei aufgesucht und der hatte sie ein wenig auf den Besuch vorbereitet. Der Standard sei mit den Verhältnissen früherer Zeiten nicht zu vergleichen, vielerorts gebe es heute gar keine Gefängnisse mehr. El Cártel oder auch einzelne Kader nutzten aber die Gebäude, um Personen wegzuschließen, die sich in irgendeiner Weise disqualifiziert hatten, für die man zurzeit keine Verwendung hatte. Man hob sie hier auf für den Fall, dass man sie zu einem späteren Zeitpunkt noch einmal brauchen würde. Das aber lohne nicht, Gefängnispersonal zu unterhalten, weshalb es grundsätzlich keine Versorgung der Gefangenen gebe. Andererseits spiele die einstmals so gefürchtete Hierarchie unter den Häftlingen nicht mehr die Rolle wie früher. Wenn Gefangene eine längere Zeit unter diesen Bedingungen überlebten, hätten sie das in der Regel allein einer gewissen Solidarität untereinander zu verdanken. – Er habe Frau Andersen selbst noch nicht sehen können, habe aber veranlasst, dass sie von außen mit genügend Lebensmitteln versorgt werde.

Um acht Uhr erschien jemand in einer Art Uniform mit Krawatte, der ihren Besuchsschein kontrollierte und ihnen ihre Personalpapiere abnahm. Ein wenig war es nun, als ob sie selbst gefangen wären, und Sonja war froh, dass Isolde mitgekommen war. Zunächst war es nur darum gegangen zu dolmetschen, wenn Ulla nicht ausreichend Englisch verstand. Dann aber hatte sich gezeigt, dass Isolde solche Unternehmungen durchaus schätzte. Sie war es auch, die die ersten Stunden des Wartens mit ihren Erzählungen füllte. Sie erzählte von ihren Männern, die alle ihre Stärken und Schwächen hatten, von denen aber keiner auch nur entfernt an die Attraktivität ihres Isidoro heranreichte. Das habe ihr eine gewisse Freiheit gegeben, sie habe sie weggeschickt, wenn sie sich zu viel über sie geärgert habe. Freilich habe sie von keinem aus dieser ganzen großen Zahl ein Kind haben wollen.

„Mit Humberto wär's vielleicht was geworden, aber als ich ihn kennen lernte, war ich zu alt. So hab ich nie ein Kind bekommen. Das macht mich manchmal traurig, aber die meiste Zeit bin ich da ganz nüchtern. Diese Welt ist nichts für Kinder." Sie lächelte vor sich hin. „Ein bisschen ist Laura für mich wie eine Tochter. Ich kenne sie, seit sie ein kleines Mädchen war, ihre Mutter war lange Zeit eine Nachbarin, sie ist vor ein paar Jahren gestorben. Ich freu mich, dass Laura öfter zu mir kommt. Ich glaube, sie mag es, dass ich anders lebe als ihre Mutter, anders als die meisten Frauen. – Aber dass sie unbedingt mit diesem Chacho …" Isolde konnte viel erzählen, und als schon Stunden vergangen waren, fiel ihr auch noch eine Geschichte über das Warten ein:

„Einmal war ich mit einem Mann zusammen, in dem hatte ich mich vollkommen getäuscht. Er war ein wahres Scheusal. An einem Abend war er betrunken und krakeelte herum, dass die Nachbarn es hören mussten. Ich wollte nicht mehr, wollte ihn nur noch loswerden und sagte ihm, er soll gehen. Aber was hat er gemacht? Er packt mich bei den Haaren und schlägt mir ins Gesicht. Er hat mich so verprügelt… Ich hatte Glück, dass ich in mein Schlafzimmer fliehen und mich da einschließen konnte.

Am nächsten Morgen – ich hatte kein Auge zugetan vor Schmerz und Wut – lag er auf dem Sofa und schlief. Ich bin aus dem Haus. Zur Polizei, ich wollte ihn anzeigen. Aber da hatte ich mich schon wieder getäuscht! Man nahm mir meinen Pass ab – genau wie hier – und ließ mich warten. Den ganzen Tag. Da kam schon mal einer und wollte die Anzeige aufnehmen, sein Büro sei nebenan, im Hotel. – Sie hatten ihren Spaß und ich dumme Kuh saß da und konnte nichts machen. Am Abend musste ich froh sein, dass ich den Pass zurückbekam und gehen konnte. Mir blieb nichts übrig, als Isidoro zu bitten. Er schickte ein paar Kerle, die diesen Schläger aus meiner Wohnung prügelten."

Isolde versank in ein stilles Grübeln. Noch Stunden saßen sie, lange Zeit ohne zu sprechen. Sonjas Gedanken wanderten, Chandler tauchte auf. Marlowe wartet nie so lange, trifft stattdessen auf langbeinige blonde oder rothaarige Vorzimmerdamen, und ehe er sich ihnen widmen kann, wird er zu seinem Bedauern schon weitergegeben. Jedenfalls wartet er nicht. Davon war sie nun wirklich Lichtjahre entfernt.

Die Frauen warteten bis zum Abend, kurz nach sechs Uhr. Da öffnete sich die Tür, eine Erscheinung in Pumps und beigem Seidenmantel kam herein, winkte ihnen geschäftig, ihr zu folgen und führte sie durch die zweite Tür und einige Gänge in den Besuchersaal. Zehn Tische mit Stühlen, Sonja und Isolde setzten sich an einen, die beiden anderen Frauen verteilten sich im Raum. Die Dame im Seidenmantel öffnete eine weitere Tür, rief etwas in den tunnelartigen Gang, der sich dahinter öffnete, und verschwand, woher sie gekommen war. Ihre Eleganz blieb ein Rätsel.

Es dauerte einige Minuten, da kamen zwei dünne Mädchen herein, deren Haut, soweit sichtbar, von Piercings und Tätowierungen überzogen war. Sie schnappten sich etwas aus den Körben, die ihre Mütter auf den Tisch gestellt hatten, und ließen sich steif auf den Stühlen nieder. Sonjas Blick wandte sich zurück zu dem Gang, durch den die Mädchen gekommen waren. Eine Frau kam aus dem Tunnel, die Mühe hatte aufrecht zu gehen. Die wenigen Schritte durch den Saal zeigten, dass ihre Körperspannung zu schwinden drohte, es ihr aber immer wieder gelang zu einer geraden Haltung zurückzufinden. In ihrem starren

Gesicht war zu sehen, dass ihr Leiden nicht nur körperlich war, es war das Gesicht eines gebrochenen Menschen. Dennoch schien es etwas zu geben, das ihr die Kraft gab, sich auf die Besucherinnen zuzubewegen. Das konnte nur Wut sein.

Denn noch bevor sie sich setzte, begann sie zu sprechen. Die ersten Worte aber waren überhaupt nicht zu verstehen, die Stimme versagte völlig und die Artikulation der Lippen, in die sie ihre ganze Kraft hineinzugeben schien, verzerrte das Gesicht nur noch mehr, ohne eine Verständigung zu bringen. Sie musste sich mehrfach räuspern, setzte sich, nahm einen Schluck Wasser aus der Flasche, die Isolde ihr reichte, bis schließlich einige Worte hörbar herauskamen, zunächst freilich sehr leise, viel leiser als es augenscheinlich die Absicht war.

„Sie haben mir eine Falle gestellt", sagte sie auf Deutsch. Isolde übersetzte, „una trampa", und sprach dann weiter auf Deutsch: „Erzählen Sie."

Die Frau sprach jetzt deutlich, allerdings mit langen Pausen, so dass Isolde keine Mühe hatte, für Sonja zu übersetzen: „Ich heiße Ulla Andersen. Ich bin vor Wochen mit einem Frachtschiff aus Europa gekommen. Ich bin bei einer Familie hier in der Stadt gelandet. Als eine Art Küchen-Hilfskraft. Die Herrschaft hab ich kaum je gesehen, ich war der Köchin unterstellt, und die der Haushälterin. Weil ich Ausländerin bin und nur ganz wenig spanisch kann, hat sich niemand mit mir beschäftigt. Außer dass mir Arbeit zugewiesen wurde, viel Arbeit, vor allem Saubermachen, Wischen, immer wieder, den Herd, die Fliesen, den Boden; und Spülen, Töpfe schrubben…"

Ulla Andersen machte jetzt eine längere Pause, bewegte sich auf dem Stuhl hin und her und streckte den Oberkörper. Das Sitzen schien ihr gut zu tun. Dann fuhr sie fort: „Gut behandelt haben sie mich nicht. Zu essen bekam ich von den Resten der Herrschaft, aber weniger als die Köchin zum Beispiel. Geschlafen hab ich in einer Ecke des Raumes, in dem die Küchenvorräte gelagert waren. Da standen ein Bett und ein Schränkchen, wohl noch von meiner Vorgängerin, ich konnte ein paar Kisten so stellen, dass ich ein bisschen für mich war."

Die Frau redete jetzt schneller. Isolde musste sie öfter unterbrechen um übersetzen zu können: „Einmal fehlte etwas im

Lagerraum, Weinflaschen, glaube ich. Da hat die Haushälterin den Chauffeur in die Küche geschickt um herauszubekommen, wer es war. Natürlich hatten sie mich in Verdacht. Der Chauffeur hat mich gleich gepackt, mich am Hals gewürgt und angeschrien. Ich hab immer nur versucht den Kopf zu schütteln, bis ich keine Luft mehr kriegte. Ich dachte schon, es ist vorbei, da kam die Haushälterin herein und er hat mich losgelassen. Er hat noch unters Bett geguckt und mein Schränkchen durchwühlt, und als er nichts gefunden hat, sind sie wieder gegangen. Aber seitdem muss er einen Hass auf mich gehabt haben, bei jeder Gelegenheit hat er mich schikaniert. Und die Köchin hat das dann auch getan. Und dann, einige Zeit später, haben sie mir die Falle gestellt. Ich bin so dumm, so grunddumm, ich hätte nicht darauf hereinfallen dürfen. Ich hätte in jedem Fall die Finger davon lassen müssen." Nur eine ganz kurze Pause, dann drängte die Erzählung weiter: „Das war so: Erst durfte ich gar nicht das Haus verlassen. Nach ein paar Wochen hat mich die Köchin zum Markt mitgenommen. Um ihr tragen zu helfen. Da ist es mal vorgekommen, dass ich an einem Stand mit Süßigkeiten stehen geblieben bin und sie hat mir zwanzig Cent gegeben, damit ich mir was kaufen konnte. In dem Augenblick war ich ihr sehr dankbar. Später hab ich mal fünfzig Cent auf der Straße gefunden, dafür hab ich mir auch was gekauft. Und dann lag da im Lagerraum auf dem Boden ein Zehndollarschein. Ich hab ihn eingesteckt, ich dachte..., ja ich hab eigentlich gar nicht richtig gedacht, ich dachte nur, dass ich ihn auf dem Markt wechseln könnte, ohne dass die Köchin etwas merkte, und dann hätte ich immer etwas Geld gehabt. Und als ich wieder in die Küche kam, standen da die Köchin und die Haushälterin. Sie fragten gar nicht, sie packten mich, zogen mir das Kleid aus und fanden natürlich den Schein in der Tasche. Sie sagten gar nicht viel, holten bloß eine Leine und banden mich an einem Stuhl fest. Die Haushälterin ging und kam mit dem Chauffeur zurück. Der hat mich wieder losgebunden und in die Waschküche geschleppt. Ich hab mich erst nur geschämt, ich war ja in Unterwäsche. Aber dann fing er an mich zu prügeln, überall hin. Ein zweiter Mann kam dazu, ich weiß nicht, wer das war, und einer prügelte mich zum anderen hin und zurück. Bis ich über einem Wäschesack zusammenbrach. Da haben sie mich noch mit einer Peitsche geschlagen."

Der Frau, die so offen über diese fürchterliche Situation gesprochen hatte, liefen die Tränen übers Gesicht. Es schüttelte sie, und es dauerte eine Zeit, bis sie sich gefangen hatte. „Ich lag da, ich weiß nicht, wie lange. Dann kamen sie, der Chauffeur und der andere Mann, haben mir mein Kleid wieder angezogen, mich in ein Auto gezerrt und hierher gefahren."

Es gab einen Augenblick der Stille, bis Isolde fragte: „Und wie geht es Ihnen hier im Gefängnis?"

„Am Anfang war ich so kaputt, da hat mich keiner beachtet, ich hab auch nicht viel mitgekriegt. Später hat mir eine Frau etwas zu trinken gegeben, noch später auch ein bisschen Essen. Seit ich jetzt selber Lebensmittel bekomme, ist es noch besser."

Isolde zeigte auf die verkrusteten Wunden in ihrem Gesicht, die zum Teil rot entzündet waren. „Wir werden Ihnen eine Salbe schicken."

Bis dahin hatte sich Ulla Andersen ausschließlich an Isolde gewandt und Sonja kaum angesehen. Nun meldete sich Sonja auf Englisch: „Würden Sie uns bitte erzählen, wie Sie zu dieser Familie gekommen sind, für die Sie gearbeitet haben."

Ulla Andersen hatte offensichtlich auch das Englische verstanden, antwortete jedoch auf Deutsch: „Als wir vom Schiff heruntergeholt wurden, war noch mein Mann dabei. Wir wurden zusammen mit ein paar anderen in einen Kleinbus gepackt und in die Stadt gefahren. Zu einem Haus, das aussah wie ein Verwaltungsgebäude. Ich dachte schon, jetzt werden wir offiziell registriert. Aber in der Eingangshalle wurden Männer und Frauen getrennt, ich habe Fred seitdem nicht wiedergesehen. Uns Frauen führte man in einen Warteraum, an drei Seiten waren Bänke angebracht, auf die wir uns setzen sollten. Ein paar Frauen saßen schon da und eine davon kannte ich, es war Isabel, mit der ich zusammen auf dem Schiff gewesen war. Ich setzte mich zu ihr, aber wir waren beide nicht in der Stimmung zu reden.

Wir warteten Stunden. Es wurden noch andere Frauen hereingebracht. Von Zeit zu Zeit kamen Einheimische, schauten herum. Manchmal gingen sie gleich wieder, manchmal sprachen sie eine Frau an und forderten sie auf aufzustehen, manchmal auch sich rumzudrehen, um sie von allen Seiten zu sehen. Bei mir waren es zwei Frauen, die Haushälterin und die Köchin. Ich werde das nie vergessen, die Haushälterin blieb mitten im Raum stehen, die Köchin kam zu mir und sah sich meine Hände an, dann wollte sie mein Gebiss sehen – es war peinlich. Aber was sollte ich machen. Als sie es gesehen hatte, nickte sie der Haushälterin zu und die winkte mir mitzukommen – mit einer merkwürdigen Handbewegung. Ich hab die damals zum ersten Mal gesehen, später sehr, sehr oft, eine Bewegung, in der die Hand nach unten klappt."

Ulla Andersen machte die Handbewegung mit angewidertem Gesicht vor, und Sonja registrierte dabei, dass ein Fingerknöchel blau angelaufen und geschwollen war.

„Ich konnte gerade noch Isabel ein paar Worte zurufen, da war ich schon draußen. Und dort wartete der Chauffeur."

Sonja schaute auf die Uhr. Es war gut, dass die Frau so ausführlich erzählt hatte, aber sie würden nicht mehr als eine Stunde zur Verfügung haben. Daher stellte sie jetzt gezielt ein paar Fragen zur Einschiffung und Überfahrt, um die Informationen, die sie schon hatte, zu überprüfen. Ulla Andersen bestätigte im Großen und Ganzen ihren Wissensstand und Isolde übernahm wieder das Gespräch. Sie war gerade dabei zu erklären, dass der Anwalt sich kümmern und versuchen würde, sie aus dem Gefängnis herauszuholen, da erschien der Uniformierte mit den Papieren. Er klatschte in die Hände, drängte zur Eile und ließ kaum Zeit zur Verabschiedung, ehe die Gefangenen wieder im Tunnelgang verschwanden. – Einige Minuten später standen Sonja und Isolde draußen vorm Gefängnistor.

IX

Die Lage der Leute in der Stadt schien ziemlich gut zu sein. Man sah viele Autos, einen kleinen Teil bildeten Kleinbusse es gab ein paar große Geländewagen, in der Mehrheit waren es aber Klein- und Mittelklassewagen. Man achtete auf gepflegte Erscheinung, selten sah man Leute in zerlumpter oder auch nur abgetragener Kleidung. An den Abenden waren die Straßen voll von Menschen, die Restaurants waren gut besucht. Aus ihren Türen drang eine Musik, in der sich Fröhlichkeit und Wehmut mischten.

Natürlich gab es auch die Armen, und wenn sie sich auch bemühten nicht aufzufallen, erkannte man sie doch. Einmal an ihrer indianischen Physiognomie, es waren Einwanderer aus Ländern, die ärmer geblieben waren als Mexiko, aus den Nachbarländern Honduras und Guatemala. Zum anderen erkannte man sie an ihren Tätigkeiten, sie erledigten die Reinigungsarbeiten in den Häusern und auf den Straßen, die Abfallentsorgung und andere niedere Dienstleistungen. Es gab allerdings auch immer einen großen Teil von ihnen, der mit der Suche nach Arbeit oder auch nur nach Lebensmitteln beschäftigt war. Sie sammelten die Gemüseabfälle vom Markt und suchten nachts die Abfalltonnen der Restaurants und Lebensmittelläden ab. Bettelei sah man nie, das hätte El Cártel wohl nicht zugelassen.

Bruno hatte in diesen Kreisen nie einen Europäer getroffen, jedenfalls keinen, dem man das angesehen hätte. Er fiel also auf. Er war größer als die anderen, seine Haut weißer und seine Haare waren braun und nicht schwarz. Es kam auch immer wieder vor, dass er von einer Gruppe von einem erfolgversprechenden Platz weggedrängt wurde. Und wenn ein Abfallbehälter einmal durchgefilzt war, dann hatte weiteres Suchen keinen Sinn mehr. Aber anders als bei den Supermärkten und an den Straßenkreuzungen gab es hier Lücken, in die ein Einzelner hineinstoßen, Gelegenheiten, die man nutzen konnte, wenn man schnell genug war.

Während die anderen in kleinen Gruppen arbeiteten, war Bruno allein. Aber das machte ihm nichts aus, manchmal war es sogar günstig. Er machte seine eigenen Erfahrungen und nutzte sie. Zum Beispiel konnte man in bestimmten Restaurants schon früh fündig werden, was auch den Vorteil hatte, die Essensreste frisch vorzufinden. Denn auch die Nächte waren noch warm und die Speisen verdarben schnell.

Allmählich verlor er die Angst, die ihm seit der Flucht vor den Leuten von El Cártel in den Eingeweiden saß. Immer noch ging er den Gestalten mit den Sonnenbrillen aus dem Weg, das würde er wohl sein Leben lang tun, aber er hatte nicht mehr das Gefühl, verfolgt zu werden, schaute sich nicht mehr verstohlen um, ob ihm jemand verdächtig vorkam. Das war gut, das war ein Fortschritt, aber es konnte nicht verdecken, wie ungesichert sein und Veras Leben war, wie wenig Zukunftsperspektive es hatte.

X

Europa und die unsichtbare Emigration
von Sonja Donetti

Was die Katastrophe in Europa zerstört hat, wissen wir: öffentliche und private Gebäude, Geschäfte und Wohnungen, Produktions- und Kulturstätten sowie praktisch die gesamte Infrastruktur. Wir wissen auch, dass ein kleiner Teil der Menschen überlebt hat. Und wir wissen, dass diese Menschen von dem leben, was sie in den Trümmern finden. Was wir nicht wissen, ist, wie es weitergehen kann, wenn die Vorräte einmal erschöpft sind. Nach unserem derzeitigen Erkenntnisstand gibt es keine Initiative mit dem Ziel, eine zukunftsfähige Zivilisation wiederaufzubauen.

Unter solchen Bedingungen liegt es nahe, dass Menschen Europa verlassen und ihre Zukunft in den unzerstörten Teilen der Welt suchen. Die klassische Route der Auswanderung aus Europa geht nach Westen, über den Atlantik. Dieser Weg wird begünstigt durch den Umstand, dass an der Westküste noch einige Häfen intakt sind, zumindest Le Havre und Antwerpen, möglicherweise auch Rotterdam.

Nachdem die Vereinigten Staaten inklusive Kanada und Groß Britannien ihre Grenzen für Flüchtlinge verschlossen haben, kommen als Ziel der Emigration nach Westen nur noch Zentral- und Südamerika infrage. In der Tat scheint es eine nicht unbedeutende Wanderbewegung von Europa nach Mexiko zu geben, aber das Merkwürdige ist: man sieht nichts davon.

Erst in jüngsten Recherchen ist es uns gelungen, das Rätsel dieser unsichtbaren Emigration einer Lösung etwas näher zu bringen. Allerdings konnten wir bislang nur einige wenige europäische Emigranten befragen, auf deren – in den wesentlichen Punkten übereinstimmenden – Berichten die folgenden Erkenntnisse beruhen: Motor des – vermutlich ziemlich umfangreichen – Auswanderungsgeschehens ist El Cártel, die Organisation, die seit einigen Jahren den Osten Mexikos beherrscht. El Cártel steuert die Reedereien, die den Transfer von und nach Europa durchführen, und kontrolliert den Weg der Auswanderer von Beginn an. Dazu geht die Organisation so weit, eigenes Personal in die *europäischen Häfen zu schicken, das die Aufgabe hat, die dort eintreffenden Flüchtlinge in Empfang zu nehmen, die Frachtgebühr von ihnen zu kassieren und sie auf dem Schiff einzuweisen. Der Preis für die Überfahrt liegt in der Größenordnung von $ 1000.- und wird in der Regel in Form von Schmuck und anderen Edelmetallen bezahlt. Für die Verpflegung müssen die Passagiere selber Vorsorge treffen. Es wird berichtet, dass ihnen unmittelbar vor der Abfahrt auch die Wertgegenstände abgenommen werden, die dann noch übrig sind.*

Die Flüchtlinge treffen normalerweise in kleinen Gruppen im Hafen ein. Grundprinzip ihrer weiteren Behandlung ist, es dabei zu belassen, das heißt, jede dieser Gruppen (wir können uns eine Größe von ca. 10 Personen vorstellen) bleibt für sich, wenn sie im Hafen eingewiesen wird. Jeder Gruppe wird ein Container zugewiesen, der während der Überfahrt sozusagen ihre Kabine ist. Die Decks werden mit Gittern so abgesperrt, dass die Gruppen keinen Kontakt miteinander haben können. – Ein raffiniertes Verfahren, mit dem vermieden wird, dass sich größere Versammlungen bilden, die sich im Konfliktfall gegen das Wachpersonal durchsetzen könnten.

In Mexiko angekommen, der am häufigsten angesteuerte Hafen ist Veracruz, gehen die Passagiere nicht etwa sofort an Land. Tatsächlich werden sie einzeln, zu zweit oder maximal zu dritt vom Schiff geholt, es dauert Tage, bis die letzten an der Reihe sind. Was dann mit ihnen geschieht, muss noch genauer recherchiert werden. Fest steht, dass El Cártel ihren Weg weiter kontrolliert. Anscheinend werden sie einzeln in der Region und vielleicht auch darüber hinaus verteilt und „verschwinden" auf diese Weise. Es ist zu vermuten, dass sie der Organisation oder einzelnen ihrer Führungspersonen in irgendeiner Form nützlich sind. Sie sind fremd im Land, sprechen im Allgemeinen die Sprache nicht, haben keinen Kontakt untereinander – so sind sie extrem abhängig von denen, die ihnen Weisungen erteilen.

Sonja hatte den Artikel in einem Zug niedergeschrieben, alles schien so klar, es war nicht nötig gewesen innezuhalten, um das ein oder andere abzuwägen. Nur an den Schluss hätte sie gern noch einen Abschnitt gesetzt, der das Thema auf eine allgemeinere Ebene gehoben hätte. Aber nach der Erfahrung beim letzten Artikel verzichtete sie darauf und begnügte sich mit einem etwas provokanten Postskriptum.

Ein pikantes Detail sei noch angefügt: Es gibt Hinweise darauf, dass die Frachtcontainer für die Fahrt von Mexiko nach Europa nicht nur mit Lebensmitteln und Gebrauchsgütern beladen werden. Wie es aussieht, werden in großem Umfang Abfälle nach Europa verschifft, die dort vermutlich auf den Trümmerfeldern abgekippt werden. Unsere Quellen berichten jedenfalls, dass sie ihren stinkenden Container erst einmal aufwändig reinigen mussten, bevor sie ihn beziehen konnten.

Sie war zufrieden, überflog den Text noch einmal, korrigierte ein paar Kleinigkeiten und sandte ihn ab. Es war ihr Ziel gewesen, ihn fertigzustellen, bevor sie nach Mexiko-Stadt fliegen würde. Die Reise – das war absehbar – würde spannend werden und sie voll in Anspruch nehmen.

Angefangen hatte es mit einer ebenso kurzen wie rätselhaften E-Mail von Chacho: „Sehnsucht nach dir." Sie fuhr hin, und als sie in der Tür stand und ihn begrüßte: „La mujer de tus sueños! Die Frau deiner Träume." – da lachte er: „Ich bin nicht der einzige Spitzen-Hacker auf der Welt. Du musst immer damit rechnen, dass einer mitliest. Aber keine Angst, Webcam und Mikro hab ich eigenhändig ausgebaut."

Sonja bekam einen Hocker als Sitzplatz, der den Blick auf den größten der Bildschirme zuließ, und eine Dose Cola mit Strohhalm. Chacho ließ sich auf seinem gepolsterten Drehstuhl nieder und begann den Vortrag: „Ich hab es geschafft in das Intranet von El Cártel zu kommen. Wenn man weiß, wie's geht, ist es gar nicht so schwierig, die scheinen sich ihrer Unantastbarkeit ziemlich sicher zu sein. Und da bin ich in einem Personal-File auf einen Marco gestoßen. Das kann natürlich jeder x-beliebige Marco sein, aber dieser hier hat praktisch keine Eintragungen in der Akte, scheint also ziemlich neu in der Belegschaft zu sein. Nach Familiennamen braucht man gar nicht zu suchen, die sind nicht üblich in El Cártel, man gibt sich dort neue Namen, quasi

Künstlernamen. Marco heißt dort ‚Italiano', aber das bedeutet, wie gesagt, für uns gar nichts."

Chacho machte eine kleine Pause, offenbar wollte er Sonja Zeit geben, um alles zu verstehen. Ihn selbst drängte es vorwärts, und als sie nickte, sprach er sofort weiter: „Ich glaube, es lohnt sich, diesen Marco zu kontaktieren. Er scheint in der kurzen Zeit schon einen mittleren Rang erreicht zu haben. Irgendwo habe ich seine Handynummer gefunden und feststellen können, dass er fast immer in Mexiko-Stadt eingeloggt ist. An verschiedenen Funkmasten, aber praktisch immer im Stadtbereich. Diese Leute telefonieren nur wenig untereinander und schreiben keine normalen Mails, sie kommunizieren über ein eigenes Netzwerk. Ich bin da mal reingegangen und hab mir angeguckt, wie die kommunizieren. Wir könnten das imitieren," und als Sonja ihn fragend anschaute, „ich kann auf eine höhere Ebene gehen, es gibt da Bosse, die das Netz seit Jahren nicht genutzt haben, denen fällt es bestimmt nicht auf, wenn ich von ihrem Account eine Anweisung an Marco schicke. Ich kann sie später wieder löschen."

„Verstehe. Ich nehme zum Beispiel ein Zimmer in einem Hotel und du bestellst ihn für einen bestimmten Zeitpunkt dorthin."

„Genauso."

„Und wird er nicht argwöhnisch sein, eine Falle wittern?"

„Er wird vorsichtig sein. Aber wahrscheinlich auch neugierig."

Sie reservierte ein Zimmer im Central Hotel Zócalo, das sie von ihren ersten Tagen in Mexiko schon kannte. Es ist mitten in der Stadt gelegen und überwiegend von Touristen frequentiert.

XI

Natürlich dachte Bruno oft an sein Erlebnis im Lagerraum des Restaurants. So etwas vergisst man nicht. Vielleicht wollte er es auch gar nicht vergessen. Nur, wenn möglich, die Erinnerung nicht so nah an sich herankommen lassen. Zwiespältig war das Ganze. So wenig rühmlich seine Rolle auch gewesen war, wenn er die Möglichkeit gehabt hätte, alles ungeschehen zu machen, er hätte gezögert.

In den ersten Tagen danach mied er das Restaurant. Dann aber ging er doch. Ging hinein, am frühen Nachmittag. Und bediente die Dame. Sein Essen bekam er jetzt hinterher.

In den folgenden Wochen ging er öfter. So oft es ihm in den Sinn kam. Sie war immer bereit. Einmal sagte sie: "Komm morgen wieder, um vierzehn Uhr, pünktlich." Das war wie ein Befehl. Trotzdem sah er keinen Grund, nein zu sagen, und war zur angegebenen Zeit zu Stelle.

Um vierzehn Uhr war noch einiges los im Lokal und niemand kümmerte sich um ihn. Beinahe hätte er nicht mitbekommen, dass eine pinkfarbene Limousine älterer amerikanischer Bauart vor der Tür hielt. Solche Autos sah man selten, schon deshalb blieb sein Blick darauf hängen. Im selben Augenblick wurde ihm klargemacht, dass er einsteigen sollte. Ein Chauffeur in einer Art Livree war ausgestiegen und hielt die Beifahrertür geöffnet. Hinten im Wagen saß eine junge Frau, von der er nicht viel mehr sah als einen sehr rot geschminkten Mund und einen Schwall von Haaren in der merkwürdigen Farbe, die entsteht, wenn man versucht pechschwarzes Haar blond zu färben. Erst im Näherkommen sah er ihre dunklen Augen, die ihn mit schlecht gespieltem Desinteresse taxierten, von Lächeln keine Spur. Der Chauffeur passte dazu. Er tat so, als könnte ihm das Einsteigen nicht schnell genug gehen, und machte zugleich das Gesicht einer Putzfrau, deren frisch gewischtes Parkett mit morastigen Stiefeln betreten wird. Trotz allem – ein herzliches Willkommen wurde ihm nun wirklich nicht zuteil – trotz allem war klar, dass er hier richtig war.

Während der Fahrt sprach niemand. Fast lautlos, das Motorengeräusch war wie ein fernes Surren, glitt das Fahrzeug zuerst

Richtung Hafen, dann an den Stränden vorbei, Richtung Boca del Rio. Hier standen Villen, umgeben von hohen Mauern, hinter denen man die Rasenflächen mit Palmengruppen und einem Swimmingpool mehr ahnen als sehen konnte. Auf eine dieser Villen fuhren sie zu, das breite Metalltor öffnete sich automatisch, der Wagen hielt in einem offenen Carport, in dem nur ein kleiner roter Zweisitzer stand, obwohl der Platz für fünf Autos gereicht hätte.

Der Chauffeur öffnete zuerst die hintere Tür, und als die Frau ausstieg, konnte Bruno sie zum ersten Mal richtig sehen. Sie war zierlich, aber nicht mager, höchstens ein Meter fünfundsechzig groß, und wie ihr Körper waren auch ihre Gesichtszüge so regelmäßig, dass man an eine Porzellanpuppe denken musste. Bruno wartete, bis der Chauffeur auch ihm öffnete und ging dann hinter der Frau her ins Haus. Sie schien das als selbstverständlich anzunehmen, passierte einen Saal mit Sitzgruppen aus schweren Ledersofas und stieg zielstrebig die breite Treppe hoch, die ins Obergeschoss führte.

Bruno folgte, aufrechten Ganges und ohne zu zögern. Schon die Fahrt in der Luxuskarosse hatte in ihm ein Wohlbehagen hervorgerufen, dessen mögliche Existenz er schon vergessen hatte. Nun war es erhebend, über einen glänzenden weißen Fußboden zu schreiten, der wie Marmor aussah. Es war alles gepflegt in diesen Räumlichkeiten, nichts abgestoßen, schmutzig oder defekt. Es war, als ob er Zerstörung, Armut und Hässlichkeit hinter sich gelassen hätte. Und als er hinter der Frau das Schlafzimmer betrat, befand er sich in einem Zauberreich blendend weißer Wäsche.

Es war, als ob das Gehen hier anders wäre, als ob er durch das weite Schlafzimmer schwebte, dorthin, wo die Frau ihm die Tür zum Bad geöffnet hatte. Er zog sich aus, und niemand, der mit täglichem Duschen oder auch nur mit dem wöchentlichen Wannenbad lebt, hat nur einen Hauch von Ahnung, was Bruno empfand, als er unter der gleichmäßig strömenden, wunderbar warmen Dusche stand, sich aus den bereitstehenden Flacons bediente, die Haare schamponierte, den Körper einschäumte. Er hätte nicht mehr damit aufgehört, wenn die Frau nicht an die

Duschkabine geklopft und etwas gerufen hätte, das er nicht verstand. Er ließ sich dennoch Zeit mit dem Abtrocknen, trat dann ins Schlafzimmer. Die Frau saß im weißen Bademantel auf dem Bett, sie wirkte jetzt menschlicher, wie jemand, der wartet, sich seine Ungeduld aber nicht anmerken lassen will. Sie sah ihn an, winkte ihn zu sich und ließ ihn niederknien. Er wusste ja, was er zu tun hatte.

Der Duft des teuren, unaufdringlich dahinschwebenden Parfums trug dazu bei, seine Hochstimmung zu erhalten. Und während er spürte, wie die Frau allmählich weicher wurde, wie sie begann sich im Rhythmus seiner Zunge mitzubewegen, versank er in seiner Phantasie. Wie ein Vogel flog er über einen Park. Er sah eine Theaterbühne, eine offene Bühne im Park der Villa Florida. Und auf der Bühne sah er sich selbst und das Bett und die Frau im weißen Bademantel. Er sah wie er sich erhob, aufrichtete und sich dem Publikum zeigte, in seiner ganzen Nacktheit. Um die Bühne herum stand ein Ring von Clowns. Ihre Gesichter waren bizarr geschminkt, und wenn man genauer hinschaute, sah man, dass sie Sonnenbrillen trugen. Sie johlten und klatschten Beifall, als er aufstand, und er dachte kurz, dass er laut werde sprechen müssen, wenn er die Menschenmenge erreichen wollte, die sich im Park verteilte. Dann sprach er und er sprach so, dass alle ihn hörten. Nur er selbst hörte sich nicht.

Das war nicht schlimm, er wusste ja worüber zu reden war: er sprach über den Keller seines Hauses in den Trümmern der Stadt; über die Schwierigkeit, das Feuer zu halten; über die Männer, die ihn vertrieben hatten; über den langen Marsch auf der zerstörten Autobahn und über den stinkenden Container. Er erzählte sein Leben seit der Katastrophe, sprach ohne Pause. Mal überschlug sich seine Stimme, mal fiel sie in ein Schluchzen. Er war überlebensgroß, wie er zu Tausenden sprach, schaute in die Runde und war sicher, dass alle ihn verstanden. Aber da war er schon nicht mehr ganz da. Die Frau bäumte ihr Becken auf, ihre Finger krallten in seine Haare und zogen ihn aus seiner Phantasie. Eine kleine Weile lag sein Kopf auf ihrem Schenkel, dann schob sie ihn fort. Er stand auf, ging ins Bad und zog sich an.

Als er zurückkam, lag sie abgewandt und beachtete ihn nicht. Er ging die Treppe hinunter und verließ das Haus. Als er auf den Wagen zuging, kam der Chauffeur hinterher. Diesmal hielt er die Tür nicht auf, ließ ihn aber einsteigen, setzte sich ans Steuer und fuhr ihn in die Stadt. Als er vor dem Restaurant hielt, gab er ihm eine 50-Dollar-Note.

XII

Das Central Hotel Zócalo in Mexiko-Stadt war vielleicht nicht besonders einladend, aber es war auch nicht ungepflegt. Touristen schätzten es, weil es so günstig lag, mit Blick auf die Kathedrale, das Theater Bellas Artes und die präkolumbianischen Überreste von Tenochtitlan gleich um die Ecke. Es störte sie nicht, dass es mit seinem dunklen Mobiliar und den Vertäfelungen eine etwas düstere Atmosphäre ausströmte. Mag sein, dass gerade das das koloniale Flair ausmachte.

Sonja sah sich um in ihrem Zimmer Nr. 121. Es war nicht groß. Die wenigen Möbel, das Bett, der Schrank und eine Art Schreibtisch mit zwei Stühlen, hätten auch ins vorletzte Jahrhundert gepasst und die weiße Bettdecke mit dem roten Querstreifen hatte etwas Vornehmes. Aber Sonja hatte nicht vor hier zu übernachten, die Reisetasche hatte sie nur zur Tarnung mitgebracht. Ihrem Zweck entsprach das Zimmer vollkommen, der Vorhang schirmte gegen Einblicke von außen ab, ohne dass es im Raum ganz dunkel wurde. Auf dem Tisch konnte sie ihr Aufnahmegerät platzieren. Gut war auch, dass es zwei Stühle gab, so musste keiner auf dem Bett sitzen.

Sonja war eine Stunde vor der verabredeten Zeit gekommen, sie machte das gerne so, um sich gedanklich auf das Gespräch vorzubereiten. Immerhin hatte sie es zum ersten Mal mit einem Mitglied von El Cártel zu tun. Sie ging die Fragen noch einmal durch, die sie sich vorgenommen hatte. Bruno hatte sie einfach erzählen lassen, hier könnte es sein, dass mehr Planung nötig war.

Ganz pünktlich klopfte es, sie ging zur Tür, öffnete und sofort stand der Mann im Zimmer. Er trug einen schwarzen Anzug mit dunkelblauem Hemd, in der Außentasche des Jacketts steckte die Sonnenbrille. Auffällig in seinem Gesicht waren die starken, dunklen Augenbrauen, die mit dem kurzgeschnittenen welligen Haar korrespondierten. Mit seinem Blick scannte er den Raum, mit einer Handbewegung machte er klar, dass das Aufnahmegerät abgestellt werden musste, und erst dann stellte er sich als Marco Italiano vor.

„Ich habe mit Bruno gesprochen", sagte Sonja, und es war ihr, als würde die ständige Wachsamkeit, die in seinem Blick lag, für einen kurzen Moment verschwinden."

„Ja Bruno", sagte er, „wie geht es ihm?"

Sonja bat ihn sich zu setzen und berichtete dann, was sie von Bruno und Vera wusste. Als sie im Anschluss daran in wenigen Worten erläuterte, welches Ziel sie mit ihren Recherchen verfolgte, hörte Marco mit indifferentem Gesichtsausdruck zu. Ihn schien das nicht zu interessieren. Stattdessen stand er auf und suchte, ohne etwas zu sagen, systematisch das Zimmer nach einer Kamera oder Mikrofonen ab. Er fand nichts, setzte sich wieder und lächelte in sich hinein. „Man weiß nie", sagte er, „was wollen Sie wissen?"

„Es wäre schön zu erfahren, wie es Ihnen nach Ihrer Ankunft in Veracruz ergangen ist." Sonja bemühte sich ganz vorsichtig zu formulieren, es ging ihr um ganz Konkretes, Lebensnahes. Aber der Ausdruck im Gesicht des Mannes hatte sich wieder verhärtet.

„Das geht nicht", sagte er, „no way. Sie wissen ohnehin schon zu viel über mich."

Natürlich konnte er nicht von sich reden, ohne Strukturen von El Cártel preiszugeben. Also gab Sonja diesen Weg auf, griff nach der Namensliste, die ihr Bruno gegeben hatte, und reichte sie ihm.

„Was ist mit denen," fragte sie, „ich würde sie gerne erreichen."

Er sah sich die Liste lange an. „Fred ist tot", sagte er dann. Er sprach jetzt ganz langsam. „Ich habe es nur gehört, ich war selbst nicht dabei." Er ließ eine Zeit verstreichen. „Fred hat Pech gehabt, er war zur falschen Zeit am falschen Ort." Sonja ließ ihm Zeit für den Entschluss die Geschichte zu erzählen: „Sie hatten ihn mit hierher gebracht, nach Mexiko-Stadt. Er gehörte zum Personal, zum Hauspersonal einer der Größen hier. Eine Art Hausmeister. Sie hatten wohl schon gemerkt, wie geschickt er war. An dem Abend gab es ein Besäufnis mit einigen Patrones und ihren Leuten. Es muss ziemlich hoch her gegangen sein, sie haben sich wohl auch gestritten. Und dann war plötzlich der

Schnaps alle. Man machte sich ein bisschen lustig über den Gastgeber und der schickte ausgerechnet Fred, neuen Schnaps zu besorgen. Der brauchte ziemlich lange, vielleicht kannte er sich noch nicht genügend aus – ich weiß es nicht – und der Boss war auf hundertachtzig. Inzwischen wurde auf den Schnaps gewartet, schlechte Laune, sie stritten, wie auch immer: Als Fred endlich kam mit einem Karton Schnaps, war die Stimmung aufgeheizt. Sein Patrón fragte ihn, warum zum Teufel es so lange gedauert hat, und als er nur etwas stammeln konnte, nahm der Boss seine Beretta und erschoss ihn. Einfach so. – Das jedenfalls hat man erzählt. Der Patrón soll noch gesagt haben, dass sollten sich alle mal merken. Eine Weile lang sprach man darüber, jetzt ist es schon vergessen." Marco schaute Sonja kurz an. Während der ganzen Erzählung hatte er das nicht getan, sondern den Blick auf die Fenstervorhänge gerichtet, als ob er so in die Ferne sehen könnte. Für eine Weile ging sein Blick wieder dorthin, dann aber nahm er noch einmal die Namensliste auf.

„Ich glaube, ich weiß, wo Walter ist", sagte er, „ich habe ihn zwar nicht getroffen, er ist in Puebla gelandet. Ich denke aber, ich kann ihn erreichen."

Sonja nahm einen Block aus ihrer Tasche, schrieb ihre E-Mail-Adresse und ihre Handynummer darauf und schob ihm das Blatt über den Tisch zu. Marco sah eine Weile darauf und schob es dann zurück. Er stand auf und streckte ihr seine Hand hin, und während sie sie ergriff und einen Augenblick hielt, ging ihr der Gedanke durch den Kopf, dass es wieder ihr Gegenüber gewesen war, das im Interview Regie geführt hatte, und dieses mehr als alle anderen. Aber vielleicht war es auch gut so.

Sie sah dem Mann nach, der zur Tür ging und, als er sie öffnete, für einen winzigen Moment erstarrte. Als er dann weiterging, ließ er die Tür nicht ins Schloss fallen, sondern lehnte sie nur an. Warum er das tat, war ihr unklar. Sie saß einen Augenblick, kam nicht zu einer Antwort, stand auf und ging zur Tür, um sie zu schließen.

Sie kam nicht dazu. Die Tür flog auf und jemand stand im Zimmer. Er machte sich nicht die Mühe sie wieder zu schließen, stattdessen schlug er sie ins Gesicht. Ohne Warnung, ganz trocken ohne auszuholen. Sonja taumelte zurück, fiel aufs Bett. Sie war kaum in der Lage zu sehen, wer es war. Jedenfalls war es einer dieser Sonnenbrillenmänner, glatte schwarze Haare, sehr schlank. Er hob sie vom Bett, als ob sie kein Gewicht hätte, schlug ihr noch einmal ins Gesicht und ließ sie dann auf den Boden fallen. Da dachte sie schon, es wäre vorbei – nur um im nächsten Moment einen schneidenden Schmerz in der Seite zu spüren. Er begann sie in die Nieren zu treten. Sie schrie auf, sie konnte nicht anders, und hörte fast zeitgleich einen leisen, aber scharfen Pfiff. Sofort hörte der Schläger auf, verließ das Zimmer und schloss die Tür. Noch bevor er das tat, glaubte sie im Türrahmen Marcos Gesicht zu erkennen. Aber es ging alles so schnell, sie war sich nicht sicher.

Sie blieb einfach liegen, erst einmal. Marco ging ihr durch den Kopf, war er der Auftraggeber der Prügel? Oder selbst ein Opfer? Trauen würde sie ihm jedenfalls nicht mehr.

Der Schmerz hatte nachgelassen. Sie setzte sich auf, lehnte sich ans Bett. Vorsichtig befühlte sie ihr Gesicht, anscheinend war nichts gebrochen, auch kein Riss zu tasten, vermutlich nur blaue Flecken. Erst dann merkte sie, dass sie aus der Nase blutete. Sie entschloss sich aufzustehen um ins Bad zu gehen, stützte sich dabei auf das Bett. Als sie einmal aufrecht stand, ging es erstaunlich gut. Im Bad fühlte sie sich wieder sicher auf den Beinen, schöpfte kaltes Wasser ins Gesicht, was für einen Moment noch einmal ordentlich schmerzte, und schaute dem verdünnten Blut im Waschbecken nach. Dann stopfte sie sich ein Stück Papiertuch in die Nase, wusch notdürftig das Blut von ihrer Kleidung und dachte an Chandler. Das tröstete. Schließlich kriegte Philipp Marlowe in jedem Roman mindestens einmal kräftig einen über die Rübe.

Sie hatte wenig erreicht, fast nichts. Alles hing von diesem Marco ab, dem sie die Informationen über Bruno und Vera nicht hätte geben dürfen. Sie hatte alles verdorben, die Bilanz war schlechter als vorher. Sie packte ihr Zeug, Brunos Liste, das Aufnahmegerät, fand, dass sie das Papier aus der Nase entfernen konnte, und nahm ihre Tasche. Ein letzter Blick in das Zimmer fiel auf die weiße Bettdecke, deren vornehmer roter Streifen einen noch röteren, ekligen Kumpan bekommen hatte.

XIII

Bruno kam oft erst spät abends ins Hotel. Manchmal schlief Vera dann schon, manchmal blieb sie auch über Nacht bei der Familie, in der sie Anschluss gefunden hatte. Das Zimmer, in dem sie beide schliefen, hatte sie wohnlich gemacht, hatte Möbel aufgestellt, die sie irgendwo im Hotel gefunden hatte, und Tücher an die Wände geheftet. Auf der Seite, auf der sie schlief, hatte sie mit Matratzen und Decken ein bequemes Bett gebaut und sogar ein Bild aufgehängt. Bruno blieb auf seiner Seite.

Er wollte ihr gern etwas von seinem Geld abgeben, aber sie lehnte ab. Dabei war nicht klar, ob sie nichts von ihm annehmen oder ob sie einfach nichts mit Geld zu tun haben wollte. Sie hatte kein Geld und sie brauchte auch keines, sie war zufrieden mit dem, was sie im Hotel fand und was ihr die Familie als Gegenleistung für die Betreuung der Kinder gab. So lebte jeder von beiden sein Leben, hatte im Großen und Ganzen sein Auskommen, aber sie hatten kaum noch Gemeinsames.

In Brunos Leben war mit dem Geld etwas Neues gekommen. Dabei war es zunächst nicht leicht mit der 50-Dollar-Note. Er trug sie tagelang mit sich herum und wusste nicht, wie er sie wechseln sollte. Jemand wie er mit 50 Dollar! Jeder würde vermuten, er hätte sie gestohlen. Einmal hatte er beobachtet, wie einer aus einer Gruppe von Einwanderern einen 10-Dollar-Schein gefunden hatte, wie die anderen sich auf ihn stürzten, wie jeder den Schein haben wollte, bis ein gewalttätiger Streit entstand. Der Finder wurde nicht glücklich mit diesem Geld.

Bruno überlegte also gründlich, wie er am besten vorgehen würde. Er entschied sich für eine Ferretería, einen Eisenwarenladen. Dort waren die meisten Kunden Angestellte von Handwerkern, die etwas für ihren Betrieb einkauften. Bruno dachte an ein Schloss, ein mittelgroßes Vorhängeschloss, das würde er sicher einmal brauchen können. „Me mandó el Patrón. Der Chef hat mich geschickt", sagte er und zeigte auf eines der Schlösser, die bei der Kasse hingen. Und der Chef wünsche das Wechselgeld in kleinen Scheinen. Das schien ein ganz normaler Vorgang zu sein, es störte sich auch niemand an der abgetragenen Kleidung und dem schlechten Spanisch.

Und dann kaufen! Wenn er sich bis dahin für seine Münzen und kleinen Scheine etwas gekauft hatte, so waren das ein paar Enchiladas oder gefüllte Tortillas in einem Stehimbiss gewesen. Jetzt kaufte er Schuhe, und Kleidung. Was das bedeutet: „Kaufen". Es bedeutet: du hast Einfluss, fast könnte man von „Macht" sprechen. Die Macht, dich zu gestalten, dir ein Aussehen zu geben. Und Schuhe! Bruno kaufte sich ein Paar Turnschuhe. Helle, glänzende Turnschuhe! Neu! Zum ersten Mal seit undenklichen Zeiten trug er Schuhe, die noch niemand vor ihm getragen hatte, deren innere Feinformung sein eigener Fuß bewirken konnte.

Für Vera kaufte er ein T-Shirt, das würde sie annehmen. Hellblau, es würde gut zu ihrem blonden Haar passen. Bruno lebte auf in diesen Tagen. Er ersparte sich das Durchsuchen von Abfallbehältern hinter den Restaurants – es könnte die neue Kleidung beschmutzen – allenfalls wählte er die lukrativsten aus. Er spazierte viel herum, unterhielt sich, so gut es ging, mit dem einen oder anderen. Dabei versuchte er einen Auftrag zu bekommen, der ihm etwas einbringen könnte, hatte aber wenig Erfolg. Er ging auch öfter ins Restaurant, wo seine Gönnerin sein neues Aussehen mit einem anerkennenden Nicken kommentierte und dabei die Mundwinkel herunter und die Stirn in Falten zog. Das war fast, als wäre man gut bekannt miteinander.

XIV

Sektkorken knallten, jedenfalls einer. Humberto hatte eine Flasche Champagner aus dem Kühlschrank geholt, um das Ereignis zu feiern: Es war tatsächlich gelungen, Ulla aus dem Gefängnis zu holen. Das war weniger der juristischen Kunst von Xavier Armas zuzuschreiben als einem Gespräch, das Isolde in der Zwischenzeit mit ihrem Isidoro geführt hatte. Der wusste zufällig von einem höherrangigen Mitglied von El Cártel, das für seine Schwiegertochter eine Haushaltshilfe suchte, eine „Muchacha" sagte man, ein Mädchen. So einfach war das. Armas hatte nur noch das Verfahren zu regeln, man brachte Ulla nach Veracruz und ganz ohne Aufsehen kam sie ins Haus der mexikanischen Familie.

Es war Laura, die die kleine Feier angeregt hatte. Sie war neugierig, wollte diese Frau aus Europa kennen lernen und argumentierte, Xenofilia müsse seine Erfolge schließlich auch würdigen. So nahm Isolde Kontakt mit der Familie auf und erreichte, dass Ulla einen Nachmittag frei bekam. Chacho war auch dabei und natürlich Sonja, die mehr erfahren wollte.

Es war nicht so klar, ob Ulla selbst diese Feier gewollt hätte, wäre sie denn gefragt worden. Sie war zwar bei Weitem nicht mehr so schwach wie im Gefängnis, ihr Gesicht war abgeschwollen und sie machte insgesamt einen gesunden Eindruck, ihr Blick aber wirkte merkwürdig abwesend und ihr Lächeln war schwach, als sie einander zuprosteten. Auch hatte sie Schwierigkeiten sich auf Laura einzustellen, die sich unbedingt mit ihr unterhalten wollte und die erst einmal viel zu schnell sprach, um verstanden zu werden. Aber Laura wäre nicht Laura gewesen, wenn sie es nicht geschafft hätte Vertrauen zu erwecken. Und als die Beiden in einer Sofaecke beisammensaßen, schien Ulla einen Platz gefunden zu haben, an dem sie sich den Umständen entsprechend wohlfühlte.

Sie sprachen zuerst über Heimweh und Ulla sagte, das sei für sie eigentlich nicht die Sehnsucht nach einem anderen Ort, dort wo sie herkomme sei ja alles zerstört, es sei vielmehr Sehnsucht nach einer anderen Zeit. Die Zeit seit der Katastrophe komme ihr wie ein gewaltiger Albtraum vor, sie möchte diese Zeit nicht erlebt haben.

„Aber noch schlimmer ist es", sagte sie, und sie wirkte jetzt offener, mehr bei der Sache, „noch schlimmer ist es, wenn ich an die Zukunft denke."

Laura machte einige beruhigende Bemerkungen, ihre Zeit in Mexiko fange doch gerade erst an und sie müsse die Möglichkeiten erst einmal in Erfahrung bringen.

Ulla schüttelte den Kopf. „Ich bin jetzt 47 Jahre alt", sagte sie, „zu jung, um nichts mehr vom Leben zu wollen, und zu alt, um vom Leben noch viele Chancen zu bekommen. Ich habe viel vorgehabt, die letzten Monate haben mir alle Kraft genommen. Und wenn ich sehe, wie ich jetzt lebe …" Sie schob den Ärmel ihres Kleides hoch, unmittelbar oberhalb des Ellenbogens war ein ungefähr zwei Zentimeter breites Metallband um den Arm gespannt, das an einer Stelle eine Verdickung hatte. „Mein Chip", sagte sie, „damit können meine Leute mich jederzeit orten. In dieser Familie gibt es keine Haushälterin, nur den Chauffeur und die Köchin, der ich untergeordnet bin. Bei Einladungen wird zusätzliches Personal eingestellt. Die Köchin schickt mich schon mal Besorgungen machen, aber alles wird genau überwacht, jeder Cent abgerechnet und aufgepasst, wie lange ich wegbleibe."

Sonja hatte sich schon zu Anfang des Gesprächs neben Laura gesetzt und schweigend zugehört. Jetzt mischte sie sich ein: „Und was passiert", fragte sie, „wenn Sie etwas falsch machen? Zu spät kommen? Oder wenn Geld fehlt?"

Ulla nickte nachdenklich. „Das ist bisher noch nicht vorgekommen. Ich weiß es nicht genau. Wahrscheinlich werde ich auf die eine oder andere Weise bestraft. Ich weiß es nicht."

„Gibt es etwas, das Ihnen gefällt, in Ihrem jetzigen Leben?"

Ulla überlegte. „Die Arbeit an sich ist nicht schlecht", sagte sie, „es ist auch nicht zu viel. Wenn nur nicht immer die Kontrollen wären. Und ich möchte mein eigenes Geld haben, für mich selbst etwas kaufen, etwas unternehmen können."

„Was empfinden Sie als das Schlimmste?"

„Diese Wahnsinns Abhängigkeit."

XV

Fünf weitere Male hatte die pinkfarbene Limousine vor dem Restaurant gehalten. Fünfmal war Bruno mitgefahren in die weiße Villa. Fünfmal hatte er die Dusche genossen und fünfmal war die Frau auf ihre eigene sonderbare Weise mit ihrer Lust allein geblieben. Bruno hatte jedes Mal sein Geld bekommen und es war zu einer Summe geworden, die einem schon Angst machen konnte. Auf der Suche nach einem Versteck hatte er entdeckt, dass es unter dem Dach des Hotels einen Zwischenboden gab, der über eine Art Feuerleiter zu erreichen war. In einer mondhellen Nacht hatte er sorgfältig darauf geachtet, dass alles ruhig war und niemand mehr herumlief, und war hochgestiegen. Hinter einem der Balken, die die Dachplatten trugen, hatte er ein Versteck gefunden, das auch in der Dunkelheit zugänglich war.

Je mehr die Summe anstieg, umso mehr schien sie auf ihre Verwendung zu drängen. Es hatte ja wenig Sinn, das Geld bloß herumliegen zu lassen. Aber so sehr auch die Vorstellung faszinierte, über eine so große Summe zu verfügen, so sehr sie die Phantasie anregte, Zukunftsszenarien auszumalen, die aus allen Problemen herausführen würden – letzten Endes blieb Bruno ratlos. Was konnte das Geld ihm nützen? Tatsache war: er war damit allein, wirklich ganz und gar allein. Es gab niemanden, dem er vertraute. Vera wollte von Geld nichts wissen. Auch der Prediger half nicht weiter. Er hatte ihn aufgesucht und nur ganz vorsichtig, nur als Möglichkeit eine größere Geldsumme angesprochen. Aber dem Vorschlag, der dann kam, nämlich das Geld der Gemeinde für Flüchtlingshilfe zur Verfügung zu stellen, konnte er wenig abgewinnen, zumal er gar nicht wusste, um welche Flüchtlinge es sich handeln könnte.

Ohnehin irritierte ihn, dass er, abgesehen von Vera, bisher keinen einzigen Europäer in der Stadt getroffen hatte. Der Prediger erzählte von einer Flüchtlingsgruppe, die kürzlich der Kontrolle von El Cártel entkommen sei. Denen sei es aber in Veracruz zu gefährlich gewesen und er habe ihnen geholfen, nach Yucatan, in die Kleinstadt San Cristobal de Las Casas, zu gelangen. Wie sie dort lebten, wisse er nicht.

Er war noch da, der Traum vom Straßentheater. Bruno hatte so viele Ideen, dachte sich in den Stunden, die er durch die Stadt streifte oder irgendwo im Schatten saß, immer neue Stücke aus. Dafür jedoch hätte er Mitspieler gebraucht und die fand er nirgendwo. Er war noch da, der Traum. Und zugleich himmelweit entfernt.

So blieb das Geld im Versteck und Bruno fragte sich, wieviel es noch werden würde. Wieviel es noch werden müsse, um sein Leben zu verändern. Würde Geld ihm helfen können, wieder Ziele in seiner Zukunft zu sehen? Und wenn ja, wieviel Geld müsste es dafür sein?

Bei aller Vorsicht und all diesen Träumen und Überlegungen kam ihm ein Gedanke nicht, obwohl – oder gerade weil – er von seiner tatsächlichen Situation gar nicht weit entfernt war. Es kam ihm nicht einmal als Ahnung in den Sinn, dass er einmal starr vor Angst in einem Kleiderschrank hocken würde, dass er vor Angst gern geschlottert hätte, sich aber diesen Luxus einfach nicht erlauben konnte, weil er jede allerkleinste Bewegung vermeiden musste, die vielleicht ein Geräusch machen könnte, das ihn verriet.

Es war der nächste, also sein insgesamt siebter Besuch in der weißen Villa. Wie immer fuhr die pinkfarbene Limousine am Restaurant vor, wie immer öffnete er die hintere Tür und setzte sich auf den Rücksitz, wie immer glitt der Wagen fast lautlos durch die Stadt und setzte ihn sanft an der Villa ab. Er genoss die Dusche, und wie jedes Mal empfing ihn die Porzellanpuppenfrau im weißen Bademantel.

Als er es sich im Nachhinein noch einmal vor Augen führte, war er sicher, dass auch sie nichts geahnt haben konnte. Sie schien eher weniger entrückt als sonst, stieß schon bei den ersten Berührungen kleine Seufzer aus, so dass Bruno der Gedanke kam, möglicherweise beginne sie erst jetzt die Sache wirklich zu genießen.

Aber vielleicht bildete er sich das nur ein, so wachsam war er in diesem Augenblick nicht, und als das dröhnende Klopfen eines Motors vom Hof her zu hören war, hätte er möglicherweise gar nicht reagiert. Aber durch die Frau ging es wie ein

Schlag, sie wurde steif, alles Weiche war mit einem Mal verschwunden. Sie schob ihn von sich, sprang vom Bett, nahm ihn am Arm und zog ihn panisch atmend zur Wand, wo sie eine Lamellentür öffnete und ihn hindurchschob. Er fand sich in einem mittelgroßen Raum, in dem in Regalen und an Stangen hängend Wäsche und Kleidung untergebracht waren. Sekunden später flogen ihm seine Kleidung und Schuhe nach. Er packte sie, schaute noch einmal, ob auch nichts mehr auf dem Boden lag, und versteckte sich hinter Kleidern, die bis zum Boden hingen.

Er hörte schwere Schritte im Schlafzimmer, ein gewichtiger Mann musste es sein, der solche Schritte machte. Er hörte die Puppenstimme: „Ich habe gerade so sehr an dich gedacht, Liebster." Das war nicht ungeschickt, so könnte sie ihren feuchten Schoß erklären. Was er dann jedoch hörte, entsprach in keiner Weise dieser zwar gelogenen, aber immerhin freundlich zugewandten Begrüßung. Es war befremdlich, es hatte mit Angst zu tun, nicht mit Zuwendung. Da waren Laute, die Angst machten, kurz gebellte Befehle: „Ven acá! Komm her!" und später: „Dreh dich um!" Harte, raue Schreie, die Lust ausdrücken mochten und sich anhörten wie Lust an der Zerstörung. Da war lautes, heftiges Atmen, das immer lauter wurde, wie bei einer Verfolgung. Und da waren Laute, die der Angst entsprangen, kurze halb unterdrückte Schreie, wie von einer Frau, die man an den Haaren zieht. Dann ein Wimmern und Schluchzen, und da wurde Bruno klar, dass nicht er es war, der in diesen Räumen die größte Angst hatte.

Etwas später hörte er die schweren Schritte gedämpfter als zuvor, vermutlich ging der Mann auf Socken ins Bad. Er hörte die Dusche, man hörte Hantieren im Bad und für einen Augenblick hatte Bruno den fürchterlichen Gedanken, gleich stünde der Kerl vor ihm. Aber dann war er sich sicher, in dem Raum, in dem er sich befand, nur Frauenkleider gesehen zu haben, sicher gab es noch ein zweites Schlafzimmer. Allmählich wich die Anspannung.

Es dauerte noch eine Ewigkeit, bis er die Schritte wieder hörte, sie verließen das Schlafzimmer. Er wartete noch, wartete, bis der Motor hämmerte, dann erst wagte er aufzustehen und sich anzuziehen. Als er durch die Lamellentür schaute, sah er die

Frau. Sie hatte sich ein Laken über den Körper gedeckt und lag abgewandt mit hochgezogenen Knien auf dem Bett. Er ging an ihr vorbei, hielt kurz an, sie rührte sich nicht. Er ging hinunter zum Wagen. Der Chauffeur benahm sich, als ob nichts gewesen wäre, fuhr ihn zum Restaurant und gab ihm die 50 Dollar.

Es war das letzte Mal gewesen, da war kein Zweifel. Sie würde ihn nicht noch einmal holen lassen.

XVI

Zuckerman war zufrieden. „*Ein kleines, feines Echo*", schrieb er, „*ein kleines feines Echo haben wir auf Ihre Artikel bekommen. Gratuliere! Das ist mehr, als ich gehofft hatte. Offenbar sind es also die Flüchtlinge, die für uns jetzt im Vordergrund stehen. Alles, was von den Menschenrechtsorganisationen noch übrig ist, hat sich in irgendeiner Form geäußert. Das Thema ist präsent, jedenfalls in den einschlägigen Publikationen. Sogar zwei Kongressabgeordnete haben angerufen. Sie waren zwar nicht zu einem Interview bereit, würden aber zu einem Hintergrundgespräch kommen.*

Das hat mich auf die Idee gebracht eine kleine Konferenz zu machen mit Vertretern der Menschenrechtsorganisationen, den beiden Abgeordneten und natürlich mit Ihnen als Referentin. Sie berichten über den Stand der Recherchen, natürlich nur soweit Sie Ihre Informationen preisgeben können und wollen, und wir diskutieren über die möglichen Auswirkungen auf die Außen- und Einwanderungspolitik. Sie bekommen ein ordentliches Honorar, von dem Sie die Flüge locker bezahlen können (übrigens: brauchen Sie einen Vorschuss für das Ticket?).

Bitte schreiben Sie möglichst bald, was Sie davon halten. Und machen Sie einen Terminvorschlag. Ich denke an einen Umfang von ein bis zwei Tagen. Für die Einladungen wird ein Vorlauf von sieben bis zehn Tagen reichen.

Ich wünsche Ihnen weiter gutes Gelingen,
viele Grüße, Jerry"

Sonja freute sich, klar. Solch eine Würdigung bekam man selten als Journalist. Aber es gab auch Einiges zu überlegen. Wäre es nicht besser den nächsten Artikel abzuwarten? Einen dritten würde sie auf jeden Fall schreiben. Sie hatte schon einige Ideen dazu, die wollte sie allerdings nicht vorzeitig offenlegen. Auch boten die Themen der ersten beiden Artikel Stoff genug, sie würden vielleicht abgewertet werden, wenn zu viel Neues hinzukam.

Den Ausschlag gab schließlich etwas ganz anderes, der Wunsch, mal wieder in den Staaten zu sein. Vielleicht auch das

Bedürfnis nach Abstand von all dem, was sie in den letzten Wochen erlebt hatte. Sie schlug also Zuckerman einen Termin vor, bat um einen Vorschuss für den Flug und begann sich auf das Treffen zu freuen.

Und als sie drei Wochen später in einem Konferenzraum des Verlages in New York saß, kam es ihr einen Augenblick lang vor, als ob Veracruz so etwas wie ein Forschungsgegenstand wäre, den man betrachten kann, sozusagen unter Laborbedingungen. Aber schon nach den ersten Sätzen ihres Vortrages wurde klar, dass das nicht ging. Eine solch komfortable Distanz war ihr völlig unmöglich. Jede Information, jede Einschätzung, die sie gab, war mit Begegnungen und Erlebnissen verbunden, die ihr während ihres Referats immer wieder präsent waren: Lauras empathischer Eifer, Brunos fester Wille, alles genau zu berichten, Ullas Kummer und Marcos gemeiner Schläger. Da wurde ihr vage bewusst, dass sie nicht mehr nur Reporterin war, das war sie auch, aber auf der anderen Seite kam sie nicht umhin, sich an der Seite der Flüchtlinge zu fühlen und nach Lösungen für sie zu suchen. So fiel es ihr viel leichter, sich auf die Argumente einzustellen, die sie von den Menschenrechtlern erwartete, als auf die Wünsche der Kongressabgeordneten, die sich vermutlich nur auf Zahlen und Fakten einlassen wollten.

Es war aber ausgerechnet die Vertreterin von Amnesty International, die sie mit einer der ersten Fragen in Verlegenheit brachte, eine Dame in den Fünfzigern mit eleganter blonder Kurzhaarfrisur, sie trug Jeans und Blazer, offensichtlich teure Markenware. Zuckerman hatte sie vorgestellt als Finanzchefin einer Warenhauskette, die – wie er es ausdrückte – ihre Kompetenz und große Teile ihrer Freizeit in die Amnesty-Arbeit steckte.

„Es ist gar keine Frage", sagte sie mit einer überraschenden Wärme in der Stimme, „dass die Umstände der Flucht für die Betroffenen äußerst belastend sind, und die Tatsache, dass sie quasi mit der Ankunft in Mexiko von der Bildfläche verschwinden, ist zweifellos besorgniserregend. Die Frage ist, ob es Fälle gibt, in denen sich Menschenrechtsverletzungen wie Freiheitsberaubung, entwürdigende Behandlung oder gar Folter überprüfbar nachweisen lassen. Dann könnten wir sehr viel effizienter tätig werden."

Natürlich sah Sonja das ein. „Ich hätte selber gern bessere Informationen über solche Fälle", sagte sie, „ich bin auch zuversichtlich, mehr herauszufinden, aber dazu brauche ich mehr Zeit. Die Strukturen, wie sie z.B. El Cártel angelegt hat, sind von außen so gut wie nicht zu durchdringen, man hat den Eindruck, dass Intransparenz geradezu ein Strukturprinzip ist. Wie gesagt, so weit bin ich noch nicht."

„Wir haben da ja auch nicht die klassischen Frontlinien", der Vertreter von Human Rights Watch war ein Bär von einem Mann im grob karierten Flanellhemd, „wir haben keine Regierung, auf die man wirklich bauen kann. Was an staatlichen Stellen noch funktioniert, hat überhaupt nur sehr begrenzten Einfluss. Wir wissen nicht, an was für eine Öffentlichkeit wir uns wenden können. Wir werden ganz neue Wege beschreiten müssen."

Auch das war sicherlich richtig. Einige Zeit ging das Gespräch unter den Vertretern der Organisationen hin und her. Man erörterte den Verlust von Staatlichkeit, der sich möglicherweise noch weiter ausbreiten würde, und landete immer wieder bei dem Umstand, dass man zu wenig wusste und Informationen außerordentlich schwer zu beschaffen waren. Zuckerman meldete sich zu Wort. Er war wohl bestrebt, einerseits dem Gespräch eine andere, konstruktivere Wendung zu geben, andererseits die Parlaments-Abgeordneten einzubeziehen, die bisher noch gar nicht zu Wort gekommen waren.

„Also", er versuchte ein Resümee, „unser Wissensstand scheint für eine aktive Menschenrechtsarbeit noch nicht auszureichen. Dennoch erscheint es mir wichtig, dass die NGOs so früh wie möglich über die Flüchtlingssituation informiert sind, deren Folgen man auf mittlere Sicht ja nicht wird ignorieren können."

Die Menschenrechtler nickten zustimmend. „Meiner festen Überzeugung nach", fuhr Zuckerman fort, „muss auf die Dauer aber auch die Politik Farbe bekennen. Es geht einfach nicht an, Flüchtlingsströme zu ignorieren, deren Ausmaß wir zwar noch nicht kennen, die aber nach allem, was man weiß, eher wachsen als versiegen werden."

Die beiden Kongressabgeordneten schauten sich an. Nach höflichem Zögern begann der jüngere der beiden. „Ich möchte

zunächst einmal die außenpolitischen Aspekte ansprechen", sagte er. „Wir haben zu Mexiko ja derzeit sozusagen ein außenpolitisches Unverhältnis. Weitgehend tut man so, als ob es den Nachbarstaat gar nicht gäbe. Die diplomatischen Vertretungen arbeiten zwar noch, beschränken sich aber im Wesentlichen auf bloße konsularische Dienste. Seit die Mauer die Grenze nachhaltig gesichert hat und seit das Freihandelsabkommen gekündigt ist, gibt es auch von mexikanischer Seite wenig Interesse an Beziehungen zu uns. Handel findet zwar in gewissem Umfang statt, allerdings ohne irgendeine Flankierung durch die Politik. Das ist in dieser Form neu. Ich denke, der Status Quo wird auch deshalb aufrechterhalten, weil er für unsere Regierung so bequem ist."
Er machte eine Pause, strich sich mit der Hand über die glatten dunkelblonden Haare und signalisierte seiner Kollegin, dass er noch weitersprechen wollte. „Was die Beziehungen zu Europa betrifft: auch da fehlt ja ein außenpolitisches Gegenüber, auch da unterbindet man Einwanderung. Anders als in Mexiko, gäbe es hier die Option einer Initiative zum Wiederaufbau. Das wird nicht öffentlich diskutiert, aber ich weiß, dass es Kreise gibt, in denen schon hypothetische Berechnungen über die Profitabilität einer solchen Initiative angestellt werden. Man hält sich dort noch sehr im Hintergrund, weil man bislang einfach zu wenig über die europäischen Verhältnisse weiß."

Wie selbstverständlich übernahm nun die Kollegin das Wort. Sie war deutlich älter, sicherlich an die siebzig, dezent geschminkt, und hatte volles silbergraues Haar. „Wenn ich Herrn Zuckerman und Frau Donetti richtig verstanden habe", sagte sie, „geht es neben der allgemeinen Information doch zunächst einmal um einzelne Flüchtlinge, mit denen Frau Donetti Kontakt hat oder in Kürze bekommen wird. Welche Art von humanitärer Hilfe können wir ihnen geben?"

Zuckerman stimmte dem zu, betonte aber, er halte die Information der Öffentlichkeit für gleichermaßen wichtig.

„Natürlich ist das wichtig", sagte Sonja, die immer noch nicht so recht wusste, ob sie mit dem Verlauf des Gesprächs zufrieden sein konnte. „Information ist auf lange Sicht als Grundlage für unsere Arbeit unverzichtbar. Kurzfristig wäre es aber schon eine große Hilfe, wenn einzelnen Flüchtlingen die Einreise in die Staaten ermöglicht werden könnte."

Eine Weile war nachdenkliche Stille, dann meldete sich eine schlanke Frau mit blassem Gesicht und dunkler Kurzhaarfrisur zu Wort. Sie war Vertreterin einer Frauenorganisation und hatte bisher nur ernst und ruhig dagesessen. „Ich könnte mir vorstellen, dass wir amerikanische Familien finden, die bereit sind in einzelnen Fällen eine Art Bürgschaft zu übernehmen, vorausgesetzt es gibt entsprechende Einreiseverordnungen." Soweit sie wisse, seien die rechtlichen Voraussetzungen vorhanden. Was fehle, müsse auf der Ebene der Verwaltungsvorschriften geklärt werden. „Wir, ich meine: der Verband, den ich vertrete, würden uns gerne für Einreisemöglichkeiten und Bleiberechte von Frauen einsetzen. Für männliche Flüchtlinge werden sich sicherlich andere Lösungen finden lassen."

Sonja räusperte sich. Diese konkrete und realistisch anmutende Perspektive wurde ihr in ihrer Konsequenz jetzt erst klar. Sie schaute Zuckerman an und bat ihn um eine Pause, indem sie demonstrativ auf die Uhr sah. Man stand auf, um sich auf der großen Terrasse des Verlagsgebäudes die Beine zu vertreten, in Zweier- oder Dreiergrüppchen wurde lebhaft geredet und Sonja schaffte es ohne große Mühe, die Kongressabgeordnete und die Vertreterin der Frauenorganisation zusammenzubringen. Mit diesen beiden würde sie Kontakt halten. Sie vereinbarten den Austausch von E-Mails: Die Abgeordnete würde die Frage der Verwaltungsvorschriften prüfen und gegebenenfalls vorantreiben und die Frauenrechtlerin in ihrem Verband die Möglichkeiten der Bürgschaften ausloten.

Den weiteren Verlauf des Workshops konnte Sonja nun mit Gelassenheit verfolgen. Nach der Pause saß man noch lange zusammen und beriet sich über die Kanäle, über die die Informationen verbreitet werden sollten, die zum Thema Europa und europäische Flüchtlinge vorlagen oder noch erhoben werden würden. Alle Anwesenden erklärten sich bereit ihre jeweiligen Publikationsmöglichkeiten für diesen Zweck zu nutzen. Die Bereitschaft, sich an weiterer Recherche zu beteiligen, war jedoch weit weniger groß. Man werde sehen, was sich machen lasse. Als Zuckerman die Ergebnisse zusammenfasste und in seiner diplomatischen Art betonte, es sei bereits ein wichtiges Ergebnis, dass man sich bei dieser Gelegenheit kennen gelernt habe, da hörte Sonja schon nicht mehr richtig hin – sie war zufrieden.

XVII

300 Dollar hatte der Mann haben wollen. Als Bruno am nächsten Tag wieder hinging, waren es noch 250, man einigte sich auf 180. Für einen Camcorder älteren Typs mit zwei Aufnahmekassetten und einem Ersatz-Akku. Das schien angemessen. Es war nicht leicht gewesen, den Mann zu finden. Er saß mit seinem Koffer in einem toten Gang, der von einer Straßenunterführung abzweigte. Es war wohl einmal geplant gewesen, hier eine Fußgängerverbindung zum Hafen zu bauen, aber das hatte man aufgegeben. Er saß in einer Biegung des Ganges, hatte den altmodischen Koffer vor sich liegen, jederzeit bereit, den Deckel zu schließen und zu verschwinden. In dem Koffer befanden sich elektronische Markengeräte, Smartphones, Navigationsgeräte, Fotoapparate und eben Camcorder, wahrscheinlich alles Diebesgut, die Beute von Taschendieben und aus Raubüberfällen auf Touristen.

Was aber zählte, war: Bruno hatte eine Kamera. Das war entscheidend für alles, was ihn in den folgenden Wochen umtrieb. Was nun begann, war etwas Besonderes. Es war kein Rausch, das nicht. Aber es war ein Zustand, der bestimmt war von Hochgefühl und von dem Bewusstsein, den landläufig geltenden Gesetzmäßigkeiten nicht unterworfen zu sein, jedenfalls nicht vollständig, sondern ganz besonderen, eigenen zu folgen. Es war, als ob ihn die berühmte unsichtbare Hand leitete, allwissend und zugleich bereit, seine tiefsten Wünsche zu erfüllen. Dabei blieb Bruno ganz nüchtern, manchmal akribisch genau, immer offen für Einfälle, von denen einige brillant waren.

In den ersten Tagen probierte er aus, probierte den Zoom, unterschiedliche Blickwinkel, die Bewegungen der Kamera, er kontrollierte das Ergebnis auf dem kleinen Bildschirm und übte Techniken, die Kamera ruhig zu halten. Er machte Aufnahmen von Straßenkreuzungen und Marktständen, von Männern, die kaffeetrinkend vor einem Brotladen standen, von einem jungen Mann, der neben einer kunstvoll verzierten Haustür auf dem Boden saß und gedankenverloren auf die Straße schaute, von einer Gruppe Frauen, die sich so intensiv unterhielten, dass die Energie, die von ihnen ausging, geradezu sichtbar wurde. Er wählte

Motive, die aus sich selbst heraus wirkten, und sah, dass es ihm immer besser gelang, sie auf eine Weise darzustellen, die ihnen gerecht wurde.

    Drei Tage probte er, bis er zum ersten Mal Männer mit Sonnenbrillen vor der Linse hatte. Das war ein Signal: das Proben war vorbei. Er löschte alles, was er bis dahin aufgenommen hatte, und filmte die vier Männer, die bei einem großen Wagen standen und rauchten. Er tat das halb versteckt aus einer Einfahrt auf der anderen Straßenseite heraus. Ein Stück Mauer nahm er mit ins Bild, die Kamera war heimlicher Beobachter. Ohne große Überlegung ließ er sie über das Gebäude schwenken, vor dem der Wagen stand. Ein zweistöckiger, ockerfarbener Verwaltungsbau. Bruno wartete und es dauerte nur wenige Minuten, dann kam eine Frau in offensichtlich teurer Garderobe aus dem zentralen Eingang. Ihr folgten zwei blonde, in einfache Overalls gekleidete, etwa sechzehn Jahre alte Mädchen. Europäerinnen! Bruno nahm alles auf. Wie aufrecht die Frau ging, als hätte sie einen Grund stolz zu sein, wie die beiden Mädchen, die Köpfe gesenkt, auf den Boden sahen. Wie zwei der Sonnenbrillenmänner die hinteren Türen aufhielten, bis alle drei im Wagen saßen, dann selbst vorne einstiegen, wie das Auto davonfuhr und die beiden verbliebenen Männer im Haus verschwanden.

    Er hatte Europäer gesehen. Und das mit der Kamera! Ein Glücksfall?! Er ging zum Restaurant, das er in diesen Tagen nur aufsuchte, um seine Akkus zu laden. Er überprüfte seine Aufnahmen und tat alles, um seine Aufregung in Maßen zu halten.

    Ohne nachgedacht zu haben, stand er mit einem Mal am Fuß der Hafenfestung. Die Kamera blickte hoch an der unendlichen Mauer, schwenkte zu der Öffnung, in der er mit Vera damals Zuflucht gefunden hatte. Gerade in dem Moment hörte er Münzen fallen, hielt die Kamera in die Höhle – auf der großen Leinwand würde man das Geld vielleicht sehen können.

    Auf dem Bildschirm der Kamera sah er die Münzen nicht. Er sah sich die Aufnahme noch einmal an und wusste dann, was ihn störte, ihn störte die Belanglosigkeit: Randerscheinungen einer Touristenattraktion. Jeder Chinese, der sich – gerade dem Bus entstiegen – ein wenig von der Gruppe entfernte, könnte diese

Aufnahmen machen. Nichts deutete auf die Angst, die sie damals hierher getrieben hatte.

Also kroch er in die Höhlung hinein, nahm eine Weile nur das Dunkel auf und schwenkte dann vorsichtig zum Eingang, sehr vorsichtig sah die Kamera hinaus, keiner durfte sie sehen. Dann stieg er hinauf zur Plattform und filmte den Kontrast, filmte die Touristen, wie sie fröhlich in die Läden strömten. Er folgte ihnen auch in den Raum, in dem sie Schlange standen, um Geld in das Loch mit der strahlenden Sonne zu werfen. Als es dunkel wurde, machte Bruno sich auf den Weg zur Villa Florida. Dort wo genügend Licht war, machte er Schwenks auf die Hafenanlagen, Parks und Strände. Weniges musste hier genügen. Im Hotel zeigte er Vera die Kamera, die nickte verständnislos und gab ihm statt Begeisterung ein Paar Tortillas. Am nächsten Morgen machte Bruno Aufnahmen im Park, am verfallenen Pool, im ausgeleerten Speisesaal, in den langen Gängen. Den ganzen Tag war er beschäftigt. Er filmte in die Zimmer hinein und zoomte auf die Schlafplätze. Schließlich widmete er sich dem Raum, in dem Vera und er schliefen, aus den Polstern und Decken ihrer Schlafplätze, aus ihren Kleidungsstücken, Taschen, Kochgeräten und Geschirr, abgetretenen Schuhen, einer indianischen Puppe, einem Notizbuch mit einem Bild aus Antwerpen – aus allem, was sich hier angesammelt hatte, entstand ein kleines Porträt ihres Lebens.

Wäre es möglich gewesen, hätte Bruno an einem Stück gefilmt, ohne Unterbrechung. Aber er musste schlafen und letzten Endes auch Nahrung besorgen. Und wenn er sich spätabends zu den Supermärkten aufmachte, so lagen die Standorte der Abfallcontainer sicher nicht im Scheinwerferlicht. Dennoch gelang es ihm immer wieder, Bedingungen zu finden, in denen die Lichtstärke seiner Kamera ausreichte, um akzeptable Dämmerlicht-Bilder zu machen. Sie zeigten Behälter mit Früchten und Milchprodukten, die aus den Hintereingängen herausgeschoben wurden, und schattenhafte, gedrungene Gestalten, die mit einer Schnelligkeit und Effizienz, die intensive Übung verrieten, das Brauchbare heraussuchten und abtransportierten.

Bruno hatte auch Glück, denn noch während seiner Dreharbeiten – Speicherkapazität war noch frei – lief ein Containerschiff im Hafen ein. Bruno legte sich auf die Lauer. Das fiel nicht weiter auf, weil Dutzende von Arbeitern, für die es sich nicht lohnte, in ihrer Freischicht nach Hause zu fahren, es sich auf Brettern und Paletten bequem gemacht hatten, sich ausruhten, redeten, zum Teil sogar schliefen. Er musste nur aufpassen, dass niemand die Kamera sah.

Er wartete Stunden, bis in die Nacht hinein. Immer wieder kamen Sonnenbrillenmänner vorbei, niemand wurde von Bord geholt. Bruno kannte dieses Warten, es machte ihm nichts mehr aus. So war er hellwach, als in der Morgendämmerung auf der Gangway Bewegung sichtbar wurde. Personen, die auffielen. Es waren drei. Sie zogen Gepäck hinter sich her. Eine Frau, groß und hellhaarig, zwei Männer, ebenfalls groß. Sie gingen aufrecht, den Blick aufs Land gerichtet, als wäre dort die Erfüllung aller Hoffnungen. Sie folgten den Sonnenbrillenmännern, als wären das ihre Reiseführer.

Bruno verfolgte sie mit der Kamera. Er hatte sich hinter einen Abfallbehälter geduckt und war sicher, selbst nicht gesehen zu werden. Da das Morgenlicht schnell zunahm, gelang es ihm, die Gesichter heran zu zoomen, ohne dass die Bildschärfe ganz verloren ging. Für den Moment war etwas von Begeisterung in diesen Gesichtern zu sehen. Dann musste er wieder auf Distanz gehen, um die Gruppe ins Bild zu bekommen, wie sie sich schnellen Schrittes zu einem Transporter hin bewegte, um dort einzusteigen. Das Fahrzeug fuhr davon, Bruno spürte seine Gänsehaut.

XVIII

Als Sonja Donetti in einem Hotel in Puebla diesem langen Mann mit Glatze gegenübersaß, waren dem Ermittlungen vorausgegangen, die auch ein Marlowe nicht gering geschätzt hätte. Noch in den USA hatte sie eine SMS erhalten, die sich folgendermaßen las – oder auch nicht lesen ließ: NEMERINCOEBLA. Walter Némec auf der Liste. Sie durchforstete ihr Gedächtnis und ihre Notizen. Walter Némec in Puebla, Marco hatte davon gesprochen, und dem hatte sie ihre Handynummer gegeben. Blieb RINCO – wenn die SMS etwas Neues für sie bieten sollte, dann musste es in diesem RINCO stecken. Aber RINCO sagte ihr nichts.

Es gab noch den anderen Weg. Sonja schickte eine Mail an Chacho. Der brauchte keine Stunde: Die Nummer, von der die SMS gesendet worden war, gehörte zu einer Kneipe, „El Rincón" in Puebla. – Gute Arbeit!

Es war die Kneipe der Taxifahrer und Chauffeure. Als Sonja nach dem Zwischenstopp in Mexiko-Stadt am Busbahnhof von Puebla in ein Taxi stieg, wusste der Fahrer sofort Bescheid. Sie ließ ihn am Hotel warten, checkte ein und ließ sich dann zu dem Lokal fahren. Es war kaum beleuchtet, gerade konnte man den Namen lesen, „El Rincón", in Stuck geschrieben über der Tür am abgeflachten Eck eines Häuserblocks. Sie zahlte das Taxi, stieg die Stufen hoch. Als sie dann eintrat, war es so, dass sie es nicht so schnell vergessen würde, so, wie man einen eindrücklichen Traum nicht vergisst. Der Raum war voller Rauch, aus Lautsprechern dröhnte Musik der mexikanischen Revolution, „La Cucaracha". Männer, zum großen Teil in den graublauen Uniformen der Chauffeure, saßen an den Tischen, sprachen laut, und niemand beachtete Sonja. Eine ganze Weile lang, bis der Wirt, der mit seinem kräftigen Bauch an der Theke lehnte, sie mit breitem Lächeln ins Auge fasste. Er lächelte sie an und begann in die Hände zu klatschen, was die Situation vollständig veränderte. Alle sahen jetzt zu Sonja hin, klatschten und lachten. Es lag nichts Bedrohliches darin, nur – sie war die einzige Frau im Raum. Sie hob den Arm, sagte mehrmals laut „grácias", und als es dann still geworden war, sagte sie: „Ich suche Walter." Keine

Reaktion. Sie sagte: "Walter Némec." Was der Wirt daraufhin machte, war kein richtiges Kopfschütteln, aber es war eindeutig: er bewegte seinen Kopf nach links, dann nach rechts und dann wieder in die Mitte. Alles in gemächlichem Tempo. Die anderen machten es ihm nach. Etwas in ihren Gesichtern, es mochte ein ganz feines ironisches Lächeln sein, ließ Sonja an diesem Nein ihre Zweifel haben. Sie nahm einen Block aus ihrer Tasche, riss ein Blatt heraus und schrieb darauf „Walter", darunter ihre Handynummer und das Hotel. Das Blatt gab sie dem Wirt, sagte „por si acaso – für alle Fälle" und verließ das Lokal.

Das Hotel Colonial war ein ansehnliches Gebäude, das sich in die bunte historische Architektur der Stadt wunderbar einpasste. Die Einrichtung war angenehm unaufdringlich, selten hatte Sonja sich in einem Hotel so wohlgefühlt. So war sie weder auf die Idee gekommen, ihr Zimmer nach einer versteckten Kamera zu durchsuchen, noch stutzte sie, als sie am nächsten Morgen in der Hotelhalle an einem groß gewachsenen, kahlköpfigen Chauffeur vorbeiging, der dort auf einer Bank saß. Erst im Hinausgehen wurde ihr klar, wer das war. Sie fand schnell einen Laden, in dem sie Blätterteiggebäck zum Frühstück kaufen konnte, ging ins Hotel zurück und sagte zu dem Mann: „Kommen Sie mit" – so als ob sie ihn brauchte, um ihr Gepäck zu tragen.

Oben im Zimmer, bevor ein Wort gesprochen war, begann Walter Lampen, Bilder und die Vorhangstange abzusuchen. Dort fand er eine winzige Kamera und steckte sie mit ernster Miene in die Tasche. Dann schaute er Sonja an, sie deutete auf einen Stuhl und setzte sich selbst auf das Bett.

„Marco hat …", begann er, danach kam erst einmal nichts mehr.

„Er hat Ihnen meine Nummer gegeben", ergänzte sie und stellte sich vor.

Er nickte. „Was wollen Sie von mir?"

Sonja erläuterte ihm ihren Reportage-Auftrag und fügte hinzu: „Ich würde gerne von Ihnen wissen, wie Sie hierhergekommen sind und wie Sie hier leben."

„Marco hat gesagt, Sie sind aus den USA. Was interessiert Sie denn, was mit mir ist?"

„In den USA weiß man nichts über die Flüchtlinge aus Europa, die meisten Leute wissen nicht einmal, dass es sie gibt. Aber es gibt Menschen, die wollen wissen, was in der Welt los ist. Die lesen die Zeitschrift, für die ich arbeite. Wir wollen zeigen, was unsere Regierung verbergen will."

Walter nickte. „Den Flüchtlingen geht es nicht gut", sagte er.

„Ja, und vielleicht kann man sogar daran etwas ändern." Sie musste ihren Eifer zurücknehmen: „Ich will erst einmal nur Informationen sammeln. Ohne die geht gar nichts. Ich habe Vera, Bruno, Ulla und Marco kennen gelernt, und jetzt Sie. Da kann schon einiges an Information zusammenkommen." Sie erzählte kurz, was sie über die vier wusste, erwähnte auch, dass Fred tot war, und bat Walter noch einmal, zu erzählen, wie es ihm ergangen war.

Er fragte nicht nach – offenbar wusste er von Freds Tod – und begann zögernd: „Wenn Sie Marco und die anderen kennen, wissen Sie wohl auch, wer sonst noch in der Gruppe war. Ich war mit Isabel und Tony zusammen, als wir vom Schiff geholt wurden." Es war, als müsste er sich die Erinnerung mühsam zurückholen. „Sie haben uns und einige andere in einem Transporter in die Stadt gefahren, zu einer Art Verwaltungsgebäude. Dort wurden Männer und Frauen in getrennte Räume geführt. Isabel habe ich später nicht wieder gesehen." Er stockte wieder, Sonja war versucht, etwas zu fragen, fand es aber besser, ihn nicht zu drängen. „Wir waren in einem großen Raum. Ein paar Bänke standen da, aber nicht genug für alle, die da warteten. Es waren wohl alles Flüchtlinge. Ab und zu kamen Einheimische herein, sie konnten sich einfach einen von uns herausholen." Er schüttelte den Kopf, wie um die Erinnerung zu aktivieren und sie zugleich loszuwerden. „Tony wurde sehr schnell geholt, ich weiß nicht warum. Es ging sehr schnell. Ich war länger als einen Tag in dem Raum, da warteten nur noch wenige, es kamen keine Neuen mehr. Der dann hereinkam, sah aus, als ob er ein ziemlich hohes Tier wäre. Er guckte sich um und schien gleich wieder gehen zu wollen. Aber dann guckte er noch einmal auf mich, hob die Hand und winkte mich zu sich. Wissen Sie, mit dieser Handbewegung für Dienstpersonal." Er machte sie vor. „Mir war das egal, ich wollte ja nur, dass es weiterging. Jedenfalls hatte er sein Auto gleich vor dem Gebäude stehen. Eines von diesen großen, die man hier oft sieht. Ich wollte schon hinten einsteigen, aber nein, ich sollte mich auf den Fahrersitz setzen. Er stieg von der anderen Seite ein und erklärte mir, was rechts und links auf Spanisch heißt. Und dann noch schnell und langsam. Dann sollte ich losfahren. – Ich dachte, wir fahren ein bisschen in der Stadt herum, das war aber nicht so. Wir kamen ziemlich schnell auf eine Landstraße, und als wir fast aus der Stadt heraus waren, stand da ein Schild, das zeigte, wohin die Straße führt. Ich musste anhalten und es mir genau ansehen: Der Pfeil zeigte auf einige Namen, unter anderem „Puebla". Der Mann sagte mehrmals „Puebla", und da wusste ich, wo er hinwollte. Ich fuhr weiter und nach einer Zeit war er eingeschlafen. Ich fuhr in die Nacht hinein, mehrere hundert Kilometer. Wenn ich unsicher war und kein Schild sah, habe ich ihn geweckt und gefragt. Das war kein Problem. Er schlief wieder ein, und als wir in Puebla waren, wurde er von alleine wach. Er hat hier ein ziemlich großes Haus.

Ich bekam eine Kammer für mich allein und am nächsten Tag eine Uniform. Das Essen ist in Ordnung und ich fahre gern mit so einem großen Wagen. Nur muss ich zu jeder Tages- und Nachtzeit bereit sein." Er atmete hörbar, fast war es ein Stöhnen. „Aber das ist nicht das Schlimmste. Was wirklich schlimm ist, habe ich erst später erfahren. Als ich ein bisschen Spanisch gelernt hatte, haben mir die Leute von meinem Vorgänger erzählt."

Walter hatte sich in Hitze geredet. Er zog seine Uniformjacke aus, darunter trug er ein kurzärmliges Hemd. Sonja konnte jetzt die großen Tattoos auf seinen Armen sehen. „Ich habe das erst nicht gemerkt", fuhr er fort, „aber mein Chef ist ein ziemliches Schwein. Und extrem jähzornig. Wenn er in schlechter Stimmung ist, geht man ihm besser aus dem Weg. Die Meisten wissen das und verhalten sich entsprechend. Immerhin hat er schon mal seinen Koch krankenhausreif geprügelt. Aber das hat ja nicht viele Leute interessiert. Anders war es, als er einen Verwandten des Patrón erstochen hat. In einem Tobsuchtsanfall. Das hätte natürlich ziemlich gefährlich für ihn werden können.

Eigentlich war er schon ein toter Mann. Und was macht er? Er schenkt das Messer seinem nichtsahnenden Chauffeur, lässt die Leiche ins Auto bringen und stellt das Ganze so dar, als hätte der Chauffeur den Mann umgebracht. Weil er ihn beleidigt hat. – Er selbst wäre dabei gewesen, hätte aber nichts machen können, weil alles so schnell ging. – Natürlich glaubt man ihm, und der Chauffeur wird erschossen.

Die Leute im Haus wissen es natürlich besser und es spricht sich herum unter dem Dienstpersonal. Jetzt will keiner mehr den Chauffeur machen, bei diesem Boss. Und was macht der? Der kommt auf die Idee, einen wie mich zu nehmen, der sich nicht wehren kann." Walter ließ die Worte wirken. „Und ich, ich sitz auf dem Pulverfass. Wenn der Alte das nächste Mal Mist baut, bin ich dran. Bei jedem seiner Wutanfälle denke ich, jetzt ist es so weit. Ich krieg dann so eine Scheißangst, sowas kannte ich früher nicht, überhaupt nicht. Wahrscheinlich liegt das daran, dass ich überhaupt nichts machen kann. – Und Abhauen … Selbst wenn ich mich besser auskennen würde … Die finden einen überall."

„Eine Wahnsinns Geschichte", sagte Sonja.

„Ja", sagte Walter.

Sie schwiegen eine Weile. Sonja dachte an die Idee von den Bürgschaften für Flüchtlinge in den Staaten.

Sie fragte, wo sie Walter erreichen könne, aber der schüttelte nur den Kopf. Sie vereinbarten, dass er sie immer wieder einmal anrufen würde. Vielleicht alle zwei Wochen. Sie werde sich nach Möglichkeiten für ihn erkundigen, könne natürlich nichts versprechen. Dann zeigte sie ihm die Namensliste, die sie von Bruno bekommen hatte. Außer Marco hatte er seit Veracruz niemanden mehr getroffen.

Die Stimmung war gedrückt, als Walter sich verabschiedete.

XIX

Bruno zeigte Vera den Film. Auf dem kleinen Kontrollmonitor des Camcorders. Sie schaute wie gebannt auf die Bilder, klatschte ein paarmal in die Hände, und einmal, bei einem Blick in den Park der Villa Florida, wo sie mit den Kindern der Kamera zuwinkte, da lachte sie auf. Das kam bei ihr sehr selten vor. Aber nach einer Zeit verlor sich ihre Aufmerksamkeit und Bruno zeigte ihr die zweite Kassette gar nicht mehr.

Er ging zum Prediger, sah den Film zum ersten Mal auf dem Bildschirm eines Computers, war nun selbst gebannt von der Wucht der Bilder. Wie musste das erst auf einer Kinoleinwand sein, wenn der Blick die unendliche Mauer des Kastells hochwanderte und dann durch eine dunkle schützende und zugleich bedrohliche Öffnung ins Fundament eintaucht.

„Was meinen Sie?", fragte er den Prediger, als ein Teil der ersten Kassette gelaufen war.

„Ja, sehr interessant. So habe ich die Stadt noch nie gesehen. Faszinierend." Bruno spürte das Bemühen, der Situation gerecht zu werden. Er fragte nicht weiter, schaute sich den Film zu Ende an. Beim Abschied lobte der Prediger noch einmal die Schönheit der Bilder.

Bruno wurde unsicher. Die unsichtbare Hand, die ihn geleitet hatte, schien sich zurückgezogen zu haben. Er versuchte den Film mit den Augen eines Anderen, gar eines Unbeteiligten zu sehen. Da war es nicht mehr sein Film. Es waren Bilder, zum Teil schöne, manchmal ausdrucksvolle Bilder, aber es war nicht mehr sein Film. Es war, als ob man den Bildern den Sinn genommen hätte. Und allmählich, wie wenn ein Tropfen nach dem anderen fällt und sich langsam eine Pfütze bildet, ganz allmählich, wurde ihm klar, dass ein Teil des Films, ein wesentlicher Teil, gar nicht auf dem Bildschirm, sondern in seinem Kopf ablief. Nur in seinem Kopf.

Der Grund war klar. So klar, dass er sich fragen musste, warum er das nicht vorher bedacht hatte: Es gab keinen Ton, dem Film fehlten die Worte. Er war die ganze Zeit allein gewesen mit den Bildern, er war eins geworden mit ihnen. Da brauchte es keine Tonspur. Die Worte waren immer dagewesen, eben in Brunos Kopf.

Sich hinzusetzen und einen Text zu schreiben, widerstrebte ihm. Ohne zu wissen warum, hatte er große Widerstände dagegen. Und als er sich schließlich dazu durchrang, kam es zu Ergebnissen, die seine Zweifel bestätigten. Es klang abstoßend weinerlich, sentimental – oder aber distanziert und in einer Weise beschränkt, dass es banal wirkte und der schicksalhaften Wucht der Erlebnisse in keiner Weise gerecht wurde. Je mehr er überlegte und schrieb, desto schlimmer wurde es.

Da gab er auf. Tagelang tat er nichts mehr. Aß kaum noch etwas, trottete durch die Stadt, saß für Stunden regungslos in Parks oder am Meer, sah nichts und niemanden an, war nur bei sich und auch wieder nicht bei sich. Dann merkte er, dass etwas in ihm begann die Steuerung zu übernehmen. Es war ein Rhythmus, der sich in seinem Kopf festsetzte, ein kräftiger, bestimmender Rhythmus, der stark genug wurde, ihn zu bewegen. Und als er ihn mitnahm auf seine Gänge über den Strand und durch die Straßen, da stellten sich langsam die Worte ein. Es waren mächtige, bestimmende Worte, die in sein Bewusstsein drangen, als wären sie schon immer auf der Welt gewesen und müssten nicht erst gedacht werden.

Als Jehova der Gott
Sich entschloss
Mich fallen zu lassen,
wusste er nicht wohin.
Denn er ist ein allmächtiger,
aber nicht ein allwissender Gott.
Ich fiel zwischen Menschen,
die mich benutzen wollten,
als Schläger oder als Harlekin.
Einfach nur leben lassen
wollte mich keiner
in seinem Revier.
Das ist die Wüste:
die Fülle der Menschen
und keiner öffnet sein Haus.

> Stattdessen
> bin ich Beute
> für ihre Jagd.
> Lebend im Verborgenen
> bin ich Un-Person,
> ein Unwesen,
> das man treibt.
> ...

Mit einem Mal waren die Worte da. Eine Zeile brachte die nächste hervor. Er schrieb und schrieb. Und die Worte hatten Gewicht, stellten ihre Ansprüche: Er würde den Film anpassen müssen, ihn schneiden, vielleicht kürzen. Aber das würde leicht sein, eine Freude, wenn nur die Botschaft stimmte.

Bruno ging noch einmal zum Prediger. Der konnte nicht helfen, hatte aber die Idee, Sonja Donetti anzurufen. Die gab die Adresse von Chacho, und da saßen sie nun in dessen mit Elektronik vollgestopftem Häuschen.

„Mmmh", sagte Chacho, als er den Film gesehen hatte, und als er nach der Lektüre des Textes hochschaute, sagte er: "Verstehe."

Es war nicht klar, ob das wirklich stimmte. Aber als er die Szene im Hafen für den Anfang heraussuchte und Chacho sofort eine neue Datei erstellte und die Szene hineinkopierte, da wuchs das Vertrauen. Sie arbeiteten zügig und konzentriert. Manchmal machte Chacho eigene Vorschläge und manchmal sah Bruno ein, dass er Recht hatte. Immer einigten sie sich schnell, brauchten nicht viel zu reden. Allmählich merkte Bruno, wie diese Arbeit ihm gefiel, wie sie all seine Sinne erfasste, ihn glücklich machte. Wie lange hatte er nicht so gearbeitet? Er hätte ewig weitermachen mögen.

Nach vier Stunden hatte Chacho genug. „Du bist besessen", sagte er. Bruno verstand nicht gleich. „Workaholic." Bruno lächelte. „Ja, ja. Und rücksichtslos." Sie bestellten Pizza, die Bruno bezahlte. So ist Leben, dachte er. Es war wunderbar.

Am nächsten Tag arbeiteten sie weiter. Stundenlang. Bruno sprach seinen Text, ruhig und ausdrucksvoll. Chacho spielte Musik ein, alten melancholischen Rock: „The Dark Side of the

Moon" von Pink Floyd. Es gab jetzt öfter Diskussionen. Wo man im Text Pausen ließ, wo die Musik für sich wirken sollte. Das letzte Wort blieb immer bei Bruno.

Am dritten Tag wurden sie fertig. Aus dem übriggebliebenen Bildmaterial und mithilfe eines besonderen Schreibprogramms fertigten sie einen Vorspann und einen kurzen Schluss. Laura war hinzugekommen und man sah sich den Film noch einmal gemeinsam an. „Wir müssen ihn allen zeigen", sagte sie gerührt, als er zu Ende war, „allen. Das heißt, wir könnten doch einen Filmabend für Xenofilia machen, bei Isolde. Ich meine", sie blickte auf Bruno, „wenn du einverstanden bist."

Selbstverständlich war Bruno einverstanden. Wäre er ganz ehrlich zu sich selbst gewesen, dann hätte er zugeben können, dass er die Frage nach dem Publikum für seinen Film bislang noch nicht an sich herangelassen hatte. Nun schien sie sich von selbst zu lösen. Laura führte schon erste Telefongespräche. Mit Isolde, von der Bruno hier zum ersten Mal hörte, und mit Sonja. Man sprach über Termine und wen man noch einladen wollte. Chacho würde einen Beamer besorgen, man würde den Film im Großformat sehen.

An die Tage bis zur Aufführung des Films würde Bruno sich später nicht mehr erinnern können, an den Tag selbst umso mehr. Vera hatte natürlich gemerkt, wie bewegend das alles für Bruno war, und es fiel ihm deshalb nicht schwer, sie zum Mitkommen zu bewegen. Sie betraten, jeder auf seine Weise unsicher, das große Bürgerhaus, wurden, ohne dass sie etwas sagen mussten, von einem Concierge zur Treppe in den ersten Stock gewiesen und stiegen in dem mit Kacheln und Stuckornamenten verzierten Treppenhaus hinauf. Das war nicht die Wirklichkeit, das war auch kein Traum, das war wie in einem alten Film, nur da gab es solche Treppenhäuser. Und in einen solchen Film gehörte auch der Mensch, der ihnen als nächstes begegnete. Die schwere, mit mehreren Schlössern ausgestattete Tür öffnete sich schon, als sie herankamen, und Humberto trat ihnen mit strahlendem Willkommenslächeln entgegen. Er nahm Veras rechte Hand und führte sie von einer leichten Verbeugung begleitet in die Nähe seines Mundes. Das tat er mit so viel Wärme, dass Vera nicht einmal andeutungsweise zurückschreckte, sondern ihm ihrerseits ein ganz offenes Lächeln schenkte. Es folgte ein kräftiger Händedruck der beiden Männer und Bruno merkte, wie er feuchte Augen bekam. Er musste sich zusammennehmen.

Die Sala, der zentrale Raum der Wohnung, war in Anlehnung an den Kolonialstil zurückhaltend vornehm eingerichtet und ziemlich weitläufig. An einer Wand hing bereits eine Leinwand. Laura war schon da, kam ihnen entgegen, drückte ihre Wange kurz gegen die von Bruno, legte den Arm um Vera und führte sie weiter in den Raum. Wie schön, auch sie kennen zu lernen! Isolde kam aus einem Nebenraum, schmetterte ihnen ein „Bienvenidos! Willkommen!" entgegen und entschuldigte sich gleich wieder: „In der Küche nach dem Rechten schauen."

In kurzen Abständen trafen jetzt weitere Gäste ein. Anwalt Javier Armas mit Gattin in Abendgarderobe. Chacho traf ein, begrüßte Bruno wie einen alten Kumpel und Vera mit schüchternem Gemurmel. Dann machte er sich daran, den Beamer zu installieren. Gemeinsam kamen eine ältere Dame und eine junge Nonne, die beide nicht viel sprachen und die Art ihres Interesses an der Veranstaltung den ganzen Abend im Dunklen ließen. Sonja war die letzte. Sie bedankte sich bei Humberto für die Einladung, der verwies auf Bruno, was sie wiederum zum Anlass nahm, Bruno und Vera nicht nur zu begrüßen, sondern sie gleich auf ein Sofa etwas abseits zu ziehen und ihnen in Kurzfassung zu erzählen, was sie über Ulla, Marco und Walter erfahren hatte. Währenddessen hatte Isolde zwei adrett gekleidete Küchenhilfen hereingeführt, die auf großen Tabletts Kanapees anboten. Dazu wurden nach Wunsch argentinischer Weißwein und italienisches Tafelwasser gereicht. Man unterhielt sich, und es war Armas, der schließlich fragte, wann es denn wohl den Film zu sehen gebe.

„Danke, oh ja, Sie haben Recht", sagte Humberto und klopfte an sein Glas. „Liebe Freunde! Sie alle wissen, dass dies hier ein gastliches Haus ist und wir Sie gerne und oft hier begrüßen. Heute nun haben wir das besondere Vergnügen, zwei Gäste aus Europa unter uns zu haben, die nach einer langen, harten und entbehrungsreichen Flucht hier in Veracruz heimisch geworden sind. Ich begrüße also besonders herzlich Vera und

Bruno." Er zeigte auf die beiden und sie verbeugten sich etwas unbeholfen. „Wie die meisten von Ihnen ebenfalls wissen, hält unsere Vereinigung ‚Xenofilia' Kontakt zu Flüchtlingen aus dem Ausland, wenn sie das wollen, und versucht zu helfen, wo es notwendig erscheint. So haben wir Bruno und Vera kennen gelernt und so wollen wir ihnen Gelegenheit geben, uns ihre Geschichte zu erzählen. Dies geschieht heute freilich in einer besonderen Form: Wenn ich das richtig verstanden habe, hat Bruno Feder die Phasen ihres Aufenthalts in Mexiko rekonstruiert und in einem Film dokumentiert. Mit Hilfe unseres Freundes Chacho ist dieser Film geschnitten und vertont worden, und er soll heute hier bei uns Premiere haben."

Es gab einen kleinen Applaus, man suchte sich Sitzplätze mit Blick auf die Leinwand, einige Lampen wurden ausgeschaltet. Chacho stand schon bei seinem Laptop und ließ den Film beginnen. Es war gut, die Hafenszene mit den Sonnenbrillenmännern an den Anfang gestellt zu haben, sie zog die Leute in den Bann, und in Brunos begleitenden Worten wurde das Bedrohliche der Situation noch deutlicher. Bruno war zufrieden, und wenn er in die Gesichter der anderen schaute, war er auch stolz. Niemand lachte oder machte eine Bemerkung, im Gegenteil, alle waren ganz bei der Sache, sogar die Frau des Rechtsanwalts, die zuvor so getan hatte, als wäre sie fehl am Platze.

Nach dem Abspann gab es lang anhaltenden Beifall und alle schauten auf Bruno, dem nichts Besseres einfiel, als verlegen in die Runde zu nicken. Er war froh, als Sonja sich an Chacho wandte und ihn bat, den Anfang noch einmal zu zeigen. Und als die Sonnenbrillenmänner zu sehen waren, fragte sie Bruno: „Sind das die Typen, vor denen ihr abgehauen seid?"

„Nicht gerade dieselben, aber Typen von der Sorte."

„Schwarzer Anzug und Sonnenbrille", sagte Sonja, „ich hab solche Leute öfter in der Stadt gesehen. Sie arbeiten also für El Cártel."

„So ist es", sagte Armas, „sie sind das, was man von El Cártel sieht. Und ich finde noch etwas besonders interessant. Chacho, könntest du noch einmal das Gebäude zeigen, aus dem die beiden europäischen Mädchen herausgeführt werden?"

Es dauerte etwas, bis das Gebäude im Standbild zu sehen war.

„Schaut es euch an", sagte Armas, „wir Juristen sind ja bloß mit Formalien beschäftigt, wir kriegen gar nicht mit, was wirklich passiert. Wie oft seid ihr daran vorbeigegangen, ich auch, und keiner wusste, was darin stattfindet. Gute Arbeit."

„Es passt auch genau zu dem, was Ulla und Walter erzählt haben", sagte Sonja.

„Hervorragende Recherche!", sagte Armas noch einmal. Und in die Stille hinein, die eintrat, als alle Blicke sich wieder auf Bruno richteten, sagte Isolde: „Leute, greift zu, es sind noch leckere Schnittchen da!" Sie winkte den Küchenhilfen und war besonders darauf bedacht, Bruno etwas Gutes zukommen zu lassen. Der griff höflich zu, mochte dann aber doch nichts essen und legte das Kanapee unauffällig zur Seite.

XX

Sonja war in Gedanken, als sie nach der Filmvorführung zu ihrem Hotel ging. Unter all den Fetzen, die ihr durch den Kopf wirbelten, hielt sich die eine Frage: Was sollte geschehen mit diesem Film? Wer würde ihn sich ansehen? Sie hatte Chacho gebeten, ihr Kopien auf DVD zu machen, die sie an ihre Gesprächspartner in den Staaten schicken wollte, aber sie bezweifelte, dass die viel damit machen würden. Für dieses Thema ließ sich einfach keine Fernsehanstalt gewinnen.

Das kleine Hotel, das Sonja in Veracruz gewählt hatte, war zentral und preisgünstig. Aber es lag in einer engen Straße, durch die sie ungern bei Dunkelheit ging, und als gerade dort ihr Mobiltelefon klingelte, war sie einen Moment lang verwirrt.

„Hallo."

„Isabel de Buhr ist mein Name. Ich habe Ihre Nummer von Marco, ich bin vorübergehend in Veracruz."

„Ach ja. Schön."

„Ich würde Sie gerne sehen."

„Ja, natürlich, gerne. Wann haben Sie Zeit?"

„Möglichst bald. Ich weiß nicht, wie lange ich noch hier bleiben kann."

„Ok. Dann also gleich."

„Kann ich zu Ihnen kommen? Ich kann ein Taxi nehmen."

„Eh, ja, sicher."

Sonja nannte der Anruferin Hotel und Zimmernummer und beendete das Gespräch mit einem freundlichen „Bis gleich." Sie beeilte sich in ihr Zimmer zu kommen und nahm eine schnelle Dusche. Dann musste sie doch noch eine Viertelstunde warten, Zeit in Brunos Liste zu schauen: *Isabel de Buhr, schlank, ca.30 Jahre, hat Kenntnisse im Bankwesen. Plant ein Hotel zu führen.*

Es klopfte. Die Frau, die auf ihr „Herein!" hin eintrat, eilig die Tür hinter sich schloss und dann stehen blieb, war ganz anders, als Sonja sie sich nach der eher zurückhaltenden Telefonstimme vorgestellt hatte. Sie trug Business-Outfit: dunkelblauer Rock und Sakko, dazu silbergraue Strümpfe und blaue Pumps. Die dunklen Haare waren, wie Bruno beschrieben hatte, mit Henna gefärbt. Was jedoch Sonjas Blick auf sich zog, ja, sie einen

Moment irritierte, war das Gesicht. Es war auf eine eindringliche, geradezu provozierende Weise geschminkt: dunkelrote Lippen, die Wangen in Lilatönen und die Augen durch die Linien des Kayal-Stiftes geradezu diabolisch verengt.

Sonja lud sie ein, sich auf den einzigen Stuhl zu setzen – das Zimmer war klein, sie selbst saß auf dem Bett. Und als Isabel dann sprach, tat sie das mit der Stimme, die Sonja schon kannte und in der viel Vorsicht mitschwang, vielleicht auch etwas Angst.

„Dass wir hier in Veracruz mit einem Frachtschiff ankamen, wissen Sie ja sicherlich schon. Es war eine Gruppe, die dann aber auseinandergerissen wurde. Die letzte von uns, die ich hier gesehen habe, war Ulla – bis ich vor kurzem durch Zufall Marco wiedertraf. Ulla wurde von zwei Frauen abgeholt, ich weiß nicht, wie es ihr weiter erging. Ich weiß es von keinem aus der Gruppe."

Sonja nickte. Sie konnte berichten, was sie von den anderen wusste, von Ulla, Fred und Walter, von Vera und Bruno. Isabel hörte still zu, ihr Blick war nicht gleichgültig, aber auch nicht überrascht oder erschüttert, er war so, als ob das alles eine Logik hätte. Ihre Betroffenheit sah man daran, dass sie auf ihrem Stuhl noch weiter nach vorne rutschte und die Arme um ihren Körper geschlungen hielt. Als Sonja geendet hatte, dauerte es eine Weile, bis sie wieder sprach.

„Ich musste lange in diesem Haus warten, in das wir alle gebracht wurden. Schließlich war ich die einzige, die noch übrig war. Es kamen Leute, ein Ehepaar, die mich haben wollten, aber jemand vom Personal des Hauses hat sie fortgeschickt. Erst einen Tag später kam der nächste. Er kam gleich mit zwei Bodyguards, schaute mich an wie ..., also wie man sich aus einer Schar Welpen einen Hund aussucht. Dann – ich werde das nie vergessen – ließ er mich aufstehen, ich sollte mich einmal umdrehen. Und – Sie kennen mich ja nicht – ich bin nicht jemand, der sich leicht herumkommandieren lässt, ich hab das gemacht, aber mit Stil, wissen Sie, aufrecht eben. Das hat ihm wohl gefallen, er hat seinen Leuten ein Zeichen gegeben, mich ins Auto zu bringen. Ich war bloß froh, dass er mich nicht angefasst hat, aber das kam dann später."

Sonja schaute auf die Frau. Sie war kein Häuflein Elend, ganz und gar nicht. Sie mochte am Ende ihrer mentalen Kräfte sein, aber sie hatte sich nicht aufgegeben. Sie hatte jetzt ihre Arme gesenkt, die Fäuste geballt und sprach wie jemand, der weiß, was er will. Und Sonja begann zu verstehen, wieviel Mut hinter dem Wagnis steckte, sich überhaupt mit ihr zu treffen.

„Die beiden Typen haben mich auf die Rückbank gesetzt und sind gleich losgefahren, ihr Boss hatte wohl noch zu tun. Wir waren viele Stunden unterwegs, die ganze Strecke bis Mexiko-Stadt. Sie haben ein paarmal Halt gemacht um zu essen, da haben sie mich mit Handschellen festgeschlossen. Zu essen haben sie mir nichts gegeben, nur eine Flasche Wasser. Ich hatte einen solchen Hunger, ich hatte ja tagelang nichts gekriegt, aber als ich sie gefragt hab, sagten sie immer nur ‚Nada. Nichts.' Und auch als wir dann angekommen waren nach dieser endlos langen Fahrt, haben sie mir nichts gegeben. Sie haben mich in ein kleines Zimmer gesperrt, in dem nur ein Bett und ein Schränkchen standen, und ich war so fertig, ich bin aufs Bett gefallen und eingeschlafen. Am Morgen war der Hunger erstmal nicht so stark, er wurde erst allmählich wieder stärker, so sehr, dass mein ganzer Körper schmerzte.

Es war schon ein paar Stunden hell, da kam endlich jemand. Es war der Boss, er muss wohl mit dem Flugzeug nachgekommen sein, und er hatte einen Teller mit Enchiladas in der Hand. Der Duft hat mich fast umgebracht. Er hielt mir das Essen vor die Nase und zog es wieder zurück, er machte mir klar, dass ich auf dem Bauch zu ihm kriechen müsste, um es zu bekommen. Das hab ich nicht gemacht, ich kann das nicht, da kann der Hunger noch so groß sein." Sie hatte plötzlich Tränen in den Augen. Nicht weil sie traurig, sondern ganz offensichtlich, weil sie wütend war. „Was dann passierte, will ich nicht im Einzelnen erzählen. Er hat mich an die Wand gedrängt, dann hat er sich verschiedene Stellen an meinem Körper ausgesucht und genau dort, wo es besondere Gefühle macht, gekniffen und geschlagen. Es war demütigend, absolut demütigend. Meine Wut wurde immer größer, und da hab ich – ich hab das nicht gewollt, es ist einfach passiert – da hab ich zurückgeschlagen, ihn, so fest ich konnte, in den Bauch geboxt und gegen die Beine getreten. Damit hatte er nicht gerechnet, aber es gefiel ihm. Er hörte tatsächlich auf, lächelte, gab mir sogar die Enchiladas. Und ging weg."

Sonja hörte genau zu, sie nahm jedes Wort auf, aber es war, als ob die Worte in großer Entfernung gesprochen würden. So ungeheuerlich kamen sie ihr vor. Und dabei schaute sie Isabel an, und je länger sie schaute, umso deutlicher sah sie das Gesicht unter der Maske, die feinen Züge, die unter der Schminke versteckt waren. Was sie da sah, war so lebendig, so im ursprünglichen Sinne attraktiv, dass sie nach einer Zeit die Maske gar nicht mehr wahrnahm, stattdessen den Bogen der Wangen, die Lachfältchen um die Augen und auch die senkrechten Linien zu beiden Seiten des Mundes.

„Dann", fuhr Isabel fort, und es schien, als ob sie sich mit dem Sprechen von einer Fessel befreite. Sie saß jetzt aufrecht, sah offen in den Raum und gestikulierte mit den Händen. „Dann schickten sie eine Frau, Otavia, die mir jetzt die Anweisungen gab. Sie ist schon älter, sicher über fünfzig, und sollte mich ausbilden – besser gesagt: abrichten. Ich musste zusehen, wie sie Männer quälte. Das heißt, es kommt weniger darauf an, sie wirklich zu quälen, als darauf, bestimmte demütigende Rituale durchzuführen. Nach einer Weile, habe ich das auch selber gemacht. Wir tragen dabei Latex- oder Ledersachen, manche Herren bevorzugen auch das Business-Outfit, das ich jetzt anhabe." Sie unterbrach sich, sah an sich hinunter und hob ratlos die Hände: „Ich musste also als Domina arbeiten." Sie schüttelte den Kopf. „Du kannst sagen, da bist du ja fein raus, das ist doch viel besser als eine normale Hure zu sein. – Es ist anders, teuflischer. Du hörst die Kerle, ihr Gestöhne und Gejaule, und du kannst gar nicht anders – obwohl du ja weißt, dass das alles Show ist – du kannst nicht anders als mit Haut und Haaren die Domina zu sein. Die Rolle fängt an dir zu gefallen. Diese Illusion von Macht. – Irgendwann hab ich einen fürchterliche Schreck bekommen, Schrecken vor mir selbst: Bin ich wirklich so? Bin ich noch ich?" Isabel hielt einen Moment inne. Sprach dann leise weiter: „Ich will das nicht. Ich will da raus! Bitte!"

Sonja war aufgestanden Natürlich war es ihre Aufgabe eine Lösung zu finden, einen Weg, Isabel da herauszuholen. Wer konnte es tun, wenn nicht sie? – Aber sie fühlte sich bloß hilflos.

Sie ging durch den Raum, während Isabel jetzt nüchterner weitersprach: „Später habe ich erfahren, warum der Boss auf die Idee gekommen ist, mich extra aus Veracruz zu holen. Weil viele Kunden eine europäische Domina besonders reizvoll finden! Und meine roten Haare kommen wohl auch gut an. Ich werde oft bestellt, und das wiederum gibt mir einige Möglichkeiten. Einer der Stammkunden ist jetzt hier in Veracruz, er muss wohl ziemlich bedeutend sein. Man hat mich hierhergebracht, in sein Haus, aber man hat mir nicht gesagt, wie lange ich hierbleiben werde."

Isabel war jetzt auch aufgestanden. „Ich muss gehen", sagte sie.

„Warte", sagte Sonja und ging ein paar Schritte auf sie zu. Da standen sie einen Augenblick. Dann legte sie Isabel die Hände um die Schultern und zog sie an sich. Sie spürte ihren leichten Körper und wusste sofort, dass es gut war. Sie spürte, wie Isabel sich entspannte, sich an sie lehnte, spürte ihre Tränen, spürte die eigenen. Und als die Tränen zu trocknen begannen, spürte sie die weichen Lippen dieser Frau, die keine Domina mehr sein wollte.

XXI

Es ließ Bruno nicht los: „Hervorragende Recherche", hatte der Anwalt gesagt, als es um das Gebäude ging, das offenbar dazu diente, europäische Flüchtlinge zu verteilen. Und Sonja hatte ein derartiges Interesse an den Sonnenbrillenmännern gezeigt, dass beides zusammengenommen nur eines bedeuten konnte: Seine filmische Berichterstattung, so wichtig sie sein mochte, blieb unvollständig, solange sie nicht mehr enthielt über das strategische Zentrum, über die alles bestimmende Organisation, über El Cártel.

Diese – wie es ihm vorkam – neue Einsicht war die Keimzelle des unbedachten Planes, der in den Tagen nach der Filmaufführung entstand, dieses naiv-gefährlichen Unternehmens, das ihm in seinen einsamen Überlegungen zwingend notwendig erschien. Die Voraussetzungen waren gegeben. Nachdem Chacho den ersten Film auf verschiedene Datenträger kopiert hatte, konnten die beiden Kassetten des Camcorders gelöscht werden und standen für neue Aufnahmen zur Verfügung. Und die Richtung, in die es nun weitergehen musste, schien auch klar: Der Anwalt hatte von „Recherche" gesprochen und das konnte nichts anderes bedeuten, als über die Dokumentation hinaus zu einer Art investigativem Journalismus zu kommen.

Bruno sprach mit niemandem darüber. Ob es wirklich eine gute Idee war, dass ausgerechnet er, Bruno Feder – aufs höchste in seiner Existenz gefährdet, ohne jeglichen Schutz und auch noch ganz allein – sich dieser heroischen Aufgabe stellte, diese Frage kam ihm gar nicht in den Sinn. In seinen Augen handelte es sich vielmehr um seine persönliche Aufgabe und natürlich spielte auch die Aussicht auf weiteren Ruhm, den er sich von der Enttarnung des geheimnisumwitterten „El Cártel" versprach, eine nicht unbedeutende Rolle für die bedauernswerte Einschränkung seiner Urteilsfähigkeit.

Hatte er sich bei seinen bisherigen Filmaufnahmen wie ein Schlafwandler bewegt, hatte er von unsichtbarer Hand geschützt alles richtig gemacht, so handelte er jetzt wie ein Getriebener. Es konnte nicht schnell genug gehen. Als er die Umgebung des besagten Gebäudes inspizierte, das er als erstes observieren wollte, fand er auf dem breiten Bürgersteig und der Straße davor nichts, was geeignet gewesen wäre ihn mit seiner Kamera vor den Blicken abzuschirmen. Also schob er kurzerhand einen der großen Abfallbehälter, die zwischen den Häusern auf der anderen Straßenseite standen, auf den Bürgersteig und postierte sich dahinter. Von hier aus hatte er das Gebäude gut im Blick und konnte auch die Straße weit genug einsehen, um herankommende Fahrzeuge rechtzeitig zu erkennen.

Am ersten Tag sah er wohl einige Sonnenbrillenmänner in das Gebäude hineingehen und auch wieder herauskommen, es geschah aber nichts, was sich festzuhalten lohnte. Er hielt sich sehr zurück, damit die Männer von El Cártel ihn nicht sahen, natürlich konnte er das nicht bei allen Passanten verhindern. Einige schauten sogar ganz interessiert, was er denn vorhätte, machten sich aber wohl selbst einen Reim darauf. Zum Glück kam keiner um ihn zu fragen, er hätte nicht gewusst, was er antworten sollte. Den ganzen Tag hielt die Nervosität an, die er im Magen spürte.

Der zweite Tag schien schon früh interessanter zu werden. Gegen 10 Uhr hielt eine Limousine vor dem Gebäude, gefolgt von einem Pickup. Der Chauffeur sprang heraus und hielt die hinteren Türen auf, es entstiegen auf der einen Seite ein Mann mittleren Alters, der ganz die Haltung eines Patrón an den Tag legte, und auf der anderen Seite eine Dame in geblümtem Kleid, anscheinend seine Gattin. Beide, die Dame vorweg, gingen auf das Gebäude zu. Bruno hielt die Kamera auf sie gerichtet, war ganz auf die Szene konzentriert, er konnte gar nicht mitbekommen, was außerdem noch geschah, was der Chauffeur machte, wer aus dem Pickup stieg. Das einzige, was er am Rande seiner Wahrnehmung noch mitbekam, war ein scharfer Pfiff, um dessen Bedeutung er sich aber auch keine Gedanken machte. Erst als der Patron im Gebäude verschwunden war und er die Kamera absetzte, nahm er wieder seine unmittelbare Umgebung wahr und da waren zwei Sonnenbrillenmänner, die auf seiner Straßenseite näher kamen. Bruno nahm die Kamera herunter und drehte sich um. Dort näherten sich zwei andere. Sie hatten ihn in der Falle.

Zunächst sah es noch aus wie eine Straßenkontrolle. Einer streckte die Hand aus und bedeutete ihm, die Kamera herauszugeben. Er hatte wohl keine Wahl, tat es, und im selben Augenblick bekam er von hinten einen Tritt. In die rechte Kniekehle. Und als er einknickte, trat ihm der Mann vor ihm in den Unterleib. Es war aus. Er lag am Boden und konnte nicht mehr tun, als seinen Kopf zu schützen. Sie traten ihn, in die Nieren, den Rücken, gegen die Arme, die um den Kopf lagen. Einer traf dann doch das Gesicht.

Es schien endlos, und wenn sie dann doch einmal aufhörten, dann war es wohl, weil es ihnen langweilig wurde. Bruno lag ohne sich zu rühren. Sein Kopf war klar, er registrierte, dass die Schmerzen auszuhalten waren. Aber er blieb liegen, zum Aufstehen hatte er keine Kraft. Und er hatte Angst, dass der Schmerz größer würde. Als nach langer Zeit Leute kamen und seinen Kopf anhoben, wurde ihm schwindlig. Er hörte die Frage „Adonde? Wohin?" und hörte sich selber den Namen des Restaurants nennen. Die Villa Florida war zu weit. Zwei Männer hoben ihn hoch, Schmerz schoss in seinen Rücken und er verlor das Bewusstsein.

Im Abstellraum des Restaurants kam er wieder zu sich. Man hatte ihn auf den Tisch gelegt. Die beiden Frauen standen neben ihm. Sie hatten ihm das T-Shirt ausgezogen und ihn gewaschen. Sie sprachen leise miteinander, er verstand sie nicht, spürte aber ihr Mitgefühl. Er hatte wohl geblutet, spürte ein feuchtes Tuch auf Mund und Nase. Es dauerte eine Weile, bis er die Kraft hatte, sich vorsichtig hoch zu setzen. Da waren die Schmerzen wieder stärker, er krümmte sich, da wurde es etwas besser. Es kamen neue Gäste ins Restaurant, eine der Frauen ging hinaus, die andere half ihm noch, sich wieder hinzulegen, sie komme bald wieder.

Als die Frau wieder da war, hatte er wohl geschlafen. Sie fragte, wie er sich fühle. „Etwas besser", sagte er. Er könne hier nicht bleiben, sagte sie. Also Villa Florida. Sie bezahlte das Taxi, der Fahrer brachte ihn zu Vera und Bruno sah ihr angsterfülltes Gesicht.

In den folgenden Tagen lag Bruno in einer Art Halbschlaf. Immer wieder hatte er Veras Gesicht vor Augen, im Wechsel mit den Sonnenbrillenfratzen, die sich in einer Art von Albträumen aufdrängten. Später kam es ihm vor, als ob er in Veras Augen nicht nur Angst sähe, sondern auch Vorwurf. Wie konnte er so sträflich unvorsichtig sein? Was wäre mit ihr, mit Vera, wenn er sich totschlagen ließe? Hatte er sich jemals über solche Konsequenzen Gedanken gemacht? Konnte man ihn überhaupt ernst nehmen, wenn er das, was er vorgab zu wollen, nämlich aufzuklären, was hier vorging, wenn er dieses Ziel so leichtsinnig gefährdete? Musste er nicht mit besonderer Sorgfalt seine Person schützen, weil mit ihr seine Aufgabe gefährdet war? War er wirklich geeignet für diese Aufgabe, zu deren Erfüllung Vorsicht unabdingbar war? – Eines stand fest: er hatte versagt, er allein war schuld an dem Desaster.

In den wenigen wachen Momenten fielen ihm dann die Antworten ein, die er Vera geben könnte. Er könnte ihr seinen Gemütszustand vor Augen führen, in einer Lage, in der eine halbwegs sichere Gegenwart absolut nicht zu erreichen war und in der er aus diesem Grund auch keine Zukunft hatte. Sein Projekt, seine Filmdokumentation war da wie ein Rettungsboot auf dem Ozean, das alle Hoffnungen trägt und das mit aller Kraft und allem Mut voran bewegt werden will.

Dieser Mut muss groß sein, und er kann so groß sein, weil er die Kehrseite der Angst ist, der gewaltigen Angst, dass gar nichts mehr bleibt. – Wenn es ihm gelingen würde, Vera das klar zu machen, dann würde sie auch verstehen, wie wenig Raum für die Vorsicht blieb.

XXII

Es war eine lange Umarmung gewesen, eine Verbindung aus Glück und Angst, die es unmöglich zu machen schien, sich voneinander zu lösen. Als Isabel sich schließlich behutsam zu rühren begann, war auch Sonja sofort klar, dass nun die Zeit drängte. Sie rief die Rezeption an und bestellte ein Taxi. Am liebsten wäre sie mitgefahren, aber das hätte die Sache nur komplizierter gemacht. Sie verabredeten sich für den nächsten Tag, irgendwie musste das möglich sein.

Sonja stand lange im Zimmer, an der Stelle, an der sie sich umarmt hatten. Sie hatte sich verliebt. Völlig unerwartet. Viele Jahre lang war sie allein gewesen. Das war in Ordnung, jetzt aber sollte es nicht mehr so sein. Der Gedanke an die Frau, die sie gerade kennen gelernt hatte, füllte ihren Kopf, ihren Körper, ihre ganze Person. Sie wollte sie haben. Das war so klar, als hätte es schon ewig festgestanden. Manchmal ist man sich eben sicher und es bedarf keiner Begründung mehr.

Sie schlief nur leicht in dieser Nacht, immer wieder wurde sie wach und erinnerte sich an ihr Glück, das wie eine Kraft war, die unermesslich schien. Noch gelang es ihr, die Gedanken an die Probleme auf Abstand zu halten, in denen Isabel steckte und die sie auf irgendeine Weise würde lösen müssen. Das alles schien ihr unbedeutend zu sein im Vergleich mit der Erfüllung, die jeder Blick auf die Geliebte, jede Berührung bedeuten würde.

Und als es gegen Abend wieder klopfte und auf ihr „Herein" sich jemand durch die Tür schob und sie ganz schnell hinter sich schloss, da war es ganz anders als am Vortag. Es kam jemand sehr Zartes, sehr Verletzliches ins Zimmer. Der Mund war unsicher, die Wangen blass und aus den Augen schaute Angst.

„Hast du Ärger gehabt?", fragte Sonja. Isabel schüttelte den Kopf. „Ich will nur ... ach ich ...", sie schüttelte wieder den Kopf, ging zu Sonja, umarmte sie und sie weinten noch einmal gemeinsam. Dann lagen sie im Bett, jede spürte die Haut der anderen und Isabel versuchte in Sonja hineinzukriechen wie in eine Höhle. Es verging eine Zeit, bis Sonja fragte: „Was ist das, was du willst?"

„Ich will da nicht mehr hin! Ich will nicht mehr zurück! Es widert mich alles so an. – Objektiv ist es vielleicht alles nicht so schlimm, jedenfalls gibt es Schlimmeres, aber ich will da nicht mehr hin!"

Es trat eine lange Stille ein, bevor Sonja etwas sagen konnte. „Wir müssen verdammt gut planen", sagte sie, „wir haben es mit dem stärksten Gegner zu tun, den man sich denken kann."

Wieder Schweigen. Dann flüsterte Isabel: „Was meinst du mit Planen?"

„Wir müssen dich auf irgendeine Weise aus dem Land bekommen. Am besten in die USA. Ich weiß nur noch nicht, wie."

„Kannst du mich nicht einfach mitnehmen, in die USA?"

„Ohne Papiere lassen sie dich nicht aus Mexiko hinaus und erst recht nicht hinein in die Staaten. Ich weiß nicht, wie man gefälschte Papiere bekommt, das Risiko wäre mir auch zu groß. An der US-Grenze sind sie unglaublich streng. – Aber wir werden eine Lösung finden, das ist sicher." Sonja fühlte sich stark, auf eine überraschende, ungewohnte Art und Weise. Nichts würde sie aufhalten können. „Weißt du", sie setzte sich auf und schaute Isabel ins Gesicht, „weißt du – ich habe mich in dich verliebt. Ich liebe dich, Isabel. Ich will dich. Ich werde alles daransetzen, mit dir zusammen zu sein. – Die Einzige, die das verhindern kann", dieser Gedanke war ihr ganz plötzlich gekommen, „die Einzige, die das verhindern kann, bist du. Du kannst natürlich sagen, dass du mich nicht willst. Aber – aber auch dann werde ich dir helfen."

Isabel sah sie an. Es ging eine Veränderung in ihr vor, ihre Wangen bekamen Farbe, ihr Mund machte einen Versuch zu selbstbewusstem Lächeln. Sie sagte: „Du bist so wunderbar. Ich …" Sie brach ab und schaute hoch zur Zimmerdecke, eine ganze Weile. Dann setzte sie sich auch auf, nahm Sonjas Gesicht in die Hände und küsste sie auf den Mund, erst ganz weich, dann immer fester. Nach dem Kuss sah sie sie an und sagte: „Du musst versuchen, das zu verstehen: Ich bin zurzeit nicht in der Verfassung mich zu verlieben. Das geht einfach nicht, ich habe zu viel Angst. Mein ganzes Leben ist Angst, meine ganze Wahrnehmung. Ich kann keine Geliebte haben, weil für Liebe in mir kein

Platz ist. Alles ist voll Angst." Sie zögerte weiterzusprechen, sah auf Sonjas Reaktion, schien aber zu keinem Ergebnis zu kommen. „Du bist für mich nicht eine Geliebte, eher bist du eine Zauberin, wie eine Göttin. Ich glaube an dich, ich habe unendliches Vertrauen in dich."

Sonja war überrascht. Aber war jetzt nicht alles Überraschung? War sie enttäuscht? Im Augenblick war die Freude stärker und eine gewisse Genugtuung. Die Freude darüber, dass Isabel ihre Kraft wiedergefunden hatte. Und die Genugtuung, dass es ganz offenbar ihre Liebeserklärung gewesen war, die das möglich gemacht hatte.

„Ich bin keine Göttin, das nun wirklich nicht", sagte sie, „alles geht nur, wenn wir es zusammen machen, ich kann es nicht alleine. El Cártel ist so stark, ich kann dich nicht verstecken. Du musst", sie guckte sie an, „es tut mir weh das zu sagen – aber ich sehe keine andere Möglichkeit, jedenfalls keine bessere, als erst einmal wieder zu diesem Kerl zurückzugehen. Ich werde Wochen brauchen, das Weitere zu organisieren."

Isabel nickte und schaute dann lange aus dem Fenster. Schließlich sagte sie: „Du hast natürlich Recht. Und mir geht es auch besser, wenn ich selbst was dazu tun kann hier rauszukommen. Ja, ich werde es so arrangieren, dass ich so lange wie möglich hier in Veracruz bleibe." Ihre Augen leuchteten jetzt. „Ich werde mich dem Kerl unentbehrlich machen. Ich werd ihm die Knute geben wie seine Mutter und seine Schwester zusammen. Bis er mich nie mehr gehen lassen will. – Und dann bin ich plötzlich weg."

Sie lachten. Sie lachten laut und lange. Man kann dieses Lachen nicht ganz unbeschwert nennen, aber es war außerordentlich wichtig, denn die folgenden Tage und Wochen waren für Sonja und Isabel eine Zeit extremer Anspannung. Im Hintergrund lauerte immer die Angst, und in dem Maße, in dem die Pläne konkreter wurden und ihr Scheitern besser vorstellbar, in dem Maße griff die Angst auch auf Sonja über. Da war die Erinnerung an das gemeinsame Lachen eine Art Ankerpunkt, der es leichter machte die Zweifel beiseite zu schieben und weiterzuarbeiten.

Die Arbeit bestand zu Anfang vor allem in umfangreichen Recherchen, die mit Chachos Hilfe und trotz größerer und kleinerer Rückschläge insgesamt schneller voranging, als Sonja angenommen hatte. Der größte (und einzige wirkliche) Rückschlag war mangelnder Überlegung und Absprache anzulasten. Chacho hatte für Isabel – weil das unter Kosten-Nutzen-Gesichtspunkten am günstigsten war – einen argentinischen Pass in Auftrag gegeben und es war Isabel selbst, der das Risiko auffiel. Bei ihren noch sehr geringen Spanischkenntnissen war ein argentinischer Pass höchst unglaubwürdig, die Diskrepanz würde unnötige Aufmerksamkeit erregen.

Sie lernten daraus. Die Sprache, die Isabel am vertrautesten war, war Holländisch, aber in Veracruz war niemand zu finden, der wusste, wie ein holländischer Pass aussah. Recherchen führten zu dem Archäologen Pieter de Graaf, der an Maya-Ruinen forschte und seit einigen Jahren in San Cristobal de las Casas lebte. Sein Arbeitsfeld war so abgelegen, dass eine Verbindung zu El Cártel sehr unwahrscheinlich war. Am Telefon machte er einen aufgeräumten, hilfsbereiten Eindruck und Sonja nahm ohne lange zu zögern den Überlandbus nach San Cristobal. Sie erklärte dem Mann, was er wissen musste, und der fand, wie er sagte, die Sache so ungewöhnlich, dass man sie einfach glauben musste. Und außerdem sei er immer dabei, wenn es gelte, El Cártel ein Schnippchen zu schlagen. Seinen Pass brauche er normalerweise sowieso nicht. Sonja nahm ihn also mit – für einen guten Zweck, wie de Graaf lachend anmerkte –, sie würde auch dafür sorgen, dass ein befreundeter Wissenschaftler, dessen Familie in Campeche lebte, ihn wieder mit zurücknahm.

Chacho fand jemanden, der mit Liebe und Sorgfalt und vor allem mit solider Handarbeit falsche, also auch holländische Papiere herstellte. Für die Einreise in die USA würde dieser Pass allerdings nicht ausreichen, alles, was man hörte, bestätigte die Akribie der Grenzkontrollen. Außerdem würde eine Niederländerin, auch wenn sie nicht direkt aus Europa kam, ein Visum brauchen – eine zusätzliche Schwierigkeit. Am besten wäre es, Isabel schon vor der Einreise die amerikanische Staatsbürgerschaft zu verschaffen. Auch das war nicht unmöglich, bedurfte jedoch einer noch weitergehenden Planung.

Der Kern dieser Planung war zunächst etwas heikel. Sonja überlegte lange, auf keinen Fall wollte sie Isabel unter Druck setzen, und so war es wieder Isabel, die es als erste aussprach: Eine Heirat der beiden würde vieles erleichtern. „Wenn's nichts wird, können wir immer noch sehen", sagte Sonja darauf, und war ziemlich erleichtert über den Vertrauensbeweis.

Aber so ganz einfach war auch eine Eheschließung nicht. Unter dem Einfluss konservativer und fundamentalistischer Kreise war die liberale Gesetzgebung zur gleichgeschlechtlichen Ehe in vielen Bundesstaaten in den letzten Jahren zugunsten von Verboten abgeschafft worden. Sonja hatte sich informiert. Ausnahme war Vermont, das immer schon Vorreiter der Anerkennung gleichgeschlechtlicher Eheschließungen gewesen war und konsequent an seiner liberalen Gesetzgebung festhielt. Es wäre also gut, wenn dieser seiner schönen Landschaft wegen berühmte Staat ihre Heimat würde.

„Ich werde dahin fliegen", sagte sie zu Isabel – sie trafen sich jetzt fast täglich – „nach Burlington oder Montpelier, und uns eine Wohnung suchen, nach Möglichkeit auch eine Stelle für mich bei der Zeitung, freie Mitarbeiter nehmen sie fast immer." Sie schaute in Isabels zweifelndes Gesicht. „Ich werde dich für ein paar Tage allein lassen müssen. Aber glaub mir, es ist besser, wenn wir so etwas wie einen Zielpunkt haben, wenn wir den Behörden klarmachen können, wo wir leben werden. Und wenn ich zurück bin, fliegen wir zusammen nach Uruguay. Mit deinem holländischen Pass. Heiraten in Montevideo. Da geht das. Und dann echte Papiere im US-Konsulat. Du als amerikanische Staatsbürgerin, klingt das nicht gut?"

Isabel konnte den Enthusiasmus nicht teilen. „Ja, es klingt gut", sagte sie matt, „es klingt sehr gründlich überlegt. Bei mir steht immer die Angst im Weg, aber sie soll uns nicht aufhalten. Du hast ja Recht."

Natürlich blieben Risiken. Sonja spürte ihre enorme Verantwortung. Aber es gab auch gute Nachrichten: Niemand sprach mehr davon, dass Isabel nach Mexiko-Stadt zurück müsse. Fast schien es, als hätte ihr Zuhälter sie vergessen.

Und noch etwas. Ihre Anfrage bei Zuckerman, einen großen Vorschuss zu überweisen, war positiv beschieden worden. Ohne die Sachlage genau zu benennen, hatte sie ihm genügend Andeutungen geliefert, dass es sich bei ihrem Anliegen um etwas ganz ungewöhnlich Wichtiges handelte. Und Zuckerman war ja nicht der Dümmste.

Am Vormittag des Tages, an dem Sonja nach Burlington fliegen wollte, kam ein Anruf vom Prediger der evangelikalen Gemeinde. Bruno sei bei ihm. Völlig am Boden zerstört. Er brauche dringend Hilfe. „Ich hätte Sie gerne dabei", sagte er.

Bruno. An Bruno hatte sie gar nicht mehr gedacht! „Ich fliege heute in die Staaten", sagte sie, „das muss unbedingt sein." Nach einiger Überlegung gab sie dem Prediger Lauras Telefonnummer, Laura werde ebenso gut, wenn nicht sogar besser helfen können.

Ein gutes Gefühl hatte sie nicht dabei.

XXIII

Er hatte nicht gedacht, dass sie so schnell kommen würde. Sie setzte sich zu ihm auf die Bank im Innenhof des Gemeindehauses und legte vorsichtig den Arm um ihn. Bruno saß da, das Gesicht auf den Händen, die Augen geschlossen. Er hätte nicht sagen können, woran er gerade gedacht hatte. Jetzt spürte er ihren Schenkel, der gegen seinen drückte, ihre Schulter an seiner und ganz leicht auch ihren Busen.

Für einen Augenblick erfüllte eine Ahnung von sexueller Lust seinen ganzen Körper und ließ ihn den Druck nicht mehr spüren, der auf seiner Brust gelegen hatte. Und auch als dieses Gefühl allmählich nachließ, fühlte er sich besser, jetzt, wo Laura bei ihm war. Aber mit ihr zu sprechen, dazu war er noch nicht in der Lage. Lieber hielt er die Augen geschlossen. Gedanken kamen ihm, uralte Erinnerungen. Ein junges Mädchen in seiner Kinderzeit – oder war es seine Mutter? Der Duft. Er war umfangen, warm und behutsam. Dann die ersten heißen Küsse, ein zarter Mädchenkörper, die Lust der Erektion. Es war wie ein Reigen, in dem er schwamm. Immer wieder herum.

Es gab keine Zeit mehr, es war alles nur ein Zustand. Bis ganz plötzlich, mit einem Schlag der Reigen abbrach, die Wärme verschwand. Was für eine Illusion! Alles war weg. Er saß nur noch da, jämmerlich, ohne das kleinste Quäntchen Kraft. Ein Objekt von Mitleid.

Laura zog ihren Arm hinter ihm weg. „Es tut mir Leid", sagte sie, „ich habe heute nicht viel Zeit. Ich muss jetzt gehen. Aber ich komme morgen wieder, auf jeden Fall. Dann müssen wir auch mal reden."

Bruno setzte sich auf, schaute sie an; nickte ohne es zu wollen. Er sah zu, wie sie ins Haus ging, und blieb sitzen. Einen Moment noch glaubte er ihren Duft zu riechen, dann legte er sein Gesicht wieder in die Hände und schloss die Augen. Der Druck auf seiner Brust war wieder da, aber nicht die Leere im Kopf. Es erschienen Menschen. Er spürte sie um sich herum. Immer mehr, und je mehr es wurden, umso größer wurde der Druck auf der Brust. Einige erkannte er: da war Marco, im schwarzen Anzug, wie ihn die Journalistin beschrieben hatte. Ulla und Fred –

aber der war doch tot! Das konnte alles nicht sein. Man musste verzweifeln, nichts war wirklich! Er spürte wie seine Kraft schwand, es blieb nichts übrig, als zu Boden zu sinken. Mitten in der Menge.

Er rollte sich zusammen, schützte sich. Trotzdem liefen alle über ihn hinweg, traten ihm auf die Brust und auf den Kopf. Mit allem Gewicht, das Atmen war ganz schwer geworden. Er spürte die Stiefel, die harten Kanten der Absätze. Jeder erneute Tritt schmerzte. Hin und wieder glaubte er Rufe und Lachen zu hören. Niemand beachtete ihn. Und es hörte nicht auf. Das konnte nur das Ende sein, ein sich unendlich lang hinziehendes Ende.

Aber auch das war nicht wirklich. Wirklich war etwas anderes, eine unscheinbare Reaktion, zunächst kaum zu spüren. Es mag das Gewicht gewesen sein, das auf ihn drückte, oder auch die Rücksichtslosigkeit, mit der alle auf ihn traten: irgendetwas rührte sich in ihm. Eine winzige Bewegung, vielleicht ein Funke, eine kleine Flamme – er wusste sofort, was war, es war Wut. Schwache, unsichere Wut, die aber wuchs, sehr schnell wuchs. Er würde nicht sterben, die Wut war seine Chance. Er setzte sich auf und öffnete die Augen. Sofort vertrieb sein Blick die Menge, er war allein, saß auf der Bank im Innenhof des Gemeindehauses. Aber es hielt ihn nicht dort, noch wuchs die Wut.

Er stand auf und ging zur Wand gegenüber, erst mit unsicheren Schritten, dann immer fester. Er marschierte. Sechs, sieben Meter zur Wand gegenüber, und wieder zurück. Immer hin und her. Die Bewegung tat gut, aber es war nur zu deutlich, dass dieser Marsch nirgendwohin führte. Er erleichterte für den Moment, aber er änderte nichts und irgendwann war die Wut nicht mehr spürbar. Er setzte sich zurück auf die Bank und dort kam ihm ein Satz in den Kopf, an dem er glaubte sich festhalten zu können. Es war eine Beschreibung seiner Situation, die Definition eines Flüchtlings: Die Wut macht ihn aus. Ein Flüchtling ist ein Mensch, der nicht nur ohne Heimat ist, sondern auch ohne Raum für seine Wut. Ein Mensch, dessen Wut keinen Raum hat.

Am nächsten Tag saßen sie alle da, im Besprechungsraum der Gemeinde. Laura hatte Chacho mitgebracht, auch Isolde und Humberto waren gekommen, und während der Prediger die Sitzung eröffnete, indem er ihr Gelingen in Gottes Hand legte, traf Javier Vargas ein. Alle machten einen höchst entschlossenen Eindruck, mit gemeinsamer Anstrengung würde dem Problem schon beizukommen sein.

Das Problem, also Bruno, saß mit am Tisch. Er hatte alle mit einem Kopfnicken begrüßt, aber nichts gesagt. Er spürte wieder den Druck in der Brust und es verschaffte ihm Erleichterung, wenn er die Arme um seinen Oberkörper schlang, wie um Gegendruck zu erzeugen. So saß er da, hörte den Prediger in seinem schlechten Spanisch. Dann begann die Debatte der anderen, sie sprachen schnell, manchmal durcheinander, und Bruno verstand nur wenig. Ab und zu setzte sich Humbertos ruhige Stimme durch und dann konnte er einiges verstehen. Die Rede war von El Cártel und vom Süden, wo niemand sich für Flüchtlinge interessierte. Eine Flut von Wörtern, aus deren Tonfall Bruno Interesse und Zuneigung herauszuhören glaubte. Dann schnappte er einige geographische Namen auf: „Caracas", „Venezuela", „Maiquetía", später wieder ging es um Airlines, Flüge und Tickets. „Sie wollen mich wegschicken", kam es ihm in den Kopf, „sie wollen mich loswerden. Klar, das ist für sie das einfachste. Was bin ich denn anderes als unbequem?"

Bruno wollte sich verkriechen, er schlang die Arme noch fester um seinen Körper. Zugleich hatte er den Impuls wegzulaufen. Er wollte einfach nicht da sein, saß starr und seine Gedanken rasten. Waren denn die lächelnden und die ernsthaft nachdenklichen Gesichter einfach nur Fassade? Wollten sie ihn täuschen? Aber warum sollten sie ihn täuschen, wo sie ohnehin mit ihm machen konnten, was sie wollten? Bruno litt, es war, als ob ein Krampf ihm körperliche Schmerzen bereitete. Bis jemand den Wörterschwall mit einem Handzeichen unterbrach. Das war Laura, sie lächelte ihn an und fragte: „Hast du uns überhaupt verstanden?" Sie sprach langsam und deutlich. Trotzdem kam es Bruno so vor, als spräche sie durch eine Wasserwand. Er konnte nur den Kopf schütteln. Da begann Laura ihm in ruhigen, immer wieder durch englische Erläuterungen ergänzten Worten zu erklären, was die Gruppe besprochen hatte. Bruno verstand ihre Worte, er folgte ihnen Satz für Satz, aber er war nicht in der Lage, den Sinn aufzunehmen, zu sehr war er noch in seinen eigenen Gedanken gefangen. Als sie geendet hatte, schaute er sie an: „Kannst du das bitte noch einmal sagen." Sie lächelte wieder, schaute in die Runde, wo ebenfalls das ein oder andere Lächeln zu sehen war, und setzte noch einmal an: „Wir haben uns zunächst vor Augen geführt, wie deine Situation hier ist, hier in Veracruz. El Cártel ist hier an allen Ecken präsent. El Cártel nimmt für sich in Anspruch, über alle Flüchtlinge zu verfügen. Das ist so, wir können daran nichts ändern. Du bist ihnen zwar einmal entkommen, aber jetzt bist du in ihr Visier geraten. Und auch wenn du keine Filmaufnahmen mehr machst, wäre es nicht gut, einem der Typen, die dich zusammengeschlagen haben, zu begegnen. Was meinst du dazu?"

Bruno nickte: „Das wird wohl so sein", und Laura fuhr fort. „Deswegen denken wir, dass du in einer anderen Stadt sicherer bist. Mexiko-Stadt ist wohl auch nicht geeignet. In anderen Städten hier in der Nähe gibt es keine Hilfsvereine wie Xenofilia, die eine Anlaufstelle für dich sein könnten. So sind wir auf den Süden gekommen, Caracas, Venezuela. Dort haben wir Kontakt zu einem Sozialprojekt, das von Nonnen geführt wird, von Pallottinerinnen. Eine der Schwestern stammt von hier. An die könntest du dich erst einmal wenden, die würden dir weiterhelfen.

Es ist schade, dich nicht mehr bei uns zu haben, aber dort bist du sicherer. Weit weg von El Cártel. Und Flüchtlinge sind dort überhaupt kein Thema, es gibt kaum welche. Dafür gibt es mehr Europäer, die vor längerer Zeit eingewandert sind, so wie Isolde und Humbertos Familie hier in Mexiko. Sicherlich kannst du unter ihnen Kontakte finden."

Bruno hatte zugehört, bewegungslos, wie jemand, dem ein Urteil verkündet wird. Die anderen schauten auf ihn, wie er es aufnehmen würde, aber es war unmöglich zu einem eindeutigen Ergebnis zu kommen. Zu viel Gegensätzliches spielte sich in ihm ab. Seine Angst abgeschoben zu werden war jetzt nicht mehr da. Eher war es das Gefühl umsorgt zu werden, und das war verlockend und deprimierend zugleich. Er war nicht allein, man kümmerte sich um ihn. Aber andererseits war er wie ein hilfloses Kind, den Entscheidungen anderer ausgeliefert. Konnte er überhaupt noch eigene Entscheidungen treffen? Als Flüchtling?

Bruno sah hoch. Er musste jetzt etwas sagen, alle erwarteten das. In den Gesichtern sah er Lächeln, Ermutigung. Das gab ihm die Kraft, die widerstreitenden Gefühle beiseite zu schieben. Wenn er nicht alle Entscheidung aus der Hand geben wollte, dann musste er sich klar äußern.

Er schaute noch einmal in die Runde, schaute alle an, schüttelte kurz den Kopf, wie um die Zweifel zu verscheuchen, und sagte dann: „Ich danke euch. Ich danke euch für eure Sorge um mich. Und für die vielen Überlegungen. Wie ihr alles gründlich durchdacht habt. Wenn ich trotzdem so zögerlich bin, dann hat das nichts mit euren Überlegungen zu tun, sondern mit etwas anderem." Bruno holte tief Atem. „Eine ganze Zeit habe ich jetzt hier in der Stadt gelebt, habe sie kennengelernt, kenne mich ein bisschen aus, habe Menschen kennen gelernt, die ich mag. In der Villa Florida kann ich gut wohnen, auch wenn niemand weiß, wie lange noch." Wieder machte er eine Pause, wollte seine Gedanken ordnen, das gelang ihm aber nicht. Die Worte kamen jetzt ohne Überlegung, als hätten sie einen eigenen Willen. „Und jetzt soll ich wieder fort. Wieder ins Unbekannte. Alles zurücklassen, was ich kenne. Das fällt mir schwerer als der Abschied von Europa, wo alles zerstört ist."

Er sah Verständnis in den Gesichtern, bei allen, und es war Javier Armas, der es in Worte fasste: „Jeder von uns versteht das. Aber glaub mir, du bist hier nicht sicher. Und es sieht so aus, als ob El Cártel es immer schwerer machte für die Flüchtlinge. Im Süden bist du weit weg, da wird alles nicht so genau genommen. Wir überlegen ohnehin schon, ob das nicht eine Lösung für noch mehr Flüchtlinge wäre. Venezuela ist ein Land, das von Einwanderern lebt, nicht nur aus Europa. Deshalb hast du dort mehr Möglichkeiten, dir eine Existenz aufzubauen, und das willst du doch. Oder?"

Eigentlich gingen solche Überlegungen für Bruno in diesem Augenblick zu weit. Er wollte leben, überleben. Planung ging weit darüber hinaus. Aber die Leute von Xenofilia hatten ja Recht, er konnte ihnen nichts entgegensetzen. Wie auch?

XXIV

Die neuen Sklaven aus Europa
von Sonja Donetti

Es ist ein typisches Verwaltungsgebäude in der Innenstadt von Veracruz, Mexiko. Im Parterre befinden sich einige große Räume, die wie Wartesäle wirken. In der Tat dienen sie als eine Art Markt. Auf den Bänken, die rundherum an den Wänden aufgestellt sind, sitzen Menschen, die darauf warten, ausgewählt und mitgenommen zu werden. Es sind Flüchtlinge aus dem zerstörten Europa, die auf Schiffen des hier an der Ostküste alles beherrschenden Cártel nach Mexiko gekommen und einzeln oder in kleinen Gruppen hierher gebracht worden sind. Aus der Umgebung, zum Teil auch von weiter her kommen Interessenten, die sich Einzelne von ihnen aussuchen, um sie als Dienstpersonal, also z.b. als Köchin, Hausdiener, Chauffeur, aber auch zur Prostitution zu nutzen. Einige junge Männer sind von El Cártel zur Ergänzung ihrer Schlägertrupps rekrutiert worden, und vermutlich – dafür haben wir allerdings bisher keinen konkreten Beleg – wird ein Teil dieser Menschen auch für andere Arbeiten eingesetzt, z.B. in der Abfallwirtschaft oder in Bergwerken. Mit hoher Wahrscheinlichkeit lässt sich annehmen, dass es eine Art Zwischenhandel gibt, der Einzelne oder ganze Gruppen einsammelt und im Land verteilt.

Die Prozedur des Auswählens und Prüfens der Ware Mensch scheint vieles gemeinsam zu haben mit den Sklavenmärkten in den Südstaaten des vorletzten Jahrhunderts. Unsere Quellen sprechen davon, dass die Interessenten Körperbau, Konstitution und Gesundheitszustand gründlich in Augenschein nehmen, bevor eine Person ausgewählt und mitgenommen wird.

Grundsätzlich haben die auf diese Weise in Besitz genommenen Menschen kein eigenes Einkommen, kein Recht auf Freizeit oder Urlaub und insbesondere keine Freizügigkeit. Sie können also nicht kündigen und fortgehen. Sie stehen vollkommen unter der Gewalt der jeweiligen Herrschaft. Damit trifft die allgemein übliche Definition von Sklaverei in entscheidenden Punkten zu. Noch nicht geklärt werden konnte lediglich, ob diese neue Art von Sklaven tatsächlich gehandelt wird, ob sie also von ihren

Besitzern ge- und verkauft werden können, oder ob sie den gehobenen Chargen von El Cártel einfach zur Verfügung stehen, um sich mit Dienstpersonal zu versorgen.

Lange konnte man über den Verbleib der Flüchtlinge, die zu Hunderten, inzwischen vermutlich zu Tausenden aus Europa nach Mexiko gekommen sind, nur rätseln. Es gibt keinerlei Aufzeichnungen, geschweige denn Akten oder Statistiken über diese Menschen. Und das hat System. Ganz offenbar hat El Cártel kein Interesse daran, dass die hier entstandene neue Art von Sklaverei bekannt wird. Man tut so, als gäbe es sie gar nicht, die Menschen verschwinden praktisch unbemerkt in privaten Haushalten, Bordellen, Dienstleistungsbetrieben und Schlägertrupps.

Noch ist es äußerst schwierig, überhaupt Informationen über die konkreten Lebensbedingungen zu bekommen, geschweige denn, repräsentative Aussagen zu machen. Es ist nur eine Handvoll von Flüchtlingen, über die wir Genaueres erfahren konnten. Von ihnen wurden fast alle in einer Weise behandelt, die es ihnen nicht einmal bei bescheidensten Ansprüchen ermöglicht, ein erträgliches Leben zu führen. Wir wissen von Fällen, in denen Menschen immer wieder geschlagen werden, in denen sie hungern, von Fällen, in denen sie in ständiger Todesangst leben müssen, und auch von einer willkürlichen Erschießung wird berichtet.

Es handelt sich bei diesen Fällen – zweifellos keine Einzelfälle, sondern wahrscheinlich nur die Spitze eines Eisbergs – um eindeutige Verstöße gegen die Menschenrechte. Dem stehen nur wenige kleine Hilfsorganisationen gegenüber, mutige private Initiativen, die praktisch keinen Rückhalt in der Öffentlichkeit haben. Denn in dem Maße, in dem El Cártel und andere mafiöse Organisationen an Einfluss zugenommen haben, hat sich die mexikanische Zivilgesellschaft ins Verborgene zurückgezogen.

Auch in den Staaten haben NGOs ein Problem in der Öffentlichkeit Resonanz zu finden. Dennoch ist es hohe Zeit, dass Organisationen wie Amnesty International und Human Rights Watch den Informationen nachgehen, die wir bereits haben, und womöglich eigene Recherchen beginnen. Darüber hinaus ist angesichts der Zustände, wie sie in Mexiko herrschen, die absolute Abschottung der USA gegenüber europäischen Flüchtlingen nicht mehr zu rechtfertigen. Eine Nation, die sich einst als „The Land of the Free" verstanden hat und die Abraham Lincoln zu den Großen ihrer Geschichte zählt, verliert ihr Gesicht, wenn sie nicht Möglichkeiten schafft, Menschen aus der Sklaverei zu befreien.

Ganz zufrieden war Sonja diesmal nicht. Sie hätte gern mehr gefordert, fürchtete aber, Zuckerman nicht noch mehr zumuten zu können. Möglicherweise würde er sogar wieder eingreifen und etwa den Schluss streichen. Für alle Fälle bat sie ihn, den Teilnehmern des Workshops die vollständige Fassung zu schicken.

Venezuela und USA

I

Beatriz hatte sich das anders vorgestellt. Freundinnen erzählte sie später, sie sei einem spontanen Impuls gefolgt, als sie sich nach ihrer Anlandung in Veracruz zu diesem großen, sonst aber charakterlosen Gebäude fahren ließ, das El Cártel für die Verteilung neu angekommener Flüchtlinge nutzte. In Wirklichkeit war es ein Wunsch, der ihr schon lange in die Tagträume folgte und den sie sich bei dieser Gelegenheit endlich erfüllen wollte. Er war entstanden, als sie den Schmerz der Trennung von ihrem Mann überwunden und gemerkt hatte, dass es eigentlich eine Befreiung gewesen war, die neue und vielleicht auch gewagte Möglichkeiten eröffnete. Und das umso mehr, als ihre Beziehung zu Lucrecio de la Selva weiterhin so gut war, dass sie sich auf seine Unterstützung verlassen konnte – auch und vielleicht ganz besonders, wenn es sich um luxuriöse Wünsche handelte. Gerade hatte sie wunderbare vier Wochen in seiner Villa in Orlando verbracht, die fast das ganze Jahr leer stand. Und dann war es ihr sehr zupass gekommen, als sich die Möglichkeit bot, einen Teil der Rückreise als Karibik-Kreuzfahrt zu buchen und erst ab Veracruz das Flugzeug nach Caracas zu nehmen.

Sie hatte auch diesen Teil der Reise sehr genossen, beides, die Nächte an Deck, die zugleich wohlig warm und frisch sein konnten und die vom Mond so hell erleuchtet waren, dass man Delphine und fliegende Fische sehen konnte. Und auch die Landgänge: die unglaubliche Schönheit der Architektur in Havanna, den Reggae überall in Jamaica, den Humor und die Freundlichkeit der Leute in Santo Domingo. Nun in Veracruz war der Moment für die Krönung der Reise gekommen, sie wollte sich ein Geschenk machen, ein Reisemitbringsel, das ihr gut tun würde.

Man darf dabei nicht denken, dass Beatriz de la Selva Àlvarez eine oberflächliche Frau war, der es um den schnellen Kick oder um Angeberei ging. Ganz im Gegenteil. Vor ihrer Ehe mit Lucrecio hatte man sie zur intellektuellen Szene in Mexiko zählen können. Sie hatte einen historischen Roman geschrieben, der zu der Zeit nach der Mexikanischen Revolution spielte und die psychischen Hinterlassenschaften der Revolutionskriege behandelte. Es war ihr um das Spannungsfeld gegangen, das zwischen den durch Kriegsgräuel entstandenen Traumata einerseits und dem Kult der Sinnenlust bestand, der das Mexico der zwanziger und dreißiger Jahre prägte und den sie nicht nur in der Feier der Sexualität, sondern insbesondere in der Opulenz der traditionellen Küche beschrieb.

Am Anfang ihrer Ehe war Lucrecio begeistert gewesen, wenn sie schlaue Fragen stellte, etwa zu dem, was er im Cártel für eine Rolle spielte, wie er zu seinem beträchtlichen Einkommen gelangte oder was El Cártel überhaupt alles anstellte. Seine Antworten waren ähnlich pfiffig gewesen, indem sie mehr verbargen als preisgaben. Aber dann bohrte sie weiter und das Spiel ließ sich nicht ewig gutgelaunt fortsetzen. Ihre ironischen, manchmal auch überraschend weitsichtigen Bemerkungen wurden häufiger und gingen ihm mehr und mehr auf die Nerven. Da wollte er sie aus dem Weg haben. Er kaufte eine großzügige Wohnung in einem der besseren Viertel von Caracas und eröffnete ihr, dort sei in Zukunft ihr Zuhause. Sie werde bekommen was sie brauche, könne sich jederzeit an ihn wenden, er werde sie besuchen, wenn ihm danach sei. Das tat er aber nie.

Lucrecio hatte am Telefon herzhaft und nur in Maßen gönnerhaft gelacht, als sie ihn gefragt hatte, ob er nicht seine Beziehungen spielen lassen könne, um ihr einen von diesen Europäern zu besorgen.

„Einen hübschen?", hatte er gesagt, „ja sicher. Du wirst ihn dir selber aussuchen. Er wird es gut haben bei dir." Und dann hatte er ihr erklärt, wie sie es anstellen sollte in Veracruz.

So einfach das geklungen hatte, Beatriz musste einmal kräftig durchatmen, als sie nach den Formalitäten im Büro den großen Raum betrat, in dem die Männer waren. Aber dann stellte es sich doch als ziemlich unkompliziert heraus. Ein Kleinunternehmer war noch da, der offenbar einen kräftigen Arbeiter suchte, einen großen glatzköpfigen Kerl lange anschaute, sich dann aber anders entschied und mit einem untersetzten bäuerlich ausschauenden Menschen mittleren Alters abzog. Aus der verbleibenden, immer noch großen Auswahl kam schließlich nur einer in Frage, und der gefiel ihr gut, mit seinem interessant geschnittenen Gesicht, blauen Augen und dunklen Haaren. Sie sprach ihn auf Englisch an:

„Would you please come with me!"

Er stand wortlos auf und folgte ihr aus dem Raum. Draußen fragte er sie, was sie mit ihm vorhabe. Da wollte sie nicht alle Karten auf den Tisch legen, sie wusste ja selbst noch nicht so ganz genau, wie es weitergehen sollte. „Zuerst werden wir dich einmal ausstatten", sagte sie, damit musste er sich zufriedengeben. Sie hatte dabei zu allererst an Kleidung und Toilettenartikel gedacht, es stellte sich allerdings bald heraus, dass der Mann, der sich auf ihre Nachfrage hin als Tony vorgestellt hatte, unbedingt etwas zu essen brauchte.

Sie sprachen wenig. Als sie im Restaurant einander gegenübersaßen, war Tony ganz dem Essen zugewandt. Er aß sehr langsam, mit der Sorgfalt eines Präzisionsarbeiters, es dauerte fast eine Stunde bis er fertig war. Für sich selbst hatte Beatriz eine Portion Camarones mit Aioli bestellt, aber nur wenig davon gegessen, sie musste sich eingestehen, dass sie nervös war. Als sie ihm ihren Teller zuschob, aß er die restlichen Camarones auch noch.

Beim Einkauf von Kleidung und Wäsche wusste Tony genau, was er wollte, und Beatriz wollte nicht darüber diskutieren, auch wenn sie manche Entscheidung anders getroffen hätte. Als er dann im Hotel nach einer langen Dusche aus dem Bad kam, ging sie ihm entgegen und zog sich wortlos aus. Sein Körper war ihr angenehm, und als er in sie eindrang, war es ein Erlebnis, das neu für sie war, es kam ihr vor, als hätte sie schon oft davon geträumt.

Er war anders als die Männer, die nach dem klassischen Beuteschema Liebe machten – was sehr schön sein konnte, wenn man ihm, wie sie es gerne tat, die Kraft einer starken Frau entgegensetzte. Anders also als die besitzergreifende, machthungrige Liebe, die sie kannte, begegnete ihr Tony wie bei einem zufälligen Treffen, wenn man sich bei der Hand fasst und zusammen ausgelassen über eine Wiese läuft, dann einen Walzer tanzt, sich geheime Wünsche ins Ohr flüstert und eng umschlungen unversehens in eine warme Quelle stürzt.

Beatriz verlor ihre Nervosität, gerade dachte sie, wie wunderbar unkompliziert das alles war, da begann Tony zu sprechen.

„Und jetzt möchte ich eine Zigarette", sagte er.

„Ich habe keine", antwortete sie.

„Eine Zigarette wäre jetzt wunderbar."

„Ich mag keinen Rauch im Schlafzimmer."

„Es wäre perfekt."

Sie schwieg.

„Ich möchte jetzt wirklich eine Zigarette!"

Da nahm sie das Telefon, rief den Zimmerservice und bestellte Zigaretten und Streichhölzer.

Sie ärgerte sich. Sie ärgerte sich, weil sie so schnell nachgegeben hatte. Und im Ton, als wäre es eine Strafe, sagte sie, während er mit sichtbarem Genuss den Rauch inhalierte: „Morgen fliegen wir in den Süden. Nach Caracas."

„Oh", er schien sich zu freuen, „liegt das auch am Meer?"

„Nein, es liegt in den Bergen. 1000 Meter hoch. Aber du hast auch Recht, es ist nicht weit vom Meer. Man kommt schnell zu den besten Stränden." Sie war schon wieder versöhnt. „Ich habe in der Stadt eine schöne Wohnung, in einem guten Viertel. Es wird dir gefallen dort."

Ob es ihm tatsächlich gefiel und vor allem was ihm an Caracas gefiel, war erst einmal nicht auszumachen. Tony hielt sich da bedeckt. Der Flug nach Caracas war anstrengend, noch mehr die anschließende Taxifahrt vom Flughafen Maiquetía über den Pass in den Stadtteil Palos Grandes, der früher einmal das moderne Gegenstück zum historischen Stadtzentrum um die Plaza Bolívar gebildet hatte. Er war immer noch ein angenehmes Wohngebiet mit vielen Bäumen und verhältnismäßig guter Luft, die größten Shopping Malls allerdings befanden sich nicht mehr hier, sondern waren auf dem Gelände des ehemaligen Stadtflughafens neu errichtet worden. Die leer gewordenen Räumlichkeiten waren von Schnellrestaurants, Spielsalons und Wettbüros eingenommen worden.

Cecilia, das Hausmädchen, hatte einen kleinen Imbiss gerichtet, aber Beatriz fühlte sich zu müde dafür, zeigte Tony das Zimmer, das sie für ihn vorgesehen hatte, duschte und ging zu

Bett. Ein wenig verfolgte sie noch der Gedanke, wie ungewohnt es sein würde, mit einem Mann hier zu leben, dann schlief sie fest bis zum nächsten Morgen.

*

Es ist nicht jedes Mal dasselbe, aber es ist häufig so, wenn man von einer längeren Reise in die vertraute Umgebung zurückkehrt: Man fühlt sich – gerade nach einem erholsamen Schlaf – leicht, wie wenn der Körper im nächsten Moment mühelos davonfliegen könnte. Noch wirkt die Unverbindlichkeit des Reisedaseins nach, die Erdung der Alltagsroutine hat noch nicht eingesetzt. Die Wohnung, ja die einzelnen Möbelstücke, der Blick hinaus auf die Straße – alles ist nicht mehr selbstverständlich vertraut und dennoch ist in ganz besonderer Weise klar: hier ist dein Zuhause! – So etwa lässt sich die Stimmung beschreiben, in der Beatriz den folgenden Tag begann. Und hinzu kam der Nervenkitzel, den ihr die Neuerwerbung bereitete. Es kam ihr vor, als ob sie ihn jetzt erst wirklich hätte, ihren Tony, jetzt, wo er sich in ihrem Reich befand, in ihrer Wohnung.

Es ließ sich nicht leugnen, sie schwebte wie auf Wolken, und von diesen Wolken fiel sie hart, als sie die Tür zu Tonys Zimmer öffnete und es leer vorfand. Von Cecilia war zu erfahren, dass der Herr („el Señor"!) Tony bereits früh ausgegangen sei. Er habe nicht einmal einen Kaffee getrunken.

Für einen kleinen Augenblick war Beatriz von dem Gedanken beherrscht, ihm nachzugehen und ihn zu suchen. Aber dann war sie wieder bei sich selbst. Wer war sie denn? Sie ließ sich Cecilia gegenüber nichts anmerken, sagte nur: „Dann hat ihm die Flugreise wohl nicht so zugesetzt wie mir", und ging, um ihre Morgentoilette zu machen. Sie hatte gesehen, dass seine neu gekaufte Kleidung und der Wäschevorrat noch im Zimmer waren, Tony würde von alleine wieder zurückkommen.

Und Tony kam zurück. Gegen Mittag war er wieder da, gut gelaunt und hungrig. Beatriz schickte Cecilia in die Küche, sie solle dort bleiben, bis sie gerufen werde. Dann forderte sie Tony auf sich zu setzen und setzte sich nach einigem Zögern auch selbst. Es war eine Minute des Schweigens und eine Situation, die sie nie hatte haben wollen, die sie hasste. Aber sie musste etwas sagen, auch wenn es ihr steif und geradezu tölpelhaft vorkam:

„Wo bist du gewesen? Ich habe mir Sorgen gemacht."

„Warum?"

„Du kannst nicht einfach so losgehen. Eine fremde Stadt, es gibt Kriminalität auf den Straßen. Du kennst die Gefahren nicht."

„Ich kenne Gefahren. Und ich will nicht, dass sich jemand um mich Sorgen macht."

„Das ist meine Sache", sagte sie und fühlte sich ein bisschen besser, weil sie das gesagt hatte. „Aber was hast du getan die ganze Zeit?"

„Herumspaziert. Mir das Viertel angesehen. Einen Kaffee getrunken."

„Einen Kaffee getrunken?"

„Ich hatte noch die zehn Dollar, die du mir einmal gegeben hast. Allerdings habe ich nicht davon den Kaffee gekauft. Es gibt Wettbüros…"

„Wettbüros?"

„Ja. Ich habe den Schein auf ein US-Basketball-Team gesetzt. Ich kannte es zufällig, weil dort vor Jahren ein Europäer gespielt hat. Man konnte nur Ausschnitte von dem Spiel sehen, weil immer wieder andere Spiele gezeigt wurden. Damals waren sie Spitze gewesen, heute anscheinend nicht mehr. Aber sie haben gewonnen und es gab eine richtig gute Quote." Er zog ein kleines Päckchen von Geldscheinen aus seiner Hemdtasche.

„Und sie haben dich einfach so wetten lassen?"

„Du meinst, weil ich kein Spanisch kann? Also, ein paar Wörter kann ich schon und man braucht nicht viel zu reden beim Wetten."

Beatriz war sprachlos und Tony verstand das falsch. Er nahm einen Schein aus dem Päckchen und reichte ihn ihr: „Ach ja, entschuldige, dumm von mir. Daran habe ich gar nicht gedacht, das ist ja deins."

„Darum geht es nicht. Ich will nur, dass du mir sagst, wenn du fortgehst. Ich mach' mir sonst Sorgen …"

„Wovor hast du Sorge?"

Beatriz schwieg, schaute in ihren Schoß.

„Du musst dir keine Sorgen machen. Ich bin doch kein Kind mehr." Er schaute sie an und sie wusste, was er sah: dunkelbraunes, kurz geschnittenes Haar, fein geformte Ohren, das hübsche Gesicht mit der scharfen Nase und ihren schlanken, festen Körper. Und dieser Blick machte ihr klar, dass einiges falsch gelaufen war. – Aber noch nicht alles verloren.

„Du hast ja Recht", sagte sie, „ich will eben nur, dass du an mich denkst."

„Das tu ich doch. – Aber nicht ununterbrochen."

Es blieb etwas von Verlegenheit und Spannung zwischen ihnen. Als sie an diesem Abend miteinander schliefen, war Beatriz befangen. Ohne es sich recht einzugestehen, vielleicht auch ohne es ehrlich durchschauen zu wollen, hing sie an ihren Wünschen und den Vorstellungen von einem Mann, der ihr gehören würde. Und auch in Tony arbeitete das Thema weiter, denn am nächsten Tag fragte er sie:

„Du hast gestern gesagt, ich könnte nicht einfach so losgehen. Was meinst du denn damit? Willst du mich einsperren?"

Sie sah ihn irritiert an, schüttelte den Kopf und sagte: „Ich weiß, dass ich das nicht kann." Und dann: „Wir werden uns zusammenraufen. Jeder hat seine Sicht der Dinge. Es wird wohl darauf ankommen, den anderen ein bisschen zu verstehen."

II

Bruno und Vera saßen im Flugzeug nach Caracas. Als der Entschluss einmal gefasst war: weg von Veracruz, ab in den Süden, wo vieles leichter sein würde – da war alles ziemlich schnell gegangen. Natürlich hatte Bruno noch mit Vera sprechen müssen. Laura begleitete ihn zur Villa Florida, sie erklärten die Sachlage und beide waren von ihrer Reaktion überrascht: Sie nickte, sie umarmte beide, es war gar keine Frage, dass sie mitkommen würde.

Bruno sah, mit wie viel Herzlichkeit sie sich von den Bewohnern der Villa Florida verabschiedete, wie sie mit jedem einzelnen Gesten und Berührungen austauschte, wie kleine Geschenke hervorgezaubert wurden, die sie mit auf den Weg bekam. Nur ein paar Kinder versuchten sie aufzuhalten, die Erwachsenen waren solche Abschiede gewöhnt. Und sicherlich sahen sie Veras Entschlossenheit und begegneten ihr mit Respekt. Aber woher kam diese Entschlossenheit? Hoffte auch Vera auf eine Zukunft, die sie nur woanders finden konnte? Oder war sie ihm stärker verbunden, als er gedacht hatte? Ging es ihr wirklich um ihn?

Während des Abschieds hatte Laura telefoniert und die beiden Flugtickets in Auftrag gegeben. Die letzte Nacht in Veracruz würden sie noch einmal beim Prediger im Gemeindehaus verbringen, am frühen Nachmittag ging dann der Flug. Gut drei Stunden bis zur Landung in Maiquetía, dem Flughafen von Caracas, wo ihnen, sobald sie die klimatisierte Zone verließen, die feuchte Tropenluft entgegenschlug.

Zwei Nonnen waren gekommen, sie hielten ein Schild, auf das sie in Blockbuchstaben „EUROPA" geschrieben hatten. Es sah nach einem guten Empfang aus.

Das wäre es auch gewesen, wenn diese beiden jungen Nonnen sich besser in die Neuankömmlinge hätten hineinversetzen können. Dann hätten sie sich vielleicht mit ihnen irgendwohin gesetzt oder zumindest im Kreis aufgestellt, um zu besprechen, wie es weitergehen würde. Und es wäre klar geworden, wie gut alles überlegt war. – Aber das geschah nicht. Vielleicht scheuten sie sich, ein Gespräch mit dem fremden Mann zu führen, vielleicht konnten sie sich nicht vorstellen, dass die beiden mehr wollten als einfach nur ihr Schicksal anzunehmen, jedenfalls griffen sie nach einer kurzen, etwas scheuen Begrüßung nach der Aluminiumkiste, in die Vera ihre Schätze gepackt hatte, und starteten in Richtung Parkplatz, wo ihr Pickup stand.

Die Kiste und Bruno mussten auf die Ladefläche, Vera fuhr vorne mit, und wie wenn Eile geboten wäre, ging es sofort los. Zunächst am Meer entlang, dann durch den Badeort Macuto. Es wimmelte von Menschen. Obwohl es inzwischen dunkel geworden war, trugen viele noch ihre Badekleidung und weckten in Bruno vergessene Erinnerungen an Strandurlaube am Mittelmeer. Allerdings gab es hier nur wenige kleine Läden und Fischbuden, den Platz beherrschten die großen Hotels, die sich zwischen Straße und Strand breitmachten.

Am Ortsausgang wurde es plötzlich stockdunkel, Bruno ahnte das Meer, glaubte es manchmal zu riechen. Dann wieder die Lichter einer Siedlung. Einmal konnte Bruno ein Ortsschild lesen: „Naiguatá". Hier waren die Straßen schmaler, der Pickup bog ab und blieb mitten auf der Kreuzung vor einem Eckladen stehen. Eine der Nonnen stieg aus, Bruno sprang ab und ging nach vorne, wo Vera saß. Er legte ihr die Hand auf den Arm.

„Was jetzt?", fragte er, als die Nonne zurückkam.

„Sie kommt mit uns, in die Kooperative."

„Und ich bleibe hier? In dem Laden?"

„Ja. Es ist gut hier, komm mit!"

Bruno sah Vera an, drückte ihre Hand. Sie nickte und lächelte kurz. Dann liefen ihr Tränen über das Gesicht und sie zog behutsam die Hand zurück. Als Bruno sagte: „Ich werde dich besuchen", nickte sie noch einmal und guckte dann weg.

Die Nonne war zum Laden gegangen. Bruno nahm seinen Rucksack und folgte ihr.

*

Uwe Lenze und Inga Haberkorn hatten vor der deutschen Wiedervereinigung in Magdeburg gelebt und beide im VEB Schwermaschinenbau „Ernst Thälmann" gearbeitet. Uwe war

Buchhalter in der Planungsabteilung und Inga leitete das Büro der Gewerkschaft. Auf einer Veranstaltung der Gewerkschaft hatten sie sich auch kennengelernt, und als feststand, dass sie zusammenleben wollten, hatten sie sich gegenseitig ihr Fernweh gestanden. Sie hatten verschiedene Möglichkeiten erwogen, die Republik zu verlassen, aber Uwe hatte aus der Planungsabteilung die Überzeugung mitgebracht, es werde sowieso nicht mehr lange gutgehen mit der DDR.

Der Fall der Berliner Mauer war dann das erwartete Startsignal und es stellte sich schnell heraus, dass das kapitalistische und irgendwie geistig beschränkte Westdeutschland nicht mit ihren Träumen mithalten konnte. Bei einem Besuch im Internationalen Arbeitsamt in Frankfurt am Main hatten sie das – wie Uwe es ausdrückte – „limitierte Glück" auf eine Anfrage der Deutsch-Venezolanischen Handelskammer zu stoßen. Mehrere Geschäftsleute in Caracas – die deutsche Buchhandlung, der Delikatessenladen, eine Werkzeugmaschinenvertretung und andere – hatten sich zusammengetan, um gemeinsam einen Buchhalter einzustellen, denn in der damals herrschenden Krise wurden die Büroarbeiten immer komplizierter.

Die ersten Jahre in Caracas forderten zwar Einiges an Anpassung, das die beiden nicht vorausgesehen hatten. So war es ihnen ganz ungewohnt, dass man nicht zu jeder Zeit einfach auf die Straße gehen konnte, weil man im Dunkeln mit einem Raubüberfall rechnen musste. Und selbst im Haus: Zum ersten Mal in ihrem Leben hatten sie eine Hausangestellte und mussten erst einmal schlechte Erfahrungen machen, bis sie gelernt hatten damit umzugehen. Aber das war nur die eine Seite. Auf der anderen Seite war es auch eine aufregende Zeit. Es gab so viel Neues kennen zu lernen, natürlich die Sprache, aber auch Speisen und Getränke, Geräusche und Gerüche, Ausflugsmöglichkeiten und Menschen; außerdem gebar Inga ihre Tochter, der sie den Namen Monika gaben. Monika mit „k", nicht Monica.

Eine neue Präsidentschaft, in deren Verlauf vieles im Land umgekrempelt wurde, war letztlich die Ursache dafür, dass die hoffnungsfrohen Pläne der Familie umgeworfen wurden. In Konsequenz eines Dekretes, mit dem der Präsident Leute aus seiner Partei in attraktive Positionen bringen wollte, wurde festgelegt, dass nur noch venezolanische Staatsbürger die Firmen bei den Behörden vertreten durften. Lenzes Arbeitgeber waren gezwungen, einen Venezolaner einzustellen. Sie bedauerten sehr, zahlten eine Abfindung, richteten ein Abschiedsfest aus und rechneten damit, dass die Lenzes nach Deutschland zurückgehen würden.

Inga und Uwe hatten aber keine Sehnsucht nach dem kalten Europa, lieber wollten sie versuchen, eine eigene Existenz aufzubauen und ihre kleine Tochter unter der karibischen Sonne großzuziehen. Eine Zufallsbekanntschaft, die Uwe noch während seiner Tätigkeit für die deutschen Firmen gemacht hatte, kam ihnen dabei zur Hilfe. Auf einer Männertour, zu der sich eine Gruppe von Geschäftsleuten auf eine kleine Insel hatte fliegen lassen, um den ganzen Tag bis zum Bauch im angenehm warmen Wasser zu stehen und Whisky zu trinken, hatte Uwe den Geschäftsführer der staatlichen Lotteriegesellschaft kennengelernt. Der stammte aus einer uralten venezolanischen Familie und schien sein Amt wie einen Feudalbesitz zu verwalten. Schon damals hatte er ihm angeboten, eine örtliche Vertretung der Lotterie zu übernehmen und – wie er es formulierte – sein eigener Herr zu sein. Als Uwe nun darauf zurückkam, stellte sich das Angebot als etwas bescheidener heraus. Eine vakante Lotterievertretung war in Caracas nicht zu haben, die nächste lag auf der anderen Seite der Berge, in Naiguatá, immerhin in Strandnähe, was natürlich auch gut fürs Geschäft war. Uwe musste dazu auf eigene Rechnung ein Ladenlokal erwerben, in dem er Lose verkaufte, vor allem aber die ambulanten Losverkäufer kontrollierte, die an den Wochenenden die Strände hinauf- und hinabliefen.

Eine erste Kalkulation ergab, dass das Losgeschäft auf lange Sicht zwar stabil sein mochte, kurz- und mittelfristig war es jedoch erheblichen Schwankungen ausgesetzt, so dass ein solches Unternehmen nur mit einem zweiten Standbein möglich erschien. Hier kam nun eine Geschäftsbeziehung ins Spiel, die Uwe in seiner buchhalterischen Tätigkeit quasi nebenher eingegangen war. Weil sie ähnliche Bedürfnisse hatten wie seine Auftraggeber, hatte er – mit deren Einverständnis – auch für einige Geschäftsleute aus der Colonia Tovar gearbeitet.

Diese Colonia Tovar war ein für südamerikanische Verhältnisse ganz ungewöhnliches Gemeinwesen. Vor etwa zweihundert Jahren von deutschen Einwanderern aus dem Gebiet des Kaiserstuhls in Südbaden gegründet, war das Dorf in den Bergen – keine siebzig Kilometer von Caracas – über hundert Jahre lang völlig isoliert gewesen. Die Bewohner hatten ausschließlich für sich gewirtschaftet, ihre alemannische Sprache, ihre traditionelle Lebensweise und ihre Ess- und Trinksitten gepflegt. Erst als eine Straße gebaut worden war, wandte man sich entschlossen der Außenwelt zu. Man lockte Touristen an, verkaufte die badischen Spezialitäten in Caracas als Delikatessen und begrüßte es, wohl um der Inzucht vorzubeugen, wenn Siedler von außerhalb sich in Tovar niederließen.

Uwe schätzte die Leute aus Tovar, ihm gefiel ihre Art, ohne Wenn und Aber an den Wurzeln festzuhalten und sich mit ebensolcher Selbstverständlichkeit den neuen Herausforderungen zu stellen. Er half ihnen ihren Markt auszudehnen, die Familie schloss Freundschaften und verbrachte einen Teil ihrer Wochenenden in dem Fachwerkhäuserdorf in den Bergen. So lag es auf der Hand, dass der Verkauf von Produkten aus Tovar das zweite Standbein der neuen Existenz wurde. Gegenüber der Theke für den Losverkauf, die den Laden ohnehin nicht ausfüllte, wurden Regale für Delikatessen, Keramik und andere kunstgewerbliche Produkte aus Tovar aufgebaut. Nicht nur Touristen kauften hier ein, es gab wohlhabende Ruheständler im Städtchen, die gerne vorbeischauten, und mit schöner Regelmäßigkeit erschienen auch die Chefköche der großen Hotels von Macuto, die ihren Gästen Bratwürste und Sauerkraut bieten wollten.

*

Als Bruno zögernd hinter der Nonne her auf den Eckladen zuging, war er mit seinen Gedanken nicht am Ort, sondern weit weg im Allgemeinen: Sein Denken war in diesem Moment von einem Wort beherrscht, dem Wort „Heimat". Wenn man – wie er jetzt – sich immer wieder mit anderen Menschen einlassen muss, dann hat man keine Heimat. Heimat bedeutet, es mit bekannten Menschen zu tun zu haben, genau das Gegenteil von dem, was jetzt wieder anstand. Er war traurig auf diesem kurzen Weg, er hatte Heimweh. Aber dabei blieb es nicht, denn der Anblick, der sich ihm bot, als er durch die offene Tür den Laden betrat, entsprach diesen Gedanken auf eine ganz befremdliche Weise. Seine erste Reaktion war, die Tür hinter sich zu schließen, damit das, was er sah, sich nicht wie ein fauler Zauber davonmachen konnte. Es war wie eine Erinnerung an Bilderbücher seiner Kindheit: Gläser mit Marmelade, deren Deckel mit blauweiß und rotweiß karierten Tüchlein umwickelt waren, Fruchtkompotte in großen Gläsern, Pflaumen, Birnen, Erdbeeren, dazu Schüsseln, Becher und Kannen aus Schwarzwälder Keramik. Alles ordentlich aufgestellt in einem Regal hinter der Theke, das bis zur Decke reichte. An einem Brett daneben hingen an kräftigen Bindfäden drei Schinken und ungefähr zehn Würste, die Hälfte davon angeschnitten.

Das war so eindrucksvoll, dass Bruno erst auf den zweiten Blick die beiden Köpfe bemerkte, die über der Theke hervorschauten wie die Akteure eines Puppenspiels. Beide waren nicht mehr jung, beide Gesichter hatten in der Tat Furchen, wie in Holz geschnitzt. Durchaus nicht abstoßend, im Gegenteil, sie strahlten Verlässlichkeit und Vertrauenswürdigkeit aus. Als die beiden sich jetzt erhoben – offenbar hatten sie hinter der Theke gesessen – sah Bruno ein älteres Ehepaar vor sich, das in eine deutsche Stadt gepasst hätte, Dresden, Dortmund oder sonst wohin, weniger an die Karibikküste: Das Haar der Frau war glatt und blond gefärbt, das des Mannes ein weiß-oranger Flaum, der auf ehemalige Rothaarigkeit schließen ließ. Sie trug eine geblümte Kittelschürze, er über beiger Hose und hellblauem Hemd eine graue Baumwollweste, ein Anblick wie aus lange vergangener Zeit.

Die beiden lächelten und baten Bruno und die Nonne in den anderen Teil des Ladens, wo neben einer zweiten, kleineren Theke mit Lotterieschild und Kassenautomat ein großes Kunstledersofa mit zwei Plastikstühlen stand. Die Nonne lehnte dankend ab und verabschiedete sich. Bruno setzte sich auf einen der Plastikstühle, schob den Gedanken an Vera fort, die jetzt von den Nonnen wer weiß wohin gefahren würde, und wartete, bis die beiden Alten die Ladentür abgeschlossen und sich auf das Sofa gesetzt hatten. Sie schauten ihn erwartungsvoll an und baten ihn, zu erzählen, wie er hierhergekommen sei.

Es wurde ein langer Abend, denn als Bruno ohne allzu sehr auf Einzelheiten einzugehen die Zerstörung und Lethargie in Europa, die Umstände der Flucht und die Schwierigkeiten in Veracruz geschildert hatte, da schauten ihn die beiden eine ganze Weile sorgenvoll an. „Unbegreiflich," sagten beide fast gleichzeitig und erzählten dann ganz selbstverständlich, sich immer wieder gegenseitig unterbrechend, ergänzend und ablösend, ihre eigene Geschichte.

„Wenn du willst, kannst du hier arbeiten", schloss Lenze, „Wir könnten Hilfe gebrauchen. Montag und Dienstag ist geschlossen, da fahren wir hoch in die Colonia Tovar. Wir haben da oben ein Haus gebaut, unser Altenteil sozusagen."

„Unsere Tochter hat in Tovar geheiratet", sagte Inga Lenze, „einen Maler. Und Enkelkinder sind auch da."

„Wir müssen mal sehen, was wir dir zahlen können. Jedenfalls so viel, dass es reichen wird." Lenze war ganz der vorsichtige Kaufmann.

„Später, wenn du eingearbeitet bist", sagte Inga Lenze, „können wir vielleicht mal etwas länger da oben bleiben. – Nur schlafen, kannst du leider nicht hier. Es gibt zwar ein Hinterzimmer, aber da schlafen wir selber unter der Woche."

Auch das hatte Lenze schon bedacht: „Unten am Strand, ein paar hundert Meter aus dem Dorf heraus, da haben sie vor Jahren eine Reihe Hütten gebaut. Um sie an Gäste zu vermieten, damit die dort ihre Sachen lassen, Sonnenschirme, Schaufeln usw. Aber nach einer Weile wollte das keiner mehr, seitdem stehen sie leer. Einige sind kaputt, einige stinken fürchterlich, aber man findet immer noch eine, die gut ist. Man kann sie sogar abschließen." – Bruno musste nicht nachdenken um sich für das Angebot zu entscheiden.

III

Isabel war bestrebt fair zu sein. Sonjas weiche Haut, ihre zarten Finger, die Lippen und die neugierige Zunge hatten ein Leben in ihr geweckt, das fast schon verloren gewesen war. Sie genoss es, wieder kräftig durchzuatmen, in aufrechtem, stolzen Gang durch die Straßen und den Park am See zu marschieren, und sie sagte zu sich selbst, nun sei sie wieder eine Frau.

Sonja das zu sagen, das traute sie sich nicht. Sie hätte es als ein Signal verstehen können, dass alles mit ihnen so bleiben solle, wie es war. Und dieses Signal wollte Isabel noch nicht geben, zu viel war noch unklar. Lieber hielt sie sich an die Quellen des kleinen, alltäglichen Glücks. An ihr Zimmer, das sie ganz für sich allein hatte in der Wohnung, die Sonja für sie gefunden und die sie bezogen hatten, als sie nach der langen Reise in Burlington, Vermont angekommen waren. Sie hatte Tage damit verbracht, den Raum mit den einfachen Möbeln, die sie zur Verfügung hatte, auf eine Weise einzurichten, die ihr inneren Frieden gab. Sie strich die Wände farbig, kaufte Vorhänge, sie schmückte und polsterte ihre Schlafstatt zu einem Rückzugsort für sich ganz allein. Und sie war froh, dass Sonja das kommentarlos mit ansah und auch nichts sagte, wenn sie in vielen Nächten alleine schlief.

Nach einer dieser Nächte, in der sie lange wach gelegen hatte, sagte sie beim Frühstück: „Ich möchte gerne arbeiten."

Sie hatte sich vorgestellt, dass Sonja Einwände erheben würde, etwa der Art: sie sei doch gerade erst angekommen, müsse sich erst einleben; oder auch: sie müsse nicht denken, dass sie ihr auf der Tasche läge. Aber Sonja sagte: „Finde ich gut. Hast du schon eine Idee?"

„Ich würde gern im Hotel arbeiten, vielleicht erstmal als Zimmermädchen. Das könnte ich wohl schaffen."

Sonja holte ihr Tablet und sie gingen gemeinsam die Internetseiten der Hotels von Burlington durch. Im Sheraton hatten sie übernachtet, bevor sie die Wohnung bezogen hatten, das schlossen sie aus. Erst Gast, dann Zimmermädchen in einem Hotel, das kam ihnen peinlich vor, jedenfalls nicht angebracht. Sie entschieden sich für das Marriot am See und Sonja rief dort an. Sie stellte das Telefon laut, damit Isabel mithören konnte.

„Wir stellen nur erstklassiges Personal ein", sagte die Stimme des Managers, „ich meine, Sauberkeit und absolute Ehrlichkeit sind Voraussetzung. Unsere Leute müssen einen festen Wohnsitz in Burlington haben, wir erwarten, dass sie jederzeit verfügbar sind, etwa wenn wir einen Kongress im Hause haben."

Anscheinend bestand tatsächlich Bedarf. Sonja erkundigte sich nach der Bezahlung. Die blieb im Rahmen dessen, was sie erwartet hatte, mit der Aussicht auf Erhöhung nach einem halben Jahr, wenn die Mitarbeiterin sich bewährt habe.

„Der hat eine schmierige Stimme", sagte sie, als sie das Gespräch beendet hatte, „da würde ich nicht hingehen." Aber Isabel wollte es versuchen, mit schmierigen Typen werde sie schon fertig. „Jederzeit verfügbar", das könne schon eher ein Problem werden, aber man werde ja sehen. Sie wollte zum Vorstellungsgespräch gehen, sogar – weil Sonja darauf bestand – vorher neue Jeans und einen Blazer kaufen. Und – wenn sie ehrlich war – sie genoss es. Immer wenn sie in den letzten Wochen in einem Kleiderladen gewesen waren, war sie in einem Hochgefühl gewesen, hatte immer Neues gefunden, sich nicht entscheiden können und Sonjas Geduld enorm herausgefordert. Jetzt kaufte sie zum ersten Mal alleine ein. Sie fühlte sich gut vorbereitet.

Der Mann an der Hotelrezeption, ein schlanker Schwarzer um die Dreißig mit strahlend weißem Hemd und Weste, hielt sie erst für einen Gast. Als sie sagte, sie wolle sich um eine Stelle im Haus bewerben, zeigte er, dass er noch über eine wärmere Variante des Lächelns verfügte. Er nahm das Telefon und meldete sie an, dann durfte sie in den heiligen Bereich hinter dem Rezeptionstresen eintreten, dort war die Tür zum Büro. Im Gegensatz zur noblen Hotelhalle war es bescheiden, fast schäbig eingerichtet. Dem Mann im dunkelblauen Zweireiher, der hinter dem einfachen Schreibtisch saß, gelang es trotzdem vielbeschäftigt und wichtig zu wirken. Auf einem silbernen Schild an seinem Revers stand „William Lowe, Manager". Er war mindestens einen Meter neunzig groß, ein Sitzriese mit breitem Gesicht und dunklem Haarkranz, der sich über einen Aktenordner beugte, als könnte er darin die Zukunft lesen. Ohne aufzublicken sagte er mit einer vagen Geste: „Nehmen Sie doch Platz". Dann brauchte er noch ein paar Minuten, bis er seine Brille aufsetzte und Isabel ansah. „Womit kann ich Ihnen helfen?"

„Ich möchte mich um eine Stelle bewerben, als Zimmermädchen."

„Sie sind aber nicht die Dame, mit der ich gestern am Telefon gesprochen habe."

„Das war meine Freundin, ich meine …, mit der ich zusammen wohne."

„Ah – ja, Freundin. Kann ich einmal Ihre Papiere sehen?"

„Natürlich", Isabel reichte ihm ihren Pass.

„Haben Sie noch weitere Papiere? Zeugnisse, Referenzen?"

Isabel schüttelte den Kopf. Der Mann blätterte in ihrem Pass.

„Geboren in Eindhoven – wo ist das?"

„In den Niederlanden, das heißt, es war in den Niederlanden", und als er fragend guckte, ergänzte sie: „Europa."

„Ah – ja. Der Pass ist ausgestellt in Montevideo. US-Konsulat Montevideo, Uruguay. Wie verstehe ich das?"

„Ich habe dort geheiratet."

„Und Ihr Mann ist amerikanischer Staatsbürger …"

„Ja – also meine Frau …, das heißt meine Freundin, das heißt …"

„Ah – ja, mit einer Frau verheiratet, ist ja in Ordnung. Also Staatsbürgerin. Haben sie schon einmal in der Hotelbranche gearbeitet?"

„Nein, ich habe in einer Bank gearbeitet. Ich dachte nur …"

„Ist ja in Ordnung. Sie haben Glück, wir haben eine Stelle frei. Sie können es versuchen." Lowe nannte die Anzahl der Wochenstunden, die täglichen Arbeitszeiten und den Stundenlohn, der jetzt ein bisschen niedriger war, als am Vortag angegeben. „Wann wollen Sie anfangen?"

„So bald wie möglich."

„Sagen wir, Anfang nächster Woche."

*

„Sie müssen sich nun wirklich keine Gedanken um mich machen, Jerry", Sonja skypte mit Zuckerman, sah sein leicht gerötetes, wie immer etwas aufgeregt wirkendes Gesicht auf dem Bildschirm, „Sie haben schon so viel für mich getan. Der Mexiko-Auftrag war überhaupt nicht so gefährlich, wie Sie anzunehmen scheinen. Er war anstrengend, das wohl. Es ist ganz gut, wenn ich jetzt etwas Ruhigeres mache."

„Aber die ‚Burlington Free Press', du lieber Himmel – das muss Sie doch töten."

„Ein Lokalblättchen, was soll's – das muss es doch auch geben. Ich berichte über den Abschlussball der Highschool, recherchiere die Umstände, wenn ein Bulle seinen Bauern umbringt, und schreibe einen Kommentar, wenn die Veganer darüber jubeln. – Und mit dem Geld, das ich dafür kriege, komme ich aus."

„Ich kann mir einfach nicht vorstellen, dass Sie damit glücklich sind."

„Wer redet denn von Glück? Ich muss erst einmal ankommen. Vor allem Isabel muss ankommen, ich will ihr dabei helfen. Nächste Woche fängt sie an zu arbeiten, als Zimmermädchen in einem Hotel. Das wird ihr auf die Dauer auch nicht reichen. Mal sehen, da ist noch viel zu tun."

Zuckerman war weiter der Ansicht, das alles sei auch in New York möglich, aber er insistierte nicht mehr. Und Sonja, wenn sie ganz ehrlich zu sich selber war, musste zugeben, dass er in letzter Konsequenz Recht hatte. Burlington war nun einmal nicht New York und Sonja konnte sich nicht vorstellen, ewig hier zu bleiben. Irgendwann würde sie sich dem einmal stellen müssen, aber jetzt war dafür nicht der Zeitpunkt. Als lesbisches Paar lebte man in Vermont immer noch besser als in irgendeinem anderen Bundesstaat. Homophobe Arschlöcher gab es überall, aber es hing doch stark von den äußeren Bedingungen ab, wie sie sich in Position bringen konnten. Überall dort, wo die Schwulenbewegung stark gewesen war, in Kalifornien, auch in New York, hatte man vor Jahren schweres Geschütz gegen sie aufgefahren. Vermont hatte zwar eine lange tolerante Tradition, aber es war wohl zu klein und unauffällig, es schien den Aufwand nicht zu lohnen, oder man hatte es einfach vergessen. Schlägertrupps, die sich als „Retter der natürlichen Ordnung" aufspielten, gab es hier jedenfalls nicht, nicht einmal bei der Polizei musste man mit Schikane rechnen. Nein, für den Augenblick war Burlington genau der richtige Ort, auch aus einem anderen Grund. Sonja fühlte sich kraftlos, als ob eine tiefe, tiefe Müdigkeit von ihr Besitz ergriffen hätte. Schon morgens im Bett schienen Gewichte auf ihr zu lasten, die es unmöglich machten aufzustehen. Wenn sie sich schließlich doch herausgequält hatte, ging es erst einmal besser, sie duschte dann und trank einen Kaffee. Aber selbst Isabel gegenüber war sie nicht in der Lage, die Initiative zu ergreifen, sie reagierte nur noch. Später, wenn sie unterwegs war, in der Redaktion oder im Außeneinsatz, kam sie sich vor wie in einem Film, in dem sie ihre Rolle spielte, während ihr eigentliches Ich auf dem Sofa kauerte und ihr Spiegelbild auf der dunklen Scheibe des Fernsehers sah. – Nein, für ein solches Leben war Burlington besser als New York.

IV

Tony war ein wunderbarer Tänzer. Beatriz aß oft mit ihm im Restaurant zu Abend, manchmal zu zweit, oft auch mit Freunden. Diesmal war ihre vertraute Freundin Margot mitgekommen, die die Trennung von ihrem Geliebten zu verarbeiten hatte und Aufmunterung brauchte. Sie aßen die besten Steaks, die in Palos Grandes zu bekommen waren, und gegen zehn, wenn das Geschirr mit den Resten von Salat und frittierter Yuka abgeräumt war, standen nur noch die Flaschen mit Rum und Coke auf dem Tisch und der Kellner brachte Gläser mit Eis, Limone und einem Spritzer des angeblich gesundheitsfördernden bitteren Angostura, damit jeder sich nach Gusto seinen Cuba Libre mischen konnte.

Das war auch die Zeit, in der die Musiker eintrafen, eine Gruppe von Merengue-Spielern, die nicht viel technisches Equipment brauchten und innerhalb von Minuten den Raum mit karibischen Rhythmen, die Gänge zwischen den Tischen und jeden anderen freien Platz mit Tänzern füllten. Beatriz war sich bewusst, dass sie als Mexikanerin in dieser Welt eine Fremde war, nie würde sie über den weichen Schwung des Körpers verfügen und über die winzige Verzögerung der Bewegung, die für die Bewohner der Inseln und Küstenregionen selbstverständlicher Bestandteil ihres Lebens waren und die unbegreifliche Eleganz ihres Tanzes ausmachten. Umso mehr bewunderte sie Tony, dem sie nichts hatte beibringen müssen, der sich die Figuren des Tanzes bloß abgeschaut hatte und der nach kurzer Zeit in den rhythmisch fließenden Bewegungen der Einheimischen kaum noch als Fremder auffiel.

„Wir sollten Margot nicht so lange allein sitzen lassen", sagte sie zu ihm, als sie eine Weile getanzt hatten und es ihr eigentlich schon zu viel wurde. Sie nahm ihn bei der Hand, um zusammen zum Tisch zurückzugehen, aber er blieb lächelnd stehen: „Ich bleibe noch ein bisschen." Sie ging zum Tisch, lächelte ihrer Freundin zu und setzte sich so, dass sie zur Tanzfläche sehen konnte. Tony war nicht mehr allein. Eine Schöne mit strahlenden Augen und zartem hellbraunen Teint hatte ihm schon ein paarmal zugelächelt. Jetzt hatte sie offenbar ihren Partner fortgeschickt und drehte sich in Tonys Armen. Es war ein wunderschöner Anblick. – Aber es gab einem einen Stich, wenn man Beatriz hieß und so etwas wie einen Anspruch auf Tony hatte. Sie fühlte sich plötzlich uralt und hatte den Impuls, sofort das Lokal zu verlassen, widerstand dem jedoch und sagte zu Margot: „Es ist nicht einfach mit ihm, er ist eben ein streunendes Wild. Aber ein Haustier hätte ich auch nicht haben wollen."

V

Es war die schönste Zeit seit der Katastrophe. Bruno hatte die Arbeit schnell im Griff. Es war Sache von ein paar Tagen, bis er alle Waren kannte, den Schinken hauchdünn schneiden konnte, Marmeladen und Kompotte nach dem Grad der Süße unterschied. Bald wusste er die Namen aller Keramikprodukte, und überhaupt war ihm der Wortschatz, den er im Laden brauchte, in kurzer Zeit geläufig. „Das Lotteriegeschäft", sagte Lenze zu seiner Frau, „das Lotteriegeschäft wird der auch ganz schnell kapieren."

Aber der Laden war nur ein Teil seines Lebens und in diesen Tagen nicht einmal der wichtigste. Bruno lebte am Strand. Damit ist eigentlich schon alles gesagt. An den freien Tagen saß er oft stundenlang im Schatten einer Hütte oder einer Palme und sah über das Meer in die Ferne. Oder er machte lange Gänge am Wasser entlang, immer hin und her, und freute sich an dem schönen Gefühl, das der feuchte Sand seinen Füßen bereitete. Manchmal lief er auch über das Ende des Strands hinaus, umging die Hindernisse und lernte die Umgebung kennen. Voll war der Strand nur am Wochenende, an den übrigen Tagen waren es nur einige Einheimische, die sich mit Ballspielen und kleinen Raufereien vergnügten oder den Strand nach Dingen absuchten, die die Besucher am Wochenende liegengelassen hatten und die vielleicht noch zu gebrauchen waren. Bruno kümmerte sich nicht um die Leute und sie ließen ihn in Ruhe. Er beobachtete den einen oder anderen Diebstahl, aber an seine Hütte ging niemand. Das Vorhängeschloss, das Lenze ihm gegeben hatte, war nur ein begrenzter Schutz, man hätte leicht die Tür aufbrechen können, aber Bruno hatte nur sein Bett und einige Kleidungsstücke darin und niemand schien mehr zu vermuten. Sein Erspartes, das sich langsam ansammelte, verwahrte er im Laden, in einem Versteck, für den Fall, dass dort eingebrochen würde.

Am schönsten war der frühe Morgen, wenn es gerade hell wurde. Dann gab es zwar manchmal die winzigen Stechmücken, die die Leute hier Hen-Henes nannten und die einen bei Windstille in Schwärmen überfielen. Dann half es nur, ins Wasser zu gehen oder ein Hemd mit langen Ärmeln anzuziehen und möglichst schnell vom Strand wegzukommen. Aber wenn man einmal von den wenigen Mückentagen absah, war das morgendliche Licht ein immer wieder neues Wunder und die noch kühle Luft machte Lust auf den Tag.

Bruno mochte auch die Nächte, wenn es ganz plötzlich dunkel geworden war und man durch den Dunst, der über dem Meer hing, einzelne Sterne sehen konnte. Es war dann immer noch so warm, dass es Spaß machte zu baden und sich danach im leichten Wind zu trocknen.

Natürlich war er auch nachts nie ganz allein. Wenn die Massen des Wochenendes abgezogen waren, gab es doch noch Leben am Strand: Liebespaare, einzelne Sonderlinge und Grüppchen von Halbwüchsigen liefen herum und suchten sich ihren Platz. Immer wieder übernachtete auch jemand in einer der Hütten. Aber es war alles so weitläufig, dass man sich gegenseitig nicht störte.

Zu Anfang hatte Bruno die anderen Menschen ignoriert, er wollte nichts mit ihnen zu tun haben, hatte mit sich selbst und mit der Natur genug. Aber das änderte sich mit der Zeit. Er begann die Menschen zu beobachten, wenn er vor seiner Hütte oder irgendwo anders z.B. auf einem Baumstamm saß, den das Meer angeschwemmt hatte. Und wenn er jemanden zum zweiten Mal sah, begann er sich zum Zeitvertreib eine Geschichte auszudenken, die erklärte, warum dieser Mensch zu diesem Zeitpunkt hier an diesem Strand war und zum Beispiel etwas ganz Bestimmtes im Sand zu suchen schien.

Immer öfter kamen auch Neugierige heran und sprachen ihn an. Mal waren es Kinder, die ihm eine Schaufel schenken wollten. Mal war es ein Junge mit Down-Syndrom, der sich als Juan vorstellte und ihn nach seinem Namen fragte. Manche wollten auch mehr über ihn wissen: woher er komme, ob er ein Tourist sei, wie ihm Naiguatá gefalle. Er antwortete dann ausweichend, aber nie hatte er den Eindruck, dass ihm jemand seinen Platz hier am Strand streitig machen wollte.

Es war an einem Montagnachmittag, Wolken waren aufgezogen, so dass der Sand nicht mehr so brennend heiß war. Bruno saß an einer Stelle, die er nachts oft aufsuchte, nah am Wasser, die Flut hatte dort zwei kahle Baumstämme aneinandergerückt. Drei Mädchen kamen heran, vielleicht achtzehn, neunzehn Jahre alt, zwei von ihnen laut schwatzend. Die beiden setzten sich in seine Nähe, die Dritte ganz ans äußere Ende des Stammes. Sie blickte aufs Meer, anscheinend ohne die anderen zu beachten.

Nachdem sie Bruno – sicherlich nur um irgendwie einen Kontakt anzuknüpfen – gefragt hatten, ob es ihm recht sei, wenn sie sich hierher setzten, und nachdem er das – was sollte er machen – bejaht hatte, bezogen die beiden Schwatzenden ihn wie selbstverständlich in ihr Gespräch mit ein. Es ging um das dritte Mädchen, Estrella. Bruno brauchte etwas Zeit, um sich aus der vehement und mit wechselnden Rollen vorgetragenen Wörterkaskade den Inhalt zusammenzureimen. Offenbar hatte Estrella ihre Arbeit verloren, deshalb war sie traurig. Sie hatte als Verkäuferin in einem kleinen Laden gearbeitet, in dem Badekleidung, Strandspielzeug und dergleichen verkauft wurde. Der Sohn des Chefs – das war wohl der entscheidende Punkt, der mehrfach wiederholt wurde – der Sohn des Chefs gefiel ihr. Und nun war ein zweifacher Unglücksfall eingetreten: erstens war der Sohn mit einer Verlobten heimgekommen, die baldmöglichst geheiratet werden sollte, und zweitens war geplant, dass diese Verlobte ihre, Estrellas, Arbeit als Verkäuferin übernehmen würde, sie also arbeits- und auch sonst aussichtslos war.

Bruno schaute zu dem Mädchen hinüber, das sich nicht gerührt hatte und weiterhin in die Ferne starrte. Vielleicht nicht auf den ersten Blick, aber wenn man genauer hinschaute, war sie sicherlich die hübscheste von den Dreien. Er sah ihre tiefschwarzen Haare, die weniger gelockt als gewellt waren, und ihr rundes Gesicht mit den dunklen Augen, der kleinen Nase und einem Mund, der jetzt ganz ernst war, in anderen Situationen aber zweifellos auch außerordentlich anziehend lächeln konnte. Jetzt jedoch strahlte die ganze Person Ablehnung aus, sowohl ihren Freundinnen als auch Bruno gegenüber, so dass dieser sich überlegte, ob er nicht besser aufstehen und weggehen sollte. Aber das hätten die Mädchen falsch verstehen und sich vor den Kopf gestoßen fühlen können. Also blieb er sitzen, bis sich nach einigen Minuten des Schweigens zuerst Estrella dann die beiden anderen erhoben und sie zu dritt, Estrella in der Mitte, davonzogen.

Bruno blieb noch lange sitzen und auch an den folgenden Abenden saß er dort. Am dritten Abend kam sie. Sie trug Shorts und ein T-Shirt und ging so, wie sie war, geraden Weges ins Wasser. Sie watete, bis es tiefer wurde, dann schwamm sie und ließ sich treiben. Und Bruno kam sich töricht vor, wie er dasaß. So ging das nicht. Er zog sich Hemd und Hose aus und ging ihr nach. Eine Weile schwammen sie nebeneinander her, später bespritzten sie sich – erst vorsichtig, dann etwas wilder – gegenseitig mit Wasser, und als sie davon genug hatten, wateten sie gemeinsam hinaus und setzten sich auf einen der Stämme. Sie saßen nebeneinander, berührten sich an den Schultern, erst als es kalt wurde, legte Bruno den Arm um sie. Als sie aufgestanden war um zu gehen, gab sie ihm einen Kuss.

Am nächsten Abend kam Estrella wieder. Sie schwammen gemeinsam, liebten sich im Sand, schwammen noch einmal hinaus und verkrochen sich dann in der Wärme von Brunos Hütte.

VI

Der Mann am Rezeptionstresen begrüßte Isabel wie eine alte Bekannte. Er hieß Michael, führte sie sofort hinunter in den Umkleideraum mit den verschließbaren Spinden und scherzte ein wenig herum bei der Auswahl der Arbeitsuniform in passender Größe.

„Du kannst ja alles tragen", sagte er, „pass auf, dass du die anderen nicht allzu sehr in den Schatten stellst." Und als sie nicht antwortete, sagte er: „Du bist früh dran, die anderen kommen in der nächsten halben Stunde. Von denen erfährst du auch, was du zu tun hast." Sie nickte und wartete, bis er verschwunden war.

Dann zog sie sich um, setzte sich auf eine der langen Bänke gegenüber den Spinden. Nach und nach trafen die anderen Frauen ein, keine beachtete sie. Es gab lebhafte Unterhaltungen, die Frauen zogen sich ebenfalls um und verließen gemeinsam den Raum. Keine sprach ein Wort zu Isabel.

Ihr blieb nichts übrig als ihnen zu folgen. Auf dem Kellergang stand eine lange Reihe von Wagen mit Staubsaugern, Besen, Eimern, Tüchern und Reinigungsmitteln, am Griff hing jeweils eine Schlüsselkarte. Isabel nahm sich einen Wagen und fuhr ihn hinter den anderen her zum Lift. Wieder warten. Bis nur noch eine der Kolleginnen dort stand. Als die Tür des Lifts sich wieder öffnete, stieg Isabel mit ihr ein. Sie spürte eine merkwürdige Beklommenheit, fast musste sie sich überwinden, die andere anzusehen. Sie war jung, blond und ein wenig rundlich. Eben noch hatte sie in der Gruppe gelacht und geschnattert, jetzt war sie stumm. Es schien ihr schwer zu fallen, still zu stehen, der Blick ging abwechselnd an die Decke und auf den Boden. Endlich hielt der Lift und beide schoben ihre Wagen hinaus, Isabel zuerst. Die andere fuhr an ihr vorbei, öffnete einen Wandschrank gegenüber dem Aufzug und nahm Bettwäsche und Handtücher heraus. Und als sie in den Gang auf der rechten Seite ging, wusste Isabel, dass die linke Seite ihre war.

Sie tat in jedem Zimmer das, was sie für nötig hielt, räumte auf, leerte die Abfallbehälter, wechselte Bettwäsche und Handtücher, wischte Bad und Böden und wedelte Staub. Zimmer für

Zimmer. Und als sie am Ende des Ganges angekommen war, schaute sie auf die Uhr. Die Arbeitszeit war längst überschritten. Außer ihr war niemand mehr da.

Sie fuhr den Wagen hinunter, zog sich um und verließ das Hotel. Sie hätte Michael fragen können, was das Verhalten der anderen Frauen bedeutete, aber sie tat es nicht. Sie erzählte auch Sonja nichts davon. Am nächsten Tag empfing Michael sie mit der Nachricht, es habe Beschwerden gegeben: das Konfekt auf den Kopfkissen und der Begrüßungssekt habe gefehlt. Aber sie solle sich nicht grämen, das komme bei Anfängerinnen oft vor.

Die folgenden Tage verliefen wie der erste, nur dass sie sich mehr beeilte und einiges ausließ. Aber immer war sie später fertig als die anderen. Es war der fünfte Tag, Isabel war beim vorletzten Zimmer angekommen und dabei, das Bett zu beziehen, da spürte sie, dass jemand lautlos hinter sie getreten war und sie von hinten fast berührte. Sie beugte sich langsam hoch, spürte die Berührung und roch ein männliches Deodorant. Dann hörte sie ganz nah an ihrem Ohr Michaels Stimme, er brauchte nur zu flüstern:

„Schöne Isabella", raunte er, „dir muss doch etwas fehlen." Er hielt inne. Isabel stand bewegungslos. „Etwas, das dir deine Freundin nicht geben kann. Etwas so Schönes. Es ist solch ein Jammer, dass eine wunderbare Frau wie du verzichten muss. Auf das Einzige, was sie glücklich macht." Er lachte leise und schien dann aufzuhorchen.

Während er gesprochen hatte, war die Zimmertür ins Schloss gefallen. Vielleicht war noch jemand gekommen. Isabel sagte nichts, sie wartete ab, bis sich der Schrecken gelegt hatte. Dann trat sie schnell einen Schritt zur Seite und drehte sich um. An der Tür stand Lowe.

Sie sah Lowe an, dann wendete sie den Blick zu Michael. „Mr. Lowe", sagte sie ruhig, „weisen Sie bitte den Rezeptionisten an, den Raum zu verlassen." Sie schaute wieder zu Lowe und sah, wie er von der Tür weg trat und Michael mit einer Geste hinauswies. Der zögerte erst, warf einen fragenden Blick auf Lowe, schüttelte den Kopf und ging.

Isabel unterdrückte den Impuls erleichtert aufzuatmen. Stattdessen richtete sie sich an Lowe und bat ihn freundlich, aber bestimmt, in der kleinen Sitzecke des Zimmers Platz zu nehmen. Sie selbst setzte sich nicht, stellte sich vor ihn hin und fragte:

„Womit kann ich Ihnen helfen?"

Er zögerte, schaute sich im Raum um, zuckte die Schultern und sagte: „Ich ... aah. Wollte einmal nach dem Rechten sehen. ... Sie sind ja jetzt ... aah ... so etwa eine Woche hier. Scheinen ganz gut zurechtzukommen. Das freut mich ..., ja, freut mich sehr."

Noch während er sprach, war er aufgestanden und zur Tür gegangen. Er öffnete sie und erstarrte. Im Gang hatten sich die Frauen versammelt, die ihn jetzt grinsend betrachteten. Er zog die Schultern nach vorne und murmelte, während er das Zimmer verließ, „Kontrollgang". Im Spalier der Frauen sah man seinen steil erhobenen Kopf. Die Frauen prusteten erst los, als er schon eine Weile verschwunden war.

Isabel war stehen geblieben, nun war sie es, die den Frauen gegenüberstand. Nur jetzt keine Schwäche, dachte sie. Alle starrten sie an. Eine ältere, hoch aufgeschossene mit Kraushaar und einer Hautfarbe wie Olivenöl fragte schließlich: „Wie hast du das gemacht?"

„Naja ..."

Als mehr nicht kam, fuhr die Frau fort: „Wir haben nichts übrig für Fremde. Du bist nicht von hier."

Isabel nickte.

Die Frau trat ein paar Schritte vor ins Zimmer: „Da ist noch was. – Immer wenn eine Neue eingestellt wird, muss eine gehen. Also, wenn du nicht spitze gearbeitet hast, irgendetwas ist schiefgegangen oder so. Vielleicht, du hast was vergessen, jedenfalls fliegst du dann raus, wenn eine Neue kommt." Die Frau wartete auf eine Reaktion. Als keine kam, sprach sie weiter: „Und wenn alles perfekt war, nichts ist auszusetzen oder keiner hat was gemerkt, dann kommt Lowe und pickt sich eine raus und sagt: ‚Du musst jetzt gehen!' Und wenn du das nicht willst, verlangt er einen Gratisfick. Und wenn du das nicht willst, dann musst du gehen."

Sie machte eine Pause. Isabel sagte immer noch nichts.

„Die, die wegen dir weg ist, heißt Wanda. Sie hat russische Eltern. Sie findet Lowe eklig, also musste sie gehen."

Wieder eine Pause, wieder sah Isabel sie nur ruhig an.

„Aber davon konntest du natürlich nichts wissen. Ist schon in Ordnung."

Die Frau nickte, drehte sich um und ging hinaus. Alle gingen wieder an die Arbeit.

VII

„Du bist eine wunderbare Frau", sagte Tony, und als er weitersprach, vibrierte seine Stimme ein ganz klein wenig, „ich habe so ein Glück gehabt, dass ich dir begegnet bin."

Seit einiger Zeit sprachen sie Spanisch miteinander und mit seinem weichen Akzent und den Ungeschicklichkeiten des Ausdrucks wirkten seine Worte noch anrührender, als wenn er Englisch gesprochen hätte. Natürlich sagten viele Männer so etwas, aber bei Tony, ausgerechnet bei Tony war es ehrlich, da bestand kein Zweifel. Er tat dies und tat jenes und manchmal war es zum Verzweifeln, aber wenn er etwas sagte, dann meinte er es auch so.

Tony kam nicht mehr jeden Abend nach Hause, manchmal nur ein, zweimal die Woche und manchmal auch nur für ein paar Stunden. Er habe sich eine kleine Wohnung gemietet, sagte er, eigentlich nur ein Zimmer, drüben in der Candelaria, dort seien die größeren Wettbüros. Es sei besser vor Ort zu sein, um die Stimmungen im Geschäft mitzubekommen. Er arbeitete für ein Wettbüro mittlerer Größe, warb und beriet Kunden, verwickelte sie in Gespräche und ließ etwas von seinem Wissen durchblicken. Offenbar hatte er großes Geschick darin, die Kunden in aufgelockerte, humorvolle Stimmung zu bringen, nie war die Rede davon, dass ein Verlust größerer Beträge etwa seinem Ratschlag angelastet worden wäre.

Zu Anfang hatte ihm sein Chef kaum etwas gezahlt, aber schon nach wenigen Wochen war allen klar, um wie viel der Umsatz gestiegen war und wie viel Tony dazu beitrug. Da waren nicht mehr viele Worte notwendig gewesen, um den Lohn auf eine akzeptable Höhe zu bringen. Das waren aber nicht seine größten Einnahmen, denn häufig, wenn auf Grund von Tonys klugen Ratschlägen ein ordentlicher Gewinn eingefahren wurde, zeigten sich die Kunden großzügig und schoben ihm ein paar Scheine zu.

Beatriz bekam das Ganze in aller Offenheit und mit einer Prise Stolz erzählt und konnte nur staunen.

VIII

„Ich habe meiner Mutter von dir erzählt", sagte Estrella, und auch bei ihr konnte man Stolz in der Stimme hören. „‚Ich liebe ihn', habe ich gesagt, ‚und er hat Arbeit im Laden der Colonia Tovar'"
„Und? Deine Mutter, was hat sie gesagt?"
„Die Leute von Tovar, die sind Fremde, die wollen einfach nicht so sein wie wir. Da weiß man nie. Aber sie können gut wirtschaften, Arbeit bei ihnen zu haben, ist gut. Und das zählt bei meiner Mutter. Dass du Arbeit hast."
„Sie ist also zufrieden?"
„Sie möchte dich kennen lernen."
Sie schwiegen. Dann sagte Bruno: „Was hältst du von einem Gastgeschenk? Was meinst du, was würde ihr gefallen?"
„Ich weiß nicht."
Aber Bruno hatte eine Idee. Im Laden gab es Körbe unterschiedlicher Größe, in denen Geschenke arrangiert werden konnten. Er nahm einen von ihnen, legte eine Wurst hinein, ein Stück Schinken, Erdbeermarmelade und ein Glas Pflaumenkompott. Mit diesem Korb in der Hand stand er kurze Zeit später in dem mittelgroßen Raum, der den größten Teil des Häuschens ausmachte, in dem Estrella aufgewachsen war. Er war zugleich Küche, Wohn- und Arbeitsraum und man sah, dass auch jemand hier schlief. Gegenüber der Tür standen ein paar Plastikstühle an der Wand und ein langes Kunstledersofa, darauf saß die Mutter. Sie war noch kleiner als Estrella, hatte volles schwarzes Haar, aber in Ihrem Gesicht überwogen bekümmerte Falten das Lachen.
„Das ist Bruno", Estrella war auf sie zugegangen, die Mutter sagte nichts. Verlegenes Schweigen. – Du lieber Gott, Bruno! Er war doch kein Teenager mehr, der zum ersten Mal den Eltern seiner Freundin begegnet! Aber er hatte nicht daran gedacht, sich ein paar passende Redewendungen zurechtzulegen und stotterte jetzt mit unsicherem Spanisch herum. Immerhin brachte das die Mutter zum Reden.
„Er spricht aber nicht gut Spanisch", sagte sie, forderte ihn trotzdem auf, sich auf einen der Plastikstühle zu setzen und

schickte ihre Tochter nach Saft und Gläsern. „Im Laden kommt er sehr gut zurecht", sagte Estrella noch, bevor sie Gläser auf einen kleinen Tisch stellte und hinausging, offenbar um in der Nachbarschaft etwas zu trinken zu holen.

Sie war noch nicht wieder zurück, als ein Mann hereinkam. Er war so groß wie Bruno, aber wesentlich jünger. Seine Ähnlichkeit mit den beiden Frauen war deutlich, wenn es auch schwer gewesen wäre, sie genau zu bestimmen. Anders als Mutter und Tochter jedoch strahlte er großes Selbstbewusstsein aus, sein Auftreten war so, dass man ihn sich – in anderer Umgebung und mit passender Kleidung – als Geschäftsführer eines kleineren Betriebes hätte vorstellen können. Jedenfalls in respektabler Position.

Er sagte nichts. Er beachtete Bruno gar nicht und seine Mutter auch nicht, er machte sich auf der anderen Seite des Raumes auf einer Anrichte zu schaffen, als suchte er etwas dort. Erst als Estrella hereinkam, mit einem Krug Maracujasaft, der sofort seinen Duft im ganzen Raum verströmte, da sah er auf.

„Ist das dein Neuer?"

„Mein Liebster und Einziger, du Blödmann", sagte Estrella und lockerte damit ein wenig die Atmosphäre. Zu Bruno sagte sie: „Das ist Rubén, mein geliebter Bruder." Da blickte auch der zu Bruno hinüber, nickte und sagte: „Hola!"

„Hola", sagte Bruno.

„Du bist aus Europa, nicht wahr?"

„Das hab' ich dir doch schon gesagt", fuhr Estrella dazwischen.

„Misch dich nicht ein, wenn Männer reden", sagte Rubén. Auf der Anrichte stand Brunos Korb, Rubén hatte ihn entdeckt, das Marmeladenglas geöffnet und mit dem Finger probiert. „Nicht schlecht. Aus Tovar, nicht wahr? Ich hatte noch nie was von da gegessen. Wirklich gut."

„Ist ein Geschenk von Bruno", sagte Estrella.

„Ja, Tovar ist nicht schlecht. – Könnt ihr denn da auch wohnen, ich meine in dem Laden?"

„Ja, sicher", log Estrella.

Die Mutter forderte alle noch einmal auf, von dem Saft zu trinken. Bruno hob sein Glas, um mit den anderen anzustoßen, aber die verstanden das nicht. Stattdessen kündigte Estrella ihren Aufbruch an, und als sie dann auf der Straße standen, nahm Bruno sie fest in den Arm. Wir sind uns näher gekommen, dachte er, wir gehören zusammen. Estrella hatte eine Tasche mit Wäsche mitgenommen, sie würde ab jetzt in Brunos Hütte wohnen.

*

Estrella arbeitete nun mit im Tovar-Laden, jedenfalls an den Wochenenden und wenn, wie Uwe Lenze es ausdrückte, ‚Not am Mann' war. Er war auch der Meinung, dass ihre ‚reizende Erscheinung' den ein oder anderen Kunden dazu bewegen würde, etwas länger im Laden zu bleiben und etwas mehr zu kaufen, als er ursprünglich vorhatte. Aber das war natürlich nicht zu beweisen. Wichtiger war ihm auch, dass er nun öfter mit einer Warenauswahl in die Hotels fahren konnte, in den Bootsclub Puerto Azul und Camuri Grande, wo zahlungskräftige Familien aus Caracas die Wochenenden verbrachten. Dort ein Zusatzgeschäft zu machen, das lohnte sich. Seit Bruno gut eingearbeitet war, hatte er mit diesen Fahrten begonnen, mit Estrella im Laden konnte er sogar an den Wochenenden fahren.

„Wenn das so weitergeht", sagte er einmal, „dann können wir uns früher zurückziehen." Bruno sah ihn fragend an. „Ach, da müssen wir mal in Ruhe drüber reden, zu deinem Nachteil wird es jedenfalls nicht sein."

Inga Lenze hatte ein schlechtes Gewissen, weil das junge Paar, wie sie meinte, keinen angemessenen Wohnraum hatte, und überlegte, ob man hinter dem Haus anbauen oder in der Nachbarschaft etwas finden könne. Aber die beiden wollten davon nichts wissen. Vor allem Bruno sehnte sich überhaupt nicht nach festen Mauern in einer engen Straße, er schätzte das Leben am Strand, wo das ewige Rauschen der Wellen ihn spüren ließ, dass er Teil eines großen Universums war. Und wenn er nachts einmal wach wurde, liebte er es vor die Hütte zu treten und in die Sterne zu schauen. Er konnte dann atmen, als hätte er nie in einem Kellerloch in den Trümmern gesessen.

Neben dem Holzhäuschen, das er nun mit Estrella bewohnte, hatten sie noch eine Nachbarhütte hergerichtet, um dort Dinge unterzubringen, die sie selten brauchten, und um in der Regenzeit Wäsche zu trocknen. Überhaupt schreckte der Regen sie nicht mehr, seit sie mit Uwe Lenzes Hilfe die Dächer erneuert und die Holzsockel, auf denen die Hütten standen, repariert hatten. – Das alles war gut so, und Bruno dachte, dass es so bleiben könnte. Aber so blieb es natürlich nicht.

*

Mochte der Teufel wissen, was das sollte. Aber den konnte man ja schlecht fragen. Überhaupt waren es Dutzende von Teufelsgestalten, die sich durch die Straßen schoben, an den kleinen Plätzen anhielten und dann wieder in rhythmisch stoßenden Bewegungen weiterdrängten, groteske Gestalten in Rot und Gelb, den Farben des Feuers. Und wie ein Motor, der jede Bewegung antrieb, stampfte die monotone Musik der Trommeln.

Man hätte das wogende Meer undurchschaubarer Erscheinungen einfach nur betrachten können, aber die Teufel tanzten nicht nur für sich selbst, immer wieder griffen sie sich einen der Passanten, die am Straßenrand standen und sie anstaunten. Sie blickten ihn mit bösem Grinsen an und schüttelten ihn, als wollten sie seine Seele aus ihm herausschleudern. Etwas Feindseliges lag in der Luft. Wären nicht die Touristen gewesen, die dem Zug folgten und ihn fotografierten, man hätte Angst bekommen können.

Estrella blieb bemerkenswert ruhig, auch als ein großer Teufel hervorsprang und Bruno packte. Er raunte ihm Fragen zu: ob er seine Sünden gebeichtet habe, ob er sein Mädchen gut behandle, ob er wisse, wie furchtbar die Hölle sei. Da wurde es Bruno klar, durch die Augenschlitze erkannte er Rubén und machte sich lachend von ihm los. Trotzdem blieb das Gefühl, einer zu sein, der herumgestoßen wird, ein Opfer der Teufel.

Eigentlich hätte er im Laden sein müssen, es war ein Feiertag und es waren mehr Auswärtige da als an den meisten Wochenenden. Aber Estrella hatte gedrängt, es sei etwas ganz Besonderes, die Teufelstänze an Fronleichnam, das gebe es nur hier in Naiguatá: „Bruno du musst dir das ansehen. Das ist unser Fest, unsere Religion, das gehört dazu, wenn man hier lebt."

„Geh ruhig hin", hatte Uwe Lenze gesagt, „ich bleibe im Laden. In den Clubs ist heute sowieso nichts los." Da war er dann mitgegangen, mit Estrella, hatte versucht dem Rhythmus der Trommeln zu folgen, sich hineinzubegeben in die ausgelassene Atmosphäre. Aber es gelang ihm nicht. Was er spürte, war aggressive Herausforderung, als wollten alle ihn bloßstellen.

*

Am Donnerstag gegen Abend kamen gewöhnlich keine Kunden mehr. Es war ein solcher Abend, als Uwe Lenze ihm sagte, dass es nun Zeit sei zu reden. Die Art, wie er sprach, machte deutlich, dass es nicht um etwas Alltägliches ging. Während Inga noch aufräumte, begleitete er Bruno vor die Tür und schloss den Laden von außen ab.

„Ich will dich ein Stück begleiten", sagte er, und als sie die letzten Häuser hinter sich ließen und den Weg zum Strand einschlugen, begann er: „Die Hypothek ist jetzt abbezahlt, die auf unserem Haus in Tovar lag. Zusätzlich habe ich noch etwas zurücklegen können. Wir können jetzt auf unser Altenteil gehen, Inga und ich. Und du bist der Richtige um den Laden weiterzuführen." Er machte eine Pause, wie um Bruno Gelegenheit zu geben, etwas zu sagen. Aber der schwieg. „So ein Laden hat eine Seele", fuhr Lenze nach einer Weile fort, „ich meine damit: die Leute, die ihn führen, müssen eine Haltung haben. Ehrlich, verlässlich und dem Kunden zugewandt. Das bist du und das kannst du. Darüber bin ich sehr froh, es hätte mich unglücklich gemacht, den Laden an irgendwen weiterzugeben." Wieder machte er eine Pause und wieder sagte Bruno nichts. Er dachte daran, mit welcher Selbstverständlichkeit Lenze seine, Brunos, Bereitschaft voraussetzte, sich in die Pläne einzufügen, die er für sich gemacht hatte. – Aber natürlich hatte er Recht.

„Ganz so einfach ist es allerdings auch wieder nicht." Sie hatten die Küstenstraße überquert und spürten die Brise vom Meer. Lenze war jetzt ganz geschäftsmäßig. „Ihr werdet uns eine kleine Rente zahlen müssen. Das gibt der Laden immer her, und wenn es einmal ganz schlecht läuft, werden wir eine Lösung finden. Schwieriger ist eine andere Sache, ich habe dir nie davon erzählt, aber jetzt musst du es wissen. Du kennst aus Veracruz das Cártel, bei uns gibt es Don Álvaro, das ist ungefähr dasselbe mit einem anderen Namen. Don Álvaro bekommt jeden Monat seinen Anteil und dann lässt er uns in Ruhe. Ein beträchtliches Sümmchen, aber es muss sein."

Sie waren ein Stück die Straße entlang gegangen und hatten sich auf eine Betonbank gesetzt. Es war noch nicht ganz dunkel, über den Strand hinweg konnte man die Schaumkronen auf dem Wasser sehen. „Da ist noch etwas", sagte Uwe Lenze, „du brauchst jemanden, der von hier ist oder wenigstens irgendwelche Papiere hat, sonst bist du ja sozusagen gar nicht vorhanden. Mit den Tovar-Sachen wäre das vielleicht noch gegangen, aber für das Lotteriegeschäft kommst du nicht darum herum. Und auch mit den Leuten von Don Álvaro lässt du besser einen von hier verhandeln. Du musst also einen mit ins Geschäft nehmen, ich hab' schon mal an Estrellas Bruder gedacht. Was meinst du?" Er zögerte. „Oder weißt du einen besseren?"

„Rubén? Ich weiß nicht." – Aber einen anderen kannte er auch nicht.

„Dann haben wir ja was zum Nachdenken. – Und bevor du jetzt anfängst eine Rede zu halten, mach' ich mich mal auf zu Inga und dem Abendessen", Lenze war schon aufgestanden und wandte sich der Straße zu. Bruno schaute ihm nicht nach, er saß noch eine Weile in Gedanken, dann ging er mit großen Schritten über den Strand um Estrella die Nachricht zu bringen. Die aber stand im Schein einer Petroleumlampe und wollte gar nichts davon wissen. Als er näher kam, zog sie ihr T-Shirt hoch und ließ ihn niederknien und seinen Kopf an ihren Bauch legen. „Hörst du was?", fragte sie, „hörst du was?"

Es dauerte ein paar Sekunden, bis Bruno begriff. „So ein Glück!", rief er, „so ein Glück!" Er hob Estrella auf seine Arme, tanzte mit ihr über den Strand und merkte kaum, dass ihm Tränen übers Gesicht liefen.

IX

„Ich denke oft an die anderen", sagte Isabel einmal. „Was meinst du damit?" Sonja war nicht ganz mit ihren Gedanken dabei.

„Ich meine die, die mit mir herübergekommen sind, weißt du. Manchmal denke ich, sie sind wie Familie für mich, etwas in der Art."

Sonja sah sie an. „Habe ich eine Familie?", dachte sie „Sie sind die einzigen, die wenigstens eine Ahnung haben, wer ich früher war. Damals, weißt du? Zu Hause sozusagen. Die Isabel vor der Flucht."

„Ich glaube, ich verstehe", Sonja war jetzt ganz dabei. „Wir können es ja so machen", sagte sie, „du übernimmst in Zukunft den Mail-Kontakt mit Chacho in Veracruz. Wenn überhaupt einer, dann hat er Verbindung zu deinen Leuten. Wir haben das ohnehin vernachlässigt, seit wir hier sind. – Und ich kümmere mich verstärkt um die Kontaktpflege mit den NGOs und den Kongressleuten, vielleicht wird das mit den Bürgschaften ja doch noch was." Sie machten sich sogleich daran, Chacho eine Mail zu schicken.

In dieser Nacht schliefen sie miteinander mit einer Lust und Hingabe, wie sie es lange nicht mehr getan hatten. – Und wie sie es in Zukunft nicht mehr tun würden.

Chachos Antwort ließ mehr als eine Woche auf sich warten, und als sie dann da war, machte sie die beiden Frauen einigermaßen ratlos. Erst bedankte er sich überschwänglich, dann schrieb er alle möglichen Sätze hintereinander, die man in Glückwunschschreiben benutzt, altmodische Ausdrücke wie „Das höchste Glück komme euch zustatten!" und am Schluss beteuerte er, er werde sich auf jeden Fall wieder melden.

Das Rätsel löste sich zwei Wochen später mit der Ankunft eines eingeschriebenen Briefes. *„Die guten alten Kurierdienste sind doch noch zu was nütze"*, schrieb Chacho, *„da ist kaum ein Risiko, dass jemand mitliest. Seitdem ich in die Netze von El Cártel gekommen bin, muss ich aufpassen, mein Mail-Verkehr* könnte kontrolliert werden. Dafür war der Müll von letztens. Übrigens gilt das auch für Laura, auch an sie bitte nur unverfängliche Sachen, nichts von Flüchtlingen.

O.K., jetzt die guten Nachrichten. Mit Marco habe ich kürzlich einen sauberen Kontakt etabliert. Um ihn sicher zu machen, musste ich einen eigenen Mail-Server einrichten, von dem niemand weiß und der nur über eine sehr gute Verschlüsselung zugänglich ist. Ich bin bereit euch in diesen Zugang aufzunehmen, Adressen, Verschlüsselungsschritte und –codes und den Speicherchip mit der nötigen Software findet ihr im Umschlag beigelegt. Ihr müsst das sehr sorgfältig installieren und vor allem höllisch aufpassen, dass niemand anderes davon erfährt. Wenn alles läuft, verbrennt bitte die Zettel mit den Codes und zerstört den Speicherchip.

Wenn ihr alles eingerichtet habt, könnt ihr auch mit Marco kommunizieren. Der wird sich freuen, er ist wirklich sehr in Ordnung. Er will wieder Kontakt zu Walter aufnehmen. Und auch zu Bruno und Vera, was sicherlich schwieriger ist. Seit sie in Venezuela sind, haben wir noch nichts von ihnen gehört. Von Tony wissen wir gar nichts. Aber Ulla sehen wir öfter, sie lebt jetzt im Haushalt von Isolde."

Ausgerechnet dieser Marco.

X

Einen Augenblick lang glaubte Beatriz in einem Horrorfilm zu sein. Dann sah sie, dass es ganz so schlimm nicht war. Sie hatte in aller Eile die Wohnungstür geöffnet, was sie sonst nie tat, ohne zu wissen wer kam. Wenn kein Anruf des Pförtners gekommen war, sah sie wenigstens durch den Türspion. Aber diesmal hatte sie Tonys Stimme gehört, und zwar so durchdringend und gleichzeitig so jämmerlich, wie sie es nie für möglich gehalten hätte. Und wie er so dastand, war nach der Schrecksekunde leicht zu erkennen, dass er eine Platzwunde seitlich am Schädel hatte, aus der viel Blut über das Gesicht, den Hals, Hemd und Jacke bis auf die Hose gelaufen war. Eine Augenbraue war aufgeschlagen und ein großes Hämatom hatte sich über Schläfe und Jochbein breitgemacht. Das Blut am Kopf war verkrustet, auf der Kleidung sah es aus wie dick aufgetragener Lack, der genügend Zeit gehabt hatte, ein wenig anzutrocknen.

„Komm rein, Lieber", sagte sie. Er war jetzt ganz still geworden. „Oh, komm doch rein, schnell!" Sie schloss die Tür hinter ihm, zog ihn ins Bad, setzte ihn auf den Rand der Badewanne und zog ihm vorsichtig Jacke und Hemd aus. Auf dem Brustkorb waren weitere blaue Flecken, nach einem Rippenbruch sah es aber nicht aus.

„Sie haben mich fertig gemacht", sagte er und seine Stimme brach dabei, als finge er gleich an zu schluchzen. Es war klar, dass seine Seele schlimmer getroffen war als der Körper. Beatriz hatte das Verbandszeug gleich bei der Hand, wusch die Wunden aus und klebte Pflaster darüber. Lange hatte sie so etwas nicht mehr gemacht, so konzentrierte sie sich ganz darauf und fragte für den Augenblick nicht weiter. Erst als sie ihm saubere Kleidung angezogen, ihn in den Salon geführt und ihm einen Whisky mit viel Soda hingestellt hatte – sie selbst trank lieber Tequila – erst dann sprach sie wieder: „Was ist denn nun passiert?"

Tony konnte nicht sprechen. Stattdessen lief ein Strom von Tränen über sein Gesicht und in kurzen Abständen schüttelte es seinen Körper. Der arme Kerl. So lange war er der Unantastbare gewesen, unerschütterlich in seinem Selbstvertrauen, nun waren die Mauern gebrochen, jedenfalls für den Moment. Sie schaute ihm ins Gesicht, das eben noch blass, jetzt hochrot geworden war, so dass sich das Hämatom in seiner Farbe nicht mehr so stark abhob. Er konnte ihrem Blick nicht standhalten, schaute zur Seite und nach einer ganzen Weile, den Blick aus dem Fenster gerichtet, begann er zu antworten: „Sie wollten einen Anteil, 30 Prozent. Für den Patrón, hieß es. Ich hatte das nie gezahlt, hab es nicht eingesehen. Und als ich dann doch zahlen wollte, war es zu spät. Sie haben mich verprügelt und mir mein Geld abgenommen. Und als ich am Boden lag, haben sie zugetreten. Ich soll mich nicht mehr blicken lassen, riefen sie, als sie endlich weggingen. – Es war eine Menge Geld, das sie mir abgenommen haben." Tony senkte den Blick zu Boden, er sah starr vor sich hin. „Was soll ich bloß tun?", sagte er.

Es fiel Beatriz nicht schwer ihm klarzumachen, dass er die nächste Zeit bei ihr bleiben würde, sich auskurieren. Ganz warm wurde ihr, wie sie ihn ansah, ausgestreckt auf dem Sofa, der Oberkörper auf ein paar Polstern leicht erhöht. Und es war tatsächlich eine tiefe Freude, die sie spürte, jetzt, wo sie für ihn sorgen konnte. Letzten Endes war es doch ihr Tony. Zu ihr war er gekommen und sie war es, die eine Lösung finden würde, wie es weitergehen konnte.

Die Art und Weise, wie sie in den folgenden Tagen miteinander lebten, erinnerte ein wenig an Tonys erste Zeit in Caracas. Beatriz kümmerte sich, fühlte sich für alles verantwortlich, war immer aufmerksam. Aber Tony war ein ganz anderer. Er bewegte sich kaum, lag stundenlang untätig herum, saß vorm Fernseher, ohne wirkliches Interesse an irgendetwas. Immer wieder jammerte er laut vor sich hin. Das einzige, was er gern und ausgiebig tat, war essen, und das gab Beatriz tausend Möglichkeiten, ihn in die Leckereien der mexikanischen Küche einzuführen. Nach ein paar Tagen rührte sich auch wieder etwas, wenn sie ihn vorsichtig streichelte. Nur hinausgehen, das Haus verlassen, das wollte er noch nicht.

Lange wollte er nicht einmal darüber reden, wie es denn weitergehen sollte. Und Beatriz war mit dem häuslichen Beieinander dermaßen zufrieden, dass sie sich hütete, das Thema anzuschneiden. Dann aber war es gerade die Lust, ihren Tony nach allen Regeln der Kunst zu verwöhnen, die dazu beitrug, den

Bann zu brechen. Sie hatte mit Hilfe von Salzen und Duftölen für beide ein wunderbares Bad bereitet, danach hatten sie ganz unbeschwert miteinander geschlafen. Für einige Momente war Tony ihr nahe gewesen wie selten. Und als er dann auf dem Rücken lag und wieder ruhiger atmete, hatte sie ihren Kopf auf seine Schulter gelegt und ihn ganz aus der Nähe angesehen.

„Man muss Geduld haben," sagte er nach einer Weile.

Sie setzte sich auf, schüttelte den Kopf: „Habe ich denn keine Geduld mit dir?"

„Nein, nein, das ist es nicht. Du hast die wunderbarste Geduld der Welt. Ich meine etwas ganz anderes."

„Was denn?"

„Ja, also, wirklich etwas ganz anderes. Also: Viele Leute setzen, sagen wir, auf ein bestimmtes Pferd, weil sie etwas Gutes darüber gehört haben. Andere sagen, sie vertrauen auf ihre Eingebung. – Das kann man machen. Beides ist nicht schlecht – aber es reicht nicht."

Beatriz hatte ihren Kopf aufs Kissen fallen lassen. Sie starrte an die Decke, während Tony sich jetzt aufsetzte und mit allem Ernst weitersprach.

„Zum Beispiel beim Pferderennen, meine ich. Die Kunst liegt in der Geduld und in der Sorgfalt. Du musst alles aufnehmen, was du über das Pferd hörst, alles. Und du musst es lange beobachten, alle Ergebnisse speichern, alle Krankheiten, Verletzungen, alles was du in Erfahrung bringen kannst. Im Internet gibt es massenhaft Informationen, Videos vom Training usw. Ob das Pferd nun in China steht oder in Saudi-Arabien. – Und dann, wenn du alles im Kopf hast, wenn du sozusagen voll bist mit diesem Pferd, dann glaub nicht, dass du mit logischen Schlussfolgerungen das richtige Ergebnis bekommst. Nein! Dann könnte ja ein Computer besser wetten als ich. Nein. Nur dann, nur mit allen Informationen, funktioniert sie richtig, deine Intuition, deine Eingebung. Das gilt nicht nur für Pferderennen, das gilt für alle Arten von Wetten. Eingebung ist keine Zauberei, sie ist Arbeit, auch wenn sie sich nicht so anfühlt."

Er schaute auf sie hinunter, da blieb ihr nichts übrig, als ihn anzusehen. „Gibt es für dich denn nur das Wetten?", sagte sie.

„Ich verstehe ja, dass du gern machst, was du so gut kannst. Aber du hast doch gesehen, wie sie dich dort fertigmachen."

Tony senkte den Blick, er sagte nichts.

„Es gibt doch so viele andere Dinge, die du gut kannst."

Tony schwieg weiter.

„So vieles andere, was du machen könntest."

„Sag mir etwas."

„Zum Beispiel ...", Beatriz zögerte. Was könnte er machen? Es musste doch etwas geben. Sie könnte Bekannte fragen, ob sie ihm eine Stelle in ihrem Geschäft gäben. Aber das wäre nur eine Notlösung. Er könnte für eine Fluggesellschaft arbeiten, zum Beispiel, aber wollte sie das wirklich?

„Siehst du!"

„Eigentlich solltest du gar nicht arbeiten. Ich habe genug Geld für uns beide. Bleib einfach hier bei mir."

Tony ließ sich aufs Bett fallen und wandte sich ab. Minutenlang war Stille. Beatriz sprach als erste wieder: „Wie heißt denn der Laden in der Candelaria, in dem du gearbeitet hast? Vielleicht kann ich ja was machen."

Sie erfuhr, dass das Wettbüro, für das er gearbeitet hatte, „El Último" hieß und sein Besitzer Bernardo Jiménez. Erst überlegte sie, ob sie mit Lucrecios Hilfe versuchen sollte, etwas über den Patrón der Candelaria herauszubekommen, dann aber beschloss sie, anders vorzugehen.

*

Unter normalen Umständen wäre sie nie allein in die Candelaria gefahren, alle aus ihrem Bekanntenkreis hätten sie für verrückt erklärt, wenn sie von ihrer Unternehmung gewusst hätten. Eine Frau aus Palos Grandes hatte dort nichts zu suchen, erst recht nicht alleine, da war sie für einen Raubüberfall geradezu eine Aufforderung! Aber diesmal musste es sein. Unter dem Vorwand eines Damenkränzchens verabschiedete sie sich an einem frühen Nachmittag von Tony, ließ sich von einem Taxi in die Candelaria fahren und dort vor einem Geschäft für Damenmoden absetzen. Früher hatte es viele solcher Geschäfte hier gegeben, jetzt war es noch das eine. In den Jahren, seit sie in Caracas lebte, hatte sich die Candelaria sehr verändert. Im Erdgeschoss der Bürogebäude, die verschiedene Agenturen, IT-Firmen und u.a. auch die Telefon-Companie beherbergten, hatte sich an der Straßenfront früher Laden an Laden gereiht. Neben Damen- und Herrenbekleidung hatte man Stoffe, Kurzwaren, auch Haushalts- und Eisenwaren, Buchantiquariate und spanische Restaurants gefunden. Jetzt war davon nur noch wenig übrig, stattdessen gab es Stehimbisse, Spielsalons und eben Wettbüros.

Beatriz verschwand so schnell es ging in jenem letzten verbliebenen Geschäft für Damenoberbekleidung, taxierte das Angebot und ließ sich in den hinteren Teil führen, wo die gediegene Kleidung für Frauen angeboten wurde, die im Arbeitsleben standen. Sie suchte sich eine schlichte weiße Bluse aus und ein Kostüm aus mittelblauem Wollstoff, wie es die Schreibkräfte und Telefonistinnen in den Büros der Gegend wie eine Uniform trugen. Dazu kaufte sie eine der kräftigen, die Eleganz der Beine betonenden Strumpfhosen, die auch deshalb in den Büros beliebt waren, weil sie gegen den kühlen Luftzug der Klimaanlagen schützten. Als sie das alles angezogen und die mitgebrachte Kleidung in einer Einkaufstasche mit dem Emblem des Ladens verstaut hatte, überarbeitete sie vor dem Spiegel der Umkleidekabine ihr Makeup, hob die Augenlider hervor, verstärkte das Wangenrot trug den dunkelsten Lippenstift auf, mit dem fast schwarzen Rot. Nun, fand sie, sah sie aus wie eine von hier.

Sie zahlte in bar, freute sich, als die Verkäuferinnen sie erstaunt, vielleicht sogar bewundernd ansahen und verließ den Laden in der Haltung einer energischen und dabei unantastbaren Lady. Ihr Gang machte deutlich, dass sie ihr Ziel genau kannte und auf dem schnellsten Wege erreichen wollte. Dabei schaute sie nur aus den Augenwinkeln zur Seite, während sie eine Straße nach der anderen durchschritt, um „El Último" zu suchen. Ohne ihre Maske auch nur für einen Moment zu verlassen, fand sie es schließlich in einer Reihe mit Spielsalons, einem Tabakladen und einem Friseur.

Die Galerie von Bildschirmen, die über der Theke hingen, nahm nur für einen kurzen Moment ihre Aufmerksamkeit in Anspruch, dann richtete sie den Blick auf die Männer, die den Laden bevölkerten. An einigen Tischen gegenüber der Theke saßen Gestalten, die nicht den Eindruck machten, als ob sie jemals wieder aufstehen wollten. Vorn an der Theke standen zwei junge Männer in schwarzen Anzügen. Sie hatten ihre Sonnenbrillen abgenommen und diskutierten heftig. Weiter hinten im Dämmerlicht war ein älterer Mann in eine Zeitschrift vertieft und hinter der Theke stand, ebenfalls mit Papieren beschäftigt, ein großer, schlanker Typ. Das musste Bernardo Jiménez sein. Er hatte langes, graues, nicht sehr gepflegtes Haar und sein Gesicht trug die harten und zugleich wissenden Züge einer überstandenen Drogenkarriere.

Beatriz hatte erwartet, dass eine Frau in diesem Laden sofort die Blicke der Männer auf sich ziehen würde, aber nichts geschah, keiner guckte. Zögernd ging sie auf den Langhaarigen hinter der Theke zu, schaute ihn eine Weile an und sagte: „Ich möchte Tony sprechen."

Der Mann schaute von seinen Papieren hoch: „Warum?"

„Es heißt, er gibt gute Tipps."

Der Mann schaute an ihr vorbei. Er schien nachzudenken, wandte sich dann zu den Bildschirmen, korrigierte eine Einstellung, schaute wieder zu den jungen Männern in Schwarz. Dann schob er Beatriz ein zerlesenes Magazin zu und sagte: „Wenn Sie Tipps suchen, die hier sind die besten." Sein Blick ging weiter an Beatriz vorbei, sie bemerkte Anzeichen von Ungeduld. Also nahm sie die Zeitschrift und setzte sich an einen der Tische.

Es dauerte, bis die beiden an der Theke des Streits müde waren, ihre Sonnenbrillen aufsetzten und den Laden verließen. Und erst als auch der ältere Mann, der so ausdauernd in die Zeitschrift vertieft gewesen war, seine Wette abgegeben hatte, kam der Langhaarige hinter der Theke hervor und setzte sich zu Beatriz.

„Wie geht es ihm?"

„Sind Sie Jiménez?" Er nickte. „Es war zum Glück nicht so schlimm, wie es auf den ersten Blick aussah. Sein Körper ist wieder fit. Jetzt möchte er zurück zur Arbeit, und zwar hier."

„Woher kennen Sie Tony?"

„Ich habe ihn hierher geholt, von Veracruz."

Jiménez' Gesicht gestaltete sich zu einem breiten Lächeln. „Ein appetitliches Kerlchen, oder?" Und als Beatriz darauf nicht einging, wurde er ernst und geradezu freundlich. „Tony ist eigentlich ganz in Ordnung. Er ist ein Genie und er ist auch ein verdammter kleiner Scheißer. - Ein Genie im Umgang mit den Kunden. Er hilft ihnen, sich selbst auf den Punkt zu bringen. Einer hat mal gesagt: er kennt mein Hirn besser als ich selbst. Er trifft da genau hinein und deshalb ist es auch o.k., wenn man mal verliert." Jiménez sprach mit Sympathie, das war deutlich zu merken. „Aber dann", fuhr er fort, „hat er versucht den Patrón zu verarschen und jeder weiß, dass der sowas sehr übel nimmt. Er hat seinen Leuten glatt ins Gesicht gelogen.

Ich selbst habe es erst im Nachhinein erfahren, es war wirklich zu bescheuert." Er machte eine Pause, als ob er Kraft schöpfen müsste, um eine solche Ungeheuerlichkeit überhaupt aussprechen zu können. „Er hat sich von den Kunden Verlustquittungen geben lassen, manchmal sogar noch 'ne Kleinigkeit dafür bezahlt. Die hat er dann ein bisschen gefälscht, so dass sie auf seinen Namen liefen. Und damit seinen Gewinn kleingerechnet. So gesehen keine blöde Idee. Aber wie konnte er annehmen, dass die Kunden, die ihm die Quittungen gegeben hatten, dichthalten würden. – Der Patrón hat erstaunlich lange stillgehalten, aber er konnte das natürlich nicht durchgehen lassen."

Jiménez warf einen Beobachterblick auf Beatriz, er wollte wohl ihre Reaktion prüfen. Als sie sich nicht rührte, seinen Blick nur abwartend erwiderte, sagte er: „Sie sind aber auch nicht von hier!" Er schaute von Kopf bis Fuß an ihr herunter, schüttelte den Kopf: „Irgendetwas stimmt nicht mit Ihnen. Was haben Sie vor?"

Auch darauf ging sie nicht ein, wusste jetzt aber, dass es Zeit war, selbst etwas zu sagen. „Tony möchte wieder arbeiten", sagte sie, „und zwar am liebsten hier im Wettgeschäft. Er hält etwas von Ihnen und meint, Sie würden ihm helfen."

Das war ein Versuchsballon, und er hatte Erfolg. Jiménez nickte nachdenklich. „Natürlich muss er zahlen", sagte er, „er ist naiv gewesen."

Und als Beatriz schwieg, fuhr er fort: „Er ist ein guter Mann. Der Laden lief besser, als er hier war. Ich werde sehen, was ich für ihn tun kann. Hat er noch Geld?"

Beatriz schüttelte den Kopf.

„Dann versuchen Sie etwas zu beschaffen. Sagen wir fünfhundert Dollar. – Können Sie nächste Woche noch einmal herkommen?"

Sie nickte und bat ihn ein Taxi zu rufen.

XI

Rubén war dabei, natürlich auch Estrella, sie saßen zu fünft im Laden. Uwe Lenze führte das Wort. Eine feine Wehmut war ihm anzumerken, aber er sprach nüchtern und entschlossen. „Das Wichtigste ist eine anständige Buchführung, schon wegen der unterschiedlichen Einnahmequellen. Das Lotteriegeschäft hat seine eigene Abrechnung. Erst wenn der Kontostand in der Zentrale ausgeglichen ist, kann der Rest der Einnahmen als Gewinn verbucht werden." Er schaute auf Inga, für die die Lotterie die ganzen Jahre über etwas Fremdes geblieben war. Als es dann um die Lebensmittel ging entspannte sich ihr Gesicht, aber man konnte ahnen, wie schwer es ihr fiel Abschied zu nehmen.

„Von den Einnahmen aus dem Tovar-Geschäft", fuhr Lenze fort, „muss zunächst einmal die Reserve für Wareneinkäufe aufgefüllt werden. Wir haben es immer so gehalten, dass nichts auf Pump eingekauft wird, immer in Vorkasse, das sorgt für gute Beziehungen mit den Lieferanten, und die sind Gold wert. – Wenn ihr dann die Einnahmen aus dem Lotterie- und dem Tovar-Geschäft zusammenwerft, ist das noch nicht der Reingewinn. 50 Prozent – darin sind die Unterhaltung und die Sicherheit des Ladens zwar enthalten, aber es ist trotzdem unverschämt viel – 50 Prozent gehen an den Patrón. Ihr müsst seinen Leuten jeden Monat die korrekte Buchführung vorlegen, versucht nicht zu schummeln, der Patrón hat seine Augen überall, in der Lotteriezentrale sowieso, aber auch bei den Tovarleuten." Er guckte zu Bruno, dann zu Rubén. „Also nochmal, legt euch nicht mit dem Patrón an – das ist Gesetz!"

Uwe machte eine Pause. Als auch die anderen schwiegen, fuhr er fort: „Von dem was übrig bleibt, müsst ihr uns, jedenfalls für die kommenden Jahre, eine Rente von 80 Dollar im Monat zahlen. Den verbleibenden Betrag, schlage ich vor, teilt ihr in drei Teile: ein Drittel für Bruno, ein Drittel für Estrella, ein Drittel für Rubén." Rubén schüttelte den Kopf, sagte aber nichts. „Wenn der Laden weiter gut läuft", sprach Uwe weiter, „wird jeder von euch genug haben, jedenfalls mehr als jetzt."

Rubén setzte zum Sprechen an. Man sah, dass er mit einem größeren Anteil gerechnet hatte, aber er schwieg dann doch.

*

Es war nicht leicht, ohne die Lenzes auszukommen. Bruno musste ungewohnte Entscheidungen treffen, wenn neue Kundenwünsche kamen oder der Absatz bestimmter Waren stockte. Aber meist lag er richtig, und mit der Zeit machte ihm das selbständige Arbeiten immer mehr Spaß. Dabei war er häufiger allein im Laden, denn mit fortschreitender Schwangerschaft war Estrella immer seltener da. Im fünften Monat zog sie zu ihrer Mutter und Bruno lebte nur noch für die Arbeit. Er überlegte, ob er jemanden einstellen und von seinem Anteil bezahlen sollte, aber er wusste niemanden, den er hätte bei sich haben wollen.

Einmal, als er nach Ladenschluss noch Buchführung machte, klopfte es. Estrella stand vor der Tür. Die Schwangerschaft hatte sie erwachsen gemacht und sie trug ihren Bauch mit Stolz, aber sie lächelte nicht. „Eine Woche haben wir uns nicht gesehen", sagte sie, „merkst du das gar nicht?"

„Du kommst ja nicht mehr."

„Du könntest ja auch einmal kommen."

„Ich arbeite viel."

„Soll das ein Vorwurf sein?"

„Natürlich nicht!"

An diesem Abend begleitete Bruno sie zum Haus ihrer Mutter. Aber die wirkte verschlossen und keiner wusste, was reden. Da verabschiedete er sich bald. Auf dem Weg zu seiner Hütte am Strand dachte er, es wäre besser, wenn Estrella öfter zum Laden käme. Das konnte für sie doch nicht so schwer sein.

Rubén hatte sich ein Auto gekauft. Er brauche es für Verkaufsfahrten zu den Hotels und Clubs, sagte er. Das werde das zweite Standbein des Geschäfts werden. Als Verkäufer schien er einiges Talent zu haben. Der Absatz war gut, und nach allem, was er erzählte, machte es ihm Spaß. Er erzählte, was für Leute er kennengelernt und wer ihm seine Telefonnummer gegeben hatte.

Einige Wochen später fuhr er mit einem Lieferwagen vor. Den habe er nicht für sich selbst, sondern für das Geschäft angeschafft, sagte er, schließlich sei nicht einzusehen, dass er für Firmenfahrten seinen privaten Wagen nehme. Außerdem erwarte die Kundschaft von einem seriösen Geschäft auch ein entsprechendes Fahrzeug. Die Kosten dafür müssten zu gleichen Teilen auf alle drei umgelegt werden. Estrella habe ihren Beitrag schon zugesagt.

Einen Moment lang wusste Bruno nicht, was er sagen sollte. Mit so etwas hatte er nicht gerechnet. Er murmelte Unbestimmtes, sah zur Decke, als ob er rechnete und rettete sich dann in die naheliegende Frage nach den Kosten des Kredits für den Wagen. Während Rubén, seinerseits etwas umständlich, ein paar Zahlen vorbrachte, so ungenau, dass Nachfragen notwendig wurden, gewann Bruno seine Geistesgegenwart zurück. Er müsse rechnen, sagte er, rechnen, ob der Laden eine solche Anschaffung überhaupt tragen könne. Er schrieb sich die Beträge auf, fragte noch einmal nach, ob sie korrekt seien, und sagte zu, die Sache zu klären.

„Morgen", sagte er, „morgen Abend kann ich dir mehr dazu sagen."

Rubén verließ ohne ein weiteres Wort den Laden, aber am nächsten Abend tauchte er wieder auf. Er schaute Bruno ins Gesicht, nicht auf das Geschäftsbuch, das der ihm vorlegen wollte: „Also?"

„Es ist eindeutig", sagte Bruno, „die monatlichen Kosten für den Lieferwagen sind höher als die Einnahmen aus dem Geschäft in den Hotels und Clubs, hier: sieh es dir an!"

Rubén schaute Bruno weiter ins Gesicht: „Du willst also nichts locker machen für den Wagen?"

„Darum geht es nicht. Die Anschaffung des Lieferwagens wäre ein Verlustgeschäft. Darum geht es. – Eines könnte ich mir vorstellen: Wenn du den Lieferwagen als deinen privaten nimmst – dann musst du den anderen wahrscheinlich verkaufen – also wenn der Lieferwagen dir – ich meine dir allein – gehörte, dann könntest du einen Prozentsatz – sagen wir 20 Prozent von dem Gewinn aus dem auswärtigen Geschäft für deine Unkosten bekommen. – Das könnte ich mir vorstellen."

„20 Prozent! Die kannst du dir sonst wohin stecken!", sagte Rubén nicht sehr laut, drehte sich um und ging.

*

Von da an kam Rubén nur noch zur Verteilung des Gewinns, den Lieferwagen sah Bruno gar nicht mehr. Dafür erschien einige Wochen später jemand anderes im Laden. Es war an einem Werktag, nicht viel Betrieb, die einzige Kundin war die Haushälterin eines Millionärsehepaares, das sich an der Küste niedergelassen hatte und regelmäßig im Tovar-Laden einkaufen ließ. Sie hatte eine lange Einkaufsliste und den Chauffeur zur Hilfe mitgebracht. Während Bruno wie gewohnt die Bestellung Stück für Stück abarbeitete, kam ihm die schlanke Gestalt mit den hellblonden Haaren wie eine unwirkliche Erscheinung vor. Er hatte Mühe, sich auf den Verkauf zu konzentrieren, denn es war unmöglich nicht zuzuschauen, wie Vera die Regale entlangging, das ein oder andere Glas oder eine Keramik herausnahm, näher betrachtete und wieder zurückstellte. Hin und wieder sah sie lächelnd zu ihm her, aber es war klar, dass sie auf keinen Fall stören wollte.

Endlich war die Kundin hinaus. Bruno kam um die Theke herum, und wie er auf Vera zuging, wurden seine Schritte nicht schneller, sondern langsamer. Mag sein, dass es Veras Haltung war, die ihn zögern ließ, mag auch sein, dass etwas in ihm selbst ihn bremste, ohne dass er sich dessen bewusst war: Sie fassten sich vorsichtig bei den Händen und näherten sich einander ganz langsam, bis ihre Körper und ihre Wangen sich berührten. – Länger als ein Jahr hatten sie sich nicht gesehen.

Sie verharrten, bis es Zeit war zu sprechen. Da fasste Vera ihn bei der Hand und zog ihn nach draußen – Bruno hatte gerade noch Zeit den Laden abzuschließen. Hand in Hand gingen sie über die Straße, bis sie einen Blick auf den Strand hatten. Dort hielten sie an und Vera zeigte auf eine Gruppe von zehn oder zwölf Kindern, die am Wasser herumtollten, dabei standen eine Nonne und eine andere Frau, die in kurzen Hosen ein Stück in die Wellen gelaufen war. Bruno wusste Bescheid, und als sie sich zurück in die Stadt wandten, fing er an zu erzählen.

Er begann mit dem Wichtigsten: Sechs Wochen zuvor war Gabriela geboren. Estrellas Schwangerschaft war in der letzten Phase noch schwierig geworden, die Wehen hatten früh begonnen und wieder ausgesetzt. Man hatte sie ins Krankenhaus in Catia la Mar gebracht, wo das Kind mit einem Kaiserschnitt zur Welt gebracht wurde. Estrella blieb mit dem Baby einige Tage dort, und als Bruno seine Tochter das erste Mal sah, war sie bereits getauft und hatte kleine goldene Ringe in den Ohren. Es schien selbstverständlich zu sein, dass Estrella mit dem Kind bei ihrer Mutter blieb und nicht zu ihm an den Strand ziehen würde, er ging jeden Abend hin um sie zu besuchen, aber es gab da eigentlich nichts für ihn zu tun.

Vera lachte und nickte, als Bruno sie fragte, ob sie das Kind einmal sehen wollte. Also gingen sie hin, und als Bruno Estrella und ihrer Mutter erklärte, sie sei eine Frau aus seiner Heimat und habe in der Katastrophe aufgehört zu sprechen, schauten beide misstrauisch. Das änderte sich, als Bruno das kleine Mädchen aus der Wiege nahm und Vera in die Arme legte. Vera hielt es und wiegte es ein wenig, da sah das Kind sie mit großen schiefergrauen Augen an und verzog sein Gesicht zu einem Ausdruck, den man ohne weiteres als Lächeln verstehen konnte. Vera bekam einen Platz auf dem Sofa, sie hielt weiter das Kind im Arm, die beiden anderen Frauen setzten sich dazu. Sie unterhielten sich, taten, als ob sie das Kind necken wollten, spielten mit seinen Ärmchen und Beinchen. – Dass Vera nicht sprach, schien bedeutungslos.

Bruno stand daneben und erwischte sich bei dem Gedanken, zurück in den Laden zu wollen. Als Vera aufstand und deutlich machte, dass sie aufbrechen musste, war er erleichtert. Sie gingen zusammen zum Strand und als sie bei der Bank angelangt waren, auf der Lenze damals zukunftsweisende Worte gesprochen hatte, blieb Bruno stehen, zur Kindergruppe wollte er jetzt nicht. Diesmal umarmten sie sich fest.

XII

Es war ein starker Kuss gewesen, kraftvoll und kräftezehrend zugleich. Und verstörend. Isabel konnte sich nicht erinnern, dass ein Kuss ihr jemals auf diese Weise unangenehm gewesen war. Im Bordell damals hatten Männer versucht sie zu küssen, was wie der erste Schritt zu einer Vergewaltigung wirkte. Aber es war ein Teil ihrer Rolle gewesen, sie fortzustoßen. Damit war sie sie damals losgeworden. Mit Sonja war das natürlich anders. Am Anfang ihrer Liebe waren ihre Küsse tastend gewesen, als ob sie etwas suchten. Dann herausfordernd, und schließlich, als sie geheiratet hatten, als sie nach Vermont kamen, als ihr Frau-und-Frau-Sein zur Basis ihrer gemeinsamen Existenz geworden zu sein schien, da gaben die Küsse Wärme und waren wie ein Siegel, das ihren Zusammenhalt garantierte.

Dieser Kuss aber hatte nichts mehr von wohltuender Sicherheit, dazu griff er zu sehr Besitz. Sonjas Lippen hatten sich um ihren Mund gelegt, Isabel spürte die Feuchtigkeit auf der Haut zwischen Oberlippe und Nase, Sonjas Zunge schien überall in ihrem Gesicht zu sein. Sie konnte das nicht mehr aushalten. Sie löste sich, wandte sich ab und rollte sich zusammen wie ein Embryo. In ihrer Hilflosigkeit lag sie da, bis ein barmherziges Schluchzen sie schüttelte.

Am Nachmittag hatte sie mit Marco gesprochen. Mehr noch, sie hatte ihn gesehen. Seit Wochen hatten sie über Chachos Server Mails ausgetauscht, das war wunderbar gewesen. Zuerst waren es nur Grüße, dann kurze Berichte über den jeweiligen Alltag, Versuche ihr Leben in der jeweiligen Fremde in Worte zu fassen. Bis Chacho mehr möglich gemacht hatte. „Ich hatte Glück," schrieb er, „durch einen Zufall ist es mir gelungen, eine Software für Video-Kommunikation zu finden, an der ich herumbasteln konnte." Mit seiner unglaublichen Ausdauer war es ihm gelungen, von seinem Server aus einen Zugang zu erschließen und so hatte er sich eine eigene Videotelefonie geschaffen, deren Nutzung er allein kontrollierte und die er ihnen zur Verfügung stellte.

Das Bild, das sich zum vereinbarten Zeitpunkt einstellte, war dann allerdings zunächst ernüchternd. Eine Person saß aufrecht und starr der Kamera gegenüber, sie hatte kaum etwas Menschliches. Eher schien eine Puppe dort zu sitzen, das Stereotyp eines El Cártel-Agenten: dunkle Sonnenbrille, schwarzes Hemd, schwarzer Anzug. Abstoßende, mit Korrektheit übertünchte Brutalität. Isabel war sprachlos, schaute einige Augenblicke verwirrt auf den Bildschirm, bis sich auf der anderen Seite etwas tat, das von einem Moment auf den anderen alles veränderte: Marco hob die Hand und nahm die Sonnenbrille ab. Sofort war der Ausdruck hinterhältiger Unnahbarkeit verschwunden, ein vorsichtiges Lächeln und die Form der kleinen Fältchen um Mund und Augen ließen ahnen, dass dieser Mann feinfühlig sein konnte.

Beide sprachen immer noch nicht, aber Isabels Reaktion auf die Metamorphose musste deutlich geworden sein, denn Marcos Lächeln wurde wärmer und breiter, blieb jedoch nur kurz, dann wurde Marcos Gesicht wieder ernst. Isabel schwieg immer noch, war aber mehr und mehr fasziniert von dem, was geschah. Sie sah, wie Marco sich ans Revers griff, sein Jackett auszog und auf den Boden fallen ließ. Wie er sein Hemd aufknöpfte und ebenfalls auszog. Wie er sich auf seinem Stuhl zur Seite drehte und ganz offensichtlich Schuhe und Strümpfe auszog. Sie sah, wie er aufstand und einen Schritt von der Kamera wegging, so dass er in seiner ganzen Größe zu sehen war. Wie er sich Hose und Unterhose auszog und nackt dastand, ohne Pose, einfach nur dastand, ein Mensch, der nichts hat, das ihm Schutz gibt, ein Bild der Verletzlichkeit. Er beugte sich zum Mikrofon, das Bild war verzerrt, während er sprach:

„Hol mich hier raus", sagte er, „bitte!"

„Alles", sagte sie, „alles werde ich tun, was ich kann."

Einen Moment zögerten sie noch, dann schalteten sie ab.

Isabel saß lange vor dem leeren Bildschirm. Sie sah immer noch Marco vor sich, den nackten Marco, und die Vorstellung arbeitete in ihr. Die anfängliche Verwirrung wich einer Art Scham – wie wenn sie einen roten Kopf bekäme – dann nervöser Erregung und schließlich spürte sie große Kraft, eine Energie, die sie zu Taten trieb. Als erstes drängte es sie, Sonja von dem Gespräch zu erzählen, und fast schien es, als ob die schon damit gerechnet hätte.

„Der will also rausgeholt werden", sagte sie, „hat er etwas von Walter erzählt?"

„Er hat praktisch gar nichts erzählt. Wie kommst du jetzt auf Walter?"

„Walter muss rausgeholt werden, er lebt in ständiger Todesangst. Und er hat Grund dazu."

„Auch Marco hat Angst, das sah man."

„Walter zuerst! Das habe ich ihm versprochen." Der Ärger in Sonjas Stimme klang ab. Sie überlegte einen Moment, dann sagte sie: „Sag Marco, er soll Kontakt zu Walter aufnehmen. Ich will versuchen, einen Ausreiseweg zu finden. Und Bürgschaften für beide. Aber wenn ich nur eine bekomme, ist Walter als erster dran.

*

Es gibt Menschen, die unter dem Harmoniestreben ihrer Umwelt in einer Weise leiden, die sie für eskapistische Strategien unfähig macht. Und manche haben auch gelernt aus der Konfrontation mit dem Unangenehmen eine gewisse Befriedigung zu ziehen. Sie nutzen sie als Nachweis ihrer inneren Stärke und gewinnen an Widerstandskraft.

Zu denen gehörte Sonja. Sie hätte die Augen verschließen können. Isabel hätte es ihr leicht gemacht, dank der Behutsamkeit, mit der sie ihrem Drang zu mehr Unabhängigkeit folgte, und dank ihrer Gabe, die Berührung, das sanfte Reiben von Haut an Haut, als natürlichen, stets präsenten Vorgang des Alltags zu leben. Aber Sonja hatte die Sinne nicht entschärft, hatte ihre Wahrnehmung nicht zurückgenommen, wie man das Licht in einem Raum hätte herunter dimmen können. Sie hatte alles bemerkt, schon lange. Das minimale Zögern, wenn sie sich mit den Lippen ihrem nackten Körper näherte. Das federleichte Erschrecken, wenn eine Berührung auf nervöse Haut traf. Das kaum wahrnehmbare Zucken, wenn sie ihren Schoß küsste.

Sonja wusste, dass Isabel nicht mehr lange ihre Geliebte sein würde, es eigentlich schon nicht mehr war. Sie versuchte auch nicht dieses Wissen zu beschönigen. In ihrem Kopf bildeten sich Pläne, sie spielte Alternativen durch, wie die Zukunft aussehen könnte. Klar war, dass sie in Burlington nicht bleiben wollte, ohne Isabel schon gar nicht. Aber wollte Isabel nach New York? Würde sie alleine dort leben können? Und wollen? Könnte sie sie überhaupt allein lassen? – Die mehr oder weniger zielgerichteten Überlegungen hatten noch nicht zu einem Ergebnis geführt, das gerechtfertigt hätte darüber zu reden.

Wenn sie entgegen naheliegender Vernunftargumente Isabel in die Entwicklung ihrer Pläne nicht mit einbezog, so lag das nur vordergründig an ihrer Unentschlossenheit. Die wahren Gründe lagen tiefer. Sonja war tief verletzt, so tief, dass sie sich dem nur Schritt für Schritt zu stellen in der Lage war. Noch nie war sie so rückhaltlos in eine Beziehung gegangen, auf die eine oder andere Weise hatte sie sich bis dahin immer eine Art Exklave gewahrt, die es ihr leichter machte fortzugehen. Jetzt aber traf es sie mit voller Gewalt. Sie hatte sich nicht nur verliebt, sondern zugleich Verantwortung übernommen, war nicht nur Liebende, sondern auch Planende und Entscheidende, da war kein Raum für eine Exklave. Und wenn sie es genau betrachtete, gab es eine Kehrseite der Verantwortung, die nicht so rühmlich war wie die Rettung eines hilflosen Flüchtlings: sie hatte über Isabels Leben verfügt, fast so, als hätte sie Besitzansprüche. Es war so schwer, sie wieder herzugeben!

Und dann war da noch der Mann, Marco – ausgerechnet Marco. Eine seiner ersten E-Mails hatte er an sie persönlich gerichtet. Er hatte sich entschuldigt für den Vorfall damals in Mexiko-Stadt, mit Worten, die die meisten Menschen überzeugt hätten. Er habe sich in einer für ihn selbst äußerst gefährlichen Zwickmühle befunden. Als Ausländer müsse er ohnehin ständig seine Verlässlichkeit unter Beweis stellen, und wenn der Verdacht aufgekommen wäre, dass er sich mit einer ebenfalls ausländischen Journalistin treffe (vielleicht um ihr Informationen zu verkaufen), dann wäre das keine Frage von Karrierestopp mehr gewesen, sondern eine Frage von Leben und Tod. Innerhalb von Sekunden habe er entscheiden müssen und da habe er eben so getan, als wollte er dieser Journalistin eine Lektion erteilen, sich selbst aber nicht die Hände schmutzig machen. Und habe diesen Typen, der so plötzlich aufgetaucht war, in ihr Zimmer geschickt. Er habe darauf geachtet, dass die Tür offen blieb und den Mann die ganze Zeit beobachtet. So schnell wie es irgendwie plausibel erschien, habe er ihn zurückgepfiffen.

Wie gesagt, die meisten Menschen hätten diese Entschuldigung angenommen und Sonja unter anderen Umständen wohl auch, aber nun, wo sie mit ansehen musste, wie Isabel mehr und mehr der Attraktion dieses Mannes erlag – da war ihr das unmöglich. Sie dachte Dinge, die sie nie hatte denken wollen und die ihr selbst widerlich waren. Wie ungerecht das Schicksal mit ihr umging! Hätte sie sich doch nie mit diesen Flüchtlingen eingelassen! Kaum merkbar streifte sie sogar der Gedanke an eine Dankbarkeit, die ihr zustünde, wenn es mit rechten Dingen zuginge.

Als sie in der Nacht beieinander lagen, rasten all diese Gefühle durch ihren Körper. Sonja war verletzt und sie blieb es. Und zu der Verletzung gesellte sich deren athletische Schwester, die Wut. Noch einmal wollte sie Isabel besitzen, mit aller Kraft und rücksichtslos. Sie küssen wie ein Raubtier, das seine Beute reißt. Spüren, wie sie ihr ausgeliefert war.

Nach diesem Kuss wusste sie, dass alles vorbei war. Isabel hatte sich abgewandt, lag und weinte, aber sie hatte kein Mitleid mit ihr, eher war es Neid.

XIII

Tony war fast wieder der alte. Für die Autoritäten der Candelaria war er zu unbedeutend gewesen, als dass Jiménez nicht mit ein paar Scheinen (sicherlich weniger als 500 Dollar), fachmännischen Tipps und etwas Schulterklopfen den unguten Vorfall hätte vergessen machen können. Voraussetzung war natürlich, dass in Zukunft die Zahlungen stimmten. Jiménez würde in Zukunft auch besser auf Tony aufpassen – der Besuch der Dame hatte Eindruck auf ihn gemacht, es konnte nur von Vorteil sein, bei ihr noch etwas gut zu haben.

Nur wenn man genau hinschaute, zeigte sich, dass nicht alles war wie früher. Es waren kleine Veränderungen in Tonys Verhalten, an denen Beatriz sah, dass die Erfahrung nicht spurlos an ihm vorbeigegangen war. Zum ersten Mal war an ihm so etwas wie Dankbarkeit zu bemerken. Nicht, dass er das offen sagte, aber es kam Beatriz so vor, als ob er sie mit anderen Augen sähe. Als ob ihm erst nach dem Desaster die Möglichkeit in den Sinn gekommen wäre, füreinander da zu sein und notfalls wechselseitig füreinander einzustehen. Für ihn war es nicht selbstverständlich gewesen, sich um sie zu kümmern, wenn es ihr nicht gut ging, wenn sie Kopfschmerzen hatte oder ihre Periode. Das tat er jetzt erstaunlich fürsorglich und machte auf diese Weise und in ganz vorsichtigen Gesten deutlich, dass er, wenn es einmal nötig würde, auch für sie da wäre.

Darüber empfand sie nicht nur Befriedigung, sondern es fiel ihr auch leichter, ihn wieder in die Candelaria ziehen zu lassen, er würde nicht mehr so unbedacht sein wie früher, da war sie ganz zuversichtlich.

Eine zweite ihr bis dahin unbekannte Seite entdeckte Beatriz an Tony auf einer Party, zu der eine Bekannte nicht nur sie, sondern ausdrücklich auch ihn eingeladen hatte. „Bring ihn auf jeden Fall mit, deinen Goldschatz", hatte diese Bekannte gesagt, und die Neugier hatte ihr aus den Augen geleuchtet.

„Ohne ihn bräuchte ich also gar nicht zu kommen?", hatte Beatriz lachend erwidert, und obwohl die andere das Spiel mitgespielt hatte („Du würdest mich doch nie so enttäuschen"), obwohl es also eine passende Antwort gewesen wäre, hatte sie darauf verzichtet ihr klarzumachen, dass solch ein „Goldschatz" seinen eigenen Kopf hat. Sie hätte sowieso keine Lust gehabt, ohne ihn dorthin zu gehen.

Es gab in diesen Jahren zwei Arten von Partys, die in Caracas üblich waren. Das eine waren kaum überschaubare Ansammlungen von Menschen, die selbst die weitläufigen Räume der Reiche-Leute-Wohnungen in kürzester Zeit füllten, so dass die Gastgeber, soweit sie überhaupt als solche zu identifizieren waren, Türsteher engagieren und dennoch hinnehmen mussten, dass Getränke und Knabbereien wie von einem Heuschreckenschwarm vernichtet wurden und dann verschiedene Sorten synthetischer Drogen das Feld eroberten, wonach plötzlich wieder Platz war, um bei angesagter elektronischer Musik bis zum Morgen zu tanzen.

Die Entstehung des zweiten Typs von Party war letztlich einer Entwicklung zuzuschreiben, die mit dem Vordringen mafiöser Organisationen in viele Bereiche der Gesellschaft eingetreten war. Mit der Hierarchie der Patrones war eine Art Oberschicht entstanden, deren Privilegien weniger auf ihrer Leistung als auf ihrer Verankerung im Machtsystem beruhten. Und es waren die Frauen dieser neuen Oberschicht, die deren soziale Aktivitäten gestalteten, indem sie Partys veranstalteten, zu denen nur ausgewählte Gäste eingeladen wurden und auf denen sie sich ideenreich und unterhaltsam präsentierten. Entscheidend für den Erfolg dieser Partys war das Talent der Gastgeberin, ihre Gäste miteinander ins Gespräch zu bringen, wofür es wiederum unerlässlich war, dass es unter den Gästen Menschen gab, die Aufmerksamkeit auf sich zogen und die anderen mit Überraschendem, emotional Berührendem oder Sensationellem fesselten.

Beatriz' Freundin hatte die Hoffnung gehegt, Tony sei ein solches Unterhaltungstalent, zumindest eine Attraktion für die Damen. Aber für diesen Abend hatte sie sich geirrt, Tony war ganz still. Er war gebannt von einem anderen Mann, dessen offener, interessierter Blick ihn schon beim Betreten des Salons eingenommen hatte. Padre Mateo, ein Dominikanerpater mittleren Alters, stand in einer Ecke und hatte mit seinen Erzählungen einen Kreis von Menschen um sich versammelt, die an einem solchen Abend einmal Ungewöhnliches hören wollten, Nachrichten aus einer Welt, mit der sie sonst nicht in Berührung kamen.

Der Pater hatte seine Gemeinde in der Hafen- und Industriestadt unten am Meer, in Catia la Mar. Natürlich gab es dort die Villen der Reichen in den günstigen Lagen, aber Padre Mateo erzählte von den anderen, von den vielen, die nichts hatten, für die Krankheit und Schwäche, auch wenn sie nur vorübergehend war, die Zerstörung der Existenz bedeuten konnten. Er hatte seine Erzählung für die Begrüßung kurz unterbrochen, und als er sie wieder aufnahm, war er gerade bei den Kindern, deren Mütter keine andere Wahl hatten, als in der Fischfabrik zu arbeiten. „Das ist schon immer so gewesen, seit Generationen. Aber eines hat sich in den letzten Jahren verändert: Die Frauen müssen länger arbeiten. Warum? – In anderen Fabriken sind die Erträge höher. – Wie es dazu kommt weiß ich nicht, vielleicht bessere Maschinen, bessere Organisation. Wie auch immer. Bei uns jedenfalls ist der Firmenleitung nichts Besseres eingefallen als die Arbeitszeiten zu erhöhen. Die Frauen arbeiten zwei Stunden länger – natürlich für denselben Verdienst. Eine enorme Belastung, viele haben das nicht durchgehalten. Kamen mit dem Tempo nicht mehr mit, manche sind eingeschlafen." Der Pater machte eine Pause und sah in die Runde. Niemand sagte etwas. „Sie können sich denken", fuhr er fort, „dass das so nicht lange ging. Also suchte man nach einer Lösung. Und fand eine, eine Lösung, die der Teufel nicht besser hätte erfinden können: Man bietet den Arbeiterinnen einen gut abgestimmten Medikamentencocktail an, der sie über den langen Tag hinweg bei Kraft und guter Laune hält." Einige der Zuhörerinnen schüttelten den Kopf über diese Dinge, die man nicht für möglich halten sollte. Der Pater sprach weiter: „Natürlich nehmen viele das Angebot an, so kommen sie einigermaßen über den Tag. Aber am Abend, wenn sie nach Hause kommen, dann sind sie nicht einfach nur müde. Mit nachlassender Wirkung der Medikamente verlieren sie mit einem Schlag alle Kraft, sie sind schlicht zu nichts mehr fähig. Da stellt sich die Frage: Was geschieht mit den Kindern?"

Pater Mateo war ein gut aussehender Mann, schlank, klares, glattrasiertes Gesicht, erst auf den zweiten Blick, am Ausdruck seiner Augen, sah man, dass er auch Härten des Lebens kannte. Seine Art zu sprechen zeigte die Entschlossenheit, die Dinge nicht einfach hinzunehmen. „Wir haben unsere sehr begrenzten Mittel", sagte er, „zum größten Teil in die Betreuung der Kinder gesteckt. Unsere Nonnen leisten hervorragende Arbeit. Sie haben eine Kooperative gegründet, die Tag und Nacht für die Kinder offen ist, für den Fall, dass die Mütter nicht in der Lage sind sich zu kümmern." Wieder schüttelten einige die Köpfe und der Pater zog einen kleinen Stapel mit postkartengroßen Flyern aus der Tasche. „Diese Arbeit ist es im höchsten Maße wert unterstützt zu werden, hier finden Sie die nötigen Informationen für eine Spende." Er verteilte die Flyer in einer Weise, die deutlich machte, dass er mit jedem einzelnen von ihnen Erwartungen verband. Dann ging er schnell wieder zu seinem Bericht über.

„Nicht nur die Arbeit der Nonnen ist bewundernswert, es sind auch Frauen aus dem Ort dabei, sogar eine Ausländerin. Man sagt, sie komme aus Europa, aber man weiß es nicht genau. Sie spricht nicht. Nie. Kein Wort. ..."

„Ist sie blond?" – Die Frage, die die Worte des Paters unterbrach, kam von Tony. Beatriz hatte ihn beobachtet, seit die Gastgeberin sich anderen zugewandt hatte. Er hatte sich nicht lange im Raum umgesehen, war ohne zu zögern auf den Dominikanerpater zugegangen und hatte sich in den Kreis der Zuhörer gestellt. Das war auch gar nicht verwunderlich, die Art und Weise, wie der Pater sprach, seine Ernsthaftigkeit und das Engagement für sein Thema, all das machte ihn zu etwas Besonderem, zu etwas, was jedenfalls seit langer Zeit nicht mehr üblich war. So sprach man heute einfach nicht mehr, schon gar nicht auf einer Party. – Als ob er ein Bote aus vergangenen Zeiten wäre.

„Ist sie blond?" – Tonys Frage rief einen erstaunten Ausdruck auf dem Gesicht des Paters hervor. „Ja", antwortete er, „ja, sie ist blond. Warum fragen Sie?"

„Ich kenne sie. ... Ich habe sie lange nicht gesehen."

Was für ein Zufall, dachte Beatriz, Tony hatte nie von irgendwelchen Bekannten gesprochen. Ihre Neugier war geweckt. Aber wenn sie erwartet hätte, dass dieses Flüchtlingsschicksal großes Interesse bei den Anwesenden hervorrufen würde, dass man Tony nach seiner Herkunft und seinen Erlebnissen fragen, dass man von ihm mehr über diese geheimnisvolle, stumme Frau wissen wollte, dann hätte sie sich getäuscht. Es war nicht so. Im Gegenteil, der Kreis, der eben noch andächtig den Worten des Paters gefolgt war, löste sich auf, als hätte sein Thema plötzlich etwas Anrüchiges bekommen. Die Leute gingen auseinander, bis allein Tony und Beatriz noch bei Padre Mateo standen. Und auch der schien an Tony und seiner Vergangenheit nicht interessiert, eher wirkte er verlegen, wie wenn er etwas falsch gemacht hätte.

„Sie macht ihre Sache sehr gut", sagte er nur, „es heißt, die Kinder lieben sie."

„Ich würde gern hinfahren, sie besuchen."

„Das ist nicht ganz einfach. Eine ziemlich unsichere Gegend bei uns, jedenfalls für Fremde."

„Padre Mateo", wandte sich jetzt Beatriz an ihn, „Sie kennen die Leute dort, für Sie wäre es doch sicher möglich, uns jemanden zu vermitteln, der uns dorthin führt."

„Man müsste zuerst wissen, ob ein Besuch überhaupt erwünscht ist. Die Nonnen können da sehr eigen sein."

Tony hatte den Flyer überflogen. „Hier steht", sagte er, „es ist gern gesehen, wenn Spenden gebracht werden, auch persönlich. Wenn die Spender sehen wollen, wohin ihr Geld fließt. – Wir werden kommen und eine Spende bringen."

Da blieb dem Pater nichts übrig, als seine Hilfe zuzusagen und ihnen eine Telefonnummer zu geben, um das Weitere zu verabreden.

Und Beatriz ging durch den Kopf, wie wenig sie von Tony wusste.

XIV

Bruno hatte den Tovar-Laden lieb gewonnen. Die Dinge, die er lagerte und verkaufte, waren für ihn nicht nur Waren, die letztlich nicht mehr bedeuteten als ihren Geldwert. Wenn er in seine Regale schaute, hatte das ein wenig vom Blick des Bauern auf seinen Acker oder sein Vieh. In einem Glas Erdbeermarmelade beispielsweise sah und spürte er mehr als den bloßen Gegenstand, es war etwas mit Sorgfalt Geschaffenes, das gleich mehrere Sinne anspricht. Das ganz eigene Rot signalisiert dem Betrachter schon von weitem, dass es sich hier nicht um Massenware in schreiender Aufmachung handelt, sondern um etwas, was die Natur in dem von ihr bestimmten Maße bereitstellt. In die Hand genommen ist das Glas angenehm kühl und glatt, und sein Gewicht sorgt dafür, dass die Finger wach sind und zupacken, damit es nicht fällt. Der Duft, der in die Nase zieht, sobald der Deckel abgehoben ist, scheint aus den Aromen vieler Früchte die zartesten Anteile gewählt und zusammengeführt zu haben. Und wenn man schließlich mit dem Finger oder einem Löffel die Marmelade selbst auf die Zunge legt, erspürt diese zunächst die feine Säure, die sich beim Schließen des Mundes mit der Vielfalt der Süße zu einem Reigen findet, in dem Gaumen und Zunge in sekündlichem Wechsel immer neue Geschmacksnuancen erspüren. Mit einem Wort: Ein Glas guter Erdbeermarmelade ist Sinnbild hohen und absolut friedlichen Genusses.

Friedlicher Genuss? Unvermeidlich gab es die andere Seite, die in seinem Hirn ebenso präsent war wie die Freude an seinen Produkten und die in ihrer emotionalen Kraft zum friedlichen Charakter des Marmeladenglases in einem Gegensatz stand, wie er krasser kaum denkbar ist: die Seite der Zerstörung. Schon ein einziges Glas, auf dem Fliesenboden zerschellt, löst – und Bruno war sich dessen sehr bewusst – Entsetzen aus. Rote Spritzer sind im ganzen Raum verteilt, auf dem Fußboden, aber nicht nur dort, auch auf den Schränken, den Regalen, den Töpfen, die dort stehen, – und man kann es einfach nicht vermeiden an Blut zu denken und an Schlachterei. Scherben in allen Größen, mehrere Zentimeter lange, messerförmige Stücke bis hin zu winzigen, aber rasierklingenscharfen Splittern signalisieren Gefahr; wir sehen blutende Schnitte vor unserem inneren Auge, Blut überall. Selbst der Geruch ist anders geworden, er hat seinen Reiz verloren, weil er viel zu mächtig, geradezu aufdringlich aus der breit über den Boden verteilten roten Masse hochsteigt.

Und hat das Entsetzen sich nach einer Weile gelegt, kommt Traurigkeit, kommt die Trauer über den Verlust des Genusses.

Dabei ist es nicht gleichgültig, unter welchen Umständen das Glas zu Boden gekommen ist: ob es ungeschickt oder vielleicht auch nachlässig aus der Hand rutschte, ob seine Zerstörung ein Ausdruck hilfloser Wut war oder ob es mit kühler Absicht zerschmettert wurde, um jemanden unglücklich zu machen.

Letzteres war der Fall: Zwei Männer kamen in den Laden, sehr junge, fast halbwüchsig noch. Schwarz gekleidet, Sonnenbrillen, Turnschuhe. Die demonstrative Gleichgültigkeit, mit der sie sich im Laden umschauten, war improvisiertes Theater, ebenso wie die folgende Choreographie, in der einer von ihnen scheinbar spielerisch ein Marmeladenglas aus dem Regal wischte, das präzise in der Mitte des Raumes einen Meter vor der Ladentheke landete und dort nach allen Regeln der Schwerkraft zerbarst. Erst jetzt ging ihr Blick zu Bruno hin, der regungslos hinter der Theke stand. Als von dem keine Reaktion kam, sahen sie sich gegenseitig an, wie Artisten, die eine Trapeznummer starten. Und was darauf begann, hatte nur noch in den allerersten Augenblicken etwas mit kühler Absicht zu tun, dann steigerten sich die beiden in einen Zerstörungsrausch hinein, in dem sie nicht nur alle Marmeladen- und Einweckgläser zu Boden beförderten, sondern auch die gesamte Keramik und alle anderen kulinarischen und kunstgewerblichen Produkte, die sich in den Regalen befanden, der Vernichtung preisgaben.

Während die beiden hingebungsvoll ihr Werk verrichteten, stand Bruno still hinter der Theke. Er war nicht überrascht, überhaupt nicht. Im Gegenteil, ihm kam es vor, als hätte er lange gewusst, dass es so kommen würde. Seine Gedanken waren mit der Frage beschäftigt, wie es denn sein könne, dass er das alles schon immer gewusst hatte. Und während sein Blick auf die Tür gerichtet war, als könnte er durch sie hindurch in die Ferne schauen, agierten seine Hände wie eigenständige Wesen und entnahmen der Tovar-Kasse so viel große Scheine, wie er gut packen und in die Hosentasche schieben konnte.

Als dann die beiden Schläger nichts mehr fanden, was sie zertrümmern konnten, schauten sie wieder auf Bruno. Und als der immer noch nicht reagierte, gingen sie durch die Scherbenhaufen zur Tür und verließen einer nach dem andern den Raum. Bruno stand weiter ruhig da. Es gab nichts zu tun. Seine Gedanken waren nicht nach vorn gerichtet, diese Richtung war versperrt, dorthin zu denken verbot sich. Soweit er überhaupt dachte, ging es um Abschied und Verlust. Aber es blieb nicht viel Zeit, bis sich die Tür wieder öffnete. Der Mann der eintrat war älter, er trug keine Sonnenbrille und sein Anzug war aus edlerem Stoff. Auch seine Schuhe schienen teuer zu sein, er setzte sie ganz vorsichtig zwischen die Scherben und die Haufen klebriger Masse, ganz offenbar besorgt sie zu verschmutzen oder zu zerkratzen. Mit sich brachte er eine Wolke von Parfum mittlerer Preisklasse, die sofort den Raum füllte und sich über die gemischten Gerüche der Marmeladen und verschiedenen Kompotte legte. So schnell es nach Lage der Dinge möglich war, ging er zur Lotteriekasse und leerte sie in die Taschen seines Jacketts. Dann wandte er sich Bruno zu und sagte: „Raus! Hau ab!"

„Warum?"

„Du hast hier nichts zu suchen."

„Aber Rubén… Don Álvaro…"

„Rubén ist ein kleiner betrügerischer Furzer", der Mann zögerte einen Moment, als müsste er überlegen, ob er weitere Informationen preisgeben könne. Dann fügte er noch hinzu: „Er hat sich blöd angestellt. So getan, als wüsste er nicht, was Don Álvaro zusteht."

Das war es also. Bruno straffte seinen Körper, er stand jetzt kerzengerade und wie ein Torero nach erledigtem Kampf setzte er sich in Bewegung und verließ das Geschäft. Er überquerte die Straße und ging zum Strand. Dort setzte er sich mit dem Blick zum Meer und blieb bis zum nächsten Morgen. Dann ging er ins Dorf zu Estrella und trug ihr auf, Rubén zu suchen und ihn an den Strand zu schicken. Der kam am späten Nachmittag. Natürlich wusste er, was geschehen war. „Don Álvaro", sagte er, „Don

Álvaro wollte den Laden unbedingt haben. Er will das Lotteriegeschäft an einen von seinen Leuten vergeben." – Das war Rubéns Erklärung.

XV

„In diesem Jahr war Rembrandt auf dem Kalender; ein ziemlich schmieriges Selbstportrait, weil die Farbklischees schlampig eingerichtet worden waren. Es zeigte ihn, wie er mit einem schmutzigen Daumen eine schmierige Palette hielt, auf dem Kopf ein schottisches Barett, das auch nicht allzu sauber war. In der anderen Hand hielt er, leicht vorgestreckt, einen Pinsel, ganz so, als würde er sich demnächst vielleicht ein bisschen an die Arbeit machen, vorausgesetzt, jemand legte ihm sofort etwas Bargeld auf den Tisch. Sein Gesicht war gealtert und schlaff, aufgeschwemmt vom Schnaps und angewidert vom Leben, und dennoch drückte es die unverwüstliche Heiterkeit aus, die ich so mochte, und die Augen waren klar wie Tautropfen."

Sonja hatte sich einen Band Chandler aus dem Regal gegriffen und willkürlich aufgeschlagen. „Farewell, My Lovely". Sie wusste wohl, was sie mit Marlowe verband, aber es war gut, sich dessen immer wieder zu vergewissern. Selbstverständlich hatte sie sich an die Arbeit gemacht, trotz allem, sie hatte geplant, mit der ihr eigenen Sorgfalt und Zielstrebigkeit, sie konnte das auch in schlechten Zeiten. Natürlich war es ganz anders als damals, als sie beseelt war von der Aussicht, Isabel zu sich zu holen, ihre Isabel. Damals war eines zum anderen gekommen, als wären ihr all die genialen Lösungen nur so zugeflogen. Aber jetzt! Jetzt brauchte sie Bürgschaften, wenn für Walter und Marco überhaupt etwas gehen sollte. Sich um Bürgschaften kümmern, das war wie nach zehn Jahren den Kleiderschrank aufräumen. Der Workshop, wie lange war der her? Der Workshop, auf dem die Vertreterin dieses Frauenverbandes Bürgschaften vorgeschlagen hatte. Eigentlich eine gute Idee. Sie hatten damals eine Kongressabgeordnete, eine Ms. Germaine Watson, hinzugezogen, die wollte sich einsetzen. Aber das war ewig her, Sonja hatte nichts mehr von ihr gehört.

Sie flog nach Washington und dann, als sie endlich einen Termin bei der Abgeordneten hatte, sah es nicht mehr ganz so düster aus. Bei aller Zurückhaltung merkte man der alten Dame an, dass sie sich freute Sonja wiederzusehen. Die beiden saßen in der Cafeteria eines Abgeordnetengebäudes, der Termin lief neben der Agenda, die ihr Büro führte. „Auf der Ebene der Verordnungen war definitiv nichts zu machen", sagte sie, „es gibt, das hat sich herausgestellt, viel zu wenige Kollegen, die ich gewinnen könnte. Ich habe dann noch mehrfach Kontakt mit der Frauenorganisation gehabt, sie erinnern sich sicher, und wir sind auf eine Lösung gekommen, die wenigstens in kleinem Maßstab noch Möglichkeiten lässt. Im Rahmen von Forschungsprojekten lassen sich Sonderregelungen erwirken." Sie guckte ernst, wahrscheinlich hatte auch sie sich die Angelegenheit erst wieder ins Gedächtnis rufen müssen, aber sie war voll bei der Sache. Sonja fühlte sich nicht mehr ganz so allein. „In Princeton ist ein Projekt in der Anlaufphase, das wir nutzen könnten, wenn es darum geht, die Einreise zu begründen. Damit haben wir aber noch keine persönlichen Bürgschaften." Sie machte wieder eine Pause, dann kam, was sie zu sagen vergessen hatte: „Die Organisation ist zu Bürgschaften bereit. Aber nur für Frauen und Ihnen geht es ja um Männer…"

Irgendetwas in der Haltung von Ms. Watson ließ ahnen, dass noch mehr kommen könnte. Deswegen sagte Sonja nichts dazu und es entstand eine längere Pause. „Wissen Sie was", sagte die alte Dame schließlich, so als wäre sie von sich selbst überrascht, „wissen Sie was, ich mache das. Warum auch nicht? Jedenfalls für einen übernehme ich die Bürgschaft." – Sonja hielt ihr Glücksgefühl zurück, fiel ihr nicht um den Hals.

Die zweite Bürgschaft kam noch überraschender zustande. Sonja besuchte Zuckerman in New York um ihn über den Arbeitsmarkt dort auszufragen. Als sie ihm dabei eher nebenher von dem Gespräch mit der Abgeordneten erzählte, hörte Zuckerman sich das in Ruhe an und sagte dann: „Gut, die andere Bürgschaft übernehme ich." – Plötzlich fühlte Sonja sich ihrem ehemaligen Chef ganz ungewohnt nahe. Und da wusste sie noch nicht, für welche weitere Überraschung er noch gut sein würde.

Blieb die Planung der Ausreise. Sicher, Uruguay hatte sich als Transitstation bewährt, von damals kannte sie Mitarbeiter des Konsulats in Montevideo. Andererseits lag der Fall jetzt anders, keine Lesben, keine Hochzeit, dafür mussten die Einreisepapiere mit den Bürgschaften zugestellt werden. Am besten durch eine vertrauenswürdige Person, möglicherweise sie selbst. Und da war Montevideo natürlich ein riesiger Umweg.

Tatsächlich entwickelte sich die Planung in einer Weise weiter, mit der Sonja nicht gerechnet hatte und die sie zunächst irritierte. Sie hatte sich mit Chacho in Verbindung gesetzt, und Chacho hatte zurückgeschrieben: „Don't worry, Marco ist schon bei der Arbeit." Wie das? Was hatte der sich einzumischen? Isabel lächelte, als sie davon hörte: „Du hast so Wunderbares geleistet, damals mit uns. Nun lass doch die anderen 'mal ran."

„Aber siehst du nicht, mit welcher Selbstverständlichkeit – man könnte auch sagen mit welcher Dreistigkeit – dieser Marco einfach voraussetzt, dass ich die Bürgschaften beschaffen kann. Und wie kann der überhaupt all die Schwierigkeiten überblicken."

„Ich weiß ja, dass du Marco nicht magst. Eines ist er aber ganz bestimmt nicht: dumm. Du hast ihn nicht erlebt, wie ich ihn erlebt habe, auf der Reise nach Mexiko. Du kannst sicher sein, dass er sich auch um Walter kümmert."

Und in der Tat, beim nächsten Skype-Kontakt mit Marco war dies das erste, was zur Sprache kam: „Ich habe Walter wiedergefunden. Er arbeitet immer noch für denselben Mann, nur in einer anderen Stadt. Hat wohl einiges abgekriegt bei Wutausbrüchen, aber es scheint sich in Grenzen zu halten. Es geht ihm im Großen und Ganzen gut. Ich muss sehen, wie ich ihn da herauskriegen kann. Ich weiß noch nicht wie." Marco machte eine Pause. Als keine der Frauen etwas sagte, sprach er weiter: „Für die Ausreise scheint mir Havanna am besten zu sein. Kuba hat noch eine gewisse Unabhängigkeit und sowohl zu Mexiko als auch zu den USA ganz gute Beziehungen. El Cártel hat dort nie richtig Fuß fassen können. Mag sein, dass seit den Zeiten der kommunistischen Partei das Misstrauen der Kubaner gegenüber solchen Organisationen zu groß ist. Jedenfalls gibt es eine amerikanische Botschaft und mein Chef macht Geschäfte mit irgendwelchen Leuten in Havanna."

„Klingt gut", sagte Sonja, „und wie kannst du dorthin kommen?"

„Ich muss eine Gelegenheit abwarten. Entweder ich begleite den Chef oder ich bekomme einen Auftrag, irgendetwas wird sich machen lassen. In jedem Fall muss ich es so arrangieren, dass Walter als Bodyguard mitkommt. Wird nicht ganz einfach sein, es wird Zeit brauchen, aber ich krieg das schon hin."

„Pass auf dich auf!", sagte Isabel.

Einige Wochen später kam eine begeisterte Mail: „Ich habe Walter!!! Eine richtige Ganovengeschichte. Er rief mich an. Sein Chef hatte eine Reise nach Guatemala vor, mitten ins Waldgebiet. Anscheinend will El Cártel den Tourismus aus den USA wiederbeleben, vielleicht auch den aus China oder aus Mexiko selbst. Jedenfalls will man die Infrastruktur um die Maya-Stätten von Tikal wieder in Schuss bringen. Und da sollte Walter seinen Chef hinfahren. Guatemala ist ziemlich unübersichtlich, besonders die Waldgebiete, El Cártel hat dort nicht ein solches Überwachungsnetz wie hier in Mexiko, da passieren schon mal Raubüberfälle und Ähnliches. Manchmal sind es Mayas aus der Umgebung, manchmal Leute aus der Stadt, die eine Gelegenheit suchen an Geld zu kommen.

Ich bin sofort nach Tikal gefahren, habe dort ein paar Mayas angeheuert (das war nicht schwer, die mögen El Cártel nicht) und wir haben zusammen die Besucher aus Mexiko beobachtet. Walters Chef hat versucht die Leute für den Tourismus zu begeistern, welche gigantischen Einnahmen damit zu machen wären. Dann haben sie die alten, seit Jahren leerstehenden Hotelgebäude untersucht, da steckt wohl einiges an Bauaufträgen drin. Als sie dann auf dem Heimweg waren, haben wir den Wagen im Wald überfallen. Wir haben so getan, als hätten wir Walter erschossen, der Alte hat einen seiner legendären Wutanfälle gekriegt, hat ihm aber nichts genützt. Wir haben ihn ein Weilchen eingesperrt und dann gegen ein moderates Lösegeld freigelassen, das ist so üblich. Walter gilt als tot und Marco ist nie in Guatemala gewesen.

Soweit der Stand der Dinge. Nächste Schritte in Planung. Grüße Marco"

Und so ging es weiter: Walter bekam vorübergehend eine andere Identität, Marco gab vor, ihn frisch aus Veracruz geholt zu haben. In unglaublich kurzer Zeit gab es einen Auftrag in Kuba für Marco in Begleitung eines Bodyguards. Die Warenlieferung, um die es dabei ging, erreichte nie ihr Ziel. Und die Krönung des

Ganzen war Jerry Zuckerman, der aus purem Zufall auch gerade etwas in Havanna zu erledigen hatte und natürlich gerne die Bürgschaftspapiere mit dorthin nahm.

Als die Maschine mit Marco und Walter auf dem Flughafen vor Burlington einschwebte, war ein kleines Wunder geschehen. Aber solche Wunder waren nun mal nicht Sonjas Ding. Sie kannte sich nur aus mit einer anderen Art von Wundern, wie sie sie bei Chandler fand: *„Sie sind so wunderbar, so tapfer, so entschlossen, und Sie arbeiten für so wenig Geld. Jeder haut Ihnen eins über den Schädel, würgt Sie, knallt Ihnen aufs Kinn und pumpt Sie voll Morphium, aber Sie klopfen unbeirrt weiter auf den Busch, bis allen schließlich die Puste ausgeht. Was ist es, was Sie so wundervoll macht?"* Es ist eine hübsche, intelligente Frau namens Anne Riordan, die das zu Philipp Marlowe sagt. Und warum sollte das nicht auch einmal jemand zu Sonja Donetti sagen?

XVI

Die Nachricht von Vera brachte bei Tony erneut eine Seite zum Vorschein, die Beatriz nicht kannte: Tony begann zu erzählen. Immer wieder erzählte er von der Überfahrt. Wie plötzlich Wellington auftauchte. Wie sie erfuhren, warum es nicht in die USA ging, sondern nach Mexiko und wie Wellington sie über El Cártel informierte und sie nichts verstanden, überhaupt nichts. Dann begann Tony zu zeichnen, mit Bleistift auf einem herumliegenden Blatt Papier. Zuerst ein Portrait von Wellington. Wie er dasaß in seinem Rollstuhl. Sein bärtiges, eingefallenes Gesicht.

Er erzählte von Vera, wie er ein bisschen in sie verliebt gewesen war. Dann aber sei es eine andere Frau gewesen, die ihn immer wieder angesehen habe. Isabel. Sie seien ein Paar geworden auf der Reise. Und er erzählte von den anderen Reisegenossen, von jedem einzelnen. Wie sie auf der Überfahrt im Container von ihrem Leben sprachen. Und was das Wort „Mexiko" ihnen bedeutete: Das Paradies! Das gelobte Land! Dass noch so viel möglich war! Dass noch so viele Wünsche in Erfüllung gehen konnten! – Wie sie das Wort „Mexiko" mit ihren Träumen füllten.

Tony erzählte mit ganz ruhiger Stimme, als ginge es nur ums Erzählen interessanter Erlebnisse und nicht um Verlust und Enttäuschung. Die Traurigkeit lag in dem, was er erzählte, nicht in der Art, wie er es tat. Beatriz kannte ja das Haus, in dem die Flüchtlinge gesammelt wurden, aber sie hatte sich nie Gedanken darum gemacht, wie sie dorthin gekommen waren. Wie man mit ihrem Tony umgesprungen war, bevor sie ihn geholt hatte: das unendliche Warten, Hunger und Durst, die Gruppe auseinandergerissen, jeder einzelne total ausgeliefert, man wusste nicht einmal wem. Manches davon hätte sie wissen können – wenn sie nachgedacht hätte.

Tagelang, wochenlang blieb Tony in den Erinnerungen gefangen, zeichnete, erzählte, war zu keinem persönlichen Wort, zu keiner Zärtlichkeit fähig. Beatriz bekam eine Vorstellung von allen seinen Begleitern, lernte einiges über die Zustände in Europa, aber Tony blieb weit weg in der Vergangenheit.

Ein paarmal fuhr er in die Candelaria, kam aber mürrisch zurück und hatte wohl wenig Erfolg. Einmal stand Jiménez mit ihm vor der Tür. Offenbar hatte der Portier unten auf Tonys beklagenswerten Zustand reagiert und die beiden durchgewunken. Jiménez hatte ihn am Oberarm gefasst, er ließ sich apathisch hängen, den Blick in eine undefinierbare Ferne gerichtet. Sie legten ihn aufs Sofa.

„Hier wohnt er also", sagte Jiménez und sah sich in der Sala um, „nobel, nobel. Was muss man tun, um so eine reizende Glücksfee zu treffen?"

Beatriz überlegte, auf was für eine Art von Gespräch sie sich einlassen wollte, und entschied sich für eine ernsthafte Antwort. „Eine Glücksfee verdient man sich nicht, die kommt – oder auch nicht. Aber davon abgesehen: diese Flüchtlinge haben Fürchterliches durchgemacht. Und es scheint, dass Tony gerade von dieser Vergangenheit eingeholt wird. Was ist denn passiert?"

„Er ist ja schon eine Weile nicht gut drauf. Heute war er zeitweise überhaupt nicht ansprechbar, und dann haben wir ihn im Büro auf dem Fußboden gefunden. Schlicht vom Stuhl gerutscht, völlig kraftlos." Jiménez hatte sich auf einen Sessel gesetzt, lehnte sich zurück und breitete die Arme aus: „Was kann ich noch für Sie tun?"

Beatriz zögerte, aber es gab eigentlich keinen Grund, das Angebot nicht anzunehmen. „Wir brauchen einen Wagen und einen verlässlichen Fahrer nach Catia la Mar. Dort gibt es anscheinend andere Flüchtlinge, die Tony kennt, und es würde ihm sicher guttun, sie wiederzusehen und mit ihnen zu reden."

„Kein Problem", sagte Jiménez, „geben Sie Bescheid und ich bin zur Stelle. Für eine Dame wie Sie jederzeit!" Er stand auf, nahm ihre Hand, hielt sie länger als nötig, schien sich dann mühsam loszureißen und verschwand.

XVII

Und was war mit Bruno? Bruno an seinem Strand? Er hätte ins Meer hinausschwimmen können, immer weiter. Bis er in der Nacht die Orientierung verlieren und unter dem schwarzen Himmel ertrinken würde. Er hätte durchs Dorf rennen und schreien können, jeder, den er anschreien würde, hätte es verdient. Er hätte auch Molotowcocktails in die Fenster werfen können, angetrieben von den Wonnen, die Rache einem verschaffen kann. Oder er hätte die Straße entlanglaufen können, bis er zur Autobahn käme, da weiterliefe und einer der zerlumpten Vagabunden würde, die dort mit den Wagenkolonnen rennend dahinvegetierten, halb verrückt von der Sonne. – All das tat er nicht, er blieb einfach sitzen. Saß im Schatten einer kleinen Palme, trank ab und zu aus einer Wasserflasche und aß eine Woche lang nichts.

Nach der Woche kam Estrella. Sie brachte ihm Papaya und fragte, wie es ihm ging. Er antwortete nicht, fragte nur: „Was macht Gabriela? Warum hast du sie nicht mitgebracht?"

„Meine Mutter wollte das nicht."

„Deine Mutter! – Und du?"

„Rubén schickt mich. Ich glaube, er hat Arbeit für dich. Er will, dass du heute Abend kommst."

„Rubén! Ausgerechnet. Ich werde nie mehr etwas mit Rubén machen."

„Es ist nicht Rubén, der die Arbeit hat. Es ist jemand, den er kennt. Ein guter Mann, er arbeitet im Tourismus."

Es ging eine Weile hin und her, dann gab Bruno den Widerstand auf. Am Abend saß er schweigend neben Rubén im Auto auf dem Weg zum Macuto Sheraton.

Der Mann hieß Vásquez. Er erwartete sie auf der Hotelterrasse, die nur zu einem knappen Viertel gefüllt war. Außer ihnen waren keine Venezolaner da, allem Anschein nach nur Nordamerikaner und ein paar Asiaten. Vásquez wandte sich sofort an Bruno, Rubén grüßte er nebenher mit einem Nicken. „Hola", sagte er und stellte sich vor. „Man trifft selten Europäer." Er lächelte. „Ich sag ganz offen, ich bewundere euch, weil ihr fast alle mehrere Sprachen sprecht. Ich hab mich schwer genug getan,

Englisch zu lernen, aber in diesem Land gibt es viel zu viele Leute, die meinen, die eine Sprache, die sie nun mal können, würde bis in alle Ewigkeiten ausreichen. Als ob wir isoliert von der Welt leben könnten!" Vásquez hatte einen schmalen Kopf, die hohe Stirn eines Intellektuellen und den Körper eines Marathonläufers. Er saß auf seinem Stuhl leicht zurückgelehnt und schaute, während er sprach, Bruno unverwandt in die Augen. „Unser Land", fuhr er fort, „hat einen unglaublichen Reichtum, und damit meine ich nicht das Öl. Unser Land hat einen unglaublichen Reichtum an Natur und Landschaften. Wir haben die tropischen Strände der Karibik genauso wie die Vielfalt der Arten und die trockene Hitze der Llanos, den Nebelwald der Küstenkordillere und die dünne Luft der Páramos in den Anden, die Urwälder des Orinoco und die Tafelberge an der brasilianischen Grenze." Der professionelle Zuschnitt seiner Worte war nicht zu überhören, aber in der Art, wie er sprach, lag so viel Überzeugung von der Sache, dass sich die abwehrbereite Skepsis, die Bruno mitgebracht hatte, aufzulösen begann.

„Ich will einen anspruchsvollen Tourismus, weil wir auf dem Gebiet ungeheuer viel zu bieten haben. Das ist kein Massentourismus, soll es auch nicht sein. Ich führe kleine Gruppen mit einem individuellen Programm an die interessantesten Stellen Venezuelas. Diesmal ist es nur eine Familie, drei Personen, das ist natürlich für die nicht billig, aber sie kriegen auch Qualität. Wir fahren grundsätzlich mit zwei Geländewagen. Aus Sicherheitsgründen, falls mal einer liegenbleibt. Rubén ist schon einmal als Fahrer mitgekommen. Das geht, wenn die Gäste aus Mexiko kommen. Diese hier sind aus den USA, ein Professor mit Frau und Tochter, sind sehr interessiert, wollen über alles reden, können aber kein Spanisch. Und Rubén kann kein Englisch. Da kommst du ins Spiel."

Woher Vásquez wusste, dass Bruno Englisch sprach, war nicht klar, vielleicht setzte er es bei einem Europäer einfach voraus. „Dass wir hier im Land wenig Tourismus haben, liegt aber nicht nur am Fehlen von qualifiziertem Personal", fuhr er fort, „wir haben ein bisschen Massentourismus auf der Isla Margarita, ein bisschen Badetourismus hier in der Nähe des Flughafens, aber auch der wird nicht von oben gefördert. Die Einnahmen von Gästen aus Europa sind natürlich völlig weggebrochen und die aus den USA wollen die Bosse in Mexiko behalten, in Yucatan; und dann haben sie die Pazifikküste wiederbelebt, Acapulco usw., da hoffen sie auf wachsende Einnahmen aus Asien. Reiche Chinesen schätzen immer mehr den Badeurlaub." Er lachte. „Für uns ist es nur gut, dass sich der Massentourismus woanders rumtreibt. In unserem Stil können wir nur arbeiten, wenn wir quasi alleine sind."

Während seiner letzten Sätze, hatte Vásquez den Blickkontakt mit Bruno mehrfach unterbrochen und sich auf der Hotelterrasse umgeschaut. Jetzt hatte er den Mann gesehen, auf den er wartete. Der Amerikaner war groß und breitschultrig, er sah aus wie ein Hollywood Filmstar aus dem vorigen Jahrhundert, kräftiges blondes, nur leicht angegrautes Haar, breites Gesicht, zurückhaltend freundliches Lächeln.

Vásquez stand auf, Bruno und dann auch Rubén folgten ihm. Vásquez stellte sie als „meine Mitarbeiter" vor und den Amerikaner als Professor Roger F. Williams. Man gab sich die Hand. Vásquez sprach ein hartes, kehliges, aber sehr korrektes Englisch, und als Bruno das breite Amerikanisch des Professors hörte, war es ihm etwas Altvertrautes, das er fast schon vergessen hatte.

Vásquez führte das Wort, als sie wieder saßen. Er tat das ganz selbstverständlich, redete den Professor mit Mr. Williams an und ließ bei allem, was er sagte, deutlich werden, dass von ihm nur Leistungen auf höchstem Niveau zu erwarten waren. Williams habe besonderes Interesse an den Llanos geäußert, das sei eine sehr, sehr gute Wahl, die zeige, dass der Professor einiges an Wissen mitbringe, was für sein, Vásquez', Unternehmen eine willkommene Herausforderung darstelle. Gerade jetzt in der Trockenzeit, wo sich alle Arten von Wildtieren um die Flüsse und Wasserlöcher versammelten, seien die Llanos das Wunderbarste, was das Land zu bieten habe. Man werde unter anderem einige Tage auf einer biologischen Beobachtungsstation verbringen, die auf einer Rinderfarm untergebracht sei und die besten Voraussetzungen für Tierbeobachtungen biete.

„Müssen Sie alles vorher planen, oder können wir auch einmal spontan entscheiden?", fragte Williams.

„In der Beobachtungsstation, von der ich sprach, im „Hato El Gordo", muss ich reservieren, im Übrigen aber fahren wir mit zwei Geländewagen, haben alles mit, was wir brauchen, um unabhängig zu sein, Proviant, Hängematten – Sie schlafen immer in Hängematten – Moskitonetze usw., nur Benzin und vielleicht Eis zum Kühlen müssen wir nachkaufen, aber das kriegen wir auch unterwegs. Ich schlage also vor, dass wir zuerst den Hato ansteuern, da fällt es auch leichter, sich an das Leben in der Natur zu gewöhnen. Von dort fahren wir dann weiter, campieren an einer sehr schönen Stelle am Fluss und dann … dann können wir sehen, ich weiß noch viele wunderbare Plätze. Also: Wir sind ziemlich unabhängig."

Vásquez machte eine Pause, als müsste er sich genau überlegen, was er weiter sagte. „Nun", fuhr er fort, „ich selbst werde den einen Wagen fahren und allgemein die Führung übernehmen, Informationen geben usw. Rubén hier fährt den zweiten Wagen. Sie hatten Wert darauf gelegt, dass auch ein zweiter Begleiter Englisch spricht, das spricht Rubén leider nicht. Ich habe deshalb Bruno gebeten mitzufahren, er spricht Englisch, ist Europäer, aber vertraut mit unserem Land, vielleicht nicht so sehr mit den Llanos. – Mit drei Begleitern wird es natürlich ein bisschen teurer."

Williams schaute von einem zum anderen, dann blieb sein Blick auf Bruno hängen. „Sie sind Europäer?", fragte er. „Ja", sagte Bruno, „allerdings lebe ich schon eine Weile in Lateinamerika." Er freute sich, als er merkte, wie leicht sein Kopf sich auf Englisch umgestellt hatte.

„Schön und gut", sagte Williams, „kann denn nicht Bruno den zweiten Wagen fahren?"

„Könnte er schon", Vásquez wand sich, wo sollte das noch hinführen? Rubén, der die letzte Zeit teilnahmslos in die Luft geguckt hatte, wurde aufmerksam. „Wir brauchen Rubén", sagte Vásquez, „wenn mal etwas repariert werden muss."

„Wie auch immer", Williams wollte wohl nicht länger diskutieren, „ich denke, wir bleiben, was den Preis betrifft, bei Ihrem ursprünglichen Angebot." Damit war das Thema erledigt und

Vásquez nahm es hin. Es wurde noch besprochen, dass es am übernächsten Tag losgehen sollte, morgens um fünf Uhr. „Dann schaffen wir es bis zum Nachmittag nach San Fernando de A-pure." Noch ein paar Hinweise zur Kleidung (lange Ärmel und lange Hosen wegen der Moskitos am Abend), dann schien alles hinreichend geklärt.

Als der Professor sich verabschiedet hatte und wieder Spanisch gesprochen wurde, wollte Rubén wissen, worum es gegangen sei. „Williams meint, du bist überflüssig. Ich hab ihm vorgelogen, wir brauchten dich als Mechaniker, aber trotzdem ist er nicht bereit, mehr zu zahlen. Wenn du wirklich mitfahren willst, müsst ihr euch die Bezahlung für den Job teilen." Rubén guckte düster, Vásquez verärgert, wahrscheinlich entsprach diese Rangelei nicht dem Image, das er für sein Unternehmen haben wollte. Bruno wusste nicht einmal, wie hoch die Bezahlung überhaupt war. Es war ihm auch nicht wichtig. – Ob Vásquez wohl etwas davon wusste, was Rubén ihm angetan hatte?

XVIII

Dass ausgerechnet ein mit Tätowierungen bedeckter glatzköpfiger Riese der erste Mann sein würde, mit dem sie sich wohlfühlte, das wäre Sonja nie in den Sinn gekommen. Soweit sie sich erinnern konnte, hatte sie nie die Nähe zu einem Mann gesucht. Als kleines Mädchen hatte sie manchmal bei einem Mann auf dem Schoß sitzen müssen, das war ihr unangenehm gewesen. Auch später hatte sie sich mit Männern nur wohlgefühlt, wenn es eine Distanz gab, die von keinem infrage gestellt wurde. Sie hatte gelernt, Situationen zu vermeiden, in denen das nicht geklärt war.

Mit Walter war es etwas ganz Besonderes. Bei der Begrüßung am Flughafen hatte er am ganzen Körper gezittert, er hatte sich nicht beherrschen können, das spürte sie, als sie seine Hand hielt. Ein Hüne, der vor Angst schlotterte, ohne jeden ersichtlichen Grund. Ein Trauma, das sich Ausdruck verschaffte. Ganz hilflos hatte sie seine Hand losgelassen, da löste sich Marco von Isabel, kam und nahm Walter am Arm. Sonja griff den anderen Arm und während beide Walter Richtung Ausgang führten, beruhigte er sich allmählich.

In den ersten Tagen kümmerte Marco sich viel um ihn, dann fanden sie heraus, dass es ihm gut tat, vor dem Fernseher zu sitzen und Sportsendungen anzuschauen. Er verfolgte dann aufmerksam die Vorgänge auf dem Bildschirm, reagierte mit Stöhnen, Lachen oder Ausrufen wie „Pooah" und ganz offenbar band das seine Gefühle so sehr, dass er nicht mehr auf Gedanken kam, die ihm Angst machten. Wenn sie Zeit hatte, setzte Sonja sich neben ihn. Dann unterbrach er kurz seine Konzentration auf den Bildschirm, sah sie mit einem vorsichtigen Lächeln und einer einladenden Geste an, und sie hatte, indem sie sich setzte, den Eindruck, sie sei in seine Welt aufgenommen worden.

Einmal rückte sie ein bisschen näher an ihn heran, so dass sie seinen Körper spürte. Da entstand eine leichte Spannung zwischen ihnen, so, als ob einer von ihnen wieder aufstehen müsste. Aber sie standen nicht auf, und nach einer Zeit war die Spannung verschwunden und Walter legte den Arm um ihre

Schulter, ganz leicht, federleicht, und Sonja war klar, dass er damit Dankbarkeit ausdrückte. Und sie genoss es. Manchmal saßen sie Stunden so da und schauten gemeinsam Basketball, Rodeos und Motorradrennen. Der leichte Schweißgeruch störte sie nicht, im Gegenteil, er war das dunstige Signal, das seine Anwesenheit für alle Sinne unbezweifelbar machte. Aus einem Grund, den sie nicht durchschaute, den sie aber auch nicht durchschauen musste, war es seine, Walters, Anwesenheit, die bewies, dass ihre Arbeit der letzten Monate nicht umsonst gewesen war. Und dafür liebte sie ihn. Es hatte etwas von der Liebe einer Mutter zu ihrem Kind, das sie über Monate ausgetragen hat und in das sie ihre ganze Zuversicht hineingibt.

Walter sprach kaum. Er hatte sich ein paar englische Wörter angeeignet wie „yes", „no", „sorry" und „of course", mit denen er reagierte, wenn er angesprochen war, und ein vorsichtiges „May I?", das er aber nur ganz selten benutzte. Im Allgemeinen hatte man den Eindruck, dass er alles Wesentliche verstand, sicherlich eher auf Grund der Tonlage und der Gesten, als dass er die einzelnen Wörter verstanden hätte. Mehr brauchte er auch nicht. Er verließ nie die Wohnung. Sonja, Isabel und Marco waren die einzigen, die mit ihm zu tun hatten, sie richteten sich auf ihn ein. Walter war da, einfach da, das war jetzt wichtig.

XIX

Beatriz war nie in solch einem Viertel gewesen. Natürlich gab es auch in Mexiko Armeleuteviertel, riesige sogar, aber es hatte nie einen Grund gegeben dorthin zu gehen, sie war allenfalls auf der Stadtautobahn daran vorbeigefahren. Hier in Catia la Mar, wo man sie einfach „Barrios", Viertel, nannte, waren die Häuser vergleichsweise solide gebaut, aus ziegelfarbigen Industriesteinen, grob, nachlässig verfugt. Sie hatten fast alle eine Strom- und meist auch eine Wasserleitung und sie machten einen stabilen Eindruck, nur sah man in der Regenzeit öfter einmal im Fernsehen, wie Hänge mit Dutzenden von Häusern abgerutscht waren.

Die Straßen zwischen den Häuserreihen waren so eng, dass Jiménez um jeden Fußgänger und jeden Haufen von Müllsäcken mühsam herumfahren musste. In der Kirche Nuestra Señora Virgen del Valle hatten sie Padre Mateo getroffen, der saß jetzt auf dem Beifahrersitz, gab Anweisungen und grüßte die Leute, die vor ihren Häusern standen und sich unterhielten. „Hier ist es", sagte er plötzlich, und als Jiménez fragend guckte, „lassen Sie den Wagen einfach stehen." Dann sagte er, er habe noch viel zu tun. Bevor er ausstieg hatte Beatriz gerade noch Zeit, ihm den Umschlag mit der Spende in die Hand zu geben, dann ging er schnellen Schrittes die Straße hinunter.

Tony näherte sich als erster dem einfachen Haus, das sich durch nichts von den anderen in der Reihe zu unterscheiden schien. Er blieb im Eingang stehen, sodass Beatriz und Jiménez ihm über die Schultern gucken mussten, um etwas zu sehen. Es gab nur einen Raum, der war voll mit Kindern. Beatriz hatte in ihrem Leben nie viel mit Kindern zu tun gehabt, trotzdem – oder vielleicht gerade deshalb – rührte sie der Anblick. Es fiel auf, wie sauber die Kinder gekleidet waren. Sie trugen eine Art Uniform aus blauen Hosen oder Röckchen und weißen T-Shirts. Als sie genauer hinschaute sah Beatriz jedoch das viele der Kinder nicht gesund waren, sie sah Hautkrankheiten, faul Zähne und Augenfehler. Das hinderte die Kleinen aber nicht an emsiger Betriebsamkeit. Einige rannten mit bewundernswertem Geschick im

Höchsttempo auf anscheinend nur ihnen bekannten Rennbahnen, andere saßen auf dem Boden und waren miteinander oder mit einem Spielzeug beschäftigt, wieder andere standen in Trauben um die drei Frauen herum, die aus der Menge herausragten. Bei zweien von ihnen herrschte große Bewegung. Mit kaum glaublichem Temperament redeten die Kinder auf die Frauen ein, drängelten sich an sie heran, zogen sie manchmal sogar an den Kleidern. Dem Blick auf die dritte Frau bot sich ein ganz anderes Bild: in ihrer Nähe war Ruhe. Die Kinder schauten sie an und folgten ihren mit Gesten gegebenen Anweisungen. Die Frau war blond und hellhäutig. Das also war Vera.

Tony hatte ja erzählt, dass er einmal verliebt gewesen war in Vera, und so hatte Beatriz eine kleine Eifersucht mit hierher gebracht. Beim Anblick der Szene blieb davon nichts übrig, im Gegenteil, Beatriz konnte nicht umhin, Sympathie zu empfinden für die Frau, die so im Einklang stand mit der Situation, in der die Kinder sich ihr anvertrauten. Und als Vera aufschaute und in der Tür Tony stehen sah, da öffnete sich ihr Gesicht zu einem Strahlen, und sofort folgten alle ihrem Blick, zuerst die Kinder, die bei ihr standen, dann – von ihnen angesteckt – die anderen Kinder und zum Schluss die beiden anderen Frauen – alle schauten sie auf die Besucher in der Tür.

Vera löste sich aus der Gruppe und kam auf sie zu. Sie zögerte einen Moment, lächelte und forderte sie dann mit einer Handbewegung auf ihr zu folgen. Am Haus vorbei führte ein schmaler Gang auf die Rückseite, dort gab es einen kleinen Innenhof mit einer Außendusche und eine Art Schuppen, aus dem Vera ein paar Plastikstühle holte. Tony stellte ihr Beatriz als seine geliebte Gönnerin und Jiménez als seinen Chef vor, dann erst kamen sie dazu sich zu umarmen.

Und als sich dann alle setzten, entstand eine verlegene Stille. Vera und Tony schienen tief in Gedanken, Jiménez wollte sich offenbar ganz im Hintergrund halten, nur Beatriz drängte es dazu, so etwas wie ein Gespräch in Gang zu bringen. „Und wo wohnst du, wo schläfst du?", fragte sie Vera schließlich. Da nahm Vera sie bei der Hand und führte sie zum Schuppen. Sie zeigte auf eine Hängematte, die aufgerollt an der Decke hing, zum Schlafen wurde sie offenbar im Haus aufgehängt. Neben einem Regal, in dem sauber geordnet einige Kleidungsstücke lagen, waren auf dem Boden längliche Polster aufgestapelt, die wohl Kindern zum Schlafen dienten.

Tony war ihnen zum Schuppen nachgegangen und hatte sich alles angeschaut. Er schien nicht zufrieden zu sein. „Bruno ist nicht hier?", fragte er. Vera schüttelte energisch den Kopf, sie überlegte einen Augenblick und ging dann wieder um das Haus herum zur Straße. Alle folgten, sie zeigte auf das Auto.

Vera saß vorne auf dem Beifahrersitz, als sie die Küstenstraße fuhren, vorbei am Flughafen, durch Macuto und Caraballeda. Sie zeigte mit ruhigen, sicheren Gesten Jiménez den Weg. Tony und Beatriz saßen hinten, sie achteten nicht auf die Umgebung und den Weg – aus unterschiedlichen Gründen: Tony war immer noch in Gedanken versunken und Beatriz' Blick war auf Vera gerichtet. Sie nutzte ihre Sitzposition, die ihr an Jiménez vorbei eine gute Sicht auf Vera erlaubte, ohne dass das als aufdringlich aufgefallen wäre. Was machte das Gesicht dieser Frau so interessant? Erst jetzt sah sie die feinen Fältchen in der hellen Haut, die zeigten, dass sie nicht so jung war, wie es auf den ersten Blick erschien. Die Augen lagen etwas tiefer, als es dem landläufigen Ideal entsprach. Zusammen mit einem Zug von Trauer um den Mund, der sich aus ihrer Mimik nicht wegdenken ließ, zeigten diese Augen dass sie Hartes erlebt hatte, Katastrophen und Qualen.

Aber das war es nicht, was sie so besonders machte. Die Spuren der Erfahrung, Trauer und Misstrauen, hatten sich in sie eingegraben, aber – und das war das Großartige an dieser Frau – sie beherrschten sie nicht. Von gleicher Intensität war die Offenheit, mit der sie die Kinder angesehen und Tony angestrahlt hatte und mit der sie jetzt Jiménez zulächelte, wenn sie ihn mit einer Handbewegung bat, langsamer zu fahren, damit sie sich orientieren konnte. Diese Frau vereinigte beides: ohne verbittert zu sein, verleugnete sie nicht die Spuren schlimmer Erfahrungen, zugleich aber gelang es ihr, sich anderen Menschen voll Offenheit zuzuwenden. – Es fiel Beatriz nicht leicht, ihren Blick von Veras Gesicht zu lösen.

Es blieb ihr aber nichts anderes übrig, als der Wagen an einer engen Straßenkreuzung hielt, sie anscheinend am Ziel waren. Da schauten alle auf einen kleinen Eckladen. Vera, die während der ganzen Fahrt Ruhe und Gelassenheit ausgestrahlt hatte, war jetzt unsicher geworden. Sie stieg aus, ging zum Laden, öffnete die Tür, sah hinein – und kam kopfschüttelnd zurück. Jiménez sah sie fragend an und sie zeigte ihm, wie er weiterfahren sollte.

Sie fuhren tiefer in den Ort hinein, vorbei an der kleinen Plaza Bolívar. An einem unscheinbaren Haus in einer schmalen Straße ließ Vera wieder anhalten. Als sie ausstieg, kam eine junge Frau heraus und gleich hinterher mit unsicheren, aber dennoch eiligen Trippelschritten ein kleines Mädchen. Tony und Beatriz kamen hinzu. Die junge Frau lächelte, sie hatte gelocktes Haar und ein Gesicht, dem das Lächeln leichtzufallen schien.

Sie hatte Vera sofort erkannt, kam auf sie zu und fasste ihre Hände. Dann wandte sie sich den anderen zu. „Das ist Brunos Tochter", sagte sie, „Gabriela. – Ich bin Estrella. – Bruno arbeitet im Tourismus, jetzt."

Tony stellte Beatriz und sich selbst vor, auch Jiménez, der an den Wagen gelehnt dastand und zuhörte. „Ich kenne Bruno von früher", sagte Tony, „ich bin mit Vera und ihm aus Europa gekommen. Wir haben uns lange nicht gesehen."

Estrella nickte und wiegte gleich darauf bedauernd den Kopf. „Bruno ist nicht da. Er ist unterwegs, begleitet Touristen auf einer Tour in die Llanos. Mein Bruder ist auch dabei. Sie sind mindestens zwei Wochen weg."

Vera hatte sicherlich alles mitbekommen, aber immer noch sah sie Estrella fragend an, bis diese verstand. „Ach ja", sagte sie, „wir hatten einen Laden. Lief ganz gut. Lotterie und Delikatessen. Wir haben dort auch gewohnt. Der Patrón hat ihn uns weggenommen, wollte ihn für einen von seinen Leuten. Macht jetzt nur noch Lotterie. – Aber Bruno hat ja Arbeit im Tourismus."

Tony hinterließ noch einen kurzen Brief für Bruno, mit Telefonnummer und Adresse, bevor sie wieder fuhren.

XX

Der Himmel war von einem staubigen Grau, das sich, je näher es dem Horizont kam, mehr und mehr der ausgetrockneten Steppe anglich. Immer wenn einer der Pickups, Geländewagen und Viehtransporter, die die Fähre verlassen hatten, in Richtung Horizont davonfuhr, hinterließ er eine riesige Staubwolke, die sich so langsam senkte, dass die Luft nie klar wurde. Am Fluss standen ein paar Bäume, unter denen man saß und auf die Fähre wartete. Eine Reihe von sieben Fahrzeugen stand noch am diesseitigen Ufer, während die Fähre sich mühsam vom anderen löste. Sie bestand aus einem rechteckigen Floß, auf dem zwei mittelgroße Fahrzeuge gut Platz hatten und das von einem Boot mit großem Außenbordmotor angeschoben wurde. An den beiden Schmalseiten waren jeweils zwei etwa drei Meter hohe eiserne Pfosten aufgestellt, an denen die Stahlplatten hochgezogen wurden, die den Ausgleich mit der Uferböschung herstellten. Das Rasseln der Ketten, mit denen das vorgenommen wurde, das Knattern der Außenborder und ab und zu das Aufheulen eines Motors, wenn ein Wagen startete, waren die einzigen lauten Geräusche, die zu hören waren.

Auch im Schatten war es heiß, heißer wahrscheinlich, als es Bruno jemals erlebt hatte, aber es war eine leichte Hitze, ganz anders als die tropenfeuchte Luft am Meer. Eine Hitze, die alle Schwere nahm. Man wollte hier gar nicht mehr weg. Wie konnte es sein, dass diese Landschaft, diese nach allen gängigen Maßstäben unwirtliche Umgebung eine solche Anziehungskraft besaß? – Es war die Hitze, es konnte nur diese Hitze sein, die einen ausfüllte, so dass man leichter wurde, beinahe sich schwebend fühlte und alle Bedürfnisse hinter sich ließ. Bruno kam der Gedanke, dass sich so das Nirwana anfühlen müsse.

Natürlich musste man trinken, und Bruno saß mit einer Dose Bier in der Hand. Aber er saß allein. Es war nicht die Stimmung, sich zu unterhalten, es war die Gelegenheit sich auszudenken, wie es wäre, auf immer hier zu leben. Oder wenigstens eine längere Zeit. Natürlich brauchte man das Nötigste, ein paar Lebensmittel, Getränke, ein Dach über dem Kopf. Aber das Einfachste würde genügen, man war ja zufrieden, weil man nichts weiter benötigte, weil es nichts gab, nach dem man sich sehnte, weil man eins war mit der Luft und der Hitze.

Vor zwei Tagen hatten sie die Autos gepackt. Vásquez hatte eine Checkliste gemacht und einen Plan im Kopf, wie man den Raum am besten nutzte. Alles persönliche Gepäck kam auf die Dachträger und wurde mit einer Plane abgedeckt. Über der Hinterachse standen die schweren Packstücke, Kanister mit Benzin und Trinkwasserreserven. Die Kühlkisten mit Eis und Getränken waren ebenfalls schwer, aber sie mussten besser erreichbar sein. Netzartige, leichte Hängematten, sogenannte Chinchorros, wurden an die Wagendecke gebunden, ebenso Moskitonetze und eine Zeltplane, die als Sonnensegel dienen konnte. Es gab Halterungen für Reiseapotheke und Verbandskasten. In einen Winkel zwischen den Kisten passte ein Karton mit ein paar Flaschen Rum, einem Beutel Limonen und einem Fläschchen Angostura für den Cuba Libre. Lebensmittel wollte man grundsätzlich unterwegs erwerben, nur ein Grundbestand wurde mitgenommen: Öl und Gewürze, Kekse in Dosen, gesalzene Erdnüsse und – das war Vásquez' persönliche Note – ein großes Schraubglas mit Oliven.

Es war noch dunkel, als sie die Williams vom Hotel abholten. Man sprach wenig, die präzisen Anweisungen und Erklärungen, die Vásquez glaubte geben zu müssen, trugen dazu bei, die stimulierende Aufregung, die es am Anfang solcher Unternehmungen immer gibt, noch etwas zu steigern. Aber schon als es hell wurde und sie auf der Autopista aus der Stadt hinausfuhren, stellte sich die innere Ruhe ein, die man hat, wenn man damit rechnen kann, auf angenehme Weise Neuem zu begegnen. Vásquez fuhr vorweg, bei ihm im Wagen saßen Williams und seine Frau Donna. Sie war Mitte vierzig, und der rötliche Glanz ihrer Haare, ihre Schlankheit und der khakifarbene Hosenanzug ließen sie auf den ersten Blick viel zu elegant erscheinen für eine solche Reise. Bei genauerer Betrachtung jedoch konnte man sehen, dass die Nägel an ihren kräftigen Händen zwar rot lackiert, aber kurz geschnitten waren, und auch, dass der Anzug ihr genügend Bewegungsfreiheit ließ und aus einem Material bestand, das reißfest, zugleich aber auch luftig zu sein schien. Sie schien sich Gedanken gemacht zu haben und machte eine derartige Reise sicher nicht zum ersten Mal. Davon zeugte auch die Tatsache, dass alle drei Williams ihr persönliches Gepäck auf eine mittlere Reisetasche beschränkt hatten.

Im zweiten Geländewagen mit Rubén und Bruno fuhr Tochter Jane, achtzehn Jahre alt und offenbar entschlossen, sich in der äußeren Erscheinung deutlich von der Mutter abzusetzen. Sie trug eine blaue Latzhose aus dem gleichen Material wie der Anzug ihrer Mutter, aber so weit geschnitten, dass man an Eleganz gar nicht denken konnte. Ihr Haar würde man in einem Liebesroman honigfarben nennen, und das trifft die Farbe auch, aber dem romantischen Beiklang einer solchen Bezeichnung arbeitete Jane mit ihrem ganzen Aussehen entgegen. Sie hatte die Haare straff zurückgekämmt und hinten zu einem kurzen Zopf zusammengebunden. Bislang hatte sie noch nicht gelächelt und die Ernsthaftigkeit ihres Blicks bekam eine besondere Note dadurch, dass ihr Gesicht über und über mit Sommersprossen bedeckt war.

Jane saß vorne neben Rubén, Bruno hatte sich mit seinen langen Beinen hinten eingerichtet. Als sie die Stadt in Richtung Los Teques verließen, wandte Rubén seinen Kopf leicht nach hinten und sagte:

„Du musst mal anfangen ihr was zu erzählen."

Bruno hatte sich Vásquez' Karten angesehen, sie hatten die Route mithilfe eines Navigationsgeräts durchgesprochen, aber das reichte natürlich bei Weitem nicht aus, ihm fehlte nahezu alles für einen Reiseführer. Er sagte zu Rubén:

„Erzähl du, ich werde dann übersetzen." Aber Rubén schwieg, da wandte sich Bruno auf Englisch an Jane: „Wenn du etwas wissen möchtest, frag einfach, wir werden dann versuchen, Auskunft zu geben."

Jane wollte nichts wissen, und so fuhren sie die ersten Stunden schweigend, bis sie an einer Raststätte anhielten um zu frühstücken: Arepas, weiße Maisküchlein mit Butter und weißem Käse, dazu Kaffee.

Dann waren fuhren sie weiter, über Villa de Cura, vorbei an den bizarren Bergen bei San Juan de Los Morros, Richtung Calabozo. Bruno hatte zögernd ein unverbindliches Gespräch mit dem Mädchen begonnen: woher sie komme, wie sie in ihrer Heimat lebe, womit sie sich gern beschäftige. Ein Gespräch, wie man es führt, um sich vorsichtig kennen zu lernen. Er erfuhr, dass sie angefangen hatte Literatur zu studieren. Anders als ihre Mutter, die immer alles über Pflanzen und Tiere wissen wollte, war sie mehr am Leben der Menschen interessiert und an den Beziehungen, die sie miteinander hatten. Bruno übersetzte das Wichtigste für Rubén, und der begann nun sporadisch zu kommentieren, was in ihrem Blickfeld auftauchte: riesige Bananenpflanzen, verschiedene Arten von Palmen, eine Gruppe von toten Bäumen in der Ferne. Am Stausee von Calabozo hielt er einen kleinen Vortrag über Wasserversorgung, den zu übersetzen, Bruno einige Schwierigkeiten machte, aber Jane hörte brav zu. Die Atmosphäre war nicht überschwänglich, aber entspannt, als sie am frühen Nachmittag in San Fernando de Apure eintrafen.

Die Stadt war gerade dabei, aus der Mittagsruhe zu erwachen, die libanesischen Händler saßen im Schatten vor ihren Auslagen, neben Geschäften mit Konfektionskleidung und Wäsche beeindruckte die große Zahl von Schuhläden. Hier hatte Vásquez die Übernachtung eingeplant, das letzte Mal im Hotel. Er schickte Rubén und Bruno los, um Getränke und Eis zu besorgen, und ging selbst Lebensmittel einkaufen, vor allem Gemüse und Obst: süße Yuka, Platanos, kleine rote Bananen und eine Reihe von Früchten, die Bruno noch nie gesehen hatte, Guabas, Guanabanas und Kaktusfrüchte. – Am nächsten Morgen ging es nach einem guten Frühstück früh weiter.

*

Auf der Floßfähre, als der Außenborder schließlich auch seine beiden Geländewagen über den Fluss schob, kündigte Vásquez eine Attraktion an. Von den Leuten am Fluss habe er erfahren, dass gerade heute in einem Dorf kurz vor ihrem nächsten Ziel eine „Riña de Gallos" stattfinde, ein Hahnenkampf-Turnier, das habe lange Tradition in den Llanos und gebe Einblick in die Seele der Llaneros.

Gruppen von Männern standen in aufgeregtem Gespräch. Eine ganze Traube hatte sich um die Arena versammelt, die man aus Lehm errichtet hatte, ein Rechteck, etwa zwei mal fünf Meter, die Wände siebzig bis achtzig Zentimeter hoch. Die Männer trugen Cowboyhüte oder Baseballmützen, kleine, drahtige Gestalten, man hätte vielleicht über sie hinweggucken können, aber sie machten auch Platz, ohne den Fremden weitere Aufmerksamkeit zu schenken. Im Innern der Arena, an den Schmalseiten, hockten zwei Männer, die jeder einen kleinen Hahn hielten. Die Tierchen waren mit glänzend bunten Stofffetzen geschmückt, sahen im Übrigen eher unglücklich aus. An den Spitzen ihrer Klauen waren feine Klingen befestigt, der einzige Hinweis auf ihre Gefährlichkeit. Sie wurden von ihren Besitzern gestreichelt und ab und zu mit dem Finger provoziert. Auf ein Signal hin wurden sie auf den Boden gestellt, ein Hahn torkelte ein wenig, der andere schlug ein paarmal mit den Flügeln. Die beiden Männer begannen nun, ihre Tiere mit Rufen und Handbewegungen aufzustacheln, und in der Tat sprang der flügelschlagende Hahn in einer Art flachem Flug, Klauen vorweg, auf den Gegner zu. Der versuchte in den Schutz seines Besitzers zu gelangen, und als das nicht ging, seitwärts an dem anderen vorbeizukommen.

Währenddessen war es im Publikum laut geworden. Schrille Zurufe sollten die Hähne anfeuern, Beschimpfungen und Flüche waren zu hören. Und als dann das anfangs unterlegene Hähnchen den Kampf aufnahm, die beiden Hähne sich flügelschlagend gegenseitig ansprangen, da war eine Erregung in den Männern, bei der es um mehr ging als um ihren Wetteinsatz. Da waren aufgerissene Augen und Münder, Schreie und Füßestampfen, als ginge es um die Existenz.

Bruno hätte dem Ganzen nicht ferner sein können. Er stand zwischen den Männern, hörte das Geschrei, spürte die Energie und die Hitze und sah nur das Missverhältnis zu dem Kampf der beiden Tierchen, den diese letzten Endes nur halbherzig führten. Er war hier fremd. Für das, was diese Männer in Ekstase versetzte, hatte er keine Antennen. Das wollte er auch nicht, eher stieß ihn das Spektakel ab. – Oder war es ein Mangel auf seiner Seite? Hatte er etwas verloren, was seit Urzeiten zur menschlichen Seele gehört, die Faszination des Kampfes um Leben und Tod? Waren Europäer anders? Hatten sie sich von diesen Ursprüngen ihres Wesens getrennt? Oder hatten Verluste und Demütigungen nur ihm, Bruno, diesen Urtrieb genommen?

*

„Absolut authentisch", sagte Williams, „keine Folklore-Show. So sind die Leute und so lieben sie ihre Feste. Vásquez hat nicht zu viel versprochen." Man saß gut auf der Veranda des Hato. Tisch und Bänke waren grob gezimmert, nur eine Petroleumlampe brannte. Die Nacht war schwarz, die Luft ein wenig abgekühlt und rein, als ob man sie trinken könnte und die ganze Nacht hier sitzen.

Am Nachmittag waren sie eingetroffen, im Hato „El Gordo". Ein Biologe namens David, der hier angestellt war, hatte ihnen die Räumlichkeiten gezeigt. Im Schlafraum gab es nichts als ein paar in die Wände eingelassene stabile Haken um die Hängematten zu befestigen, die Duschen waren an der Außenwand des Gebäudes, alles einfach und solide gebaut.

Noch vor dem Abendessen hatte David mit ihnen eine Rundfahrt in der Umgebung gemacht. Sie standen auf der Ladefläche eines kleinen Lastwagens, den Rubén nach Davids Anweisungen steuerte. An einem kleinen Fluss lagen Krokodile, die „Babas" genannt wurden. Sie seien eher scheu und für Menschen nicht gefährlich. Auf einer Weide in der Nähe ein mächtiger, leuchtend weißer Zebu-Bulle, die Herde in größerer Entfernung. Am Fluss war das Gras noch grün.

Zum Abendessen hatte es Cachapas gegeben, eine Art Pfannkuchen aus frischem Mais, wieder mit dem weißen Käse, den sie Queso de Mano nannten. Ein weiterer Gang zu einem Teich in der Nähe schien nach den Strapazen des Tages schon zu viel zu sein und bald würde auch die Dämmerung einsetzen, aber David, unterstützt von Donna Williams, bestand darauf. Und in der Tat: als sie dort standen und auf die riesigen Bäume sahen, die Hunderten von Vögeln als Schlafplatz dienten, da war mit einem Mal diese wunderbare Stimmung. Sie schauten auf die Schwärme von Reihern, der leuchtend roten Corocoros und weißen Garzas, die friedlich ihren Platz gefunden hatten. Nur selten flog ein Vogel auf, um sich bald und ohne Aufsehen woanders niederzulassen. – Der Anblick ließ sie nicht los, bis es dunkel war.

Auf dem Weg zurück zum Haus hatten sich David, Vásquez und Rubén verabschiedet, sie waren, wie es schien, verabredet mit anderen Leuten vom Hato. Da sah sich Bruno plötzlich allein mit der Familie Williams. Er besorgte Getränke und wollte sich ebenfalls zurückziehen, aber Williams widersprach nachdrücklich:

„Setzen Sie sich doch zu uns, lassen Sie uns über diesen wunderbaren Tag sprechen. Sie sind doch auch nicht von hier, wie wirkt denn das Ganze auf Sie, die Landschaft, die Leute …?"

„Ich…", Bruno war nicht vorbereitet auf diese Frage, „für mich sind die Llanos auch neu. Ich habe eine solche Landschaft nie zuvor gesehen."

Donna Williams war gerade dabei die Fotos, die sie von den Wasservögeln gemacht hatte, noch einmal durchzusehen und begann sie herumzuzeigen. Es waren eindrucksvolle Nahaufnahmen dabei, die die Tiere viel genauer zeigten, als man sie mit bloßem Auge hatte sehen können. Da wirkten sie viel wilder, beunruhigender als ihr harmonischer Anblick aus der Ferne.

Der Professor betrachtete die Fotos mit mittlerem Interesse und kam, als die Kamera herumgereicht worden war, auf sein Thema zurück: „Nehmen Sie den Hahnenkampf – wie viel er den Leuten bedeutet. Soviel wie in den Städten der Stierkampf, sie haben sich ihren Bedingungen angepasst. Sozusagen Stierkampf im Kleinen, aber mit denselben Emotionen. Wie kommt es, dass Menschen sich so ereifern, wenn Tiere ihre Kräfte messen und es um Leben oder Tod gehen kann? Sie geraten geradezu in Ekstase. Mir scheint, es handelt sich um Reste animistischer Religiosität. – Sie verstehen, was ich meine?"

Bruno nickte, und dieses Nicken, zusammen mit einer zustimmenden Bemerkung, schien bei Williams ein Tor zu öffnen, die Möglichkeit zu einem Gespräch über ein ganz anders Thema. Er schien einen Augenblick zu überlegen, dann sah er Bruno an. „Ihnen sollte ich ganz andere Fragen stellen", sagte er, „Sie sind Europäer und offenbar ein kluger Mann. Also frage ich Sie: Was ist los mit Europa?"

Bruno nickte wieder, ließ sich Zeit. Donna und Jane hatten sich zurückgelehnt und hörten zu. „Ich weiß gar nicht, ob ich noch als Europäer sprechen kann", sagte er, „ich bin schon so lange da weg. Und außerdem ist Europa nicht mehr Europa. Ich kann über das Europa unmittelbar nach der Katastrophe sprechen. Geht es Ihnen darum? Neuere Informationen habe ich nicht."

Williams stimmte zu: „Die Katastrophe, sagen Sie, wie war das? Wie haben Sie diese Katastrophe erlebt?"

Bruno blickte auf seine Hände. Überlegte. „Bitte", rief Williams, „um Gottes Willen. Wenn Sie nicht darüber sprechen wollen...".

„Nein, nein. Das heißt, ich will schon. Ich habe lange nicht daran gedacht. Eigentlich noch nie wirklich ernsthaft. Es war nie Zeit. Und meine Erinnerung hat große Lücken. Es muss eine Druckwelle gewesen sein. Alles stürzte zusammen, alle Gebäude, Bäume, alles. Ich erinnere mich, dass ich auf dem Boden lag. Flach auf dem Boden, auf der Straße. Es war in einer engen Eisenbahnunterführung, die hat mich wohl geschützt. Zufall. Ich konnte mich hochrappeln, wollte nur raus, ins Freie. Bin dann weitergelaufen, immer weiter, wo die Trümmer Platz ließen. Viele waren tot, sehr viele. Oder verletzt. Das wurde mir erst allmählich klar. Man hörte Schreie. Ich wollte nur weg." Bruno sprach stockend, als ob die Erinnerungen nur langsam, Stück für Stück, ins Gedächtnis kämen. „Ich lief weiter, immer weiter. Aus der Stadt hinaus. Ich hatte die Vorstellung, ich müsste nach Hause, in meine Heimatstadt, da könnte ich Zuflucht finden. Tagelang bin ich gelaufen, nachts habe ich Schutz gesucht, in einer Hecke, an einer Mauer, und etwas geschlafen. Und tatsächlich habe ich sie gefunden, meine Stadt. Ich habe sie erkannt, obwohl alles in Trümmern lag, und sogar mein Haus habe ich gefunden, das heißt, das Fundament. Irgendwie hab ich es wiedererkannt."

Die letzten Sätze waren flüssiger gekommen, doch war es immer noch, als spräche Bruno aus einer anderen Welt, und als er stockte, hörte man nur die Zikaden.

„Ich habe eine Zeit in dem Keller gelebt, habe erst nur ans Überleben gedacht, wollte nur für mich selber sorgen. Irgendwann später würde das Leben, das normale Leben schon weitergehen. Es ging aber nicht weiter, es wurde nichts wiederhergestellt. Und wenn jemand anfing, etwas zu reparieren oder etwas neu zu bauen, dann kamen Plünderer und zerstörten es."

„Merkwürdig. Haben Sie eine Erklärung dafür? Ich meine: Das ist doch verwunderlich. Nach den fürchterlichen Kriegen des zwanzigsten Jahrhunderts war auch sehr viel zerstört. Aber man hat es wiederaufgebaut. Warum dann jetzt nicht?"

„Sie haben Recht, es ist schwer zu erklären. Vielleicht waren die Leute zu sehr traumatisiert. Vielleicht. Aber ich glaube nicht, dass das als Erklärung ausreicht. Es waren ja auch nicht alle. Einige haben versucht etwas aufzubauen, aber es wurde ihnen zerstört, geplündert. Der Keller, den ich mir für meinen Bedarf eingerichtet hatte, wurde einfach besetzt. Das wird auch anderen so gegangen sein. Es gibt noch widersinnigere Beispiele. Oft suchten die Plünderer nach Wertgegenständen, man konnte aber nur etwas damit anfangen, wenn man fortwollte und einen Platz auf einem Schiff damit bezahlen musste. Doch das wollten nur wenige. Völlig verrückt ist die Geschichte von den Ingenieuren, die einen Stromgenerator bauten. Denen wurden die Kupferspulen gestohlen, obwohl wirklich niemand damit etwas anfangen konnte. Völlig widersinnig. – Solange ich das verfolgen konnte, gab es elektrischen Strom nur aus ein paar Batterien, die man noch gefunden hatte."

„Die Leute wollten das Zeug haben, einfach nur haben?"

„Genau. Vielleicht hatten viele verlernt, etwas aufzubauen, etwas für die Zukunft zu tun. Ich denke, es lag daran, dass es gar nicht mehr nötig gewesen war etwas zu tun, in der Zeit vor der Katastrophe. Es war schon alles da, was man sich wünschte. Man konnte es kaufen. Man musste nur kaufen, um seine Wünsche zu erfüllen."

„Aber gibt es nicht einen Drang im Menschen, meinen Sie nicht, sich gerade das zu wünschen, was nicht schon da ist?"

Bruno nickte. Er musste einen Augenblick nachdenken. „Das hat was. Ist nicht von der Hand zu weisen. – Aber gab es das bei Ihnen nicht: In den Internetshops, in den sozialen Netzwerken? Da wird Ihnen gezeigt, was Sie als nächstes haben könnten, was Sie interessieren müsste. Sie müssen nur noch auswählen."

Williams hatte sich vorgebeugt. Er war ganz im Gespräch, zögerte in diesem Moment aber, etwas zu sagen. Da fuhr Bruno fort: „Das führte dazu, das Leute ungeheuer viele Dinge anhäuften. Autos, PCs, Möbel – einfach alles in riesigen Mengen. Manche vergrößerten ihre Häuser, um alles unterzubringen. Schon die Kinder: ganze Zimmer voll von Spielzeug – viel mehr, als sie wirklich gebrauchen konnten."

„Also könnte man sagen: das Haben ersetzt das Tun", sagte Williams. Er wirkte nachdenklich, wie einer, der auf seiner Suche einen guten Schritt vorangekommen ist und dem sich nun neue Fragen auftun. Bruno hatte einen roten Kopf bekommen. „Das trifft es", sagte er, „Haben statt Tun. Das ist es. Das erklärt vieles. – So genau habe ich nie darüber nachgedacht. Aber die Frage war immer da: Warum geschieht nichts? Warum ergreift keiner die Initiative um ein neues Leben aufzubauen? Stattdessen: Plündern. Nehmen und zerstören."

Es war still. Wieder waren nur die Zikaden zu hören. Minutenlang.

Und in diesen Minuten des Nachdenkens, in denen das Gesagte nachklang, da spürte es Bruno plötzlich, sehr plötzlich, dass er nicht mehr weiterreden wollte. Es widerstrebte ihm, Gedanken einer Diskussion auszusetzen, die er nicht diskutieren konnte. Es gab keine akademische Diskussion über die Hoffnungen, die er gehabt hatte, und über die Enttäuschungen und über die Aussichtslosigkeit seines Lebens. Alles Fragen, die man sich vom Leib hielt, damit sie die Seele nicht zerstörten. Sie gehörten nicht in ein unverbindliches Gespräch, das doch nichts weiter konnte als Wunden zu öffnen.

Und Williams, als ob er all dies wüsste und das Gespräch trotzdem nicht aufgeben wollte, gab ihm eine Wendung, die alles andere als belanglos war, von dem niederdrückenden Schicksal der Europäer jedoch ablenkte. „Was Sie über das Habenwollen sagen und über das Steuern von Wünschen, das hat es bei uns in den Staaten auch gegeben und gibt es zum Teil noch. Dass es nicht zur beherrschenden Macht wurde, hat Gründe, bei denen ich Schwierigkeiten hätte, sie in eine Skala von gut bis schlecht einzuordnen, ich würde sie jedenfalls nicht bei gut verorten. Ich denke an eine bestimmte Art der Religionsausübung. Eine Art zu leben, in der die Religion alle wichtigen Entscheidungen bestimmt. Manche sprechen von Fundamentalismus, ich würde es „rücksichtslose Religiosität" nennen. Eine solche, ja geradezu brachiale Christlichkeit hat sich in den letzten Jahrzehnten in unserer Gesellschaft immer weiter verbreitet, heute bestimmt sie weitgehend die Politik. Mag sein, dass die Beliebigkeit der Konsumwelt viele überfordert hat, es gibt zu wenig Halt dort, zu wenig Orientierung. Da gibt die Religion Halt. Sicherlich haben andere die Religion genutzt, um Macht zu gewinnen. Denn es gibt durchaus ein Streben nach Reichtum, das ist aber nicht nur auf Konsum, sondern im Kern auf Macht ausgerichtet."

Williams Frau und Tochter folgten beide dem Gespräch auf eine Weise, die zeigte, dass sie seine Vorträge gewöhnt waren, sie aber auch zu schätzen wussten. Als er jetzt eine Pause machte, war es Bruno, der sich zurückhielt, neugierig auf das, was noch kommen würde. Und Williams, nachdem er ein wenig gezögert hatte, schaute Bruno an, als er fortfuhr: „Es ist für mich ein peinliches Thema, was jetzt kommt. Sie werden es kennen und vermutlich auch verflucht haben. Aber es kann hier nicht ausgespart werden. Als unsere politische Führung bemerkte, dass ihre Form des Christentums in anderen Gesellschaften nicht in vergleichbarem Maße Wurzeln schlagen konnte, ja zum Teil heftig abgelehnt wurde, haben sie die USA abgeschottet. Den Außenhandel drastisch reduziert, Immigration praktisch unmöglich gemacht. Anfangs habe ich das begrüßt, wenn auch aus anderen Motiven. Ich habe es für eine Phase des Isolationismus gehalten, der in unserer Geschichte ja immer wieder eine Rolle gespielt hat. Im Wechsel mit Phasen des Interventionismus. Ich habe geglaubt ein Wandel in der Innenpolitik wäre möglich, wenn es unsere Außenpolitik des Weltpolizisten nicht mehr gäbe und daher auch nicht mehr die Möglichkeit, durch irgendwelche aufgebauschten Krisen in aller Welt von der zum Teil katastrophalen Leistung der Regierung abzulenken. Das war eine Illusion. Die Anzahl derer war zu klein, die bereit waren für eine liberale Demokratie einzustehen oder auch nur die entsprechenden Kandidaten zu wählen. Heute ist es nur noch eine kleine Minderheit der Aufrechten, praktisch ohne jeden Einfluss."

An dieser Stelle unterbrach ihn seine Frau. Mag sein, dass ihr seine Rede nun doch zu lang wurde und sie verhindern wollte, dass sie noch weiter ausuferte. Andererseits wirkte sie so engagiert, dass klar war: sie wollte nicht nur bremsen, sondern das Gespräch fortführen. „Was den Konsumfixierten und den radikalen Religiösen gemeinsam ist", sagte sie, „ist diese Ignoranz gegenüber der Zukunft. Sie denken nur in kurzen Fristen, bis sie das bekommen, was sie glauben haben zu müssen, oder bis sie das erreichen, was angeblich Gottes Wille ist. Die einen denken gar nicht an die Zukunft, sie kommt in ihrem geistigen Horizont gar nicht vor, die anderen verlassen sich darauf, dass ihr Gott es schon richten wird, und machen sich keine Gedanken, wie das geschehen soll." Donna Williams sah in die Runde und fand auf den Gesichtern nur Zustimmung. „Leidtragende", sprach sie weiter, „ist die Natur. Sie wird ausgebeutet auf Teufel komm raus. Man ignoriert den Ressourcen- und Artenschwund. Und – es ist wirklich zum Kotzen – aber es stimmt einfach: immer setzen sich die Profitinteressen durch."

„Man muss sich schämen", sagte Williams und sah Bruno an, „in einer solchen Welt zu leben und nichts gegen diese Fehlentwicklungen zu tun. Aber wenn man die Realität anschaut, sind unsere Möglichkeiten derart gering, dass es einem so vorkommen kann, als bestehe die Alternative nur darin, sich selbst aufzuopfern, indem man unter Verzicht auf die bürgerliche Existenz in die radikale Opposition geht, mit Aktionen am Rande und jenseits der Legalität. Dazu sind wir nicht konsequent und nicht mutig genug. Wir versuchen informiert zu bleiben, auch über unser Land hinaus, und diese Informationen an andere weiterzugeben, jeder nach seinen Möglichkeiten. Und dann", er blickte in die Runde, „reisen wir, so oft wir können, in andere Länder und versuchen über den Tellerrand hinauszugucken."

Wieder machte Williams eine Pause. Was er jetzt sagen wollte, schien ihm besonders schwer zu fallen. „Dass wir als

Land und als reiche Gesellschaft Flüchtlinge abweisen, ist ein besonderer Grund uns zu schämen. Ich muss gestehen, ich wusste das natürlich, habe mir aber nie ernsthaft Gedanken darüber gemacht. Es war so weit weg." Er zögerte. „Was Sie berichtet haben, hat mich erst so damit konfrontiert, dass ich dem nicht mehr ausweichen kann."

*

Bruno schlief nicht in dieser Nacht. Er legte sich in die Hängematte und wartete, bis Vásquez und Rubén kamen und sich hinlegten. Als er sicher war, dass alles schlief, stand er leise auf, verließ das Haus und wanderte ziellos zwischen den Gebäuden herum. Er fühlte sich dünnhäutig, verletzlich. Eins ums andere Mal ging ihm das Gespräch mit den Williams durch den Kopf. Besser gesagt, es marschierte mit schweren Schritten, jeder Satz, an den er sich erinnerte, schien Zentner zu wiegen. Es kam ihm vor, als hätte dieses Gespräch sein Leben verändert, als hätte jetzt alles einen Sinn bekommen, als wäre er das, was er immer sein wollte, ein Philosoph. Einen Augenblick wurde er von Euphorie erfasst, die er kaum bändigen konnte. Aber das war nur ein Augenblick, dann merkte er, dass sie hohl war, diese Euphorie. Und gefährlich. Gefährlich für das Gleichgewicht der Gefühle, das ihn in gewisser Weise zufrieden machte, solange er kein größeres Ziel hatte als das bloße Überleben.

Erst nach einer Weile, nachdem er das Herumwandern aufgegeben und sich auf die Schwelle des Gästehauses gesetzt hatte, gelang es ihm einiges klarer zu sehen. Dass es Menschen wie die Williams gab, hätte er sich zwar denken können, es hatte jedoch ganz außerhalb seiner Erfahrung gelegen. Allein ihre Existenz gab Anlass zur Hoffnung. Es gab eine Welt jenseits von Katastrophe und El Cártel. Menschen, die sich Gedanken machten und mit denen er sich verständigen konnte. Aber es gab auch die Frage, was ihm das letztendlich nützte. Konnte er auf eine Zukunft hoffen – eine Zukunft in Gemeinschaft mit solchen Menschen?

Gleich nach dem Frühstück, die Kühle des Morgens war noch zu spüren, brach man auf zur großen Rundfahrt, ausgestattet mit Proviant und Getränken, man würde den ganzen Tag unterwegs sein. Die Jahreszeit sei günstig, so David, man werde voraussichtlich alle Tierarten sehen können, die es auf dem Gelände des Hato gab. Das Gespräch war lebhaft, aber Bruno beteiligte sich nicht. Man fuhr wieder auf der Ladefläche des Kleinlasters und stieg immer wieder ab, um näher an die Wasserstellen zu kommen, an denen sich in der Trockenzeit die meisten Tiere aufhielten. Bruno sah das alles wie durch eine Glasscheibe. Die Landschaft kam ihm vor wie ein ungeheuer weites Terrarium, in das er hineinsah, in dem er Pflanzen und Tiere betrachten konnte, in das er selbst aber nicht hineingehörte. Die Stimmen der anderen nahm er wahr wie aus weiter Ferne.

Er sah die Wasservögel wieder, diesmal in kleineren Gruppen, sah sie aus kürzerer Entfernung und dachte daran, wie er sie auf den Fotos von Donna Williams gesehen hatte. Er sah sie jetzt auch, wie sie jagten, wie sie Fische fingen und in einer Art genussvollem Würgen ganz herunterschlangen. Und die Babas, die kleinen Krokodile, auch sie jagten, sie tauchten ab, und wenn sie wieder auftauchten, bewegten sie leicht ihr Maul, als ob sie grinsten. An einem kleinen Fluss kam es zu einem Vorfall, der alle erschreckte, selbst David war für einen Augenblick still, bevor er zur Erklärung ansetzte. Er hatte auf eines der seltenen Gürteltiere hingewiesen, das an der Uferböschung hockte. Bevor Donna es fotografieren konnte, vielleicht auch von den Menschen erschreckt, lief es mit einem Mal schnurstracks ins Wasser hinein und schwamm mit eiligen Strampelbewegungen davon. Binnen Sekunden schäumte das Wasser auf wie ein Strudel, Rückenpartien mehrerer Fische wurden sichtbar und sofort breitete sich eine Blutwolke im Wasser aus.

Alle starrten auf den Fluss, bis sich das Wasser beruhigte. Die rote Wolke wurde größer, verblasste schließlich und trieb ab. Von dem Gürteltier war nichts mehr zu sehen. David holte Luft und erklärte, meistens sei es problemlos in den Flüssen zu baden. An manchen Stellen könne es aber auch sehr gefährlich sein, man müsse sich vorher genau erkundigen. Es seien Piranhas, hier nenne man sie Caribes, nach einem Indianervolk, das den spanischen Eroberern als besonders gefährlich gegolten habe. Diese „Caribes" hätten messerscharfe Zähne, jagten in Schwärmen und könnten größere Tiere, auch Menschen, buchstäblich zerfleischen. Er habe für die Tour eine Badepause eingeplant, habe aber Verständnis, wenn nach diesem Erlebnis darauf verzichtet würde.

Von einer Badepause wurde nicht mehr gesprochen, stattdessen fuhren sie ein längeres Stück durch die Steppe, ließen hinter sich Staubwolken aufwirbeln und vor sich den Blick über den Horizont schweifen. Schon von weitem sahen sie einen Baum, dessen bemerkenswerte Silhouette das Bild der Landschaft bestimmte. Er stand allein, und als sie näher kamen, wuchs er zu majestätischer Größe. Der Stamm war gar nicht besonders hoch, aber die Krone weit ausladend und dabei so flach, dass der Baum die Form eines Pilzes hatte. Sie hatten auf der Reise schon mehrfach solche Bäume gesehen, aber keinen, der auch nur entfernt diese Ausmaße gehabt hätte.

„Ein Samán", sagte David, „dieser Baum passt besonders gut in die Llanos. Die Krone kann einer ziemlich großen Fläche Schatten geben, bis zu 25 Metern Durchmesser. Das schützt die Wurzeln vor dem Austrocknen." Sie waren jetzt herangekommen, David sprang vom Wagen, hob eines der herumliegenden Aststücke auf und hielt es hoch. „Das Holz sei sehr leicht", sagte er, „und so weich, dass es gern zum Schnitzen verwendet wird. Zum Beispiel von Tierfiguren. Ihr werdet sie von den Einheimischen kaufen können."

Der Platz war gut geeignet für eine Pause in der Mittagshitze und Bruno bereitete mit Vásquez und Rubén das Picknick vor. Sie holten ein paar Dosen Bier aus der Eiskiste, breiteten getrocknetes Fleisch, den unverzichtbaren Queso de Mano und Früchte auf Brettern aus und stellten diese auf Holzstücke, um sie vor Ameisen zu schützen. Er selbst nahm nur eine Arepa und ein Stück Wassermelone und setzte sich abseits, während die anderen noch einmal heftig den Tod des Gürteltiers diskutierten. Normalerweise griffen die Caribes größere Tiere nur an, wenn sie gereizt würden, sagte David, er vermute, dass es die aufgeregten Strampelbewegungen des Gürteltiers gewesen seien, die sie angelockt hätten. Das sei aber schnell gegangen, konterte Donna, vielleicht hätten die Caribes einfach Hunger gehabt. Donnas Position ließ sich auf die Formel bringen, so sei eben die Natur, während ihr Mann wiederum dagegen Stellung bezog: Sie, die Menschen, seien schuld. Sie hätten das Tier erschreckt und in die Flucht getrieben, sonst wäre es gar nicht ins Wasser gegangen.

Vielleicht, weil er die Debatte für unfruchtbar hielt, vielleicht auch um von dem blutigen Vorfall abzulenken, wechselte David das Thema, indem er die nächste Attraktion der Tour ankündigte. Nicht weit, in einer Flussniederung, könne man eine Tierart antreffen, die es nach seinem Wissen nur hier und nirgendwo anders auf der Welt gebe. Man nenne sie Chiguire, es seien friedliche Pflanzenfresser, die viel im Wasser lebten, mit dichtem, braunem Fell, die wegen ihrer putzigen Kopfform und ihres geselligen Zusammenlebens auf fast alle Menschen sympathisch wirkten.

Und in der Tat, als sie eine Stunde später an der Böschung einer schmalen Vertiefung standen und zum Fluss hinunterschauten, dessen versumpftes Ufer mit seinem satten Grün einen auffälligen Kontrast zum fahlen Braun der übrigen Landschaft bildete, da waren von Seiten der Familie Williams Begeisterungsrufe zu hören. Die Chiguires waren ausgewachsen etwa schafsgroß und bewegten sich mit tapsiger Eleganz. Besonderer Blickfang waren natürlich die Jungtiere, die sich lebhafter bewegten als die Alten, ohne auch nur andeutungsweise hektisch zu sein.Sie schienen aneinander mindestens ebenso interessiert zu sein wie an ihren Futterpflanzen. Eine Idylle. Donna fotografierte noch von der Böschung aus, dann stiegen sie hinab und näherten sich der Herde. Da begaben sich die Tiere langsam, ohne ein Anzeichen von Unruhe, ins flache Wasser. Auch dort waren sie noch gut zu sehen und Donna nahm sich Zeit, Fotos aus allen möglichen Blickwinkeln zu machen.

Die Sonne stand schon tief und hatte eine rötliche Färbung angenommen, als sie wieder oben an der Böschung standen. „Jedes Jahr in der Passionszeit", sagte David – offenbar musste er das noch loswerden – „kommen Männer aus den umliegenden Orten und zum Teil von weither und erschlagen mit Knüppeln Dutzende von ihnen. Chiguirefleisch ist sehr geschätzt und irgendwann hat einmal ein Bischof sie zu Wassertieren erklärt, die man auch in der Fastenzeit essen darf."

*

Bruno nahm alle Beobachtungen auf, er würde sie nicht vergessen, aber sie berührten ihn nicht. Er spürte nicht die Hitze, nicht die Anstrengung, hörte die Gespräche ohne Anteilnahme. Dieser tranceartige Zustand begann sich zu lösen, als sie sich den Verwaltungs- und Gästegebäuden des Hato näherten. Und als David den Wagen noch einmal halten ließ, weil er an einem Tümpel einen großen Leguan entdeckt hatte, da war es, als würde ein letzter Vorhang weggezogen.

Das Tier saß bewegungslos auf einem toten Baumstamm, den Schwanz lang ausgestreckt, und holte sich die letzte Sonne. Die grellen Farben, von orange über grün bis lila, die auf einigen Partien des sonst schwarzgrauen Körpers leuchteten, störten nicht die Würde des Anblicks, im Gegenteil, sie schienen das Geheimnis nur noch wundersamer zu machen. Dieses Geheimnis lag in den uralten Formen des Kopfes, des Kamms und der Beine, in denen Millionen Jahre Naturgeschichte überlebt hatten. Und in dem Blick, den manche als ausdruckslos bezeichnet hätten, in dem man sich aber auch mit der Weisheit des seit Urzeiten Bestehenden konfrontiert finden konnte.

Bruno ließ den Wagen weiterfahren, er würde zu Fuß nachkommen, konnte sich dem Anblick nicht entziehen. Da war einer, der nicht in diese Welt gehörte. Er hatte eine Katastrophe überlebt, vor Millionen Jahren. Während die Großen, die Dinosaurier ausgestorben waren, hatte er fortgelebt, die ganze unendlich lange Zeit. Und er tat es mit Würde, in einer Welt, der er und die ihm fremd geworden war, mit Würde und Gelassenheit: Nichts konnte ihn beeindrucken, schon gar nicht die neuzeitlichen Wesen, diese Menschen, die ihn da anstarrten.

Das konnte einem Mut machen, einem, der selbst eine Katastrophe überlebt hatte und fremd war in der Welt, in die er hineingeraten war.

*

Nach dem Abendessen ging man noch einmal hinaus zu den Schlafbäumen der Vögel. Ein kleines Ritual, Vorbereitung auf eine friedliche Nacht. Bruno blieb noch dort, als mit Einbruch der Dunkelheit die anderen zum Haus zurückkehrten. Er stand schon eine Weile am dunklen Wasser, als er merkte, dass er nicht allein war. Jane stand hinter ihm.

„Du hast letzte Nacht nicht geschlafen", sagte sie, als er sich umdrehte.

„Hast du mich beobachtet?"

„Ich bin ein paarmal wach geworden, und immer war deine Hängematte leer."

Bruno sagte nichts.

„Du musst nicht ... Ich kann auch gehen", sagte Jane. Doch die Art, wie sie es sagte, ließ ihr Interesse spüren.

„Nein, nein. Es ist gut mit dir zu reden", Bruno arbeitete sich mühsam aus seiner Verwirrung. In den wenigen Tagen, die sie unterwegs waren, schien sich so viel geändert zu haben. Jetzt tat ihm das Interesse der jungen Frau gut, auch wenn ihm gar nicht nach Reden war und er nicht recht wusste, wie er ein Gespräch beginnen sollte.

Das nahm ihm Jane ab: „Du bist anders als die anderen. Ich meine ... wie du auf mich wirkst, so still, in dich gekehrt. Wie wenn du immer über etwas nachdenken würdest." Jane war jetzt ganz redselig. „Du erinnerst mich an eine Veranstaltung in der Uni. Sie war eigentlich für Fortgeschrittene, aber Freunde haben mir den Tipp gegeben – etwas ganz Seltenes sei das – und mich hineingeschmuggelt: ‚Europäischer Film des 20. Jahrhunderts'. Es ging um Filme von Ingmar Bergmann, Pasolini und Truffaut. Da gibt es Männer, von denen man den Eindruck hat, dass sie nie ganz da sind, nie ganz in der Situation, verstehst du? Tief drin sind sie noch mit etwas anderem beschäftigt, vielleicht auf der Suche nach etwas. Auf der Suche nach einem Sinn. Verstehst du? So wirkst du auf mich. Du bist schon hier, in der Situation, aber gleichzeitig auch woanders. Kommt mir sehr europäisch vor. Bist du in Gedanken in Europa?"

„Nein", Bruno musste lächeln, „Europa ist so verdammt weit weg, und so kaputt. Nein, nicht in Europa. Aber ich bin auch nicht richtig hier, da hast du Recht. Ich habe nicht das Gefühl, dass ich hier hingehöre. Richtig bin ich – eigentlich – nirgendwo." Eine Weile sprach keiner von beiden, dann nahm Bruno den Gedanken wieder auf: „Wahrscheinlich hast du auch in dem Punkt Recht, dass mir Sinn fehlt. Ich kann nicht zu Hause sein, wo ich keinen Sinn sehe. Weißt du …", er zögerte, „weißt du, als ich mit dem Schiff herübergekommen war, von Europa nach Mexiko, und als dann unsere Gruppe auseinandergerissen wurde, da habe ich geglaubt, auch allein sinnvoll leben zu können. Ich hatte mir eine Aufgabe gestellt. Dafür wollte ich leben. Das hätte einen Sinn gegeben. Weißt du …", er zögerte wieder, und er sah Jane an, sie war näher an ihn herangetreten, er sah Aufmerksamkeit und Sympathie in ihrem Blick. Da erzählte er ihr von seinem Film, dass er ihn gemacht hatte, um alles zu dokumentieren, die Flucht, das Dasein als Flüchtling. „Ich hatte nur ganz einfache Mittel, einen Camcorder, aber es ging. Der Film war nicht großartig, aber man konnte eine Menge darin sehen, von Flucht und von Flüchtlingen." Bruno machte erneut eine Pause, sah Jane an, mit einem Lächeln, das ganz schnell wieder verschwand. „Nur: keiner wollte den Film sehen. Das heißt, nur ganz wenige, die ohnehin schon meine Freunde waren. Es gab keine Öffentlichkeit, über die wenigen hinaus war niemand an dem Thema und also auch nicht an meinem Film interessiert."

Jane hatte seinen Arm gefasst. „Das muss deprimierend gewesen sein."

„Ach, zuerst habe ich das gar nicht begriffen. Ich hab noch angefangen einen zweiten Film zu machen, über die Hintergründe. Was diese Mafia mit den Flüchtlingen macht, wie sie verhindert haben, dass Gruppen zusammenblieben, und wie sie die Einzelnen überall im Land verteilt haben, als Dienstboten und für dreckige Arbeit, die keiner sonst machen will." Wieder eine Pause. Bruno räusperte sich und sprach dann entschlossen weiter: „Schon ganz am Anfang von diesem … diesem zweiten Projekt haben sie mich aufgegriffen und zusammengeschlagen. Sie haben mir die Kamera weggenommen, damit war die Sache gestorben. Meine Freunde hatten Angst um mich und haben mich hier in den Süden gebracht, hierher nach Venezuela, wo niemand mich kennt."

Beide standen jetzt ganz nahe zusammen. Bruno hatte Jane das alles erzählt, obwohl es ihm wehtat, daran zu denken. Aber jetzt war es genug. Er spürte, wie Jane ihn an sich drückte, dann gingen sie Hand in Hand zum Gästehaus.

*

Für den nächsten Tag war die Weiterfahrt geplant. Alle bedankten sich bei David und seinen Leuten für die gute Betreuung. Sie verließen den schützenden Hato und waren nun unter Vásquez' Leitung in der weiten Landschaft auf sich selbst gestellt. Erstes Ziel war die Ortschaft Guachara, wo an diesem Tag ein Markt abgehalten wurde, den der Professor unbedingt kennen lernen wollte. Bei El Yagual überquerten sie den Rio Arauca, wieder brauchte die Fähre ihre Zeit, aber sie erreichten das Dorf noch vor Mittag. Die Plaza Bolívar war voll von Menschen: Kinder, die überall herumwuselten, Frauen in leuchtend bunten Kleidern, kleine, drahtige Männer in weißen Hemden und Cowboyhüten, es sah aus, als wäre die ganze Umgebung hier zusammengekommen, und wahrscheinlich war es auch so. Williams ging herum, versuchte die Leute anzusprechen, die reagierten kühl, taten, als verstünden sie seine spanischen Sprachbrocken nicht. Williams ließ sich nicht beirren und kam zu Schlussfolgerungen, in denen er seine Beobachtungen mit denen verglich, die er vor Jahren in Ecuador gemacht hatte. Die dortigen Märkte seien oft reichhaltiger, neben Kleidung und anderen handwerklichen Produkten wie Keramik und Werkzeugen biete man dort in viel größerem Umfang Nahrungsmittel an, Mais, Bohnen und andere Gemüse, auch Fleisch und schlachtreife Tiere. Hier wie dort aber seien die Märkte Zentren überörtlichen Zusammentreffens, Heiratsverbindungen werden angebahnt, Verwandte und Freunde, die es in verschiedene Dörfer verschlagen hat, treffen zusammen. Nachrichten werden ausgetauscht, man isst und trinkt. „Ein wirkliches Fest", sagte Williams, „ein Fest, das den Leuten viel mehr bedeutet als nur Kaufen und Verkaufen auf dem Markt".

Bruno nahm den Markt und auch Williams' Vorträge mit geringer Aufmerksamkeit wahr, er hatte keinen Kopf dafür. In dieser Nacht hatte er tief und zugleich unruhig geschlafen, und als die Sonnenstrahlen in den Schlafraum fielen und es dort lebendig wurde, war es ihm schwer gefallen die Augen zu öffnen, als ob Gewichte auf den Lidern lägen. Der Traum ließ ihn noch nicht los, es war die Hafeneinfahrt von Veracruz, das riesige Frachtschiff. Aber es waren keine Container auf dem Deck. Er stand am Bug, das ganze Schiff hinter ihm war leer, das wusste er, bis zur Brücke leer, und dahinter die ganze leere Weite des Ozeans. Irgendwo auf dem Schiff musste Jane sein. Aber wo? Plötzlich war es warm geworden. Es waren auch nicht mehr die Kais von Veracruz, es waren die staubigen Weiten der Llanos, die sich vor ihm ausbreiteten. Er schaute hinunter. Ganz weit unten Männer in Cowboyhüten, unglaublich tief unten standen sie um einen kleinen Kral herum. Ein Hahnenkampf. Er sah die Hähne, wie sie sich flatternd aufeinander stürzten, er sah Federn und Blut spritzen, er sah das in einer Schärfe und Genauigkeit, wie es auf diese Entfernung eigentlich gar nicht möglich war. – Aber wo war Jane? – Und dann war ihm klar, dass auch Estrella auf dem Schiff sein musste, Estrella mit Gabriela. Natürlich waren sie auch hier, auf dem Schiff.

Er zwang sich die Augen zu öffnen. Es brauchte einen Moment, bis sein Blick sich klärte, und dann war alles ganz vertraut. Vásquez und Rubén waren schon nicht mehr im Raum, Vater und Mutter Williams packten ihre persönlichen Dinge zusammen, nur Jane lag noch in ihrer Hängematte und sah Bruno grinsend an. Der Traum verschwand schnell.

Der Aufbruch erfolgte zügig wie immer, jeder hatte seine Handgriffe zu tun. Erst in Guachara dachte er wieder an Jane. Es war gar nicht nötig mit ihr zu reden, immer wenn sich die beiden begegneten, warfen sie sich wissende Blicke zu, für Bruno eine Bestätigung, dass die Worte des Vorabends nicht bedeutungslos waren. Gespräch war möglich, Austausch von Gedanken nicht etwas, was einer fernen Vergangenheit angehörte. Eine freudige Zufriedenheit füllte ihn aus an diesem Vormittag. Was sonst um ihn herum geschah, den Markt, die Leute, Williams' völkerkundliche Vorträge, nahm er – wie gesagt – ohne sonderliche Aufmerksamkeit wahr.

Das änderte sich, als Vásquez mit eiligen Schritten herankam, die Gruppe versammelte und eine weitere Attraktion verkündete: Aus Anlass des Markttages finde in den Straßen des Dorfes ein Stierkampf statt. Man habe hier natürlich keine Arena wie in den großen Städten, es gehe auch nicht darum, den Stier zu töten, trotzdem sei es spannend und ein wirklich authentischer Brauch der Region. Williams war gleich Feuer und Flamme und Bruno merkte, dass es auch ihn mitzog. Unterwegs erklärte Vásquez, wie das Ganze vor sich gehen sollte: Man ließ einen jungen Stier frei, eine Gruppe junger Männer verfolgte ihn zu Pferde. Aufgabe war es, den Stier am Schwanz zu fassen und zu Boden zu werfen.

Als sie am Ort des Geschehens anlangten, war die Jagd schon im Gange. Die Männer ritten dicht gedrängt, ihre kleinen, robusten Pferde wirbelten viel Staub auf. Der Stier, nicht groß und erstaunlich wendig, schaffte es immer wieder die Enge der Gassen zu nutzen und durch überraschende Volten aus dem Blickfeld der Verfolger (und auch der Zuschauer) zu entwischen. Jedenfalls für einen Augenblick – bis er dann in einer parallelen Gasse wieder auftauchte. Bruno konnte gar nicht anders, als Flucht zu erleben, er spürte geradezu körperlich die Panik des Verfolgten, wie er die letzten Kräfte aktivierte, wie Angst in eine Wut umschlug, die neue Kräfte gab. Bruno war gebannt, gefesselt von dem Anblick, bis sein Blick auf Jane fiel, die neben ihrem Vater stand und mit über der Brust gekreuzten Armen das Geschehen ganz entspannt verfolgte. Und als sie merkte, dass Bruno sie ansah, lächelte sie siegesgewiss strahlend zurück: „Schau, wie die reiten können!"

Bruno verstand nicht. „Reiten?", fragte er.

„Guck doch, sie geben alles. Ein Wahnsinns-Wettkampf! Irre!"

Bruno sagte nichts. Aber er begann zu verstehen. Es war nur eine Ahnung, eine Ahnung, wie es sein könnte, einer der Reiter zu sein, Jäger mit unzähmbarem Drang, mit Ehrgeiz und ungeheurer Freude auf den Triumph. Und schon diese Ahnung gab

Kraft. Erstaunlich. Bruno spürte, wie sich sein Magen entspannte, wie er freier atmete, wie er unwillkürlich lächelte.

Und diese neue, rational in keiner Weise begründbare Zuversicht, die Zuversicht, auch einmal auf die andere Seite gehören zu können, führte ihn zurück zu der angenehmen Stimmung des Vormittags und hielt auch den Rest des Tages an. Am Nachmittag rief Vásquez alle zusammen, es sollte weitergehen, an dem Flüsschen Cunaviche entlang, das von Guachara aus schnell erreicht war.

Die Stelle, die Vásquez als Lagerplatz vorgesehen hatte, war ideal. Eine Furt, die sich „Paso de Gallo" nannte, am Rand eines Uferwäldchens, genügend Bäume, um die Hängematten zu befestigen, zumindest wenn man die Dachträger der Geländewagen hinzunahm. Überdies – und das sollte den Reiz des Platzes noch steigern – sei der Fluss nach Auskunft der Anwohner an dieser Stelle zum Baden geeignet. Und schließlich gab es in der Nähe einen größeren Tümpel, der aus der Regenzeit übriggeblieben war und in den sich die Fische zurückgezogen hatten. Dorthin machte sich Vásquez mit Familie Williams auf, während Bruno und Rubén im Lager blieben und Hängematten und Moskitonetze aufhängten.

Noch vor Einbruch der Dunkelheit waren sie mit großer Ausbeute zurück, mit der Vásquez dennoch nicht ganz zufrieden war. Nur Donna hatte einen Fisch gefangen, den man gut essen konnte, einen Pavón, die übrigen waren Caribes, allerdings ungewöhnlich große. Diese hatten, wie Vásquez erklärte, so viele Gräten, dass es viel zu mühsam sei, sie im Ganzen zu essen. Um trotzdem eine gute Mahlzeit daraus zu machen, sei es am besten, sie in einem Sancocho, einer Art Eintopf, zu kochen. „Wenn der Fisch gar ist", sagte er, „kann man Kopf und Skelett herausziehen und es schmeckt hervorragend." Er gab Anweisungen und alle zusammen gingen daran, die Fische zu schuppen und auszunehmen und die übrigen Zutaten vorzubereiten: Platanos, die großen Kochbananen, eine „Yuca dulce" genannte Wurzel, Zwiebeln und rötliche Süßkartoffeln. – In der Tat war das Abendessen zu aller Zufriedenheit und die drei Williams waren sich einig, die Übernachtung in freier Natur sei „noch besser" als die im Schutze eines Hato.

*

Die Nacht war von einer Schönheit, als wäre sie als Bühne exotischer Romantik arrangiert worden. Die Luft war warm und so leicht bewegt, dass man Seide zu spüren glaubte. Der Mond stand in einer schmalen Sichel knapp über dem Horizont, der Sternenhimmel war ungewöhnlich klar. Und der Gesang der Zikaden bildete den akustischen Hintergrund für alle anderen menschlichen und tierischen Geräusche, er war in seiner Allgegenwärtigkeit aus dem Arrangement gar nicht wegzudenken. Dazu ließ der Lichtschein, der vom Lagerfeuer her den Fluss hinauf leuchtete, geheimnisvolle Lichterpaare an der Wasseroberfläche aufblinken, die Augen der Krokodile, die dort fast bewegungslos trieben.

Als Bruno und Jane gemeinsam das kleine Hängematten-Camp verließen und ein Stück den Fluss hinauf gingen, schien das die natürlichste Sache der Welt zu sein. „Ich habe nachgedacht", sagte Jane, nachdem sie sich auf einem halbverrotteten Einbaum niedergelassen hatten, der aus irgendeinem Grund nach der letzten Regenzeit hier liegen geblieben war. Und als Bruno nur fragend zu ihr hinüberschaute, fuhr sie fort: „Über dich, über das, was du machen kannst. Ich verstehe sehr gut, dass du unbedingt die Filme machen wolltest. Es ist ja nicht nur so, dass du damit die Sache der europäischen Flüchtlinge bekannt machst. Indem du dich mitteilst, bist du auch nicht mehr allein, du bist dann Teil einer Öffentlichkeit, auch wenn sie vielleicht ziemlich klein ist." Sie lachte kurz auf. „Oder meinst du nicht?"

Bruno sagte immer noch nichts. Natürlich hatte er zugehört, aber es war, als ob Janes Stimme von weither käme. Im Moment war es ihm weniger wichtig, was sie sagte, die Tatsache, dass sie sich überhaupt Gedanken um ihn machte, nahm ihn voll in Anspruch.

Jane ließ sich nicht beirren. „Das Filmemachen braucht viel zu hohen technischen Aufwand. Und bei einem Dokumentarfilm bist du darauf angewiesen, das, was du zeigen willst, tatsächlich vor dir zu haben, und das kann schwierig sein und hat dich schon mal in Gefahr gebracht." Sie zögerte ein wenig, bevor sie mit

Nachdruck und großer Ernsthaftigkeit weitersprach. „Es gibt andere Möglichkeiten dich mitzuteilen, hast du schon einmal daran gedacht ein Buch zu schreiben. Ich meine …, da bist du unabhängiger. Und wenn du keinen Verleger findest, kannst du es ins Internet stellen."

„Ich habe einfach nicht genug Möglichkeiten zur Recherche", sagte Bruno, „hier im Süden schon gar nicht. Aber auch in Veracruz hätte ich zu den entscheidenden Mechanismen keinen Zugang. Bloß zu berichten, was mir, Bruno Feder, passiert ist, das kommt mir zu wenig vor. Ich will zeigen, was dahintersteckt. Wie alles mit allem zusammenhängt."

„Ich habe auch nicht an eine Reportage oder so etwas gedacht", sagte Jane, und während sie ihm die Vorteile fiktionalen Schreibens darlegte, über die Möglichkeiten sprach, die eigentlich nur der Roman bot, um der komplexen emotionalen und mentalen Situation der Flüchtlinge (inklusive seiner eigenen) gerecht zu werden, während sie von einem Kurs für kreatives Schreiben erzählte, in dem sie Techniken kennen gelernt hatte, die geeignet waren, komplexe Strukturen zu erschließen, ohne dass es abstrakt oder langweilig würde, während Jane also alles tat, um Bruno aus seiner deprimierenden Sackgasse zu helfen, begann dieser, sich über sich selbst klar zu werden, genauer gesagt über etwas, das ihn schon seit langem bedrückte, das ihm aber so lange zu nah gewesen war, um wirklich ins Bewusstsein zu treten. Bis jemand wie Jane den Anstoß dazu gab. Auch jetzt war Bruno nicht gleich in der Lage darüber zu reden und erzählte stattdessen von Estrella und seiner Tochter Gabriela. „Ich habe eine Familie", sagte er ohne Rücksicht darauf, dass Jane einen Zusammenhang mit den Gestaltungsmöglichkeiten des Romans unmöglich erkennen konnte. „In Naiguatá, das ist am Meer, nicht weit vom Flughafen. Eine Frau und eine kleine Tochter. … Ich habe eine Familie. Und ich habe doch keine Familie. Ich fühle sie nicht, ich habe gar nicht das Gefühl, eine Familie zu haben. Ich habe das Gefühl, gar keine Familie haben zu können." Bruno stockte. Ihm wurde Dreierlei gleichzeitig bewusst: Janes fragende, auch neugierige Miene. Die Frage, ob das, was er da sagte, überhaupt zu verstehen war. Und dann wurde ihm klar, dass er diesen Gedanken zum ersten Mal gedacht hatte. Er musste jetzt weitersprechen, um zu Klarheit zu kommen: „Estrella, das ist die Frau, sie geht immer wieder von mir weg. Zu ihrer Mutter. Ich glaube, sie ist dort lieber. Sie meint das nicht böse. Am Anfang war es sehr schön mit ihr, ich glaube sie mag mich auch, aber sie respektiert mich nicht, jedenfalls nicht mehr, seit ich keine feste Arbeit habe. Sie traut mir nichts zu. … Wir haben keine gemeinsame Wohnung mehr, in der wir mit dem Kind leben können – so geht sie zu ihrer Mutter. … Und Gabriela, das ist unsere Tochter, die kennt mich kaum. Ich bin für sie wie ein Fremder, bestenfalls wie irgendein Onkel."

Bruno sah Jane nur ganz kurz an, dann schaute er wieder auf den Boden, er wollte sich um keinen Preis von seinen Gedanken ablenken lassen. So schnell er konnte, sprach er weiter: „Und was das Schlimmste ist …, was sage ich? Es ist einfach erschreckend: Wenn ein Mensch eine Familie hat – und wenn er diese Familie auch will – und wenn er dann dabei ist, sie zu verlieren, und nichts dagegen tun kann – dieser Mensch, der leidet doch wie ein Tier, der heult, der steigt die Bäume hoch, nur um etwas zu tun, der sitzt keinen Augenblick still, weil es ihn durch und durch schüttelt. – Und ich? Was ist mit mir? – Ich bin ganz ruhig. Ich fühle gar nichts. Tu meine Arbeit. Fahre mit euch in die Llanos, seh mir die Landschaft an. – Verstehst du? Ich kann gar nichts fühlen." Bruno machte eine Pause. Jane schwieg. „Und deswegen, siehst du, deswegen kann ich auch keinen Roman schreiben. Ich bin zu, dumpf, weit weg von allem Lebendigen."

Jane sah ihn lange an, dann sagte sie: „Ich weiß nicht, ob das so ist, ich meine, dass du keinen Roman schreiben kannst. Vielleicht hast du nur jetzt nicht die Kraft dazu. Du hast so viel erlebt, hast eine Familie, bist klug. Du hast ein so großes – wie soll ich sagen? – so großes Bewusstsein. Du bist ein Phänomen."

„Da hast du Recht", sagte Bruno, „ich bin ein Phänomen. Kein Mensch, sondern ein Phänomen." – Das hätten bittere Worte sein können, aber er sprach sie in einer Weise, die zeigte, dass er ein Stück mit sich ins Reine gekommen war. Er legte Jane den Arm um die Schultern und führte sie zurück zum Lager. Bevor sie sich trennten, noch im Schatten der Bäume, küssten sie sich.

*

Wenn man draußen schläft, wird man früher wach. Es ist nicht nur die Kälte, es sind auch die Geräusche der Nacht, die sich ändern, bevor es hell wird. Und ist man einmal auf den Beinen, die letzte Trägheit überwunden, dann bebt der Körper vor Energie und alles scheint möglich. Die beiden Frauen nahmen noch vor dem Frühstück ein Bad im Fluss, Williams musste unbedingt noch einige Gedanken des gestrigen Tages festhalten, Bruno und Rubén bereiteten das Frühstück vor und Vásquez hatte sich in die nächste Siedlung aufgemacht, um einen Führer für den Besuch in einem Indianerdorf zu finden, das einige Kilometer flussabwärts gelegen war.

Nach dem Frühstück wurde es schon heiß. Vásquez war zurück und sein Vorschlag, erst gegen Abend in das Indianerdorf zu fahren, fand einhellige Zustimmung. Den Tag würde man am Fluss verbringen, es gab so viel zu entdecken und es würde wunderbar sein, sich von Zeit zu Zeit im Wasser abzukühlen. Donna Williams zog mit der Kamera los und Jane hatte sich entschlossen sie zu begleiten. Williams sprach nach dem Frühstück noch eine Weile mit Vásquez über die Bevölkerung der Llanos und ihre ethnische Herkunft, dann war auch er bereit für ein Bad im Fluss.

Wenige Minuten später zeigte sich, wie schnell sich eine entspannte, in jeder Hinsicht angenehme Situation in ihr Gegenteil verwandeln kann. Bruno hörte Donnas Schrei, noch bevor Williams selber rief. Er rannte zum Fluss und sah, was Donna gesehen hatte: Der Fluss war rot, wie eine Wolke hatte sich Blut ausgebreitet. Bruno rief: „Vásquez!" und dann „Verbandskasten!" und half Williams, der sich zum Ufer gearbeitet hatte, aus dem Wasser. Die Wunde klaffte am rechten Bein, kurz oberhalb des Knöchels. Vásquez war inzwischen da. „Caribes!", sagte er.

Alle standen jetzt um Williams herum und Donna übernahm die Sache. Sie hatte mit Jane weiter oberhalb den Fluss durchquert und gleich den Verbandskasten an sich genommen. Die Wunde war nicht groß, aber recht tief, möglicherweise bis auf den Knochen. Donna reinigte sie und die umgebende Haut mit

Betaisodona und verband sie sorgfältig. Williams konnte aufstehen, der Schmerz, sagte er, sei erträglich. Offenbar hatte ein Piranha, vielleicht waren es auch mehrere kleine gewesen, diese empfindliche Stelle aufgebissen, dabei aber wohl kein größeres Blutgefäß getroffen. Einer Infektion konnte mit einem Antibiotikum vorgebeugt werden, die Wunde war also nicht lebensgefährlich. Aber an eine Fortsetzung der Reise war nicht zu denken.

Vásquez war ungewöhnlich kleinlaut. Es klang wie eine Entschuldigung, als er beteuerte, er sei fassungslos und habe keine Erklärung für dieses Unglück. „Ich habe so etwas noch nie erlebt", sagte er, „alle Leute hier sagen, es sei völlig unbedenklich, im Fluss zu baden."

Um so schnell wie möglich nach Caracas zu kommen, schlug Vásquez vor, das Lager sofort abzubrechen, heute könne man noch gut bis San Fernando de Apure kommen. Dort finde man vielleicht einen Arzt. In jedem Fall könne man im Hotel übernachten – die zusätzlichen Kosten werde er tragen – und am nächsten Tag könne man dann ein Hospital in Caracas aufsuchen.

Es ging dann alles ganz schnell. Jane sprach nur das Notwendigste. „Es tut mir so Leid", sagte sie, als sie sich am nächsten Tag in der Garage des Caracas Hilton verabschiedeten. Sie umarmte Bruno und drückte ihre Wange kurz an seine. Ihr Vater bedankte sich für die – wie er sagte – selten guten Gespräche und Donna Williams nahm Bruno zum Abschied beiseite und steckte ihm zwei Hundert-Dollar-Scheine zu.

XXI

„Ich habe eine Frau getötet", sagte Marco. Er zögerte. „Sicherlich habe ich bei Schießereien auch Männer getötet, aber diese Frau habe ich mit meinen Händen umgebracht."

Isabel hatte ihm Zeit gelassen. Ganz offensichtlich war er bei weitem nicht so traumatisiert wie Walter, trotzdem brauchte er natürlich Zeit um sich in die völlig neue Situation einzufinden. Und in dieser Zeit merkte sie immer deutlicher, wie verliebt sie war. Jedes Mal, wenn sie ihn berührte, durchlief ein wohliger Schauer ihren Körper, und wenn er schlief, saß sie oft lange dabei und konnte den Blick nicht abwenden. Dann aber schien der Zeitpunkt gekommen. Sonja war nach New York geflogen und hatte Walter mitgenommen, zum ersten Mal seit der Ankunft in Burlington hatte Walter das Haus verlassen.

Sie waren also allein, Isabel und Marco. Isabel hatte wunderbar gekocht und die beiden saßen noch bei einem leichten kalifornischen Weißwein, da fasste sie sich ein Herz und setzte sich auf seinen Schoß. „Ich möchte mit dir schlafen", sagte sie. Er lächelte, sie duschten gemeinsam, lagen dann auf dem Bett und als sie sich umschlangen, spürte sie mit all ihren Sinnen seine Haut. Plötzlich jedoch ließ er sich auf den Rücken fallen und es war klar, dass die Erektion ausgeblieben war. Er musste reden. „Ich weiß nicht, was dieser Mord mit mir gemacht hat, ich weiß nur, dass seitdem nichts mehr geht. Ich habe gehofft, du und deine Liebe könnten das ändern, aber es geht wohl nicht.

Isabel hatte ein Laken an sich gezogen. „Was war das für eine Frau?", fragte sie.

„Sie war meine Geliebte, eine sehr schöne Frau, die Nichte eines Bosses von El Cártel. Aber sie hat mich nicht geliebt. Wir waren ein paar Monate zusammen. Eines Tages hatte sie auf irgendeinem Wege erfahren, dass ich nicht nur Europäer bin, sondern auch auf dubiose Weise in meine Position hineingekommen. Wenn das bekannt geworden wäre, wäre ich erledigt gewesen, höchst wahrscheinlich ein toter Mann. Sie ließ ihr Wissen durchblicken, nutzte jede Gelegenheit, um mich zu demütigen. Was sich hinter ihrem schönen Gesicht abspielte, hätte ich nie für möglich gehalten. Sie begann mich zu ihrem Werkzeug zu machen, setzte mich unter Druck, Dinge für sie tun, die ich nicht tun wollte. Leute in Schwierigkeiten zu bringen, an denen sie sich rächen wollte. Da wurde mir erst klar, was im Innern von El Cártel für eine Hölle wütet." Marco schwieg für einen Moment, als ob er abwägen müsste, was er sagen wollte und was nicht. „Letzten Endes hat sie auch mich zerstört", er schaute an sich hinunter. „Einmal habe ich mich geweigert, für sie einen Mann zum Krüppel zu machen, den ich ganz gut kannte. Das war für sie der Anlass, mir offen zu drohen. ... Ich hab sie erwürgt." Er schaute auf seine Hände. „Der Moment, in dem ich meine Hände an ihrem Hals hatte... Ich hab wirklich manchen Wahnsinn erlebt, aber dieser Moment... Es war mehr als Rache, gerade weil sie so schön war, weil ich sie so geliebt hatte, gerade weil sie eine Frau war... Es war ein Triumph..., nein, es war wie wenn du dir einen Schuss setzt und dein Hirn abgeht, wie eine Rakete ins Weltall. – Als ob es die Erfüllung meines Lebens wäre."

Stille breitete sich aus. Leere im Kopf. Isabel war völlig unfähig etwas zu sagen. Schließlich stand sie auf und zog sich an. Sie verließ das Zimmer, und als sie sich auf einem Küchenhocker niedergelassen hatte, begannen die Gedanken in ihrem Kopf zu rasen. Wie sie vom Pech verfolgt wurde – es trieb ihr die Tränen in die Augen. Und als sie so weit war, die Tränen einfach laufen zu lassen, da fand sie in die Wirklichkeit zurück. Sie dachte an Sonja. Ihre Liebe. Ihre Fürsorge. Das war kein Pech! Ihre Gedanken gingen weit zurück: Was hatten sie sich damals von einem Leben in Amerika erhofft. Später hatte sie geträumt. Von einem Hotel in Mexiko. Ihrem eigenen Hotel. Nun hatte sie immerhin einen Job, der war gar nicht so schlecht. Die anderen Zimmerfrauen akzeptierten sie. Das war noch einmal gut. Darüber hinaus hatte Lowe aus Anlass einer Inspektion durch die Unternehmensführung sogar schon einmal davon gesprochen, dass sie den Posten in der Rezeption bekommen könne. "Michael", hatte er gesagt, „Michael wird da nicht ewig bleiben." Er habe nicht ihre Sprachkenntnisse.

Ihr ging es also gar nicht schlecht, sie war nicht vom Pech verfolgt. Und Marco? Was hätte er denn machen sollen? Hätte sie an seiner Stelle nicht auch so gehandelt? Natürlich wusste man nicht, wie seine Zeit in El Cártel ihn verändert hatte. Aber man konnte nie in andere Menschen hineinschauen. – Und seine Impotenz? Würde sie ewig dauern? Er brauchte eine Therapie. Vielleicht gab es eine Sexualberatung für sie beide.

Sie beschloss, zu ihm zurückzugehen und traf ihn an, wie sie erwartet hatte, völlig niedergeschlagen. Er saß auf der Bettkante, hatte den Kopf gesenkt und rührte sich nicht, als sie ins Zimmer kam. Sie setzte sich neben ihn, sagte nichts und wartete ab, wie es auf sie wirken würde. Nebeneinandersitzen. Erst als sie sich sicher war, dass nichts sie abstieß, begann sie zu sprechen.

„Es ist eine schwierige Situation", sagte sie, „aber wir können das schaffen. Jedenfalls wenn es nach mir geht."

Marco schwieg, er schaute sie nur an.

„Ich bin doch kein Moralapostel. Wahrscheinlich hätte ich die Frau auch umgebracht."

„Und warum bist du dann rausgegangen?"

„Es war so anders, als ich es mir vorgestellt hatte. Ich brauchte Zeit, um die Dinge zurechtzurücken. Mir klar zu werden, was wichtig ist."

„Und? Was ist wichtig?"

„Ich möchte, dass wir es miteinander versuchen. Ich will nicht aufgeben."

„Und die tote Hose?"

„Das wird nicht so bleiben, du wirst das überwinden. Vielleicht eine Therapie."

Marco schüttelte den Kopf, widersprach aber nicht. „Ich weiß nicht", sagte er nur.

*

Walter schien sehr zufrieden zu sein. Er saß in dem Hotelzimmer in New York und schaute fern, den ganzen Tag. Er saß in T-Shirt und Unterhose auf dem Bett, den Rücken gegen die Wand gelehnt, und hatte einen völlig entspannten Gesichtsausdruck. Als Sonja sich verabschiedete, sie sei jetzt mehrere Stunden weg, müsse ein paar Gespräche führen, hatte er zum ersten Mal gefragt, ob er ihr irgendwie helfen könne. „Nein", hatte sie lächelnd geantwortet, „jetzt nicht, aber bestimmt später einmal." Sie hatte ihm Cola und Kekse hingestellt, den schicken Trenchcoat angezogen, den sie für diese Reise gekauft hatte, und war losgegangen.

Es musste doch möglich sein, in New York Arbeit zu finden! Einfach war es aber nicht, jedenfalls wenn es etwas nach ihrem Geschmack sein sollte. Sie hatte einige Anrufe getätigt. Ohne Erfolg. Es blieb vorerst nichts als ein Termin mit Zuckerman, der bat sie zu sich nach Hause, sie wunderte sich.

Eine U-Bahn-Fahrt durch die halbe Stadt, ein schlecht gewarteter Aufzug, dann traf sie einen völlig neuen Jerry Zuckerman an. Er grinste, als er die Tür öffnete, – mit einem Anflug von Verlegenheit. Nicht dass er verwahrlost ausgesehen hätte, der Dreitagebart stand ihm gar nicht schlecht, das gelbe T-Shirt war dünngewaschen, aber sauber, die Hose war ausgebeult und offensichtlich nur bequem, sonst nichts. Jerry Zuckerman sah in gewisser Weise gut aus, der korrekte Chefredakteur, den sie kannte, war nur noch zu ahnen.

Die Wohnung gefiel ihr. Es gab nur wenige Möbel, doch was sie sah, hatte Stil. Klare Linien, auch in den Bildern: das Plakat einer Feininger-Ausstellung, ein Druck von Mondrian, einer von Dürer im Selbstportrait, in der Küche ein Roy Lichtenstein. Sie setzten sich, Zuckerman goss Orangensaft ein, dann sah er sie lange an.

„Ich muss Ihnen viel erzählen", sagte er. „unser OPEN EYE gibt es nicht mehr. Nach der letzten jährlichen Revision ist es eingestellt worden. Nicht, weil es dem Verlag Riesenverluste eingebracht hätte, aber natürlich auch keine Gewinne." Zuckerman atmete tief. „Was mich gekränkt hat, war, dass niemand darauf reagiert hat. Ein paar bedauernde Worte von Kollegen, aber keinerlei Reaktion in der Öffentlichkeit. Niemand, absolut niemand hat auch nur angedeutet, dass damit die letzte alternative Stimme im Printbereich verlorengegangen ist." Er lächelte wieder, wenn auch traurig. „Ich bin ja selbst nicht der große Draufgänger, aber das hat mich doch sehr enttäuscht."

„Und wovon leben Sie?", fragte Sonja.

„Ich lebe eigentlich nicht schlecht. Bescheiden, wie Sie sehen, aber ich habe nie Reichtümer gehabt, und es ist gut jetzt, völlig ausreichend. Ich habe ein Online-Magazin gegründet, ich nenne es nach einem alten Film EYES WIDE SHUT. Dann habe ich alle Abonnenten von OPEN EYE angemailt und ein guter Teil von ihnen hat tatsächlich mein Magazin abonniert. Also gibt es doch Interesse, nur keiner will das Maul aufmachen." Er seufzte. „Nachdem es einige abschreckende Vorkommnisse gegeben hat, bin ich mit innenpolitischen Themen vorsichtig. Ich schaue, was ich darüber hinaus an Informationen aus der Welt bekommen kann: Asien, womöglich Europa, von Afrika erfahre ich bislang gar nichts, wohl aber aus Mexiko, Karibik, Südamerika. Ich arbeite alleine, nutze Verbindungen von früher, es kommen aber auch neue hinzu." Zuckerman lächelte und Sonja lächelte zurück. „Als Sie anriefen", fuhr er fort, „dachte ich gleich, dass man die Redaktion erweitern könnte. Wäre schön, aber nüchtern betrachtet ist es so, dass die Abo-Einkünfte plus das Geld für das bisschen Werbung, die ich akquirieren konnte, bisher gerade für meinen Unterhalt ausreichen, für einen Zweiten reicht es nicht. Und wenn ich das richtig verstanden habe, haben Sie ja auch noch einen Flüchtling zu ernähren."

„Ach, Walter braucht nicht viel. Aber Ihre Bedenken sehe ich natürlich auch. Ich hatte ja keine Ahnung, dass es die Zeitschrift nicht mehr gibt."

„Jedenfalls wäre es ein großer Gewinn, Sie auf irgendeine Weise mit im Boot zu haben. Ich habe mir Folgendes überlegt: Finanziell wäre es günstiger, wenn Sie ein eigenes Magazin im Internet haben würden. Wir müssten uns überlegen, ob wir arbeitsteilig vorgehen und ich Ihnen zum Beispiel Mexiko und Südamerika abgebe. In jedem Fall würde ich meinen Abonnenten eine Empfehlung für Ihr Magazin geben und ich bin ziemlich sicher, dass ein Teil meiner Leser auch bei Ihnen einsteigen würde." Zuckerman lehnte sich zurück, schien zufrieden mit sich, musste dann aber doch einige Einschränkungen machen. „Sicherlich werden die Einnahmen erst einmal begrenzt sein, Sie müssten zusehen, dass Sie weitere Abonnenten gewinnen und natürlich auch Werbung hereinbekommen."

Was für ein feiner Kerl dieser Zuckerman doch war! Sonja war erst einmal kaum in der Lage, etwas zu sagen. Es war eher ein Stammeln: „Ein wunderbares Angebot, ich muss natürlich darüber nachdenken. In jedem Fall: wunderbar."

Schließlich fand sie zu gewohnter Nüchternheit zurück und fragte Zuckerman, ob er ihr nicht auch helfen könne, eine Wohnung zu finden.

XXII

In letzter Zeit kam es Beatriz so vor, als ob ihr Leben langweiliger geworden wäre. Nicht dass es an Lustvollem gefehlt hätte, Tony war nach wie vor ein Liebhaber mit Einfühlung und Witz. Und die ausdauernde Verehrung, die Jiménez ihr entgegenbrachte, schmeichelte ihr. Auch hatte es natürlich Vorteile, wenn da nicht ständig jemand war, der mit jüngeren Frauen tanzte oder blutig geschlagen in der Tür stand, auf diese Art von Unterhaltung verzichtete sie gerne. Aber etwas Überraschendes, etwas, das alle Erwartung links liegen ließ, hatte es schon länger nicht gegeben. Immer öfter sackte ihre Laune ab und sie fragte sich, ob es nicht gut wäre etwas in ihrem Leben zu ändern.

In eine solche Stimmung hinein kam ein Anruf:

„Mein Name ist Bruno Feder, ich würde gern Tony sprechen"

„Tony wohnt hier. Er ist aber nicht zu Hause. Mein Name ist Beatriz, soll ich ihm etwas ausrichten."

„Ich muss schon Tony selbst sprechen. Ich würde gern nach Caracas kommen und ihn sehen."

„Aha. Wann wollen Sie kommen."

„Das würde ich Tony überlassen – oder vielleicht Ihnen. Ich bin ein Bekannter von Tony aus Europa."

„Der Freund aus Naiguatá? Den wir nicht erreicht haben, als wir mit Vera dort waren?"

„Das ist richtig."

Unwillkürlich verglich Beatriz seine eher spröde, sehr zurückhaltende Sprechweise mit Tonys heiterer, zugewandter Art und wurde neugierig.

„Das ist ja wunderbar! Wollen Sie nicht morgen Abend kommen?"

Beatriz wartete kaum die Bestätigung ab, erklärte Bruno, wie er am besten zu ihnen nach Palos Grandes käme und beendete das Gespräch mit einer leichten, überhaupt nicht unangenehmen Aufregung.

Sie war gespannt, und obwohl sie sich keine bestimmte Vorstellung von ihm gemacht hatte, war sie überrascht, als Bruno dann vor ihr stand. In erster Linie wohl, weil auch seine Erscheinung so ganz anders war als die ihres Tony. Für den hatte sie immer das englische Wort „handsome" sehr passend gefunden, für die hagere Gestalt, die da in der Tür stand, passte das nicht oder jedenfalls nicht mehr. Er stand leicht gebeugt, das halblange, ursprünglich dunkelbraune Haar war von grauen Strähnen durchzogen, und was seine Ausstrahlung besonders bestimmte, waren die tiefen Furchen, die sich in seinem Gesicht eingegraben hatten, senkrecht über der Nasenwurzel und entlang von Nase und Mund.

Die Art, wie er sprach, war anders als am Telefon, persönlicher, wärmer. Offenbar freute er sich auf Tony und, wie es schien, auch auf sie. Die beiden Männer umarmten sich, schauten sich kurz ins Gesicht, aber nur kurz. Dann wandte Bruno sich Beatriz zu und begrüßte sie mit fast schüchterner Freundlichkeit. Und als sie zu dritt am Tisch saßen, bei Tintenfischsalat und italienischem Tafelwasser, und Bruno seine Geschichte erzählte, da hatte sie Zeit die Eindrücke auf sich wirken zu lassen, seine Erscheinung, wie er vor ihr gestanden hatte und wie er jetzt sprach, mit zurückhaltender Gestik, eben wie einer, der nicht viel Aufhebens machen will um sich selbst und die unerhörten Dinge, die ihm widerfahren sind. Mit einem Teil ihrer Aufmerksamkeit folgte sie seinen Worten, gleichzeitig aber fand in ihrem Kopf etwas statt, das die biblische Metapher als den Vorgang beschreibt, in dem einem Schuppen von den Augen fallen: Ihr wurde klar, wie bejammernswert wenig es immer noch war, was sie über diese europäischen Flüchtlinge wusste. Ihr Tony war, seit er hier in Caracas war, einmal verprügelt worden, aber – lieber Himmel – wirkliche Existenzangst hatte er nie haben müssen. Dieser Mann dagegen …

Als Bruno über das Ende der Llanos-Reise sprach, riss das sie aus ihren Gedanken. „Der Verlust des Ladens", sagte er, „das war eine Sache. Das war schlimm, aber tief drinnen hatte ich nie geglaubt, dass ich dort lange existieren könnte – allein, wie ich war. Auf der Reise war das anders. Es gab gute Gespräche, ich hatte das Gefühl, die Leute verstanden mich, ich war irgendwie mehr ich selbst. – Und dann plötzlich Schluss, nichts mehr. Na ja, ein paar hundert Dollar. – Ich war fertig. Ich war so fertig, dass ich nicht mehr nach Hause, nicht mehr zu Estrella wollte. Ich habe in Macuto herumgehangen und wusste nicht weiter." Brunos Falten schienen tiefer, sein Gesicht war grau geworden. „Ich wollte Vásquez nicht mehr zur Last fallen, also hab ich mich eines Abends von ihm verabschiedet und bin für die Nacht an den Strand gegangen. Ich ärgere mich jetzt, dass ich das nicht schon früher gemacht habe, am Strand habe ich mich immer wohl gefühlt. Und es ist merkwürdig, was in dieser Nacht mit mir geschehen ist. Wirklich merkwürdig: Ich war in einer plötzlichen Hochstimmung, die schwarzen Gedanken der letzten Tage schienen ganz unbedeutend. Stattdessen kamen die Erinnerungen an die wunderbaren Nächte am Strand, an den Abend, an dem ich Estrella kennen gelernt hatte. Mit einem Mal sehnte ich mich nach Naiguatá – und nach Estrella. Mir wurde klar: sie und Gabriela, das ist das einzige, was ich habe. Und etwas Geld, zweihundert Dollar von Donna Williams und hundert von Vásquez. Mir ist jetzt klar, meine Chance liegt in dem, was ich noch habe. In meiner kleinen Familie. Die Ideen von Film und Theater, die sind doch nur Illusionen."

„Und was machst du jetzt", fragte Tony, „ich meine mit Estrella und dem Kind?"

„Also, am Anfang war es nicht ganz leicht, bis wir uns wieder miteinander eingerichtet hatten, Estrella und ich. Letztlich war sie, glaube ich, froh, dass ich wieder da war, und ich hatte ja auch etwas Geld mitgebracht. Ich glaube übrigens nicht, dass sie einen anderen Mann hatte, während ich weg war. Und sie hat mir gleich von eurem Besuch erzählt. – Schwierig ist es mit Gabriela. Manchmal läuft sie noch vor mir weg, für sie bin ich ein fremder Mann. Ich werde alles tun um das zu ändern. Ein richtiger Vater sein, aber das braucht wohl noch viel Zeit."

„Ja, sicher", sagte Tony, aber man merkte, dass es nicht seine Sache war, sich in Brunos Lage hineinzudenken.

„Ich hab dann versucht das Tovar-Geschäft wieder aufzunehmen. Bin dorthin gefahren, zu Lenze. Hab für hundert Dollar Waren mitgenommen, einen Rucksack voll Schinken und Würste. Bin damit durch die Hotelküchen, hab am Wochenende einen Stand gemacht. Das ist mir nach ein paar Stunden verboten worden, und die meisten Hotels wollten Garantien haben für die Echtheit der Ware. Die konnte ich natürlich nicht geben. – Das Ganze war ein Misserfolg, ich hab sogar etwas Geld verloren dabei." Bruno machte eine Pause. Alle schwiegen. Eine ganze Weile. Und bevor jemand anders etwas sagte, sprach er weiter:

„Jetzt gibt es etwas Neues. Ein kleines Haus. Es steht zum Verkauf. Wir könnten darin zusammen wohnen – und ich könnte versuchen, dort wieder einen Laden aufzumachen. Versuchen könnte ich es jedenfalls."

„Was soll es kosten, das Haus?", fragte Tony.

„Ja", Bruno zögerte, „das ist einer der Gründe, warum ich hierhergekommen bin. Es soll tausend Dollar kosten, vielleicht können wir noch etwas herunterhandeln. Ich selbst habe dreihundert und ich wollte dich fragen, ob du mir zweihundert leihen kannst. Für den Rest könnte Estrella einen Kredit aufnehmen. – Leihen ist natürlich so eine Sache – ich habe keine Ahnung, wann ich dir etwas zurückzahlen kann."

Tony dachte einen Moment nach. „Das ist nicht das Problem", sagte er dann, „die Frage ist, ob du dich wirklich dauerhaft in Naiguatá etablieren kannst. Wo du ganz auf dich gestellt bist. Ob der Patrón dich in Ruhe lässt, meine ich. – Oder ob du besser in die Stadt kommst, ich könnte dir hier einige Verbindungen verschaffen."

Bruno lächelte und schüttelte den Kopf. „Ganz nüchtern betrachtet", sagte er, „hast du vielleicht Recht. Aber Estrella würde nie von Naiguatá weggehen, sie hängt an ihrer Mutter, und dann das Leben am Meer. Außerdem: auch die Stadt hat ihre Tücken."

„Okay", sagte Tony, „die zweihundert kann ich in den nächsten Tagen zusammenbekommen und über die Rückzahlung reden wir später."

Die beiden Männer hoben ihre Gläser, wollten einander nach europäischer Sitte zuprosten und schauten auf Beatriz, ob sie mitziehen würde. Doch Beatriz ging nicht darauf ein, sie hatte etwas zu sagen.

„Das ist doch Unsinn", sagte sie, und als die beiden Männer erstaunt guckten, machte sie eine Geste, sie sollten die Gläser wieder abstellen.

„Ich meine", sie schaute die beiden ernst an, „es ist Unsinn, euch einem Kredithai in den Rachen zu werfen und Wucherzinsen zu zahlen. Das müsst ihr doch auch sehen. Was euch noch fehlt zu dem Haus, werde ich euch geben. Und von Rückzahlung reden wir gar nicht."

XXIII

Es war früh am Morgen, sehr früh. Draußen musste es noch dunkel sein. Bruno hatte unruhig geschlafen und jetzt brachte er es nicht fertig, die Augen aufzuschlagen. Er musste an den Morgen in den Llanos denken, an dem er eine Weile so dagelegen hatte, in dieser Zwischenwelt zwischen Schlaf und Wachsein. Sofort fiel ihm auch das plötzliche Ende der Reise ein. Aber diesmal war es anders. Er war nicht auf Reisen, er war in seinem eigenen Haus. Und er war allein. Estrella war mit der Kleinen zu ihrer Mutter gegangen. Das tat sie öfter, auch wenn sich das gemeinsame Leben in dem neuen Haus ganz gut angelassen hatte. Nach dem Kauf hatte es noch mehrere Wochen gedauert, bis sie einziehen konnten, aber dann hatte sogar Rubén geholfen. Er hatte einen kleinen Lastwagen besorgt, um Möbel heranzuschaffen, die sie zum Teil bei Estrellas Mutter eingelagert hatten, zum Teil von Verwandten geschenkt bekamen. Sie brauchten ja nicht viel. Bett, Tisch, Schrank, eine Küchenanrichte, einen Gaskocher und ein paar Stühle. Estrellas Mutter schenkte ihnen eine neue Matratze.

Estrella und er bereiteten gemeinsam ihre Mahlzeiten zu und aßen gemeinsam. Abends stellten sie zwei Stühle vor die Tür und saßen vor dem Haus. Dann kamen manchmal Nachbarn zum Plaudern vorbei. Estrella bekam Besuch von Freundinnen oder Verwandten, die neugierig waren auf ihr neues Zuhause. Bruno war dann meist unterwegs auf der Suche nach Arbeit. In den Clubs wurden immer wieder Leute gebraucht, die Gepäck oder Surfbretter trugen oder beim Reinigen der Boote halfen. Man bekam dann ein mehr oder weniger großes Trinkgeld. Aber meist waren genügend andere Bewerber da, und Bruno hatte nur eine Chance, wenn ein anderer ausfiel. Die Einnahmen blieben mager. Deshalb hatte er auch schon überlegt, bei Vásquez um Arbeit nachzufragen, aber er verschob das von einem aufs andere Mal, weil er nicht so lange von zu Hause fort sein wollte, wie es für eine Reisebegleitung notwendig gewesen wäre.

„Vielleicht wäre es ja für dich einfacher, eine gute Arbeit zu finden," hatte er seine Frau gefragt, als er wieder einmal ohne Geld nach Hause gekommen war.

„Wie soll das gehen?", fragte sie zurück.

„Ich hmm," Bruno wurde unsicher, „ich weiß nicht genau. Ich müsste eben zu Hause bleiben und für Gabriela sorgen."

„Du und Gabriela?!"

„Was willst du damit sagen?"

Jetzt war es Estrella, die zögerte. „Das ist nichts für Männer," sagte sie dann, „euch fehlt einfach die Fähigkeit dazu."

„Dann werde ich es eben lernen. In Europa gab es viele Männer, die sich um die Kinder kümmerten."

„Europa, Europa! Du bist nicht in Europa. Hier geht das nicht. Die Nachbarn würden das nicht dulden. Und meine Mutter erst recht nicht."

„Mir ist egal, was die Nachbarn sagen. Und was deine Mutter sagt, da … das … das will ich gar nicht hören."

Estrella, die bis dahin mit Gabriela auf dem Schoß am Tisch gesessen hatte, setzte das Kind ab, stand auf und schaute ihm ins Gesicht. „Du scheinst nicht zu begreifen, was Sache ist."

Bruno schwieg.

Estrellas Stimme wurde nun schärfer. „Vielleicht gibt es ja Männer, die das können. Aber du nicht. Du siehst doch, wie sie keine Minute allein bei dir bleibt. Sie würde die ganze Zeit weinen, wenn ich weg wäre. – Nein, keine Stunde würde ich sie bei dir allein lassen."

Bruno sah auf den Boden. Was sollte er sagen? Und Estrella merkte jetzt, dass sie zu weit gegangen war. „Du bist ein guter Mann," sagte sie, „du kannst viel. Du tust viel für uns. Aber das, das kannst du nicht."

Eine Weile war Stille. Dann sagte Estrella: „Eher würde ich sie zu meiner Mutter geben. Aber das willst du ja nicht. – Und ich eigentlich auch nicht."

Das war am Vortag gewesen, noch am Abend war Estrella mit dem Kind zur Mutter gegangen. Bruno war jetzt hellwach, und es war ihm auch klar, was ihn geweckt hatte. Das hatte gar nichts mit Gabriela oder Estrella zu tun, es war Lärm. Ein Höllenlärm, das völlig ungedämpfte, dröhnende Rattern eines großen Motors. Er stand auf und ging zum Fenster, tatsächlich war es noch dunkel draußen, nur einige starke Scheinwerfer irrlichterten durch die Straße.

Durch das Fenster sah man zu wenig, erst als er zur Tür lief und aus dem Haus trat, sah er das Monster. Es war größer als das Haus, ganz mit Rost überzogen – nur an wenigen Stellen war blaue Farbe zu sehen – und es bewegte sich, mal schaukelnd, mal ruckartig, als wäre es ein Wesen von einem anderen Stern: ein riesiger, alter Bagger fuhr mit seiner Schaufel gegen das Nachbarhaus, zum Motorenlärm kam noch der Krach von berstendem Mauerwerk und splitterndem Glas. Oben am Führerhaus waren zwei Scheinwerfer angebracht, deren Lichtkegel sich mit dem Monster bewegten und das Zerstörungswerk unruhig beleuchteten. Die Schaufel hob das Dach, bis es zusammenfiel, und schlug dann immer wieder gegen das, was von den Mauern noch stand.

Bruno erinnerte sich, dass die Familie, die dort gewohnt hatte, vor ein paar Tagen ausgezogen war. Er hatte gesehen, wie sie einen Pritschenwagen mit ihrem Hausstand beluden. Sie hatten sich nicht verabschiedet.

Der Lärm hatte offenbar auch andere Anwohner geweckt. Vorsichtig kamen sie näher. Ein älterer Mann, den Bruno so regelmäßig auf der Straße traf, dass sie begonnen hatten sich zu grüßen, trat neben ihn. „Haben Sie Ihr Haus noch nicht leergeräumt?", fragte er. Bruno starrte ihn an. „Na, dann kommen Sie, es ist als nächstes dran!" Er fasste Bruno am Arm und zog ihn ins Haus, machte Licht und stöhnte: „Um Gottes Willen!" Er schaute sich um, Bruno stand noch im Eingang. „Haben Sie irgendwo Geld? Wertsachen? Papiere?" Bruno bewegte sich langsam. Steckte Geld ein, nahm seine Schuhe und eine Jacke. Der Mann deutete auf weitere Kleidungsstücke – und auf den Fernseher. Bruno schüttelte den Kopf. Als sie auf die Straße traten, war das Nachbarhaus nur noch ein Haufen aus Stein und Beton.

Bruno stand auf der anderen Straßenseite und sah zu, wie sein Haus abgerissen wurde. Er hörte, wie der Nachbar auf ihn einsprach. Trotz des Lärms verstand er die Worte, aber es war, als ob sie aus weiter Ferne kämen. „Dass Sie das nicht wussten …", sagte der Mann, „es hat sich schon länger herumgesprochen hier im Viertel. Aber vielleicht hat es ja gerade Ihnen keiner gesagt …" Der Mann sah Bruno an, räusperte sich: „Also, der

Patrón. Er will hier eine Spielhalle bauen. So mit Spielautomaten, verstehen Sie? Für die jungen Leute. Und für seinen Schwiegersohn, sagt man, der soll da Manager werden. Das Eckgrundstück hier, sagt man, sei geeignet für eine solche Spielhalle. Die drei Häuser müssen weg deshalb. – Aber, dass man Ihnen nichts davon gesagt hat!"

Bruno hörte alles, was der Mann sagte. Irgendwo in seinem Kopf setzte es sich fest. Aber jetzt, in diesem Augenblick, konnte er nichts damit anfangen, er sah, hörte, dachte, fühlte nur Zerstörung. Einzig und ausschließlich Zerstörung, Verlust von Existenz. Das Wissen von den Umständen und Ursachen hatte seine Bedeutung verloren, es war ihm egal.

Bruno konnte sich nicht rühren, nicht äußerlich und nicht innerlich. Das einzige, was mit ihm geschah, war, dass er an der Mauer, an die er sich gelehnt hatte, auf den Boden hinuntersank. Da saß er, bis drei Häuser zertrümmert waren, bis der Bagger weggefahren war und bis die Leute, die Zuschauer, die Gaffer, sich verzogen hatten. Es war hell geworden, es wurde heiß – Bruno blieb sitzen. Jeder, der vorbeikam, konnte ihn da sehen, ins Leere dorthin starrend, wo sein Haus gewesen war.

Als es dunkel wurde, kam der Mann wieder. Er blieb etwas ratlos vor Bruno stehen, nach einiger Zeit reichte er seine Hand zu ihm hinunter. Bruno ergriff sie – nichts hatte mehr eine Bedeutung, also auch das nicht – und ließ sich hochziehen. „Kommen Sie mit zu mir", sagte der Mann, „wenigstens für die Nacht." Aber Bruno schüttelte den Kopf, hob in einer minimalen Geste die Hand und ging mit steifen Schritten die Straße hinunter zum Strand.

XXIV

Marco wollte keine Therapie. Stattdessen erzählte er von seinem – wie er es nannte – früheren Leben. Er erzählte von seinen Versuchen, in irgendeinem Beruf Fuß zu fassen, von Experimenten und harten Drogen, von Frauen, mit denen er zusammen gewesen war, und von seiner Mutter, der einzigen Frau, mit der er es lange ausgehalten hatte.

Am Anfang kam es Isabel vor, als wären seine Worte ein Geschenk. Als lernte sie den Mann mit den vielen Seiten und den ausgeprägten Talenten, diesen besonderen Menschen, jetzt, wo sie seine Geschichte erfuhr, erst richtig kennen. Sie bewunderte ihn und fühlte sich noch einmal mehr zu ihm hingezogen. Aber je länger er sprach, je mehr sich das Bild vervollständigte, das von ihm entstand, umso mehr ernüchterte es sie. Umso größer wurde die Distanz, die sie spürte, wenn sie ihn ansah und ihm zuhörte: Es entstand das Bild eines Mannes, der in allem was er tat mit großer Intensität und Konsequenz vorging, der seine Ziele hoch steckte und dafür viel riskierte. Aber es fehlte etwas in diesem Bild, das wurde ihr immer deutlicher, es fehlte das Band, das die eindrucksvollen Gipfel und die extrem tiefen Täler dieses Lebens miteinander verbunden hätte. Es fehlte die Mitte, der beständige Marco, den es immer gab, gleichgültig ob auf der Höhe der Leistung oder im tiefen Absturz. Es fehlte der Raum für eine Liebe, die wachsen und dauern wollte, die Gemeinsamkeit brauchte und lange Erfahrung damit. Nur die Mutter war da, das schien seinem Bedarf an Kontinuität zu genügen.

Das war Isabels zweite Enttäuschung. Ihr war, als ob ihr etwas gestohlen worden wäre; kein Gegenstand, sondern ihre Gefühle, und das war radikaler. Plötzlich konnte sie gar nicht mehr glauben, diese Sympathie, diese Zuneigung, diese Liebe jemals gehabt zu haben; für einen Moment traute sie sich selbst nicht mehr. Das zeigte sich in einer Unsicherheit, die umso erstaunlicher war, als Isabel sie überhaupt nicht an sich kannte. Sie ließ den Teller fallen, den sie gerade auf den Tisch stellen wollte, sie ließ Sätze unvollendet, so dass Marco oft nicht wusste, was sie sagen wollte, und es gelang ihr nicht mehr, ihm ins Gesicht zu sehen.

Marco mochte erwartet haben, dass Isabel nun auch ihr „früheres Leben" erzählte, aber das geschah nicht, im Gegenteil, es gab viel Schweigen zwischen ihnen. Bis Isabel, als sie ein paar Tage später von der Arbeit kam, einen vollen Einkaufskorb mitbrachte: Salat, Steaks, Kartoffeln und zwei Flaschen Rotwein. „Es wird nichts werden mit uns", sagte sie, als alles zubereitet war und sie am gedeckten Tisch saßen. Sie sagte es ernst und ganz nüchtern, ihre Unsicherheit war nicht mehr da. Sie aßen, tranken, saßen lange und küssten sich. Am nächsten Morgen packte Marco seine Sachen und ging fort.

Isabel ging zur Arbeit wie immer. Im Hotel stand Lowe an der Rezeption. „Ah, unsere schöne Isabel", rief er ihr entgegen, „haben wir heute einen wunderbaren Tag?" Es klang sehr von oben herab und Isabel sagte nichts. Sie ging hinunter in den Keller um sich umzuziehen wie immer. Ihr war ohnehin nicht nach Reden. Was sie sich wünschte war eine Quarantäne, eine Quarantäne für die Seele. Immerhin hielt die Konzentration auf die Arbeit sie vom Grübeln ab.

Erst als sie schon fast fertig war, kam Martha, die Kollegin mit der olivfarbenen Haut, zu deren Revier die Reinigung der Lobby gehörte, und sagte: „Du sollst mal zu Lowe kommen. Er hat irgendwas für dich." Das fehlte gerade noch, dass der etwas von ihr wollte. Nicht dass Isabel das bedrohlich gefunden hätte, es war ihr lästig, gerade heute.

Sie machte ihre Arbeit zu Ende, zog sich um und ging dann zur Rezeption. Lowe stand da, lächelnd. Keine Spur von Ärger darüber, dass sie nicht sofort gekommen war. Vielmehr bat er sie freundlich in sein Büro und erhob auch keinen Einwand, als sie die Tür zur Lobby offen ließ. Er bat sie sich zu setzen und setzte sich dann auch selbst umständlich hinter seinen Schreibtisch.

„Der heutige Tag ist ein besonderer für Sie", begann er, „hatten Sie davon eine Ahnung?"

Isabel schüttelte den Kopf. Es war unmöglich, dass er von Marco etwas wusste.

„Nun", fuhr er fort, „wir sind dabei, eine Änderung der Personalstruktur vorzunehmen, die auch Sie betrifft. In der Tat ist es so, dass ich mit Ihrer Arbeit, ja mit Ihrer ganzen Performance durchaus zufrieden bin." Er machte eine Pause. Isabel wusste nicht recht worauf er hinauswollte, aber sie fragte nicht, sie wartete einfach ab. Lowe fuhr fort: „Wie gesagt, eine Strukturveränderung im Personalbereich. Konkret bedeutet das, dass unser Rezeptionist, also Michael, sich zu einem anderen Unternehmen hin verändert. Wir haben ihm auch dazu geraten, denn für ein Verbleiben in diesem Hause hätte er seine Kompetenzen in Abrechnungsdingen erheblich erweitern müssen." Er hielt wieder inne, als ob er noch Entscheidungen treffen müsste. Isabel war nun klar, warum Michael nicht an der Rezeption stand: Er war hinausgeworfen worden. Es klang nach Unregelmäßigkeiten bei der Abrechnung. Sie hätte gern Genaueres gewusst, zog es aber vor, weiter zu schweigen, so dass Lowe nichts anderes übrigblieb als fortzufahren. „Wenn ich Ihnen nun sage, dass wir Sie für diese Position vorgesehen haben, so liegt einerseits der Grund darin, dass wir Sie als kompetente Kraft an unser Haus binden wollen. Andererseits müssen wir uns darüber im Klaren sein, dass es sich um ein Experiment handelt. Noch nie ist dieser Posten mit einer Frau besetzt worden, die aus dem Reinigungssektor kam." Wie um sich selbst Mut zu machen, fügte er hinzu. „Immerhin haben Sie angegeben, Erfahrungen im Bankwesen zu haben."

Jetzt musste Isabel reagieren, auch wenn sie sich über Lowes Motive immer noch im Unklaren war. Aber was sollte es schon sein außer einem – diesmal besser geplanten – Annäherungsversuch. Sie musste eben auf der Hut sein. „Ihr Angebot ehrt mich", sagte sie, „ich bin sicher, ich werde den Anforderungen gewachsen sein." Und als Lowe strahlend nickte, strahlte sie zurück: „Ich nehme an, dass mit der neuen Stelle auch ein deutlich höheres Gehalt verbunden ist." Lowe wand sich ein wenig, sprach von Probezeit, genaue Beträge könne er nicht nennen. „Aber aufs Ganze gesehen ..." Er gratulierte Isabel förmlich, sie gab ihm die Hand, drehte sich um und verließ das Hotel. Fast wäre sie gerannt, so sehr drängte es sie, mit ihrer Freude allein zu sein.

Am nächsten Morgen ging sie zuerst zu Martha und erzählte ihr die Neuigkeit. Die reagierte verhalten: „Na, dann ist doch endlich mal 'ne Frau in der Rezeption." Sie wurde aufgeschlossener, als Isabel auf ihre Frage nach der Gegenleistung augenzwinkernd antwortete, darüber werde sie allein entscheiden. Und als Isabel ankündigte, sie wolle die Kolleginnen zur Feier des Ereignisses am Wochenende zum Mexikaner einladen, da zeigte Martha ihr seltenes Lächeln.

Das Lokal hieß „New World Tortilla" und hatte akzeptable Preise. Einige Frauen hatten aus unterschiedlichen Gründen abgesagt, manche ehrlich bemüht, Isabel wissen zu lassen, sie dürfe das auf keinen Fall persönlich nehmen. Schließlich waren sie zu viert. Außer Martha war noch Vanessa gekommen, eine hoch aufgeschossene Frau mit tiefliegenden Augen und einem Nasenpiercing. Sie hatte ihre krausen schwarzen Haare oben auf dem Kopf zusammengebunden, was sie noch größer erscheinen ließ. Und dann war da noch Purity, die wie ein junges Mädchen wirkte, klein, blond, ein bisschen rundlich, mit heller, glatter, ganz reiner Haut. Alle hatten sich schick gemacht, das war schön anzusehen, besonders wenn man sie bisher nur im Hotelkittel oder in den Kleidern gesehen hatte, die sie auf dem Weg zur Arbeit trugen.

Vielleicht wäre die Runde Tequila, die sie nach Isabels Anweisungen zünftig mit Salz und Zitrone tranken, gar nicht nötig gewesen, danach jedenfalls war das Gespräch so lebhaft, dass es kaum einmal eine Pause gab und die Stimmen öfter durcheinander gingen. „Bist du etwa aus Mexiko", fragte Purity, „du siehst gar nicht aus wie eine Mexikanerin."

„Ich habe gehört, sie ist ein Flüchtling", Vanessa schaute Isabel an, „ich meine: du bist ein Flüchtling. Stimmt das?"

„Ich habe mir, ehrlich gesagt, Flüchtlinge immer fremder vorgestellt", sagte Purity, „du bist ja fast wie eine von uns."

„Dummchen", fuhr Vanessa sie an, „Flüchtlinge sind doch Europäer. Viele von uns haben europäische Vorfahren, du zum Beispiel."

„Weil ich blond bin, meinst du. Aber Vorfahren? Ich weiß nicht, was ich für Vorfahren habe. Ich glaube, die sind alle von hier, jedenfalls sind sie keine Flüchtlinge. – Außerdem dachte ich, Flüchtlinge kommen aus Mexiko."

„Nun lasst doch Isabel mal was dazu sagen", Martha schien so etwas wie eine Autorität, „Bist du nun anders oder nicht? Und wo kommst du überhaupt her?"

Isabel war nicht dazu aufgelegt, ausführlich über die Katastrophe in Europa zu sprechen. „Ich bin eigentlich gar kein Flüchtling mehr", sagte sie, „ich habe einen amerikanischen Pass." Mehr wollte sie nicht sagen, nur noch: „Ich bin doch gar nicht anders als ihr!" Da lachten sie alle und sprachen über andere Dinge, nicht mehr über Flüchtlinge. „Willst du nicht mal mitkommen, wenn wir Mädels tanzen gehen?", fragte Vanessa. Isabel lachte noch viel an diesem Abend.

XXV

„Ich weiß es nicht", sagte Estrella.
„Du hast wirklich keine Ahnung, wo er ist?", fragte Beatriz.
„Ich weiß es wirklich nicht, leider."

Für Beatriz hatte sich etwas verändert, seit sie Bruno kannte. Er war nicht nur in seiner Erscheinung anders als Tony. Er hatte ihre Phantasie beschäftigt, einmal hatte sie einen Traum, in dem sie in einem Schlauchboot ziellos auf dem Atlantik trieb. Nirgendwo war Halt. In einiger Entfernung sah sie Bruno in einem zweiten Boot, das sich langsam, aber stetig von ihr entfernte. Er machte ihr Zeichen, sie solle ihm folgen, aber, so sehr sie es auch versuchte, sie war nicht in der Lage das Boot zu steuern.

Sie hatte Tony den Traum erzählt, aber der war gar nicht darauf eingegangen. Brunos Besuch, seine Geschichte hatten ihn erneut verändert. Er wollte nun nichts mehr wissen von Flucht und Flüchtlingen, sprach so gut wie nicht mehr darüber, das sei verlorene Zeit, sagte er, und vielleicht hatte er die Vergangenheit sogar aus seinen Gedanken verdrängt. Er hatte auch nicht mitkommen wollen, als sie beschloss, Bruno in seinem neuen Haus zu besuchen. Also fragte sie Jiménez. Mit dem war sie nun bei Estrella, vor dem Haus der Mutter.

„Wisst ihr denn nicht…?", fragte Estrella und hob die Hand vor den Mund.
„Was?"
„Wisst ihr denn nicht, dass sie das Haus abgerissen haben?"
„Welches Haus?"
„Na, unser Haus! Das Bruno gekauft hat."

Einen Augenblick war es sehr still. Dann sagte Estrella: „Ich habe Bruno seitdem nicht mehr gesehen", und als Beatriz ungläubig guckte, sagte sie: „Ich kann euch die Stelle zeigen, wo es gestanden hat."

Sie fuhren gemeinsam hin und trafen auf einen Betonmischer, mit dem gerade das Fundament für ein großes Gebäude gegossen wurde. Estrella liefen die Tränen über die Wangen, als sie in die Grube schauten. „Es waren drei Häuser", sagte sie, „die sie abgerissen haben. Man sagt, es ist der Patrón, wir können nichts machen."

Sie standen ratlos, bis Beatriz Jiménez ansah und fragte: „Vera?" Jiménez nickte. Sie brachten Estrella nach Hause und fuhren die Küstenstraße zurück bis Catia la Mar, wo sie nach einigem Suchen die Kooperative wiederfanden. Sie zögerten ein wenig, sie kannten die Nonnen ja kaum. Aber dann war es wie ein Besuch bei Freunden. Eine Nonne grüßte, hatte sie wiedererkannt, Vera war da in der Schar der Kinder, sie lächelte, freute sich, holte Stühle und schickte nach Getränken.

Es gab keine lange Begrüßung. „Wir suchen nach Bruno", fragte Beatriz, nachdem sie sich gesetzt hatten, „ist er bei dir?"

Vera schüttelte den Kopf, sie war ernst geworden. Ein zweites Mal verneinte sie und unterstrich das, indem sie die Arme hob, eine Geste der Ratlosigkeit. Ganz offensichtlich wusste sie auch nicht, wo er war.

Beatriz und Jiménez blieben nicht mehr lange. Sie ließen Vera in ihrer Verwirrung zurück, stiegen wieder ins Auto und fuhren los. Als sie aus den engen Gassen heraus waren, stoppte Jiménez den Wagen und sah Beatriz an. Sie saß aufrecht, starr, mit bleichem Gesicht, hilflos die Fäuste geballt. Jiménez nahm behutsam ihre Hände und zog sie an sich. So saßen sie eine Weile, bis Beatriz sich wieder aufsetzte und „Danke" sagte. Jiménez startete den Wagen und fuhr Richtung Flughafen. Im Hotel dort nahmen sie sich für ein paar Stunden ein Zimmer.

XXVI

Bruno lebte am Strand und mied die Menschen. Tagsüber lag er, wo immer er einen Schattenplatz gefunden hatte, und starrte aufs Meer. Immer wieder fielen ihm die Augen zu.

Am Abend holte er sich Wasser und etwas zu essen. An den Club- oder Hotelstränden gab es Wasserhähne, an denen die Gäste sich den Sand von den Füßen spülten. Dort trank er und füllte eine Flasche, die er bei sich trug. Lebensmittel – Brot, Fleischstücke, Früchte – fanden sich genug in den großen Plastikbehältern, die aus den Restaurantküchen geschoben wurden. Man musste nur zusehen, dass man Frisches bekam, durfte nicht zu früh kommen, wenn die Gäste ihre Mahlzeiten noch nicht beendet hatten. Allerdings auch nicht zu spät, denn es gab noch andere Interessenten und gegen Mitternacht wurden die Behälter abgeholt.

So war das Leben am Strand möglich. Wenn überhaupt, dann wollte Bruno hier leben, wo er einen freien Blick und die Luft vom Meer hatte. Zu Estrella wollte er nicht mehr zurück. Sie war nicht dagewesen. Sie war nie dagewesen, wenn es darauf ankam. Seine kleine Familie war ein Wunsch gewesen, der jetzt wie im Nebel verschwand, eine Hoffnung, die ihn einige Zeit aufrechterhalten hatte. Wirklich an sie geglaubt hatte er nie. Nein, er wollte weg, weg von Naiguatá, was sollte es da noch geben außer schlimmen Erinnerungen.

Nach einigen Tagen brach er auf, ging nach Westen. Wo es möglich war, am Strand, sonst nahm er die Straße. Er achtete nicht auf den Weg, es waren alte Gedanken, die ihn jetzt beschäftigten, Gedanken, wie er sie damals in Europa gehabt hatte: ein Leben wie Robinson Crusoe. Wäre das möglich? Ein Leben ganz auf sich allein gestellt, ein Leben aus eigener Kraft? Er mochte den Gedanken, fast hätte diese Robinson-Idee ihn mit seiner Lage versöhnen können. Die Vorstellung von einer Hütte, die er sich bauen könnte. Von einem Netz oder eine Reuse, mit der er Fische fangen, einem Topf, in dem er Krebse und Muscheln kochen könnte, von Kokosnüssen, die ihm Kohlehydrate und Fett geben würden. – Derartiges ging ihm durch den Kopf.

Aber natürlich blieb es bei dem Wunsch, der anders, als es damals gewesen war, nicht einmal mehr den Anschein von Glaubwürdigkeit hatte. Er ging weiter, ging nach Westen, ohne Ziel.

Das änderte sich, als er die Hotels von Macuto auftauchen sah. Vásquez fiel ihm ein. Er überlegte nicht lange, warf sein T-Shirt fort, ging am Wasser längs zum Strand des Sheraton, duschte dort, stahl ein Handtuch und ein sauberes T-Shirt. Es fiel ihm nicht schwer, seinen Gang und seine Körperhaltung den übrigen Gästen anzupassen. In der Hotellobby fragte er auf Englisch nach Vásquez.

Niemand schien Vásquez zu kennen, und es dauerte eine Weile, bis er den kleinen Stand des Reisebüros fand. Die Frau hinter dem Computerbildschirm hatte das Gesicht einer Indianerin, die runden hohen Wangen und die scharf geschnittene Nase. Sie schaute ihn erwartungsvoll an. Lächelte. Und als Bruno auch lächelte, fragte sie: „Interessieren Sie sich für unsere Angebote?"

„Ich suche nur Vásquez", sagte Bruno, „es ist eher etwas Persönliches."

„Mein Mann ist unterwegs", erwiderte sie, „in einer Stunde machen wir hier Schluss, spätestens dann wird er wieder hier sein." Sie wirkte ein bisschen enttäuscht, aber auch neugierig. „Wollen Sie vielleicht schon ein paar Informationen haben? Gran Sabana, Roraima, Auyán Tepui, Llanos?" Sie lächelte wieder.

Er schüttelte den Kopf: „Ich habe nicht das Geld für solche Reisen", sagte er, „ich war einmal mit Vásquez in den Llanos. Als eine Art Dolmetscher." Und während er noch sprach, hörte er schon Vásquez hinter sich. „Hola Bruno! Alter. Geht es dir gut?"

„Nein", antwortete Bruno, aber Vásquez überging es wie einen schlechten Witz. „Dann hast du Naomi ja schon kennen gelernt", sagte er und schlug Bruno freundschaftlich die flache Hand auf den Rücken. „Corazón, Liebling, hol uns was zu trinken", rief er, „bitte". Und Bruno führte er hinter den Tresen. „Komm, setz dich", sagte er und zeigte auf einen Hocker und ein paar Kisten, die in dem engen Raum standen. Eine Weile schauten sie sich an.

„Was ist los?", fragte Vásquez, als sie mit einer Flasche Limonade in der Hand auf den Kisten saßen. Naomi saß auf ihrem Bürostuhl dabei.

Bruno empfand mit einem Mal einen großen Widerwillen dagegen, über seine verzweifelte Lage zu sprechen. Es kam ihm vor, als würde er sich dann bis zum Letzten offenbaren, das wollte er nicht. Er wollte kein Mitleid. „Ich brauche Arbeit", sagte er nur.

„Du brauchst Arbeit", Vásquez nickte ernst und zögerte, bis er weitersprach, „und du denkst, der Vásquez hat immer was zu tun. – Ist ja eigentlich nicht falsch gedacht. Aber bei uns geht's bergab. Weißt du was ich heute gemacht habe? – Gepäcktransport hab ich gemacht. Ich hab Passagiere mit viel Gepäck angesprochen – der Trick ist, sie so anzusprechen, als ob ich nur auf sie gewartet hätte – und dann hab ich sie in ihr Hotel gefahren. Das ist alles. Da hast du vielleicht zwei oder drei Fuhren am Tag, davon können wir nicht leben. Eines Tages werden mir die Taxifahrer auf die Schliche kommen und dann geht auch das nicht mehr. – Touristische Fahrten, wie damals in die Llanos, die gibt es nicht mehr."

„Hat denn die Verletzung von Williams einen solchen Rückschlag gebracht?"

„Das glaube ich nicht. Sicher war es nicht gut fürs Geschäft. Aber es sind andere, größere Entwicklungen, die dahinterstecken. Im Hato El Gordo, weißt du noch? Da haben sie jetzt ein Bettenhaus gebaut, wie ein Hotel, mit Gästezimmern, auf Wunsch klimatisiert. Damit lässt sich natürlich mehr Geld machen, klar. Aber der Hato ist jetzt vertraglich gebunden. Er darf nur noch mit einer bestimmten Agentur arbeiten, und nicht mehr mit uns. – Weißt du, was ich glaube? Ich glaube, einige Patrones haben sich den Tourismus vorgenommen. Sie sind dabei, hier eine Menge Kapital hineinzustecken. Da ist für uns kleine Randerscheinungen kein Platz mehr."

Bruno schaute auf den Boden. Was sollte er sagen?

„Anderes Beispiel: Naomi ist aus dem Stamm der Panare." Sie lächelte, sie kannte die Geschichte schon. „Sie selbst ist in Caracas geboren, aber ihre Eltern haben noch im ursprünglichen

Siedlungsgebiet gewohnt. Am Rio Colorado, südlicher Nebenfluss des Orinoco. Schon vor Jahrzehnten sind die Jagdgründe im Zuge des Bauxitabbaus kaputt gemacht worden. Aluminium war die große Nummer. Viele Panares wurden krank oder Alkoholiker und starben daran, andere zogen fort. Einige wenige blieben, bauten sich ein Dorf weit weg von der Straße, weg von allem, was mit den Weißen zu tun hatte, und versuchten, ihre alte Lebensweise weiterzuführen." Er sah noch einmal Naomi an, die nicht mehr lächelte. „Wir haben Touren dorthin gemacht. Mit Passage über den Orinoco, was allein schon ein Erlebnis ist. Ins Gebiet des Rio Colorado, Savanne mit lockerem Baumbestand. Wir kannten die Leute im Dorf, Naomi hatte Verwandte dort. Sie freuten sich, wenn wir kamen, und zeigten unseren Gästen gerne, wie sie lebten: ihre Werkzeuge, ihre Jagdmethoden, ihre Hütten, manchmal sogar ihre Feste. Wir brachten ihnen mit, was sie aus der Stadt brauchten. – Und weißt du, was dann passierte. Irgendeine Agentur fing an Panare-Indianer anzuwerben. Die irgendwo wohnten, in Caracas und in anderen Städten, Maracay, Barquisimeto. Man brachte ihnen bei, Körbe zu flechten, Holztiere zu schnitzen und solche angeblich ursprünglichen Fertigkeiten. Und Tänze, die die Panare nie gekannt hatten. Dann baute man am Rio Colorado Dörfer aus Lehmhütten, deren Wellblechdächer unter Palmwedeln versteckt wurden, und siedelte sie dort an. Heute fahren jede Woche klimatisierte Busse dorthin, deren Passagiere das volle Programm bekommen: ‚Die Orinoco Indianer – so lebten die Ureinwohner des Kontinents'." Er machte eine Pause. „Unsere Leute in dem abgelegenen Dorf leben noch dort, aber sie wollen mit Besuchern nichts mehr zu tun haben."

Bruno sah ihn an und schwieg.

„Tut mir Leid, dass ich dir nicht helfen kann", sagte Vásquez, „du kannst nicht mal bei uns schlafen. Unsere Wohnung im Ort haben wir aufgeben müssen. Zurzeit schlafen wir bei Freunden."

Bruno stand auf. „War trotzdem gut, euch zu sehen", sagte er und ging.

*

Ob er sich an den Tisch auf der Hotelterrasse setzte, weil ein Zimmerschlüssel darauf lag, den offensichtlich jemand vergessen hatte, oder ob er sich zufällig an den Tisch setzte und dann erst den Schlüssel sah, das war ihm im Nachhinein nicht mehr klar. Es spielte auch keine Rolle. Er saß da, als ob er ein Hotelgast wäre, und im Grunde fühlte er sich auch so. Nach dem Abschied von Vásquez und Naomi war er durch das Hotel gegangen – er war geschlendert, wie einer, der gerade eine nachdenkliche Phase hat oder dem aus Langeweile nichts Besseres einfällt – durch die Bar, die Speisesäle, den Fitnessbereich, ja er hatte sogar den Aufzug genommen, war oben einen der langen Gänge entlanggegangen und hatte in ein Zimmer hineingeschaut, als eine Tür offenstand. Das Hotel schien ihm vertraut, eine Art teure Biederkeit, die er früher einmal halb genossen und halb verachtet hatte. Damals, vor der Katastrophe, hatte er öfter in solchen Hotels übernachtet, hatte ihre Berechenbarkeit geschätzt, ihre Frühstücksbuffets genossen und die Eintönigkeit ihrer Einrichtung hingenommen.

Mit der Erinnerung kam ein eigenartiges Gefühl, das er von damals kannte, ein Gefühl von Sicherheit, ja sogar der Privilegierung des Hotelgastes. Die Selbstverständlichkeit, mit der man bedient wurde, mit der man die Einrichtungen des Hotels nutzen konnte, die Suggestion, das Personal werde sich aller Probleme annehmen. Und da er jetzt an dem Terrassentisch saß, war es selbstverständlich, dass er auch bedient wurde. Als der Kellner kam und nach seinen Wünschen fragte, bestellte er einen Campari Soda.

Er goss nur einen Schuss Soda in den Campari und nahm einen wunderbaren Schluck. Dann füllte er das Glas mit dem Rest des Sodafläschchens und lehnte sich zurück. Die Leute, die in Strandkleidung über die Terrasse flanierten, nahm er wahr wie einen bunten Film, der vor ihm ablief und dessen Bilder immer wieder verschwammen. So war er überrascht, als mit einem Mal eine Frau neben seinem Tisch stand und auf Englisch fragte, ob noch ein Platz frei sei. Er nickte, und erst als sie sich gesetzt hatte, sah er sie an. Ihre Haut hatte die Farbe, die man allgemein als „Milchkaffee" bezeichnete, wobei Bruno immer schon der

Meinung gewesen war, dass das Wort dem Charme dieser Hautfärbung nicht gerecht werden konnte. Wie auch immer, sie war allem Anschein nach eine Frau, die wusste was sie wollte. Das Strandkleid in Violett und Orange war elegant geschnitten, die hell gefärbten Spitzen ihres schwarzen Kraushaars und das kräftige, aber nicht übertriebene Make-up unterstrichen diese Eleganz. Sie bestellte einen Gin Tonic und schaute dann den Schlüssel an, der auf dem Tisch lag.

„Sieht aus, als wohnten wir auf demselben Flur", sagte sie und lächelte.

„Wenn Sie das sagen", Bruno wusste nicht recht, wie er reagieren sollte. In Erinnerung an das Gespräch mit Vásquez fiel ihm nur ein zu fragen, ob sie in Macuto Strandurlaub machte oder noch weiter im Land reisen wollte.

„Ich hab nur ein paar Tage", sagte sie, „da bleibe ich hier und faulenze. Und Sie?"

„Ich auch", sagte Bruno, machte eine Pause und fragte dann: „Wo kommen Sie her?" Zu spät fiel ihm ein, dass ihn die Frage in Schwierigkeiten bringen könnte, aber zunächst verschaffte ihm die Antwort Luft:

„Ich heiße Olga. Das kommt, weil meine Mutter polnischer Abstammung ist. Sie wollte, dass ich Olga heiße, und mein Vater fand das auch gut. Mein Vater ist Jamaikaner. Ich bin in Kanada geboren, wo die Familie meiner Mutter lebt. Ich lebe noch dort, aber auch in Jamaika. Mein Vater ist später dorthin zurückgegangen, er hat es in Kanada nicht ausgehalten. So habe ich zwei Heimatländer, lebe mal da und mal dort. Ich finde das wunderbar." Sie strahlte Bruno an. „Ich arbeite in der Firma meines Vaters, internationale Handelsagentur: Kokosfett, Rum und Früchte nach Kanada, Generatoren und Werkzeuge nach Jamaika und in die ganze Karibik. Im Augenblick sind wir ganz gut im Geschäft." Sie trank ihr Glas leer, und anstatt Bruno, wie der erwartet hatte, nach seiner Herkunft zu fragen, sagte sie: „Was meinen Sie, haben Sie Lust auf einen Spaziergang am Wasser entlang?" Bruno hatte Lust. Er rief den Kellner und nickte, als der fragte, ob er die Getränke auf die Rechnung schreiben sollte. Der Kellner notierte die Nummer des Zimmers.

Bruno steckte den Schlüssel in die Hosentasche und sie gingen hinunter zum Wasser. Wie sie da nebeneinanderher schlenderten und hin und wieder mit den Schultern oder mit den Hüften aneinanderstießen, da erschien es ganz natürlich, dass Olga den Arm um Brunos Hüfte legte, und nach kurzem Zögern legte er seinen um Olgas Schultern. Er war überrascht von so viel Selbstverständlichkeit und sie erzählte von ihren Geschäften in Venezuela. „Sie müssen sich das vorstellen, wie das früher war: Man konnte mit allem und jedem Geschäfte machen. Super! Wir haben Rum hier eingekauft, mal beim Hersteller, mal beim Großhändler – auch dann konnte man in Kanada immer noch einen guten Gewinn machen. Der Rum hier ist gut, mindestens so gut wie in Jamaika, und wenn man alten kriegt, in größeren Mengen ist das gar nicht so einfach, also alter Rum ist hier sogar noch besser. – Wir haben Bier hier gekauft, es ist kaum zu glauben, wir haben venezolanisches Bier nach Kanada verschifft und eine Menge Geld damit gemacht. Unglaublich! – In letzter Zeit ist das anders geworden. Leider! Überall ist irgendein Patrón, dem man einen Anteil abgeben muss, und trotzdem kann es vorkommen, dass er einem auch dann noch das Geschäft kaputt macht. Und überhaupt. – Manche Geschäfte kann man schon gar nicht mehr machen, weil eine dieser Organisationen sie an sich gezogen hat, zu denen die Patrones sich immer mal wieder zusammenschließen. Zum Beispiel das Biergeschäft wäre heute gar nicht mehr möglich, von den Brauereien aus läuft alles über das „Gran Cártel de la Cerveza"." Sie blieb stehen und sah Bruno an. „Ach, was rede ich für ein Zeug!"

Sie gingen weiter, Hand in Hand durch das flache Wasser. Der Himmel hatte sich rot gefärbt, eine Weile schauten sie auf Himmel und Wasser. „Ich mag die Venezolaner", sagte Olga dann, „sie können ziemlich unfreundlich sein, aber man kann alles mit ihnen machen, da gibt es kein ‚Geht nicht' und kein ‚Du musst aber erst dies und jenes tun'. Und wenn du dein Geschäft im Kasten hast, ist immer gute Stimmung. – Ich fürchte, das geht jetzt alles kaputt."

Sie waren ein Stück über die Hotelstrände hinausgegangen, es war dunkel geworden. Da blieb Olga plötzlich stehen, stellte sich vor Bruno, zog seinen Kopf herunter und küsste ihn auf den

Mund. „Ich mag dich", sagte sie, „du kannst gut zuhören." Sie standen im flachen Wasser und küssten sich. Dann gingen sie eng umschlungen am Strand zum Hotel zurück.

„Wohin gehen wir, zu mir oder zu dir?"

„Zu dir", sagte Bruno.

Im Zimmer fielen sie übereinander her. Es war heftig und heiß, keine Zeit irgendetwas zu denken. Als sie danach eine Weile schwer atmend nebeneinander lagen, fragte Olga: „Willst du zuerst duschen?"

„Nein", sagte er, blieb liegen und hörte schläfrig das Rauschen ihrer Dusche wie in weiter Ferne. Es dauerte, bis sie in ein Handtuch gewickelt aus dem Bad kam. „Jetzt bist du dran", sagte sie. Er stand auf und die wenigen Schritte zum Bad fühlten sich an, als ob er getragen würde. So muss Schlafwandeln sein, dachte er. Dann genoss er das warme Wasser und den Duft der Seife.

Als er ins Zimmer zurückkam, war das Bett frisch bezogen. Außerdem hatte der Zimmerservice eine Flasche kanadischen Whisky gebracht. Olga trug jetzt einen glänzenden nachtblauen Morgenmantel, sie hatte zwei Gläser gefüllt und kam ihm lächelnd entgegen. Sie tranken und küssten sich noch im Stehen. Diesmal ließen sie sich mehr Zeit. Sie tanzten zu einer von der Terrasse heraufklingenden Musik. Auf dem Bett erkundeten sie ausführlich ihre Körper, und als Bruno in sie eindrang, war ihm, als erwachte er mit einem Schlag aus einer Art Traum. Das erste, was ihm wie ein kurzes Wetterleuchten in den Kopf kam, war die Frage, was ihn mehr erregte, die Kühle der wunderbar glatten Laken oder Olgas warme, weiche Haut. Dann spürte er nur noch die Frau, und je fester er sie hielt umso mehr drängte sich ein Gefühl in ihn hinein, das er glaubte fernhalten zu müssen. Aber das ging nicht. Es war Wut. Wut, die alles beherrschte. Eine Wut, die kein anderes Gefühl mehr zuließ. Die blanke Wut, angefüllt mit alldem, was Wut noch in sich tragen kann: Gewalt, Kampf und Hass. Hass auf diese Frau, auf dieses Hotel, auf dieses Land, auf diese ganze Welt, in die er nicht hineingehörte. Diese Frau. Er merkte, wie seine Finger immer tiefer in ihr Fleisch drückten, wie er auf ihre Schenkel schlug, wie er immer fester zustieß. Er hörte ihre Schreie, er spürte ihre Kraft, aber keine

Abwehr. Und als er endlich explodiert war, schlief er ein wie betäubt.

*

Bruno erwachte, als es schon hell war. Er brauchte eine Minute, um sich zu orientieren, er war allein. Aber noch bevor er überlegen konnte, was zu tun sei, öffnete sich die Zimmertür und Olga erschien. Sie schloss die Tür, kam mit energischen Schritten näher und blieb mitten im Raum stehen. Ihre Lippen bebten, als sie sprach: „Du bist ein fieser, kleiner Betrüger. Ich war so blöd und bin auf dich reingefallen." Sie beugte sich über den Haufen von Kleidung, die sie am Abend achtlos auf den Boden geworfen hatten, zog Brunos Hose heraus und nahm den Schlüssel aus der Tasche. „Hier, den Zimmerschlüssel hast du geklaut!" Sie warf ihm die Hose zu und auch Unterhose und T-Shirt.

„Ich hab dich nicht an die Security verpfiffen. Aber ich will, dass du verschwindest. Sofort."

Bruno dachte, dass man das Ganze auch anders sehen könnte, aber er schwieg. Er zog sich an. Sie hatte sich abgewandt, als er zur Tür ging. Er beeilte sich nicht, er hatte noch einen ordentlichen Rest der Wut in sich. Und diese Wut brauchte ein Ventil. Natürlich war es eine hilflose Geste, aber es musste sein: Er nahm die Flasche Whisky mit, die noch auf der Anrichte stand.

XXVII

Sonja Donetti gründete kein Online-Magazin. Sie hatte recherchiert, das Netz nach allen möglichen Gesichtspunkten durchkämmt und feststellen müssen, dass Zuckerman in diesem Fall zu optimistisch gewesen war. Ihre gründliche Suche hatte sie zu einer Reihe von Online-Magazinen und Plattformen geführt, die sich alle in der einen oder anderen Weise gegen den Mainstream stellten. Der Markt war also stärker gesättigt, als Zuckerman wusste, und selbst mit seiner Hilfe würde ihr Anteil zu klein bleiben. Aber andere Möglichkeiten taten sich auf: In der Recherche fand sie Namen von Kollegen, die sie von früher kannte, sogar einige der Herausgeber von Online-Magazinen kannte sie. Sie nahm Kontakt auf und es kam zu interessanten Gesprächen. Die meisten, mit denen sie sprach, hatten ihre Artikel aus dem OPEN EYE gelesen und hatten nicht nur ein offenes Ohr für sie, sondern waren auch an ihren Quellen und Kontakten in Mexiko interessiert. Sowohl die Flüchtlinge als auch El Cártel waren immer noch ziemlich weiße Flecken auf der journalistischen Landkarte.

„Es ist überhaupt nicht die Frage, ob es sinnvolle Arbeit für dich gäbe", sagte einer von ihnen, „das Problem ist, dich zu finanzieren. Aber ich denke, dass viele von uns gut genug dastehen, um für Materialien, die du lieferst, anständig bezahlen zu können."

Über die verschlüsselte Verbindung nahm Sonja den Mail-Kontakt mit Chacho wieder auf. *„Hallo Chacho", schrieb sie, „Ich habe lange nichts von mir hören lassen, es hat sich hier aber auch viel getan. Ich lebe jetzt wieder in New York und nicht mehr in Vermont. Isabel ist dort geblieben, sie hat sich von mir getrennt und ist jetzt wohl mit Marco zusammen. Walter ist bei mir, er hat sein Trauma noch nicht überwunden, aber es geht ihm viel besser.*

Ich versuche gerade, mich in New York wieder als Journalistin zu etablieren und habe dabei mit Überraschung festgestellt, dass es im Internet eine erhebliche Anzahl von Magazinen und Foren gibt, die der offiziellen Abschottungspolitik der USA kritisch gegenüberstehen. Es besteht Interesse an Informationen und Materialien aus Mexiko, sowohl über El Cártel als auch über die Flüchtlinge.

Wie sieht es bei euch aus? Gibt es Xenofilia noch? Wenn ja, wie arbeitet ihr zurzeit? Könntest du dir vorstellen, mit mir zusammen Informationen über El Cártel etc. in die amerikanische Öffentlichkeit zu bringen? Natürlich gegen Honorar! Überleg doch mal. Ich würde mich freuen, wenn das klappte.

Herzliche Grüße, auch an Laura und an Isolde und Humberto,
Sonja"

Chacho antwortete umgehend: „Natürlich gibt es Xenofilia noch. Mehr denn je! Die Zahl der Flüchtlinge ist größer geworden und wir merken das sehr deutlich. Immer mehr von ihnen erfahren von unserer Existenz und nehmen heimlich Kontakt zu uns auf. Laura hat eine Art Nottelefon eingerichtet, die Nummer wird unter den Flüchtlingen weitergegeben. Allerdings ist es sehr unbefriedigend, dass wir zurzeit kein Konzept haben, um eine Hilfe zu bieten, die diesen Namen verdient. Wenn jemand zu wenig zu essen bekommt, ist das noch einfach: wir schmuggeln ihm Nahrungsmittel zu. Wenn jemand unter Gewalt und Demütigung leidet, ist es schon viel schwieriger. In Extremfällen haben wir Leuten zur Flucht verholfen. Aber wo sollen wir sie verstecken? Das ist überhaupt nur in Einzelfällen möglich.

Es wäre gut, einmal darüber zu reden. Lass uns skypen, sagen wir übermorgen, New Yorker Zeit, 20 Uhr.

Bis dahin, Chacho"

Wer zur verabredeten Zeit auf dem Bildschirm zu sehen war, war aber nicht Chacho, sondern Laura. Sie kam, nach einer sehr kurzen Begrüßung, gleich zur Sache: „Es drängt mich, ich muss einfach loswerden, was mir auf den Nägeln brennt. Du musst dir vorstellen: wir verstehen uns als Hilfsorganisation, aber wir können gar nicht helfen. In ganz vielen Fällen – und das werden immer mehr – könnten wir nur helfen, indem wir die Leute aus den Fängen von El Cártel holten. Und sie wirklich sicher aus den Fängen von El Cártel zu holen bedeutet, sie außer Landes zu bringen. Unsere Verstecke hier sind leider entweder nur auf Zeit zu nutzen oder aber ziemlich gefährlich. Und da frag' ich mich natürlich: Wenn ihr Marco und Walter in die USA holen konntet, warum geht da nicht noch mehr?"

Sonja war erst einmal skeptisch, erklärte Laura das System der Bürgschaften und dass das Ganze nur im Rahmen eines Forschungsprojektes der Universität Princeton hatte stattfinden können, also als Ausnahme. Wenn man mehr wollte, eine größere Anzahl von Personen in die USA holen, brauche man eine rechtliche Grundlage, und das sei langwierig und schwierig zu erreichen. Aber noch während sie sprach, nahm in ihrem Kopf eine Idee Gestalt an, die – jedenfalls wenn sie weiter in die Zukunft dachte – gerade diese Schwierigkeiten überwinden helfen könnte. Eigentlich passte alles zusammen, also sprach sie gleich weiter: „Andererseits … Andererseits habe ich in den letzten Wochen herausgefunden, dass es hier – ich meine hier in den USA – im Internet mehr Widerstand gegen die Politik der Regierung gibt, als ich gedacht hatte. Es sind einzelne Magazine, Foren, Blogs …"

Es entstand ein Plan: Sonja würde die Online-Magazine mit Material aus Mexiko füttern, Material über El Cártel und über die Flüchtlinge. Auf diese Weise könnte der Boden bereitet werden, um sich mit einer Petition oder einer Unterschriftensammlung für eine Verwaltungsverordnung einzusetzen, die Flüchtlingen Einreise per Bürgschaft ermöglichte. Gleichzeitig würde die Bereitschaft unter den Lesern, wachsen, eine solche Bürgschaft zu übernehmen. Bestechend einfach, dieser Plan, und Sonja merkte, wie ihr warm wurde – ein Glücksgefühl. Sie merkte auch, wie Laura und Chacho, der inzwischen ebenfalls im Bild aufgetaucht war, ihre Gedanken nachvollzogen und wie sich auch auf ihren Gesichtern zufriedenes Lächeln ausbreitete. Sie schlug vor, zunächst den Magazinen Brunos Video anzubieten, als eine Art Appetithappen, und dann ein Interview mit der Kongressabgeordneten zu führen, die die Bürgschaften unterstützte. Gleichzeitig würde Chacho recherchieren und so viel Material über El Cártel sammeln, wie er finden konnte. Und Laura würde zusammenstellen, was sie über die Lage der Flüchtlinge wusste und noch in Erfahrung bringen konnte. Sonja würde das gesamte Material sichten und an interessierte Journalisten weitergeben. Gegen Honorar natürlich, sie würde eine Art Presseagentur für den Themenbereich Mexiko sein. In welchem Umfang sie ihrerseits Honorare an Chacho und Laura zahlen konnte, das würde sich ergeben müssen.

*

„Schickt sie mir, die Heimatlosen!"
Interview mit der Kongressabgeordneten
Germaine Watson
von Sonja Donetti

Donetti: „Ms. Watson, Sie sind schon lange Mitglied des Repräsentantenhauses und haben andere Regierungen und vor allem auch eine andere politische Kultur erlebt. Was sind aus Ihrer Sicht die wichtigsten Unterschiede zwischen damals und heute?"

Watson: „Es ist erstaunlich, wie wenig die damalige Zeit heute in der Öffentlichkeit präsent ist. In der Tat scheint es mir kennzeichnend für die heute politisch Führenden zu sein, dass sie nur auf sich selbst schauen: nicht in die Geschichte; auch Zukunftsvisionen haben sie nicht, und sie schauen nicht hinaus in die Welt, auf andere Länder und Weltregionen. Wir hatten immer wieder in unserer Geschichte Phasen der Isolation, aber noch niemals so absolut, so – aus meiner Sicht – erdrückend."

Donetti: „Sie sprechen von den politisch Führenden. Noch bemerkenswerter finde ich, dass die Öffentlichkeit, dass das, was man Zivilgesellschaft nennen könnte, diese Einstellung mitträgt. Liegt das an der Art der religiösen Orientierung, die das Denken in so engen Bahnen hält?"

Watson: „Dass es in diesem Land keine Meinungsvielfalt mehr gibt, aus der sich eine handlungsfähige Opposition gegen die Regierung entwickeln könnte, liegt zunächst einmal an der Konzentration im Mediensektor. Kritische TV-Sender, Zeitungen und Zeitschriften sind aufgekauft und an den Mainstream angepasst worden. – Was die religiöse Orientierung betrifft, so glaube ich nicht, dass sie allein das Denken bindet. Sicherlich gibt sie die Richtung vor, aber ich bin sicher, dass es nur eine Minderheit ist, die sich tatsächlich von der Religion führen lässt. Die Frage ist: Wer oder was lenkt die Mehrheit? Und da glaube ich, dass wir es mit einem Paradox zu tun haben, mit einem widersprüchlichen Zusammenwirken von Individualismus und Massenmanipulation."

Donetti: „Das müssen Sie genauer erläutern."

Watson: „Es ist ganz natürlich, dass jeder erst einmal bestrebt ist, seine eigenen Bedürfnisse zu befriedigen. In vergangenen Zeiten war das nur möglich in einem Geben und Nehmen mit dem sozialen Umfeld, das heißt mit der Familie, dem Arbeitgeber, der Gemeinde, letztlich mit dem Staat. Heute haben wir einen Stand der wirtschaftlichen Entwicklung erreicht, auf dem zentrale Bedürfnisse individuell durch Konsum befriedigt werden können. Und wie ein Muskel schwach wird, wenn man ihn nicht mehr gebraucht, so verkümmern die nun überflüssig gewordenen Beziehungen zum sozialen Umfeld und damit auch zum Staat, sie sind dem Einzelnen nicht mehr wichtig, er ignoriert sie zunehmend. Immer weniger Menschen sind bereit, sich für eine gute Sache zu engagieren, in eine politische Partei einzutreten oder auch nur zur Wahl zu gehen. – Sie werden einwenden: Ja, aber wenn zentrale Bedürfnisse befriedigt sind, ist das die beste Voraussetzung dafür, dass sich neue, weitergehende Ideen, Wünsche und Ziele entwickeln. Nun, hier kommt die andere Seite des Widerspruchs ins Spiel: Die Menschen werden mit ihren Wünschen nicht alleine gelassen, sie brauchen sich gar nicht mehr um sie zu kümmern. Diejenigen, die sich der Befriedigung unserer Bedürfnisse angenommen haben, die uns mit Unterhaltung, Mode, Genussmitteln usw. versorgen, versorgen uns zugleich mit Wünschen. In einem fein auf jeden Einzelnen abgestimmten Marketing werden wir in eine Situation versetzt, in der wir nur noch aus einem vorgegebenen Angebot auswählen müssen. Das verschafft uns die Illusion, unsere ureigenen Wünsche würden damit erfüllt. – Dies alles zusammengenommen erklärt die weitverbreitete Gleichgültigkeit gegenüber jeder Art von Gemeinschaft. Und diese Gleichgültigkeit ermöglicht es einer entschlossenen Minderheit, gerade wenn sie in ihrer Ideologie gegen jeden Zweifel immun ist, die eigenen Ziele durchzusetzen, als ob das im Interesse der Allgemeinheit läge."

Donetti: „Interessant. Und wie erklären Sie in diesem Zusammenhang die Außenpolitik der Regierung, die das Land in extreme Isolation geführt hat?"

Watson: „In der Geschichte der Vereinigten Staaten hat es wie gesagt immer wieder Phasen der außenpolitischen Zurückhaltung gegeben, diesmal hat das extreme Formen angenommen. Es hat aber auch Phasen gegeben, in denen in aller Welt interveniert wurde, in denen die USA sich als eine Art Weltpolizei fühlten. Eine solche Phase ging zu Ende, einige Jahre bevor die derzeitige Regierungspartei an die Macht kam. Misserfolge bei militärischen Interventionen waren wohl der Auslöser für den Rückzug aus der Weltpolitik. Es gab aber auch andere negative Seiten dessen, was man damals Globalisierung nannte, also des freien weltweiten Flusses von Waren, Informationen und Ideen. Beispielsweise wurde es als Problem erlebt, dass der Markt von chinesischen Waren überschwemmt wurde; dass Menschen relativ ungehindert einreisen konnten, die dann als Terroristen Attentate verübten – da waren Erhöhung der Zölle und Verstärkung der Grenzkontrollen durchaus populär."

Donetti: „Das ist plausibel, erklärt aber noch nicht die extreme Form der Isolationspolitik."

Watson: „Lassen Sie mich den Gedanken fortführen. Zur Globalisierung gehört auch eine weltweite Vernetzung der Medien, ein ungeheures Angebot von Ideen und Ideologien, das natürlich auch Kritikpotential mit sich bringt. Und kritisches Denken – das ist ja bereits deutlich geworden – ist nicht gewollt. Der Medienfluss lässt sich nicht so leicht durch Grenzkontrollen aufhalten, deswegen stellt man eine eigene Ideologie dagegen, ein nationales Selbstbewusstsein, das das Eigene idealisiert und das Fremde als wertlos und eventuell sogar bedrohlich abqualifiziert."

Donetti: „Ist das auch der Grund, warum sich die Vereinigten Staaten so konsequent gegen Flüchtlinge aus Europa abschotten?"

Watson: „In der Flüchtlingsfrage kommen verschiedene Motive zusammen. Sicherlich hat die Zerstörung Europas die Politik der Isolierung erleichtert und man will jetzt nicht durch Zuwanderung europäische Einflüsse ins Land lassen. Aber ich finde es nicht angemessen, auf dieser Ebene über die Flüchtlingsfrage zu reden. Die Weigerung unserer Regierung, Menschen, die unvorstellbare Not aus ihrer Heimat vertrieben hat, bei uns eine Chance zu geben, verleugnet die Grundlagen unseres nationalen Selbstverständnisses, für das Humanität und christliche Nächstenliebe immer zentrale Werte waren. Denken Sie nur an die Inschrift im Sockel der Freiheitsstatue: ‚Schickt sie mir, die Heimatlosen!'"

Donetti: „Sehen Sie realistische Möglichkeiten, in absehbarer Zeit zu einer Änderung dieser Einwanderungspolitik zu kommen?"

Watson: „Im Grunde nicht. Die Regierung hat sich zu sehr festgelegt, als dass sie leicht von ihrer Haltung abgehen könnte. Es gibt auch keine Lobby, die sich für die Flüchtlinge einsetzen würde. Die einzige Hoffnung ruht auf einer Minderheit von Menschen, die sich für die offizielle Politik schämen, zurzeit aber nicht in der Lage sind sich zu artikulieren. Dies könnte die Basis für eine Art Ausnahmeregelung sein, die in diesen Tagen diskutiert wird, dass nämlich Flüchtlinge dann einreisen können, wenn ein amerikanischer Bürger bereit ist, im Notfall für sie aufzukommen, also eine Bürgschaft für sie übernimmt. Dazu müsste erst einmal eine entsprechende Verwaltungsvorschrift durchgesetzt werden und dann müssten Menschen gefunden werden, die sich für eine solche Bürgschaft bereit erklären. Ich denke, entgegen dem Anschein gibt es eine erhebliche Anzahl von amerikanischen Bürgern, die das tun werden.

*

Es war wichtig, gründlich vorzugehen. Sonja hatte Wert darauf gelegt, genügend Material beisammen zu haben, bevor sie begann es den Herausgebern anzubieten. Das Interview mit Germaine Watson hatte sie so beeindruckt, dass sie die ursprüngliche Planung revidierte und zuerst das Interview anbot, dann – bevor sie Brunos Film auf den Markt warf – schickte sie die Artikel hinterher, die sie für OPEN EYE geschrieben hatte. Inzwischen war von Chacho Material zu El Cártel eingetroffen und sie konnte eine Auswahl davon anbieten.

Nach den jeweiligen Veröffentlichungen gab es Resonanz in den Blogs, die den jeweiligen Online-Magazinen angegliedert waren. Zu dem Interview waren die Meinungsäußerungen kontrovers, entscheidend aber war zweifellos das, was die Redakteure Sonjas Materialien entnommen und in unterschiedlicher Form veröffentlicht hatten. Sowohl was die Flüchtlinge als auch was El Cártel betraf, schienen das für viele Leser die ersten verlässlichen Informationen zum Thema zu sein, die sie bekamen. Mehr noch: Offensichtlich angeregt durch Brunos Film gab es auch schon erste Äußerungen, die die Bereitschaft signalisierten, Flüchtlingen zu helfen und Bürgschaften zu übernehmen.

Bei diesem Stand der Dinge setzte sich Sonja mit Zuckerman zusammen und sie beschlossen, eine Unterschriftensammlung zu starten, mit der sie die Verwaltungsvorschrift forderten, die für die Einreise mithilfe von Bürgschaften notwendig war. Zuckerman mit EYES WIDE SHUT sollte den Anfang machen und Sonja würde die Herausgeber der Magazine, mit denen sie zusammenarbeitete, dafür gewinnen, diese Initiative aufzugreifen, ihre Abonnenten anzusprechen und zur weiteren Verbreitung der Aktion aufzufordern.

*

Sonja lebte auf. Das lag nicht nur am Einstieg in den Online-Journalismus, der sich gut angelassen hatte, es lag auch an Walter. Eines Abends, als sie von einem Gespräch mit Kollegen nach Hause kam, roch sie schon an der Wohnungstür, dass sich in der Küche etwas tat. Der Duft war ihr unbekannt, aber durchaus nicht unangenehm, und als sie eintrat, sah sie Walter mit hochrotem Kopf an ihrem kleinen Herd stehen.

„Etwas von meiner Jugend", sagte er, während er vorsichtig mit einem Kochlöffel im Topf arbeitete, anscheinend um den Fond zu lösen. Sie solle sich nur setzen, er sei gleich so weit. Walter war sichtbar aufgeregt und ebenso sichtbar zufrieden. Es gab grüne Paprikaschoten, die mit gebratenem Rinderhack gefüllt und in einer Soße aus Zwiebeln und Tomaten geschmort waren, dazu gab es Reis. Er servierte vorsichtig die Schoten und den Reis und goss großzügig Soße darüber.

Ganz abgesehen davon, dass es hervorragend schmeckte, war das ein ganz neuer Walter oder zumindest eine wunderbare, bisher unbekannte Seite von ihm. Und als nach dem Essen die Rede darauf kam, wie er die Zutaten im Supermarkt unten an der Straße gekauft hatte, sagte er – und dabei bekam er wieder einen roten Kopf – das Geld dafür habe er selber verdient. Aus seiner Erzählung, in der sein ziemlich undeutliches Englisch mit serbokroatischen, deutschen und spanischen Wörtern durchmischt war, entnahm Sonja, dass der erste Schritt dazu bereits vor einigen Wochen erfolgt war. Walter hatte im Treppenhaus lautes Klagen einer Frau gehört, war nachsehen gegangen und fand die Nachbarin, die Mieterin der Wohnung nebenan, mit Tränen in den Augen vor ihrer Tür stehen. Diese Nachbarin war eine temperamentvolle Mitvierzigerin, die jeden freundlich grüßte, alle Welt kannte und gern das ein oder andere Schwätzchen in der Nachbarschaft hielt. Nun war ihr ein Missgeschick passiert: Sie hatte ihre Wohnung verlassen, die Tür zugeschlagen und erst dann bemerkt, dass sie den Schlüssel vergessen hatte.

Walter beruhigte sie mit Worten und mit Gesten, sie müsse nur einen Augenblick warten.

„Es gibt Dinge, die verlernt man nicht", erzählte er, „in meiner Rockerzeit habe ich manches gekonnt. Ich hab also den Werkzeugkasten geholt, das Blatt der kleinen Eisensäge und einen Draht genommen und damit hab' ich das Schloss schnell auf gehabt. Die Nelli, also die Nachbarin, hat mich hineingebeten, jedem einen Whisky eingeschüttet und mir 10 Dollar gegeben; sie sagt, das ist wenig."

Dank Nellis kommunikativem Talent war Walter schnell im ganzen Haus bekannt, sogar darüber hinaus in der näheren Nachbarschaft. Wenn der berühmte Wasserhahn tropfte, eine Scheibe einzusetzen oder das Licht im Backofen ausgefallen war, holte man Walter. Es gab kaum eine Reparatur, die er nicht bewältigte, und er war schneller und bedeutend billiger als ein Handwerksbetrieb. Immer gab es ein paar Dollar, Walter kaufte mehr und besseres Werkzeug – er musste an die Werkzeugtasche denken, die Bruno damals mitgenommen hatte – die hätte er jetzt gerne gehabt.

Das alles hatte Sonja nicht mitbekommen. War es möglich, dass sie so sehr von ihrer Arbeit absorbiert gewesen war? – Wie auch immer, sie war froh, dass es Walter so gut ging. Es war ihr angenehm geworden, mit ihm zusammen zu leben. Er war immer da, lächelte, redete nicht viel, und wenn sie einmal über Nacht eine Frau mitbrachte, zog er sich diskret zurück. Die Vorstellung, dass er inzwischen im Haus und in der Umgebung wohl auch die eine oder andere Bekanntschaft hatte, gefiel Sonja.

Eines Abends, als sie nach dem Essen noch in der Küche saßen, zog Walter einen Hundertdollarschein aus der Tasche und legte ihn auf den Tisch.

„Für Miete", sagte er.

„Unsinn", sagte sie, „du willst doch für eine Harley sparen."

Walter sah sie an, schüttelte den Kopf. „Den Walter mit der Harley", sagte er ruhig, „den gibt's nicht mehr, den haben sie umgebracht. Aber es gibt noch einen anderen. Das hatte ich gar nicht gewusst."

Da nahm sie das Geld.

XXVIII

Tatsächlich hatte Beatriz sich das anders vorgestellt. Sie wusste natürlich nicht mehr genau, was sie sich damals gedacht hatte, als sie daranging, sich in Veracruz einen Flüchtling zu holen. Sie wusste nicht einmal mehr, wie konkret ihre Vorstellungen damals gewesen waren. Nur eines war sicher: das, was dann gekommen war, wie es sich entwickelt hatte mit ihr und Tony, das hatte sie sich nun wirklich nicht vorgestellt.

Diese Gleichgültigkeit war von Anfang an dagewesen. Wichtig war ihm nur, seine Unabhängigkeit zu beweisen, da war er eigen. Beatriz dachte oft an die Zigarette im Hotel in Veracruz, später hatte er nie mehr wieder geraucht.

Zuerst hatte sie diese Indolenz der Tatsache zugeschrieben, dass alles neu für ihn war. Vielleicht hatte er ja auch ein Trauma aus der Katastrophe mitgebracht. Später hatte sie gedacht, so seien Europäer eben, sie müsse nur das Beste daraus machen. Es hatte ja auch seine Vorteile, wenn man sich emotional nicht allzu sehr aneinander band, man konnte das als Freiheit verstehen, die man sich gegenseitig ließ.

Und dann kam die Zeit, als Tony ganz anders war, die Zeit, als er von Vera erfahren hatte, als er von der Katastrophe und der Flucht erzählte. Da brütete er viel vor sich hin, und es schien Beatriz, als wäre sie ihm nie so nahe gewesen wie in dieser Zeit. Aber nach dem Besuch bei Vera in Catia la Mar war das vorbei. Völlig unerklärlich! Kein Wort mehr von der Vergangenheit, kein Wort mehr über Wünsche und Gefühle, Tony sprach immer weniger. Jedenfalls mit ihr, Beatriz, sprach er nur noch das Nötigste. Überhaupt war er nicht mehr oft bei ihr, blieb tagelang weg, manchmal mehr als eine Woche.

Eines Abends stand er vor der Tür. Einen Augenblick dachte sie an damals, als er blutüberströmt und jammernd dort gestanden hatte. Aber diesmal war da kein Blut, stattdessen roch sie den Whisky in seinem Atem.

„Ich hab' den Schlüssel vergessen", sagte er, „ich wollte nur fragen, ob du mir etwas Geld leihen kannst. Die anderen warten unten im Auto."

„Welche anderen?"

„Freunde eben. Ich schulde ihnen Geld." Tony trat ein und schloss die Tür hinter sich. Beatriz ging ein paar Schritte in den Raum. Ohne ihn anzusehen, fragte sie:

„Warum?"

„Meine Sache."

„Wie viel?"

„Fünftausend."

Einen Moment lang wusste sie nicht, was sie sagen sollte. „Fünftausend", wiederholte sie dann, „und dann haust du wieder ab?"

„Ich muss das Geld ja wiedergewinnen. Wenn alles gut läuft, kann ich es dir in ein paar Tagen zurückgeben."

Wieder gab es eine Pause. Beatriz schwirrten die Gedanken. „Ist dir eigentlich klar", sagte sie schließlich, „wie du mich ausbeutest?"

„Ausbeutest?", seine Stimme war schärfer geworden, „wer beutet hier wen aus? Wer hat sich denn ein Püppchen fürs Bett geholt? Bin ich jemals gefragt worden, ob ich das will? Ja klar, du fragst mich Dinge: wohin ich gehe, was ich tue, mit wem ich umgehe, alles willst du wissen, alles kontrollieren. Wenn es nach dir ginge, wäre ich keln Mann, sondern ein Hampelmann."

„Hast du vergessen, dass ich dich da herausgeholt habe. Aus den Fängen von El Cártel?"

„Du hast bloß die Situation ausgenutzt. Dass El Cártel uns zu Gefangenen gemacht hat, zu Sklaven. Die Situation war günstig, und du hast dir etwas Nettes geleistet."

Beatriz fühlte sich hilflos. „Und", sagte sie, „hast du nicht alles gehabt, was du brauchtest? Geht es dir nicht gut? Hast du nicht ganz viele Freiheiten?"

„Du hast keine Ahnung. Du verstehst das einfach nicht." In Tonys Stimme war jetzt Ärger zu hören, und Ernsthaftigkeit. „Es geht nicht um ‚Freiheiten'. Es geht darum, dass jemand so tut, als ob er über mich bestimmen könnte, mir ‚Freiheiten' geben könnte. Vielleicht bist du sogar noch stolz darauf, dass die Leine lang ist, an der du mich halten willst."

Beatriz starrte vor sich hin. Ihr schoss die Frage durch den Kopf, warum sie nicht wütend wurde. Sie war einfach nur hilflos. „Fühlst du denn gar nichts für mich?", fragte sie mühsam.

„Doch, doch", Tony hatte keine Sekunde mit der Antwort gezögert. „Du bist eine tolle Frau. Wenn wir uns unter anderen Umständen begegnet wären …"

„Aber das war in Veracruz, das ist doch schon lange vorbei."

„Spielt keine Rolle."

„Wenn das alles so schlimm für dich war, wie hast du es denn so lange mit mir ausgehalten?"

„Hör auf, solche Fragen zu stellen! – Ich weiß es nicht. Ich will es gar nicht wissen."

Beatriz setzte sich langsam in einen Sessel. Sie widerstand dem Impuls, sich zusammenzukrümmen. Es war wie ein Schmerz, der dumpf und bedrückend gewesen war und jetzt schärfer wurde. Endlich spürte sie die Wut. Aber da war auch Angst. Es war nicht mehr die Angst vor dem Verlust, die war vorbei. Es war die Angst, sich lächerlich zu machen, betrogen, dumm und kleinlich dazustehen.

„Ich gebe dir das Geld", sagte sie, „ich will es nicht zurück, aber ich will dich danach nicht mehr wiedersehen, nie mehr." Als Tony nichts sagte, sprach sie weiter: „Deine Sachen werde ich später zusammenpacken und Jiménez mitgeben."

Und dann: „Natürlich habe ich so viel Geld nicht im Haus, wir müssen zu einem Bankautomaten."

*

In dem schwarzen Porsche Cayenne saßen drei Männer. Es roch nach Alkohol, Zigaretten, Schweiß und einem schweren Herrenparfum. Beatriz bedauerte sofort, sich auf diese Aktion eingelassen zu haben, aber ihr Trotz zwang sie weiterzumachen. Tony setzte sich zu den beiden Männern auf der Rückbank, so hatte sie auf dem Beifahrersitz ein wenig mehr Abstand. Sie hatte mit diesen Männern ja nichts zu tun – nur schnell das Geld abheben!

Tony gab Anweisungen und der Wagen setzte sich in Bewegung. Es gab nicht mehr viel Verkehr, sie erreichten die Bank schnell und konnten auch direkt davor parken. Der Automat war durch eine Glastür zu erreichen. Tony stieg mit aus, blieb aber auf der Straße. Sie öffnete die Tür mit ihrer Bankkarte, es war niemand im Raum, aber von draußen fühlte sie sich beobachtet. Nur schnell fertig werden! Der Automat verweigerte die Herausgabe von fünftausend Dollar, an einem Tag konnte sie nur zweitausend abheben – daran hatte sie nicht gedacht.

Tony nahm die zweitausend entgegen, er schien nicht überrascht und sagte, dann müssten sie eben zur nächsten Bank fahren. Er erklärte das auch seinen Kumpels, als sie wieder in den Wagen stiegen. Die waren weniger geduldig. „Mann, Tante!", sagte einer, „Soll das ewig dauern"? „Halt den Mund", sagte der Fahrer, „Sei froh, dass die Lady unsern kleinen Tony aufpäppelt. Nicht wahr, Lady?"

Beatrix sagte nichts, sie mussten jetzt ein längeres Stück bis zur nächsten Bank fahren. Dort wiederholte sich der Vorgang, wieder gab sie Tony zweitausend. Im Wagen stand jetzt eine Wolke von Marihuana. Die Kerle kicherten vor sich hin. „Was ist", sagte der Ungeduldige, „endlich fertig?" Und als Tony den Kopf schüttelte, meldete sich der andere von der Rückbank: „Naa? Die Sugarmommy. Wann schafft sie es denn 'mal, unsere Sugarmommy, ihr Baby richtig zu füttern?" Die beiden konnten nicht aufhören zu lachen. Der Fahrer fuhr wortlos an, es dauerte eine Weile, bis sie eine weitere Bank gefunden hatten.

Beatriz hob noch einmal tausend Dollar ab, sie würde Lucrecio bitten müssen, das Konto wieder auszugleichen. Als Tony und sie wieder einsteigen wollten, erscholl es von der Rückbank: „Und? Was machen wir jetzt mit der Lady?"

„Wetten, die hat jetzt kein Geld mehr", rief der andere.

„Und Humor hat die auch keinen. Was sollen wir mit der noch anfangen?"

„Sugarmommy!"

„Wir bringen sie jetzt nach Hause", sagte Tony bestimmt und mit etwas lauterer Stimme als nötig. Der Wagen setzte sich in Bewegung, es wurde nicht mehr gesprochen, nur ab und zu hörte Beatriz ein Kichern vom Rücksitz. Tony stieg mit aus, als sie vor ihrem Wohnblock hielten. Er stand vor ihr, als wollte er noch etwas sagen, aber er blieb stumm, nickte nur und stieg wieder ein.

„Komische Typen", sagte der Portier, der die Szene beobachtet hatte. Beatriz kümmerte sich nicht um ihn. Sie war so froh, diese Typen los zu sein. Alle.

Mehr fühlte sie in diesem Augenblick nicht. Sie fuhr hoch in ihre Wohnung und rief Jiménez an.

XXIX

Er konnte die Augen nicht öffnen, sie würden verbrennen. Wenn man im Feuer liegt, in einem Ofen, muss man sich klein machen und alles verschließen, nur so kann man vielleicht überleben. Erst jetzt spürte Bruno auch den Schmerz, den stechenden Schmerz, der den Kopf sprengen würde. Er musste etwas tun. Mühsam hob er die Hände und führte sie zum Gesicht. Er bedeckte die Augen und öffnete sie. Aber er konnte nichts erkennen, auch nicht, wenn er die Finger spreizte, dann war da nur gleißende Helligkeit. Er würde sich aufrichten müssen.

Das ging leichter, als er befürchtet hatte, aber als er saß, kam die Übelkeit. Er musste sich übergeben. Für einen Moment ging es ihm besser, dann roch er den Whisky und kurz darauf den Gestank des Erbrochenen. Das war unerträglich. Auf allen Vieren entfernte er sich ein paar Meter, dann sah er sich um. Er hatte im Sand gelegen. Ringsum Sand, der Strand war hier sehr breit. Nicht weit weg war ein Pfahl in den Boden gerammt, der mochte am Morgen noch Schatten gegeben haben. Daneben lag die Whiskyflasche. Dort hatte er sie also geleert.

Brunos Kopf war jetzt klarer, aber die Kopfschmerzen hielten an. Es musste schon Nachmittag sein, die Sonne sengte erbarmungslos den Strand. Er sah sich um, wo er Schatten finden könnte, und Wasser. Es gab eine Getränkebude, vielleicht zweihundert Meter entfernt, da würde zumindest etwas Schatten sein. Warum war es so schwer, auf die Beine zu kommen? Eine Anstrengung, die ihm fast die Lunge zerriss. Aber als er stand ging es leichter, ein Schritt folgte dem anderen, als ob jeder von ihnen Kraft aus seinem Vorgänger schöpfte. Auch der Durst trieb Bruno voran, seine Mundhöhle war absolut ausgetrocknet. Er lechzte nach Wasser, und als er schließlich vor der Bude stand, fand er sie mit einem großen Brett verschlossen. Zum ersten Mal schaute er sich um, nur in der Ferne sah er einige Leute. Offenbar war hier unter der Woche nichts los.

Die Rettung waren ein paar Kisten mit leeren Flaschen, die im schmalen Schatten neben der Bude standen. Was ihn darauf brachte, war Instinkt, nicht Verstand, so etwas wie eine innere Wünschelrute, die sich zu den Kästen hin bog und ihm sagte:

leere Flaschen sind nicht leer. Es bleibt immer noch ein kleiner Rest und bei zwanzig Flaschen kommt schon ein Schluck zusammen. Er leerte zuerst eine Flasche nach der anderen aus, dann, als der Mund nicht mehr trocken und der schlimmste Durst verschwunden war, schüttete er die übrigen Reste in einer Flasche zusammen und setzte sich damit in den Schatten. Große Mengen waren gar nicht nötig, auch der Zucker aus Cola und Limonade tat ihm gut, die Kopfschmerzen verloren die schneidende Schärfe.

Er saß lange. Dann lockte ihn der feine Wind, der am Wasser wehte. Und er spürte den Drang nach Westen, das war das Einzige, was ihm einfiel. Er dachte an Vera und an Catia la Mar, folgte – obwohl er es natürlich besser wusste – der Vorstellung, er müsse einfach nur am Wasser entlanggehen, immer weitergehen, um dorthin zu kommen. Er hatte keinen Plan, keinen Begriff von dem Weg, den er nehmen wollte, er folgte seinen Wünschen, Phantasien und Träumen. Und so störte es ihn auch nicht, als mit einem Mal der Strand von einem Zaun versperrt war. Er fand sich auf einer Verkehrsstraße wieder und marschierte dort im selben verhaltenen Schritt weiter wie zuvor, der vorbeirauschende Verkehr ersetzte ihm das Rauschen des Meeres und den leisen Zweifel, ob die Richtung noch stimmte, drängte er beiseite. Auch als die Straße zu einer sechsspurigen Autobahn geworden war, änderte er nicht seinen Schritt. Erst der Anblick einer Gestalt am Straßenrand, der er sich erstaunlich schnell näherte, riss ihn aus seiner Trance.

Die Gestalt in staubigem, schmutzigem Grau, wirkte eckig, als hätte der Schmutz ihre Kleidung versteift. Grau auch die langen Haare und der Bart. Man hatte den Eindruck, als stünde sie still, die Gestalt, aber im Näherkommen sah Bruno, dass sie voranschritt, ganz langsam in kleinen Schritten, wie man sich eine Statue vorstellen könnte, die sich bewegt. Und als er heran war, sah er auch das Gesicht. Wie grauer Sandstein, in dessen Vertiefungen der Glanz kleiner Augen versteckt war.

Bruno passte seinen Schritt der unendlichen Langsamkeit des Mannes an. Er war jetzt ganz wach und wollte die Gelegenheit nutzen, um nach dem Weg zu fragen. Keine Antwort. Er fragte noch einmal: „Ich möchte nach Catia la Mar, ist das hier der Weg dorthin?" Wieder keine Antwort. Bruno hätte jetzt weitergehen können, die graue Gestalt einfach zurücklassen, aber aus irgendeinem Grund konnte er sich nicht dazu entschließen. Ihm kam der Gedanke, dass es vielleicht ein Fremder war, der kein Spanisch sprach. Also versuchte er es auf Englisch:

„Do you speak English?"

Die Stimme war heiser, musste sich erst freihusten: „Ich spreche Spanisch. Mein Name ist Servatius. Einem interessanten Gespräch bin ich durchaus nicht abgeneigt."

„Ich heiße Bruno. – Worüber möchten Sie denn sprechen?"

„Du bist doch auch nicht durch Zufall hier, nehme ich an. Ich könnte dir meine Geschichte erzählen. Wird dich schon erstaunen. Ich war nicht immer hier auf der Autobahn." Er sprach gepflegtes Spanisch, dem die raue Stimme eine Feierlichkeit verlieh, die Bruno neugierig machte. „Erzählen Sie", sagte er.

„Du wirst dich wundern, mein Junge. Du wirst dich wundern." Aus der Sandsteinfassade klang es wie ein Orakel. „Du glaubst doch nicht, es ist irgendwer, der geradeemal so an der Autobahn vorbeizieht. Das hat alles seine tiefere Bedeutung." Er machte eine Pause und blieb einen Augenblick stehen, als wollte er einen nächsten Coup gründlich vorbereiten. „Servatius, Karel Servatius. Meine Familie stammt aus Tschechien, damals Tschechoslowakische Republik. Aus Pilsen. Mein Vater war Braumeister. War hierhergekommen und hatte einen sehr guten Posten bei der staatlichen Brauerei. Mutter ist eine hiesige, war nie drüben. Ich auch nicht. Bin auf die deutsche Schule gegangen, hab in den Staaten studiert. Alles Mögliche: Jura, Wirtschaft, Philosophie …" Bruno sah ihn an, man konnte den Eindruck haben, dass er lächelte. „Als ich zurückkam, wusste ich nicht so recht, was ich machen sollte. Machte mal Außenhandel, mal dies, mal jenes. Und dann wurde das Bierkartell gegründet, das berühmte „Cártel de la Cerveza", Mein Vater sagte: „Das ist was für dich". Und verschaffte mir einen Posten. Ich weiß nicht, wie. Er hatte Beziehungen. Kurz darauf starb er. Ich war erst mal stolz, ich hatte ein Büro, eine Sekretärin, ein großes Auto, Bodyguards. Ich habe für diese Leute gearbeitet. Händler auf Linie gebracht. Beamte eingeschüchtert. Auch mal einen Laden abgefackelt. Bis niemand mehr etwas zu sagen hatte, außer wenn es im Auftrag des Bierkartells war. Und diese Aufträge kamen von mir. Ich war ein hohes Tier. Eben Karel Servatius."

Wahrscheinlich hatte er lange nicht mehr so viel geredet, zum Schluss hin war er immer leiser geworden. Jetzt schien er in Gedanken festzuhängen. Bruno ließ ihm Zeit, bis er schließlich fragte: „Und dann?"

„Und dann? Und dann? Und dann? Sei mal nicht ungeduldig, junger Mann! Dann kam das Elend, Fragen von Leben und Tod. – Ich hab damals alles gemacht, was ich zu tun hatte. Habe die Aufträge erfüllt. Zur Zufriedenheit. Zur Zufriedenheit von wem? Ich weiß es nicht. Zu meiner Zufriedenheit jedenfalls nicht. Hätte ein gutes Leben haben können, mir alles leisten können, was ich wollte. Aber ich hatte keine Lust daran. Kannst du das verstehen? Lust an nichts." Er machte eine Pause, atmete rasselnd. „Es ging mir von Tag zu Tag schlechter. Kopfschmerzen, Rückenschmerzen, Nierensteine. Dann fing ich an zu zittern wie ein alter Alkoholiker, hatte Mühe das zu verbergen."

Die Worte kamen jetzt flüssiger. Servatius artikulierte jeden Satz, als ob er zu einer Versammlung spräche. Er schien Gefallen daran zu finden. Immer wenn Bruno zu ihm hinüberschaute, sah er, wie die Sandsteinfassade heftig arbeitete. „Ich will dir mal etwas sagen, mein junger Freund. Ich war ein Boss des Kartells. Du glaubst das nicht? – Oh, ich könnte es beweisen. Ich könnte Namen nennen, die niemand sonst weiß. Aber du könntest nichts damit anfangen – du musst mir eben glauben. Aber du wirst auch zugeben müssen: ein Boss und Zittern, das geht gar nicht." Diesen letzten Satz sprach er in einer Weise, die den Gedanken nicht zuließ, es könnte sich etwa um eine Schwäche handeln. Und damit auch das nicht missverstanden würde, stellte er weiter klar: „Nicht dass du denkst, es war Angst. Oder das schlechte Gewissen. Nein! Eines Morgens wurde es mir klar, als ich in den Spiegel sah: Karel Servatius und das Bierkartell, das passt nicht zusammen. Das sind zwei Welten. Karel Servatius und El Cártel de la Cerveza mussten sich trennen." Bruno schaute ihn fragend an. „Ja, du glaubst doch nicht", Servatius' Stimme hatte geradezu etwas Triumphierendes, „du glaubst doch nicht, man könnte aus so einer Organisation einfach aussteigen. Nein mein Junge, einmal drin, immer drin. Du verlässt ein solches Kartell nur im Sarg. Eigentlich war ich schon ein toter Mann. Ich bin sofort abgetaucht und hatte wohl Glück, dass sie mich nicht gleich gefunden haben und inzwischen vielleicht vergessen. Natürlich, ich muss auch heute noch damit rechnen, dass sie mich finden und liquidieren. Aber ich habe keine Kopfschmerzen mehr, keine Rückenschmerzen und keine Nierensteine. Und ich zittere nicht, nie."

Servatius sprach immer noch im Ton dessen, der einen Erfolg errungen hat, im Ton eines Siegers. Doch diese Pose störte Bruno immer weniger. Im Gegenteil, der Mann zog ihn in seinen Bann, wie er jetzt fortfuhr: „Ich hatte immer den Tod vor Augen, und ich habe mich mit ihm beschäftigt. Habe mir sogar Bücher besorgt dazu. – Warum, meinst du wohl, haben sich die Plantagenbesitzer in der Karibik vor fünfhundert Jahren Sklaven aus Afrika geholt und für sich arbeiten lassen? – Obwohl zu dieser Zeit doch genügend Indios da waren, die das Land bevölkerten." Er ließ Bruno keine Zeit für eine Antwort. „Ich will es dir sagen: Die Indios starben einfach weg. Wenn man sie zu etwas zwang, was sie nicht wollten, was sicherlich auch nicht ihrem Wesen entsprach, dann starben sie. Zogen sich zurück in den Busch und starben. – Ich habe mir oft gewünscht, ich könnte das auch. Aber unsereins kann das nicht, unsereins läuft hier herum und hat jeden Tag aufs Neue Mühe, Karel Servatius zu sein."

Es entstand eine lange Pause. Bruno versuchte sich die Indios vorzustellen, wie sie sich hinlegten und starben. Dann, ganz unvermittelt, fragte Servatius: „Du willst nach Catia la Mar, nicht wahr?"

„Ja."

„Dann bist du hier falsch. Du hättest die Autobahn nicht nehmen dürfen. Die führt über den Berg nach Caracas. Die Straße zum Meer biegt vorher ab."

„Aber...? Wie...?"

„Nicht voreilig sein, mein Lieber. Nicht voreilig. Wir haben es jetzt bald geschafft. Zu der neuen Tankstelle. Mit dem großen Restaurant." Servatius schnalzte genießerisch die Zunge. „Wunderbare Getränke!"

Bruno spürte mit einem Mal seine Kraftlosigkeit, die Schwere seiner Glieder. Das Trägheitsprinzip: er bewegte sich nur, weil er bereits in Bewegung war. Eine Veränderung, gar ein Richtungswechsel, erschien unmöglich. Zugleich merkte er, dass er Hunger bekam. Also trottete er weiter neben Servatius her.

Der kannte sich aus. Er war jetzt etwas schneller geworden. In der Einfahrt zur Raststätte hielt er sich ganz rechts, so dass sie den Parkplatz am äußeren Rand umrundeten. Von der Tankstelle hielten sie sich fern und dem Restaurant näherten sie sich von hinten. Die üblichen Müllcontainer, daneben eine Aluminiumkiste auf Rädern, in die Speisereste geworfen worden waren, und ein großer Drahtkorb, ebenfalls auf Rädern, der bis obenhin voll war mit leeren Rum- und Whiskyflaschen. Leider waren sie nicht allein, drei jüngere Männer beugten sich über die Flaschen, begutachteten sie, zogen dann eine nach der anderen heraus, öffneten sie und tranken hastig die Reste aus. Es kam vor, dass sie mehrfach ansetzen mussten, offenbar hatte man mit großem Schwung ausgeschenkt und es gab häufig größere Reste.

Bruno wollte gleich zu der Alu-Kiste mit den Speisen, aber Servatius hielt ihn zurück. „Abwarten!", sagte er, und wirklich kam nach einiger Zeit eine Küchenhilfe aus dem Gebäude und kippte eine große Schüssel mit Brot- und Fleischresten in die Kiste. „Hervorragend!", rief Servatius und beide stürzten sich darauf. Es gab noch große Brotstücke, die nicht einmal angebissen waren, die Knorpelstreifen der Rumpsteaks waren so abgeschnitten, dass noch Einiges an schierem Fleisch daran war, und niemand hatte sich die Mühe gemacht, die Knochen der T-Bone-Steaks abzunagen. Bruno brauchte nicht lange um satt zu werden. Ihm war wohl bewusst, dass das Fleisch gut war, aber es gelang ihm nicht es zu genießen. Auch nicht, als Servatius ihm vorführte, wie das ging. Er stand wie zum Gebet, nahm sich Zeit für jeden Bissen, den er in die Öffnung schob, die das Gestrüpp seines Bartes ließ. Und während er kaute, hob er den Kopf und schaute in den Himmel. Natürlich brauchte er viel länger, er war erst fertig, als die Männer von den Schnapsflaschen schon weggegangen waren. Und es zeigte sich, dass die drei sich nur für Whisky interessiert und den Rum übriggelassen hatten. „Eine Glückssträhne", sagte Servatius und goss Reste ineinander. Bruno tat das auch, bis er eine Flasche zu einem guten Drittel gefüllt hatte. Dann sah er zu Servatius hinüber. „Komm!", sagte der und zeigte auf das überstehende Dach eines Nebengebäudes, „komm, wir machen Siesta." Bruno schüttelte den Kopf: „Ich geh zurück." „Nach Catia la Mar?", fragte Servatius. Bruno nickte. „Eine Frau?" Bruno nickte, drehte sich um und ging.

*

Als er vom Gelände der Raststätte auf die Autobahn eingebogen war, nahm er einen Schluck aus der Rumflasche. Es tat gut gegen die Anflüge von Verzweiflung: Im eigenen Tempo, ohne Servatius, würde er viel schneller vorankommen und zum Abend hin würde die Sonnenhitze abnehmen. Er nahm noch einen Schluck. Servatius hatte Recht, er dachte an Vera. Die Erinnerung an sie war ganz nah, wie sie das erste Mal in seinen Keller gekommen war, scheu, ein fliehendes Wesen, hatte sie sich in einen Winkel verkrochen. Wie sie dann für sich gesorgt hatte und auch für ihn. Mit welchem Geschick sie die Hundemeute gebändigt hatte, und eigentlich war auch sie es gewesen, die die Entscheidung zur Flucht aus Europa getroffen hatte. Sie ist die einzige, dachte er, die mich noch retten kann. Er nahm einen weiteren Schluck und ihm war klar, dass er sie liebte, dass Vera die Frau war, mit der er leben wollte. Es würde alles gut werden.

Vera. Warum war sie nie seine Frau geworden? Weil sie sich verschlossen hatte? Weil sie in ihrer eigenen Welt lebte, in die sie niemanden hineinließ? Aber hatte er jemals den Versuch gemacht? Am Anfang war es wichtig gewesen, ihre Verschlossenheit zu respektieren. Aber später? Als sie vertraut waren miteinander? Als er sah, wie offen sie mit den Kindern war, sogar mit deren Eltern? Als er ihre Intuition bewunderte, mit der sie das Richtige tat? – Da hatte er sich an ihre Verschlossenheit gewöhnt. Sie als unabänderlich hingenommen. Wie dumm war er gewesen, hatte das Wichtige nicht gesehen, obwohl es doch so nahe lag. Aber jetzt würde das anders werden. Er würde zu Vera gehen, sie nicht mehr verlassen, mit ihr leben.

Er musste aufmerksam sein, damit er den Abzweig nach Catia la Mar nicht verpasste. Die Gedanken an Vera hatten ihn beschwingt, aber als er von der Autobahn auf die Straße nach

Westen abbog, da merkte er, dass seine Schritte wieder schwerer wurden. Dennoch würde er nicht aufgeben, natürlich nicht. Nur hätte er gern gewusst, wie weit es noch war. Vielleicht war es weiter, als er dachte, vielleicht viel weiter, vielleicht war es gar nicht in einem Tag zu schaffen.

Er bekam Durst. Der Rum war aufgetrunken. Er hielt Ausschau nach Wasser. Rechts lag das Flughafengelände mit den Hotels. Er verwarf den Gedanken, es dort zu versuchen, ging lieber weiter. Irgendwann musste die Stadt beginnen, dort würde er Wasser finden, an einer Tankstelle oder einem Restaurant. Wenn nur nicht alles so schwer wäre! Als er den Kopf hob um sich zu orientieren, wurde ihm einen Moment schwarz vor Augen. Danach war es fast unmöglich, klare Konturen zu sehen, alles flimmerte. Er nahm sich zusammen, mobilisierte seine Kräfte, da ging es erst einmal besser. Aber es war schwer, ständig diese Anspannung zu halten. Wenn er in seiner Anstrengung nachließ, begann alles um ihn herum sich zu drehen. Aber wie das auch immer war, er musste weiter. Unter allen Bedingungen. Einfach nur weitergehen.

„El Chivo" – ein Restaurant, es war nach einer Kurve ganz unvermittelt aufgetaucht. Endlich. Bruno ging schneller, ging um das Gebäude herum. Der Abfallcontainer war überfüllt, das übliche Zeug lag herum, Flaschen waren nicht zu sehen. Bruno ging in die Knie. Er wollte vermeiden, in den Müll zu fallen, das gelang nicht. Trotzdem war es eine große Erleichterung, als er schließlich am Boden lag, die Schwere seines Körpers drückte nicht mehr auf Beine und Füße, und der Durst schien in die Ferne gerückt. Fast hätte er glauben können, am Ziel zu sein.

Bruno wusste nicht, wie lange er schon so dalag, als er spürte, dass die Hitze unerträglich war. Wahrscheinlich wegen der Glasscheiben ringsherum, dem hatte er zu wenig Beachtung geschenkt. Tatsächlich lag er in einem Terrarium, unter sich spürte er Sand und Müll, verdreckten Sand eben. Er rührte sich nicht, versuchte nur seine Umgebung besser wahrzunehmen. Auf der anderen Seite des Terrariums glaubte er zwei etwa hundegroße Skorpione gesehen zu haben, die dort entlangstolzierten wie Wachleute. Und irgendwoher wusste er, dass noch ein Leguan da war. Er kam aber nicht dazu ihn genauer anzusehen.

Überhaupt war es schwer, etwas genau zu sehen. Auch die Menschen, die hinter den Scheiben standen und ihn anguckten, sah er nur schemenhaft. Er strengte sich an um einzelne zu erkennen und da war Humberto, Humberto von Ostreicher. Er wusste sofort, warum Humberto hier war. Er hatte seinen Film, und wenn bekannt würde, dass es sein, Brunos, Film war, dann müsste er nicht länger in der Hitze bleiben. Man würde ihn herausholen und ins Kühle bringen. Aber Humberto tat nichts, sein Bild verschwamm, bis es verschwunden war. Bruno hätte nie gedacht, dass Humberto ihn im Stich lassen würde. Er spürte, wie ihm Tränen kamen vor Hilflosigkeit. Und plötzlich wusste er auch, warum die Menschen an den Scheiben standen und ihn anguckten. Der Gedanke war grotesk und abstoßend, aber unausweichlich: sie warteten auf eine Organtransplantation. Er war hier, weil man seine Organe wollte. Dafür waren Flüchtlinge gut. – Sein Schreck war so groß, dass er glaubte zu sterben. Sterben? Wirklich sterben? Das musste nicht sein, er wusste es doch besser: Was man von ihm wollte, waren seine Achillessehnen. Er empfand das als einen beruhigenden Gedanken, es waren nur die Sehnen dort unten an der Ferse, nicht das Herz oder die Leber. Da bestand ein großer Unterschied. Wie auch immer: Gesunde, gut trainierte Achillessehnen waren wohl sehr gefragt, deshalb war er hier, er war ein guter Kandidat dafür. Und deshalb war da auch der Leguan. Von Leguanen war bekannt, dass sie mit ihren scharfen Kiefern Organe sauber abtrennen können. Oder hatten sie Zähne? Waren Leguane nicht Pflanzenfresser? Wahrscheinlich waren sie gerade deshalb so geeignet. Jetzt spürte er den Schmerz am Fuß, einen starken, reißenden Schmerz. Er musste die Augen öffnen, sah an seinem Körper hinunter zu seinen Füßen, sah dort Blut und eine Ratte. Sein Fuß war an der Ferse angebissen und blutete. Die Ratte hatte von ihm abgelassen und war auf dem Sprung zur Flucht. Er schrie sie an, da verschwand sie.

    Die Augen fielen ihm wieder zu. Er konnte es nicht verhindern, auch wenn die Gefahr bestand, dass die Ratte wiederkam. Lange Zeit geschah nichts, aber ruhig konnte er nicht mehr sein, er war nervös, und als ihn jemand an der Stirn berührte, schreckte er auf. Da sah er in ein rundes, dunkles Gesicht nah über ihm. Der Mund war erstaunlich rot und lächelte.

„Hey, wer bist du denn?", fragte der Mund. Und als Bruno nichts sagte, drehte sich das Gesicht weg und sagte, offenbar zu einer zweiten Person: „Wir müssen ihn mitnehmen."

„Wo wohnst du denn? Wo willst du hin?", fragte der Mann. Bruno sah jetzt, dass er schon älter war, sein kurzes, krauses Haar war silbergrau. Außerdem sah Bruno, dass er eine Warnweste trug, in grellem Orange. Vielleicht der Notarzt, dachte er.

„Wo wohnst du? Wohin sollen wir dich bringen?", fragte der Mann noch einmal.

„Vera", sagte Bruno.

„Vera? Wo?", fragte der Mann.

„Catia la Mar."

„Das ist groß. Wo genau?"

Bruno wusste erst einmal keine Antwort. „Bei den Nonnen", sagte er dann.

„Bei den Nonnen, aha", sagte der Mann. Er zögerte nicht lange, zusammen mit seinem Kollegen hob er Bruno hoch. Sie trugen ihn zu einem kleinen Lastwagen, auf den sie schon den Müll geladen hatten, und legten ihn auf das freie Ende der Pritsche. Bruno spürte noch, wie sie seinen Fuß einwickelten, es fühlte sich an wie Toilettenpapier. Als der Wagen anfuhr, verlor er wieder das Bewusstsein.

*

Es konnte jetzt nur noch darauf ankommen, sich aufzubäumen. Es ging nicht mehr darum, etwas zu erreichen, nur noch darum, am Leben zu bleiben. Warum war das so schwer? Warum musste er schier übermenschliche Kräfte aufbringen, bloß um zu überleben? Warum hatte er keine realistische Chance? Niemand würde ihm diese Fragen beantworten. Aber das war nicht einmal das Schlimmste. Viel schlimmer war die Verlorenheit, niemand würde von seinem Kampf erfahren: ein anonymer Flüchtling verreckt, irgendwo in einem Armenviertel am Rande einer südamerikanischen Metropole. Der Mann, der Publizist, der das Schicksal der Flüchtlinge dokumentiert hatte, der nichts dem Vergessen hatte überlassen wollen, ist aus dem Gedächtnis aller verschwunden, als ob er nie gelebt hätte. Selbst die Aasvögel, die bei Sonnenuntergang über die Stadt kreisen und alles sehen, noch den kleinsten Hinterhof kennen, ja selbst wenn es Engel wären, sie nähmen ihn nicht wahr, geschweige denn, dass sie über seinen Zustand berichten könnten.

Wenn es noch Hoffnung gab, dann konnte sie sich nur auf die schemenhaften Gestalten richten, die von Zeit zu Zeit an der hellblau gestrichenen Wand vor seinen Augen auftauchten. Er glaubte, Marco zu erkennen, den klugen Marco, wie er ihm damals am Supermarkt entgegengekommen war. Aber der wollte nur zu seiner Mutter, das war keine Hilfe. Ein anderes Mal war es die amerikanische Journalistin, die sich neben dem Bett auf den Boden setzte und ein Interview mit ihm führen wollte. Da bekam er kein einziges Wort heraus, er wollte sprechen, alles berichten, versuchte verzweifelt den Mund zu bewegen, aber er blieb starr, und als er es aufgegeben hatte, verschwand die Frau in der Wand. Es gab noch weitere Besucher, Humberto tauchte kurz wieder auf und verwandelte sich in Servatius. Der zeigte auf eine Gruppe von Menschen, die auf dem Boden lagen. Das musste Fred sein und Walter und Isabel. Nein, sie waren es nicht, Bruno war sich sicher: es waren Indios die sich zum Sterben legten. Es gab andere Gestalten, die er nicht erkannte, alle blieben schemenhaft und waren nach kurzer Zeit wieder verschwunden. Jemand, den er nicht sah, sagte, die Infektion sei nicht mehr zu beherrschen. Bei Rattenbissen sei einfach nichts mehr zu machen. Wenn so viel Zeit verstrichen sei.

Die Gedanken in Brunos Kopf rasten nicht, es war eher so, dass sie sich bei dem Versuch in Bewegung zu kommen, immer wieder festhakten, und wenn sie einmal stillstanden, schwer wurden wie Gewichte, die man einem Verurteilten an die Füße bindet, bevor man ihn in den Fluss wirft. Sie zogen ihn auf einen Grund, von dem er nur wusste, dass er ihn verschlingen würde, und dann wäre alles aus. Also bäumte er sich auf, kämpfte, kämpfte sich mit allem, was er an Kräften noch hatte, an die Oberfläche, wo der nächste Gedanke schon wartete, um ihn mit sich zu reißen.

Von Zeit zu Zeit gab es eine Gnade. Wenn ihm jemand aus einer Flasche Wasser einflößte oder die verschwitzte Decke umdrehte, damit er für einen Moment die Kühle spürte, oder auch nur die Hand auf die heiße Stirn legte. Dann verschwanden die drängenden Gedanken für eine Zeit und er fand sich in einem federnden Schlaf wieder, der keine Gedanken brauchte. Wenn er aus einem solchen Schlaf aufwachte, glaubte er jedes Mal, endlich gerettet zu sein. Swing Low, Sweet Chariot, Coming for to Carry Me Home. – Aber die schweren Gedanken kamen immer wieder und mit ihnen die Angst und der Kampf. Bis Vera da war und den Raum beherrschte. Sie war mit einem Mal da, mit ihrer ganzen Person. Bruno spürte sie, die Kraft ihrer Aura. Als er die Augen aufschlug, war sie neben dem Bett in die Hocke gegangen, hatte ein Tuch befeuchtet und damit sein Gesicht gekühlt. Lächelte, als er sie ansah. Dann stand sie auf, stand ganz nah an seinem Bett, schaute von oben auf ihn und begann ihre Bluse aufzuknöpfen. Sie nahm sich Zeit und ließ die Augen nicht von ihm. Als sie sich ausgezogen hatte, hob sie sein Laken und legte sich zu ihm. Zuerst spürte er nur die Kühle ihrer Haut und dann erst, wie weich sie war und wie glatt. Und da fühlte er, wie viel Kraft noch in ihm war, er dehnte und streckte sich, begegnete ihrer Weiblichkeit und drang langsam in sie ein.

    Bruno starb bebend vor Glück.

    Was in seiner letzten Stunde Wirklichkeit und was Fiebertraum war, weiß nur Vera. Und die spricht nicht.

Ich danke meiner Frau, Susanne Hellweg, die mich überall dort erwischte, wo ich mich zu allzu großartigen Gedanken verstiegen hatte. Sie hat dafür gesorgt, dass der Roman die Bodenhaftung nicht verlor.
Ich danke Michael Osthus. Er hat mit seinem großen Wissen das Lektorat übernommen und, wo es nötig war, die Proportionen zurechtgerückt. Idee und Gestaltung des Covers sind sein Werk.
Und ich danke den freundlichen Lesern, die die vielen Fehler notierten, die die vorige Ausgabe des Buches leider noch hatte. Sie haben mir sehr bei der Korrektur geholfen.
Was dem Buch an Schwächen geblieben ist, geht selbstverständlich voll und ganz auf mein Konto.